红与黑

Le Rouge et le Noir

〔法〕司汤达／著
张冠尧／译

名著名译丛书

人民文学出版社
PEOPLE'S LITERATURE PUBLISHING HOUSE

Stendhal
LE ROUGE ET LE NOIR
Bibliothèque de la Pléïade
Editions Gallimard, 1952

图书在版编目(CIP)数据

红与黑/(法)司汤达著;张冠尧译.—北京:人民文学出版社,2014(2025.7重印)
(名著名译丛书)
ISBN 978-7-02-010445-1

Ⅰ.①红… Ⅱ.①司…②张… Ⅲ.①长篇小说—法国—近代 Ⅳ.①I565.44

中国版本图书馆 CIP 数据核字(2014)第 108328 号

责任编辑 黄凌霞
装帧设计 刘 静 陶 雷
责任印制 苏文强

出版发行 人民文学出版社
社 址 北京市朝内大街 166 号
邮政编码 100705

印 刷 三河市中晟雅豪印务有限公司
经 销 全国新华书店等

字 数 430 千字
开 本 890 毫米×1290 毫米 1/32
印 张 15.625 插页 3
印 数 240001—245000
版 次 1999 年 1 月北京第 1 版
印 次 2025 年 7 月第 37 次印刷

书 号 978-7-02-010445-1
定 价 36.00 元

司汤达

司汤达（1783—1842）

法国小说家，法国十九世纪上半叶最具独创性、最复杂的作家之一，代表作有《红与黑》《巴马修道院》等。

《红与黑》是十九世纪法国乃至欧洲文学的一座丰碑。个人与社会间的对抗是《红与黑》的中心主题。该书向传统习俗挑战，谴责了社会价值的虚伪。

译　者

张冠尧（1933—2002），北京大学法语系一级教授。1952 年考入北京大学，1956 年毕业后留校任教。主要译著有《狄德罗美学论文选》（合译），巴尔扎克的《高老头》《欧也妮 · 葛朗台》，司汤达的《红与黑》，《梅里美中短篇小说集》，莫泊桑的《漂亮朋友》等。

出 版 说 明

人民文学出版社从上世纪五十年代建社之初即致力于外国文学名著出版，延请国内一流学者研究论证选题，翻译更是优选专长译者担纲，先后出版了“外国文学名著丛书”“世界文学名著文库”“二十世纪外国文学丛书”“名著名译插图本”等大型丛书和外国著名作家的文集、选集等，这些作品得到了几代读者的喜爱。

为满足读者的阅读与收藏需求，我们优中选精，推出精装本“名著名译丛书”，收入脍炙人口的外国文学杰作。丰子恺、朱生豪、冰心、杨绛等翻译家优美传神的译文，更为这些不朽之作增添了色彩。多数作品配有精美原版插图。希望这套书能成为中国家庭的必备藏书。

为方便广大读者，出版社还为本丛书精心录制了朗读版。本丛书将分辑陆续出版。

人民文学出版社

2015 年 1 月

译本序

司汤达(1783—1842)的《红与黑》(1830)中译本问世以来,一直是读者群和外国文学评论界关注的一个焦点。围绕这部小说的社会内容、主人公于连的形象和他的两次爱情、《红与黑》书名的来源及其象征意义等问题,已经开展过那么多讨论,专家学者们也已从各个不同角度做过相当充分的论述,以致不论再谈些什么,都像是在"老调重弹"了。为了尽可能不让读者感到厌倦,本文不拟再对作家作品做全面的分析,只想尝试着探讨这样一个问题:《红与黑》的魅力何在?

一个生前默默无闻、在文坛尚无立足之地的公职人员①,死后竟凭着两三部小说②,更确切地说,主要是凭着《红与黑》,便取得文学史上几乎与巴尔扎克比肩而立的地位,这个事实本身,难道不值得我们认真探究一下么?如果我们进一步做些调查,大约还会发现,尽管《红与黑》初版时,印数只有区区七百五十册,摆在书店里几乎无人问津,但一个半世纪以来,世界各国最著名的作家、批评家却很少有对它保持沉默的。歌德、列夫·托尔斯泰、高尔基、阿拉贡、萨特等大作家对它表示由衷的赞赏;泰纳、保尔·布尔热、勃兰兑斯、卢那察尔斯基、卢卡契等著名批评家都高度评价它的社会意义和艺术价值。这部书被列为世界文学经典名著,在许多国家都不止有一个译本(如果我的统计没有遗漏的话,在中国至少已有十种译本)。特别是在青年读者群中,它始终

---

① 一八三〇年七月革命以后,司汤达一直在政府供职。

② 司汤达的文学创作主要是《红与黑》,《巴马修道院》(1839)和未完成的长篇小说《吕西安·娄凡》。还发表过一篇不成熟的中篇小说《阿尔芒斯》(1827)和一些以意大利轶事为题材的中短篇小说,于一八五五年被后人收集成册出版,题名《意大利轶事》。此外,斯丹达尔还写过若干散文、游记及有关音乐、绘画及文学的论述,如《拉辛与莎士比亚》、《爱情论》、《亨利·勃吕拉的一生》、《罗马·那不勒斯·佛罗伦萨》、《意大利绘画史》、《英国通讯录》等。

是最受欢迎的文学读物之一。那么,是什么因素使这部以一个普通刑事案件为素材的小说①具有如此强大的生命力呢?

当然,所有的评论家都一致肯定司汤达深刻地反映了他的时代。只要看看小说的副标题"一八三〇年纪事"就可以体会到,司汤达和巴尔扎克一样,是在自觉地为当代社会谱写历史。的确,就同步地反映法国大革命以后的社会大动荡而言,也只有他可以与巴尔扎克媲美了。他那明晰、敏锐的头脑,对王政复辟时期错综复杂的政治斗争做出了何等准确的分析判断!但是,如果他仅仅写出了当时的政治斗争形势,写出以维里业城为代表的"三头政治",写出贵族和大资产阶级的相互妥协及相互渗透,写出极端保王党为进一步复辟封建势力而召开的秘密会议以及教会在复辟政治中不可替代的作用等等,是否就能使那么多读者对这部书兴味盎然呢?毫无疑问,这些描写十分重要,很有价值,离开了这些,便不可能理解这部作品的深意。可是,对大多数读者来说,显然不是因为关心一百多年前的政治才喜爱《红与黑》的。人们真正感兴趣的,是它的主人公于连。于连和整个社会环境的冲突,他的野心抱负与孤军奋斗,他对现实的愤懑不平和报复性的反抗,这才是小说中真正扣人心弦的地方。离开了于连的悲剧,其他一切对读者便毫无意义。何况,于连也正是艺术家悉心照料的对象,其他人物和事件在书中不过是陪衬而已。比起《人间喜剧》中的埃斯格里尼翁侯爵、马兰·德·贡德维尔和脱鲁倍神甫,②他笔下的德·雷纳先生、华勒诺先生、德·拉摩尔侯爵和弗里莱神甫算得了什么呢?不过是一张张剪纸而已。有特征,却无立体感,作者根本不打算在这些次要人物身上多费笔墨。他所呕心沥血塑造的,是于连。《红与黑》四十万字的篇幅,只围绕着一个于连。离开这个人物,《红与黑》的魅力就无从谈起。

---

① 《红与黑》的主要情节取自法国伊泽尔省的一个刑事案件:马掌匠的儿子贝尔德受到本村神甫的关怀,受到较高的文化教育,进入有身分的米肖先生家当家庭教师,因与女主人发生恋情而被辞退,后来一直命途多舛,教会也对他关上了大门。他将厄运归罪于米肖夫妇,企图枪杀米肖夫人后自杀,犯罪未遂,后被判处死刑。

② 以上提到的均系巴尔扎克《人间喜剧》中的人物:埃斯格里尼翁侯爵是外省旧贵族的典型;马兰·德·贡德维尔是资产阶级新贵;脱鲁倍神甫是耶稣会中有权有势的人物。

作为一种社会典型,于连属于法国大革命以后成长起来的一代知识青年,在王政复辟时期,是被排斥在政权之外的中小资产阶级“才智之士”的代表,这类人受过资产阶级革命的熏陶,为拿破仑的丰功伟绩所鼓舞,早在心目中粉碎了封建等级的权威,而将个人才智视为分配社会权力的惟一合理依据。他们大都雄心勃勃,精力旺盛,在智力与毅力上大大优越于在惰怠虚荣的环境中长大的贵族青年,只是由于出身低微,便处在受人轻视的仆役地位。对自身地位的不满,激起这个阶层对社会的憎恨;对荣誉和财富的渴望,又引诱他们投入上流社会的角斗场。

于连·索海尔从少年时代起,就抱定了要出人头地的决心,做过无数有关英雄伟人的美梦,他幻想自己像拿破仑那样,凭着身佩的长剑摆脱卑微贫困的地位,年三十立功于战场而成为显赫的将军。

然而于连不幸生不逢时,在王政复辟时期,平民甚至没有穿军官制服的可能,惟一能够通向上层社会的途径就是当教士了。当于连看到一个德高望重的老法官在一场无聊的纠纷中被一个小小的教士所击败,一个四十多岁的神甫就拿到三倍于拿破仑麾下名将的薪俸,他就不再提起拿破仑的名字,而发奋攻读神学了。他想:“在一切事业里,都需要聪明人,……在拿破仑统治之下,我会是一名军官;在未来的神甫当中,我将是一位主教。”

为了不让岁月消磨掉他那博取荣誉的热情,于连拒绝了朋友富凯为他提供的一条平稳的发财的道路,而宁愿冒着九死一生的危险去探求一条飞黄腾达的捷径。因为,按照富凯的建议,要到二十八岁才能实现他的计划,而在同样的年龄,拿破仑已经干出很伟大的事业了。

由于受野心的驱使,于连不得不生活在一连串矛盾痛苦之中:他根本不相信上帝的存在,却需要装出一副热烈的、虔诚的面孔;把全部《圣经》看做谎言,却将整部拉丁文《圣经》和《教皇论》读到能够背诵;明明憎恨贵族的特权,却不能不用包藏着“痛苦的野心”的热忱去料理侯爵的事务,甚至冒着生命危险为贵族的秘密会议送情报……。然而这一切努力仍不能填平等级的鸿沟,在那般贵人的眼里,于连至多是个服务得很好的仆人罢了。贵族社会按人的身分等级划分得极为周全的礼貌，谈吐中冷淡轻蔑的表情、餐桌上的末席地位，……种种无形的刺激，只能加深于连的痛苦和嫉恨。他在那个腐朽的"上流社会"里，成为惟一能以冷静、批判的眼光观察一切的人。他鄙视贵族阶级的僵化保守、平庸无能，痛恨耶稣会教士的伪善、贪婪和资产阶级暴发户的寡廉鲜耻，他把巴黎视为"阴谋和伪善的中心"，把神学院称作"人间地狱"，在内心咒骂华勒诺之流是"社会蠹贼"和"杀人不见血的刽子手"。

不过，于连对社会的批判，在很大程度上是从个人受屈辱的感情出发，他对统治阶级的特权表示愤慨时，并非不想和他们分享特权的一部分；他指责官场的腐败时，自己也不知不觉仿效他们的行径；当他获得十字勋章时，他想到的是"我必须感恩图报，为政府办事"；当他为父亲谋求官职而损害了一个正直人的利益时，他想"这没什么，如果我想出人头地，这种昧良心的事还得干不少"；而当他征服了侯爵小姐，接受了侯爵赠予的领地、封号和骑士头衔，以为即将实现自己的一切愿望时，他真是大喜过望，刚刚当了两天中尉，就已经盘算像过去的大将军一样，在三十岁当上司令了。这样一来，于连实际上又肯定了许多被自己否定过的东西，追求着自己所诅咒的对象，他自身的行动与他对社会的指责形成了尖锐的对比，使他自己也成为被讽刺的对象。

但是，于连毕竟来自受排斥的那个阶层，他的才智受到某些人的赏识，却招来更多人的仇恨。人们千方百计给他的成功设置障碍，终于完全粉碎了他的幻想，迫使他在绝望中公开与统治阶级决裂，他在法庭上那段自杀性的发言，画龙点睛地道出了全书的主题："我是一个出身卑微而敢于起来抗争的乡下人。"他尖锐地指出统治者之所以如此严厉地对待他，只是为了使那些出身贫贱，但是有幸受到良好教育，敢于混迹于上流社会的年轻人永远丧失进取的勇气。

高尔基曾经有过一个精辟的论断："十九世纪的欧洲文学和俄国文学的基本主题，乃是跟社会、国家、自然界对立着的个人。"①司汤达的卓越才能就表现在他能够比别人更敏锐地感受到，捕捉住，而且以鲜

---

① 高尔基：《苏联的文学》，《高尔基论文学》第124页。

明、强烈、富有挑战意味的姿态点明这个主题。更了不起的是，在其他作家还没有意识到这一命题的历史价值的时候，他已经以成熟的思想和艺术，通过塑造一个孤立的、反抗的“个人”典型，淋漓尽致地发挥了这一主题。尽管在当时他没有被理解，但他深信自己日后会获得成功：“我将在一八八〇年为人理解。”“我所看重的仅仅是一九〇〇年被重新印刷。”如此坚定的自信，说明他对自己的时代做过何等深刻的历史的、哲学的思考。

这种与社会对立的个人，正如马克思所说，“一方面是封建社会形式解体的产物，另一方面是十六世纪以来新兴生产力的产物。”①随着封建社会的解体和资本主义生产关系的确立，“自我”的观念日益被提到前所未有的高度，个人幸福，个人价值，个人意志，个人的自由和独立……总之，以自我为中心的意识冲击着封建时代的一切道德观念。这既是历史的巨大进步，又包含着对自身的反动。市场经济的竞争法则，既唤醒了个人的能动性，释放出人们潜在的创造力，同时又不可避免地使人与人之间、个人与社会之间处于某种对抗的状态。因而个人的孤立感，个人与社会的不协调，个人与社会的对立与抗争……便成为这一时代最富特征意义的历史现象。民族史诗消亡了，代之而起的是个人史诗：个人命运的不幸，个人意志与境遇的冲突，个性的受压抑，失恋的痛苦……以及形形色色的个人苦难，必然成为作家们描绘的主要对象。悲壮严肃的罗马共和国的英雄退到幕后，②从今以后在悲剧中充当主角的，是那些为谋求个人幸福在生活中冲锋陷阵的“英雄”了。于连，便是这类英雄的典型代表。

显然，于连不是完人。他的感情并非纯洁无瑕，他的行动和思想充满矛盾。但正因为如此才是一个真实、可信、有血有肉的人。肯定不是所有的读者都喜爱这个形象，然而又无一例外深深受到他的吸引，无一例外对他寄予同情。十九世纪文学中充满了这种孤立的个人，于连始终是他们当中出类拔萃的一个。较之一般的个性，他的形象似乎更充

① 马克思：《〈政治经济学批判〉导言》，《马克思恩格斯选集》第2卷第86页。

② 法国十七、十八世纪的悲剧均以希腊、罗马史诗为题材。

实，更丰富，更独特，也更富于魅力。他不像法国大革命后的“世纪病”患者那样在生活中找不到依傍，不像塞南古的奥倍曼和夏多布里昂的勒内那样因不满现状而逃避现实，不像贡斯当的阿道尔夫和缪塞的沃达夫那样因百无聊赖而在爱情中寻求排遣，他也不像巴尔扎克的拉斯蒂涅和吕西安，除了名利之外没有其他信仰……于连和他们不同，他有信仰，有信念，他是启蒙思想的信徒，政治上的雅各宾派，拿破仑的崇拜者。在他身上更多地表现出的，是下层青年中最有活力、最有进取性的一面。他属于新兴市民阶级那种精力充沛、敢作敢为、具有顽强意志和冒险精神的类型，这种人没有宗教信仰，没有对来世的恐惧，生活对于他们是一场残酷的搏斗，要么为荣誉、地位、财富及一切现世幸福而生，要么粉身碎骨而死。在《红与黑》中，这个人物是法国大革命以来种种新观念的代表，他的对立面是腐朽落后的复辟势力。他以平民阶层的平等意识对抗封建等级观念，以个人价值对抗高贵的出身，他对自身的价值有充分的自信，并认为有权要求自己的社会地位配得上他的价值。他狂热地崇拜拿破仑，因为这个人的成功意味着等级制度的破产和个人价值的获胜。他高傲，敏感，时刻不忘维护自己的尊严。他宁愿在家挨父亲的拳头，也不愿到贵族人家当奴仆，关注和谁同桌吃饭，胜于关心薪金的多寡。他的全部生活目标就是要摆脱低贱的地位，登上社会的顶层。

这种不甘屈居人下的思想，支配着于连所有的情感和行动。甚至他的两次爱情，最初也都是从“战胜蔑视”的心理出发的。他崇尚自由和独立，认为人应当拥有对自己的一切权力，个人的行为只需接受自己心灵的指挥，只要认为自己的目的正当，为达目的甚至可以不择手段。因此任何习俗和社会法规对他都失去了约束力。他只承认自我，只考虑自我，既不顾及传统，也不考虑“道德”。他只对自己负责。或者说，他心目中只有一种道德，那就是：肯定自己的价值，维护自己的尊严。他为了肯定自己的价值去恋爱，为抗议对自己的侮辱而杀人，最后为保持自己的尊严而拒绝乞求赦免……总之，于连的全部心灵都体现着一种与封建观念相对立的思想体系，一种以个人为核心的思想体系。这种思想体系决定了他和那个行将灭亡的社会之间不可调和的冲突，也决定了他无可挽回的悲剧命运。作者以这个人物作为生气勃勃的平民阶层的代表，并以他的受压抑和抗议来揭示一八三〇年七月革命①的“因”。虽然这一类型人物作为个人并非不可收买，并非不会堕落，但作为一个被压抑的阶层，却注定是贵族社会的对抗力量，在他们当中总会不断产生丹东和罗伯斯庇尔。

于连之所以比一般的“个人”典型给予人更强烈的印象，显然不是道德力量引起的美感，而在于他是一种信念和力量的化身。特别因为周围充斥着“世纪病”患者的一片呻吟，这个形象就显得格外突出。他不是一般的个性，而是作者按自己的理想模式塑造的个人主义“英雄”。司汤达太坦率了，他把利己原则表现得那么露骨，以致引起不少人的指责，似乎他本该塑造一个为民请命的仁人志士。然而那样一来，于连就不是于连了。这个人物也就丧失其典型意义，变成一个虚假的幻影。利己主义也是个历史范畴，个人利益和个人权利，正是“市民社会”存在的基础。司汤达是个现实主义者，清醒的现实主义者，他绝不会牺牲真实去制造一个虚假的幻象。何况司汤达本人就是一个直言不讳的自我中心论者，在他心目中，“利己”是人的本性，谋求个人幸福是人生的最高目的和人类一切行为的惟一动机。为荣誉、地位、财富和爱情而奋斗，是人生在世无可争议的“伟大事业”。在他的《自我中心主义者的回忆》中有这样一段话：“社会好比一根竹竿，分成若干节。一个人的伟大事业就是爬上比他自己的阶级更高的阶级去，而那个阶级则想尽一切办法阻止他爬上去。”这句话非常明确地概括了他的社会观和人生观。司汤达是十六世纪以来人本主义学说的继承者，人的价值是他心目中惟一的基本价值。人的才智能否发挥，人的价值能否受到承认，理所当然是衡量社会正义与否的惟一标准。

从上述观点出发，司汤达笔下的于连必然是一个叱咤风云的正面英雄形象，代表着正义的呼声。尽管这位英雄我们今天看来未必伟大，

---

① 一八三〇年七月二十五日，法国波旁王朝颁布新法令，取消言论自由，实行报刊预审制度，解散众议院，提高选举资格，全国舆论哗然。七月二十七日，巴黎人民举行起义，二十九日攻占杜伊勒里宫，推翻了波旁王朝。自由派议员组成以银行家拉菲特为首的临时政府。八月七日，正式建立七月王朝。

可当年在作者心目中肯定不渺小。即使这个人物的行为并非无可指摘，他却是作者所赞赏的那种勇于为自己的幸福去冲锋陷阵的人。他敢于公开捍卫自己的权利，敢于蔑视封建等级和门当户对的婚姻，并以个人的价值及两次“不道德”的爱情对传统观念提出大胆的挑战。

于连是司汤达匠心独运的杰作，这个形象特有的魅力和作者的个人特色是分不开的。魅力往往与独特联系在一起。没有特色意味着平庸，而平庸是不可能产生吸引力的。司汤达无疑是十九世纪法国最有个性的作家之一。尽管他生活在浪漫主义的极盛时代，还曾以浪漫主义者的名义发表过一个讨伐古典主义的才华横溢的小册子：《拉辛和莎士比亚》，但无论从哪个角度看，他都不曾顺应浪漫派的潮流。他从来不曾染上浪漫派中流行的“世纪病”；也从来没有沾染浪漫主义的感情泛滥和语言、形象的夸张。

司汤达的思维方式和浪漫派作家不同。他属于启蒙思想家那种逻辑推理型。他对形象的感受力不算很强，对心灵的理解和判断力却非常人所能及。和巴尔扎克一样，他在成为文学家以前，已经或多或少是个哲学家。他从小在信奉启蒙思想的外祖父身边长大，曾悉心钻研文艺复兴时期的人本主义学说和十八世纪启蒙时代的唯物主义哲学。蒙田、马基雅弗利、孟德斯鸠、爱尔维修和孔狄亚克是他最敬佩的思想家、哲学家。① 他是真正的启蒙思想信徒，坚定的唯物主义者和无神论者，他憎恶一切宗教呓语和似是而非的幻梦，只喜爱准确无误的真相和充满睿智的判断，他对法国大革命比其他作家更有感情，政治态度也更加激进。他赞同雅各宾派的革命主张，而且从来不曾怀疑革命给社会带来的进步。他又是同时代作家中惟一真正了解拿破仑时代的人。他十七岁就投身军界，三次随拿破仑远征欧洲，亲身参加过马朗戈战役、耶拿战役，曾经进驻米兰、占领柏林，目睹过莫斯科的熊熊烈火，经历过撤

① 蒙田（1533—1592），法国文艺复兴时期人文主义思想家；马基雅弗利（1469—1527），意大利政治家和历史学家；孟德斯鸠（1689—1755），法国启蒙思想家，法学家；爱尔维修（1715—1771），法国启蒙思想家，唯物主义哲学家；孔狄亚克（1715—1780），法国启蒙思想家，感觉论者。

离俄罗斯的大溃退……他对拿破仑的功过并非没有自己的评断,但拿破仑之于他,首先是一个“伟人”,人本主义者关于“人”的理想,似乎在拿破仑身上实现了。他始终忠实地追随拿破仑,而且在军中备受重用。拿破仑的失败使他丧失了一切,他倒不像有些并无损失的人那样怨天尤人。王政复辟也没有使他丧失信念。侨居米兰期间,他因与意大利烧炭党人来往而被奥地利政府驱逐出境;返回法国以后,他很快又和复辟王朝的反对派建立了联系。他甚至敢于把自己的《意大利绘画史》题献给囚禁在圣赫勒拿岛的拿破仑。总之,比起其他作家,司汤达更有政治信念,思想更敏锐,也更富于理性。他不像浪漫派作家那样由于英雄年代的消逝或“理性王国”的破产而苦闷,而是一直保持清醒的头脑,寄希望于下层青年。在他看来,“只有在那些为实际需要而奋斗的阶级中,才能找到魄力。”①

七月革命对司汤达说来是意料中事,他似乎早就期待着这场革命的发生。他久已打算写一部书来表现法国下层青年的处境和思想,一八二七年《司法公报》上的那桩案件,给他提供了现成的故事情节和人物,让他获得了一个表达思想的框架,于是《红与黑》产生了。这部小说,是作者对大革命以来的法国社会,特别是对人的处境及心灵进行历史和哲学探讨的成果,他将两个多世纪以来资产阶级思想家关于“人”的学说与反封建的革命意识融合在一起,熔铸成《红与黑》中于连的形象;他将自己对法国革命和拿破仑时代的深刻理解和坚定信念注入于连的头脑;将自己强烈的爱憎和敏锐的判断力赋予于连的灵魂。总之,他成功地使他笔下这个人物成为时代精神的高度概括,深刻地反映着法国社会新旧交替时期的观念更新。理解了于连,就理解了法国大革命,就理解了拿破仑大军的所向披靡,就理解了历史的不可逆转,就理解了一八三〇年七月使波旁王朝覆灭的三天起义。从这个角度看,司汤达的确是一位最深刻意义上的现实主义作家。

另一方面,司汤达本人奇特的个性,也是使于连形象生辉的一个原因。司汤达是十九世纪性格最难捉摸的一位作家。他外表冷峻,内心

---

① 司汤达:《亨利·勃吕拉的一生》(1835)。

却充满激情;看上去玩世不恭,其实对生活无比热爱;分明为人坦率真诚,偏偏喜欢掩掩藏藏,故弄玄虚。他敏感,多疑,有时过分自尊;他具有意大利人那种热烈而深沉的情感,无论爱憎都格外强烈而鲜明,而法国式的轻松幽默,在他身上却是不多见的。他讨厌虚荣、浮夸,崇尚热情、刚毅、充沛的精力和顽强的意志,英雄业绩和冒险行为对他有极大的吸引力。他厌恶平庸,时时刻刻都在追求超群出众,他笔下的主人公全都不同凡响,具有超人的智慧、强烈的个性、非凡的魄力,乃至完美的外表。《红与黑》中的于连、《巴马修道院》中的桑塞伐利娜,还有短篇小说《法尼娜·法尼尼》中的男女主人公,都有这样的特点。司汤达本人复杂的个性,使他所塑造的人物也都带有某种神秘的、震慑人心的气质,从这个角度看,他又是个极富浪漫色彩的作家。

此外,司汤达在艺术上也是独具一格的。他的创作思想、创作方法与巴尔扎克有相通之处,他们同属热衷于探索事物本质和内在联系的作家,他们对法国从封建社会向资本主义过渡的伟大历史转折具有同等敏锐、同等深刻的判断,而且同样重视运用典型化的方法来反映这一伟大转折。但他们的思维方式和艺术手法是大不相同的。巴尔扎克想要奉献给读者的,是通过人物群像反映社会全景的巨型壁画,司汤达却只想通过几尊塑像来概括时代精神的本质特征。巴尔扎克时刻不忘分析纷纭繁复的现实关系对人物性格的影响,司汤达则全神贯注于表现人的心灵。因此巴尔扎克认为至关重要的那些琐细的描写,在司汤达的作品中是完全见不到的。他不关心一切外在的东西,街道、房屋、服饰、自然景色……所有这些,司汤达都略去不谈,他着意刻画的,仅仅是人物内在的感情和心理活动。虽然巴尔扎克在心理描写上也有很高的成就,但像司汤达这样,以刻画内心世界作为塑造人物的主要手段,在十九世纪初叶的法国还是相当罕见的。正因为司汤达以他独到的艺术功力细致而充分地展示了于连丰富的内心世界,才使这个形象具有了独特的丰采。

至于艺术风格,司汤达那富于理性的逻辑头脑,必然与浪漫派浓厚的感情色彩及浮夸的文风格格不入。他受不了那些作家的长吁短叹和言过其实的热情,尤其讨厌夏多布里昂矫揉造作的感伤情调。在这方面,只有梅里美和他的趣味最相投。他们看重的是客观事实,主张让事实本身说话,而不要多余的描写或铺陈,尤其坚决排斥作者的主观抒情成分。司汤达很留意不让自己在作品中露面,从不以自己的名义阐述观点、表露情感,尽管通过作品中的人物,仍然很容易让人感觉出作者炽热的情感和爱憎。司汤达自称是从《民法》中学习语言的。他的文风简洁、明确、朴素、严谨,像口语一般自然,没有丝毫雕琢和修饰的痕迹。他的作品结构紧凑,情节十分集中,没有任何枝节,仅仅突出主干,这在当时也是颇富特色的。

总之,司汤达是一个有独特艺术魅力的作家。也许由于他太与众不同,很难为同时代的大多数作家所理解(人们往往是不喜欢与自己差别太大的同类的),维克多·雨果和圣伯夫甚至不认为他是一位作家。他在文坛仅有的两个知音是巴尔扎克和梅里美。巴尔扎克是惟一理解他的创作思想并真诚地公开赞美他的人,但还不能完全理解他的艺术;梅里美是惟一理解他的艺术并衷心敬佩他的人,却因世界观和视角的差异不能完全理解他的思想。他在当时的法国文坛一直是个鲜为人知的"陌生人"。但在历史拉开一段距离以后,司汤达的睿智和准确的历史眼光终于为世人所发现,他那别具一格的艺术终于放射出夺目的光彩。经过时间老人的筛选,《红与黑》终于列为举世公认最富魅力、也最有研究价值的文学瑰宝。

时间,既是无情的,也是公正的。

艾　珉

写于一九八七年十一月

二〇〇二年六月修改

目　录

下　卷

告 读 者

本书即将面世之际，适逢七月事变①，国人无暇他顾，形势发展不利于书报之刊行。然本书脱稿于一八二七年当无疑义②。

① 一八三〇年七月二十七日，巴黎市民起义，推翻波旁王朝，查理十世退位，旋由路易-菲力普所代，史称七月王朝。

② 事实上，司汤达萌生创作本书之念当于一八二八年在《法制报》上看到一则案情之后。写作或脱稿当不晚于一八三〇年初。——原编者注。

上　　卷

事实，无情的事实*

丹东

---

* 此语可能出自法国大革命时激进派领袖丹东之口，亦可能为作者所杜撰，下文尚有类似之处。

第一章 小 城

将千万生灵放在一起，
去掉坏的，
笼子里便不那么热闹了。

霍布斯①

维里业称得上是弗朗什-孔泰地区②风光旖旎的一座小城。白色的房子，尖顶红瓦，撒落在一个小山坡上。茂密遒劲的栗子树，郁郁苍苍，随地形而逶迤起伏。杜河③在城下数百尺外流过。城墙昔时为西班牙人所建，如今只剩下断壁残垣。

维里业北有高山屏障，该山为汝拉山支脉，每当十月寒流初袭，犬牙交错的韦拉山峰峦便白雪皑皑。一道急流从山上飞泻而下，穿过维里业，注入杜河，驱动着许多台木锯。锯木这种行当虽然原始，但在一定程度上，使农民色彩较为浓厚的大部分小城居民衣食无忧。不过，小城之所以富足，并非由于这些木锯。居民生活宽裕实应归功于当地所织的一种被称为缪卢兹的印花布。自从拿破仑倒台以后，几乎家家户户的门面都翻修得焕然一新。

外地人一走进维里业，便听见震耳欲聋的机器声。这台机器的外表十分可怕，二十个大锤被急流驱动的一个大轮举起，沉重地落下来，直砸得天摇地动。每个大锤一天能制造出千千万万颗铁钉。干活的是

① 霍布斯（1588—1679），十七世纪英国哲学家。

② 弗朗什-孔泰，法国东部地区，杜河及汝拉山脉之发源地。维里业为作者虚构之小城。

③ 杜河，发源于汝拉山，流经法国、瑞士，又折回法国境内，注入索恩河。下文数百尺，指法国古尺，相当于今 325 毫米。

一群美貌的妙龄女子。她们把小铁块送到硕大无比的锤子下面。转瞬间,铁块便变成了钉子。这种活看起来相当艰苦,往往使初次进入法国和瑞士边界山区的外地人惊讶不置。如果走进维里业,打听一下这家使大街上行人的耳朵几乎为之震破的漂亮工厂是谁人的产业,便会有人拉长声调回答:“那个嘛,是市长先生的。”

维里业这条大街从杜河边直达坡顶,过路人只要在街上稍事停留,十有八九会遇见一个身材高大的人,神气活现,一脸忙碌的样子。

此人一露面,大家立即脱帽致敬。他头发斑白,灰色装束,得过好几个骑士勋章。宽宽的额头,鹰钩鼻子。总的说来,五官还算端正。乍一看,脸上既有小城镇市长的尊严,也有四五十岁人身上还存在的那种吸引力。但来自巴黎的人很快便对他那种踌躇满志而又思想狭隘、墨守成规的态度产生反感。总之,他给人的印象是,此人的才干只有一点,即:别人欠他的债,到期他立即追讨,而他欠别人的钱则尽量拖欠不还。

这就是维里业的市长德·雷纳先生。他迈着庄严的步伐,横过大街,在过路人眼前消失了。可是,如果你继续走上一百步,便会看见一所相当漂亮的房子。透过房前的铁栅栏,可以看见一片风景优美的园林。再往远看,地平线上便是勃艮第①群山,似乎天造地设,使人大饱眼福。面对如此景色,过路人会顿时忘却令人窒息的那种锱铢必较的铜臭气。

有人会告诉你,房子的主人是德·雷纳先生。是他用经营巨大的制钉厂所获得的利润修建的。房子很漂亮,全部用块石砌成,现已竣工。据说,他的祖先是西班牙一个古老的家族,远在路易十四征服勃艮第之前便已迁来此地。

一八一五年②以后,提起自己是工业家他便感到脸红,因为正是一八一五年,他夤缘当上了维里业的市长。美丽的花园分为好几个部分,都有护土墙支撑,一层层往下伸展,直到杜河边上。这也是德·雷纳

① 勃艮第,法国东部地区,古为公国,曾分属神圣罗马帝国、意大利和奥地利,路易十四时才划归法国版图。

② 即拿破仑失败、法国王政复辟开始的年份。

维里业称得上是弗朗什-孔泰地区风光旖旎的一座小城。

先生经营钢铁业生财有道的回报。

诸位千万别指望在法国能看见莱比锡、法兰克福、纽伦堡等德国工业城市郊区那种别致的花园。在弗朗什-孔泰，你越是修建护土墙，越是往自己的产业上一层层地垒石头，便越有权利获得四邻的尊敬。德·雷纳先生修满护土墙的花园之所以更受人艳羡，是因为其中的某些地块是他花重金买来的。例如杜河边上那个锯木厂，位置特别，一走进维里业便立即引起你的注意。你会发现房顶上竖着一块木板，用斗大的字母写着索海尔的姓氏。而六年前该厂所在的地方，现在正在砌德·雷纳先生第四座平台花园的护土墙。

市长虽然架子大，也不得不低三下四地央求那个脾气倔犟，很难说话的农民索海尔老头，不得不给他大把明晃晃的金路易①，才使他答应把工厂迁往别处。至于驱动木锯的那条**公共**河流，德·雷纳先生仗着他在巴黎的声望，终于使其改道。这一做法是他在一八二×年大选后获得恩准的。

他在杜河下游五百尺处以四阿尔邦②的土地换取了索海尔那块只有一阿尔邦的土地。虽然从松木板生意的角度看，这个位置有利得多，但索海尔老爹——自从他发迹以后，大家就这样称呼他了——仍然巧妙地利用这位邻居急不可待的**占有欲**，敲了他六千法郎。

说实话，这种做法遭到了当地有识之士的批评。有一次，那是个星期天，事情已经过去四年了，德·雷纳先生穿着市长服从教堂回来，远远看见索海尔老头带着三个儿子，看着他直笑。这一笑使市长恍然大悟，知道自己吃了亏，换地的价钱本来可以便宜一些。

在维里业，如果想获得大家的尊重，要紧的是，护土墙尽可以多建，但切不可采用春天穿过汝拉山口到巴黎去的工匠们从意大利带来的方案。因为这样的标新立异会使鲁莽的业主被左右弗朗什-孔泰地区民意的那些聪明而保守的人视为**别有用心**，一辈子也甩不掉这种坏名声。

事实上，这些智叟在本地实行非常讨厌的专制统治。正因如此，凡

---

① 指上面铸有法王路易九世头像的法国旧金币，一路易相当于二十法郎。

② 阿尔邦，旧时的土地面积单位，相当于二十至五十公亩。

是在共和制度下的巴黎生活过的人来到小城镇便觉得待不下去。那种所谓的舆论,专横跋扈,无论在法国的小城镇还是美利坚合众国,都一样愚不可及。

第二章　市　长

先生，权势难道毫无用处？它会给你带来蠢人的尊敬，孩童的惊讶，富人的艳羡，智者的轻蔑。

巴纳夫①

在杜河数百尺之上，沿山坡有一条公众散步的林阴大道，位置极佳，是全法国最美的景点之一。然而，每年春季，大雨滂沱，把这里冲得坑坑洼洼，无法使用，大家都深感不便。所以修建一道巨大的**护土墙**便成了当务之急。这样，对身为行政长官的德·雷纳先生来说，提高声誉的机会来了。他认为，有必要修一道高二十二尺，长三十或四十特瓦兹②的护土墙，使自己的德政万世流芳。

为了修建墙的栏杆，德·雷纳先生不得不三赴巴黎，因为前任内政部长一直极力反对维里业这项工程。眼下，墙的栏杆已经修好，离地面足有四尺。同时，仿佛要向所有前任或现任的部长示威似地，正在用大块石板铺面。

有多少次，我胸靠着那一块块灰得发蓝的石头，回味着前一天刚刚离开的巴黎舞会，凭栏俯视杜河的河谷！远处，在河左岸，五六条峡谷蜿蜒曲折，目之所及，只见谷底有小溪流淌，形成层层瀑布，直泻杜河。此地山间，阳光炎热。每当太阳直射，过路人可以在这个平台上浓荫匝地的梧桐树下憩息。由于土质优良，梧桐树生长迅速，枝叶绿得发蓝。土是市长先生叫人运来垒他那道巨大的护土墙的，尽管市议会反对，他仍然把这个休憩地拓宽了六尺（虽然他是保王党人而我是自由主义

① 巴纳夫（1761—1793），十八世纪法国大革命时代政治家，主张君主立宪，后死于断头台。

② 特瓦兹，法国古长度单位，约 1.94 米。

者,在这一点上,我还是要称赞他一句),故而在他和维里业那位幸运的乞丐收容所所长华勒诺先生眼里,这座平台简直可以与圣日耳曼-昂-莱伊①媲美。

这条林阴道的官名是“忠诚大道”,镌刻在一二十块大理石碑上,放在不同的地方。这样一来,德·雷纳市长又获得了一枚十字勋章。我认为这条大街只有一个缺点或者美中不足,就是市政当局把大道旁茁壮的梧桐树修剪得太苦了,结果,树冠矮墩墩的,又圆又平,犹如菜园里的蔬菜,其实,这些树本身倒希望能长得像英国的梧桐那样亭亭华盖。但市长的意志决定一切,因此,镇上所有的树都一年两次遭到无情的刈剪。本地的自由派人士不无夸大地说,自从助理司铎马斯隆把修树所得据为己有已成惯例之后,官方的这位园丁就更不肯手下留情了。

这位年轻的助理司铎是几年前从贝藏松②派来监视修道院长谢朗和附近几位本堂神甫的。有一位曾经随军远征意大利的老外科军医,退役后来了维里业。据市长先生说,此人既是雅各宾党人③,又是波拿巴分子④。有一天他竟斗胆向市长发牢骚,说什么不应该定期将这些美丽的树木大修大剪。

“我喜欢树阴。”由于对方是外科医生,又是荣誉勋位勋章获得者,因此德·雷纳先生以略带高傲而又不失分寸的口吻回答道,“我喜欢树阴,我叫人修剪**我的**树,要的就是树阴。一棵树如果不能像有用的胡桃木那样**带来收益**,我想不出还能有什么别的用处。”

在维里业,**有利可图**就是决定一切的座右铭。寥寥几个字代表了四分之三以上居民的习惯想法。

你觉得这个小城很漂亮,但这里的一切都取决于是否能够**带来收益**。被周围清幽美丽的山谷所吸引而到此一游的外地人最初想象,这里的居民一定很有美感,一定会口口声声谈论他们的家乡如何美。不能否认,他们的确大谈家乡的美,但这只是因为这种美能吸引外地人,

---

① 圣日耳曼-昂-莱伊,塞纳河畔小城,风景优美,有旧日的宫室和园林。

② 贝藏松,弗朗什-孔泰地区首府。

③ 雅各宾党人,法国大革命中激进的革命党人。

④ 波拿巴分子,支持拿破仑的人。

增加客店老板的财富，然后又通过税收，给小城带来收益。

一个晴朗的秋日，德·雷纳先生挽着妻子的胳臂，在忠诚大道上散步。妻子一面听丈夫神态严肃地谈话，一面不放心地用眼睛紧盯着三个小男孩的一举一动。其中最大的一个约摸十一岁，常常走近石栏，看样子想爬上去。这时候，一个温柔的声音喊出阿道夫的名字，孩子便只好放弃他大胆的念头。德·雷纳夫人看上去有三十岁，但仍然相当漂亮。

“从巴黎来的这位要人会后悔的，”德·雷纳先生悻悻地说道，气得脸色比平常更白了，“我在宫中并非没有朋友……。”

关于外省，我真想给诸位写上二百页。外省人说话啰唆，吞吞吐吐，很不痛快，我不忍心让诸位受这个罪，所以就免了吧。

维里业市长深恶痛绝的那位巴黎要人不是旁人，正是阿佩尔先生。两天前，他不仅设法进入监狱和维里业的乞丐收容所，而且还去了市长和当地几位业主义务管理的济贫院。

“可是，”德·雷纳夫人怯生生地问道，“既然你廉洁奉公管理穷人的财产，那位从巴黎来的先生又能对你怎样呢？”

“他此来不过是挑毛病，然后往自由派的报纸上投稿。”

“亲爱的，这些报纸你是从来不看的呀。”

“但别人会向我们提到这些激进派的文章，使我们分心，什么正经事也干不了。我嘛，我永远不能原谅那个本堂神甫。”

第三章　穷人的财产

一位有道德而且不要阴谋的本堂神甫实在是全村之福。

弗勒里[①]

要知道，维里业的本堂神甫虽已届八十高龄，但由于山里空气清新，仍然有着铁一般的体魄和意志。他完全有权利随时参观监狱、济贫院，甚至乞丐收容所。有人从巴黎把阿佩尔先生介绍给这位本堂神甫。阿佩尔先生很聪明，到达这个奇特小城的时间正好是早上六点。他立即到神甫家里去。

谢朗神甫看着法国贵族、外省最富有的财主德·拉摩尔侯爵写给他的推荐信，心中不禁沉吟。

"我年事已高，又得到此地百姓的爱戴，"他低声自言自语道，"谅他们也不敢！"然后立即转过身来，对着那位巴黎来客，眼里闪烁着圣洁的光芒，似乎在说，尽管自己年纪大，正义的事仍然乐意去做，有点危险也不在乎。他说：

"先生，请跟我来。但无论咱们看见什么，当着监狱看守，尤其是乞丐收容所的管事，您可千万别发表意见。"阿佩尔先生知道遇见了有心人，便跟着德高望重的神甫巡视了监狱、济贫院和收容所，提了许多问题，而且，尽管回答有点奇怪，也丝毫没有露出责备的神情。

巡视了好几个钟头以后，神甫邀请他吃午饭，他推说有几封信要写，因为他不愿过分连累这位慷慨的同伴。三点左右，两人视察完乞丐收容所，又回到了监狱，发现身高六尺、长着一双罗圈腿的大块头监狱

① 弗勒里（1653—1743），十八世纪法国高级神职人员及政治家，曾任法王路易十四的指导神甫及路易十五的家庭教师，精于财政管理。

看守站在门口，神色张皇，本来就猥琐的脸变得更难看了。

“咦，先生，”他一看见神甫便问道，“和您在一起的这位先生不就是阿佩尔先生吗？”

“是又怎样？”神甫问道。

“是这样的，昨天警察局长派一个警察骑马跑了整整一夜，向我下达了一道命令，不许阿佩尔先生进入监狱。”

“诺瓦鲁先生，我告诉您，”神甫说道，“和我来的这位客人正是阿佩尔先生。您是否承认，任何时候，无论白天还是夜里，我都有权进入监狱，而且愿意带什么人一起来都可以？”

“我承认，神甫先生，”监狱看守低声说道，同时垂下了头，像只怕挨棍子而不得不服从的狗。“不过，我有老婆孩子，如果有人告发，便会被撤职，饭碗也就砸了。”

“我同样也不想丢掉自己的饭碗。”慈祥的神甫又说道，他的声音越来越激动了。

“那可不一样！”监狱看守立即回应道，“大家都知道，您有八百法郎年金，还有产业……”

两天以来，大家对这件事议论纷纷，添枝加叶，说法各有不同，使小小的维里业沸沸扬扬，人人愤愤不平。此刻德·雷纳先生和妻子讨论的也正是这件事。早上，他领着乞丐收容所所长华勒诺去找神甫，表示极端不满。谢朗神甫没有后台，完全体会到他们话里的分量。

“那好，先生们！我已经八十岁，就做这一带第三个被撤职的本堂神甫好了。我在本地住了五十六年，刚来的时候，这里还是个小镇。此地所有的居民都由我行洗礼。我每天都给年轻人主持婚礼，他们老一辈的婚礼也是我主持的。维里业是我的家。我一看见那个外地人，心里便想：这个从巴黎来的人很可能真的是个自由派，这样的人太多了。但对咱们的穷人和囚犯又有什么坏处呢？”

德·雷纳先生尤其是乞丐收容所所长华勒诺先生的责备越来越厉害了。

“好吧，先生们，你们叫人撤我的职好了，”老神甫声音颤抖地喊道：“我还是要住在这里的。大家都知道，四十八年前，我得过一笔遗产，是一块田地，每年有八百法郎的收益，我将来就以此为生。所以，在任职期间，先生们，我不必攒钱，也正因如此，说要撤我的职，我也不太害怕。”

德·雷纳先生和他妻子琴瑟和谐，但当妻子怯生生地一再提出下面的想法，他却不知道该如何回答。妻子问：“这位从巴黎来的人能对囚犯有什么坏处呢？”他正想发作，忽然，他妻子惊叫了一声。原来他的第二个儿子爬上了平台护土墙上的石栏，而且还在上面奔跑，尽管墙头比另一侧的葡萄园高出二十多尺。德·雷纳夫人生怕把儿子吓得摔下来，不敢喊他。孩子得意洋洋地大笑着，后来看见母亲面如土色，便跳回地上，立即挨了好一顿说。

这个小小的意外改变了夫妻谈话的内容。

“我一定要把那个锯木厂老板的儿子索海尔雇到家里来看孩子，”德·雷纳先生说，“孩子太淘气，咱们管不住了。索海尔是个年轻教士，或者说，跟教士差不多，拉丁文很好，孩子跟着他会有长进的，因为据本堂神甫说，他性格刚强。我给他三百法郎，管吃。以前我对他的品德有些怀疑，因为他是那个老外科医生的心肝宝贝。这老头儿获得过荣誉勋位勋章，借口是索海尔一家的表亲而到他们家包伙。归根结底，此人很可能只是自由派的一个特务。他说咱们山区的空气对他的哮喘病有好处，但却没有什么能够证实。他参加过拿破仑在意大利的所有战役，据说当时他甚至站在帝国一边签名反对王政复辟。这个自由派分子教索海尔的儿子拉丁文，还把随身带来的一大批书留给了他。因此，我本来是不打算把这个木匠的儿子放在我儿子身边的，但恰恰就在我和本堂神甫闹翻的前一天，他告诉我说，索海尔的这个小儿子已经读了三年神学，打算将来进神学院。因此，这孩子并非自由派，而是位拉丁语学者。”

“这样的安排还有其他好处。”德·雷纳先生得意地看着妻子，继续说道，“华勒诺刚买了两匹漂亮的诺曼底骏马拉车，非常神气，可是他的孩子却没有家庭教师。”

“他很可能把咱们这位抢走。”

“这样说，你同意我的计划了？”德·雷纳先生微笑着，感谢妻子想得如此周到，“好吧，就这样决定了。”

“因为我有魄力，这一点本堂神甫看得很清楚。咱们什么也别遮遮掩掩，咱们周围全是自由派。所有卖棉布的商人都妒忌我，我敢肯定。有两三个人发了财。好吧，我希望他们看见德·雷纳先生的儿子**有自己的家庭教师**带着散步。这样有气派。我祖父以前就经常对我们说，他年轻时有家庭教师。这一来会花掉我们一百个埃居①，不过应该看做必要的开支，因为这样才合乎咱们的身分。”

这一突然的决定使德·雷纳夫人陷入了沉思。她身材颀长、匀称，据山里人说，曾经是本地的美人，神态单纯，举手投足都散发着青春的活力。在巴黎人眼里，这种天真活泼的娇憨之态，甚至会使人想入非非。如果她知道自己这种令人倾倒的优点，一定会羞得无地自容。她心里从未有过风流浪漫的想法。那位有钱的乞丐收容所所长华勒诺先生被公认曾经追求过她，但一无所获。这一来使她的贞洁更加大放异彩。因为这位华勒诺先生年轻魁梧，浑身是劲，面色红润，长着又浓又黑的络腮胡子，属于那种粗野、放肆、敢说敢嚷，外省人称之为有丈夫气概的男子。

德·雷纳夫人十分腼腆，看上去性格有点孤僻。她对华勒诺先生不停的动作和粗声大气尤其反感。她远离维里业人所谓的欢乐，得了个自恃出身高贵的名声。对此，她根本没放在心上，反而非常庆幸城里的居民很少到她家里来。我们不想讳言，在**他们的**夫人眼里，她被认为是傻瓜，因为她全不懂向丈夫耍手腕，白白错过了要丈夫从巴黎或贝藏松给她买漂亮帽子的大好机会。只要别人不打扰她，让她一个人在自己美丽的花园中漫步逍遥，她便永远不会有意见。

她头脑单纯，甚至从未考虑到对丈夫有什么看法或承认丈夫使自己厌烦。她口虽不言，心里却觉得夫妻之间温馨的感情也不过如此。她尤其喜欢德·雷纳先生和她谈到对他们孩子未来的打算，准备让一个当军官，另一个做法官，第三个做教士。总之，她觉得所有她认识的男人都很讨厌，而德·雷纳先生还凑合。

---

① 埃居，法国古金币，一埃居相当于三法郎。

他妻子的这种判断是有道理的。维里业市长头脑清楚、说话风趣的令名,应该归功于他从一位叔父那里继承下来的半打笑话。大革命前,他这位当上尉的叔叔曾经在奥尔良公爵①的步兵团里服役,后来到了巴黎,出入这位公爵的沙龙,在那里遇见过蒙戴松夫人②、赫赫有名的德·冉利斯夫人③和王宫画廊的发起人杜克雷斯先生。在德·雷纳先生津津乐道的故事中,这些人物经常出现。但这些事情错综复杂,讲来不易,要详细记清也颇费功夫,因此,最近,他只在重要场合时才讲述有关奥尔良家族的掌故。除了谈及钱财,他都很有教养,所以完全有理由被公认为维里业最有贵族气派的人物。

---

① 奥尔良公爵(1747—1793),英国政治制度的崇拜者,一七八九年当选为三级会议的代表,一七九二年当选为国民公会议员,号称菲利浦·平等,曾投票赞成处死国王路易十六。一七九三年因涉嫌反对革命被处决。其子路易-菲利浦是一八三〇至一八四八年七月王朝时的国王。

② 蒙戴松夫人,奥尔良公爵之秘密夫人。

③ 冉利斯夫人,蒙戴松夫人之侄女,杜克雷斯侯爵之妹,曾负责教育路易-菲利浦。

第四章　父与子

事若如此，
岂我之过？

马基雅弗利[①]

第二天早上六点，维里业市长动身到索海尔老头的锯木厂去。路上他心里暗想："我妻子的确很有头脑。尽管事情是我向她提的，想显得自己比她高明，但我却没有考虑到，如果我不请这个据说精通拉丁文的小神甫索海尔，乞丐收容所所长——这个无时不动脑子的人很可能和我有同样的想法——会捷足先登，把他抢了过去。那时候，谈起自己孩子的家庭教师，他那种得意劲还用说吗！……不过，这个家庭教师一旦归了我，要不要穿神甫的黑袍呢？"

德·雷纳先生心里正琢磨，忽然远远看见一个乡下人，身高约有六尺，似乎天刚麻麻亮便已经在那儿忙着量度堆放在杜河边纤夫道上的一根木头。看见市长先生走来，神情有点不太乐意，因为木头挡道，放在那里是违章的。

此人正是索海尔老爹，他听了德·雷纳先生就他的儿子于连向他提出的奇怪建议之后，始而惊讶，继而大喜过望。但他仍然像本地狡黠的山民那样，装出发愁、不高兴和不感兴趣的神情。这些山民在西班牙统治时代做过奴隶，至今脸上还遗留着埃及农民的特点。

索海尔先来一通背得滚瓜烂熟的客套话。说这些废话时，他强笑着，更突出了他脸上天生的狡诈、虚伪神情。这个老农民灵活的脑子正

---

① 马基雅弗利（1469—1527），十六世纪意大利政治家、历史学家和作家。这段引文是意大利文。

在思索，想知道是什么原因使这样一位显要人物把他那个没出息的孩子聘请到家里去。他很不喜欢于连，可德·雷纳先生偏偏要他这个儿子，而且出乎意料地提出给三百法郎的年薪，还管吃管穿。这最后一个条件是索海尔老头灵机一动突然提出来的，德·雷纳先生也同意了。

这一要求引起了市长的注意。他心想，既然索海尔对我的建议并不像理所当然的那样感到高兴和满足，很明显，另外有人也打他的主意了。这个人除了华勒诺又能是谁呢？德·雷纳先生催索海尔立刻拍板成交，但毫无结果，狡猾的老农民就是不干。他说要征求儿子的意见，其实，在外省，一个有钱的父亲征求穷光蛋儿子的意见，不过是走走形式而已。

索海尔的水力锯木厂设在河边，只有一个棚架。四根粗大的木柱支撑着一个木结构的屋顶。棚中央八到十尺高的地方，竖立着一把上下移动的锯。一个十分简单的装置把木头往锯上送。两个机械都同时由一个水轮驱动：一个使锯上下移动，另一个把木头慢慢地送到锯上，然后锯成木板。

索海尔老爹一面向工厂走去，一面扯开嗓门喊于连。没有人回答。只看见两个身材魁梧的大儿子手持大斧砍松树干，然后送到锯上去。他们聚精会神，严格按木头上划的墨线砍。每一斧下去，都砍下大块的木片。他们没听见父亲的喊声。索海尔往工棚里走。进去之后，在锯旁于连该站的地方怎么也找不到人。抬头一看，只见于连骑在五六尺高的一根房梁上，不专心看机器，反而在那儿看书。索海尔老头对此最反感不过了。于连身材瘦削，不适合干力气活，和两个哥哥长得大不一样。这一点，索海尔老头可以原谅，但看书成癖却实在可恶，因为老头子自己是不识字的。

他喊了两三声，于连都没应，年轻人全神贯注在书本上，加上木锯的噪音，根本听不见父亲的厉声呼喊。后来，父亲不顾自己年纪大，霍地跳上正在锯的一棵树，又从树跳上房顶的横梁，抬手把于连手中的书击落河中，又猛击第二下，搂头盖顶，把于连打得失去了平衡，眼看就要跌落到十四五尺下面正在运转的机器手柄上，摔个筋断骨折。但父亲在他正要跌下的时候，伸出左手拉住了他。

“好啊！懒骨头！你在值班看锯的时候总看你那些混账书，要看等晚上到神甫家瞎混时再看好了。”

于连虽然被打得晕头转向，满脸是血，但仍然向锯旁规定的岗位走去。他眼噙着泪，并不是因为身上疼，而是痛惜失去了那本心爱的书。

“下来，畜牲，我有话跟你说。”

机器太闹，于连还是听不清这道命令。他父亲已经跳到了地上，不想再费劲跳上机器了，便抄起一根打核桃的长杆，猛击于连的肩膀。于连刚下到地上，索海尔老头便粗暴地连推带搡，把他往家里撵。年轻人心里嘀咕：“天晓得他要把我怎样！”经过小河时，他悲伤地看了一眼，刚才他的书就掉到这条小河里，正是他最心爱的那部《圣赫勒拿岛回忆录》①。

他两颊绯红，眼睛低垂，是个十八九岁的小青年。外表荏弱，五官虽不端正，但颇清秀。鹰钩鼻子，一双眼睛又黑又大，安静时目光深沉而热情，此刻却充满强烈的仇恨。深栗色的头发长得很低，额头显得很小，生起气来，有股子狠劲。在无数形形色色的人类脸庞中，如此特别，如此与众不同的，恐怕找不出第二个。他身材纤瘦而匀称，潇洒有余而膂力不足。还在襁褓时，他深思的神情和苍白的肌肤曾经一度使他父亲认为他活不了多久，即使能活，也不过是家庭的负累而已。家里谁也看不起他。他恨他的父亲和哥哥。每逢星期天在公共广场玩游戏，他总是输家。

不到一年以前，他俊美的脸蛋开始博得一些姑娘的啧啧赞赏。大家都看不起他，视他为弱者，但他却崇拜那位外科军医，因为军医敢于向市长提出梧桐树的问题。

这位外科医生有时把相当于连干一天活的工钱给索海尔老头，好教他拉丁文和历史，也就是他所知道的历史：一七九六年意大利战争。临终前，他把自己的荣誉十字章、未领的半饷和三四十本书都赠给了于连。这些书中最宝贵的一本刚才已经掉到市长托人情私自改了道的公

---

① 《圣赫勒拿岛回忆录》，拿破仑的侍从拉斯·卡萨斯公爵一八二三年发表的回忆录，记录拿破仑流放到圣赫勒拿岛上的生活与言行，其中包括拿破仑口述的个人一生事迹。全书共八卷。

家小河里了。

一走进屋里，于连便觉得父亲有力的大手按住他的肩膀。他浑身颤抖，准备挨揍。

“回答我，不许撒谎。”老农民严厉地在他耳旁大声说道。同时，像小孩子对待铅制的玩具兵一样，用手把他的身子拧过来。于是，于连噙着泪水的大黑眼睛和老木匠的一双凶狠的小灰眼睛四目相对，老木匠的样子似乎想一直看到儿子的灵魂深处。

第五章　谈　判

缓缓图之而其事卒成。

恩尼乌斯[①]

“你能回答就回答我，不许撒谎，只会看书的狗东西！你是怎样认识德·雷纳夫人的？又是啥时候和她说过话的？”

“我从没和她说过话。”于连回答，“除了在教堂，我从未见过这位夫人。”

“但你一定看过她来着，不要脸的东西！”

“从来没有！您知道，在教堂，我只看上帝。”于连有点不老实，他根据他的经验，这是避免再挨耳光的好办法。

“这里面一定有鬼。”狡猾的农民紧逼了一句，然后沉默了一会儿，“不过，你是什么都不会告诉我的，该死的小奸贼。老实说，我马上就可以把你甩掉了。没有你，我的锯木厂只会办得更好。你博得了本堂神甫或其他什么人的欢心，给你找了个好位置。你去打行李吧，我带你去德·雷纳先生那里，做他孩子们的家庭教师。”

“待遇怎样？”

“管吃管穿，还有三百法郎薪金。”

“我不当仆人。”

“畜牲，谁说当仆人了？难道我愿意自己的儿子当仆人？”

“那我和什么人一道吃饭？”

这一句把索海尔老头问住了。他觉得再说下去会说漏嘴，便冲于

---

① 恩尼乌斯（前239—前169），古罗马诗人、戏剧家，著有叙述罗马历史之史诗《编年史》。此处引文为拉丁文。

连大发雷霆，劈头盖脸地骂他，说他嘴馋，然后撇下他，去征求其他两个儿子的意见去了。

不久以后，于连看见他们各自拄着斧子商议。他看了他们很长时间，情知什么也猜不出来，便走到锯子的另一边，以免被他们发现。父亲这一通知突如其来，改变了他的命运，他想仔细琢磨一下，他又觉得自己已经无法慎重考虑，一个劲地只是憧憬在德·雷纳先生那座漂亮的府邸里会见到的东西。

他心里想："如果要降低身份，和仆人一起吃饭，则不如放弃这一切。若父亲相逼，我宁愿死。我攒了十五个法郎和八个苏①，今夜就逃，抄近路，不必担心会碰见警察，只消两天，我便能到达贝藏松。到了那里，我入伍当兵，有必要的话，就去瑞士。不过，这样一来，便没有出人头地，实现雄心壮志的希望，当教士这条通往一切的捷径也吹了。"

于连并非生来厌恶和仆人一起吃饭。其实，如果能够发迹，再难受的事，他都愿干。这种厌恶情绪他是从卢梭的《忏悔录》②里读来的。那是帮助他想象这个世界的惟一书籍。这本书和拿破仑大军的战报集，以及《圣赫勒拿岛回忆录》一起构成了他的《古兰经》③。为了这三本书，他可以去死，别的书他一概不信。用老外科军医的话说，他把世界上其他的书一概视为欺人之谈，认为是骗子们写的，目的是哗众取宠。

于连有一颗火热的心，还有一种往往书呆子才有的惊人记忆力。他很清楚自己的前途要仰仗谢朗神甫，便刻意博得他的欢心，把一部拉丁文的新约圣经背得滚瓜烂熟，德·迈斯特先生④写的那本《教皇论》也能倒背如流。其实他哪一本都不相信。

那一天，索海尔老头和他儿子像有默契似地彼此都避免说话。傍晚时分，于连到神甫家上神学课。他觉得还是稳当些，不把别人向他父

---

① 苏，法国古钱币名，二十苏为一法郎。

② 《忏悔录》，十八世纪法国著名作家卢梭（1712—1778）的自传体小说。

③ 《古兰经》，伊斯兰教徒的《圣经》，引申为"最爱读的书"。

④ 德·迈斯特（1753—1821），法国作家、哲学家，反对法国大革命，拥护国王和教皇的权威。

亲提出的那个奇怪的建议告诉神甫为妙。心想,这没准是个陷阱,应该装作把这件事情忘了。

第二天一早,德·雷纳先生差人去唤索海尔老头。老头儿让他等了一两个钟头才姗姗而来。一进门又是道歉,又是鞠躬。经过多方试探,老头儿终于弄清楚,将来他儿子和东家夫妇同桌吃饭,若有客人,则领着孩子们单独吃。他发现市长先生真的着急,益发节外生枝,表示既惊讶又不相信,要求亲眼瞧瞧儿子将来睡觉的房间。那是间宽敞的大房,家具齐全,有人正忙着把三个孩子的床搬进来。

看见这种情形,老农民心里有了底,立即信心十足地问给他儿子穿什么衣服。德·雷纳先生打开办公桌的抽屉,拿出一百法郎。

"叫你儿子拿这笔钱到杜朗先生的呢绒店里做一套黑礼服。"

老农民一听,顿时忘记了礼数,急忙问道:"万一我把他从您府上要回去,他还能留着这套黑礼服吗?"

"没问题。"

"嗯,很好。"索海尔拉长声调说道,"那咱们之间就只有一点要商量了。那就是您给他多少钱的问题。"

"什么!"德·雷纳先生火了,大声说道,"昨天不是已经说好了,给三百法郎。我想已经不少了,也许还太多了哩。"

"这是您给的价,我不否认。"索海尔老头说得更慢了,但他脑子的机灵劲只有不了解弗朗什-孔泰农民的人才会感到惊讶。他定睛看着德·雷纳先生,说道:"别人给我们的价更高。"

听了这句话,市长面色陡变,但很快便镇定下来。两个人经过整整两小时字斟句酌的谈判,狡猾的农民终于战胜了并不须靠狡猾为生的有钱人。于连今后生活的种种细则就这样定了下来,不仅年薪定为四百法郎,而且提前于每月一日支付。

"好吧,我会给他三十五法郎。"德·雷纳先生说道。

"像我们市长那样慷慨大方的有钱人一定会加到三十六个法郎的,凑个整数嘛。"农民讨好地说道。

"好吧,"德·雷纳先生说道,"不过,咱们就到此为止。"

他心里有气,语调强硬起来。农民知道不能再得寸进尺了。这样一来,德·雷纳先生反倒步步进逼,怎么也不答应将索海尔老头急于为他儿子收下的第一个月三十六个法郎交出来。他刚刚想到,回头一定要把这次谈判里讨价还价的经过讲给妻子听。

“把我刚才交给你的一百法郎还给我。”他生气地说道,“杜朗先生欠我钱,我和你儿子一起去拿黑呢子。”

他这样一硬,索海尔又乖乖地恢复了恭顺的态度,恭维话说了足足一刻钟。最后看见再也捞不到什么,便起身告辞,深深鞠一躬,说道:

“我这就把犬子送到府上。”

市长治下的老百姓想讨好市长,将他的住宅称为府上。

索海尔回到工厂,怎么也找不到他儿子。原来于连担心出事,便黉夜跑了出去,想找个安全的地方放他的书和那块荣誉勋位骑士勋章。他把这一切都搬到他的一个朋友那里,此人名叫富凯,是个做木材生意的年轻人,住在俯瞰维里业的高山上。

等他回来的时候,父亲便对他说:“该死的懒东西,我养了你那么多年,天晓得你会不会还我的饭钱!现在,拿起你的破烂衣服,滚到市长家里去吧。”

于连觉得奇怪,自己居然没有挨揍,巴不得赶紧就走。待到看不见凶神恶煞般的父亲,他便放慢脚步,觉得去教堂走一遭装装样子也有好处。

诸位对装样子这个字眼感到意外吗?须知,这个农家小子琢磨了很长时候才想出这个招数。

还在小的时候,他看见第六团队的几个龙骑兵,身披白色长战袍,头戴飘着黑色长缨的头盔,从意大利回来,把马拴在他父亲房子窗户的铁栅上,便疯了似的想当兵。稍后,老外科军医给他讲洛迪桥、阿科尔和里沃利等战役。他听得十分激动,还发现老人目光如火,注视着自己的十字章。

但是,于连十四岁的时候,维里业开始建造一座教堂。以这样一个小城市来说,其规模可称雄伟,尤其是那四根大理石柱,引起了于连的注意。这四根柱子在当地出了名,原因是它们使当地的治安法官和从贝藏松派来、被公认是教会间谍的青年助理司铎之间产生了刻骨的仇恨。治安法官眼看就要失去职位,至少大家这样认为,因为他竟敢和一个几乎每半个月便到贝藏松一次,据说去和主教大人见面的教士闹意见。

就在这个时候,拖家带口的治安法官判了好几个案子,似乎有欠公平,这些案子都是告发居民当中那些经常看《立宪报》的人的。结果,有势力的一方赢了,老实说,不过是三五个法郎的事,但于连那位做钉匠的教父也不得不交了其中一笔罚款。他气得大叫:"世道真是变了!二十多年来大家还一直认为治安法官是个正直的人哩!"这时,于连的朋友,那位外科军医已经去世。

转眼间,于连不再提起拿破仑,他宣布打算做教士。大家总见他在父亲的锯木厂里专心致志地熟读一本拉丁文圣经,那是神甫借给他的。慈祥的老人见他进步神速,心中暗喜,便整夜整夜地教他神学。于连在他面前总装得十分虔诚。有谁猜得到,在这个像少女般白皙温柔的脸庞下,隐藏着一股百折不挠、宁冒万死也要出人头地的决心呢?

于连认为,要出人头地,首先必须离开维里业。他讨厌自己的家乡,这里他举目所见都使他心灰意冷。

他自幼经常心潮澎湃,美滋滋地幻想有朝一日自己会被引见给巴黎的美貌女人,会以惊人的事迹引起她们的注意。当拿破仑还是个穷小子的时候便已经使光彩照人的德·博阿尔内夫人①一见钟情,他又为什么不能赢得其中一位佳丽的芳心呢?多年以来,于连也许无时无刻不对自己说,想当年拿破仑也是个寂寂无闻、一无所有的少尉,仅凭手中一把长剑便成为天下的主人。这种想法使他在不幸时获得安慰,高兴时更加快乐。

修建教堂和治安法官判案这两件事使他豁然开朗,心中产生一种想法,好几个星期以来,使他像疯了似的,仿佛一个容易冲动的人自以为别出心裁想出了前人所没有的主意,魂牵梦绕,无法摆脱。

"拿破仑崭露头角之际,正是法国担心外侮之时,武功是不可少的时尚。而今天,有的神甫四十多岁便拿到十万法郎的年薪,三倍于拿破

---

① 即约瑟芬·德·博阿尔内夫人(1763—1814),后来成为拿破仑的妻子。

仑麾下名将的薪俸。他们需要帮手。连那位心地善良、一贯为官清正而又年高德劭的治安法官也害怕得罪年仅三十岁的青年司铎，竟弄得晚节不保。看来非当神甫不可。”

于连学习神学已有两年之久，尽管信仰虔诚，有一次，却突然按捺不住，流露出心里那股火一般的激情。当时正在谢朗先生家，神甫们聚在一起吃晚饭，慈祥的本堂神甫把他作为学习上的神童介绍给大家，不料他疯狂地赞美起拿破仑来，事后他把右臂捆在胸前，对人只说是搬一根枞树干时胳臂脱了臼。这样不舒服的姿势足足保持了两个月，让自己受了如此的惩罚之后，才算宽恕了自己。这个十九岁的年轻人，外表荏弱，别人最多以为他只有十七岁。就这样，他胳臂下挟着个小包袱，走进了维里业那座庄严宏伟的教堂。

他觉得教堂既阴暗又孤寂。以前每逢节日，所有的彩绘玻璃窗都拉上了绯红色的布幔，在阳光照射下，使人双目难睁，充满庄严肃穆的宗教气氛。于连不禁一阵战栗。一个人坐到最好看的一张凳子上，凳上有德·雷纳先生的家族标志。

在祈祷桌上，于连发现了一张印有字的纸，摊开放在那里仿佛故意让人看似的。只见上面写道：

> 某年某月某日，路易·冉海尔在贝藏松被明正典刑，其经过详情如下……

纸已经撕破，反面还可以看见一行句子的头几个字：“第一步。”

“这张纸会是谁放的呢？”于连说了一句，接着，叹了口气，又说道：“倒霉的人，姓氏的结尾倒和我的一样①……”说罢，他把纸揉成一团。

走出教堂时，于连看见圣水缸附近似乎有血。原来是别人弄撒的圣水。红窗幔反光的作用，使水看上去像血一样。

于连对自己竟产生恐惧心理一事，感到很惭愧。

“我难道是胆小鬼？”他自言自语道，“拿起武器来！”

于连认为老外科军医叙述战事时经常出现的这句话充满英雄气

① 于连的姓是“索海尔”，和“冉海尔”的结尾一样。

概。于是他站起来,快步向德·雷纳先生的府邸走去。

尽管他决心已定,但一看见那座房子就在二十步之外,便不由自主地胆怯起来。铁门已经打开,显得十分高大雄伟。一定要硬着头皮进去。

于连来到这座府第,感到心慌意乱的并非仅他一人。德·雷纳夫人本来就极为胆小,一想到将来这个陌生人要经常横亘在她和孩子们中间,便觉得不知如何是好。她习惯了让孩子们睡在她的房间,早上看见孩子们的小床被搬到家庭教师住的那套房间时,她哭了很久,要求丈夫把最小那个孩子斯塔尼斯拉斯·格扎维埃的床搬回她的房间;但丈夫没有答应。

女人敏感的心理在德·雷纳夫人身上达到了极端的程度。在她想象中,家庭教师一定是个最讨厌的粗人,不修边幅,只是因为懂拉丁文,便受命来训斥她的孩子,而拉丁文则是一种野蛮人的语言,孩子们学不好还会挨鞭子。

在祈祷桌上，于连发现了一张印有字的纸……

第六章 苦 闷

我不知道自己是什么人，
在做什么事。

莫扎特:《费加罗》①

德·雷纳夫人一旦远离男人的视线,便恢复天生的活泼而优雅的举止。此刻,她正潇洒地从通向花园的落地窗走出来。突然看见正门旁出现一个年轻的乡下人,模样几乎还是个孩子,苍白的脸上还带着泪痕,身穿一件雪白的衬衣,胳臂下挟着一件干净的紫色平纹结子花呢外套。

这个年轻的乡下人肤色白皙,目光柔顺,使喜欢想象的德·雷纳夫人最初以为是个乔装打扮的女孩子,有事求市长来了。只见他可怜巴巴地站在门口,显然不敢伸手按铃。德·雷纳夫人心一软,暂时抛开家庭教师的到来使她产生的忧虑,走上前去。于连背对着门,没看见她走来,当耳旁响起一阵温柔的声音时,他吓了一跳。

"孩子,你有什么事呀?"

于连赶紧转过身,碰见德·雷纳夫人妩媚的目光,羞怯之情顿减。夫人的美貌使他惊讶莫名,忘记了此来的目的。德·雷纳夫人又问了一次。

"夫人,我是来当家庭教师的。"他不好意思地赶快抹掉眼泪,终于开了口。

德·雷纳夫人听罢愣住了。两个人相距很近,四目对视。于连从未见过穿得如此整齐的人,尤其是一位肤色如此光彩耀眼的女性柔声

---

① 指奥地利作曲家莫扎特所谱的歌剧《费加罗的婚礼》,引诗原为意大利文。

地和他说话。德·雷纳夫人看着这个乡下少年刚才如此苍白、此刻又如此红润的两颊上大滴大滴的眼泪，很快便笑了起来，像一个快活得无拘无束的少女。她笑自己，同时也想象不到自己居然这样快乐。什么！这一位就是家庭教师？以前，在她想象中，家庭教师是个脏兮兮、穿得破破烂烂的教士，专门来训斥和鞭打自己孩子的呀！

"什么！先生，"她终于问道，"您懂拉丁文？"

"先生"这个字眼使于连吃了一惊。他考虑了一下。

"是的，夫人。"他腼腆地说道。

德·雷纳夫人高兴极了，竟大着胆子对于连说：

"您训斥那几个可怜的孩子不会太厉害吧？"

"我？训斥他们？"于连惊讶地问道，"为什么？"

"您一定会好好地对待他们，对吗，先生？您答应我了？"夫人沉默了一会儿，用越来越激动的声音问道。

听见别人又喊他先生，而且喊他的又是一位穿得如此整齐的夫人，于连颇感意外。在他小时候的幻想中，他认为，除非他能穿上一身漂亮的军服，否则，没有一个有身分的女人会降尊纡贵和他说话。而德·雷纳夫人则完全被于连焕发的容光、又大又黑的双眼和一头美发弄糊涂了。刚才于连为了凉快，把头泡进了公共喷水池，所以他的鬈发显得比平时更卷曲了。夫人以前想到该死的家庭教师便为孩子们担心，认为一定面目可憎。但现在看到这位家庭教师腼腆得像个大姑娘，真是大喜过望。夫人生性平和，现在亲眼所见与她原来怕见的截然不同，使她深感意外。她终于从震惊中清醒过来，很奇怪自己就在家门口和这个几乎只穿衬衣的年轻人在一起，而且离得又那么近。

"请进吧，先生。"她不好意思地对于连说。

德·雷纳夫人一生从未被如此愉快的感觉打动过。随着忧心忡忡出现的竟是如此一位妙人。这样说来，她精心照料的那几个活泼可爱的孩子不会落入一个肮脏且整天训人的教士手里了。一走进门厅，她便转向怯生生跟在她身后的于连。年轻人看见府第如此华丽显得惊愕不已。这在德·雷纳夫人眼里又是一绝。她难以相信自己的眼睛，她尤其觉得，家庭教师应该有一套黑礼服才对。

“不过,先生,”她边问边又停下来,高兴过了头反而担心弄错,“您真的懂拉丁文?”

这句话伤了于连的自尊心,把他一刻钟以来的兴奋心情一扫而空。

“不错,夫人。”他回答道,一面极力装出一副冷冰冰的样子,“我和本堂神甫一样精通拉丁文,有时候他甚至说我比他强。”

德·雷纳夫人觉得站在离她两步远的于连样子好厉害,便走向前低声问他:

“头几天,即使我的孩子功课没做好,您也不用鞭子打他们,对吗?”

一位如此美貌的夫人用如此温柔甚至恳求的语调和他说话,使于连顿时忘记了他必须捍卫自己拉丁语学者的声誉。德·雷纳夫人的脸离他很近。他闻到了女人夏日服装的芬芳,这对一个可怜的乡下人来说,真是非比寻常。他的脸涨得通红,轻轻叹了一声,有气无力地说道:

“夫人,您别担心,我全听您的。”

只是到了此刻,为孩子们的担心一扫而空的时候,德·雷纳夫人才惊讶地发现于连竟是个翩翩美少年,面容几乎姣好如少女,态度腼腆,但对一位本身也极为羞怯的女人来说,丝毫没有可笑之处。一般人所认为构成男性美的那种阳刚之气反而使她害怕。

“请问先生贵庚?”她问于连道。

“快十九岁了。”

“我的长子十一岁。”德·雷纳夫人完全放心地说道,“几乎可以做您的伙伴了,您可以跟他讲道理。有一次,他父亲要打他,他足足病了一个星期,其实不过是轻轻一下。”

于连心想:“这和我多么不同啊。昨天,我爹还打我来着。这些有钱人真幸福!”

德·雷纳夫人已经留意到这位家庭教师脑子里一切最微小的想法,她把这种感伤当成胆怯,便想鼓励鼓励他。

“先生,请问尊姓大名?”她的语调优美动听,于连不禁为之倾倒。

“夫人,大家都叫我于连·索海尔。我生平第一次走进别人家里,不由得内心发抖。我需要您的关照。最初几天,我不习惯,还请您海

“请进吧，先生。”

涵。我从未上过学,因为家里太穷了。除了我的表亲,那位得过荣誉勋位勋章的外科军医和本堂神甫谢朗先生,我从未和别人说过话。我的人品,神甫可以担保。我哥哥经常打我。如果他们在您面前说我的坏话,您千万别相信。夫人,我若有不当之处,请您原谅。我绝无恶意。"

于连作这番冗长的表白时,心情逐渐镇定下来。他仔细打量德·雷纳夫人。如果一个人丽质天生而不以此自矜便更显得有无穷的魅力。于连对女性美颇有研究,此刻他可以发誓,德·雷纳夫人不过芳龄二十。他脑子里突然闪过一个大胆的念头,想吻她的手,但很快又害怕起来。不一会儿,他又想:"这样做可能对我有利,也可能减少这位美貌夫人对我这个刚刚离开锯木厂的穷工人的蔑视。我若不敢行动,岂不是懦夫的表现。"也许因为半年来每当星期日总有几个年轻姑娘称他为漂亮小伙,所以他才有这样的想法。就在他内心进行斗争的时候,德·雷纳夫人嘱咐了他几句,教他开始时对孩子们应该怎样。于连拼命按捺自己,结果脸又变得煞白。他勉强说道:

"夫人,我对上帝发誓,永远也不打您的孩子。"

他边说边大胆地拿起夫人的手送到唇边。夫人先是一惊,稍一思索,心里颇不快。当时天气很热,她裸露着胳臂,只搭着块披肩,于连拿起她的手送到唇边的动作使她的胳臂完全露了出来。几分钟后,她责备自己,认为生气生得太慢了。

德·雷纳先生听见有人说话,便从书房出来,装出一副庄严的长辈神态,像在市府为老百姓主持婚礼时一样,对于连说道:

"在孩子们看见您之前,我必须和您谈谈。"

他把于连请进一个房间。他妻子想回避,但被他留住了。关上门以后,德·雷纳先生一本正经地坐下来。

"本堂神甫告诉我说,您是块好材料,这里大家都会尊重您。如果我觉得满意,将来会帮助你找个职位。我要求您以后不再和您的父母和朋友见面,因为他们的腔调对我的孩子们不合适。这是第一个月的三十六法郎,我要求您保证一分钱也不交给您父亲。"

德·雷纳先生对那老头儿很恼火,因为在这宗买卖里,老家伙比他更精明。

“现在，**先生**，我已下令阖府上下都这样称呼您。您会觉得，能够进入大户人家是一种福气。现在，先生，让孩子们看见您穿着短上衣很不合适。仆人们看见他了吗？”德·雷纳先生问妻子道。

“没有，亲爱的。”夫人答道，看样子，她心里正想着什么。

“好极了，穿上这个吧。”他边说边递给年轻人自己的一件燕尾服。“现在，咱们去杜朗的呢绒店。”

一个多钟头以后，新来的家庭教师已经穿上了一身黑色的衣服。当德·雷纳先生和他一起返回时，发现妻子仍然坐在原来的位置。看见于连，倒是放心了。这时便仔细端详他，忘记了当初不敢看他了。但于连一点也没有想到她。尽管对命运和别人都抱着怀疑态度，他此时的心态仍然像孩子一样，觉得从三个钟头以前在教堂里发抖到现在，似乎已经过去了好几年。他发现德·雷纳夫人神态冷冰冰的，明白她因为自己胆敢吻她的手还在生气。但一接触和平时穿的衣服大不一样的礼服，他心里顿生骄傲之感而忘乎所以。他极力想掩饰内心的欢乐，因而一举一动都显得突兀和狂放。德·雷纳夫人惊讶地看着他。

“先生，如果您想我的孩子和下人尊敬您，”德·雷纳先生对他说道，“您就要稳重点。”

“先生，”于连回答道，“我穿这身新衣服很不习惯。我是个贫穷的乡下人，一辈子只穿过短上衣。如果您允许，我想到我房间里单独待一会儿。”

“你觉得新雇来的这个人怎样？”德·雷纳先生问他妻子道。

出于肯定自己也不知道的本能，德·雷纳夫人没有向丈夫说真话。

“对这个乡下孩子，我并不像你那样感到满意。你处处优待他会使他肆无忌惮，不出一个月，你便会不得不把他辞掉。”

“将来不行就辞掉好了，无非是花掉百十个法郎，而全维里业的人便能经常看到德·雷纳先生的孩子有家庭教师带着。如果我让于连仍然穿工人装束，这个目标就不能达到。辞他的时候，我当然会把在呢绒店定做的那套新礼服要回来，只留给他刚才我在裁缝铺给他买的那几件成衣。”

于连待在自己房间里的时间，德·雷纳夫人觉得不过是片刻工夫。

孩子们获悉新的家庭教师已经到来，便向母亲打听个没完。最后，于连出场了，和以前相比简直判若两人。说他一本正经不太确切，简直是稳重的化身。他被介绍给孩子们。他对孩子们说话的态度，连德·雷纳先生也感到惊讶。

“先生们，我到这里来是教你们拉丁文，”他结束谈话时对他们说道，“你们知道背书是怎么回事。这里是一部《圣经》，”说着，他给他们看一部三十二开黑色的精装书，“专讲我们的主耶稣基督的故事，这是被称为《新约全书》的那一部分。我会经常要你们背书。现在你们可以先考考我。”

最大那个孩子阿道夫接过了书。

“你随便翻开，”于连说道，“找一段，只要告诉我第一个字，我便会把作为我们规范的这本圣书一直背下去，直到你要我停下为止。”

阿道夫把书翻开，读出一个字，于连便把整整一页背出来，像说话那样流利。德·雷纳先生得意地看着妻子。孩子们看见父母惊讶的神态，不禁也瞪大了眼睛。这时一个仆人来到客厅门口，于连还一个劲地背拉丁文。仆人先是站着不动，接着便走了。不久，夫人的贴身侍女和厨娘也来到门边。其时阿道夫已经翻开了书上八个地方，于连仍然倒背如流。

“噢！我的上帝！好漂亮的教士！”厨娘失声叫了起来，她是个善良虔诚的好姑娘。

德·雷纳先生的自尊心受到了触动。他并不想考这位家庭教师，只是搜索枯肠，想找出几句拉丁文。最后终于说出了贺拉斯①的一句诗来。但于连只懂圣经上的拉丁文，只好皱着眉头回答道：

“我打算献身神职，不能读世俗诗人的作品。”

德·雷纳先生背了一大段所谓贺拉斯的诗句，并向孩子们解释贺拉斯是什么人，但孩子们只顾欣赏于连而不理会父亲的话，他们只看着于连。

仆人们仍然站在门口。于连认为有必要继续露一手。

---

① 贺拉斯（前65—前8），古罗马诗人。

“斯塔尼斯拉斯-格扎维埃先生也给我在圣经中挑一段。”他对最小的孩子说道。

小斯塔尼斯拉斯觉得很自豪，也凑凑合合读出了一段的头一个字，于连把整页又背了出来。使德·雷纳先生得意洋洋，踌躇满志的是，于连正背着的时候，进来了两位客人：一位是拥有诺曼底良种马的华勒诺先生，另一位是副区长沙尔科·德·莫吉隆先生。这一来，于连便获得了“先生”的称号，仆人们也就不敢不这样称呼他了。

当晚，维里业的所有居民都蜂拥到德·雷纳先生家来欣赏奇迹。于连沉着脸，冷冷地回答众人的问题。他的名声在城里不胫而走。不消几天，德·雷纳先生担心别人会把他抢走，向他提出签订两年的合同。

“不，先生，”于连冷冷地回答道，“如果您想辞退我，我就不得不走。一张捆住我的手脚而对您毫无约束力的合同是不公平的，我不签。”

于连工作得很好，因而到府里来不到一个月，连德·雷纳先生对他也肃然起敬。本堂神甫已经与德·雷纳先生和华勒诺先生闹翻，所以不会有人泄露于连以前崇拜过拿破仑，现在，他谈起拿破仑便表示很厌恶。

第七章 情有独钟

只有拂人之意才能动人之心。

现代人

孩子们崇拜他,但他一点也不爱他们。他的思想别有寄托。小家伙们做什么他也从不着急。他冷漠、正直、喜怒不形于色,但大家都喜欢他,因为他的到来多少驱除了府中沉闷的气氛。他是个尽责的家庭教师。但他对上层社会只有仇恨和厌恶。说实在的,在这个社会中,他只能忝居末座,也许这就是他仇恨和厌恶的原因。有时府中大摆筵席,他好不容易才按捺住对周围一切的仇恨。尤其是有一次圣路易节,华勒诺在德·雷纳家高谈阔论,于连险些控制不住,赶紧借口去看孩子,溜进花园,叹息道:“满嘴廉洁奉公!似乎非此不足以称美德!可是自从掌握管理穷人财产的大权以来,自己的财富却明显地翻了两三番,对这样的人,又何来崇敬与尊重!我敢打赌,甚至连该用在孤儿,也就是比其他人更孤苦伶仃的弃儿身上的钱,他也要捞一把①!啊!简直是魔鬼!我也和捡来的孩子差不多,我爹、我哥哥、我家里所有的人对我都恨之入骨!”

圣路易节前几天,于连一个人在小树林里念日课经。这里被称为观景台,可以俯瞰忠诚大道。他看见他的两个哥哥从一条偏僻小路走来,他无处可躲,碰上了。那两个粗野的工人看见弟弟穿着一身黑礼服,清洁整齐,对他们打心眼里瞧不起,于是妒火中烧,狠揍了他一顿,把他打得浑身是血,昏倒在地。德·雷纳夫人和华勒诺先生以及副区

---

① 根据作者原注,文件显示,一八二九年,该国于弃婴上的预算被贪污了四百万,相当于今天的一千到一千五百万法郎。

长一起散步，碰巧走到小树林里，看见于连躺在地上，以为他死了，不禁惊恐万状，使华勒诺先生嫉妒不已。

他的警觉未免为时过早。于连觉得德·雷纳夫人很美，但正因为美，于连反倒恨她，因为她是差一点使他前途尽毁的第一块礁石。于连尽量少和她谈话，以图忘记第一天情不自禁地吻她的手那种冲动。

德·雷纳夫人的贴身侍女艾莉莎爱上了这位年轻的家庭教师，经常和女主人提到这件事。艾莉莎小姐的爱却给于连招来了一个男仆的恨。一天，他听见这个男仆对艾莉莎说："自打这个混账家庭教师来到府中，你就不再愿意和我说话了。"真是冤哉枉也，不过，出于美少年的本能，于连便更加注意自己的仪表，这样一来，华勒诺先生更是又妒又恨，并且公开说，一个年轻的神甫不应如此打扮。其实，于连那身衣服和道袍相差无几。

德·雷纳夫人发现他和艾莉莎说话比平时更多了，心知是他衣服太少的缘故。于连内衣不多，只好经常拿到府外去洗，艾莉莎正好在这方面能照顾他。德·雷纳夫人没想到他那样穷，心中不忍，真想送他点东西，但又不敢。这种内心的矛盾是于连给她带来的第一种痛苦感情。迄今为止，于连的名字给予她的纯属精神上的愉快。一想到于连的贫穷，她便心中不安，于是对丈夫说，想送给于连几件内衣。

"这就亏了！"她丈夫回答道，"什么！他给我们干活干得很好，我们对他也非常满意，还用赏他什么东西吗？还是等他松懈下来，需要给点物质刺激时才考虑吧。"

丈夫这种看法使德·雷纳夫人感到脸红。于连到来之前，她从没有过这样的感觉。每当看见于连衣着虽然十分朴素，却极为整齐时，她都不禁心里想："可怜的孩子，真是太难为他了。"

渐渐地，她对于连捉襟见肘的情况不仅不以为忤，反而产生了怜悯。

德·雷纳夫人是外省女子，和她交往的头半个月，你很可能以为她傻乎乎的，因为她没有任何生活经验，沉默寡言，正直而倨傲，像一切身在福中的人那样，对偶然遇见的某些粗人的行动多半不予理会。

如果她稍稍受过点教育，她的天性和敏锐的思想本可脱颖而出，但作为有大笔财产继承的女人，她是在修女身边长大的，而这些修女是耶稣圣心①的热烈崇拜者，对国人中不赞成耶稣会的都恨之入骨。德·雷纳夫人心知肚明，觉得自己在修道院学到的东西荒谬绝伦，很快便将之置诸脑后，但又没有任何知识补充，所以变得什么也不知道。她有大笔财产继承，过早地受到别人的阿谀奉承，加之天性虔诚，所以性格十分内向。她有贤淑的外表，事事迁就，从不坚持己见，是维里业当地丈夫在妻子面前经常提到的典范，成为德·雷纳先生的骄傲，其实，她一贯的思想感情却是内心傲气导致的结果。她外表温柔谦逊，但对丈夫的一言一行毫不关心，较之以骄傲闻名、对周围贵族的所作所为不屑一顾的公主有过之无不及。于连到来以前，她所关心的只是她的孩子。孩子们的小病小灾，痛苦与欢乐，占据了她全部的感情，她一辈子只崇拜过上帝，那是在贝藏松圣心修道院的时候。

如果有一个孩子发烧，她心里着急得像孩子已经死了一样，只不过不肯告诉别人而已。结婚的头几年，每当她这样忧虑，需要宣泄而向丈夫倾吐心里话时，得到的只是丈夫粗野的狂笑，耸耸肩膀，随口说一句女人总是大惊小怪的陈词滥调。这样的玩笑，尤其是开她孩子生病的玩笑，使德·雷纳夫人的心像被刀剜一样。再也听不到年轻时在耶稣会修道院中听到的讨好恭维的甜言蜜语了。痛苦教育了她。她自尊心很强，不愿把这类烦恼告诉他人，就连对她的朋友戴维尔夫人也守口如瓶。在她心目中，所有男人都和她丈夫、华勒诺先生和副区长沙尔科·德·莫吉隆一样。她认为，言谈粗野、除了金钱、地位和荣誉之外，对一切都无动于衷、盲目仇恨任何触犯自己的言论等等，这些都是男人与生俱来的品质，像穿靴戴帽一样天经地义。

这样生活了多年，德·雷纳夫人仍然看不惯这些只看重金钱的人，但又不得不和他们周旋。

于连这个乡下小伙子获得她的青睐，原因就在于此。她同情这个高尚而自尊的年轻人。一种新鲜而充满魅力的感觉使她获得了光辉而甜蜜的享受。她很快便原谅了于连极度的无知，认为这也是一种可爱

① 圣心，耶稣热爱世人的象征，天主教信徒的崇拜对象，巴黎有圣心教堂。

之处，也不怪他粗野的举止，而且帮助他改正。她觉得于连讲的话也值得一听，即使谈的是最普通的事情。譬如一只可怜的狗在横过大街时被一个农民飞驰的大车压死。这样的惨景只博得她丈夫哈哈一笑，而于连美丽的、黑而且弯的双眉则不禁皱了起来。逐渐地，她觉得只有在这个年轻的神甫身上才能找到慷慨、高尚和人道的精神。这些优秀品质在生性善良的人心目中所激起的好感和钦佩之情，她全都倾注在于连身上。

若在巴黎，于连对德·雷纳夫人的态度很快便能明朗，不过，巴黎的爱情是小说的产物。年轻的家庭教师和他胆小的女主人可能会在三四部小说，甚至在剧场的歌曲中明确他们地位。小说会给他们勾勒出该扮演的角色，指出该效法的榜样。这种榜样虽然不能给于连带来什么欢乐，也许还会使他厌恶，但出于虚荣，他迟早也不得不照样行事。

在阿韦龙省或比利牛斯省的小城，由于天气炎热，一点小事便会迅即闹大。而在我们这里，天空阴沉沉的，一个贫家少年之所以不安本分，只不过因为有点讲究，想享受一下金钱所能带来的欢乐而已。他每天都与一个年方三十、胸无杂念的少妇接触。这位少妇心思都放在孩子身上，根本不想去效法小说里人物的行为。所以，在外省一切都进行得很慢，水到才能渠成，这样倒比较自然。

有时，德·雷纳夫人想到年轻的家庭教师如此穷困，不禁流下同情的眼泪。有一天，她又在哭，被于连看见了。

“咦！夫人，您有什么难受的事吗？”

“没有，我的朋友，”她回答道，“把孩子们喊来，咱们去散步吧。”

她挽起于连的胳臂，紧靠着他。于连感到有点异样，这是她第一次以朋友相称。

散步快结束时，于连发现她脸色绯红。夫人放慢了脚步。

“您一定听说了，”夫人说时眼睛并没有看着他，“我有一位非常有钱的姑妈，住在贝藏松，我是她惟一的继承人。她送给我很多礼品……我的孩子在学习上有了……惊人的进步……所以我想请您接受一份小小的礼物以表示我对您的感谢。其实不过是几个金币，给您添几件衬衣……不过……”她的脸变得更红了，话没有再说下去。

“怎么了,夫人?”于连问道。

“这件事不必告诉我丈夫。”她说着低下了头。

“夫人,我人穷但志不短。”于连停住了没往下说,两眼闪烁着怒火。接着又挺起了腰,“这一点您有欠考虑。如果我向德·雷纳先生隐瞒任何关于我钱财的事,我就连仆人也不如了。”

德·雷纳夫人惊呆了。

“自从我住到府上,市长先生一共给了我五次钱,每次三十六法郎,”于连继续说道,“我随时准备将我的账目给德·雷纳先生和任何人,甚至恨我的华勒诺先生审查。”

听了这番不客气的话,德·雷纳夫人面如土色,浑身发抖,直到散步结束,两人始终没有再说话。于连自尊心很强,越来越不可能对德·雷纳夫人有任何非分之想。至于德·雷纳夫人,她对于连既尊敬又佩服。尽管因此受到顶撞,但她由于无意之中得罪了于连,现在借口补过,对他更是照顾得无微不至。这种别出心裁的做法使德·雷纳夫人足足高兴了一个星期,结果总算部分平息了于连的怒气。但小伙子一点也觉察不出其中有任何个人感情的色彩。

他心想:有钱人就是这样,他们侮辱你,然后装腔作势一番,以为这样便万事大吉。

德·雷纳夫人心里总堵得慌,而且也过分天真,所以尽管下了决心,最终还是把想送东西给于连并遭到拒绝一事告诉了丈夫。

“怎么?”德·雷纳先生一听就火了,说道,“下人拒绝你,你倒受得了?”

由于德·雷纳夫人不同意使用“下人”这个字眼,他又说道:

“夫人,我不过引用已故孔代亲王的说法而已。亲王介绍侍从给自己的新婚夫人说:‘这一干人等都是咱们的下人。’我给你念过的这段话引自贝桑华尔的《回忆录》,主要谈的是上下尊卑的问题。凡不是贵族而又住在你家里并领取薪金的人都是你的下人。我这就去找那位于连先生谈谈,给他一百法郎。”

“噢,亲爱的,”德·雷纳夫人战战兢兢地说,“至少别当着众人的面!”

“当然,他们会眼红的,这也难怪。”德·雷纳先生说着走了,心里盘算这笔钱该占多大份额。

德·雷纳夫人倒在椅子上,痛苦得几乎晕了过去。“他要侮辱于连了! 这全怪我!”她讨厌她的丈夫,接着,用手捂着脸,发誓今后绝不再把心事告诉别人。

当她再见到于连时,身子索索直抖,感到胸口发闷,一句话也说不出来。惶惑中,她抓住于连的双手,紧紧地握着。

“噢! 我的朋友,”她终于对于连说道,“您满意我丈夫吗?”

“怎能不满意呢?”于连苦笑着回答,“他给我一百法郎。”

德·雷纳夫人不太相信地定睛看着他。

“让我挎着您的胳臂。”她鼓足了勇气说道,于连从未看见过她这样。

她大着胆子一直走到维里业的书店,根本不介意该店以自由思想著称。她陪孩子们选购了十个金币的书,心知这都是于连想看的。她还要每个孩子就在店里把名字写在分到的书上。正当她庆幸自己敢以这样大胆的方式对于连作出补偿的时候,于连却对店里书籍之多感到惊讶。他从来不敢涉足世俗味如此浓厚的地方。一颗心不禁怦怦直跳。他根本没想到去猜测德·雷纳夫人的心事,而是拼命思索,看有没有办法使一个研究神学的学生能够弄到几本这样的书。终于他想出个主意,只要略施小计,便可以说服德·雷纳先生,使他认为有必要将本省出生的几位著名贵族的传记作为他儿子们的拉丁文翻译题目。经过一个月的苦心安排,想法终于实现,而且过了一段时间,他还大着胆子向德·雷纳先生提出使一位贵族出身的市长感到十分为难的事,就是向书店老板订书,这无异帮助一个有自由思想的人去赚钱。德·雷纳先生也认为,使他的长子将来上军校,听见别人谈话里提到某些著作时有个 de visu① 的概念,这样做不失为明智之举。但于连发现市长执意不肯再满足他进一步的要求,猜想其中必有难言之隐,却猜不出原因何在。

“先生,我想,”一天,他对德·雷纳先生说道,“让德·雷纳这样一位名门望族的姓氏出现在书店老板肮脏的账簿上实在是太不合

① 拉丁文:已经看过。

适了。”

德·雷纳先生闻言脸上骤然一亮。

“即使是一个学神学的穷学生，”于连更加低声下气地说道，“如果有一天被人发现他的名字登记在一个出租书报的书店老板的账本上，那也是个很不光彩的记录。自由派会控告我借过最糟糕的坏书。谁知道他们会不会在我名字下面写上那些诲淫诲盗的书名呢？”

于连说着说着离了题，看见市长的脸又恢复了困惑和不快的表情，便立即打住，心想：“我已经抓住此人的心理了。”

几天以后，最大的一个孩子当着德·雷纳先生的面问于连有关一本刊登在《每日新闻》上的书。

“为了避免使雅各宾党有任何胜利的口实，”年轻的家庭教师说道，“同时也为了使得我有办法回答阿道夫先生的问题，可以派您手下身分最低的人到书店老板那里登记租书。”

“这个主意倒不错。”德·雷纳先生显然很高兴，说道。

“不过，必须明确规定，”于连像某些眼看久已企望的事情终于成功的人那样，装出一副庄重而几乎无可奈何的神情说道，“必须明确规定，那个仆人绝不能借任何小说，因为这些书籍危险，一拿回府上便可能腐蚀夫人的侍女和那个仆人自己。”

“您忘记说那些政治小册子了。”德·雷纳先生对自己孩子的家庭教师居然能想出这样一种绝妙的折中办法，深感佩服，但又不想流露出来，于是便高傲地加了一句。

于连的生活可以说就是一连串这样你来我往的谈判。而他考虑的只是谈判的成功，根本顾不上德·雷纳夫人对他的青睐。其实只需稍微注意一下，便不难看出夫人的感情。

在维里业市长家里，他又恢复以往的心态。像在他父亲的锯木厂里一样，他深恨和他一起生活的人，当然，这些人也恨他。每天他都听见副区长、华勒诺先生和市长府里的其他朋友谈他们耳闻目睹的事，与实际情况相距甚远，而他之所爱却恰恰是他周围的人之所恶。他内心的反应总是这一句：“多可恶的东西！”或者，“一帮蠢货！”可笑的是，尽管他如此骄傲，对别人说的事，他却往往一窍不通。

关于人生,他只开诚布公地和老外科军医谈过。他有限的知识不是与拿破仑在意大利的征战便是与外科医学有关。他血气方刚,喜欢听人详细叙述最痛苦的外科手术,心想:“我连眉头也不会皱一皱。”

德·雷纳夫人第一次想和他谈点与孩子们的教育无关的事,他却谈起了外科手术。夫人花容失色,请他别再讲下去。

除此之外,于连什么也不懂。所以,他和德·雷纳夫人单独在一起时,两人往往相对无言。在客厅里,虽然他态度谦逊,但德·雷纳夫人从他眼神中发现,他总有一种智力上的优越感,看不起所有到府上来的客人。只要和他单独待一会儿,夫人便看出他显然很尴尬。夫人深感不安,因为她从女人的本能知道,这种尴尬绝非出自柔情。

外科军医给于连描绘过上流社会的情形,使他产生了一种莫名其妙的想法:只要和一个女人在一起而无话可说,他便觉得受到了侮辱,仿佛这种沉默全是他的过错。他和女人面对面在一起时,这种感觉更加强烈百倍。至于一个男人单独和一个女人在一起时该说些什么话,他脑子里充满胡思乱想和夸大的概念,因而在困惑之中,只能产生一些令人无法接受的想法。他想入非非,但又无法摆脱令人十分难堪的沉默。因此,和德·雷纳夫人母子散步的时间一长,心里就痛苦万分,脸就绷得更紧,一个劲地自怨自艾。更不幸的是,如果勉强说话,往往也是语无伦次。这种情况经他一夸大,心里就更不好受。而他所看不见的是自己的眼神。他的眼睛很美,流露出火一般的热情,像会演戏的演员,往往无情而似有情。德·雷纳夫人发现,于连单独和她在一起时,从来说不出什么像样的话,除非发生了什么意料不到的事,把他的注意力引开,使他不去考虑说恭维话。既然到府里来的朋友并不能给德·雷纳夫人带来任何别有新意的光辉思想,于连智慧的闪光便成了她一种甜美的享受。

自从拿破仑倒台以后,外省风习之中严格剔除了任何风流的色彩。人人都担心被罢官。骗子们都到教会中寻找靠山。虚伪的作风即使在自由派人士中也大行其道。生活更是无聊,惟一的乐趣就是看书和种田。

德·雷纳夫人从一位虔诚的姑母那里继承了一大笔遗产,十六岁便嫁到大户人家，一生之中，对爱情没有任何体验，连与爱情沾点边的东西也没有见识过。只有她的忏悔师善良的谢朗神甫和她谈过什么是爱情，那是针对华勒诺追求她一事而说的，但神甫把爱情描绘得非常恶心，因而爱情这个字眼在她心目中不过是糜烂放纵的代名词。而她偶然读到的少数几部小说中有关爱情的叙述，她都认为是例外，甚至是反常的现象。亏得这种无知，德·雷纳夫人才能心安理得地不断照顾于连而丝毫没有负疚之感。

第八章　纷纭世事

强忍叹息，愈显沉痛，
暗送秋波，更感情浓，
虽不负疚，脸亦绯红。

《唐璜》①第一章七十四节

德·雷纳夫人天性淳厚，生活美满，但一想到自己的贴身侍女艾莉莎，她天使般甜蜜的心境便打了折扣。艾莉莎继承了一笔遗产，在向谢朗神甫作忏悔时，承认打算嫁给于连。神甫真心实意地为自己朋友的幸福感到高兴，但于连敬谢不敏，而且态度坚决，使他大感意外。

"孩子，你心里怎么想的你可要注意。"神甫皱着眉头说道，"如果你是一心向神而置一笔可观的财产而不顾，那倒是虔诚可嘉。我当维里业的本堂神甫已经整整五十六年了。从各种迹象看，我的职位快保不住了。我感到难过，可是我还有八百法郎的年金。我告诉你这件事的目的，是要你对做教士这一行不存在幻想。如果你想投靠有势力的人，那肯定会万劫不复。你可能会发财，但这样就要损害穷苦人的利益，讨好副区长、市长，就是那个有地位的人，并投其所好：这种上层社会称为八面玲珑的行为对一个俗人来说，倒不一定与灵魂得救水火不容。但以咱们的身分，就必须作出抉择。人间富贵还是天堂净土，绝无折中可言。亲爱的朋友，三思吧。三天后再回来把切实的答复告诉我。我难过地看到，在你心灵深处，隐约燃烧着一股热情，说明你凡心未尽，难舍人间富贵，做教士绝对不能如此。我对你内心的揣测是不会错的。我老实告诉你，"善良的神甫噙着眼泪又说道，"作为教士，我真为你的

① 指英国诗人拜伦（1788—1824）的长诗《唐璜》，引诗原为英文。

灵魂能否得救担忧。”

看见神甫如此动情，于连羞惭无地。有生以来，他第一次看到自己有人爱，不禁高兴得流下了眼泪，便跑到维里业后山上的大树林里大哭起来。

“我为什么要这样？”最后，他问自己道，“我觉得，为了这位心地善良的神甫谢朗，我会赴汤蹈火，万死不辞，可是，刚才他向我证明了，我不过是个蠢材。我本想骗过他，但他却猜出了我的心思。他对我提到的隐隐燃烧着的热情，正是我想出人头地的打算。他认为我不配当教士，而当时我还以为牺牲五十路易的年金会使他对我的虔诚和志向有高度的评价哩。”

“今后，”于连继续想道，“我立身处世只能依靠我性格中经过考验的优点。看还有谁能说我只爱哭，只爱向我证明我不过是蠢材的人！”

三天以后，于连找到了本来第一天就该找到的借口，而所谓借口，无非是造谣。即使造谣，那又何伤大雅？他吞吞吐吐地向本堂神甫承认，有一个原因他不便解释，怕伤害第三者。而正是这个原因使他一口便回绝了这桩计划中的亲事。这无异怪艾莉莎品行不端。谢朗神甫在他的举止中看出他凡心太重，在感情上与年轻教士的身分格格不入。

“我的朋友，”神甫还是挑明了对他说，“你与其做一个凡心难断的教士，不如做一位有教养而且受人尊重的乡绅算了。”

于连对这些新的劝诫回答得非常巧妙，使用的完全是一个笃信宗教的年轻修道士所使用的语言，但说话的语调和眼里无法隐藏而闪射出来的激情使谢朗神甫深以为忧。

对于连的前途，实不应妄加推断，因为他的话虽虚伪，但编造得头头是道，娓娓动听。以他那样的年纪实属难得。至于语气和姿势，他以前和乡下人生活在一起，看不见伟大的示范，后来一旦有机会接近那些上流社会的老爷，姿势和谈吐便立即变得潇洒起来。

德·雷纳夫人觉得很奇怪，她的侍女虽然刚得了一份财产，但却不比以前快活。总看见她不断去找本堂神甫，回来时眼泪汪汪。终于艾莉莎把自己的婚事和她谈了。

德·雷纳夫人觉得自己病了，像是发烧，睡不着，只有她的侍女或于连在跟前才有点生气。她总想着他们，憧憬他们婚后幸福的家庭生活。靠每年五十金币为生当然住的是小房子，而且家徒四壁，但在她想象中却有着迷人的色彩。于连大可以到离维里业八公里的专区首府布雷当律师，这样，她便可以不时地看见他了。

德·雷纳夫人真的认为自己快疯了，于是便告诉了丈夫，最后果然病倒了。当晚，侍女进来伺候时，她发觉姑娘在哭。最近，她很讨厌艾莉莎，刚刚还训过她。现在便向她道歉，不料艾莉莎哭得更厉害了，并且说，如果夫人允许，她便把自己的不幸全讲出来。

“你说吧。”德·雷纳夫人回答道。

“我说，夫人，他拒绝了我。一定有坏人在他面前说我不好，他信了。”

“谁拒绝你呀？”德·雷纳夫人连气也透不过来了。

“夫人，不是于连先生，又是谁呢？”侍女抽噎着回答，“神甫先生也拗不过他，因为神甫先生认为，他不应该拒绝一位好姑娘，借口她当过侍女。话又说回来了，于连先生的父亲也不过是个木匠。他本人到夫人府上来以前，又是靠什么生活的呢？”

德·雷纳夫人不再听她讲下去了，心里高兴得几乎失去了理智。她要艾莉莎把于连断然拒绝，并且没有转圜余地的情形讲了又讲，直到认为千真万确为止。

“我想作一次最后努力，”她对侍女说道，“找于连先生谈谈。”

第二天午饭后，德·雷纳夫人欣然替她的情敌说项，看见艾莉莎及其财产一再被于连拒绝，心里觉得美滋滋的。

渐渐地，于连不再作千篇一律的回答，终于把德·雷纳夫人的良言相劝聪明地糊弄过去。而德·雷纳夫人经过多日的绝望之后，现在已无法抵御心中那股幸福的激流，真的支持不住了。待她缓过来，回房间休息时，她屏退左右，定下心来一想，不禁惊慌起来。

“难道我爱上于连了？”她终于给自己提出了这个问题。

这一发现，换了别的时候，一定会使她后悔，心情无法平静，但此刻她虽然感到奇怪，但却懒得去想，因为她刚经历过感情上如许波动，已心力交瘁，对任何激情都不堪负荷了。

德·雷纳夫人想做点事，不料却酣然睡着了。醒来时，惊恐的心情镇定了下来，她毕竟是身在福中，对什么事都很难从坏处去想。这位善良的外省妇女天真无邪，对任何感情上的变化和不如意的事都不会苦苦思索，去寻求个究竟。在于连到来以前，她一心扑在家务上，而在远离巴黎的外省，这样做正是一位贤良的家庭主妇分内之事，她对待感情犹如我们对待彩票：上当是肯定的，只有疯子才想在其中寻找到幸福。

晚饭的钟声敲响，于连领着孩子们来了。德·雷纳夫人一听见于连的声音，顿时两颊绯红。而自从心中产生了爱情之后，她也变得乖巧些了，解释自己之所以脸红，是头疼得厉害的缘故。

"所有女人都一样，"德·雷纳先生大笑着说道，"像部机器，总有些零件要修理！"

德·雷纳夫人尽管对这种打趣已经习以为常，但那语调仍然使她不快。为了转移自己的注意力，她仔细看了看于连的脸，而这张脸即使是天下最丑的，此时也会博得她的欢心。

德·雷纳先生非常注意仿效宫廷人物的习惯，一俟春回大地，便搬到维尔基，就是那个因发生过加布里埃尔的悲剧①而闻名遐迩的村子。这里古时本有一个哥特式的教堂，现在虽已坍塌，仍不失为一景。离废墟不到数百步，德·雷纳先生拥有一座古堡。古堡有四个塔楼和一个花园，格局像杜伊勒里宫②的花园一样。边上种满黄杨，小径蜿蜒其中，两旁是一年修剪两次的栗子树。附近还有一块地，种着苹果树，可供游人憩息。果园尽头还有八至十棵核桃树，亭亭华盖，枝叶挺拔，高可达八十尺左右。

每当妻子对这些核桃树表示欣赏的时候，德·雷纳先生便说："这些该死的核桃树每棵都夺走我半阿尔邦的收成，因为树下长不了麦子。"

田野的景色对德·雷纳夫人似乎十分新鲜，欣赏之余，情难自已。

---

① 加布里埃尔，十三世纪法国一首长篇叙事诗中的女主人公，系维尔基的领主夫人，暗中与一骑士相恋。偷情之事败露后，夫人疑为骑士所出卖，愤而自杀，骑士闻讯，亦殉情而死。

② 巴黎旧王宫，一八七一年巴黎公社时期被焚毁，今日已成为公园。

心中的感受使她产生了智慧和决心。搬到维尔基的第三天,德·雷纳先生因要处理市府公务,回到城里去了。德·雷纳夫人自己出钱请了几个工人。因为于连使她产生了一个想法,就是在果园内高大的核桃树下修一条环形小路,再铺上沙子,使孩子们清早起来散步时鞋子不致被露水弄湿。这个想法形成不到二十四小时便已付诸实行。德·雷纳夫人兴高采烈地和于连一起指挥工人,度过了整整一天。

维里业市长回来时发现路已经修好,十分惊讶。他的到来也使德·雷纳夫人吓了一跳,因为她完全忘记了市长的存在。后来足足有两个月,市长谈起进行这样重大的一项*改造工程*而事先不征求他的意见,心里就很生气,但施工的钱是德·雷纳夫人出的,这一点倒使他稍稍感到安慰。

她整日与孩子们在果园里奔跑,追蝴蝶。他们用薄纱织了几张大网捕捉那些可怜的鳞翅目昆虫。这个绕口的名词是于连教她的。德·雷纳夫人叫人从贝藏松弄来了戈达尔先生①那部精彩的著作,于连便给她讲述这些可怜的昆虫奇怪的习性。

他们毫不留情地把这些昆虫钉在一个用硬纸板作的大框架里,框架也是于连做的。

于连以前和德·雷纳夫人在一起往往相对无言,简直像受罪,现在两人总算找到了话题。

虽然谈的都是些无关紧要的事,但总有话谈,而且兴趣盎然。这种有事可做,既忙碌又愉快的生活非常符合大家的口味,但艾莉莎除外,她活太多,实在忙不过来。她说,即使在狂欢节,维里业举行舞会的时候,夫人也从没有像现在这样注意穿着打扮,一天换两三次衣服。

我们并不想讨好任何人,所以我们不否认,德·雷纳夫人皮肤白皙,叫人做的连衣裙都是袒胸露臂的。她身材很好,这样的穿着倒也非常合适。

“您从来也*没有像现在这样年轻*,夫人。”她在维里业的朋友到维尔基来吃晚饭的时候总对她这样说。(而这正是当地的一句口头禅。)

---

① 戈达尔,十九世纪初法国生物学家,著有《法国鳞翅目自然史》。

有一件事很奇怪,我们中间肯定没多少人会相信,就是,德·雷纳夫人这样精心打扮并无他意,而只是出于高兴。她不知不觉地把除了和孩子们及于连一起捕捉蝴蝶以外的时间都花在与艾莉莎一起制作连衣裙上了。她只去过维里业一次,原因是想买刚从缪卢兹运来的夏季连衣裙。

她回维尔基的时候,带来了一个年轻女子,是她的亲戚,名叫戴维尔夫人,从前在圣心教会学校的同学。德·雷纳夫人结婚以后,两人不知不觉地来往就多了。

戴维尔夫人认为她表妹的某些想法很荒唐,经常取笑她说:"我一个人永远也不会这样想。"这些心血来潮的想法在巴黎很可能被认为颇有风趣,德·雷纳夫人在丈夫面前却生怕闹笑话,不敢说出来,而对戴维尔夫人她却敢说。她先是羞答答地说出自己的想法,待她们单独在一起的时间长了,德·雷纳夫人的头脑便活跃起来。上午寂寞的时光转眼便过去了,两位朋友的心情都很愉快。这一次,深明事理的戴维尔夫人发现她表妹远没有以前快活,但却比以前幸福得多。

于连一到乡下就完全成了个孩子,和他的学生一样兴高采烈地追逐蝴蝶。从前他要事事克制,步步为营,现在一个人自由自在,没有人从旁监视。出于本能,他并不惧怕德·雷纳夫人,可以充分享受生活的乐趣,而在他那样的年纪,又身处世界上最美丽的群山之中,这种乐趣便更形强烈。

戴维尔夫人一到,于连便觉得是自己的朋友,忙不迭地领她到巨大的核桃树下那条新修小径的尽头去欣赏风景。的确,此地的景致美不胜收,比起瑞士和意大利的湖泊来,即使不超过,至少也不相上下。如果登上附近的陡坡,很快便能到达巨大的悬崖,崖边密布着橡树林,几乎一直伸展到河流之上。于连把两位女伴领到陡峭的悬崖之巅,只觉得海阔天空,心旷神怡,甚至还不止于此,他俨然成了一家之主,由于领她们目睹此人间胜景而获得她们的赞颂。

"这对我来说就像莫扎特的音乐。"戴维尔夫人说道。

在于连眼里,兄长们的嫉妒,父亲的蛮横、暴躁,使维里业周围山川的景色大为减色。到了维尔基,这些苦涩的回忆一扫而空,生平第一次,无人与他为敌。德·雷纳先生经常进城,这时候,他便敢看书了。最初,他夜里看,还小心翼翼把灯扣在一个反转来的花瓶里,但不久他便能夜里睡觉白天看了。他给孩子们上课,课间休息时,他带着书来到山巅崖畔。这本书是他惟一的行动准则,能使他心潮澎湃,是他欢乐和陶醉之源和沮丧时的安慰。

拿破仑有关女人的谈话,他在位时对当代流行小说所发表的许多议论,使于连茅塞顿开,其实,与他同龄的年轻人也许早就开窍了。

炎热的季节到了。大家习惯晚上在离屋子不远的一棵巨大的菩提树下乘凉。这里光线很暗。一天晚上,于连谈得起劲,更兼听他谈话的是两位年轻的女士,自然口若悬河,眉飞色舞。谁知不小心碰到了德·雷纳夫人放在园中漆木椅子靠背上的纤手。

夫人立即把手抽回去,但于连认为自己既然碰到了这只手,便有责任不让对方把手抽回去。想到有责任要完成,如果完成不了便会闹笑话甚至会觉得低人一等,他的满腔欢喜霎时烟消云散。

第九章　乡村之夜

盖兰先生[①]笔下的狄多是一幅充满魅力的素描。

斯特隆贝克[②]

第二天再见到德·雷纳夫人时，他眼神古怪，定睛打量她，仿佛面前是不共戴天之敌。这种目光与前一天完全不同，使德·雷纳夫人大惑不解。因为她对于连很好，而于连却似乎不高兴。她只好也注视着他。

由于有戴维尔夫人在场，于连可以少讲话，多花些功夫去考虑脑子里的问题。整整一天，他只做一件事，就是埋头阅读那本有如天书秘笈般的作品，借以武装头脑，锤炼自己的思想。

他把孩子们的课时大大缩短，然后，当德·雷纳夫人再次出现，他立即想起必须维护自己的荣誉，下决心当天晚上无论如何非使夫人同意把手让他握住不可。

日影西斜，关键时刻即将来临，于连的心怦怦直跳。天黑了，他看得出，当晚夜色一定很浓，不禁大喜过望，心头巨石，砰然落地。满天的乌云，被热风吹得飘来飘去，似乎预示将有暴风雨降临。两位女伴一直散步到很晚。于连觉得，她们当夜的举动似乎都很特别。她们喜欢这种天气，因为对某些感情细腻的人来说，这样的天气仿佛能增加爱的欢乐。

大家终于坐了下来，于连旁边是德·雷纳夫人，戴维尔夫人则紧挨

---

① 盖兰（1774—1833），十九世纪法国历史画家，代表作有《狄多与埃涅阿斯》。特洛亚王子埃涅阿斯在特洛亚失陷后出走，与迦太基女王狄多邂逅并相恋，无奈遭诸神之妒，不久即离开狄多。狄多悲愤交加，引刀自戕。

② 斯特隆贝克，十九世纪法国作家。

着她的女友。于连心中有事,无话可说。谈话出现了冷场。

于连心想,难道我第一次决斗便这样战战兢兢,魂不守舍?他对自己、对别人都没有信心,当然清楚本身的精神状态。

他忧心忡忡,觉得任何危险似乎都比现在好受些。不禁三番四次地希望德·雷纳夫人有事不得不返回屋里,离开花园。他拼命抑制自己,结果连声音都变了。很快地,德·雷纳夫人的嗓音也开始发颤,但于连却一点也没发现。在他心里,责任与胆怯正在作艰苦的斗争,自顾不暇,遑论他人。府里的挂钟已敲响九时三刻,他仍然不敢造次。他对自己的怯懦感到愤怒,心想:"等钟一敲十点,我便执行白天决定今晚必须实施的计划,否则我就上楼回到房间,一枪把自己了账。"

于连过于激动,简直六神无主,忧心如焚地等到了最后时刻。头上的挂钟终于敲响了十点。每一下要命的钟声似乎都敲到了他的心上。

最后一下尚在萦回,他便倏地抓住德·雷纳夫人的纤手。夫人忙不迭把手抽了回去。于连自己也不知怎的又把她的手抓住。尽管他很激动,但仍然惊讶地发现他拿着的那只手冷得像冰一样。他拼命使劲握着,夫人则使出最后的力气企图挣脱,但手最终还是被于连牢牢握住。

一股幸福的暖流顿时涌上于连的心头,他并非爱德·雷纳夫人,而是思想上可怕的折磨结束了。为了不让戴维尔夫人生疑,他觉得必须开口说话。他的声音清脆、洪亮,而德·雷纳夫人则相反,声音掩盖不住内心的无比激动,她的女伴以为她不舒服,便向她建议回到客厅去。于连感到不妙,心想:"如果德·雷纳夫人回到客厅,我岂不又恢复到白天那种可怕的境地?我握住这只手的时间太短,不能算已经取得了一次胜利。"

戴维尔夫人再次建议回客厅时,于连紧捏了一下任由他握着的那只手。

德·雷纳夫人已经站起来,结果只好重新坐下,有气无力地说:

"我的确有点不舒服,不过户外的空气对我有好处。"

这句话使于连满心欢喜,此时此刻,他的幸福简直到了顶点。他侃侃而谈,不加粉饰,两位女友洗耳恭听,把他看做世界上最可爱的男人。

可是，他在这突如其来的高谈阔论之中，勇气仍略嫌不足。此时暴雨欲来，山风渐起，他十分担心戴维尔夫人受不了而一个人回到客厅去。这样他便要独自面对德·雷纳夫人。刚才的举动只不过是一时盲目的勇敢，可一而不可再，此刻觉得，即使是最简单的一句话也无力对德·雷纳夫人说了。夫人的责备不管如何轻微，他也会前功尽弃，刚刚获得的胜利也会尽付东流。

幸亏那天晚上，他夸张而动人的言谈颇得戴维尔夫人的赞赏，而平时夫人却经常觉得他笨嘴笨舌，像个孩子，没有多少情趣。至于德·雷纳夫人，她的手被于连握住，脑袋发木，只好听天由命。据当地传说，那棵高大的菩提树是当年大胆查理①亲手所栽，而对德·雷纳夫人来讲，在这棵树下度过的几个钟头实在是幸福的时刻。她满怀喜悦地细听轻风在菩提树茂密的枝叶间低吟，萧疏细雨一声声滴落在最下面的叶片上。于连没有发觉一个细节，否则他早就放心了。原来狂风吹倒了他们脚下的一个花瓶，德·雷纳夫人为了帮助表姊把花瓶扶起来，只好把手从于连那儿抽回去，但重新坐下后立即乖乖地将手递回给于连，仿佛两人之间已经达成了默契。

午夜的钟声已经敲过了很久，该离开花园了。大家只好分手。德·雷纳夫人坠入爱河，幸福之余，竟糊涂到几乎没有一点自责，反而喜极难眠。于连由于心里既胆怯又骄傲，矛盾斗争了一整天，弄得筋疲力尽，此刻却沉沉睡去了。

第二天五点，仆人把他唤醒。他几乎把德·雷纳夫人完全忘了，幸亏夫人不知道，否则一定十分难过。于连履行了**责任，一个英雄的责任**，感到非常得意，便把房门一锁，埋头阅读他心中偶像的英雄业绩，觉得另有一番滋味。

午饭的钟声敲响时，他由于阅读拿破仑大军的战报，早已把前一天所取得的成果忘了个一干二净。在下楼到客厅去的路上，他轻声自言自语道："必须对这个女人说，我爱她。"

---

① 大胆查理(1433—1477)，十五世纪法国北方诸侯，勃艮第最后一代公爵，性情刚烈好斗，曾三度联合各地诸侯与法王为敌，终于战死沙场。

但他遇见的并非他所期待的含情脉脉的目光，而是德·雷纳先生那张板着的面孔。两个钟头前，德·雷纳先生刚从维里业回来，此刻他并不掩饰心中的不满，因为于连整整一个上午扔下孩子不管。当这个有权有势的人心里不高兴而且认为可以发脾气的时候，其脸之丑，简直无与伦比。

丈夫每一句尖酸刻薄的话都刺痛着德·雷纳夫人的心。至于于连，他还陶醉于一连好几个钟头在他眼前闪过的重大事件之中，注意力最初还不能拉回来恭听德·雷纳先生的训斥。后来才粗声粗气地回答了一句：

"我刚才不舒服。"

一个人即使远没有维里业市长那么小气，听了这种语调也会勃然大怒。他真想立刻解雇于连，给他点颜色看。但一想起自己的座右铭：凡事切戒操之过急，便又忍了下来。

当时他心里想："这个小笨蛋在我家里已经闯出了点名堂，华勒诺会把他请过去，要不，他也可能娶艾莉莎，不管哪种情况，他都会打心眼里瞧不起我。"

这些考虑尽管明智，德·雷纳先生到底难解心头之恨，张嘴说出了一连串粗话，于连越听越生气。德·雷纳夫人也快要哭出来了。午饭刚一吃完，她便要求于连陪她去散步，并把身子亲切地靠着他。无论德·雷纳夫人说什么，于连都只低声地回答道：

"有钱人嘛就是这样！"

德·雷纳先生就在他们身旁走着，于连越看见他在场就越有气。忽然间，他发现德·雷纳夫人故意靠在他的胳臂上，这个动作使他感到恶心，便将她猛地一推，把胳臂抽了回来。

幸亏德·雷纳先生没有发现这一放肆的举动，而只有戴维尔夫人看在眼里。她的女友掉下了眼泪。这时候，德·雷纳先生正扔石头驱赶一个想抄近路而穿过果园一角的农家小姑娘。

"于连先生，求您了，消消气吧。您想想，我们每个人都有发脾气的时候。"戴维尔夫人赶紧说道。

于连冷冷地看了她一眼，目光流露出高度的蔑视。

这目光使戴维尔夫人感到很惊讶，如果她能猜出其中真实的含意，非更加吃惊不可。她会看到里面隐隐闪现着进行最残酷报复的愿望。大概就是这种蒙受屈辱的时刻造就了一个个罗伯斯庇尔①吧。

“你的这位于连性情暴躁，真叫我害怕。”戴维尔夫人低声对她的女伴说道。

“他有理由生气，”德·雷纳夫人回答道，“在他的教导下，孩子们有了惊人的进步，现在他一个上午没和孩子们说话又有什么关系。必须承认，男人的心肠都够硬的。”

德·雷纳夫人生平第一次对丈夫产生了报复的欲望。于连心里对有钱人的极度仇恨眼看就要发作。幸亏德·雷纳先生把花匠喊来，并和他一起忙着用一捆捆荆棘去堵住穿越果园那条行人踩出来的小径。继续散步的那段时间，德·雷纳夫人不住地哄他，但他一言不发。德·雷纳先生刚一走远，两位女友便推说累了，要求一人挽着他的一条胳臂。

两个女人内心困惑，满脸通红，而且极为难堪，于连却面色苍白而倨傲，神情阴沉而坚定，与身旁两位女士形成奇怪的对比。他看不起这些女性和一切荏弱的感情。

“什么！”他心里想，“我连完成学业的每年五百法郎都没有！唉！否则就去他的吧。”

他全神贯注，考虑这些严酷的想法，对两位女友殷勤的规劝根本不想听，也听不进去，只觉得这些话毫无意义、幼稚、软绵绵的，总之，都是*妇人之见*。

德·雷纳夫人没话找话，好使他们之间不致出现冷场，说呀说的，偶然提到她丈夫从维里业来此的目的是因为和他的一个佃户谈成了一宗玉米叶的交易。（本地用玉米叶做床垫。）

“我丈夫不会回来了，”德·雷纳夫人又说道，“他要和花匠和仆人更换家里所有的床垫。今早他已经把二楼的床垫换过，现在该换三楼

① 罗伯斯庇尔（1758—1794），法国大革命中激进的雅各宾党人，主张对敌人无情镇压。

的了。”

于连闻言，脸色陡变，看着德·雷纳夫人，神情有点异样。很快地，他紧走两步，把德·雷纳夫人引到一旁。德·戴维尔夫人没有跟着他们。

“快救救我！”于连对德·雷纳夫人说道，“非您不能救我的命，因为您知道，那仆人恨我恨得要死。夫人，我必须向您承认，我有一幅肖像，我把它藏在我的床垫里。”

听到这句话，德·雷纳夫人的脸也吓白了。

“夫人，这时候只有您能进入我的房间，请您装作若无其事地到我床垫最靠近窗口的那个犄角里翻寻，您会找到一个光滑的黑色小硬纸盒。”

“盒里有幅肖像！”德·雷纳夫人说这句话时腿都软了。

她张皇的神色被于连看在眼里，便乘势说道：

“夫人，我还有一事相求，就是千万别看这幅肖像，这是我的秘密。”

“是个秘密。”德·雷纳夫人有气无力地重复了一句。

尽管德·雷纳夫人在炫耀财富、利欲熏心的有钱人中间长大，此时亦早已萌生仗义之念。严重受损的自尊心亦未能阻止她以赤子之诚天真地向于连提出必须明确的问题，以便能够顺利完成交给她的任务。

“就这样，”她边走开边说道，“一个小圆纸盒，黑色的，很光滑。”

“没错，夫人。”于连回答得很生硬，男人在出事时大抵如此。

德·雷纳夫人爬上三楼，脸如死灰，最糟的是，她觉得自己快不行了，但这样做是为了于连，想到这里劲又来了。

“我必须拿到这个盒子。”她边想边加快了脚步。

她听见她丈夫就在于连的房间里和仆人说话。幸运的是，他们转到了孩子们的卧室。她掀起褥子，把手伸进草垫，力量之猛，把指头都擦破了。但尽管她平时连这类轻微的痛楚也受不了，此刻却毫无感觉，因为几乎就在同时，她摸到了那个光滑的纸盒。她一把抓过来，转身便走。

她没被丈夫撞见，心头大石刚放下来，那盒子便使她感到一阵恶心，觉得浑身不舒服。

于连肯定有了意中人,而我手里拿的就是他所爱女人的肖像!

德·雷纳夫人妒火中烧,跌坐在前厅的一把椅子上。这时候,她的极度无知又派上了用场,惊愕减轻了她的痛苦。于连来了,一把抢过盒子,既不感谢,也不言语,径自奔进房间,点着火,立刻把盒子烧掉。他脸色苍白,气急败坏,因为把刚才经历的危险看得太严重了。

他摇摇头,自言自语道:"在一个对篡位者①怀有深仇大恨的人家里竟然发现藏有拿破仑的肖像,而发现的又是态度如此极端、脾气又如此暴躁的德·雷纳先生,最不谨慎的是,我还亲手在肖像后面的白纸板上题了几行字,这无疑证明了我对拿破仑佩服得五体投地!而且这些敬爱的话都标上了日期!前天还写过。

"我的名誉将一落千丈,毁于一旦!"于连边看着盒子燃烧边自言自语道,"而我的名誉就是我的全部财产,我只靠名誉活着……天哪!这哪是人过的日子呀!"

一个钟头以后,他累了,而且觉得自己也太可怜了,心不由得软了下来。他遇见德·雷纳夫人,便拿起她的手,比以往都更加真心实意地吻着。夫人高兴得脸都红了,但出于嫉妒,几乎立即便又推开了他。于连不久前被伤害的自尊心此刻又使他昏了头,把德·雷纳夫人只看做一个有钱的女人。他不屑地一甩手,扬长而去。他若有所思地在花园里漫步,不久唇上露出了一丝苦笑。

"我在这里悠闲自得地散步,仿佛时间能由我自己支配似的!我不去管孩子们,挨德·雷纳先生训斥岂不活该。"于是,他朝孩子们的房间跑去。

他很喜欢那个最小的孩子,此刻孩子对他的亲热稍稍减轻了他心头的剧痛。

"这一个还没有瞧不起我。"于连心里想。但很快地,他又把疼痛的减轻视为又一次软弱表现而暗自责备。"这些孩子和我亲热不过像抚摩昨天买的那只小猎狗一样罢了。"

---

① 篡位者,保王党人对拿破仑的蔑称。

第十章　人穷志大

感情伪装再好，
须知总会泄露；
好比满天乌云，
预兆必有风雨。①

《唐璜》第一章七十三节

德·雷纳先生走遍了古堡的所有房间，和扛着草垫的仆人又回到了孩子们的卧室。他的突然返回对于连来说，不啻火上浇油。

他冲上前去，脸色比平时更苍白，更阴沉了。德·雷纳先生停住脚步，眼睛看着仆人。

“先生，”于连对他说道，“您认为，您的孩子如果跟另一位家庭教师，学业会和我教他们一样好吗？假如您的回答是否定的，”于连不让德·雷纳先生有机会说话，继续说道，“那您怎能责备我对他们疏于管教呢？”

德·雷纳先生惊魂稍定，便从这个乡下小子反常的腔调得出结论，于连准是另有高就而打算走了。此时，于连越说越有气。

“没有您我也能活，先生。”他又加了一句。

“看见您如此激动，我深表遗憾。”德·雷纳先生的回答有点结结巴巴。其时，仆人们离他们只有十步，正忙着整理床铺。

“先生，我需要的不是这个，”于连怒不可遏地又说道，“想想您对我说的话多污辱人，而且还当着女人的面！”

德·雷纳先生对于连的要求心知肚明，脑子里正进行着痛苦的斗

① 原诗是英文。

争。但于连气疯了,竟大声嚷道:

“先生,离开您的家,我知道该往哪儿去。”

听到这句话,德·雷纳先生仿佛已经看见于连要到华勒诺家去。

“好吧,先生,”终于,他叹了口气,对于连说道。他当时的神情就好像不得已,只好叫外科医生来给自己动一次痛苦的手术似的。“我同意您的要求。从后天也就是下个月的一号起,我每月给您五十法郎。”

于连听了一愣,真想大声笑出来,满腔怒火顿时烟消云散。

“我对这个畜牲蔑视得还不够,”他心里想,“不过,一个如此卑鄙的人肯这样道歉也就算到头了。”

孩子们目瞪口呆地听完了这场口角,立刻跑到花园告诉他们的母亲说,于连先生很生气,但马上每个月便会得到五十法郎。

于连按习惯跟着他们,走时连正眼也不看一看德·雷纳先生,让他气鼓鼓地呆在那里。

市长心想,“这样一来,华勒诺先生又让我花了一百六十八法郎。我非在孤儿物品供应的问题上给他来两句硬的不可。”

不一会,于连又来找德·雷纳先生。

“我心里有点事,想找谢朗先生谈谈。请您恩准几个小时的假。”

“噢! 我亲爱的于连!”德·雷纳先生皮笑肉不笑地说道,“一整天都可以。如果您愿意,明天再加一天也无妨,我的好朋友。您就骑花匠的马到维里业去吧。”

德·雷纳先生心想:“他一定是去答复华勒诺。他还没给我回话。不过,得让这个年轻人的脑袋冷静下来再说。”

于连说走就走。取道大森林,因为这样可以从维尔基直达维里业。他并不忙着去找谢朗先生,不想违心地再演一场虚伪的戏。他需要清理一下思想,研究研究使他内心激动的种种感情。

等进了树林,大家都看不见他的时候,他便自言自语道:“我打赢了仗,真的,这场仗打赢了。”

这句话足以说明,他目前占了上风,心里也就踏实了一点。

“现在我一个月有五十法郎的薪水。德·雷纳先生心里一定很害怕。但他怕什么呢?”

沿着一条几乎看不出来的羊肠小径，不久便登上巨大的悬崖。

此人诸事顺遂，有权有势，一个小时以前，于连竟冲他发了一通脾气。实在该琢磨一下，到底他害怕什么。于连想着想着，心境终于完全平静了下来。他在树林里走着。有一阵子，真被林中的美景迷住了。从前不知什么时候，山那边滚下了许多巨大的岩石，光秃秃的，落在树林中央。现在，一些山毛榉树长得已是高与石齐。树阴之下，凉爽宜人，而离树不到几步远的地方，则太阳直射，暑热如蒸，使人难以驻足。

于连在岩石的阴影下喘了口气，然后继续往上走。沿着一条几乎看不出来的羊肠小径，不久便登上巨大的悬崖。四顾无人，自信已离凡俗，不禁莞尔而笑。所处的这种位置同时也给他描绘出自己渴望达到的精神境界。高山纯净的空气使他心旷神怡。在他心目中，维里业市长总代表着地球上一切蛮横无理的有钱人，但也觉得，尽管他行为粗暴，内心的仇恨虽然来势汹汹，却并非出自个人恩怨。如果他一个星期看不见德·雷纳先生，他便会将此人连同其古堡、狗、孩子和全家统统忘记。“我也不知怎么搞的，竟迫使他作出了最大的牺牲。好家伙！每年多拿五十多个金币。刚才又渡过了难关，履险如夷。一天之内，连获两次胜利。第二次胜利是白捡的，但也需要猜出个究竟。不过，等明天再去绞脑汁吧。”

于连站在巨大的岩石上，注视着八月骄阳似火的天空。悬崖下田野里，蝉鸣戛戛，而蝉声一止，周围顿时万籁俱寂。脚下，方圆八十里尽收眼底。从他头顶上巨石丛中飞起的一只老鹰静静地盘旋，不时可见。于连的眼睛机械地随着这只猛禽安详而有力的动作，不禁怦然心动。他羡慕这种力量，这种遗世独立的境界。

这就是拿破仑的命运。有朝一日，他的命运会不会也一样呢？

第十一章　如此良宵

朱莉亚冷淡却并非无情，
把微颤的纤手从他手里抽回，
临了又把他的手轻轻一捏，
虽然很轻，却令人陶醉。
费思量啊，难以安宁，
一颗心真叫人捉摸不定。

《唐璜》第一章七十一节

但是，总该在维里业露露面才对。于连从本堂神甫家出来的时候，偶然碰见了华勒诺先生，便赶紧把自己加薪的事告诉他。

回到维尔基，于连等天全黑了才下楼到花园去。白天一连串的事情使他心灵受到了强烈的震动，此刻已非常疲惫。但想到两位夫人，又不禁发起愁来，心想："我该对她们说什么呢？"他根本没想到，自己所关心的不过是女人们所关心的日常琐事。戴维尔夫人乃至她的女友往往觉得于连的话难以理解。反过来，于连对她们所讲的事也不甚了了。这就是力量的作用，恕我大胆说一句，就是种种强烈而伟大的感情冲动在这个胸怀大志的少年身上造成的结果。在这个与众不同的人心里，几乎天天都有暴风雨。

那天晚上走进花园的时候，于连已经打算好要了解一下这对表姐妹的想法。她们正着急地等待他的到来。他走到平时的位置，在德·雷纳夫人旁边坐下。不久天便全黑了。他看见一只白皙的纤手放在他身旁一把椅子背上已经很久了，他想把这只手抓住，但对方略一迟疑，到底还是把手缩了回去，看来有点生气。于连打算作罢，便愉快地继续谈话。忽然间，他听见德·雷纳先生走来了。

当天早上的粗话言犹在耳,于连心想:“此人享尽了人间富贵,当着他的面占有他妻子的手,这对他岂不是一种讽刺?对,我一定这样做,谁叫他趾高气扬来着。”

从这一时刻起,于连心中难得的那种平静很快便消失了。他忧心忡忡,思想只能集中到一个问题,就是德·雷纳夫人是否愿意把手给他。

德·雷纳先生怒气冲冲地谈起了政治。原来维里业有几个实业家肯定已经比他更有钱,想在选举中与他唱对台戏。戴维尔夫人全神贯注地听他讲。于连对他的谈话极为反感,便将椅子往德·雷纳夫人那边挪了挪。黑夜掩盖了他的一切动作,他甚至大胆地把手放到露在衣服外的那条美丽的胳臂旁边。他心慌意乱,脑子已不听使唤。他把面颊靠近这条美丽的胳臂,壮着胆子将嘴唇贴上去。

德·雷纳夫人战栗了一下,因为她丈夫就在四步开外。她赶紧把手递给于连,同时把他推开一点。德·雷纳先生继续大骂那些发迹的无耻之徒和雅各宾党人,于连便乘机亲吻送过来的那只手,吻得很热烈,至少德·雷纳夫人认为如此。这一天真倒霉,可怜的女人得到了证据,说明她所爱而又不敢承认爱的这个人原来心中另有所属!于连不在的时候,她陷入极度痛苦之中,为此她不得不认真思索起来。

“怎么!我动心了?”她想,“我坠入了情网!我,一个有夫之妇,竟然爱上了别人!真是疯狂的感情,我的脑子竟总也离不开于连!我对丈夫还不曾这样疯狂过呢!归根结底,他只是一个非常尊敬我的孩子罢了!这种疯狂的感情很快便会过去的。我对这个少年就算有感情又与我丈夫何干,我和于连所谈有关思想上的事,和德·雷纳先生谈起也许还会令他厌烦哩。他想的是他的买卖。我并没有拿他的东西给于连。”

这个天真的女人已经被一种从未感受过的爱情弄得神魂颠倒,但任何虚伪都无损于她的纯洁。她一时糊涂但那是在她不知不觉之中,而她贞节的本能却不禁倏然警觉。这就是于连在花园中出现时,她内心正在进行的激烈斗争。她听见于连说话,几乎就在同时,看见他坐到她的身旁。她顿时感到幸福无边,魂为之夺。十五天来,这种幸福感诱惑着她，但更多的是使她惊讶。对她来说，一切都是那么突然。可是几分钟之后，她心里想：难道只要于连在，他的一切过错就不存在了么？她害怕了，于是把手从于连那儿抽了回来。

这些充满爱情的吻是她从未接受过的，使她顿时忘掉于连可能正爱着另一个女人。很快地，在她眼里，于连已经不再是个罪人。因怀疑而产生的剧痛于是戛然而止，只感到一种梦寐难求的幸福，不由得爱意萌生，欣喜若狂。这个晚上对所有人来说都是一个迷人之夜，只有维里业市长除外，他对那些发了财的实业家仍然耿耿于怀。于连不再想他当神甫的雄心壮志和难以实现的宏伟计划。有生以来，他第一次感受到美的力量而无法抗拒，竟一反常态，沉浸在模糊而甜蜜的梦幻之中，轻轻地捏着那只使他怦然心动的纤手，耳旁隐约听见菩提树叶在轻柔的夜风中摇曳的声音，以及远处杜河边上的磨坊中传来的声声犬吠。

但这种感受只是快乐而并非爱情。回到房间，他只想到一件愉快的事，就是拿起他心爱的书本。一个二十岁的青年，头脑中占压倒地位的是对这个世界的憧憬，以及如何在世界上有所作为。

然而，他很快便放下了书本。拿破仑的胜利使他在自己的胜利中看到了一种新的东西。他想："不错，我打赢了一仗，但必须乘胜追击，在这个贵族退却的时候彻底打掉他的傲气。这才是真正的拿破仑作风。我必须请三天假去看我的朋友富凯。如果他不准我假，我再次和他讲价钱，不过他一定会让步的。"

德·雷纳夫人一夜没有合眼。她觉得在这以前的日子根本不算是生活。于连热吻她的手使她充满幸福的感觉，这种感觉此刻仍然萦回她的脑际，挥之不去。

忽然，她脑子里出现了"通奸"这个可怕的字眼。从感官的爱所能联想到的种种最腐化堕落和令人作呕的情景纷至沓来，企图破坏她心目中的于连以及自己爱于连所感到的幸福这两种温馨而圣洁的形象。未来蒙上了可怕的色彩。她觉得自己成了一个无耻的女人。

这种时刻实在难熬，她的思想仿佛来到了陌生的国土。前一夜，她尝到了从未有过的幸福，现在却一下子跌落到痛苦的深渊，她从未经历过这样的痛苦，感到茫然不知所措。有一阵，她真想向丈夫承认自己担心已爱上于连,这样就非谈到于连不可。幸亏她突然想起结婚前夕姑母对她的谆谆告诫:把心里话告诉丈夫是危险的,因为丈夫毕竟是主人。她痛苦已极,不住地绞着自己的双手。

她身不由己,任从痛苦而自相矛盾的景象所摆布,时而怕于连不爱她,时而又被犯罪这一可怖的念头所折磨,仿佛第二天便会被拉到维里业公共广场上示众,身上挂着标明通奸的牌子,一任老百姓羞辱。

德·雷纳夫人没有任何生活经验。即使在完全清醒和神智正常的时候,她也觉得,在天主眼中有罪和当众被人唾骂之间,并无任何区别。

即使暂时不去想通奸这个可怕的字眼,不去想她心目中这种罪行所带来的种种羞辱,只回味与于连纯洁相处的温馨时刻,她也难得安宁,于连另有所爱这一可怕的想法,立即又像过去一样,重又涌上心头,仿佛又看见于连脸色苍白,生怕失去那肖像,或者怕一旦肖像被别人看见,会连累那个女人。她第一次在这张安详而高贵的脸上发现了惊惶的神色。无论对她或者对孩子们,他从没有如此激动过。这样在人类心灵所能忍受的巨大不幸之上更增加了一层痛苦。德·雷纳夫人不禁大叫了起来,惊醒了贴身侍女。她忽然看见床前出现了烛光,认出了是艾莉莎。

“他爱的是你吗?”她在昏乱之中大声问道。

女仆忽然看见女主人神智如此不清,大吃一惊,没有注意这句古怪的话。德·雷纳夫人自知失言,便对她说道,“我发烧,我想有点说胡话了,你别走,留在我身边好了。”她知道必须克制住自己,便完全醒了,感觉也就没有那么难受。刚才半睡时失去控制的理智现在又恢复了。为了躲开侍女的注视,她令侍女读报。就在那女孩子读《每日新闻》上一篇长文章的单调声音中,德·雷纳夫人收住意马心猿,决定若再见到于连,必尽量以冷淡的态度对待。

第十二章　一次出门

巴黎人高雅，而外省人刚强。

西埃耶斯①

第二天五点，德·雷纳夫人尚未露面的时候，于连已从她丈夫那里获得三天假期。出乎她意料之外，于连倒很想再见到她，因为念念难忘她那只如此美丽的纤手。他下楼走进花园，德·雷纳夫人却迟迟不来。于连如果爱她，一定会看见她在二楼半开的百叶窗后面，额头贴着玻璃，凝望着他。最后，她虽然下过决心，但仍然打定主意到花园去。平时的一张粉脸此刻红艳非常，说明这个天真的女人心情激动。她的表情一向深沉宁静，凌驾于尘世一切庸俗的趣味之上，给她天人般的脸庞平添无限魅力。但这种表情如今却被一种压抑和愤怒的情绪破坏了。

于连忙向她走去，欣赏着她露在匆匆搭上的披肩下一双美丽的玉臂。一夜心绪不宁只能使她的肤色对外界更为敏感，在早晨清凉的空气中，益发显得光彩照人。这种美既含蓄又动人，蕴藏着下层阶级所缺乏的思想，似乎向于连显示着一种他从未感受过的精神力量。他全神贯注，以贪婪的目光饱餐秀色，完全忘记了他所期望的友好接待。更使他惊讶的是对方竟竭力装出一副冷冰冰的态度。透过这种态度，他似乎清楚地看到了要他规规矩矩的意图。

欢欣的微笑在他嘴角消失了，他想起了自己在社会中，尤其是在一个高贵并继承了大笔遗产的女人眼中的地位。霎时间，他脸上只留下高傲和恨自己不争气的表情。他感到恼怒，因为他把动身推迟了一个

① 西埃耶斯（1748—1836），神甫和法国大革命时期的政治家，激进的雅各宾俱乐部创始人之一，写有《论第三等级》等政论文章，曾任立宪议会和国民公会议员。

多小时,而换来的竟是如此屈辱的接待。

他心里想:“只有傻瓜才怪罪别人。石头落下来是由于本身有分量。难道我永远是个孩子?为这些人卖命纯粹为了钱这种好习惯,我什么时候才能养成呢?如果我想获得他们和自己的尊重就必须让他们看到,我和他们打交道只是因为他们富我穷。他们骄横无理而我心灵高洁,高出他们之上何止万里,又岂是他们的褒贬好恶所能奈何得了的。”

这种种感慨纷至沓来,涌上年轻的家庭教师的心头,使他的面容不住地发生变化,交织着自尊心受到损害和凶狠冷酷的表情。德·雷纳夫人一见慌了。她本想见面时装出不苟言笑、冷若冰霜的态度,看到情况突变,惊讶之余,不禁露出了关心的神情。早晨见面时互问身体好、赞扬天气不错等废话,两个人连一句也说不出来。于连的内心并不为情所惑,迅即找到办法,向德·雷纳夫人表示,他并不把他们之间的朋友关系看得有多么重要。至于自己要暂时出门一事,他只字未提,只和她打了个招呼便走了。

德·雷纳夫人发觉他的目光前一天还如此温柔,现在却变得阴沉和倨傲,不禁大吃一惊。正当她目送于连远去的时候,她的长子从花园的尽头跑来,边拥抱她边说道:

“我们放假了。于连先生出门了。”

听见这句话,德·雷纳夫人顿时觉得一股凉气直透心房。她追悔莫及,只恨自己太守规矩、过分软弱。

这一新的事态占据了她全部的思想。一夜的烦恼刚刚过去,明智的决心却又被抛到了脑后。现在,问题不再是抗拒这位如此可爱的情人而是怕要永远失去他了。

吃早饭了,她必须到场。而最使她痛苦的就是德·雷纳先生和戴维尔夫人一个劲地谈于连出门的事。维里业市长发现于连请假时语气坚决,料定其中必有蹊跷。

“准是有人看中了这个乡下小子,要请他。这个人就算是华勒诺先生,现在知道每年需要开支六百法郎,必然也会知难而退。昨天,在维里业,对方一定要求有三天时间考虑。今早,这小子为了避免给我回话，溜到山里去了。不得不器重一个飞扬跋扈的臭工人，瞧瞧我们落到什么地步了！”

“我丈夫大大伤害了于连而不自知，既然他以为于连要离开我们，我还有什么法子可想呢？”德·雷纳夫人想道，“唉！一切都已成定局了！”

为了能够痛痛快快地哭一场，也省得戴维尔夫人问个没完，她推说头很疼，上床休息去了。

“女人就是这样，”德·雷纳先生又老调重弹地说道，“像复杂的机器，总有些地方出毛病。”他嘟囔着走了。

正当德·雷纳夫人因误坠情网而备受折磨的时候，于连却在沿途美不胜收的山景中快活地走着。他要越过横亘在维尔基北面的高山。脚下的小径逐渐升上杜河峡谷北面的高山坡，蜿蜒曲折，穿过大片大片的山毛榉林。走了不多会儿，他放眼看去，目光掠过南面杜河两岸较低的丘陵，一直可以看到勃艮第和博若莱①的平原沃野。尽管他胸怀大志，另有所图，无心欣赏此等自然景色，也不免偶尔停下来观赏眼前这庄严博大的气象。

最后终于登上了高山之巅。他必须沿着附近的一条捷径才能到达他朋友富凯居住的那个偏僻的山谷。富凯是个年轻的木材商。于连此刻并不急于见他或者任何其他人。他像一只猛禽，藏在高山顶上光秃秃的岩石之间。如果有人朝他走来，他很远便能看见。他在几乎垂直的悬崖中央发现了一个小岩洞。他紧跑几步，很快便跳进这个隐蔽的处所，高兴得眼睛一亮，说道：“在这里，谁也不能加害于我了。”于是便产生了把自己的想法痛痛快快写下来的念头，因为在别的地方写就太危险了。一块方形的石板权当书桌。他运笔如飞，根本看不见身旁的一切。终于他发现太阳已经隐没在博若莱远山的后面。

“我为什么不在这里过夜呢？”他自言自语道，“我有面包，而且我**自由**！”听见自由这个伟大的字眼，他不禁血脉奋张，因为他总在作假，即使在富凯家也是不自由的。他在山洞里，手托着头，心情激动，浮想

---

① 博若莱，法国中央高原的东部地区，在卢瓦尔河与索恩河之间。

联翩,陶醉在自由的喜悦之中,感到一辈子任何时候也没有现在这样幸福。不知不觉,黄昏的光线已逐渐熄灭。在无边的黑暗之中,他憧憬着有朝一日在巴黎会见到的一切,不禁意乱神迷。首先是一个比他在外省所见过的更美、更聪明的女子。他热爱她,同时也为她所爱。就算暂时离开,也不过为了去建功立业,以便更得美人青睐。

一个在巴黎残酷的社会中长大的年轻人,即使具有于连的想象力,到了这个关头,也会被冷峻的现实从美丽的幻想中惊醒。伟大的行动告吹,实现的希望成空,取而代之的是这句人所共知的格言:"人若离开情妇,唉,一天之内,便难免接二连三地受其欺骗。"但这个年轻的乡下人觉得,他要做一番惊天动地的事业,现在万事俱备,只欠机缘而已。

然而白日已尽,黑夜来临,他还要走八公里才能抵达山下富凯所住的那个小村。在离开小山洞之前,于连点起火,小心翼翼地把写的东西全部烧掉。

子夜一点,他去敲门,使他的朋友吓了一跳。他发现富凯正在记账。这个年轻人身材高大而不匀称,脸上线条生硬,鼻子很长,其貌不扬,然而心地善良。

"你来得突然,准是和德·雷纳先生闹翻了吧?"

于连把前一天发生的事该说的都说给他听。

"留在我这儿吧,"富凯对他说道,"我看得出你了解德·雷纳先生,华勒诺先生,副区长莫吉隆,谢朗神甫。你已经见识过这些人狡猾的性格,现在你完全有能力参与角逐了。你的数学比我强,可以替我管账。我的买卖很赚钱。我一个人管不过来。找人合伙又怕遇见骗子,所以每天都有大宗好买卖不能做。不到一个月以前,我让住在圣阿芒的米肖赚了六千法郎,我不见他已经有六年了,是偶然在蓬塔利埃①一次竞投会上碰到的。为什么你不能赚这六千法郎呢?至少也可以赚三千啊。因为那天如果你和我在一起,我便会投标去砍那片树林,大家很快会让给我的。和我合伙干吧。"

这个建议打乱了于连的非分之想,使他很不高兴。两个人像荷马

① 蓬塔利埃,法国东部城市。

史诗中的英雄那样亲自动手做饭,因为富凯还未成家。吃晚饭时,富凯给于连算了一笔账,向他证明做木材生意多么有利。富凯高度评价于连的学问和毅力。

最后,当枞树板做的小卧室里只有于连一个人的时候,他想:对呀,我完全可以在这里挣上几千法郎,到时候再看社会的风尚,去当兵或者做教士。其他枝节问题,我攒的那一小笔钱都能解决。沙龙里那些先生们知道的事,很多我都不懂,真要命,如果一个人在这大山里,我还可以补救补救。但富凯不愿结婚,他一再对我说,他一个人感到难受。很明显,如果他找一个没有钱往他的事业里投资的合伙人,肯定是希望物色一个永远不会离开他的伙伴。

“我能欺骗我的朋友吗?”于连愤愤地大叫道。此人一向把虚伪和无情视为一般的生存之道,这一次却忍受不了脑子里对爱护自己的人有任何不仗义的想法。

忽然间,于连心里一乐,拒绝的理由找到了。什么?我能浑浑噩噩地虚度七八年大好时光?就这样活到二十八岁?在这个年纪,拿破仑早已完成大业而功成名就了!当我劳碌奔波去投标砍伐木材,凭着几个末流骗子的恩惠,赚到点钱之后,谁能向我保证,我还有去博取功名的勃勃雄心呢?

好心的富凯认为合伙的事已经谈妥,不料第二天早上,于连非常冷静地回答他说,自己已立志献身神职,因而无法接受。富凯惊呆了。

“你考虑过没有?”他反复说道,“合伙干,或者,如果你同意,我每年给你四千法郎。可你倒想回到德·雷纳先生那儿去!他根本瞧不上你,把你看成他鞋上的泥!等你赚到两百个金币的时候,谁能不让你进修道院呢?我还能告诉你,我一定负责给你找一个本地最好的堂区,因为,”富凯压低声音继续说道,“我给某某先生,某某先生供应烧火的木柴。我给他们提供质量最好的橡木,只收白木的价。不过,拿钱做这样的投资是最合算不过了。”

但什么也动摇不了于连的志向,富凯终于认定他是有点疯了。第三天一清早,于连离开他的朋友,在大山里的悬崖峭壁中度过了整整一天。他又找到了他那个小岩洞,但心境被他朋友的建议弄乱,再也平静不下来了。和赫丘利[①]一样,他并非要在邪与正之间作出选择,而是要在庸碌而舒服地度过一生,还是少年意气,叱咤风云之间任选其一。他心想:"由此看来,我的意志并非真的坚定。"而这种怀疑使他感到最为痛心。我不是做伟人的材料,因为我担心挣钱糊口八年之后,会意志消沉,再也干不了惊天动地的事业。

① 赫丘利,罗马神话中力大无穷的天神,即希腊神话中的赫拉克勒斯,是正能克邪的象征。

第十三章　镂花长袜

小说乃生活历程之明镜。

圣雷阿尔①

当于连望见维尔基那座古老教堂美丽如画的废墟时才猛然发现，两天以来，他压根儿没想到过德·雷纳夫人。那天临走，这个女人提醒我，我们之间有霄壤之别，她把我当工人的儿子对待。她肯定是想向我表示，她后悔前一天晚上把手给我……不过，那只手真美！这女人的目光里有多么高贵的气质，多么诱人的魅力啊！

和富凯在一起发财的可能性，使于连考虑问题时气顺了一些，不再像以前，老是愤懑不平，并且觉得自己家道贫寒，在别人眼里低人一等，因而往往不能理直气壮。现在，他仿佛站在高高的岬角上，放眼世界，居高临下，评富论贫，其实他所谓的富不过是宽裕而已。他远未能以哲人的眼光去判断自己所处的地位，但是经过这次短短的山中之行，他已有足够的判断，觉得自己与以前已经大不相同了。

德·雷纳夫人要他谈谈这次出门的事，但听的时候显得心乱如麻，使于连大为惊讶。

富凯有过好几次结婚的打算，但最后都落了空。他大段大段的心里话便成了他与于连倾谈的内容。富凯过早地找到了幸福，但发现对方并非只爱他一人。这些叙述使于连感到惊讶，同时也学到了许多新的东西。他生活孤独，充满幻想和猜疑，因而接触不到任何能使他明目开窍的事物。

他不在的时候，生活对德·雷纳夫人来说，不过是一连串的折磨，

① 圣雷阿尔（1639—1692），法国历史学家，有史学及《耶稣传》等著作传世。

彼此不同,但都难以忍受。她真的病倒了。

“尤其是,”戴维尔夫人看见于连到来便对她说道,“你现在身体不舒服,晚上就别到花园去了,空气潮湿,你的病会加重的。”

戴维尔夫人惊讶地看到,她的女友平常总因穿着过分简朴而遭德·雷纳先生的埋怨,此刻却穿上了镂空的长袜和从巴黎买来的那双小巧玲珑的鞋子。三天以来,德·雷纳夫人惟一的消遣就是剪裁一块十分时兴的漂亮料子,叫艾莉莎赶制一条夏天穿的连衣裙。于连回来后不久,这条连衣裙便做好了。德·雷纳夫人立即穿上。她的女友恍然大悟,心想:“这个倒霉的女人已经坠入了情网。”德·雷纳夫人病中种种奇特的症状也就不言自明了。

她看见德·雷纳夫人和于连说话,绯红的脸色逐渐发白。目光不安地紧盯着年轻教师的两眼,时刻等待着他表明态度,宣布去留。于连什么也不说,脑子根本没往这边想。经过剧烈的斗争,德·雷纳夫人终于壮起胆子,声音发抖而又满含情爱地对他说:

“您要离开您的学生而另谋高就吗?”

德·雷纳夫人犹豫的声音和目光把于连吓了一跳。心想:“这个女人爱上我了。但是,只要她出于自尊,克服自己一时的软弱,觉得我即使走也没什么可怕的,便会再度骄傲起来。”他快如闪电般衡量了一下彼此的地位之后,犹犹豫豫地回答道:

“离开如此可爱、**出身又如此高贵**的孩子我也非常难受,但也许不得不这样。一个人对自己也是有责任的。”

“出身如此高贵”,是于连不久前才学会的贵族口头禅。说到这句话时,他心里涌起一阵极大的反感。

他心想:“在这个女人眼里,我并非出身高贵。”

德·雷纳夫人听着他讲,暗自赞赏他的聪明和漂亮。想到他暗示可能要走,不禁如箭穿心。于连出门期间,她所有的朋友都到维尔基来赴晚宴。他们争先恐后地赞扬德·雷纳先生有幸发掘出这样一位奇才。孩子们的进步大家倒不一定知道,但能够把圣经倒背如流,而且是用拉丁文,维里业的居民佩服得五体投地,赞赏之情也许会延续百年而不衰。

于连跟谁也不说话，因而对此全然不知。如果德·雷纳夫人稍稍冷静一些，便一定会祝贺他取得这样的名声，而于连也会因自尊心得到满足而对她温柔和善起来，何况她那条新的连衣裙在他眼里实在迷人。德·雷纳夫人对自己漂亮的连衣裙和于连对她所说的有关连衣裙的话也深感满意，想在花园转转。但不久便推说走不动，挽起了于连的胳臂。可是这样一来，她的力气非但没有增加，反而连一点力气也没有了。

天黑了。大家一坐下来，于连便行使以前的特权，大胆地把嘴唇凑到身旁那位美妇的胳臂上，还拿住她的手。但他脑子里想的是富凯对待情妇们的大胆行为而不是德·雷纳夫人。"**出身高贵**"这个字眼仍然使他耿耿于怀。对方紧握着他的手，但他丝毫不感到快乐。那天晚上，德·雷纳夫人含情脉脉地向他所作的露骨表示，他并不觉得骄傲，亦毫无感激之意，对夫人的青春美貌，典雅风流也无动于衷。心地纯洁，无怨无恨，肯定能使青春长驻。但世间佳丽却往往未老先衰。

整个晚上，于连都闷闷不乐。迄今为止，他只怨时运不济，社会不公。自从富凯向他建议用卑贱的手段发财致富以后，他便把怒气转到自己身上。他全神贯注地思考，虽然偶尔也对夫人们说几句话，但后来却不知不觉地把德·雷纳夫人的手放开了。可怜的女人心里发慌，仿佛已经看到了自己的命运。

如果她确信于连对她有感情，她为了不失节，也许会有力量抗拒。但现在她战战兢兢，生怕永远失去于连，于是情迷心窍，竟主动地抓住了于连漫不经心地放在一张椅背上的手。这一行动唤醒了那个野心勃勃的青年。他真希望那些身分高贵的人士都能看见。因为在吃饭时他和孩子们总居于末座，而这些人则趾高气扬，以保护人自居，笑眯眯地看着他。他心想："这个女人不会再看不起我了。既然如此，我就应该看上她的美貌，有责任成为她的情人。"他这种想法，在他的朋友富凯如实地向他推心置腹之前，是绝对不会有的。

他突然作出的这一决定使他心里美滋滋的，暗想："我一定要把这两个女人中的一个弄到手。"他觉得自己更倾向于追求戴维尔夫人，这倒不是因为她更可爱，而是因为在这位夫人眼里，他一直是有学问而受人尊敬的家庭教师,而不是像最初德·雷纳夫人看到他的时候那样,是一个胳臂下挟着一件叠好的花呢上衣的木匠。

而在德·雷纳夫人心目中,他最有魅力的恰恰就是那个羞得满脸通红、站在门口不敢拉铃的年轻工人的形象。

于连继续审视自己所处的地位,认为不应当考虑打戴维尔夫人的主意,因为她肯定已经发现德·雷纳夫人对他有兴趣。于是只好又回到德·雷纳夫人身上。他心想:“这女人的性格到底怎样?我只知道一点,就是:我出门以前,我拿她的手,她把手抽回去,而今天,我抽回我的手,她却把我的手抓住,并且使劲地握。以前,她看不起我,现在正是以牙还牙的千载良机。天晓得她有过多少个情人!她属意于我,也许仅仅是因为见面容易的缘故罢了。”

唉!这就是过度的文明所带来的不幸!一个二十岁的青年如果受过点教育,思想感情便难以自然发展,于是,爱情往往便成了一种最令人生厌的负担。

于连虚荣心作祟,继续想道:“我必须把这个女人弄到手还有一个原因,就是万一我发了迹而别人指责我当过家庭教师这种卑贱的工作时,我便可以说,完全是出于爱情,我才屈尊俯就。”

于连再次松开德·雷纳夫人的手,接着又攥住而且紧紧地握着。午夜时分,大家回到客厅时,德·雷纳夫人低声对他说:

“您要离开我们走吗?”

于连叹了口气回答道:

“我必须走,因为我热恋您,这是个错误……对一个年轻的教士来说,这错误太大了!”

德·雷纳夫人紧紧地靠着他的胳臂,靠得那么近,脸颊已经感到了他脸上的温热。

这一夜,两个人过得很不一样。德·雷纳夫人思想上得到高度的满足,因而异常兴奋。一个爱情来得早的怀春少女对爱的躁动容易习惯,到了真正的情欲之年,便会觉得缺乏新鲜的魅力。德·雷纳夫人从未看过小说,各种不同程度的幸福对她都是第一次经历,任何残酷的现实,甚至可怕的将来都难以使她的热情冷下来。她认为自己十年之后还会像现在一样幸福。几天以前,想到贞节和曾经宣誓忠于德·雷纳先生一事,她还感到心里不安,但此刻这种想法已毫无效果,像不速之客,被她拒之门外。“我永远不会答应于连任何非分之想。”她心里念叨,“将来我们会和这个月一样生活。他永远是我的朋友而已。”

第十四章　英国剪刀

十六岁的姑娘面如桃花，却偏要涂脂抹粉。

波利多里①

富凯的建议的确使于连心乱如麻，无所适从。“唉！也许我缺少魄力，如果我在拿破仑麾下，一定是个糟糕的士兵。”接着他又想道，“不过，和这家女主人逢场作戏一番至少也能解解闷吧。”

幸亏在这件小事上，他心口不一，说的话仍然冠冕堂皇。他害怕德·雷纳夫人，因为夫人的连衣裙很漂亮，在他眼里，即使在巴黎也算新潮。他生性骄傲，不愿鲁莽从事，凭一时之兴。根据富凯给他讲的心里话以及他在圣经中看到的那一点点有关爱情的叙述，他给自己制订了详尽的作战计划。尽管他自己不承认，其实他心里很乱，只好把这计划写下来。

第二天早上，在客厅里，德·雷纳夫人趁周围没人，对于连说：

“您除了于连就没有别的名字了吗？”

我们的主人公听到了这一提问，受宠若惊，竟不知如何回答。这种情况是他的计划所没有预见到的。如果没干出订计划这件蠢事，于连灵活的脑子本可以帮得上忙，突然出现的事态只能使他的反应更为敏锐。

他变得很狼狈，而他自己又夸大了这种狼狈的程度。德·雷纳夫人很快便原谅了他，认为这是他老实憨厚的结果，自有其迷人之处。大家都觉得于连很聪明，而在德·雷纳夫人眼里，此人缺的正是憨厚老实

① 波利多里，意大利医生，曾是英国诗人拜伦的私人医生和秘书，本书作者于一八一六年在米兰与之结识。

之态。

“我很信不过你那位小老师，”戴维尔夫人有时对她说道，“我觉得他总在用心计，行动很讲策略，是个居心叵测的人。”

于连未能回答德·雷纳夫人的问题，感到十分丢脸。“一个像我这样的人必须弥补这样的失败。”他趁大家从一个房间走到另一个房间的时候，吻了德·雷纳夫人一下，认为这是他的责任。

无论对他或德·雷纳夫人来说，没有什么事比这样做更不舒服，更令人不愉快的了。简直是鲁莽之极，差点被人看见。德·雷纳夫人以为他疯了。吓了一跳，尤其是觉得反感。这种愚蠢的举动使她想起了华勒诺先生。

“如果我和他单独在一起，他会对我怎样呢？”她心里想道。她的贞节意识重又抬头，爱情已经无影无踪了。

她设法总让一个孩子留在她身边。

于连觉得白天很闷，把时间都用在笨拙地执行他的勾引计划上。他每看一眼德·雷纳夫人，眼神都带着询问。可是，他并非蠢到看不出来，想使夫人觉得他可爱，甚至迷人，是绝对办不到的。

德·雷纳夫人看见他如此笨拙，同时又如此大胆，感到非常惊讶。最后，她喜不自胜地想道：“有才华的人表示爱情总是那么羞羞答答的。从没有女人爱过他，这可能吗？”

午饭后，德·雷纳夫人回到客厅接待来访的博莱区副区长沙尔科·德·莫吉隆。她坐在一架高高的地毯织机上做活。身旁是戴维尔夫人。就在这样的位置而且是光天化日之下，我们的主人公竟肆无忌惮地把靴子伸出去挤德·雷纳夫人美丽的纤足。而这只纤足上镂空的长袜和从巴黎买来的鞋显然正吸引着那位风流区长的目光。

德·雷纳夫人害怕极了，把剪刀、毛线团和织针都掉在地上，这样一来，于连的动作便可以被看成是眼见剪刀掉下来，笨手笨脚地想去挡住。幸亏那把英国造的小钢剪摔断了，德·雷纳夫人便不断埋怨说，如果于连坐得更靠近她一些就好了。

“剪刀掉下来您比我先看见，本来可以把它挡住，但您的热心却没有办成好事，倒狠狠地给了我一脚。”

这一切骗过了副区长，但却骗不过戴维尔夫人。她心想："这漂亮小伙子的举止可真笨。即使按外省城市的规矩，这样的错误也是不能原谅的。"德·雷纳夫人于是抓住机会对于连说：

"小心点，我命令您。"

于连看见自己弄巧反拙，心里很恼火。琢磨了半天，对"我命令您"这句话到底该不该生气。他蠢到竟然这样想："如果是有关孩子们的教育问题，她可以说'我命令'，但在爱情上就必须讲平等，没有平等就没有爱情……"于是他的脑子便拼命去想那些有关平等的陈词滥调。心里不断生气地背诵几天前戴维尔夫人教他的那句高乃依①的诗：

……………………爱情
创造平等而不强求平等。

于连一辈子从未有过情妇，却硬要扮演唐璜这种风流倜傥的角色。一整天，他都笨得要死，而只有一种想法是对的，就是他对自己、对德·雷纳夫人都感到烦了，满怀恐惧地看到晚上逐渐临近，他又要在花园中、黑夜里，坐在她身旁了。他对德·雷纳先生说他要到维里业去见本堂神甫，吃过晚饭动身，夜里才回来。

到了维里业，他发现谢朗先生正忙着搬家，他终于被撤了职，由副本堂神甫马斯隆接替。于连帮善良的本堂神甫搬家，还想写信告诉富凯说，他本来矢志要献身神职，因而最初没接受他的拳拳盛意。但他刚刚目睹上述那件不平事，觉得不进教会供职对灵魂得救也许反而更加有利。

于连庆幸自己机灵，能利用维里业本堂神甫被撤职一事给自己留条后路。如果在他头脑里，谨慎战胜了英雄主义的话，他便可以回到从商这条路上去。

---

① 高乃依（1606—1684），十七世纪法国古典主义戏剧诗人。

第十五章　鸡　鸣

爱情在拉丁文里是 amor[①]，
因而爱情导致死亡。
死前还有啮人心肺的忧虑、
痛苦、眼泪、陷阱、罪恶、懊丧……

《爱情颂》

于连常常自诩聪明，果真如此，第二天便一定会对其维里业之行所产生的效果拍手叫好。他一走，别人便忘记了他笨拙的行为。但那天他依然闷闷不乐。傍晚时他突然萌生一个可笑的念头，并胆大包天地告诉了德·雷纳夫人。

大家刚在花园里坐下，于连不等天完全黑下来便把嘴凑到德·雷纳夫人耳边，冒着使她身败名裂的危险对她说道：

"夫人，今夜两点，我到您房间去，有点事要告诉您。"

于连浑身发抖，生怕对方答应自己的请求。诱惑女人这件事对他的压力实在太大了。如果按照他的脾气，他一定躲进自己房间里一连好几天不露面，再也不见两位夫人。他很清楚，他昨天别出心裁的举动已经把前天美好的形象全部破坏，现在真不知如何是好了。

德·雷纳夫人回答于连大胆提出的无礼要求时真的生气了，一点也不夸大。于连从她短短的回答里似乎听到了不屑的语气，他确信，回答的声音虽低，肯定出现了"呸！"这个字眼。他借口有话要对孩子们讲，便到他们的房间里去了。等回来时，他坐到戴维尔夫人身旁，离德·雷纳夫人很远，这样就不必去握她的手了。谈话一本正经，于连应

① 法语的"死亡"是 la mort，与拉丁文 amor 谐音，故有"死亡来自爱情"之说。

付自如,除了有几次为了搜索枯肠而沉默了一会儿。“我怎么就不能够想出个妙法,使德·雷纳夫人不得不向我作几个毫不含糊的温柔表示呢?”他暗想,“三天以前就是这些表示使我相信她是属于我的呀!”

于连自己把事情弄到几乎绝望的地步,心里感到极端彷徨。但如果成功,也许就更不好办了。

午夜大家分开的时候,他很悲观,相信戴维尔夫人一定看不起他,很可能德·雷纳夫人对他的印象也好不了多少。

他情绪很不好,觉得受了奇耻大辱,无法合眼。他绝对不打算放弃任何装假、任何计划,他与德·雷纳夫人有一天过一天地周旋下去,像孩子一样满足于每一天所带来的欢乐。

他绞尽脑汁,想出种种妙计,但不到一会儿,又都觉得荒谬可笑。总而言之,他心烦极了,突然,古堡的挂钟敲响了两点。

像鸡声唤醒圣彼得一样①,钟声忽然把他唤醒。他明白,完成那最艰巨任务的时刻到了。自从他提出那个无礼的建议以后,他就没有再去考虑过,因为建议并不受欢迎!

他从床上起来,心想:“我跟她说过,我两点到她那儿去。我是农家子,可能既缺乏经验又粗野,这一点,戴维尔夫人给我暗示得够清楚的了,但至少我并非弱者。”

于连想得不错,他有勇气,值得自傲。他从未像现在这样强自己之所难。但开门的时候,他浑身哆嗦,两腿发软,不得不靠在墙上。

他没穿鞋,走到德·雷纳先生房门口仔细听了听,一阵鼾声隐隐传来,他不禁失望,因为这样便没有借口不到德·雷纳夫人那里去了。可是,天哪！到那儿去做什么？他毫无打算,即使有,这样心烦意乱,也无法实行。

终于,他带着比去死还难受百倍的心情,走进了通向德·雷纳夫人卧房的那条小过道。他用颤抖的手把门推开,发出可怕的声响。

---

① 典出《圣经·约翰福音》第十三章。圣彼得系耶稣十二门徒之一,原名西门,打鱼为生,耶稣给他改名彼得(石头之意)。耶稣受难前,曾对彼得说:“鸡叫之先,你要三次不认我。”此处作者以钟声喻鸡鸣,钟声惊醒于连,好比鸡鸣使彼得想起耶稣的预言。

屋里还有亮,壁炉上点着一盏长明灯,这一糟糕的新情况是他始料不及的。德·雷纳夫人看见他进来,霍地从床上跳下来,大叫了一声:“您疯了!”当时情况有点乱,于连忘记了他那不切合实际的计划,重又回到了自然的角色。他认为,一个如此美丽的女人,自己如果不能赢得其芳心,等于枉生人世。所以不管德·雷纳夫人如何责备,他并不回答,只是扑到她的脚下,抱着她的双膝。夫人的话极为严厉,于连不禁泪如泉涌。

几个钟头以后于连从德·雷纳夫人的房间里走出来时,用写小说的话说,他已经别无所求了。事实上,这次胜利应该归功于他在对方心中激起的爱情,以及对方的美色在他身上产生的出乎意料的效果,而靠他那些弄巧成拙的做法是无法成功的。

但即使在最销魂蚀骨的时刻,他出于一种奇怪的骄傲心理,还想把自己打扮成一个谈情圣手,努力装出难以想象的温柔体贴,结果把身上可爱之处也破坏了。他并不满意对方被自己挑逗起的激情和使之更形强烈的悔恨,一心只想着频频在他眼前出现的所谓“责任”。他担心如果一旦背离他打算效法的理想模式,便会后悔莫及,永远成为笑柄。一句话,于连越是想高人一等,就越享受不到唾手可得的幸福。就像一位光艳照人的十六岁少女,为了去参加舞会,竟糊涂到抹起胭脂来。

德·雷纳夫人看见于连出现,吓得要命,很快便陷入了极度的惊慌之中。于连的眼泪和绝望又使她心烦意乱,不知所措。

甚至当她再也没什么可拒绝于连的时候,她还真的怒气冲冲地把他远远推开,但旋即又投进他的怀抱。这种举动毫无做作的成分。她相信自己已落入了万劫不复的境地,为了躲过眼前地狱的景象,她拼命地爱抚于连。总之,我们的主人公尝尽了各种温柔,如果他真的懂得享受的话,甚至还可以在他刚刚弄到手的女人体内感觉到一股热辣辣的气息。于连走了,她依然万分激动,久久难以平息,悔恨也还继续撕裂着她的心。

“我的上帝!幸福,被爱,难道仅此而已?”这就是于连回到自己房间时的第一个想法。他刚刚获得梦寐以求的东西,心里既惊讶,又惶惑。他追求惯了,现在倒没什么可追求了。但到手的东西还来不及变成回忆。他像检阅归来的士兵,现在定下心来,仔细把自己行动的所有细节重新再过一遍。“我该做的全做了吗?我的角色演得好吗?”

什么角色?当然是惯于获得女人欢心的角色喽。

第十六章　翌　日

他用嘴轻吻她的樱唇，
用手轻拢她乱了的秀发。①

《唐璜》第一章一七〇节

俄顷之间，于连在德·雷纳夫人心目中已成了世界上的一切。夫人过分惊喜和激动，竟没有发现他的笨拙。这未始不是于连的运气。

夫人看见天将破晓，便催促于连快走。

"啊！天哪！"她说道，"如果我丈夫听到声响，那我就完了。"

于连慢吞吞地咬文嚼字，想起了下面这句话：

"您今生会后悔吗？"

"唉！此时此刻，悔恨多着呢！不过，我并不后悔认识了你。"

于连故意等天大亮了，才大模大样地回去，认为这样才不失自己的尊严。

他仍然精心策划自己的每一个行动，疯了似的想处处表现出是个经验丰富的老手。这样做只有一个好处，就是吃午饭又看见德·雷纳夫人时，他的一举一动都循规蹈矩，无懈可击。

至于德·雷纳夫人，她一看到于连便满面通红，不看却又连一会儿也受不了。她发现自己心慌意乱，拼命想掩盖，但这样心就越乱。于连只抬眼看过她一次。最初，德·雷纳夫人很欣赏他的谨慎。不久，发现仅此一次，不禁慌了，心想："难道他不再爱我了？唉！我对他来说是太老了，我足足比他大十岁。"

从饭厅到花园的路上，她握了握于连的手。于连对这种不寻常的

---

① 引诗原文为英文。

爱情表示感到惊讶,便满含情意地看了她一眼,因为吃午饭时他觉得她很漂亮,不禁低下眼睛,仔细琢磨她的迷人之处。这一眼使德·雷纳夫人感到欣慰,但不足以完全消除她心中的不安,而她的不安几乎完全抵消了她对丈夫所感到的内疚。

午饭时,她丈夫什么也没发觉,但戴维尔夫人就不同了。她觉得德·雷纳夫人已经快把握不住自己,便从朋友的地位出发,整整一天都大胆而尖锐地,用含蓄的词句和可怕的颜色给她描绘出一幅令人发怵的图画,去说明她所面临的危险。

德·雷纳夫人急于与于连单独相聚,想问问他是否仍然爱自己。尽管她生性温柔,但也多次几乎要告诉她的女友,请她知趣走开。

晚上,在花园里,戴维尔夫人精心安排自己坐在德·雷纳夫人和于连之间。德·雷纳夫人原来憧憬着能够美滋滋地拿起于连的手送到唇边亲吻,可现在连和他说句话也不行了。

这一意外更使她烦躁不安,后悔已极。前一天夜里,于连到她房间来的时候很不小心,被她说了一顿,现在她担心于连今夜不来了。她早早就离开花园,回到自己房间。但心急难熬,便去把耳朵贴着于连的房门细听。但尽管狐疑不定并且欲火如焚,她仍不敢贸然进去。她觉得这种做法未免太下贱了,外省俗话说"送上门"就是这个意思。

仆人们还未完全去睡。为谨慎起见,她只好返回屋里。她等了两个小时,仿佛遭受了两个世纪的折磨。

但于连非常忠于他所谓的责任,给自己预先规定好的计划非逐点实行不可。

钟敲一点,他轻轻地溜出房门,确信东家已经睡熟,便来到德·雷纳夫人房里。这一天,他在女友身边得到了更多的欢乐,因为他不再总想着自己要扮演的角色,可以尽情地看,尽情地听了。德·雷纳夫人关于年龄的话使他有了点信心。

"唉! 我比你大十岁啊! 你怎能爱我呢?"她不假思索地一再地说,因为这种想法一直折磨着她。

对这种不幸,于连并不理解,但看得出的确存在,于是便几乎完全忘记了担心会闹笑话的事。

由于出身寒微，怕被别人看做二等情夫的愚蠢想法也随着消失了。他炽热的感情使他羞答答的情妇逐渐放了心，又有了一点幸福感，而且有能力来对情夫作一番评价了。前一天晚上，于连装模作样，使幽会成了一种胜利而不是欢乐，幸亏今天这种装出来的神气几乎没有了。如果德·雷纳夫人觉得他在专心演戏，这一不幸的发现很可能从此使她兴趣索然，认为不是别的而是年龄不相称在作祟。

虽然德·雷纳夫人从来没考虑过爱情的理论，但在外省，每当谈起爱情，年龄的差别便紧随财产的差别之后，成为人们最爱开玩笑的老话题。

不多几天，于连便迸发出他那个年龄的全部热情，疯狂般爱恋起来。

他想，必须承认，她的心灵像天使般善良，至于美貌，更是谁也比不上。

他把当初要演的角色几乎全忘了。在这个销魂的时刻，他甚至把自己内心的烦恼全都告诉了对方。这些悄悄话把他在对方心中激起的情爱推到了顶点。德·雷纳夫人美滋滋地想道："这样说来，我的情敌没占到便宜！"她大着胆子询问于连他那么关心的肖像到底是谁。于连向她发誓说，那是个男人的肖像。

德·雷纳夫人冷静下来琢磨一下，不禁大为惊讶，世界上竟有这样的幸福，简直是她从来想都没想过。

"啊！"她心里想道，"如果十年前我认识于连就好了，那时候，我还称得上漂亮！"

于连却远没有这些想法。他的爱情仍不过是一种野心，是占有的喜悦。他，一个被人看不起的可怜虫，却占有一个如此高贵、如此美貌的女人。他的千般疼爱和面对迷人的女友而迸发的激情，使德·雷纳夫人在年龄差异的问题上稍稍放了心。如果她有一点较开明的地区三十岁女人早已具有的生活阅历，她一定会为他们的爱情能否持久而担忧，因为这种爱情似乎只靠猎奇和满足自尊心来维持。

在忘掉野心的时刻，于连甚至对德·雷纳夫人的帽子和衣裙也欣赏到发狂，拼命去闻其中散发出来的香气，简直没个够。还打开她带镜子的穿衣柜,一连几个小时站在柜前欣赏里面叠放得整整齐齐的漂亮衣物。他的女友依偎在他身旁,看着他,而他则看着那些首饰和衣服,仿佛新郎在结婚前一天欣赏自己送给新娘的礼物似的。

“我真应该嫁给一个这样的人!”有时德·雷纳夫人心里想,“他多么热情!和他一起生活真是太迷人了!”

于连从未如此接近过女人这些销魂蚀骨的手段。心想:“巴黎也不可能有这样的丽人!”于是便尽情欢乐起来。往往,情妇真诚的赞赏和冲动使他忘记了他们相好初期使他显得缩手缩脚,甚至十分可笑的那种空洞的理论。有时候,尽管习惯了弄虚作假,他也老老实实地向这位欣赏他的高贵女性承认自己对许多小规矩的无知,觉得这样做有无限温馨。而德·雷纳夫人也觉得在许多小事情上开导这个有才华、人人都认为前程远大的年轻人是一种最高的精神享受。甚至副区长和华勒诺先生也不得不称赞于连。因此,于连觉得他们没那么蠢了。至于戴维尔夫人,她远没有与他们有同感的表示。她觉得自己猜到的事情已无法挽回,同时又看到对一个完全丧失了理智的女人已经忠言逆耳,便离开了维尔基,没有说明理由,别人也没有问她。德·雷纳夫人洒了几滴眼泪,很快地便更加高兴起来,因为戴维尔夫人一走,她就可以整天和情人单独在一起了。

于连也巴不得与女友长相厮守,因为每当他一个人单独待久了,富凯那个要命的建议便又来烦他。他没有爱过人,也没有被别人爱过的经验。因而在这种新生活的初期,有时他觉得为人真诚是一件赏心乐事,便几乎要把自己一生所寄的野心向德·雷纳夫人和盘托出,想问问她为什么富凯的建议对自己有如此奇怪的吸引力,可是一件小小的事情阻止了他坦率的表白。

第十七章　第一副市长

啊！这爱情的春天，
多像变幻无常的四月天，
别看现在日丽风和，
乌云一来，美景全都不见。

《维罗纳二绅士》①

一天傍晚，夕阳西下，于连坐在果园深处他女友的旁边，没有人来打扰。他陷入了深深的沉思。心想：这样温馨的时刻能永远延续下去吗？他一副心思只想着创业的艰难，叹息天降的那场大祸结束了他的童年，而青年时代的头几年也庸庸碌碌地虚度了。

"啊！"他失声叫道，"拿破仑的确是上帝给法国青年派来的救星！现在有谁能代替他呢？没有他，天下不走运的人怎么办？他们即使比我富有，也仅仅有几个钱，能够受到良好的教育，但到了二十岁，却缺乏足够的钱去雇用仆人，做一番事业！"接着，他深深叹了一口气又说道："不管做什么，只要一想起这些倒霉的事，心情便永远难以舒畅！"

他忽然看见德·雷纳夫人皱起了眉头，一脸冷漠而不屑的神情。她认为于连这种想法不过是下人之见。她从小到大，生活都十分富裕，推己及人，认为于连也理应如此。她爱于连百倍于爱自己的生命，从来就没考虑过金钱。

于连根本猜不到这些想法。夫人一皱眉使他如梦方醒，便灵机一动，编出了一套瞎话，让这位紧挨着他坐在草坪上的贵夫人相信他刚才的话是上次出门到他那个做木材买卖的朋友家里做客时听来的。说话

① 《维罗纳二绅士》，莎士比亚喜剧，原文为英文。

的人不相信上帝，自然信口雌黄。

“那好！你今后就别和这些人混在一起了。”德·雷纳夫人说道。她的表情从无限温柔已变成刚才的冷若冰霜，此刻仍然还有点冷冰冰的。

夫人的皱眉，或者可以说，他的后悔失言是于连幻想的第一次受挫。他心想：“她善良、温柔，对我一往情深，但她是在敌人的阵营里长大的。他们大概特别害怕那类受过良好教育却又没有足够的钱去闯天下的血性男儿。如果我们能拿着同等的武器与这些贵人们决一雌雄，他们会变成怎样呢？比方说我吧，如果我当上维里业市长，我一定全心全意公正廉明，和德·雷纳先生一样，但我会把那个助理司铎、华勒诺先生和他们的骗人把戏统统清除掉！让正义在维里业伸张！他们的才干挡不了我的道。他们只是不断地摸索着干罢了。”

这一天，于连本可顺顺当当，快乐无边，但我们的主人公缺乏开诚布公的勇气。必须敢于战斗，而且**不失时机**。德·雷纳夫人刚才听了于连的话不禁一惊，因为与她来往的人都一再说，罗伯斯庇尔很可能会卷土重来。尤其因为下层阶级中出现了一批受过良好教育的年轻人。德·雷纳夫人冷冰冰的神情持续了相当一段时间，这一点于连都看在眼里。她先是讨厌于连出言不逊，后来又担心间接对于连说了些他不爱听的话，这种矛盾心情充分反映在她的脸上，而平时她心情愉快，且无人相扰时，她脸上的表情却是那么天真纯洁。

于连不敢再随便胡思乱想了。待到爱情降温，多了几分冷静，他便觉得自己到德·雷纳夫人房里去是不谨慎的，还是让她到自己房间来好一些。万一有仆人发现她在屋里走动，她完全有不同的借口可以解释。

但这样安排亦有其不便之处。于连从富凯那儿收到几本书，是他这个神学院学生绝对不能在书店里买的。他只敢在夜里看。最好是没有客人来访，否则就像果园中闹意见的前一天那样，因为等人，就没法看书了。

多亏德·雷纳夫人，他才对这些书有全新的理解。他曾经大着胆子问了她许多小问题，没有这方面的知识，一个非上流社会出身的年轻人，不管大家公认他天资如何聪颖，是绝对看不懂的。

能够从一个极端无知的女人那里获得爱情的教育是一种幸福。于连直接看到了今天社会的真面目。他的思想并没有被这个社会古时候怎样，两千年前怎样，或者仅仅六十年前伏尔泰和路易十五时代又怎样等等叙述所迷惑。眼前的帷幕掀开了，他终于明白了维里业发生的种种事情，心中真有说不出来的高兴。

首先，他发现两年来有人在贝藏松市长周围策划了一些非常复杂的阴谋，有巴黎最显要人物的信件为后盾，目的是要让本地最虔诚的人莫瓦罗先生出任维里业市的第一副市长，而不是第二副市长。

他的竞争对手是一位非常有钱的制造商，必须将此人降到第二副市长的位置。

当地的社会名流经常来德·雷纳先生家吃晚饭，于连无意中听到他们说的一些隐晦的话，现在才恍然大悟。这些特权人物十分关心第一副市长的人选，这是市内其他人，尤其是自由派人士所万万没有想到的。此事之所以重要，是因为，众所周知，维里业大街现在已经成为官道，它的东侧要后退九尺以上。

但莫瓦罗先生在后退的地段上有三幢房子。如果他能当上第一副市长，万一德·雷纳成了议员，他便可以升为市长。那时候，他便可以眼开眼闭，让人对占用公家大道的房子作一些不显眼的修补，这些房子就一百年也不必动了。尽管莫瓦罗先生被公认为是虔诚正直之人，大家确信，他也好对付，因为他孩子多。在要后退的房子中，有九幢属于维里业的顶尖人物。

在于连看来，这一阴谋比封特诺瓦战役①的历史重要得多。封特诺瓦这个名字还是他在富凯寄给他的一本书中第一次看到的。自从五年前他开始每晚到本堂神甫那里以来，有许多事情使他吃惊，但谨慎和谦逊是学神学的人起码的要求，所以他一直不能询问。

---

① 封特诺瓦，比利时小镇，一七四五年五月十一日法国萨克斯元帅在路易十五亲自督战下大败英国和荷兰的军队于此。

一天,德·雷纳夫人给她丈夫的贴身仆人吩咐一件事,此人是于连的对头。

“可是,夫人,今天是本月最后一个星期五。”仆人神情古怪地回答道。

“那算了。”德·雷纳夫人说道。

“这倒好!”于连说道,“他肯定是要到那个堆干草的仓库去。那地方从前是教堂,最近又还给了教会,但用来做什么?这个秘密真令我百思不得其解。”

“那是个很正派的组织,但却有点古怪。”德·雷纳夫人回答道,“女人不许参加,据我所知,是因为在那里大家都以你相称①。例如,这个仆人在那里碰见华勒诺先生。尽管此人架子大,又愚蠢,听见圣约翰用你称呼他也一点儿不会生气,而且会用同样的腔调回答他。如果你一定要知道他们在里面做些什么,我可以详细询问德·莫吉隆先生和华勒诺先生。我们现在为每一个仆人付二十法郎,省得将来有一天他们割断我们的脖子。”

时间飞逝。于连想起情妇的美貌便忘记了自己不可告人的野心。既然他们两人分属不同的阵营,就绝对不能和她谈一些合乎情理但令人不愉快的事情,这样无形之中使于连觉得和她在一起更加幸福,而她对于连也更有吸引力。

孩子们太懂事了,只要他们在场,于连和德·雷纳夫人只好讲一些冷冰冰的大道理。这时候,于连便含情脉脉地看着她,规规矩矩地听她解释社交界发生的事情。往往正谈到在修路或物资供应方面某种欺骗手段时,德·雷纳夫人的思想会突然糊涂起来,乱说一通。于连想说她,但她却像对待自己孩子那样向他做出一些亲密的动作。因为有些天,她有过幻觉,仿佛于连就是自己疼爱的孩子。难道她不是要不断回答他许多幼稚的问题吗?这些简单的事情,大户人家连一个十五岁的孩子也懂得啊。可是不到一会儿,她又像对待主人那样钦敬他。于连的才华达到了使她吃惊的程度。她一天比一天看得更清楚,这个年轻

---

① 法国贵族彼此以您称呼,若用你称呼则表示亲密和平等。

的神甫将来必定是个伟大的人物，成为教皇，成为黎塞留①般的内阁首相。

“我能活到看见你功成名就么？”她对于连说道，“位置是给伟人预备的。王室和宗教都需要伟人。”

---

① 黎塞留（1585—1642），法王路易十三时代首相、红衣主教。主张中央集权，建立绝对王权及进行军事、财政和法制改革。曾创立法兰西学院。

第十八章　王驾亲临维里业

难道你们只配像平民百姓一样，

暴尸荒野，失去了灵魂，流干了血液？

主教《在圣克莱芒圣堂的演说》

九月三日晚上八点，一个近卫骑兵沿着大道飞驰而来，把维里业的所有居民从梦中惊醒，带来的消息说，国王陛下将于下星期日驾临。而当天已经是星期二了。省长授权，要求组织一支仪仗队。必须尽可能的隆重。并派出信使到维尔基。德·雷纳先生星夜赶回，发现全城人声鼎沸。人人都有打算，稍有空闲的人便去租阳台，瞻仰圣驾进城。

谁来指挥仪仗队呢？德·雷纳先生立刻就想到，为了那些要往后移的房子，必须让德·莫瓦罗先生来指挥，这样便能使他取得当第一副市长的资格。德·莫瓦罗先生的虔诚无懈可击，也无人能比，但他从未骑过马，三十六岁了，还非常腼腆，同时也害怕摔下来，闹笑话。

市长清早五点便派人把他喊来。

"您看，先生，我征求您的意见，就当您已经被全城士绅推举担任那个职位一样。在这个不幸的城市里，制造业兴旺，自由派人士都成了百万富翁，他们希望掌权，什么都能拿来作武器。我们要考虑到王上的利益，王政的利益，和高于一切的我们神圣宗教的利益，先生，您认为仪仗队指挥一职交给谁好呢？"

尽管怕马怕得要死，德·莫瓦罗先生最后也只好像去殉教那样接受了这个荣誉。"该怎么办我一定怎么办。"他对市长说道。时间无多，仅够命人安排制服，那还是七年前一位亲王路经此地时用过的。

七点钟，德·雷纳夫人带着于连和孩子们从维尔基赶到，发现客厅里拥挤着一大群自由派人士的夫人，她们口口声声说各党派要团结，来恳求她,请她在丈夫面前说说,给她们的男人在仪仗队里谋个位置。其中一位甚至说,如果她丈夫落选,就一定会因伤心而破产。德·雷纳夫人很快便把这些人打发走。看上去她似乎很忙。

她心里到底有什么事她并不告诉于连,这使于连感到惊讶,也更为恼火,心里酸溜溜的,不禁想道:“我早料到了,她要在家里接待国王,一高兴就顾不上爱情了。这一切乱糟糟的,弄得她头晕眼花,等那些门阀之见不再来烦她时,她一定会重新爱我的。”

真是怪事,这样一来,于连倒更爱她了。

干活的工人越来越多,于连想觑空和她说句话也不成,后来终于看见她从自己的房间里走出来,手里拿着他的一件礼服。这时候旁边没人。于连想跟她说话。可她不想听,溜开了。“我真蠢,爱这样一个女人。野心把她和她丈夫都弄疯了。”

其实她更疯。她有一个最大的愿望从来不敢告诉于连,怕刺激他,就是想看到他脱下那件灰暗的黑礼服,哪怕一天也好。她虽天性朴实,仍然十分巧妙地先是说服德·莫瓦罗先生,然后又说服副区长德·莫吉隆先生任命于连为仪仗队队员,把五六个年轻人挤掉,这些人的家里都是很有钱的制造商,其中至少有两人其虔诚堪称模范。华勒诺先生打算把自己的四轮马车借给城里最漂亮的女人,好炫耀他那几匹诺曼底骏马。他也同意借一匹马给他最恨的人于连。但所有仪仗队队员都有自己的或者借来的天蓝色漂亮上衣,佩戴着七年前曾经闪耀过的银制上校肩章。德·雷纳夫人想要一件崭新的上衣,便派人去贝藏松弄一件制服上衣来,还有武器、帽子,以及仪仗队员所需的一切,但时间只剩下四天了。可乐的是,她觉得在维里业给于连做不妥,她想使于连和全城的人大吃一惊。

组织仪仗队和动员公众思想的工作完成以后,德·雷纳先生还要准备一个盛大的宗教仪式。国王陛下不想路经维里业而不去瞻仰一下著名的圣徒克莱芒的遗骨。该遗骨保存在博莱-勒奥修道院,离城不到数里之遥。需要有许多神职人员参加,这是一件最为棘手的事。新上任的本堂神甫马斯隆先生无论如何不想谢朗先生出席。德·雷纳先生给他指出,这样做不妥,但没有用。被指定陪伴圣驾的是祖上曾经长期担任省督的德·拉摩尔先生,他认识谢朗神甫已有三十年,到了维里业一定会打听神甫的消息。如果知道他失宠,像他这样的人一定会带着手下全体随从到神甫幽居的小屋去探访。这岂不是一记响亮耳光?

“如果他出现在我的神职人员之中,”马斯隆神甫回答,“我在这贝藏松便名誉扫地。他是个冉森派教徒①啊,天哪!”

“不管您怎么说,我亲爱的神甫,”德·雷纳先生反驳道,“我不想维里业行政当局遭到德·拉摩尔先生的怪罪。您不了解他,他在宫廷里风度不错,但到了这外省就变得谐而且谑,专门挖苦人和刁难人。他完全可以仅仅为了消遣,便使我们在自由派人士眼里出丑。”

经过三天的谈判,到了星期六夜里,马斯隆神甫的倨傲才被市长的担心所战胜。担心于是变成了勇气。现在必须用甜言蜜语写一封信给谢朗神甫,恳求他,如果他年老多病之身允许的话,出席在博莱-勒奥修道院的圣骨瞻仰仪式。谢朗先生提出要求,并为于连争取到一封邀请信,让于连以副助祭的身分陪他参加。

星期天一清早,成千农民从附近山区涌进了维里业的大街小巷。当日阳光灿烂。终于到了三点左右,人群骚动起来,离维里业七八公里的一个峭壁上点起了一把大火。这是王上进入本省地界的信号。顿时,各个教堂钟声齐鸣,城里一尊古老的西班牙大炮也连珠般响了起来,全城欢腾,迎接这一伟大的盛事。有半数居民上了房顶,所有妇女都走上阳台。仪仗队出发了。制服鲜明,人人称羡,都想从中认出自己的亲友。德·莫瓦罗先生战战兢兢,时刻准备用手去抓住马鞍桥,惹得大家一阵讪笑。但有一个发现使人忘记了其他的一切。第九列为首的是一个仪容俊美、身材修长的青年骑士。最初大家认不出来。但很快地,有的人愤怒地叫了一声,有的却惊讶得说不出话来,可见引起了全场的轰动。大家认出骑在华勒诺先生的一匹诺曼底骏马上那个年轻人正是木匠索海尔的小儿子。大家同声责备市长,尤其是自由派人士。什么!就因为这个乔装成教士的小木匠是他孩子们的家庭教师,他便胆敢把殷实的制造商某某某某先生刷掉,让这小子进仪仗队!一位银

① 冉森派,天主教的一支,崇尚虔诚和严守教会法规,反对耶稣会的“或然论”,当时被目为异端。

有的人愤怒地叫了一声,有的却惊讶得说不出话来……

行家的妻子说:“那些先生真该给这个在粪堆里出生、不知天高地厚的小子一个教训。”旁边一个人回答说:“这个阴险的人还挎着刀,早晚会翻过脸来砍他们的。”

贵族们的话更可怕。夫人们心里琢磨,这一有失体统的做法是否市长一个人的决定。一般来说,大家都承认,出身卑贱的人他是看不起的。

大家正纷纷议论的时候,于连倒成了世界上最幸福的人。他天性果敢,在马上骑得比这个山城大部分年轻人都稳。他从女人们的眼神里看出,大家正在谈论他。

他的肩章比谁的都亮,因为是新的。坐下马不断昂首奋鬣,他感到心花怒放。

于连正乐不可支,怎料经过旧城墙时,小铁炮一声响,使马吓得跳出了队列。邀天之幸,他并没摔下来。从这时刻起,他觉得自己成了英雄,是拿破仑的传令官,正向炮兵阵地冲锋。

有一个人比他更高兴,先是从市政厅的玻璃窗看见他经过,然后又登上马车,绕了一个大弯,正好看见于连的马跳出行列,真为于连捏一把汗。最后,此人的马车驰出另一个城门,来到王驾要经过的大道,在二十步外尾随着扬起滚滚烟尘的仪仗队。市长荣幸地向王上致欢迎词的时候,上万个农民齐声高呼:“国王万岁!”一个小时以后,国王陛下听完了各界的欢迎词,准备进城了,那门小炮又连珠般响了起来。可是意外发生了,出事的并非炮手,他们已在莱比锡①和蒙米雷伊②经受过考验,而是未来的第一副市长德·莫瓦罗先生。他的马把他轻轻地摔在大道上惟一的一个泥坑里,闹得不可开交,因为必须把他曳出来王上的车子才能过去。

王上陛下到了崭新的教堂下车,教堂很漂亮,当天把深红色的布幔都挂了起来。王上用膳完毕,立即又登车去瞻仰著名的圣徒克莱芒的遗骨。王上一进入教堂,于连便飞马奔回德·雷纳先生的府邸。叹着

---

① 莱比锡,德国城市,一八一三年,拿破仑军曾与普俄联军鏖战于此。

② 蒙米雷伊,法国东部城市,一八一四年二月,拿破仑曾在此击败普俄联军。

气把漂亮的天蓝色上衣脱下，把军刀、肩章也摘下来，换上窄窄的、已经磨损的黑色上衣。然后再上马，不到几分钟便来到博莱-勒奥修道院。修道院位于一个风景秀丽的小山顶上。他心想："农民的情绪真热烈。"人越来越多了。维里业已经挤得水泄不通，现在这个古老的修道院周围足有一万多人。修道院原已半毁于暴烈的革命，王朝复辟后修葺一新，传说又开始有圣迹显灵了。于连去见谢朗神甫，神甫狠狠责备了他一顿，交给他一件教士袍和一件宽袖白色法衣。他连忙穿上，跟随谢朗先生去找年轻的主教阿格德。此人是德·拉摩尔先生的侄子，刚被任命为主教，任务是领王上去瞻仰圣骨。但现在此人却找不到了。

教士们等得不耐烦了，他们在这古老的修道院阴暗的哥特式回廊里恭候他们的领袖。一七八九年以前，博莱-勒奥修道院的教士会议由二十四位会议司铎组成，这一次也召集了二十四名神甫来充当教士会议的成员。神甫们就主教太年轻这个问题上发了三刻钟的牢骚以后，认为最好是他们当中最年高德劭的人去谒见主教大人，通知他王上即将驾临，必须立即到祭坛来。谢朗先生已属高龄，自然成了长老。尽管他还在生于连的气，但还是打手势让他跟着来。于连的法衣穿得整整齐齐，头上的鬈发不知道用什么法术弄得平平正正。可是有一点疏忽，使谢朗神甫更为生气，原来在于连的教士袍下露出了仪仗队员的马刺。

来到主教的套间，几个穿着滚边制服的高大仆役老大不愿意地回答老神甫说，主教大人不见客。老神甫想向他们解释，作为博莱-勒奥修道院高贵的教士会议选出来的长老，他有特权可以随时进谒枢机主教，但只博得一阵讪笑。

生性高傲的于连被仆役们蛮横无理的态度激怒了。他走遍这所修道院的各个房间，见门就敲。居然被他推开一个小间的门，发现里面有几个主教大人的贴身仆役，都一式黑上衣，脖子上挂着项链，看见他匆忙的样子，以为是主教召见的人，便让他过去了。他走前几步，进入一个宽敞的哥特式大厅。大厅很暗，四周有黑橡木护壁板。尖拱形的窗户除了一个以外，全都用砖堵死。工程之粗糙丝毫不加掩饰，与古老而精美的护壁板形成不调和的对比。这个大厅在勃艮第的古物鉴赏家中享有盛名,是一四七〇年大胆查理为赎罪而叫人修建的。大厅宽宽的两边是一排排雕工精细的木质神职祷告席,可以看得见用不同颜色的木材表现出《启示录》①中各种神秘的图像。

这种凄美的情景被裸露的砖头和仍然发白的灰浆破坏了,于连心中凄然,不禁停下脚步,默然无语。大厅的另一头,在惟一开着透光的窗子旁边,他看见一面桃花心木作框的活动镜子,前面三步站着一个身穿紫袍、花边宽袖法衣、没戴帽子的年轻人。这件家具放在此地似乎有点古怪,大概是从城里弄来的。于连觉得那个年轻人神情恼怒,正用右手庄严地对着镜子做祝福的姿势。

"这是什么意思?"他心想,"这个年轻教士是否在预演什么仪式呢?他可能是主教的秘书吧?一定像刚才的仆役那样傲慢……我的天,不管怎样,试试吧。"

他相当缓慢地沿着长长的大厅往前走,眼睛一直不离惟一的那扇窗户,注视着那个年轻人。此人还没完没了,不停地缓缓做着祝福的动作。

他越走越近,年轻人不高兴的神情就看得更清楚了。他身穿缀着花边的华丽法衣,于连不禁在离那面美轮美奂的镜子几步远的地方停了下来。

最后他心里想,我必须说话。但华丽的大厅使他发怵,想到对方会不客气地对他说话便有点泄气。

那年轻人在活动穿衣镜里看到了他,便转过身来,突然改变愠怒的神情,用最柔和的语调对他说:

"我说,先生,仪式最后安排好了吗?"

于连愣住了。年轻人向他转过身来时,他看见此人胸前的十字架,原来正是阿格德主教。他心想:"真年轻,顶多比我大六岁或八岁!……"

想到马刺他又惭愧起来。

"大人,"他怯生生地回答道,"我是教士会议的长老谢朗先生派

① 《启示录》,《新约》的最后一卷,其中描写均是世界末日种种可怕的景象。

来的。”

“噢！有人向我大力推荐过他。”主教彬彬有礼的语调使于连更加倾倒，“不过，先生，请原谅，刚才我把您当作替我去拿主教冠的人了。这顶冠在巴黎没包装好，靠上面的银丝网严重损坏。影响一定非常不好，”年轻的主教忧形于色地又说道，“可现在还要我等着！”

“大人，如果阁下允许，我去把冠拿来。”

于连漂亮的眼睛这番起了作用。

“去吧，先生，”主教很有礼貌地回答，“我立刻就要。让主教会议的各位先生久等，我心不安。”

于连走到大厅中央，回头看看主教，只见他又在作祝福的手势。他暗自思忖：“这到底是怎么回事？大概是在即将举行的仪式之前主教要做的准备吧。”他来到刚才众仆役所在的那个小房间，看见主教冠就在他们手里。这些人看见于连命令的眼神，不由自主地让了步，把主教冠交给了他。

于连拿着主教冠，觉得很自豪，毕恭毕敬地捧着，稳步穿过大厅。他看见主教坐在穿衣镜前，右胳臂虽然累了，但仍不时做着祝福的姿势。于连帮他把冠戴上。主教晃了晃脑袋。

“唔，挺稳当。”他满意地对于连说，“请您走开一点好吗？”

于是，主教快步走到大厅中央，然后又慢慢地向镜子走来，恢复了不高兴的神情，还庄严地做着祝福的动作。

于连惊讶得愣住了。他很想知道个究竟，却又不敢。主教停下来看着他，神情很快便松弛下来。

“先生，您觉得我的冠怎样？可以吗？”

“很好，大人。”

“是不是戴得太靠后了？这样会显得有点呆板，可是又不应该像军官帽那样压到眼睛上。”

“我看戴得挺合适。”

“王上看惯年迈而庄重的神职人员。我尤其不愿因我的年纪而显得过分轻浮。”

说着，主教又开始边走边做祝福的姿势。

于连终于恍然大悟:很明显,他在练习祝福。

过了一会儿,主教说道:

“我准备好了。先生,去通知长老先生和教士会议的各位先生吧。”

不久,谢朗先生身后跟着两位年纪最老的神甫走进一道很大的门,门雕刻得很华丽,于连以前从未见过。这一次,他走在最后,只能从拥挤在门边的教士们的肩膀上看见主教。

主教缓缓穿过大厅。当他来到门槛时,教士们排起仪式行列。乱了一阵子以后,队伍开始唱着赞美诗前进。主教走在最后,在谢朗先生和另一位很老的教士之间。于连作为修道院院长谢朗的随从,紧挨着主教大人。队伍沿着博莱-勒奥修道院的长廊行进,尽管阳光灿烂,长廊里却阴暗而潮湿。终于来到了隐修院的柱廊。仪式如此隆重使于连看得目瞪口呆。主教少年得志唤醒了他的野心,而主教作为高级神职人员的善良和彬彬有礼的态度又使他折服。这种彬彬有礼和德·雷纳先生的礼貌完全不同,即使在德·雷纳先生心情好的日子。他心想,人越接近社会的最高层,就越表现得温文尔雅。

一行人从一道边门进入教堂,忽然轰的一声巨响,于连以为古老的拱顶要塌下来了。原来还是那尊小炮。八匹马拉着这尊炮飞驰而来,一到便被经历过莱比锡战役的炮手架好,一分钟发炮五响,仿佛普鲁士人就在前面。

但这些惊人的响声对于连已经不起作用,他再也不去想拿破仑和战斗的荣誉了。他想的是:这样年轻就当上了阿格德的主教!可是阿格德是什么地方?能有多少收入呢?也许二三十万法郎吧。

主教大人的仆役搭来了一顶漂亮的华盖,谢朗先生执住其中一根撑竿,但实际上却是于连打着。主教走到华盖下。做派倒也老成,使我们的主人公佩服得五体投地。他心想:“只要灵巧,又何事不成呢!”

王上进来了。于连能够在咫尺之间瞻仰圣驾,当然喜不自胜。主教向王上致辞,歌功颂德之余,没有忘记装出一点诚惶诚恐之状。

博莱-勒奥修道院举行仪式的详情这里不一一赘述。足足半个月,省里各报无不大事报道。于连从主教的致辞中获悉,王上是大胆查理的后人。

稍后，于连被责成清理这次仪式的账目。德·拉摩尔先生想办法让自己的侄儿当上主教之后，又慷慨地承担了一切费用。仅博莱-勒奥修道院的一次仪式便花了三千八百法郎。

主教致颂词、王上致答词之后，圣驾便进入华盖之下，接着，十分虔诚地在祭坛旁边的一个垫子上跪下。祭坛周围是神职祷告席，比地面高出两级台阶。于连便坐在最低一级台阶上，谢朗先生脚边，差不多就像罗马西斯廷教堂①红衣主教身旁拉长袍后裾的小教士一样。感恩赞美诗唱起来了，香烟缭绕，枪炮齐鸣，响个不停。农民们虔诚礼拜，幸福得如醉如痴。这样的一天足可抵消雅各宾派报纸一百期的作用。

王上一心祈祷，于连离他只有六步之遥。他第一次发现一个身材不高而目光聪慧的人，穿着一件几乎没有绣花的上衣，但在这件简朴的上衣上别着一根天蓝色的绶带。此人比其他许多贵人离王上都近。这些贵人个个金线绣衣，用于连的话说，连下面的衣料也看不见了。稍后他知道那就是德·拉摩尔先生，他觉得这位先生神情倨傲，甚至蛮横无理。

"这位侯爵大概不像我那位潇洒的主教那样彬彬有礼。"他想，"啊！教士的身分使人文雅而又聪明。但王上是来瞻仰圣骨的，可我根本看不到圣骨。圣克莱芒在哪里呢？"

身旁一个小教士告诉他，圣骨在教堂顶部一个长明室②里。

于连暗想，什么是长明室呢？

但他并不想深究这个词的意思，而是加倍注意。

按照礼节，君王瞻仰，议事司铎不得伴随主教，但在动身去长明室时，阿格德的主教大人却喊修道院院长谢朗和他在一起，于连也大胆相随。

走上一道长长的楼梯，来到一扇门前，门极小，但哥特式的门框却金碧辉煌，仿佛前一天才竣工。

---

① 西斯廷教堂，梵蒂冈宫内圣堂，建于一四七三年教皇西克斯特四世在位时，故名。内有名人壁画。

② 长明室，即点着蜡烛的停尸室。

门前跪着二十四位少女，都是维里业的名门闺秀。在开门以前，主教先走到这些千娇百媚的少女中间跪下，大声祈祷。少女们对主教美丽的花边、潇洒的风度、如此青春年少又如此温文尔雅的面孔似乎欣赏得没个够。我们的主人公看在眼里，简直要疯了，此时此刻，假如宗教裁判所①依然存在，他会真心实意地为之赴汤蹈火。门突然开了，小小的圣堂亮如白昼，祭坛上点燃着千支以上的大蜡烛，分成八排，用一束束鲜花隔开。圣器室内飘出袅袅香烟，清香扑鼻。祭台金漆一新，体积不大，但很高。于连发现祭坛上有的蜡烛高达十五尺。少女们一见，忍不住失声赞叹。在圣堂的前厅，只有那二十四名少女，两位本堂神甫和于连被允许进来。

不久，王上驾到，后随的只有德·拉摩尔先生和侍从长。其余侍从都跪在门外，举起武器致敬。

国王急步上前，几乎是扑到祈祷的跪凳上。紧贴在金漆门旁跪着的于连此时才从一位少女裸露的胳臂上方看到了圣克莱芒动人的雕像。表现的是圣克莱芒身穿罗马青年士兵的军装，藏在祭坛下，血汩汩地从他头上一个巨大的伤口中流出。艺术家施展了浑身解数，使他垂死而半闭着的眼睛仍然充满神采。初生的髭须下一张迷人的嘴虽然半闭着，也还像在祈祷。看到这种情景，于连身旁的少女泪如雨下。一滴眼泪落在了于连手上。

大家默默地祈祷，只有方圆四十公里所有的村庄传来的隐隐钟声打破这沉寂的气氛，过了一会儿，主教请求王上允许他发言。他做了一番言简意赅的讲话。

“基督的信女们，上帝无所不能，他无比威严。你们永远不要忘记，你们曾经目睹了人世间一位最伟大的国王跪倒在上帝的仆人之前。这些仆人在世上并非强者，他们在世上遭到迫害和屠杀，这一点，你们从圣克莱芒尚在淌血的伤口中看得很清楚，但他们在天国中却取得了胜利。年轻的基督信女们，你们将永远记住这一天，难道不是吗？你们

---

① 宗教裁判所，十三、十四世纪某些天主教国家为了镇压异端而设立的宗教法庭，被目为异端的革新派人士常被处以火刑。

要鄙视不信基督的人。要永远忠于如此伟大、如此威严，而又如此仁慈的天主。”

说着，主教威严地站起来。

“你们能向我保证吗？”他说道，同时像得到启示般伸出了手臂。

“我们保证。”少女们泪流满面地说道。

“我以威严的天主的名义接受你们的保证！”主教声如洪钟地说道，“仪式到此结束。”

王上本人也哭了。过了很长时间，于连才镇定下来，问旁人当年从罗马送到这里给勃艮第公爵善人菲利普的那些圣人骨殖到底在哪儿。人家告诉他，就藏在那个感人的蜡像里。

国王陛下恩准陪他一起在圣堂的淑女们佩戴一条红丝带，上面绣着以下字样：憎恨渎神，永远敬神。

德·拉摩尔先生赏给老乡们一万瓶葡萄酒。当晚在维里业，自由派人士找个借口也张灯结彩庆祝一番，比保王党人更热闹百倍。王上起驾前还造访了莫瓦罗先生。

第十九章　痛定思痛

日常事，荒诞多，掩盖了感情惹来了祸。

巴纳夫

于连把原来的普通家具放回到德·拉摩尔先生住过的房间时，发现了一张很厚的纸，折成四页。第一页下面写着：

送呈　王室勋章获得者、法兰西贵族德·拉摩尔侯爵阁下。

原来是一份笔迹拙劣的求职书。

侯爵先生：

小人一生恪守教规。九三年①里昂被围时，小人适于城中，饱尝炮轰之苦，至今思之，犹有余悸。小人常领圣体，周日必往教区之教堂望弥撒。复活节举行之仪式，小人从未缺席，不堪回首之九三年亦不例外。小人之厨娘（革命前小人家有仆役），小人之厨娘逢周五必持素。小人于维里业深孚众望，确当之而无愧。每有宗教巡游，小人必行进于罗伞之下，本堂神甫及市长之身旁。重大庆典，小人必手持自购之蜡烛。凡此种种，巴黎财政部内均有案可稽。维里业之彩票局局长身罹重病，投票时亦有闪失，故该局不久必有空缺。小人冒昧，欲申请该职，望侯爵大人俯允。

德·肖兰　谨呈

在这份求职书左边的空白处，有德·莫瓦罗签署的意见，开头是这样写的：

---

① 指一七九三年。雅各宾派专政时期。

“作[1]天我曾有幸谈及提出此项申请之良民……”

于连心想，连肖兰这个笨蛋也给我指出了该走什么门路。

王上驾临维里业之后一个星期，城里沸沸扬扬，数不清无稽的传闻，还有各种自以为是的说法、荒谬的议论等等，不一而足，内容依次是王上、阿格德主教、德·拉摩尔侯爵、一万瓶葡萄酒，和一心想得十字勋章、结果从马上摔下来、一个月才能出门的德·莫瓦罗，而谈论得最多的还是把于连·索海尔这个木匠的儿子**硬塞进**仪仗队这种极不恰当的做法。在这个问题上，嚷得最凶的是那些有钱的花布制造商，尽管他们从早到晚在咖啡馆里声嘶力竭地大谈平等。这件丑事的罪魁祸首就是那个目中无人的德·雷纳夫人。原因吗？只消看看小教士索海尔那双妙目和鲜嫩的脸蛋儿就全明白了。

回到维尔基不久，最小的那个孩子斯塔尼斯拉斯-格扎维埃发烧了。德·雷纳夫人突然后悔不迭，第一次对爱上于连感到内疚而不能自已。她似乎大彻大悟，明白了自己已被拖进罪恶的深渊。尽管她笃信宗教，但直到此时为止，从未考虑到在上帝眼里，自己的罪孽竟如此深重。

过去在圣心女子学校时，她热爱上帝，而在目前情况下，她对上帝同样抱着敬畏的心理。莫名其妙的害怕使她内心的斗争更加残酷。于连意识到，任何解释都难以使她平静而只能使她更加恼怒，认为那简直是魔鬼的语言。不过，于连本人也很喜欢小斯塔尼斯拉斯，谈谈这孩子的病，她倒比较欢迎。但孩子的病情很快就变得严重了。因而德·雷纳夫人的悔恨有增无已，终至使她无法合眼。她绷着脸不说话，如果开口，便非把自己所犯的罪向上帝和世人坦白不可。

“我求求您，”当他们两人单独在一起时，于连劝她道，“别跟任何人说，您心里的痛苦就告诉我一个人好了。如果您还爱我就不要说话，因为您的话绝不能使咱们的斯塔尼斯拉斯退烧。”

但他的安慰丝毫不起作用。他不知道，德·雷纳夫人脑子里认为，要平息上帝的妒火，必须痛恨于连，否则只有眼巴巴看着儿子死去。正

---

[1] “昨”字之笔误，借以表示原文之拼写错误。

因她对自己的情人恨不起来,所以才如此烦恼。

“躲开我,”有一天她对于连说,“看在上帝分上,离开这所房子吧;您在这里,我孩子非死不可。”

她压低声音又说道:“上帝正在惩罚我。他毫不徇私。我崇敬他铁面无私。我罪无可恕,还不知道悔恨!这正是背弃上帝的先兆:我应该受到加倍的惩罚。”

于连深深感到震动,他看不出其中有任何欺诈和夸大的成分。“她认为爱我便会要她儿子的命,其实,这可怜的女人爱我甚于爱她的儿子。所以我毫不怀疑,悔恨正在要她的命,这就是感情的伟大之处。我这么穷、这么没有教养、这么无知,有时举止又那么粗野,为什么居然能激发起她这样一种爱情呢?”

一天夜里,孩子情况危殆。凌晨两点钟,德·雷纳先生来看他。孩子发着高烧,满脸通红,连父亲也认不出来。突然间,德·雷纳夫人扑到丈夫脚下。于连就在旁边,眼看她就要把事情和盘托出,从此身败名裂。

幸亏这种古怪的行动使德·雷纳先生感到很不耐烦。

“我走了!我走了!”他说着便想走开。

“不,你听我说,”他妻子跪在他面前,高喊着想把他留住,“杀我孩子的是我。我给予他生命,现在又夺走他的生命。这是上天在惩罚我,在上帝眼里,我犯了杀人之罪。我必须自我唾弃,含垢忍辱,也许这样的牺牲才能平息上帝的愤怒。”

如果德·雷纳先生是爱动脑子的人,他便全明白了。

“胡思乱想,”他边把要抱着他两膝的妻子推开,边大声说道,“这一切都是胡思乱想!于连,天亮时叫人把医生喊来。”

说完便回去睡了。德·雷纳夫人双膝跪倒,几乎昏厥,于连想扶住她,被她猛地推开了。

于连惊讶不已。

他心想:“这就是通奸……难道那些如此狡诈的教士……倒说得对?他们坏事做尽,倒得天独厚,能参透罪孽的真谛?这岂非咄咄怪事!……”

德·雷纳先生走了二十分钟,于连看见自己心爱的女人头靠在孩子的小床上,一动也不动,几乎失去了知觉。他心里想:"瞧,这个女人出类拔萃,只因认识了我,便吃尽了苦头。

"时间过得很快。我能为她做点什么呢?该打定主意了。现在已经不再是我的问题了。世人和他们乏味的装腔作势能把我怎样?我能为她做点什么呢?……离开她吗?那我岂不是撂下她一个人,让她去承受莫大的痛苦?这个木头人般的丈夫对她是成事不足,败事有余,而且生性粗野,只要说句难听的话,她非发疯,从窗口跳下去不可。

"如果我听之任之,不再看着她,她一定会把一切都供出来。谁知道啊,也许,尽管她会给丈夫带来一笔遗产,她丈夫也会闹起来。伟大的上帝!她会把一切都告诉那个混(账)……修道院院长马斯隆,这家伙正借口有一个六岁的小孩生病赖在这房子不走,而且居心叵测。德·雷纳夫人沉浸在痛苦和对上帝的恐惧之中,把他的为人忘得一干二净,只看到他是教士。"

"你走开。"德·雷纳夫人突然睁开眼睛对于连说道。

"如果能够知道怎样可以最大限度帮助你,我万死不辞,"于连回答道。"我亲爱的天使,我从未如此爱过你,或者可以说,只是从现在起,我才开始像你分所应得的那样热爱你。明知你的不幸是由我而起却离开你,那我成什么人了?但问题并不在于我的痛苦。我会走的,对,我的亲人。可是,如果我离开你,如果我不再看着你,不再插在你和你丈夫之间,你会把一切都告诉他的,你会把自己弄得身败名裂。你想想,他会卑鄙地将你逐出他的家门。全维里业,全贝藏松的人都会对这件丑事议论纷纷。你会被说成坏事做尽,蒙羞忍辱而万劫不复……"

"我要的就是这个。"她说着站了起来,"我会痛苦,这才好哩。"

"但丑事一传出去,他也会因你而倒霉!"

"但我是自作自受,自己跳入泥潭。也许这样能救我儿子的性命。在所有人面前丢脸也许就是当众赎罪的表现吧!以我的短浅之见,难道不就是我能够向上帝献上的最大的牺牲么?……也许他能开恩,接受我当众出丑的做法而放过我的儿子呢!如果有另一种更痛苦的赎罪做法,请告诉我,我一定照办。"

“让我惩罚自己吧。我也是有罪的。你愿意我进苦修院吗？那里生活清苦，可以使你那位上帝息怒……啊，天啊！为什么我不能代替斯塔尼斯拉斯生病呢……”

“啊！你爱他，你。”德·雷纳夫人说着站起来，投进于连的怀抱。

就在同时，她又恐怖地推开了他。

“我相信你！我相信你！”她又跪下来，继续说道，“啊，我惟一的朋友！为什么你不是斯塔尼斯拉斯的父亲呢？否则爱你胜过你的儿子就不会是弥天大罪了。”

“你让我留下来，而且今后只像一个弟弟那样爱你，好吗？这是惟一可行的赎罪办法，可以平息上天的怒火。”

“那我呢？”她大声说着站起来，双手捧住于连的头，紧盯着他，“那我呢？我也像爱弟弟那样爱你？我能像爱弟弟那样爱你吗？”

于连不禁泪如雨下。

“我听你的，”他说着跪倒在她的脚下，“我听你的，不管你命令我干什么。我只能这样做了。我的脑子已经麻木，不知道怎么办才好。如果我离开你，你会把一切都告诉你丈夫，你会身败名裂，他也一样。丑事一经张扬，他就别想当议员了。如果我不走，你会以为你儿子的死是由于我的缘故而十分痛苦。你想试试我离开的效果吗？如果你想，我打算用离开你一个星期的时间来惩罚自己，弥补我们的错误。这一星期你愿意我到哪里隐居都成。譬如到博莱-勒奥修道院。但你一定要向我起誓，我不在的时候绝不把任何事情告诉你丈夫。要想到，如果你说了，我就不能再回来了。”

她答应之后，于连便走了，但过了两天又被叫了回来。

“没有你我没办法遵守我的誓言。如果没有你经常在身旁用目光命令我别说，我便一定会告诉我丈夫。这种非人的生活使我度日如年。”

终于上天对这位不幸的母亲动了恻隐之心。斯塔尼斯拉斯逐渐脱离了危险。但坚冰已碎，她的理智已经意识到自己罪孽的深重，内心难以恢复平衡。悔恨依然压抑着这颗诚挚的心。她的生活有时是天堂，有时是地狱。看不见于连时便是地狱，于连依偎在她膝下时却又成了天堂。即使在她毫无顾忌地投身到他爱情的怀抱时,她也对于连说:“我再也不存任何幻想了,我已经是个罪人,万劫不复的罪人。你年轻,只不过受不住我的诱惑,上天会原谅你的,但是我,我已罪无可逭,我已看到了确实的迹象。我害怕,但又有谁看见地狱不害怕呢?可是归根结底,我毫不后悔。如果必须犯错误,我也会再犯一次。只要上天不在尘世上和我的孩子们身上惩罚我,我便感恩不尽了。可是你,我的于连,”有时她又高声问道,“至少,你感到幸福吗?你认为我爱你爱得够吗?”

于连生性猜疑,自尊心又强,因而更需要一种肯为他付出牺牲的爱情,即便如此,看到对方作出如此重大、如此确实而无时不在的牺牲,心中的猜疑和自尊也就不攻自破了。他热爱德·雷纳夫人。“尽管她是贵族而我不过是工人的儿子,但她爱我。在她身旁,我并非权充情人的奴仆。”这种担心一旦消除,于连便坠入疯狂的爱恋之中,哪管世事无常,前途难料。

看见于连对她的爱情还有怀疑,德·雷纳夫人大声说道:“尽管我们在一起的日子不会很长,但至少让我尽量使你感到幸福!我们要抓紧时间,明天也许我就不属于你了。如果上天在我孩子们身上惩罚我,即使我一心爱你,不承认是我的罪过断送了他们的性命,那又有何用。我绝对经受不了这样的打击,即使犹存苟活之心,恐亦难以办到。我非发疯不可。”

“唉!如果我能代你受过,像你毅然代我把斯塔尼斯拉斯的高烧揽在自己身上就好了!”

这场思想上的巨大危机改变了把于连与他情妇结合在一起的那种感情的性质。他对情妇的爱已经不仅仅出自对其美貌的倾倒和占有她的骄傲心理了。

从今以后,他们的幸福便具有更崇高的性质,爱的火焰燃烧得更为猛烈。他们疯狂般爱恋。在世人眼里,他们的幸福似乎更为充实。但他们再也找不回他们恋爱初期两情相洽,仿佛晴空万里般的坦荡、甜蜜与欢欣。当时德·雷纳夫人惟恐于连爱她不够。而现在,他们的幸福却往往蒙上一层犯罪的色彩。

在最幸福、表面看也最恬静的时刻,德·雷纳夫人会痉挛般握着于连的手失声惊呼道:“啊! 天哪! 我看见地狱了。多可怕的刑罚啊! 我真是罪有应得。”说着,她紧紧抱着于连,像常春藤紧抓着墙壁一样。

于连试图使她激动的心情平息下来,但毫无效果。德·雷纳夫人拿过他的手,拼命地吻着,然后又胡思乱想起来。“地狱!”她说道,“地狱是上帝给我的恩赐:在尘世上,我也许还有几天能和他在一起,可是未离人世便入地狱,孩子夭亡……付出这样的代价也许能使我的罪孽获得宽恕……啊! 伟大的主啊! 您既赐我恩情又何必要我付出如此代价? 这些可怜的孩子并没有触犯您,只有我,只有我才是罪人,因为我爱上了一个人,此人并非我的丈夫。”

接着,于连看见德·雷纳夫人表面上也安静下来,竭力想把罪过都揽到自己身上,不愿影响心上人的生活。

他们的日子交替着在爱情、悔恨和欢乐中快如闪电般过去了。于连已失去了思考的习惯。

艾莉莎到维里业打一场小官司,发现华勒诺先生很生于连的气。她自己也恨这位家庭教师,所以常常在华勒诺先生面前谈论他。

“先生,如果我把真相说出来,您一定会砸掉我的饭碗……”一天她对华勒诺先生说道,“在重要问题上,主人总是站在主人一边……有些事如果倒霉的下人说出去,是不会被原谅的……”

华勒诺急着想知道,便想办法打断她这些老调调,弄到了一些情况,使他自尊心受到莫大打击。

六年以来,他对这个本地最出色的女人可谓无微不至,倒霉的是,大家都看在眼里而且心知肚明;这个傲气十足的女人曾经多少次当面抢白,使他面红耳赤,现在竟选择一个乔装为家庭教师的小工人做情郎。最使乞丐收容所所长先生恼火的是,德·雷纳夫人还非常崇拜这个情人。

“还有,”那个贴身侍女叹了口气,接着又说道,“于连先生这次得手不费吹灰之力,即使对夫人他也不改一贯冷冰冰的态度。”

艾莉莎只是到了乡下才获得确实的证据,但她认为他们私通已经不止一日。

“可能因为这个原因，过去他才不愿娶我。”她愤怒地又说道，“我这个笨蛋还去请教德·雷纳夫人，求她劝说家庭教师。”

就在当天晚上，德·雷纳先生收到从城里给他送来的报纸，还有一封长长的匿名信，给他评述了他家里发生的一切。信是用发蓝的纸写的。于连看见他读这封信时脸都白了，还恶狠狠地看了自己几眼。整整一个晚上，市长都很苦恼，于连想讨好他，请他对勃艮第著名家族的谱系做一些解释，但无济于事。

第二十章　匿名信

不要太放纵感情，
血液中的火焰一旦燃烧，
海誓山盟也就成了柴草。

《暴风雨》①

午夜时分，大家离开客厅时，于连觑空对他的女友说："今晚咱们别见面了，您丈夫起了疑心。我敢发誓，他边叹气边看的那封长信是一封匿名信。"

幸运的是，于连进了自己房间便把房门锁上。德·雷纳夫人有一个疯狂的想法，认定于连这一警告只是不想见她的借口。她昏了头，竟按平常的时间来到他的门口。于连听见走廊有声音，登时便把灯吹了。对方努力想拧开他的门。是德·雷纳夫人？还是嫉妒的丈夫呢？

第二天一大早，经常护着于连的那个厨娘给他带来了一本书，封面上用意大利文写着：Guardate alla pagina 130②。

如此轻率的行动把于连吓了一跳。他翻到一百三十页，看见上面用别针别着下面这封信。信写得很匆忙，而且浸透了眼泪，拼法也乱七八糟。通常德·雷纳夫人是很注意拼写的。于连心里怜惜，便不再过分责备她的轻举妄动了。

昨夜你真的不愿见我吗？有时候我想，我从来就没摸透你的心。你的目光使我胆寒。我实在怕你。天哪！难道你从来就没爱过我？若然如此，就让我丈夫发现咱们的私情好了，让他把我永远

① 《暴风雨》，莎士比亚的戏剧。引诗见第四幕第一场，原文为英文。
② 意大利文：请看第130页。

关在乡下,见不着我的孩子。也许这是上帝的旨意。我很快便会死去,而你则成了个恶魔。

你是否并不爱我?该死的,你是否对我的疯狂和悔恨已经感到厌倦?你想使我身败名裂吗?我告诉你一个简单的办法。把这封信给维里业所有的人看,或者只给华勒诺先生看也行。告诉他,我爱你,不,别说爱这个亵渎的字眼,告诉他我崇拜你,觉得自从见到你那一天生命才真正开始,即使在我年轻时最疯狂的年月也没想到过你能给予我的那种欢乐,我愿为你牺牲生命,牺牲灵魂。你知道,我能为你牺牲得更多。

但他这个人懂得什么叫牺牲么?告诉他,好气气他,说我横眉冷对一切恶人,在这个世界上,我只有一件憾事,就是眼见作为我生命支柱的那个男人变心。对我来说,失去生命,拿生命作牺牲,不再为我的孩子担惊受怕,那是多么大的幸福啊!

亲爱的朋友,你不必怀疑,如果有匿名信,那一定是这个卑鄙小人写的。此人声音粗野,已经追了我六年了,他不断给我讲他如何骑马跨栏、如何了不起,没完没了地逐一列举自己的长处。

到底有没有匿名信呢?狠心的人啊,这正是我想和你讨论的问题,可是,不,你做得对。把你抱在怀里,也许是最后一次了,我怎么也不能像一个人独处时那样冷静地讨论。从这个时候起,我们的幸福便再也不是唾手可得的了。这一定会使你不高兴,对吗?是的,在你从富凯先生那里收不到什么有趣的书时是如此。牺牲已经成了事实,明天,不管有还是没有匿名信,我也会告诉我丈夫说我收到了一封匿名信,必须立即给你一大笔钱,找个正当的借口,马上把你打发回你父母那里。

唉!亲爱的朋友,我们要分开半个月或者一个月了!算了,说句良心话,你和我一样痛苦。可是,归根结底,这是对付这封匿名信的惟一办法。我丈夫已经不是第一次接到匿名信了,也是和我有关的。唉!过去我总是付诸一笑!

我这样做的一切目的就是使我丈夫认为这封信出自华勒诺先生之手,我相信是他写的。如果你离开这个家,一定要到维里业住下来。我努力使我丈夫也产生到那里过半个月的念头,好向那些蠢货证明,我们之间的感情并不冷淡。你一到了维里业,就立即和所有人交朋友,甚至也和自由派人士来往。我知道所有的上流贵妇都会和你结交的。

不要去找华勒诺先生的晦气,也不要像你有一天所说的,割他的耳朵。相反,你要尽量讨好他,主要是使大家认为,你就要到他家或者任何其他一个人家里去教他们的孩子。

这是我丈夫永远也忍受不了的。即便他决心忍受,那好,至少你能住在维里业,我不时能见到你。我的孩子很爱你,会去看你。天哪,我觉得我更爱我的孩子了,因为他们爱你。我多么后悔啊!这一切会怎样收场呢?……我糊涂了……总之,你明白你该怎样做。对那些粗鄙的人,你要温文、有礼,不要瞧不起他们,我跪下求你了,因为他们将是我们命运的主宰。我丈夫对你的看法完全根据**公众舆论**,这一点你千万要相信。

这封匿名信要由你向我提供。你要有耐心并准备一把剪刀,将你从一本书上看到的字剪下来,然后用胶水贴在我叫人送来的一张发蓝的纸上。这张纸是我从华勒诺先生那儿弄来的。有人会搜查你的房间,你要做好准备,把剪过字的书页统统烧掉。如果找不到现成的字,就耐心地一个一个字母去拼。为了省你点劲,我把匿名信写得很短。唉!如果正如我担心的那样,你不再爱我,我这封信你大概也觉得太啰唆了。

匿名信

夫人:

您要的阴谋并不出奇,但对付您阴谋的人并非无能之辈。我对您余情未断,谨劝您把那个乡下小子彻底甩掉。如您聪明照办,您丈夫将认为他收到的告密信不过是信口雌黄,不予深究。请您想想,您的秘密,我已了如指掌,您发抖吧,倒霉的女人。今后在我面前,你得**循规蹈矩**。

你一贴好信里的字(你听出所长的语气了吗?),立刻走出房间,我来迎你。

然后,我到村里去,回来时一脸烦恼的样子,其实我的确十分烦恼。天哪!为什么要冒这样的风险呢?这一切都因为你猜测有一封匿名信。最后,我满脸惊惶地把一个陌生人交给我的这封信递给我丈夫。你呢,你带孩子们到林中的路上散步,不到吃晚饭时别回来。

你从悬崖顶上可以看见鸽楼。如果一切顺利,我会在那里放一块白手绢,否则什么都不放。

负心郎啊,难道你在去散步之前就想不出办法对我说一声你爱我么?不管发生什么,有一件事是肯定的:如果我们要彻底分手,我一天也不会再活下去。啊!坏母亲,亲爱的于连,我刚刚写的这几个字对我毫无意义。我根本感觉不出来。这时候,我只想到你,我写这几个字只是怕你责备我。既然我眼看就要失去你,又何必隐瞒呢?是的!就让你觉得我心狠好了,但我绝不在我崇拜的男人面前撒谎!我一生中骗人已经太多了。好吧,即使你不再爱我,我也原谅你。这封信我没有时间再看了。用生命去换取刚刚在你怀抱里度过的幸福日子,这在我眼里,根本不算什么。你知道,代价还不止此呢。

第二十一章　与一家之长的谈话

> 唉！原因是我们的脆弱而不是我们本身，
> 因为天造地设，我们就是这样的人。
>
> 《第十二夜》①

于连像孩子一样，高高兴兴地花了一个钟头才把字凑好。走出房门时正碰上学生们和他们的母亲。德·雷纳夫人干净利落地把信拿走，其勇敢冷静，使于连为之咋舌。

“胶水干透了吗？”她问道。

难道这就是那个悔恨得发疯的女人？于连想道。此刻她又有什么打算呢？于连自尊心太强，不愿问她。但也许比以往任何时候都更爱她了。

“如果坏了事，”她不慌不忙地又说道，“我便一无所有了。把这些钱在山里找个地方埋起来。也许有朝一日这就是我惟一的生活来源。”

她说着把一个红色山羊皮镶玻璃的小首饰盒交给于连，里面装满金子和几颗钻石。

“现在你去吧。”她对于连说道。

她吻了孩子们，最小的还吻了两次。于连在旁一动也不动。完了她看也不看于连，径自快步走了。

从打开匿名信那一刻起，德·雷纳先生的日子就不好过了。自一八一六年几乎与人决斗以来，他从未像现在这样激动过。说句公道话，当时可能会吃子弹的那种心情也没有现在这样难受。他翻来覆去看那

---

① 《第十二夜》，莎士比亚名剧，原诗为英文，引自第二幕第二场。

她把一个红色山羊皮的小首饰盒交给于连。

封信，心里纳闷，这会不会是女人的字体呢？如果是，又可能是谁呢？他把在维里业认识的所有女人都过了一遍，确定不了怀疑的对象。会不会是一个男人口授的呢？这男人又是谁呢？同样无法确定。大部分他认识的人都妒忌他，无疑也恨他。像平常一样，他自言自语道："得问问我妻子。"说着，从铺着厚垫的扶手椅上站了起来。

刚站起来，他便拍了一下额头，说道："天哪！我该怀疑的倒应该是她。此刻她已成了我的对头。"想到这里，他气得泪往上涌。

外省人心肠硬，聪明而又实际，这回却遭到了报应。此刻，德·雷纳先生最惧怕的两个人正是他两个最亲密的朋友。

除了这两个，我也许还有十个朋友，于是他逐一研究，估计一下对他们可以放心的程度。"所有人！所有人！"他愤怒地叫道，"他们全都会对我的惨痛遭遇幸灾乐祸。"值得欣慰的是，他认为大家都非常羡慕他，这倒并非没有理由。除了他那座最近国王陛下曾经临幸并驻跸的豪宅之外，他把在维尔基那座别墅也装修得很华丽。正面刷成白色，窗户都装上漂亮的绿色百叶。想到这种豪华景象，他倒也获得片刻的慰藉。事实上，他这座别墅从十几里外便可看见，使周围其他所有宅邸或所谓别墅都黯然失色，那些房子由于年代久远，显得灰暗而寒酸。

德·雷纳先生可以指望他的一位朋友——教区财产管理人的同情和怜悯，但此人是个遇事只会掉眼泪的蠢材，现在倒成了他惟一的依靠了。

他愤怒地大叫道："有哪样的不幸能和我的相比？又有谁能与我分忧？"

这个实在可怜的人自怨自艾："可能吗？这可能吗？在我倒霉的时候，竟没有一个朋友能商量？我知道，我的脑子已经糊涂了！啊！法尔科兹！啊！杜克罗斯！"他痛苦地喊道。这是他两个儿时友伴的名字，一八一四年他飞黄腾达以后便和他们疏远了。他们并非贵族，因而他再也不能平等相待。

其中一个名叫法尔科兹，此人机敏而有魄力，在维里业做纸张生意，后来到省会买来了一部印刷机，办起了报纸。教会决心要搞垮这份报纸，便捏造罪名，吊销了他的印刷执照。他万般无奈，十年来第一次硬着头皮给德·雷纳先生写了信。维里业市长认为应该像古罗马人那样答复他:“若王上的主管大臣降格垂询,我会对他说:‘必须毫不留情,取缔外省一切印刷厂,像对待烟草一样,将印刷业置于国家垄断之下。’”这封写给一位密友的信在当时曾经获得全维里业的赞许。其中的词句,德·雷纳先生回想起来,实在感到后怕。当时谁敢说,以我的地位、财产和十字勋章,有朝一日会后悔不迭呢?就这样,他怒气冲冲,时而怨己,时而怨人地度过了一个难眠之夜。但幸运的是,他竟没想到去窥伺妻子的行动。

他心想:“我和路易丝一起惯了,我的事情她都知道,即使他日我能够再结婚,恐怕也找不到一个人能代替她。”想到这里,他私心窃慰,认为妻子是清白的。这种看法使他不必动气,心情也好受多了。“被人造谣诽谤的女人多着呢!”

他神经质地走来走去,突然又大叫道:“什么!她和情人一道把我视若草芥,而我倒要像一个穷光蛋,一个叫花子那样默默忍受?难道要全维里业的人都议论纷纷,笑我宽宏大量?关于沙米尔(当地人所共知的受骗丈夫),大家什么样的话没说呢?一提起他的名字,大家不都会心微笑吗?虽然他是个能干的律师,可有谁提到过他的口才呢?大家都说:‘哦,沙米尔!贝尔纳的那个沙米尔。’大家就这样在他的名字前面加上使他蒙羞受辱的那个人的名字。”

有时候,德·雷纳先生又说:“谢天谢地,我没有女儿,所以我惩罚那个当妈的绝不会妨碍我孩子们的前程。我可以当场捉住那个乡下小子和我妻,把他们俩都置于死地。这样,事情以悲剧收场,也许不会落下笑柄。”他觉得这个想法不错,便沿着这思路想下去。刑事法典对我有利,而且不管发生什么,我们的教会和我在陪审团中的朋友一定会救我。他仔细看了看他的猎刀,猎刀很锋利,但想到流血,他又害怕起来。

“我可以狠揍那个胆大妄为的家庭教师一顿,然后把他轰走。但这会在维里业,甚至全省闹出多大的事啊!法尔科兹的报纸被取缔以后,总编辑出狱时,是我想办法使他丢掉有六百法郎收入的职位。据说这个耍笔杆的又大胆地在贝藏松露面,他很可能会巧妙地既公开指摘我而又使我没法将他告上法庭。将他告上法庭?……那个狂妄之徒会用种种方式暗示他说的是真话。像我这样一个出身好、有地位的人本来就被平民百姓憎恨,我会看到自己的名字出现在巴黎那些可怕的报章上。啊！天哪！多大的罪过啊！眼看雷纳这个古老家族的姓氏落入泥潭,沦为笑柄……万一我要出门,也不得不改名换姓。什么！改掉这个给我带来名誉和权势的姓氏,岂不是惨绝人寰!

“如果我不杀我的妻子,只把她扫地出门,她在贝藏松有个姑妈,会直接把自己的全部财产都给她。我妻子会带着于连到巴黎生活。维里业的人知道了仍然会觉得我上当受骗。”想到这里,这个倒霉的人发现灯光渐弱,天快亮了,便到花园里呼吸一下新鲜空气。此时他几乎已下定决心不声张了,特别是因为他想到,声张出去一定会使他在维里业的好朋友乐坏了。

在花园走了一会儿,他稍稍冷静了下来,大声说道:“不,我不能没有我妻子,她对我太有用了。”想到妻子走了家里的情景,他不寒而栗。除了既老且蠢,而又狠心的R侯爵夫人之外,他没有任何亲戚。

忽然,他有了一个很有意义的想法,但实行起来需要有巨大的魄力,而他的魄力太小。他心想:“如果我留下我妻子,我了解我自己,有朝一日,当她把我逼急的时候,我一定会谴责她的错误。她生性高傲,我们便会闹翻,而这一切却发生在她继承她姑母遗产之前。那就瞧大家笑我吧！我妻子爱孩子,财产最后都会归他们。而我,我却成了维里业的笑柄。他们会说:什么！他连报复他妻子都不会！不去深究而只是怀疑,这样做岂不更好！可如此一来,我便捆住了自己的手脚,以后什么也不能责怪她了。”

过了一会儿,他受到伤害的虚荣心又作怪了。他苦苦思索,回忆起在*娱乐场*或*贵族俱乐部*的台球室里,某个能说会道的家伙暂停下注,津津乐道地讲起一个丈夫如何受骗的种种情形。当时开的那些玩笑,此刻他觉得是多么残酷啊!

天哪！我妻子为什么不死呢？若死,我便不会遭人耻笑了。我是个鳏夫多好！那样,我便能到巴黎最高尚的社交界里过上六个月了。做鳏夫可以享福的念头一过去,他又考虑起把事情弄清楚的种种方法。午夜时分,等大家都睡下以后,在于连的房门前铺一层薄薄的细糠,第二天早上天亮的时候就可以看见脚印了。

但突然,他又气呼呼地叫了起来:“这方法行不通,艾莉莎那个混蛋会发现的,那样全屋上下很快便会知道我是个醋坛子。”

在娱乐场讲的另一个故事,说的是一个丈夫用点蜡在妻子的房门和其情夫的房门上粘根头发,像封条似的,结果洞悉奸情。

经过了那么长时间的犹豫以后,他觉得这个办法无疑是最好的,可以使他弄清楚自己的命运,他准备使用。但走到一条小路拐弯的地方,他突然遇见了他恨其不死的女人。

德·雷纳夫人到维尔基教堂去望弥撒,刚从该村回来。传说今天使用的这个小教堂昔日曾经是维尔基城堡领主的灵堂。在头脑冷静的哲人眼里,这根本不足为凭,但她却信以为真。在打算到这个教堂祈祷的时候,这种想法一直困扰着她。她不断想象她丈夫会在打猎时装作失手打死了于连,然后晚上要她吃于连的心。

她心想:“我的命运取决于他听我讲述时的想法。过了这要命的一刻钟,也许我就再也没有机会和他说话了。他并不是聪明而理智的人。这样我便可以凭着我那一点点良知猜出他未来的一言一行。他将决定我们共同的命运,他有这种权力。但这一命运全看我是否机灵,能否支配他的想法,他这个人反复无常,兼被怒火蒙住了眼睛连一半真相也看不见。天哪!我需要聪明和冷静,但在哪里能找到呢?”

走进花园,远远看见她丈夫的时候,她神奇般又恢复了镇静。见丈夫头发蓬松,衣衫不整,说明一夜没睡。

她交给她丈夫一封拆开了又叠好的信。对方并没有把信打开,而是疯了般盯着她。

“我经过公证人的花园后面时,一个面目可憎、自称认识你的人把这封令人恶心的信交给我。我要求你一件事,就是立刻将那位于连先生打发回他父母那里。”这句话德·雷纳夫人匆匆说出来,为的是想尽快摆脱可怕的精神负担。也许说得早了一点。

看见丈夫看了信后高兴,她自己也高兴起来。从丈夫盯着她看的眼神,她明白于连猜对了。她心里想:“如此临变不惊,真是个天才,真有分寸!再说,他还是个没有任何经验的少年哩!日后他的前途还有限量么？唉！那时候，他成功便会把我忘了。”

对心爱的人这种由衷的敬佩使她从慌乱之中又振作起来。

她对自己的做法十分得意，心里美滋滋地想道：“我没有给于连丢脸。”

德·雷纳先生担心要表态，便一言不发，仔细看第二封匿名信。这封信，如果读者诸君还记得，是用印刷的字贴在发蓝的纸上拼成的。德·雷纳先生筋疲力尽，自言自语道：“人人都千方百计耍弄我。”

“又有新的污辱要仔细研究，都怪我妻子！”他正想把她臭骂一通，但一想到贝藏松那笔遗产便好不容易忍住了。他需要找什么东西出出气，便把第二封匿名信揉成一团，然后大步踱来踱去。他需要离开他妻子。但过了一会儿，又回到她身边，情绪也比较平静了。

“必须拿个主意，把于连辞掉。”他妻子立即对他说道，“不管怎样，他只是个工人的儿子。您给他几个埃居作为赔偿好了。再说，他有学问，会很容易找到工作，譬如到华勒诺先生家或者莫吉隆副区长家，他们都有孩子。这样，您就算对得起他了……”

“您说这样的话真是愚蠢。”德·雷纳先生厉声说道，“一个女人家能有什么好主意？您从来不注意什么该做，什么不该做，又怎能有长进呢？您懒懒散散，无所用心，只是一个劲地逮蝴蝶，有这样没能耐的女人，真是家门不幸！……”

德·雷纳夫人让他说去。他说了很久。用本地的说法就是出出气。

“先生，”她终于对丈夫说道，“女人的名誉就是女人最宝贵的东西，我的话就是一个名誉受到损害的女人所说的话。”

在这次艰苦谈话的全过程中，德·雷纳夫人始终十分冷静，因为这次谈话将决定于连能否继续留在她家里。她努力寻找一些她认为最合适的想法，以疏导她丈夫盲目的怒火。丈夫骂她的话她全不计较，也不去听，心里只想着于连。“他会对我满意吗？”

“我们对这个乡下小子关怀得无微不至，还送给他许多礼物，他可能是无辜的。”最后她说道，“但不管怎样，这是我生平第一次被人羞辱……先生！当我看到这封可恶的信，我就暗下决心，不是他就是我离开您的家门。”

“您想把事情闹大，让我还有您都丢脸是不是？您这样做，维里业许多人就会幸灾乐祸。”

“不错，您管理有方，使您、您的家庭和整个城市都兴旺发达，人人都嫉妒您……那好吧，我去叫于连向您请假到山里一个木材商人那儿待一个月，这商人是小木匠的好朋友。”

“您先别忙，”德·雷纳先生颇为镇静地说道，“我首先要求您做到不和他说话，使他生气和我闹翻，您知道这小家伙有多灵。”

“这个年轻人一点也不机灵，”德·雷纳夫人又说道，“他可能有学问，这一点您清楚，但归根结底不过是个地道的乡下人。自从他拒绝娶艾莉莎的时候起，我对他便没有好印象，他可以得到一笔财产啊。他拒绝的借口是艾莉莎不时偷偷地去看华勒诺先生。”

“哦！”德·雷纳先生高高扬起眉毛说道，“什么，于连告诉您这个了？”

“不，没有明说。他总和我谈起他当神职人员的志向。不过，请您相信，这些小民百姓的志向首先是有饭吃。他对我暗示得相当清楚，他并非不知道这些秘密来往。”

“可我，我却完全不知道！”德·雷纳先生又怒气冲冲，一字一顿地大叫道，“我家里发生事情我竟然不知道……怎么！艾莉莎和华勒诺有一手？”

“唉！这是老早的事了，我亲爱的朋友，”德·雷纳夫人大笑着说道，“也许并没有什么不好。当时您的好朋友华勒诺正巴不得维里业的人认为他和我之间有一段柏拉图①式的爱情哩。”

“我一度有过这样的想法。”德·雷纳先生愤怒地以手击头大叫道，觉得事情越来越清楚了，“可您什么也没告诉我呀？”

“为了我们亲爱的所长那一点虚荣心，值得让两个朋友翻脸吗？哪个上流社会的女人没收到过他充满风趣，甚至热情恭维的信呢？”

“他给您写过信吧？”

---

① 柏拉图，公元前四世纪的希腊哲学家。柏拉图式的恋爱即精神恋爱。

“写过很多。”

“马上把这些信给我看,我命令您。”德·雷纳先生似乎陡地长高了六尺。

“我才不哩。”对方温柔地甚至懒洋洋地回答道,“等有一天您变得聪明点的时候,我一定给您看。”

“就现在,该死的!”德·雷纳先生大声说道,虽然怒不可遏,但十二个小时以来从没有这样高兴过。

“您能发誓不为这些信和收容所所长吵架么?”德·雷纳夫人像煞有介事地说道。

“吵架也好,不吵架也好,我可以不让他管孤儿。不过,”他怒气冲冲地继续说道,“信在哪?我现在就要。”

“在我书桌的一个抽屉里。但我当然不给您钥匙。”

“我会把它撬开。”他边嚷边向他妻子房间跑去。

他果然用铁条把那张用轮纹桃花心木做的书桌撬开了。这书桌很宝贵,是从巴黎运来的,平时发现上面有污渍,他往往会拿自己礼服的下摆去擦拭。

德·雷纳夫人快步奔上鸽楼那一百二十级楼梯,在小窗的一根铁栏杆上拴了一条白手绢。此刻,她仿佛成了世界上最幸福的女人。她眼里噙着泪水,遥望山中的密林,心想:于连无疑正在一棵茂密的山毛榉树下窥伺着这幸福的信号哩。她仔细听了很久,然后又诅咒雀鸟的啁啾和戛戛的蝉鸣。要没有这些讨厌的声音,很可能一声欢呼便会从悬崖那边传来。暗绿色的树梢平整如草原,仿佛一道无垠的斜坡。她的目光在这道斜坡上贪婪地搜索,情深款款地想道:“他怎么就没想到给我个信号,告诉我他和我一样高兴呢?”只是担心她丈夫到这里来找,她才从鸽楼走下来。

她发现丈夫正在怒气大发地匆匆阅读华勒诺先生那些无关痛痒的语句。带着如此激动的心情去看这些词句实在不太合适。

丈夫看信时不住大惊小怪,她趁机说道:

“我还是回到我刚才的想法,最好叫于连走。不管他对拉丁文有多高的天分,终究只是一个没有分寸的山野村夫。他自以为有礼貌,每天都对我说一些从某部小说里看来，背得烂熟的恭维话，既夸张，格调又低……”

“他从来不看小说，”德·雷纳先生大声说道，“这一点我有把握。您以为我是一个瞎了眼睛、家里发生什么事也不知道的一家之长吗？”

“好吧！如果他那些可笑的恭维不是从书上看来的，那就一定是他编的，这样一来就更糟了。他准在维里业用这种腔调谈论过我。而且，不需要走多远，”德·雷纳夫人装出一副有所发现的样子说道，“他一定在艾莉莎面前这样说过，差不多就和在华勒诺先生跟前谈论过我一样。”

“对！”德·雷纳先生大叫了一声，一拳打在桌子上，声震屋瓦，力量之大是从未有过的，“用印刷字拼成的匿名信和华勒诺写的这些信用的都是同样的纸。”

“到底成了！……”德·雷纳夫人想。她装出被这一发现吓坏了的样子，连一句话也不敢再说，躲得远远地，到客厅另一头一张长沙发上坐下。

战斗已经胜利，她必须千方百计不让德·雷纳先生去找匿名信假想的作者算账。

“您不觉得，没有足够的证据便去和华勒诺先生大吵大闹是不智之举吗？老爷，您被人妒忌，到底是谁之过？这只能怪您的才能。您管理有方，房子讲究，有我给您带来的嫁妆，尤其是咱们可以从我好心的姑姑那里继承的一大笔遗产。这笔遗产被人无限夸大，使您成了维里业的第一号人物。”

“还有门第，您忘了。”

“您是本省最有名望的贵族，”德·雷纳夫人赶紧说道，“如果当今王上能自由决定，公正地对待门第，您肯定可以进贵族院。凭着这样出色的地位，您愿意给嫉妒您的人以口实去谈论您吗？

“和华勒诺先生谈他那封匿名信无异在整个维里业，怎么说呢，在贝藏松，在全省公开宣布，一个姓**雷纳**的人也许出于不小心把一个出身平民的小青年当做心腹，结果自取其辱。一旦您发现的这些信证明我接受过华勒诺先生的爱情，您就应该把我杀掉，我是死有余辜，但您绝不应该对他表示愤怒。您要想想，您的左邻右舍都巴不得有个借口来报复一下您优越的地位。您想想，一八一六年，您帮忙逮捕了几个人。那个藏在您房顶上的家伙……”

“我想的是您对我无情无义，”德·雷纳先生想起这件事便心酸，不觉大声说道，“而且我没能进贵族院！……”

“我想，我的朋友，”德·雷纳夫人微笑着又说道，“我将来比您有钱，我嫁给您已经十二年了，就凭这几个理由，我应该有发言权，尤其是在今天这件事里。如果您要于连不要我，”她装出怨气十足地说道，“我打算到我姑母处过一个冬天。”

这句话说得恰到好处，柔中带刚，使德·雷纳先生打定了主意。但按照外省的习惯，他仍然说了一大通，把各种理由又重复了一遍。他妻子随他讲。听他的语气还余怒未消。这个人前一天生了一夜的气，现在又唠叨了足足两个小时，终于筋疲力尽了。他定下了对华勒诺先生、于连，甚至艾莉莎的行动纲领。

在这场大戏进行中，德·雷纳夫人有一两次几乎对这个十二年来与她朝夕为伴，如今真正遭逢不幸的人动了恻隐之心。但人真的动了情会变得很自私，再说，她时刻都在等待她丈夫承认前一天接到了匿名信，但他就是不说。德·雷纳夫人不知道别人对她命运所系的这个人灌输了什么看法，因此总放心不下。因为在外省，丈夫是舆论的中心。丈夫抱怨便会遭人窃笑，这种事现在在法国一天比一天少了。但如果丈夫不给妻子钱，妻子便会落入和一天挣十五个苏的女工一样的境地，好人家还不敢雇哩。

土耳其后宫的姬妾尽可以用各种方法去讨好拥有无限权力的苏丹，但绝没有希望通过狐媚的手段去窃取苏丹的权力。主人的报复是可怕的，血淋淋的，但却像军人般痛快：匕首一挥便一切了断。十九世纪丈夫杀妻的办法是使她受到公众的蔑视，使所有的沙龙都对她关闭。

回到房间，德·雷纳夫人突然有危险之感。她惊讶地发现，房间里一片零乱。她所有漂亮的小首饰箱上的锁都被砸坏了。多块细木地板也被撬了起来。她心想：“他对我可是毫不留情啊！”这样毁掉这块带颜色的细木地板，他如此心爱的地板，平时他的一个孩子穿着湿鞋走进来,他会气得满脸通红,现在却全毁了！刚才她还为自己过快取得的胜利感到内疚,如今看见这种暴力的景象,内疚也就无影无踪了。

晚饭的钟声敲响前不久,于连才带着孩子们回来。吃甜点心的时候,仆人退下,德·雷纳夫人十分冷淡地对他说:

“您向我表示过,您想去维里业半个月左右,德·雷纳先生愿意准您的假。您什么时候走都可以。但为了孩子们不致荒废光阴,我们每天都派人把他们的翻译送去给您改。”

“当然,”德·雷纳先生用苛刻的语气说道,“我准您的假,但是不能超过一个星期。”

于连发现他一脸不安的情绪,足见此人心事重重。

当客厅里只有于连和他的女友时,于连对她说道:“他还没打定主意。”

德·雷纳夫人迅速把从早上起自己做过的事情告诉他。

“详情今夜再谈。”她笑着又加了一句。

“女人堕落,乃至于此!”于连心想,“她们欺骗我们男人纯粹出自本性和为了寻欢取乐。”

“我觉得您的爱情既对您有启发,也使您变得盲目。”于连有点冷淡地对她说道,“您今天的表现令人叹服,但今夜咱们设法相会是否谨慎？这座房子里处处有敌人,您就想想艾莉莎对我的刻骨仇恨吧。”

“这种刻骨仇恨很像您对我的刻意冷淡。”

“即使冷淡,我既然把您推入险境,就必须将您救出来。如果万一德·雷纳先生和艾莉莎谈起,艾莉莎一句话便会全告诉他了。为什么他不可以带着枪埋伏在我房间附近呢？……”

“什么？连点勇气也没有?”德·雷纳夫人摆出一副贵族小姐盛气凌人的样子。

“我永远不会卑鄙到谈论我的勇气。”于连冷冷地说道,“那是可耻的行为。让世人根据事实去判断吧。不过,”他抓住德·雷纳夫人的手又说道,“您不知道我多么爱您,在这次生离之前能向您辞行,我是多么高兴啊。”

第二十二章　一八三〇年的行事方式

人之能说话是为了掩饰其思想。

可敬的神甫马拉格里达①

刚抵达维里业，于连便埋怨自己错怪了德·雷纳夫人。“如果她出于软弱，把和德·雷纳先生演的那场戏演砸了，我一定会看不起她，把她看成一个毫无胆识的女人！但现在她应对得体，俨然像位外交家，而我倒同情起她的手下败将，我的对头来了。我的所作所为像个庸俗的小市民，我自惭形秽，因为德·雷纳先生到底是个男子汉！虽然我有幸也算是人数众多的社会精英的一员，但充其量是傻瓜一名而已。”

谢朗神甫遭免职后，被逐出本堂神甫的住宅，当地最有名望的自由派人士争相向他提供住处，但他都拒绝了。自己租了两间房，房里堆满书籍。于连想让维里业的人看看教士是何等样人，便到他父亲那里要了十二块枞木板，亲自背着沿大街走。又向一个从前的伙伴借来工具，很快便钉了个书柜，把谢朗神甫的书都放进去摆好。

“我还以为你被世俗的虚荣腐蚀了呢，”老人高兴得流下了眼泪，对他说道，“你这样做足可抵消你穿着漂亮的仪仗队制服，四面树敌的幼稚行为了。”

德·雷纳先生吩咐于连住在他家，这样谁也不会疑心发生了什么事情。到后第三天，于连看见一位大人物径直上楼来到他的房间，此人正是副区长德·莫吉隆。他长嗟短叹、令人乏味地说了一大通什么人心险恶啦，管理公款的人手脚不干净啦，可怜的法兰西正面临危险啦，

---

① 马拉格里达(1689—1761)，意大利耶稣会传教士，一七六一年被宗教法庭以异端罪判处火刑。

等等，啰唆了足足两小时，于连才终于摸清楚他的来意。他告辞时，几乎已被打入冷宫的家庭教师毕恭毕敬地把这位不知哪个省份的未来省长送到楼梯口，突然，客人心血来潮，关心起于连的前途来，称赞他淡泊名利，等等。最后，德·莫吉隆像长辈般把他搂在怀里，怂恿他离开德·雷纳先生，到一位有孩子需要教育的官员家里去，这位官员一定会像菲利普国王那样感谢上苍，并不是因为上天给了他几个孩子，而是因为上天使他的孩子生在离于连不远的地方。如果做了他们的家庭教师，将可得到八百法郎的工资，不是按月给，这样做不气派，而是按季度，提前给。

这回轮到于连开口了，他不耐烦地等这个说话的机会已经等了一个半钟头了。他的答复很妙，尤其是长得和主教训谕一样，什么都说到了，但什么都不明确，其中既有对德·雷纳先生的尊重，对维里业公众的推崇，也有对声名远播的区长的感激。这位区长惊讶地发现于连比他更狡猾，便竭力想获得点具体的东西，但是白费气力。于连很得意，借机练练口才，又用别的词句将答复再说一遍。一位口若悬河的大臣在议会的会议行将结束，议员们似乎正纷纷醒来之际，鼓其余勇说出来的话也比不上于连的话那样既冗长而又空洞无物。德·莫吉隆先生一走，于连便像疯子似地大笑起来，乘兴给德·雷纳先生写了一封九页的长信，详述了别人对他所说的话，并谦逊地征求他的意见。这混蛋连想聘请我的那个人的名字也没告诉我！一定是华勒诺先生，他把我被贬到维里业看做他那封匿名信的效果了。

信发出以后，于连便出门到谢朗神甫那儿请教去了，此时他的心情高兴得就像一个猎人，在一个晴朗的秋日早上六点钟来到一个猎物丰富的平原上一样。但在到达那位好心的神甫那儿以前，上天似乎想使他再高兴一会儿，竟安排他遇见华勒诺先生。他并不向华勒诺先生隐瞒自己心都碎了。像他这样一个穷小子既蒙上天指引，就必须全力以赴，但在这个世界上，光有志向不行。为了能在上帝的葡萄园中出色地工作[①]，无愧于众多博学的同仁，就必须受教育，必须花许多钱到贝藏

① 即当教士。

松的神学院待上两年。因此免不了要攒钱。靠按季度支付的八百法郎的收入攒钱比靠六百法郎而且按月支付的工资攒钱容易得多。从另一方面说,上天既然把他安置在德·雷纳家的孩子身边,而且使他对这些孩子产生了特殊的感情,不就等于对他指出,不宜放弃这个教席而见异思迁吗?……

帝国时期行动迅速的特点如今已被巧言令色所取代,而于连在这方面已达到如此炉火纯青的程度,甚至最后连听见自己讲话的声音也感到讨厌了。

回到家里,他看见华勒诺先生的一个穿着整齐号衣的家仆正满城找他,给他送来一份请帖,邀他出席当日的午宴。

于连从未去过他家。就在几天以前,还在想办法以便既能用棍子抽他一顿而自己又不必吃官司。虽然午宴指明是一点钟,但于连认为中午十二点半便到收容所所长的办公室更尊敬一些。他看见所长神气活现,周围摆满文件夹。又粗又黑的络腮胡子,浓密的头发,头上斜戴着一顶希腊式的便帽,嘴上叼着大烟斗,脚穿绣花拖鞋,胸前交叉系着几根又大又粗的金链,一整套外省金融巨子的行头,自以为家财万贯,鸿运当头,但于连并没有被慑服,反而更想揍他几棍子。

于连求他引见华勒诺夫人,但夫人正在梳妆,不能接待。作为补偿,他可以目睹乞丐收容所所长穿衣打扮。然后,他们到华勒诺夫人那里,夫人含着眼泪向他介绍自己的孩子。夫人是维里业最受人尊敬的一位名门贵妇,长着一张男人般的宽脸,而且特意为这次隆重的午宴抹了胭脂,还矫揉造作,想显出母亲般的温柔。

于连想起了德·雷纳夫人。他狐疑满腹,眼前不禁涌现因对比而唤起的种种回忆,顿生怜惜之情。收容所所长府邸的外貌更增加他这种情绪。主人让他参观房子,里面的一切既豪华又崭新,每件家具都向他报出价钱。但于连总觉得里面有肮脏的东西,散发出不义之财的气息。全宅上下以至仆人似乎都在维护家宅,抵抗外人的轻蔑。

收税官、间接税征收员、警察队长和两三个其他的政府官员带着妻子来了。接着又来了几位有钱的自由派人士。仆人通知筵席准备就绪。于连已经觉得很不自在,此时更有一个想法,觉得餐厅墙壁的另一面就是可怜的被收容的乞丐,而这穷奢极欲,俗不可耐,企图向他炫耀的一切没准正是从每天分配给他们的肉食上搜刮来的哩。

“也许这时候他们正在挨饿。”他想,同时感到嗓子发紧,既吃不下,也说不出话来。一刻钟以后,情况更糟,隐隐传来了几句歌声,越来越远,唱的是民歌,说老实话,有点下流,是被收容的一个乞丐唱的。华勒诺看了他手下穿号衣的家仆一眼,仆人立刻出去,很快地歌声就听不见了。这时一个仆人用一个绿色的杯子给于连端来一杯莱茵河葡萄酒,华勒诺夫人特地告诉他,这种酒在产地就卖九法郎一瓶。于连端着绿杯,对华勒诺先生说:

“那首下流的歌不唱了。”

“当然!我想是这样。”所长洋洋得意地回答,“我派人叫那些乞丐闭嘴了。”

于连一听就受不了啦。他举止变了,心可没变。尽管他一向善于装假,现在只觉得一大滴眼泪顺着腮边流了下来。

他设法用绿杯遮掩,但莱茵河葡萄酒却怎么也喝不下去。心想:“不许他唱!啊!天哪!而你竟容忍这样做!”

幸而谁也没注意他这种怨恨情绪。收税官哼了一支保王派的歌。在大家乱糟糟齐唱叠句时,于连抚心自责道:“这就是你要交的不光彩的好运,享受这种好运就要接受这种条件,和这样的人相处!你也许会获得两万法郎的职位,但你必须在大口吃肉的同时,不许那可怜的囚犯唱歌。你请人吃饭的钱是从他菲薄的口粮里克扣来的,而且当你吃饭之时,他就更倒霉了!——啊!拿破仑啊!在你的时代,飞黄腾达要靠战场上出生入死,那多好啊!可是现在却要卑鄙地使穷人苦上加苦!”

我承认,在这段独白中,于连表现得很软弱,使我对他产生了不好的看法。他只配与那些戴黄手套的阴谋家为伍,这些人妄想改变一个伟大国家的全部作风,却又不想自己的名誉有丝毫受损。

于连猛地想起自己该演的角色来。人家请他赴宴,又有如此出色的人物作陪,并不是叫他来胡思乱想,一言不发的呀。

这时候，一个退休的花布制造商，同时也是贝藏松学院和于泽斯①学院院士从饭桌的另一头向他说话，问他大家都说他在《新约圣经》的研究中有惊人的进展是否真有其事。屋里顿时鸦雀无声。两个学院的那位博学的院士手中突然神奇地出现了一部拉丁文的《新约全书》。于连答了一两句话，他便随口念出了半个拉丁文句子。于连背了下去，记忆准确无误。大家借着酒足饭饱的劲头，闹哄哄地对这一奇迹赞叹不已。于连看见夫人们脸颊绯红，其中好几位长得实在不错。他还注意到那位歌唱得不错的收税官的妻子。

"说实话，在这些夫人们面前说了那么长时间拉丁文，真不好意思。"他说着眼睛盯着收税官的妻子。"现在请吕比尼奥先生（就是那位两个学院的院士）随便念一句拉丁文，我想试一试不接着用拉丁文背诵，而是即席把原文翻译出来。"

这第二次测验使他出尽了风头。

客人中有好几位富有的自由派人士，他们是走运的父亲，因为他们的孩子很可能获得助学金，故而上次布道之后突然皈依了上帝。尽管这种做法手段高明，但德·雷纳先生从不在家里接待他们。这几位仁兄只听说过于连的大名，王上进城那天见过他骑马之后，便成了他的最热烈的崇拜者。于连心想：这些对圣经的风格一窍不通的傻瓜听到什么时候才听腻呢？但反过来，正是因为这种风格奇怪他们才乐意听，还哈哈大笑起来。不过于连却有点腻了。

钟敲响六点时，他庄严地站起来，谈利戈里奥②新神学里的一章，这是他必须记熟，第二天背给谢朗神甫听的。完了他又快活地加了一句："因为我的职业就是叫人背书，自己也背书。"

大家都笑了，而且啧啧称羡。这就是维里业常见的风趣。于连已经站起，大家也不拘礼节纷纷站了起来。这就是天才的魅力。华勒诺夫人留他再坐一刻钟，总得让他听听孩子们背诵教理问答啊。不料他们竟背得乱七八糟，只有于连能发现，但他并没有指出来，心想：连起码

① 于泽斯，法国地名。

② 利戈里奥（1696—1787），那不勒斯主教，一七三二年建立以救赎灵魂为宗旨的修会。

的宗教教义也不懂。最后他行个礼，以为可以溜了。但还必须听个拉封丹①的寓言。

“这个作者很不道德，”于连对华勒诺夫人说，“有一篇关于约翰·舒阿尔老爷的寓言竟敢取笑最值得尊敬的事物，受到了最优秀评论家尖锐的抨击。”

于连在离去之前收到了四五家的邀请。“这个年轻人为本省增光不少，”宾主都快活地齐声说道。他们甚至说要投票通过用公款送他去巴黎深造。

当这种未经思索提出来的想法还在餐厅里回荡的时候，于连已经轻快地来到了大门。“啊！一群流氓，流氓！”他压低声音一连说了三四遍，同时尽情呼吸着新鲜的空气。

此时此刻，他觉得自己俨然成了贵族。长期以来，他在德·雷纳先生家里，虽然大家对他彬彬有礼，但在这些礼貌深处，他发现的是不屑的微笑和倨傲的优越感，大大伤害了他的自尊心。在此他当然感到有极大的区别。他边走边自言自语道：“他们的钱是从可怜的收容犯身上偷来的，还不许人唱歌！这且不说，德·雷纳先生可曾告诉他的客人招待他们的葡萄酒每瓶多少钱吗？而这位华勒诺先生，动不动列举自己的财产，但当妻子在场，他提到自己的宅第和自己的领地就只能说你的宅第，你的领地了。”

这位夫人看来对自己的所有权非常沾沾自喜，刚才吃饭的时候和一个仆人大闹了一场，因为这个仆人打碎了一只高脚玻璃杯，使十二个一套的杯子缺了一个。但那个仆人也反唇相讥，极不客气。

都是一帮什么人啊！就算他们把侵吞的东西分一半给我，我也不愿和他们在一起生活。因为总有一天我会自我暴露，看见他们便忍不住显出轻蔑的神情。

但是按照德·雷纳夫人的吩咐，还必须参加多次类似的午宴。于连很吃香，大家原谅了他穿仪仗队制服那件事，换句话说，这一轻举妄动倒成了他成功的真正原因。很快地，在维里业便展开了一场斗争，就

---

① 拉封丹（1621—1695），法国著名寓言诗人。

看到底是德·雷纳先生还是收容所所长能抢到这个博学的年轻人了。两位老爷和马斯隆先生一起三头执政,在城里作威作福。大家嫉妒市长,自由派人士对他啧有烦言,但他到底是贵族,生来高人一等,而华勒诺先生的父亲则连六百利勿尔[①]的年金也没有留给儿子。大家对华勒诺先生的态度是从怜悯转到羡慕,怜悯的是他年轻时穿着寒酸的苹果绿上衣,而现在则羡慕他的诺曼底骏马、他的金链子、他从巴黎买来的上衣,他如今的飞黄腾达。

在这个新世界的芸芸众生之中,他觉得发现了一个好人。是位几何学家,名叫格罗,被公认是雅各宾党人。由于于连下过决心逢人只说假话,因此对格罗先生也不得不心存怀疑。他从维尔基方面收到大包大包的翻译练习。有人劝他经常去看看父亲,他无奈只好履行这一讨厌的义务。一句话,他总算挽回了声誉。一个早上,他大吃一惊,醒了过来,觉得有两只手捂住了他的眼睛。

原来是德·雷纳夫人,她到城里来了。她三步并着两步跑上楼梯,让孩子们和路上带来的一只心爱的兔子玩,自己先走一步,来到于连的房间。这一刻虽然甜蜜,但太短了。当孩子们带着兔子到来想让他们老师看的时候,德·雷纳夫人已经不见了。于连向所有孩子,甚至那只兔子表示热烈欢迎,像一家人又团聚一样。他觉得自己爱这几个孩子,喜欢和他们随便谈。他们温柔的声音、纯真和高贵的举止都使他惊奇,他需要把他在维里业耳闻目染的一切庸俗作风,一切不愉快的想法从他脑子里清除出去。在这里总怕出差错,奢华与穷困总在进行激烈的斗争。请他吃饭的人即使谈到桌上的烤肉,也会不知羞耻地掏心窝发一大通议论,不怕别人听了恶心。

“你们这些贵族,你们有理由感到骄傲,”他对德·雷纳夫人说道。接着便把不得不出席的宴会都给她讲了一遍。

“您成了红人了!”德·雷纳夫人想起华勒诺夫人每次请于连都认为必须抹胭脂这件事,不禁快活地大笑起来。“我想她一定对您有意思。”她又补充了一句。

---

① 利勿尔,法国古代的记账货币,一利勿尔的价值大致与一法郎相等。

早餐吃得很愉快，尽管表面看孩子们在场有点碍事，但实际上使气氛更融洽。可怜的孩子们与于连重逢，心里有说不出的高兴。仆人们一定把华勒诺先生提出给于连加薪二百法郎聘请他**教育**自己孩子的事告诉他们了。

正吃着，那个大病初愈、脸色还很苍白的孩子斯塔尼斯拉斯-格扎维埃突然问母亲自己用的那份银餐具和喝水的高脚杯值多少钱。

“为什么问这个？”

“我想把它们卖了把钱给于连先生，好让他和咱们在一起不感到**上当**。”

于连听罢热泪盈眶，不禁吻了他。他母亲也真的哭了，于连把孩子抱到膝上，给他解释说，不该用**上当**这个字眼，只有当差的才这么说。看见德·雷纳夫人高兴，他便想办法用孩子们听了开心的生动例子解释什么是上当。

“我明白了，”斯塔尼斯拉斯说，“就是乌鸦糊里糊涂地让自己的奶酪掉下来，被花言巧语的狐狸叼走了。”

德·雷纳夫人乐疯了，使劲地吻她的孩子，吻时身子微微地靠在于连身上。

突然门开了，原来是德·雷纳先生。他一脸严厉而不高兴的神情和他一来便消失的那种欢乐温馨的气氛形成了奇怪的对比。德·雷纳夫人面如土色，心知否认也没有用。于连赶紧说话，而且故意提高声音，给德·雷纳先生叙述斯塔尼斯拉斯想卖掉银制高脚杯那件有趣的事，尽管心里知道这故事不会有人爱听。德·雷纳先生听到钱先是按习惯皱起了眉头。他常说：一提到这种金属就是要从我钱包里掏钱的前奏。

但现在除了钱财利益之外，还增加了他的疑心。他不在场时家里兴高采烈的样子，对他这个虚荣心容易受伤害的人来说，绝非息事宁人的做法。当他妻子向他赞扬于连如何以风趣优雅的方式给学生们灌输新思想时，他说：

“对，对！我知道，他这样做使我在孩子们面前变得讨厌。他轻而易举地就能在他们眼里显得比我可爱百倍，尽管说到底我是主人。在当今这个世纪，一切都在丑化合法的权威，可怜的法兰西！”

德·雷纳夫人不愿花时间去研究她丈夫对她态度的变化。她隐约感到有可能和于连一起度过十二个小时。她在城里有许多东西要买，并声称一定要在一个酒吧吃午饭。不管她丈夫说什么或者做什么，她都坚持己见。孩子们一听见小酒吧这个现代正人君子津津乐道的字眼便高兴极了。

德·雷纳夫人走进第一家时装店，丈夫就放下她不管，径自访友去了。回来时比早上还沮丧，因为他敢肯定全城都在谈论他和于连。其实，公众议论中最伤人的话还没有任何人告诉他。人们复述给他听的只是关于于连留在他家，拿六百法郎，还是接受收容所所长向他提出的八百法郎。

这位所长在社交场合遇见德·雷纳先生，对他态度冷淡。这种做法不无巧妙之处。外省人甚少轻率之举，引起轰动的事实属罕见，即使有也让其石沉大海。

在这个距离巴黎几百里的地方，华勒诺先生正是那种人称**不可一世**的人，他生性卑鄙、粗野。一八一五年以后发了迹，这种德行就更突出了。除在德·雷纳先生之下，全维里业都要听他的，不过他比德·雷纳先生更加活跃，干什么都不脸红，什么都要插一手，还不停地活动，又是写报告，又是讲话，别人损他也不在乎，毫无个人抱负，终于在教会有权势的人眼里，破坏了市长的威信。华勒诺先生曾经对本地的杂货商说过这样的话：把你们当中最笨的两个人交给我；又对法律界人士说：把你们当中最不学无术的两个人告诉我；对负责卫生的官员们说：给我指定两个最蹩脚的医生。等他把每个行业最寡廉鲜耻的人集合起来以后，便对他们说：让我们一道统治吧。

这帮人的办事作风使德·雷纳先生大为不满，但粗野的华勒诺却不以为忤，甚至小小的神甫马斯隆公开说他的不是，他也不恼。

但即使左右逢源，华勒诺先生有时也需要独断专行，以压制他觉得大家都有权向他提出的大是大非问题。阿佩尔先生的明察暗访使他胆战心惊，于是加强活动，跑了三次贝藏松。每次邮车来，他都写上好几封信，还托夤夜到他家里来的陌生人带过几封。他也许不该撤老本堂神甫谢朗的职，因为这种报复行为，使许多出身高贵的虔诚信女认为他是个心地狠毒的家伙。再说自从帮了这个忙以后，他便完全依附于德·弗里莱代理主教，并从他那里接受过非同一般的任务。当他忍不住要写匿名信时，他的政治生涯正处于上述的阶段。但更使他为难的是，他妻子对他宣布要把于连请到家里。这完全是虚荣心作祟。

在此情况下，华勒诺先生预感和昔日的盟友德·雷纳先生必有一番激烈的争吵，后者对他一定会出言不逊，他倒不大在乎。但德·雷纳先生可能会给贝藏松甚至巴黎写信。某位部长的表亲会突然被派到维里业来，接管乞丐收容所。华勒诺先生打算拉拢自由派人士，因此邀请了好几位出席于连当场背诵的那次午宴。这样在与市长的较量中便会获得有力的支持。但选举会突然举行，很明显，要想保住收容所这个位置，得票少是不行的。德·雷纳夫人对这种政治手段看得十分清楚，挽着于连的胳臂逛商店时便告诉了他。走着走着，两人来到了忠诚大道，几乎就像在维尔基一样安安静静地度过了好几个小时。

在这期间，华勒诺先生打算对他昔日的上司采取大胆的态度以避免和他摊牌。当天，这一计谋成功了，但却引起市长更大的愤慨。

德·雷纳先生既慕虚荣，又利欲熏心、贪婪而庸俗，这两种感情剧烈斗争的结果使他在走进**小酒吧**时比以往任何时候都难受。相反，孩子们却从没有像现在那样高兴和快活。对比之下，他心里不禁有气。

“看来，在我的家里，我倒是多余的了！”他走进来故作威严地说道。

他妻子没有回答，只是把他拉到一旁，对他说必须把于连打发走。她刚度过几个钟头幸福的时光，精神舒畅，决心按考虑了半个月的计划行事。有一件事使可怜的维里业市长心头大乱，那就是：他知道全城都公开取笑他只爱**金钱**。华勒诺花钱随便，出手大方，而他在最近五六次为圣约瑟兄弟会、圣母会和圣体会等筹款时的表现却缩手缩脚！不够漂亮。

修士们颇工心计，在募捐的登记簿上，按捐款的多寡详细地列出维里业和附近地区士绅们的名字，德·雷纳先生不止一次被排在末尾。他说自己**没赚什么钱**，但不顶事，教士们在这方面绝不含糊。

第二十三章　当官的烦恼

终年昂首挺胸自然欢乐，
但难免也有烦恼的时刻。

加斯蒂①

但我们让这个小气的人去暗自担心吧。他需要的是奴仆，为什么却把一个有骨气的人雇到家里来呢？为什么连挑选下人也不懂？十九世纪通常的做法是：当一位有权有势的人物碰见一个有良心的人，就会把他杀死、流放、关进监狱，或者羞辱他，使他萌生短见，痛苦而死。但事有凑巧，这一回痛苦的还不是有良心的人。法国小城镇以及像纽约那样的民选政府最倒霉的是忘记不了世界上还有德·雷纳先生这样的人。在一个有两万居民的城里，这些人可以制造舆论，而在一个有法可依的国家，的确人言可畏。一个品格高尚、仗义疏财的人可能会成为你的朋友，但他远在数百里之外，只能根据你所在城市的舆论来判断你的为人，而舆论却是一群出生在富贵人家的蠢货所决定的。你虽人才出众，也非倒霉不可！

午饭过后，德·雷纳全家立刻返回维尔基，但第三天，于连看见他们又到维里业来了。

不到一小时，于连便惊讶地发现，德·雷纳夫人有点事不想让他知道。他一露面，德·雷纳夫人便中断和丈夫的谈话，看样子几乎希望他走开。他马上知趣，装出一副冷淡而矜持的态度。德·雷纳夫人看在眼里，并不想作任何解释。于连心想：她是否想找人代替我呢？昨天还

① 加斯蒂（1724—1803），意大利作家，修道院院长，著有《言情故事》和讽刺诗《会讲话的动物》。此处引文为意大利文。

和我那么亲密！据说名媛贵妇们做事都是这样。就像那些帝王对待臣属，表面上恩宠有加，但等他们回到府里，贬谪的诏书早已到了。

于连注意到，他一走近，他们便不谈了。谈话的内容往往涉及一所属于维里业公产的大房子，虽然古老，但宽敞而舒适，坐落在教堂对面，城里最繁华的商业区。于连心想：这所房子和新情人又怎能扯得上呢？心烦之下，不禁暗自吟诵起下面那两句弗朗索瓦一世①所写的美丽的诗句来。他觉得这两句很新鲜，因为是不到一个月之前德·雷纳夫人教他的。当时他们海誓山盟，两情缱绻，这两句诗简直被他们驳得体无完肤！诗是这样写的：

女人水性杨花，
只有傻子信她。

德·雷纳先生乘邮车到贝藏松去了。此行是两小时内决定的，看样子他很苦恼。回来时，把一包用灰纸裹着的东西扔在桌子上。

"这就是那吃力不讨好的玩意儿。"他对妻子说道。

一个钟头以后，于连看见贴布告的人把那大包拿走。他赶紧跟上去。到第一个街拐角我就知道其中奥妙了。

他在贴布告的人后面焦急地等着，只见那人挥动大毛刷，在广告背面抹糨糊。贴好后，于连好奇地看了看，原来上面详细写着德·雷纳先生和他妻子谈话中多次提到的那间古老大屋公开招标出租的事。中标结果第二天两点第三支蜡烛点完以后在市政厅宣布。于连大为失望，觉得期限太短了，怎能有时间通知到所有想竞投的人呢？再说，这张告示上的日期是半个月以前，他在三个不同的地方把全文通读了一遍，也看不出所以然来。

他去看看那所准备出租的房子。看门的没发现他来，对旁边一个人神秘地说：

"算了！算了！使劲也没用。马斯隆先生答应出三百法郎把房子弄到手。市长不干，于是被代理主教德·弗里莱召到主教府里去了。"

---

① 弗朗索瓦一世，十六世纪法国国王，提倡文学艺术，促进法兰西文艺复兴，本人亦风雅能文。

正说着,于连走来,打断了他们的话,两个朋友就没有再说下去。

于连没有错过这次看招标的机会。大厅里人头攒动,灯光很暗,大家奇怪地彼此打量。每个人的眼睛都集中在一张桌子上。于连看见一个锡盘上点着三支蜡烛。唱标人喊道:“先生们,三百法郎!”

“三百法郎！太不像话了,”一个人低声对旁边另一个人说道。于连就在这个人中间。“房子可是值八百以上啊。我想盖过他。”

“这是往天上吐痰,自讨苦吃。你和马斯隆、华勒诺、主教,还有那讨厌的代理主教德·弗里莱一帮人作对有什么好处?”

“三百三十法郎。”那人喊道。

“大笨蛋!”旁边那位顶了他一句,“这里正好有市长的一个密探。”他指了指于连又说道。

于连蓦地转过身来,想找说这句话的人算账。但那两个弗朗什-孔泰人已经不再注意他了。于是他也冷静了下来。这时,最后那支蜡烛熄灭了,唱标人拉长声音宣布,某省办公厅主任圣吉罗先生以三百三十法郎中标,租期九年。

市长一走出大厅,人们就议论开了。

“格罗若这次不小心,倒给市政府增加了三十法郎的收入。”一个人说道。

“但德·圣吉罗先生会报复的,格罗若早晚会倒霉。”有人回答道。

“真卑鄙!”于连左边一个大胖子说道,“这间房子我如果买来作工厂,肯出八百法郎,而且还算便宜的。”

“得了!”一个自由派人士、年轻的工厂老板回答他道,“德·圣吉罗不是圣会①的吗？他的四个孩子不是都领奖学金吗？他可怜？一句话,维里业市政府又得再追加给他五百法郎的补助了。”

“连市长也没能制止!”第三个人说道,“因为他是极端保王派,真的,不过他却不偷不抢。”

“他不偷不抢?”另一个人又说道,“不,是鸽子在飞翔②。这一切

---

① 圣会,法国波旁王朝复辟时期左右政权的宗教组织。

② 法语中,“偷、抢”和“飞翔”写法相同,实同音而异义,故此处原文语义双关。

都进了一个公共的大钱包,到年底各有一份。咦,小索海尔在这儿,咱们走吧。”

于连带着一肚子气回家,发现德·雷纳夫人也是愁眉深锁。

“您去看投标了?”夫人问他道。

“不错,夫人,投标会上我有幸被人们看做市长的密探。”

“如果他听我的话,出门躲开就好了。”

这时,德·雷纳先生来了,脸色十分阴沉。吃晚饭时谁也没说话。德·雷纳先生吩咐于连随孩子们回维尔基。一路上惨兮兮,德·雷纳夫人安慰丈夫说:

“亲爱的,这样的事你应该看开一些。”

晚上,大家默默地围炉而坐,惟一的消遣就是听山毛榉木柴燃烧时的噼啪声。这是最和睦的家庭也难免的烦闷时刻。忽然,一个孩子发出了欢呼。

“有人拉铃!有人来了!”

“见鬼!如果是德·圣吉罗借口感谢来纠缠个没完,”市长大声说道,“我非和他说清楚不可。太不像话了。将来他要谢的是华勒诺先生,而我则是替人受过的。如果那些该死的雅各宾派报纸抓住这件事,把我当另一位‘九五先生’①来奚落,我又能说什么?”

这时候,一个长着黑色络腮胡子的美男子随着仆人走了进来。

“市长先生,鄙人是 il signor Géronimo②,这里有一封给您的信,是法国驻那不勒斯大使馆的随员德·博韦骑士九天前在我临走时交给我的。”杰罗尼莫先生看着德·雷纳夫人快活地又加了一句,“令表亲德·博韦骑士先生是鄙人的挚友,夫人,他说您懂意大利语。”

这位那不勒斯来客开朗健谈,使当晚忧郁的气氛化为欢快的情绪。德·雷纳夫人一定要留他吃夜宵。她使阖家上下都动起来,无论如何

① 九五先生,指马赛法官梅兰多尔,一八三〇年一月七日,梅兰多尔因政见之故判处诗人巴特莱米罚款一千法郎,但在判决书上,却将法语九十五(quatre-vingt quinze)写成古语 nonante-cinq,遭到自由派人士的讥笑。但这个词今天在比利时和瑞士的法语区仍在使用。

② 意大利文:杰罗尼莫先生。

想让于连开心，忘掉白天听见别人两次称他为密探这件事。杰罗尼莫先生是有名的歌唱家，有教养，同时又是个乐天派，这几种品质在今天的法国已经很难凑在一起了。吃完夜宵，他和德·雷纳夫人表演了一小段二重唱，还讲了几个很有趣的故事。到了凌晨一点，于连叫孩子们去睡觉，他们大声嚷道：

"再讲一个故事吧。"最大的那个孩子说道。

"就讲一个关于我自己的吧，Signorino①，"杰罗尼莫先生说道，"八年前，我还和你们一样是那不勒斯音乐学院的年轻学生，我的意思是说，年纪和你们相仿，但你们是维里业这个美丽小城大名鼎鼎的市长的儿子，我却没有这个福气。"

听了这句话，德·雷纳先生叹了口气，看了看妻子。

"金格雷利②先生，"年轻的歌唱家故意突出意大利口音，孩子们扑哧一声笑了，"金格雷利先生是一位非常严厉的老师。在学院里并不受人爱戴，但他要大家装出爱戴他的样子。我尽可能经常出去，去圣卡利诺小剧院听那天籁般的音乐，可是，天呀！怎样才能凑足八个法郎去买一张正厅的入场券呢？数目不小啊！"说着他看了看孩子们。孩子们笑了。"圣卡利诺剧院院长吉奥瓦诺尼先生听见我唱歌，当时我才十六岁。他说：'这孩子可是块好材料啊。'

"'亲爱的朋友，我雇你，你干吗？'他跑来对我说道。

"每月四十个杜卡托③。诸位，相当于一百六十法郎啊。我仿佛看见天门倏地打开了。

"但金格雷利很严厉，怎样才能使他让我出去呢？

"'Lascia fare a me④。'"

"让我来办。"最大的那个孩子喊了出来。

"完全正确，我的小少爷。吉奥瓦诺尼先生对我说：'Caro⑤，先签

---

① 意大利文：小少爷。

② 金格雷利，当时的那不勒斯音乐学院院长。

③ 杜卡托，意大利古金币名。

④ 意大利文：让我来办。

⑤ 意大利文：亲爱的。

一份小小的合同。’我签了。他给我三个杜卡托。我从来没看见过这么多钱。然后，他告诉我该怎么办。

“第二天，我求见可怕的金格雷利先生。一个老仆请我进去。

“‘你找我有什么事？坏东西。’金格雷利问我道。

“‘Maestro①，’我对他说，‘我犯了错误，很后悔，我再也不会爬铁栏杆离开学院了。我一定加倍用功。’

“‘如果我不是怕糟蹋了我听到过的最好的男低音，我一定会关你半个月的禁闭，只给你面包和清水当饭，小流氓。’

“‘老师，’我又说道，‘我一定要成为全校的模范，credete a me②，但我向您请求一个恩典，如果有人来邀请我到外面唱歌，请您一定拒绝。求您了，您就说不行。’

“‘见鬼，谁能要像你这样的小流氓？我能允许你离开学院吗？你想跟我开玩笑？滚！滚！’他说着想踢我屁股一脚，‘再不走，就关你禁闭，让你干啃面包。’

“一小时以后，吉奥瓦诺尼先生来到院长那里。

“‘鄙人特来请求阁下成全，’他对院长说道，‘把杰罗尼莫给我吧，让他到我剧院登台，这样，今年冬天我便能把女儿嫁出去了。③’

“‘你要这坏东西干什么？’金格雷利问道，‘我不同意，你休想要他。再说，即使我同意，他也不愿离开学院。他刚刚对我发过誓。’

“‘如果只要他愿意的话，’吉奥瓦诺尼一本正经地说道，一面从口袋里掏出我那份合同，‘carta canta④！这是他的签字。’

“金格雷利勃然大怒，拼命拉铃。‘把吉罗尼莫从学院赶出去，’他怒气冲冲地大叫道。我就这样被轰出来了，我不禁哈哈大笑起来。当天晚上，我唱了一阕《摩托普利科》，驼背小丑想结婚，掰着指头算未来家里需要的东西，结果越算越糊涂。”

“噢，先生，就请您给我们唱这一阕好了。”德·雷纳夫人说道。

---

① 意大利文：老师。

② 意大利文：请您相信我。

③ 意思是女儿的嫁妆有着落了。

④ 意大利文：演唱合同，意即：有此据为凭。

杰罗尼莫唱了起来,大家都笑出了眼泪。直到凌晨两点,杰罗尼莫先生才去睡觉。他走后,全家人还对他优雅的举止、随和快活的性格神往不已。

第二天,德·雷纳夫妇把他所需要的进入法国宫廷的引荐信交给了他。

"看来,到处都要耍手腕。"于连想道,"瞧,现在这位杰罗尼莫先生如果去伦敦,收入可以有六万法郎。若不是圣卡利诺剧院院长略施小计,他那超凡脱俗的歌喉也许要晚十年才能得到人们的赏识……我的天!我宁愿做杰罗尼莫而不做雷纳。杰罗尼莫在社会上不如他那样受人崇敬,但却不必像今天那样为投标的事苦恼,生活也挺快活。"

有一件事使于连很奇怪:他在德·雷纳先生府上单独过了几个星期倒觉得十分惬意。除了宴会上感到厌恶和心情不愉快之外,在这座寂寞的房子里,他不是可以读书、写点东西、思考问题而无人打扰吗?他可以浮想联翩,神驰千里,而不必去苦苦研究一个卑鄙的人心灵的活动,还要想出种种办法和言不由衷的话去与之周旋。

"幸福难道就这样唾手可得? ……这种生活几乎不必花什么代价。我可以自由选择,或娶艾莉莎,或与富凯合伙……可是,一个翻越陡峭的高山来到峰顶的旅行人,坐下休息固然其乐无穷,但如果强迫他永远休息下去,他会感到幸福么?"

德·雷纳夫人头脑里涌现了一些不祥的想法。尽管她下过决心,但还是把投标的事告诉了于连。她心想:一见了他,我便把自己发过的誓统统忘光了!

如果她看见丈夫有生命危险,她一定会毫不犹豫地舍命相救。她心灵高尚,思想浪漫,认为见到该管的事而不仗义去管,必将遗恨终生,与犯罪无异。可是有时候她又情绪不对头,想到假如自己突然成了寡妇,能够嫁给于连,共效于飞,那该多么幸福。这种幻觉萦回在她脑海,驱之不散。

于连喜欢孩子们甚于他们的父亲。他虽是严师,却得到孩子们的敬爱。德·雷纳夫人很清楚,如果嫁给于连,就必须离开维尔基这一片她心爱的绿荫。她想象自己生活在巴黎,继续给予孩子们以人人称羡的教育。孩子们、她，还有于连生活在一起，真是乐何如之。

十九世纪婚姻的效果竟如此独特！如果先有爱情然后结婚，那么婚后生活的乏味肯定会把爱情葬送。可是，有一位哲人说过，对富有而不必工作的男女来说，婚姻很快便会使悠闲的享受变得味同嚼蜡，而只有心如死水的女人才不会另生情愫。

这位哲人的见解使我觉得德·雷纳夫人情有可原，但维里业的人却不原谅她，全城沸沸扬扬都在谈论她的婚外情，只瞒着她一个人而已。由于发生了这样一件大事，那年秋天，大家便不像往常那样感到烦闷了。

秋去冬来，日子过得好快。该离开维尔基的园林了。维里业的上流社会看到他们的责难对德·雷纳先生竟然不起作用，逐渐也心里有气。有些人平日道貌岸然，私下却以风言风语为乐。不到一个星期，德·雷纳先生便疑团满腹，虽然他们的措辞非常谨慎。

华勒诺先生做得很巧妙，把艾莉莎安置在一个颇有名望的贵族人家，这家有五个女人。据艾莉莎自己说，担心冬天找不到工作，所以到这个人家去，工钱比在市长家少差不多三分之一也不在乎。这姑娘想出了一个绝妙的办法，就是既找以前的本堂神甫谢朗，同时也找新的本堂神甫忏悔，以便把于连的风流韵事原原本本地告诉他们。

于连回到维里业的第二天，清早六点谢朗神甫便把于连叫去。

“我什么也不问你，”他对于连说道，“我恳求你，如果有必要，我命令你什么都不必向我解释，我要求你三天内去贝藏松神学院，或者去你的朋友富凯那里，他一直打算给你安排一个锦绣前程。我一切都预见到和安排好了。你一定要走，一年之内别回到维里业来。”

于连没有回答。他在琢磨谢朗神甫这样为他精心安排是否有损他的自尊心，因为说到底谢朗神甫并不是他的父亲。

“明天在同一时间，我再来看您。”最后他对本堂神甫说道。

谢朗说个没完，想以自己的身分折服这个涉世不深的年轻人，于连毕恭毕敬地听着，没有吭声。

最后，他告辞出来，赶紧去告诉德·雷纳夫人，发现夫人气急败坏，因为她丈夫刚才相当坦率地和她谈了。她天性柔弱，加上将来在贝藏松有一笔遗产可以继承，所以她丈夫认定她没有异心。他刚刚把维里业的公共舆论非常蹊跷的事告诉了她。公众错了，被一些妒意十足的人所误导，但是怎么办呢？

德·雷纳夫人曾经一度有过幻想，认为于连可以接受华勒诺的礼聘，留在维里业。但她已经不是去年那个单纯腼腆的女人了。她的痴情和内疚使她变得聪明起来。她一面听着丈夫讲，一面忍痛说服自己，离别，哪怕暂时的离别是难以避免了。于连离开了我，一定会重拾他那野心勃勃的计划，不过，对一无所有的人来说，这也是自然的。而我，伟大的上帝啊，我有钱！但这对我的幸福又有什么用？他会把我忘掉的。他那样可爱，一定有人爱他，而他也会爱别人。啊！我好苦……我能怨什么呢？老天爷是公平的，我未能阻止罪恶的发生，上天使我没了主意。其实我只消用钱买通艾莉莎，这简直不费吹灰之力。我想也没想过，整天只是疯疯癫癫地考虑爱情，这回算完了。

于连把自己要走这一可怕消息告诉德·雷纳夫人时惊讶地发现，她丝毫没有出于自私而加以反对。很明显，她竭力克制，没有哭出来。

“我们需要坚强，我的朋友。”

说着，她剪下一绺头发。

“我不知道我会作出什么事，”她对于连说道，“不过，如果我死了，请你答应我别忘了我的孩子。不管离他们远还是近，你要努力使他们成为谦谦君子。如果革命再度发生，所有贵族都免不了一死，他们的父亲也许会因为杀害过那个藏在房顶的农民而亡命他乡。你要照顾这个家……把你的手给我。永别了，我的朋友！最后的时刻到了。作出这一重大牺牲之后，我希望今后在公众面前，能有勇气去维护我的名誉了。”

于连本料到她会伤心绝望，但却想不到告别竟如此简单，不禁心中感动。

“不，我不能这样接受你的告别。我要走的，既然他们要我走，你也要我走。但我走后三天，必在夜里回来看你。”

德·雷纳夫人顿时觉得生活变了样。既然是于连自己想到回来看她，说明对她很有感情！撕心裂肺的疼痛猛地变成了有生以来最强烈的欢欣。一切都变得容易起来。可以与情人重聚这种有把握的心理把离别时心如刀绞的感觉一扫而光。从这一刻起,德·雷纳夫人的行动举止一如她脸上的表情,既高贵坚定而又落落大方。

德·雷纳先生很快便回来了,气得暴跳如雷。他终于和他妻子谈到了两个月前他收到的那封匿名信。

"我想把这封信带到娱乐场,告诉所有人说是这个无耻的华勒诺写的。我把此人从要饭堆里提拔上来,把他变成维里业的富户。我要当众羞辱他,然后和他决斗。他太不像话了。"

伟大的上帝,我有可能成寡妇了!德·雷纳夫人心想。但几乎同时她又对自己说:我肯定能阻止这次决斗,如果我不阻止,岂不成了杀害我丈夫的凶手。

她从来没有像这次那样用尽各种巧妙的办法来照顾丈夫爱面子的心理。不到两个小时,她就使丈夫明白,而且启发丈夫自己找出理由,知道必须对华勒诺表现得比以往更友好,甚至把艾莉莎接回来。德·雷纳夫人吃尽艾莉莎的苦头,现在下决心让她回来,的确需要点气量。但这是于连的主意。

最后,经过三四次开导,德·雷纳先生终于自己得到了一个忍痛破财挡灾的结论,认为最使他难堪的就是在全城正议论纷纷的时候于连还留在维里业,做华勒诺孩子的家庭教师。接受收容所所长的聘请很明显对于连有利,但是,为了德·雷纳先生的名誉,于连最好离开维里业进贝藏松或第戎①的神学院。可是怎样使他下决心去呢?再说,他在那里又如何生活呢?

德·雷纳先生看到在金钱上非作重大牺牲不可,绝望之情比他的妻子尤甚。而他的妻子经过这次谈话,俨然处于一位血性男儿的地位,大丈夫活够了,服下一剂曼陀萝毒药②,此后的行动可说全凭惯性,对什么也不再感兴趣。就像路易十四临终时所说:想当年我是一国之君。真是绝妙好词!

① 第戎,法国城市名。

② 曼陀萝是有毒的带刺植物。

第二天清晨，德·雷纳先生收到一封匿名信，语气咄咄逼人。粗言秽语，不堪入目，是他某个下属出自嫉妒所为。这封信使他又萌生与华勒诺先生决斗的想法，很快便鼓起勇气，企图立即执行。他随即独自出门，到兵器店买了几支手枪，并令人将子弹上了膛。

他心想：实际上，即使拿破仑皇帝的严政卷土重来，我亦从未诈骗过一文，可以问心无愧。顶多曾经闭上眼睛不管罢了，而且办公桌里有的是信件，足可说明我不过是奉命行事而已。

德·雷纳夫人看见丈夫愠怒不语，也着实心惊，又勾起了自己成为寡妇这个挥之难去的不祥念头。她和丈夫躲在屋子里，一连好几个钟头和他谈，但没有效果，接到那封新的匿名信以后，他主意已定。最后，她终于说服丈夫不去打华勒诺的耳光，而是给于连一年六百法郎作为进神学院的膳宿费。德·雷纳先生上千次大喊倒霉，当初真不该请什么家庭教师到府里来。这样自怨自艾便把匿名信的事忘了。

他还有一个稍可自慰的想法没有告诉妻子，就是施展手腕，利用年轻人思想活跃的特点，以较少的报酬使于连拒绝华勒诺先生的聘请。

德·雷纳夫人的困难大得多，她要向于连证明，为顾全她丈夫的面子而牺牲收容所所长八百法郎的公开礼聘，他完全可以心安理得地接受一点补偿。

"但我哪怕一会儿也没打算接受他的聘请啊。"于连一个劲地说道，"您已经使我过惯了高雅的生活，那些人俗不可耐，我受不了。"

贫困无情，挥动铁腕，于连虽心高气傲也只好就范。但他自尊心作祟，幻想维里业市长给他的这笔钱不过是一种借贷，打算立一张字据，言明五年之后连本带息一起还清。

德·雷纳夫人在小山洞里一直藏着几千法郎。

她战战兢兢地把这几千法郎交给他，情知一定会被愤怒拒绝。

"您想使我们的爱情成为令人恶心的回忆吗？"于连说道。

于连终于离开了维里业。德·雷纳先生高兴极了。在从他手里接受赠款这个难堪的时刻，于连觉得这样做牺牲太大，便断然拒绝了。德·雷纳先生热泪盈眶，一把搂住了他的脖子。于连要求他写一张品行优良的鉴定，他激动之下，竟想不出漂亮的词句来赞扬于连的品行。

我们的主人公已经攒了五个路易，打算向富凯再要五个。

他心情非常激动。这一走，维里业留下了多少情爱！但走不到几里，便乐滋滋地只想到就要看见首府贝藏松这个经历过几许战争的伟大名城了。

在这三天短暂的离别当中，德·雷纳夫人备受爱情失落的折磨，郁郁寡欢。生活倒还过得去，痛苦中还怀着和于连见最后一面的希望。她一小时一分钟地计算这个机会的到来。第三天夜里，她终于听见远处传来的约定暗号。于连穿越千难万险，出现在她的面前。

此刻，她只有一个想法：这是我最后一次见到他了。情人急于叙旧，而她却没有反应，像一具仅存一口气的活尸。她强打精神对他说自己爱他，但神情尴尬，效果几乎适得其反。她怎么也甩不开要永远和他分离这一惨痛的想法。于连起了疑心，一时间以为自己已经被忘掉。他的怨怼之词只赢来了大滴大滴无言的泪水和近乎痉挛的握手。

“可是，天哪！您叫我怎么相信您呢？”于连回答情妇冷冷的分辩，“您对戴维尔夫人，对普通的朋友也比对我亲切百倍。”

德·雷纳夫人一听愣住了，不知道如何回答才好。

“没有人比我更苦命的了……真希望能一死了之……我觉得我的心正在冷却……”

这就是于连所能得到的最长的回答。

天空逐渐发白，于连不得不走了，德·雷纳夫人的眼泪已经止住。她看见于连把一根绳子拴在窗口上。她一言不发，吻她也没反应。没法子，于连对她说：

“我们已经到了您所希望的地步。从今以后，您可以毫无内疚地生活。即使您的孩子有什么不舒服，您也不必要死要活了。”

“我很遗憾您不能亲吻斯塔尼斯拉斯。”德·雷纳夫人冷冷地对他说。

于连终于被这具活尸毫不热烈的拥吻所深深打动。走了一二十里都一直想着。他心中惨切，在翻过大山之前，只要还能望见维里业教堂的钟楼，他都频频回首。

第二十四章　首　府

多少嘈杂的声音，多少忙碌的人群！二十岁的青年，脑子里有多少对未来的憧憬！又哪能专心于爱情！

巴纳夫

他终于望见远山上出现了黑黝黝的围墙，那就是贝藏松城堡。他叹了口气说道：如果我以负责保卫该城堡的部队中一名少尉的身分来到这个崇高的军事名城，情况就大不一样了！

贝藏松不仅是法国最美丽的城市之一，而且拥有许多智勇双全的人物。但于连不过是个年轻的乡下小伙，无由接近杰出的人士。

他事先向富凯要了一套便服，现在就穿着走过吊桥。他脑子里充满一六七四年围城的故事①，想在关进神学院之前游览一下城墙和堡垒。有两三次险些被哨兵抓起来，因为他闯进了禁区，工兵部队不准闲人入内，以便每年能把里面所长的干草卖上十二到十五个法郎。

这个城堡墙高、壕深，大炮狰狞，他一连欣赏了好几个小时，最后来到林阴大道的大咖啡馆前面，一下子看愣了。尽管看见两扇大门上写着咖啡馆这几个大字，他还是不能相信自己的眼睛。鼓起勇气，大胆走进去一看，原来是一间长可三四十步的大厅，天花板至少有二十尺高。这一天，他觉得一切都如梦幻。

两场台球赛正在进行，侍者高声报出分数，打台球的围着球台跑，周围站满了观众。人人嘴里喷烟，全身都裹在一层蓝色的云雾里。这些人个个身材高大，肩膀滚圆，举止持重，胡子浓密，长长的礼服一直垂

---

① 指一六七四年路易十四从西班牙人手中夺取贝藏松的史实。

到膝下，一切都吸引着于连的注意。这些古代 Bisontium① 的贵族子孙说话都高声叫喊，装出一副威武战士的模样。于连屏息欣赏，憧憬着像贝藏松这样一个伟大省会的壮丽与辉煌，连向目光傲慢、正在给台球报分的侍者要一杯咖啡的勇气也没有。

但站柜台的姑娘却已注意到这位面容俊秀的乡下少年。他停在离火炉三步的地方，胳臂下挟着个小包袱，正在仔细端详一座白石膏做得漂亮的国王半身像。那位姑娘是弗朗什-孔泰人，高高的个子，身材匀称，穿着整齐，给咖啡馆生色不少。她已经轻轻喊了两声，好只让于连听见："先生，先生！"于连抬起头，看见一双又大又温柔的蓝眼睛，才知道是在喊他。

他向柜台和那个漂亮的姑娘走去，仿佛面前是个敌人。正在跨大步的时候，他的包袱掉了。

巴黎年轻的中学生十五岁便已经懂得大模大样地走进咖啡馆了，如果他们见到这个外省人，不知道会觉得多可怜哩。不过，这些孩子十五岁时派头十足，到了十八岁，便*平庸无奇*了。外省人有一种内热外冷的胆怯心理，这种心理往往是可以克服的，那时候，便会使人懂得进取。于连向这位如此漂亮、又肯和他说话的姑娘走去，胆怯尽除而勇气陡增。心想："我必须把实际情况告诉她。"

"夫人，我生平第一次到贝藏松来，我想要一个面包和一杯咖啡，我可以付款。"

姑娘微微一笑，脸倏地红了。她为这个漂亮的少年担心，怕他会招来打台球那伙人的打趣和嘲讽。因为一害怕，他就不会再来了。

"您坐这儿，就在我旁边。"说着她指了指一张大理石桌子。柜台很大，伸到大厅当中，把这张桌子几乎完全遮住。

那姑娘从柜台探出身子，故意展示婀娜的腰肢。于连看在眼里，想法霎时全部改变。美丽的姑娘在他面前放了一个杯，一点糖和一个小面包。她有点犹豫，不敢向侍者要咖啡，因为她心里明白，侍者一来，她和于连的单独谈话就结束了。

---

① 古罗马时代贝藏松的拉丁文名字。

于连心里沉吟,把这个快活的金发美女和经常使他激动的某些往事连起来比较。想到别人对他的情爱,胆怯的心理几乎一扫而空。美丽的姑娘立即从他的眼神中猜到了他的想法。

“烟斗喷出来的烟会把您呛咳嗽的。明天早上八点以前来吃早饭吧,那时候几乎只有我一个人。”

“您贵姓?”于连脸上露出了腼腆动人的微笑。

“阿曼达·比内。”

“一小时后,我给您送来一个像这样的小包,可以吗?”

美丽的阿曼达稍一思索,说道:

“这里有人监视,您的要求会对我不利,不过,我会把我的地址写给您,您往包裹上一贴,然后放胆送来好了。”

“我名叫于连·索海尔,”年轻人说道,“在贝藏松我举目无亲。”

“哦,我明白了,”她快活地说道,“您是来上法学院的。”

“噢,不,”于连说道,“人家送我进神学院。”

阿曼达的脸上顿时掠过一阵极其沮丧的阴影。她喊一个侍者来,现在她敢这样做了。侍者给于连倒咖啡,连看也没看他。

阿曼达在柜台上收钱。于连敢开口说话,自己也很得意。一张球台上响起了吵架声,玩台球的人有的在喊,有的在申辩,大厅里一片喧闹,于连不禁骇然。阿曼达在想着什么事,垂下了眼睛。

“如果您愿意,小姐,”他突然充满信心地对姑娘说道,“我就说,我是您的表弟。”

阿曼达很喜欢这种带着点命令的神气,心想:他可不是个没出息的小伙子。下面那番话她说得很快,看也没看于连,因为她的眼睛正注意看有没有人走近柜台。

“我吗,我是第戎附近冉利的。您就说您也是冉利人,我妈妈的侄子。”

“我一定照办。”

“夏天逢星期四五点钟,神学院的学生都要从这个咖啡馆门口经过。”

“如果您想我,等我经过时,您就手拿一束紫罗兰示意。”

阿曼达惊讶地看着他，这一看，于连胆子就更大了，不过他还是涨红了脸对她说：

“我觉得我已经深深地爱上了您。”

“您小声点，”她大惊失色，对于连说道。

于连竭力去回忆《新爱洛伊丝》①中的句子，这本书不成套，是他在维尔基找到的。记忆力帮了大忙。他背《新爱洛伊丝》背了足足十分钟，阿曼达听得如醉如痴。他正在得意的时候，那位弗朗什-孔泰的姑娘突然板起了面孔，原来她的一个相好正出现在咖啡馆门口。

他吹着口哨，晃着肩膀往柜台走来，使劲看着于连。于连的思想总走极端，此刻正充满决斗的念头。他脸色煞白，把杯子推开，神情坚定地注意着他的情敌。而那位情敌却径自低下头，熟不拘礼地给自己在柜台上倒了一杯烧酒。阿曼达看了于连一眼，示意他低下眼睛。他照办了，而且足足有两分钟一动不动地坐在原地，脸色煞白，神态坚决，脑子里只想着即将发生的事，的确威风凛凛。那情敌看到于连的眼睛，觉得很奇怪。他一口气把杯里的烧酒喝光，和阿曼达说了一句话，把手往宽大的礼服两旁的口袋里一插，吹着口哨向一张球台走去，两眼却盯着于连。于连怒不可遏地站起来，但不知道怎样才能装出蛮横的模样。他把小包袱放下，竭力大模大样地走向那张球台。

他明知必须谨慎，但却按捺不住，因为刚到贝藏松便决斗，当教士的前途便全毁了。

“管他呢，这样将来就不会有人说，别人对我蛮横无理我也不敢计较了。”

阿曼达看见他很勇敢，和他土里土气的举止实在大不一样，一时间爱他超过了爱那个穿礼服的高个子年轻人。她站起来，装出注意着街上走过的某个人，很快地走到于连和球台之间。

“小心别斜着眼睛看这位先生，他是我的姐夫。”

“那又怎样？他刚才看我了。”

---

① 《新爱洛伊丝》，十八世纪法国作家卢梭的书信体长篇小说。内容描写一对年轻恋人的故事。

“您想让我倒霉吗？毫无疑问，他看您了，也许还会走过来和您说话呢。刚才我告诉他说，您是我娘家的亲戚，从冉利来。他是弗朗什-孔泰人，在通往勃艮第那条大道上，从未去过比多尔①更远的地方。所以，您想说什么就说什么，不必害怕。”

于连还在犹豫，但那位姑娘坐惯了柜台，满肚子谎话，很快地又说道：

“无疑他看过您，但那时候他正问我您是谁。他这个人对谁都一样粗野，并没有存心侮辱您。”

于连的眼睛一直看着那个所谓的姐夫，看见他买了一个号，向最远的那张球台走去，听见他用大嗓门威胁地说：让我玩！于连闪到阿曼达小姐身后，迈步走向球台。阿曼达一把抓住他的胳臂，说道：

“先给我把钱付了。”

于连心想：倒也是，她怕我不给钱就走了。阿曼达和他一样紧张，脸涨得通红。她尽量慢吞吞地把钱找给于连，一面反复叮嘱：

“请您马上离开，否则我就不再爱您了。其实我是很喜欢您的。”

于连果然走了，但故意走得很慢，心里不断嘀咕：我不是也应该气呼呼地过去看那个粗野的家伙一眼吗？他拿不定主意，在咖啡馆前面的大街上站了足足一个钟头，看那人是否出来。结果没有出来，于连只好走了。

他到达贝藏松只不过几个小时便已经发生这件叫人懊恼的事。以前老军医不顾自己患痛风症，教过他几招剑术，现在他要发泄怒气就只能靠这点本事。但如果除了打耳光之外还能找出别的方式表示愤怒，他便不至于为难。假如用起拳头，他的情敌是大块头，非把他打趴下不可。

于连心想，像我这样一个可怜虫，无依无靠，又没有钱，进神学院和进监狱没多大区别。我必须找个客店脱下老百姓的便服，穿上黑外套，这样，万一我能溜出神学院几个钟头，便能穿上便服去找阿曼达小姐了。这种想法固然很妙，但于连经过所有客店，一家也不敢进去。

---

① 多尔，法国地名。

最后,他又走过大使旅店时,不安的目光和一个胖女人的目光相遇。这女人还相当年轻,脸色红润,样子既幸福又快活。他走上前,把自己的情况告诉她。

“当然可以,我漂亮的小神甫,”旅店老板娘对他说道,“我可以给您保管便服,甚至还经常掸掸土。这天气,呢子外套总放着不动不好。”说着,她拿了把钥匙亲自把于连领进一个房间,要他把存放的东西列张清单。

“仁慈的上帝!您的脸色真好,索海尔神甫先生,”于连往厨房走的时候,胖女人对他说道,“我这就去叫人给您做一顿好饭,还有,”她压低声音又加了一句,“别人收五十个苏,但只要您二十,照顾一下您那个小钱包。”

“我有十个路易。”于连颇有点自豪地回了她一句。

“噢,仁慈的上帝,”好心的老板娘吃了一惊,回答道,“别大声说,贝藏松有不少坏人,转眼就会把您的钱偷掉,尤其是千万别进咖啡馆,里面坏人多着哩。”

“没错!”于连说道,这句话使他颇有感触。

“除了我这里,哪儿也别去,我这就去叫人给您准备咖啡。您要记住,在我这里,您永远有一个朋友和一顿只收二十个苏的好饭。我希望,就这样说定了。去坐下吃饭吧,我亲自伺候您。”

“我吃不下,”于连对她说道,“我心情太激动了,因为从您这里出去,就要进神学院了。”

好心的女人往他口袋里塞满食物才让他走。于连终于取道去那个可怕的地方,老板娘站在门槛上给他指路。

第二十五章　神 学 院

三百三十六顿八十三生丁的午饭，三百三十六顿三十八生丁的晚饭，有资格的人还有可可。如果承包下来，能赚多少呢？

贝藏松的华勒诺

他老远便看见门上镀金的铁十字架，便缓缓地走上前去，只觉得两脚发软。这就是那座人间地狱，一进去我便出不来了！最后，他打定主意去拉铃。铃声仿佛在一个荒僻的地方回响。十分钟后，一个脸色苍白、穿着黑衣服的人给他开门。于连看了他一眼便低下了眼睛。这个看门人长得很古怪。双眼突出、绿色，圆得像猫眼。眼圈一动不动，说明毫无恻隐之心，牙齿前突，上面盖着半圆形的薄嘴唇。但这张脸表露出来的并不是罪恶，而是彻底的冷漠，使年轻人望而生畏。于连很快地瞥了这张虔诚的长脸一眼，猜出此人只有一种感情，就是对你说的一切与天国无关的话全都嗤之以鼻。

于连勉强抬起眼睛，由于心跳，声音也颤抖起来。他对这个人说，他想见神学院院长彼拉尔先生。黑衣人一言不发，只是示意叫于连随他来。两人沿着一道宽大的楼梯上了两层，扶手是木做的，楼梯板弯曲变形，往与墙相反的方向倾斜，似乎随时会塌下来。一道小门，门上有一个公墓常见的白木黑漆大十字架。看门人很费劲地把门推开，把于连引进一个又矮又暗的房间。刷过白灰的墙壁上挂着两幅因年深代远而发黑的大油画。黑衣人走了，于连一个人直发怵，心怦怦地跳，要是敢哭出来倒可能舒服一些。整座房子笼罩着死一般的寂静。

过了一刻钟，于连觉得这一刻钟就像一整天那样难熬。面目可憎的看门人在房间另一头一扇门的门槛上出现了。他不屑于开口，只是示意叫他过去。他走进一个比刚才那个更大的房间,里面很暗。墙壁也刷过白灰,但没有家具。于连走过时只看见门边一个角落摆着一张白木做的床,两把藤椅和一把枞木板做的没有垫子的小扶手椅。房间另一头有一扇发黄的玻璃窗,窗台上有几瓶脏兮兮的花。于连看见一个人坐在窗子旁边的一张桌子前面,身上穿着破旧的教士袍,样子正在生气,拿起一张张方形的小纸片,在上面写几个字,然后在桌子上摆好。他没有发现一动不动地站在房间中央的于连,这时候,看门人早已撇下他出去,门也同时关上了。

这样过了十分钟,穿着破旧衣服的那个人仍然在写。于连又紧张又害怕,觉得快站不住了。看见这种情况,一位哲人可能会说:这是一个天生喜欢一切美好事物的人面对丑恶所产生的强烈印象。当然这一看法可能不一定对。

写字的人抬起了头。最初于连并没有发现,后来即使发现,也被盯着他的那道可怕的目光镇住了,站在那里呆若木鸡,朦胧的双眼只能勉强分辨出一张长脸,除了惨白的前额外,其他部分全是红色的雀斑。在这红腮白额之间,闪烁着两只小黑眼睛,连最勇敢的人见了也毛骨悚然。宽阔的前额周围长着一头乌黑浓密、梳得很直的头发。

"请您过来好不好?"那人终于不耐烦地说道。

于连趔趄着往前走,身子几乎摔倒,脸色从没有如此苍白,终于在离那张铺满方块纸片的白木小桌三步的地方停下了。

"走近点。"那人说道。

于连又往前走,手伸着,像要扶住什么东西似的。

"您的名字?"

"于连·索海尔。"

"您真是姗姗来迟啊。"他说道,同时,那道吓人的目光再度盯着于连。

于连受不了这目光。他伸出手,似乎想找点什么支撑,终于直挺挺地倒在地板上。

那人拉了拉铃。于连只是眼看不见,身不能动,耳朵倒听见脚步声走过来。

有人把他抬起来,放在那张白木做的小扶手椅上。只听那个可怕的人对看门人说:

"他显然是羊痫风发作,这下全齐了。"

等于连能够睁开眼睛时,那个红脸人还继续在写。看门人已经不见了。我们的主人公心想:必须鼓起勇气,特别是别让他知道我的感觉(当时他感到一阵强烈的恶心)。如果我发生意外,天晓得别人对我有什么想法。终于那人停下了笔,从旁瞥了于连一眼,说道:

"您能回答我的问题了吗?"

"能,先生,"于连有气无力地说道。

"噢! 这就好了。"

黑衣人欠身咯吱咯吱地拉开枞木桌子的抽屉,很不耐烦地找一封信。找到后,慢慢地坐下来,又看着于连,那神情仿佛要把他已经奄奄一息的生命夺走。

"您是谢朗先生推荐来的。他是教区里最好的本堂神甫,少见的有德之人,和我已经有三十年的交情。"

"噢! 原来您就是彼拉尔先生。"于连的声音半死不活。

"正是。"神学院院长回了一句,生气地看着他。

院长的小眼睛突然一亮,嘴角的肌肉也不由自主地动了动,十足一副饿虎扑食之前先咂摸一下猎物滋味的嘴脸。

"谢朗的信很短,"他仿佛自言自语地说道。Intelli genti pauca①:眼下可没有人会写短信了。他高声念道:

> 兹介绍本教区人氏于连·索海尔前来贵院。二十年前我曾为之行洗礼。彼为木匠之子,木匠家境富有,但对彼却分文不予。此子志在神职,博闻强记,聪慧而能思考,将来必成大器。然能否持之以恒? 是否出自至诚?

"**出自至诚!**"彼拉尔神甫惊讶地重复了一句,同时定睛看着于连,但目光已不那么严峻。"**出自至诚!**"他低声重复了一遍,又继续念了

① 拉丁文:明人不用细说。

下去：

我欲为于连申请奖学金。深信经过必要之考试，彼必能受之无愧。我曾训之以神学，即博叙哀①、阿尔诺②、弗勒里古老纯正之神学。若认为竖子不堪造就，请退还我处，台端稔熟之乞丐收容所所长愿出资八百法郎聘之为其子女之家庭教师。——托天主之福，我心境平和，对残酷之打击，我已习以为常。Vale et me ama③。

彼拉尔神甫念到签名时，声音放缓，叹了口气才念出“谢朗”这两个字。

“他心境平和，”他说道，“的确，他是有德之人，理当得到报偿。如有必要，望天主也给我这样的恩赐！”

他望着天，划了一个十字。看见这一神圣的动作，于连觉得他进入这所房子以来令他心寒的那种深深的恐惧顿时减少了。

“我这里有三百二十一位有志成为神职人员的学生。”彼拉尔神甫最后说道，声音虽然严厉，但并无恶意。“其中只有七八个是谢朗神甫那样的人推荐来的。因此，在三百二十一人当中，您是第九位。不过，我的庇护并非恩泽和姑息，而是加倍的关怀和严格要求以防罪孽。现在去把门锁上。”

于连勉强举步，幸亏还不至于跌倒。他发现门旁有一扇小窗，对着田野。他看看外面的树，像望见老朋友一样觉得舒服了一点。

“Loquerisne linguam latinam?（您会说拉丁语吗？）”于连回来时，彼拉尔神甫问他道。

“Ita，pater optime（会，我的好神父）。”于连稍为镇定了一点，回答道。毫无疑问，半个小时以来，他认为最不可敬的莫过于这位彼拉尔先生了。

谈话以拉丁语进行。神甫的眼神逐渐变得柔和了。于连恢复了几分冷静。“我真没出息，”他心里想道，“竟被这道貌岸然镇住了！此人

① 博叙哀（1627—1704），十七世纪法国高级神职人员、作家，以善写诔辞闻名。

② 阿尔诺，指十六、十七世纪天主教冉森教派的著名家族。

③ 拉丁文书信结束语，可意译为：专此，即候台祺。

不过是马斯隆一样的骗子罢了。”想到这里，他庆幸自己把几乎所有的钱都藏在了靴子里。

彼拉尔神甫考于连的神学，发现他学问渊博，十分诧异。尤其是问到圣经，更是使他惊讶不已。但问到诸圣学说时，发现于连几乎连圣热罗姆、圣奥古斯丁、圣博纳旺蒂尔、圣巴齐勒等等的名字都一概不知①。

彼拉尔院长心想：说真的，我一向责怪谢朗的就是这种要命的新教倾向。对圣经了解得很透彻，甚至太透彻了。

（刚才于连不等他问这方面的问题，便主动和他谈到《创世记》②、《摩西五书》③等等写作的真实年代。）

彼拉尔院长心想：这样无休止地对圣经进行论证，能导致什么结果？无非把人引向**个人探讨**，即最要不得的新教教义而已。而且，除了这种轻率的学问之外，能抵消这一倾向的有关诸圣的研究却一点也没有。

当问到教皇的权威时，原以为于连只知道古高卢教派的教义，但年轻人竟把德·迈斯特的整部著作都给他背了出来，使他惊讶不置。

彼拉尔院长心想：这个谢朗真是个怪人，给他看这部书是不是要教他对此书嗤之以鼻呢？

他考于连，想知道他是否真的相信德·迈斯特的学说，但毫无结果。年轻人回答问题，完全凭死记硬背。从这时起，于连确实精神抖擞，觉得已能应付自如。这次长时间的考试之后，他认为彼拉尔先生对他的严格并非做作。老实说，若非十五年来对其神学弟子采取威严庄重的原则，他早就顺理成章地拥抱于连了，因为于连的回答不仅清晰准确，而且干净利落。

他心想：此人的头脑大胆而健全，可惜 corpus debile（身体孱弱）。

“您经常这样摔倒吗？”他指了指地板用法语问于连道。

---

① 圣热罗姆（342—420），古罗马教父，《圣经》学家；圣奥古斯丁（354—430），古罗马教父，神学家，哲学家；圣博纳旺蒂尔（1221—1274），法国神学家；圣巴齐勒（329—379），古希腊教父。

② 《创世记》，《旧约》的首卷。

③ 《摩西五书》，《旧约》的首五卷。

“我生平第一次这样,看门人的长相使我胆寒。”于连像孩子般红着脸回答道。

彼拉尔院长几乎笑了。

“这就是世俗浮华的结果,很明显,您看惯了笑脸,而笑脸则是真正逢场作戏的舞台。真理是严峻的,先生。但我们在人世间的使命不也是严峻的吗?您要时刻警惕,使您的良知勿沾染这种弱点,就是:**过分注重外界的浮华**。

“如果您不是推荐来的话,”院长彼拉尔显然又高兴地说起拉丁语来,“如果您不是像谢朗神甫这样的人推荐来的话,我会用世俗的语言和您交谈,因为您看来已经非常习惯这种语言了。我要告诉您,您要申请的全额奖学金,是最最困难的。但是,谢朗神甫像信徒般辛勤工作了五十六年,如果在神学院连一份奖学金也弄不到,那也太说不过去了。”

讲完这番话,彼拉尔院长叮嘱于连没得到他的同意别参加任何社团或秘密会社。

“我以名誉担保。”于连以老实人那种心花怒放的神态回答。

神学院院长第一次露出了笑容。

“此话在这里说不合适。”他对于连说道,“它使人过分想起世人的所谓名誉了,为了虚假的名誉,人会犯很多错误,常常还会犯罪。根据教皇圣庇护五世① Unam Ecclesiam② 谕旨第十七段,您对我应当绝对服从,我是您在教会中的上级。在这个学院里,我亲爱的孩子,聆听就是服从。您有多少钱?”

“现在谈正题了。”于连心想,“叫我亲爱的孩子就是为了这个。”

“三十五法郎,我的神父。”

“这些钱怎么用都要详细记账,将来要向我报告。”

令人难受的谈话延续了三个小时。最后,于连去喊看门人。

“把于连·索海尔安排在 103 号房间,”彼拉尔院长对此人说道。

---

① 庇护五世,公元一五六六至一五七二年任罗马教皇。

② 拉丁文:一个教会。

他额外施恩，让于连有一个单独的住处。

“把他的箱子搬过去。”他又加了一句。

于连低下眼睛，认出自己的箱子就在面前，他看了三个小时竟没有认出来。

来到103号房间一看，原来是一间八尺见方的小房，在屋子最高一层。于连发现该房面对城墙，从那儿可望见城外杜河对岸美丽的原野。

多迷人的景色啊！于连失声叫了起来，其实话虽如此，这句话的涵义他未必真能体会到。他来贝藏松不久，但感受刺激之深，已经耗尽了他的全部精力。他在窗子旁边房间里那把惟一的木椅上坐下来，立即跌入了梦乡，既听不见晚饭的钟声，也听不见晚祷的钟声，大家已经把他忘了。

第二天早上他在晨光熹微中醒来时，发觉自己竟躺在地板上。

第二十六章　世界或富人之所缺

在这大地上，我形单影只。没有人会想到我。我亲眼看见那些人发迹，他们都厚颜无耻，铁石心肠，我可没这样的本事。他们恨我，因为我心慈面软。啊！我快死了，不是死于饥饿，便是死于看见狠心的人而感到的痛苦。

扬格①

他赶紧刷了刷衣服，下楼，但还是迟到了。学监狠狠地训了他一顿。他并未试图分辩，反而双手交叉，放在胸前。

"Peccavi, pater optime（我有罪，我的好神父），"他懊悔地说道。

这第一招获得了很大成功。学员中那些机灵的人一眼看出他们面前这一位并非刚入门的新手。课间休息时，于连发现大家都好奇地打量他，但从他身上见到的只是克制和沉默。而根据他给自己定下的原则，他把这三百二十一位同窗都当敌人看待。在他眼里，最危险的敌人自然是彼拉尔神甫。

没过几天，于连要选一位忏悔神甫了，有人给了他一份名单。

"啊！天哪！他们把我看成是什么人了？"他想，"难道他们以为我不懂什么叫*说话听声*吗？"他选择了彼拉尔神甫。

出乎他意料之外，此举却是关系重大。一个年纪轻轻来自维里业的小学员从第一天起就对他很友好，此时告诉他，如果他选择神学院副院长卡斯塔奈德先生，会更加稳妥一些。

"有人怀疑彼拉尔先生是冉森派教徒，卡斯塔奈德神甫是他的对头。"那位小学员凑到他耳边说道。

---

① 扬格（1681—1765），英国诗人。

我们的主人公自诩行事谨慎，其实一切初期的举动，诸如选择忏悔神甫之类，都流于轻率。他作为一个有想象力的人，自以为是，一叶障目，往往把意愿当作事实，自以为是弄虚作假的老手，荒唐到认为，假装软弱，虽胜不武。

“唉，这是我惟一的武器了！换了另一个时代，”他心里想道，“我一定会凭着我在敌人面前响当当的行动来**挣我的前程**。”

于连对自己的表现感到满意，他看看周围，似乎人人都恪守清规，道貌岸然。

有八到十个学员俨然圣者，像圣德肋撒①，又像圣方济各②在亚平宁山的维尔纳峰上接受五伤时看见过上帝显灵一样。但这是一大秘密，他们的朋友都讳莫如深。这些见过显灵的倒霉青年几乎总住在病房。另外一百多人坚持信仰，苦修不辍，用功之勤，直到几乎病倒也没学到多少东西。有两三个的确有真才实学，其中一位名叫沙泽尔。但于连觉得与他们有距离，他们也不和他亲近。

三百二十一名学员中除了他们，其他人都不过是粗野不文之辈，尽管整天背拉丁语单词，其实不甚了了。他们几乎都是农家子弟，不愿荷锄耕田，想要靠背几个拉丁语单词混饭吃。根据这种观察，于连从最初几天起便立志尽快出人头地。他心里想：“不管哪一行都需要聪明人，总之，大有可为。若在拿破仑麾下，我早就当了军官。在这些未来的神甫中，我将是代理主教。”

这些可怜虫都是从小干活，到这里来之前，一直喝的是酸牛奶，吃的是黑面包，住的是茅草屋，一年只能尝到五六次肉。他们像罗马士兵一样，把战争当休息，这些山野村夫能到神学院来真是快乐死了。

在他们忧郁的眼神里，于连只看到饭后生理需要获得的满足和饭前对生理快感的期待。就是这样的一群人，他必需表现得与他们不同。但他有所不知，别人也注意不告诉他的是，在神学院的教理、教会史等等课程上考第一在他们眼里不过是**出风头**，是罪过。自从出现了伏尔

---

① 圣德肋撒，十六世纪西班牙修女，据传曾见上帝显灵。

② 方济各，意大利修士，于一二〇九年建立方济各托钵修会。传说在亚平宁山曾见上帝显灵。

泰,出现了两院制的政府,而归根结底这种政府不过是**怀疑和个人探讨**的产物,给各国人民的思想造成了**怀疑**的恶习,法国教会从此便似乎明白了,书本才是它的真正敌人。在它眼里,一心皈依就是一切。学习好,甚至神学学得好也值得怀疑,而且有理由怀疑。学问大了,像西埃耶斯或格雷古华①那样,又有谁能阻挡他们投向对方阵营呢?教会心惊胆战,紧紧依附着教皇,视之为惟一的救星。只有教皇能阻止自我审查并以教廷盛大的仪式震慑老百姓困扰而病态的心灵。

于连依稀参透了这种种真情,而在神学院里听到的话都企图加以掩饰,因而陷入了深深的苦闷之中。他勤奋用功,很快便学会了对将来当教士十分有用的东西。其实他认为,这些学问都是假的,根本不感兴趣,但又觉得没有其他事情可做。

他心想:难道这世界就把我忘了吗?他不知道,彼拉尔神甫收到过几封寄自第戎的信而且已经烧了。这些信措词十分得体,字里行间却流露出强烈的感情,似乎这位爱侣正为深切的悔恨所苦。彼拉尔院长心想:好极了,这个年轻人所爱的至少不是一个不信教的女子。

一天,彼拉尔神甫又拆开一封信,字迹已经被泪水浸得模糊不清了,原来是一封诀别信。写信人对于连说:"上天终于赐我恩典,使我懂得了恨,我并不恨造成我错误的那个人,他永远是我在这个世界上最亲爱的人,我只恨我的错误。我已痛下决心,但如您所见,泪没少流。我对孩子负有责任,您也深爱他们。为了拯救他们,我只好作出牺牲。今后,公正而可畏的上帝再也不会因他们母亲犯了罪而报应他们了。永别了,于连,望您能公平待人。"

信的结尾这一段几乎无从辨认。写信人给了一个第戎的地址,但却希望于连千万别写回信,或者所使用的词句至少不致使一个改邪归正的女人看了脸红。

终日郁郁寡欢,加上为神学院供应伙食的人每顿收费八十三生丁而饭菜恶劣,于连的健康开始受到影响。一天,富凯突然来到他的房间。

---

① 格雷古华系格勒诺布尔一神甫,曾于一八一九年被选为议员。

“我终于进来了。我来过五次贝藏松，想见你，当然这不怪你，每次都碰到冷冰冰的面孔。我派人守在神学院门口。真见鬼了，你怎么老不出来？”

“这是我给自己安排的考验。”

“我觉得你变多了。不过总算又看到了你。花了两个五法郎的埃居才知道自己是个笨蛋，不懂得第一次就该掏出来。”

两个朋友一谈就没个完。听了富凯下面那番话，于连的脸色骤变。富凯说：

“对了，你知道吗？你学生的母亲现在变得虔诚极了。”

这句话他说得很随便，但却不知不觉地触动了对方的满怀心事，在已经为情颠倒的于连身上产生了奇特的印象。

“是的，我的朋友，虔诚到狂热的程度。据说她还去朝圣呢。马斯隆神甫盯谢朗神甫盯了那么久，现在就让他永远惭愧去吧，德·雷纳夫人可不要他，径自到第戎或贝藏松去忏悔。”

“她来贝藏松？”于连说着脸上泛起了红晕。

“常来。”富凯回答时带着询问的神气。

“你身上有《立宪报》吗？”

“你说什么？”富凯反问道。

“我问你有没有《立宪报》？”于连心平气和地说道，“这里卖三十个苏一份哩。”

“什么，神学院里也有自由派！”富凯叫了起来，“可怜的法兰西！”他学着马斯隆神甫温柔的假声假调又加了一句。

这次富凯的来访本可以给我们的主人公很大的触动，但第二天，被于连当孩子看待、来自维里业的那个小学员一句话使他发现了一件重要的事。自从来到神学院，他的一举一动都是弄虚作假，想起来真不是滋味。

实际上，他生活中的重大行动都经过悉心设计，但他大行不顾细谨，而神学院里有些人很奸，专门注意鸡毛蒜皮的事，故而在同学们中间，于连已经被公认**有自由思想**，因为在许多小事情上他露出了马脚。

在他们眼里，他的确有这种恶习，不盲从**权威**和典范，而是**自己去**

思考，去判断。彼拉尔神甫一点也不能帮助他，除了听他忏悔以外，从未和他说过一句话，即使在听他忏悔时，也只是听而不开口。假如当初他选择了卡斯塔奈德神甫，情形就会大不一样。

于连一旦觉察到自己的毛病，便再也不敢掉以轻心了。他想知道这种毛病所造成的损失有多大，为此，他想稍稍从自己一向拒同窗于千里之外的那种高傲而固执的沉默中走出来。于是他们进行报复了。他主动接近，他们反而不屑理他，甚至冷嘲热讽。他这才知道，自从他进神学院以来，尤其是课间休息的时候，无时无刻不产生对他有利或有害的结果，不是树敌，便是得友，某位真正有德或较之他人粗俗之态略少的学员愿意与他亲近。需要弥补的实在太多，任务艰巨，以后要不断小心，给人一个新的形象。

比如眼睛的活动就给他带来许多麻烦。所以在这种地方一般人都垂下眼睛并非没有道理。"我在维里业真是太自负了！"他心里想道，"我以为这就是生活，其实只是为生活做准备。现在我终于入世了，这个世界就是这样，我周围将全是敌人，直到我的角色演完为止。每分钟都要装出虚伪，实在太难了！赫拉克勒斯①当年的丰功伟绩比起这个来也是小巫见大巫。今世的赫拉克勒斯是西克斯特五世②，他伪装谦逊，把亲眼看见他年轻时桀骜不驯的四十位红衣主教足足欺骗了一十五年。

他恼恨地自言自语道：学问在这里真是分文不值！学教理、教会史等的成绩不过是表面功夫。这些课程讲述的东西对所有像我一般的傻子，不过是请君入瓮的手段。唉！我惟一的优点就是进步快，能领悟这些废话。归根结底，这些废话的真正价值，他们是否知道？没准和我有同样的看法？而我却傻乎乎地引以为荣！在这些科目上总得第一名只能给我招来几个凶狠的敌人罢了。沙泽尔的学问比我大，但在作文中

---

① 赫拉克勒斯，希腊神话传说中半人半神的英雄，即罗马神话中的赫丘利，曾杀巨狮、斩九头蛇、捉神牛……建立十二件奇功。

② 西克斯特五世，十六世纪罗马教皇。未当选时，假装体弱多病，拄杖而行。四十位红衣主教以为他不久人世，便故意选他。谁知一旦当选，他便扔掉拐杖，抖擞精神，励精图治，各红衣主教惊讶莫名，但为时已晚。

总加进一两句不合时宜的话,名次便落到第五。要是获得第一,那是不小心的结果。唉! 要是彼拉尔神甫能指点我一句,只消一句,我便受益匪浅了!

于连醒悟过来以后,过去他认为味同嚼蜡的没完没了的苦修课,像每星期五次数念珠诵经,到圣心教堂唱赞美诗等等,现在都成了十分有意思的活动。他严格反省,尤其是注意不夸大自己的能力。他并不希望像给别人示范的修士那样,急于随时作出一些有意义的行动,就是说想证明自己是个完美的基督徒。在神学院,有一种吃带壳溏心蛋的方式,可以说明在修行上究竟取得多少进步。

看到这里,读者诸君也许会笑,那就请你们回忆一下德利尔神甫被邀出席路易十六宫廷中一位命妇举行的午宴,在吃鸡蛋时的种种失仪吧。

于连首先想做到 non culpa①,做到这一点的学员其举手投足,眼睛顾盼,实际上已无任何世俗之气,但尚未一心只想天国,*看破*红尘。

于连不断在过道的墙上用炭笔写着下面的词句,像:六十年的考验比起天国的极乐和地狱的油锅来,又算得了什么! 对这些句子,他不再嗤之以鼻,反而觉得应该常在眼前才好。他扪心自问:我这一生做的是什么呢? 把天国中的位置卖给善男信女。怎样才能使他们看得见这个位置呢? 通过我有别于凡俗的外表呗。

经过好几个月不懈的努力,于连的神态仍难脱*思考*状,转动眼睛和翕合嘴唇的姿态还不足以反映他内心随时准备相信一切、忍受一切,甚至不惜以身殉道的信念。看到自己在这方面还不如那些粗野不文的农民子弟,心里愤愤不平,其实他们没有思考的神态倒是合情合理的。

这种准备相信一切、忍受一切、反映出狂热而盲目信仰的面容,在意大利的修道院中随时可以看到,圭尔奇诺②在其绘画中也给我们这

---

① 拉丁文:无过。

② 圭尔奇诺(1591—1666),十七世纪意大利宗教画家,其作品《阿基坦公爵弗朗索瓦脱下铠甲,换上修士袍》现藏于卢浮宫,编号1130。——作者原注。

些凡夫俗子留下了完美的典型。为了获得这样的面容,于连可真下了不少功夫。

每逢重大节日,学员们可以吃到香肠和泡菜。同桌的学员发现于连对此享受毫不动心,这就是他的罪状之一。他的同学们认为那样做是极度的虚伪,既愚蠢又讨厌,没有什么事比这个使他树敌更多的了。他们说:“瞧这个城里人,瞧这个傲慢的家伙!连最好的香肠泡菜份饭也装作看不上!呸!无赖!自以为了不起!下地狱的料!”

“唉!我这些同窗都是些年轻的乡下人,他们的无知倒成了他们的一大优点。”于连在泄气时不禁叹道。我到神学院时满脑子世俗想法,数都数不清,不管我怎样努力,脸上都能露出来,他们来时却没有这些思想,老师不必费心给他们纠正。

于连以近乎妒忌的心情专心研究到神学院来的年轻乡下人中最粗野的那几个。当别人扒下他们的粗布外衣,给他们披上黑袍时,他们所受到的教育仅限于无限崇敬金钱,就是弗朗什-孔泰人所说的**干净利落**的现钱。

这是表达**现金**这一崇高概念的神圣而豪迈的方式。

这些学员犹如伏尔泰小说中的主人公,他们心目中的幸福首先是吃得好。于连发现他们几乎所有人对穿**细呢**外衣的人都怀有一种天生的尊敬。有这种感情的人能够恰如其分甚至偏低地评价我们的法庭**在分配上作出的公平判决**。他们之间经常这样说:和一个**大佬**打官司能有什么好处?

大佬是汝拉山区的地方话,指有钱人。政府是最有钱的!得到他们的尊重便可想而知了。

对弗朗什-孔泰的农民来说,听见省长的名字而不微笑表示尊重是行为不检,而穷人行为不检,很快便会受到失去生计的惩罚。

于连最初因看不惯而感到憋气,但后来却动了怜悯之情:大部分同学的父亲在冬天傍晚回到茅屋时,往往既找不到面包,也找不到栗子和土豆。于连心想:如果他们认为,人的幸福首先是吃饱饭,然后是有件好衣服,那又有什么可大惊小怪的呢?我的同学们志向坚定,就是说,他们看出,当教士可以长期享受这种幸福,即吃得饱,穿得暖。

有一次，于连偶然听见一个有头脑的年轻学员对同伴说：

“我为什么不能像西克斯特五世那样成为教皇呢？他也当过猪倌啊！”

“只有意大利人才能当教皇，”他的同伴回答道，“不过，将来一定会在咱们中间抓阄决定看谁当代理主教、议事司铎，也许还有主教。夏龙①的主教P先生的父亲是箍桶匠，我父亲也是这一行。”

一天，上教理课时，彼拉尔神甫把于连叫去。可怜的年轻人正乐得摆脱使他身心都感到不舒服的气氛。

于连在院长那里受到的还是他来到神学院那天使他胆战心惊的接待。

“给我解释一下写在这张牌上的东西。”院长边说边盯着他，使他恨不得钻到地里去。

于连看见上面写道：

“阿曼达·比内，在长颈鹿咖啡馆，八点前。说你从冉利来，是我母亲的侄子。”

于连觉得事情严重，这个地址是卡斯塔奈德神甫的坐探从他那里偷去的。

“我到这儿来的那一天，”他回答时看看彼拉尔神甫的额头，因为他受不了神甫可怕的目光，“我心惊胆战，因为谢朗神甫跟我说过，这里是各种诽谤和邪恶的渊薮，鼓励同学之间相互窥伺和揭发。这是上天的安排，目的是让年轻的教士看看什么是生活，启发他们对尘世及其浮华的厌恶。”

“你居然对我花言巧语，小流氓！”彼拉尔怒气冲冲地说道。

“在维里业，”于连冷冷地说道，“我哥哥有事妒忌我时就打我……”

“废话少说！废话少说！”彼拉尔神甫几乎气炸了，大叫道。

于连毫不畏惧，继续讲了下去。

“我来到贝藏松那天，将近正午，我肚子饿，走进一间咖啡馆。对

① 夏龙，法国马恩省首府。

这俗气熏人的地方，我由衷感到厌恶，但我又想，在那里吃午饭比在旅店便宜。一位样子像老板的夫人见我涉世未深，动了恻隐之心，对我说：贝藏松坏人很多，先生，我真为您担心。如果您遇到什么麻烦，我能帮助您，您可以在八点前派人来找我。如果神学院看门的拒绝替您办事，您就说是我表弟，冉利人氏……”

“这些话将来都要核实。”彼拉尔神甫大声说道，他已经坐不住了，在房间踱来踱去。

现在回房间去！

神甫跟着于连走回房间，用钥匙把他锁了起来。于连立即检查箱子，那张要命的纸牌就是珍藏在那里的。箱子里什么也没丢，只是许多地方都翻乱了，可钥匙他是总不离身的呀。他心想：“幸亏在我眼不清目不明的时候，卡斯塔奈德先生经常好心地允许我出去，我没有接受，现在我倒明白他的用意了。如果我动了心，想换上衣服，去看看美丽的阿曼达，那我就完了。他们打听到情况却又不能这样利用，心有不甘，便告了密。”

两个钟头以后，院长派人来喊他。

“您没撒谎，”院长说话时目光没那么严厉了，“但是保留这样的地址实在是不够谨慎，您现在还不知道其严重性有多大。倒霉的孩子，也许十年之后，它会给您带来不幸。”

第二十七章 初次经历

当今之世，天哪！还得服从基督的约柜①。谁触犯，谁倒霉。

狄德罗②

读者诸君，有关于连这个时期的生活，我们只能简单明了地略谈一二。并非无事可说，恰恰相反。但也许他在神学院里看到的东西太黑，与本书竭力想保持的温和色彩不协调。现代的人受过一些挫折，想起来便耿耿于怀，什么兴趣也提不起来，甚至连读篇故事的心情也没有。

于连屡想装假却总装不大像，有时颇感无聊和泄气。他毫无建树，还要从事这讨厌的行当。其实只要有点外界的帮助，他便能定下心来。虽然要克服的困难并不很大，但他孤单一人像茫茫大海上被人抛弃的一叶扁舟。他心想：即使我成功，但一辈子要和这等可恶的人在一起！那些晚饭只想大嚼肥肉煎蛋的馋鬼和无恶不作的卡斯塔奈德神甫般的人物！他们一定能掌权，但要付出多大的代价啊，天哪！

人有坚强的意志，这一点处处可见。但意志能克服这样一种厌恶情绪吗？大人物的任务倒好办，不管有多大的危险，他们都以能够克服为美，但除了我，谁能明白我周围的环境有多么丑恶呢？

这个时刻是他一生中最富有考验性的时刻。他完全可以轻而易举地找驻扎在贝藏松的一支精锐团队入伍当兵！或者做拉丁文教师。他的生活要求并不多啊！不过这样一来，就谈不上他想象中的事业和前程，等于死了一样。下面就是他度日如年的一点情况：

---

① 亦称“结约之柜”。据圣经《出埃及记》载，摩西奉上帝之命以贵重木材制成方柜，内外包金，内藏两块刻有十诫即上帝与以色列人所立约法的石板。

② 狄德罗（1713—1784），法国启蒙思想家、作家、哲学家，《百科全书》的主编。

一天早上，他自言自语道：我生性自负，往往为与其他年轻的乡下人不同而沾沾自喜！这倒好，日子一长才发觉，差异**会产生仇恨**。而刚刚发生的一次使他痛心疾首的挫折的确使他明白了这一伟大的真理。他花了一个星期的功夫去讨好一个有圣者之风的学员，和他一起在院子里散步，俯首帖耳地倾听他那些使人打瞌睡的蠢话。突然风雨骤来，雷声隆隆。有圣者之风的学生粗野地把他一推，大叫道：

"您听着，这个世界上人人为自己，我可不想遭雷劈，因为上帝会把你当做不信神的人，当做伏尔泰那样的人用雷殛死的。"

于连愤怒地紧咬牙关，睁着两眼盯着被闪电划破的天空，大叫道："如果我在暴风雨中仍然执迷不悟，即使被淹死也是活该！还是去吓唬别的书呆子吧。"

铃响了，是卡斯塔奈德神甫的教会史课。

年轻的乡下人非常害怕父辈艰苦的工作和贫困的生活。这一天，卡斯塔奈德神甫就教导他们说，政府这个在他们眼里如此可怕的机构只有通过上帝在世间的代表——教皇的认可才具有真正和合法的权力。

"你们要以圣洁的生活和无条件的服从来报答教皇的恩典。**要做他手中的棍棒**。"他又加了一句，"这样你们便能获得优越的职位，可以颐指气使，不受制于他人，一个终身的职位，薪俸三分之一由政府支付，其余三分之二则由听你们讲道的善男信女负担。"

从教室走出来，卡斯塔奈德神甫在院子停下了脚步：

"谈到本堂神甫嘛，我可以说：什么样的人就有什么样的职位。"他对围在他身旁的学生们说道，"我跟你们说吧，我知道某些山里的教区，外快比城里的本堂神甫拿得还多。钱是一样的，但没算上肥鸡、鲜奶油、鸡蛋和其他的零七八碎。而且在那里，本堂神甫就是无可争议的头儿，凡有宴会和喜庆等等，没有不邀请他的。"

卡斯塔奈德神甫刚一上楼，学生们便分成小组。于连不属于任何小组，大家把他当癞皮狗撇在一旁。他看见每组都有一个人把一块钱币扔到空中，如果他正反面猜得对，大家便断定他不久便能获得一个外快收入多的教区职位。

然后便是讲故事了。有一个年轻教士，获得圣职刚一年，因为私人掏腰包买了一只兔子送给一位上了年纪的本堂神甫的女仆，便被提升为副职，不到几个月，本堂神甫死了，他便取而代之，补了这个肥缺。另外一个每顿饭都伺候瘫痪的本堂神甫，用优美的姿势给他切鸡，结果被指定为接班人。

这些学生像各行各业的年轻人一样，都迷信这类异乎寻常和别出心裁的小手段，并夸大其效果。

于连心想：我必须习惯这种谈话。他们不谈香肠和油水多的堂区便谈教义中的世俗部分、主教和省长的分歧、市长和本堂神甫的纠纷。于连发现似乎存在着第二个上帝，比第一个更可怕，也更强大。这第二个上帝就是教皇。当他们确信彼拉尔先生听不见他们的谈话时，便压低声音，悄悄地说，如果教皇不躬亲任命全法国的省长和市长的话，那是因为他已任命法国国王为教会的长子，这件事便给他去办了。

大约就是这个时候，于连认为可以利用德·迈斯特先生所著的《教皇论》来提高自己的身价。说实话，他的同窗大为惊讶。但这一次又弄巧反拙。他陈述他们的看法比他们本人还有条理，使他们很不高兴。谢朗神甫自己不谨慎，也没教会于连谨慎。他教于连养成据理而谈，不说废话的习惯，但却忽略了对他说，在一个不受敬重的人身上，这种习惯简直是犯罪，因为道理说得好总会伤人。

因而能说会道是于连的又一罪过。他的同窗们想来想去，终于找到一个字眼以发泄心中对他的厌恶。他们给他起了个绰号：马丁·路德①。他们说，特别是因为他骄傲，说起话来头头是道，使人非常难堪。

在这些未来的修士中，有好几个面容姣好，可以说，比于连长得更英俊。但于连有白皙的双手，还有一种难以掩饰的洁癖。这本来是优点，但到了这个他命中注定要来此过日子的倒霉地方却不是优点。和他一起生活、不讲卫生的农家子弟公开说他行为不检。总之，于连碰到

① 马丁·路德（约1483—1546），德国神学家，欧洲宗教改革运动的发起者，新教路德宗的创始人。曾与教皇决裂，当众焚毁教皇通谕，支持德意志诸侯没收教会财产，被教皇利奥十世通缉。他认为人要获得上帝的拯救不在乎遵守教规条令，而在于个人的信仰。

不如意的事情太多了,一一说来恐怕读者诸君感到厌烦。譬如,同学中身体强壮的总想揍他,他不得不随身带一把铁卡钳,声言必要时会用以防身,不过只是做做样子。当然在密探的报告里,仅仅摆样子不如具体说的话来得有力。

第二十八章　圣体瞻礼

人人心情激动。上帝似乎已降临到这些狭窄的哥特式街道，处处都挂起了帷幔，信徒们还精心铺上了细纱。

扬格

于连不出风头，装笨装傻也无济于事，别人不喜欢他，因为他太与众不同了。“不过，”他心想，“这些老师都是精细的人，而且是千里挑一的，为什么我的谦逊也不能博得他们的欢心呢？”他觉得他的老实只能骗过一人，此人什么都信，很容易上当。那就是教堂里的司仪夏斯·贝尔纳神甫，十五年来，上级一直许愿提升他为议事司铎，但始终没有兑现。这期间，他还给学生教授如何传道。于连还未开窍的时候，在他班上常考第一。因此，夏斯神甫很钟爱他，课后常拉着他到花园里转转。

“他要干什么？”于连想道。他惊讶地发现，夏斯神甫能够一连好几个钟头给他讲教堂所拥有的装饰。除了办丧事用的饰物之外，教堂还有十七张镶饰带的祭帔。大家对年老的吕邦普雷议长夫人寄予厚望。这位九十高龄的夫人将她的结婚礼服保存了至少七十年，那些衣服都是金线做的挑花制品，用的是里昂上等料子。夏斯神甫突然停下来瞪着一双大眼睛说道：“朋友，你想想看，那些衣料都是能立着的，因为上面有金子。”在贝藏松，人们普遍认为，议长夫人的遗嘱将使教堂的财产增加十多条祭帔，还不算节日盛典用的四五件无袖长袍。“说远一点，”夏斯神甫压低声音继续说道，“我有理由认为，议长夫人会留给我们八个精美无比且镀金的银烛台，据说是勃艮第公爵大胆查理从意大利买回来的，她的一位先人曾经是公爵的宠臣。”

“此人跟我讲这些旧衣服的故事到底有何用意呢？他巧妙地试探

我已经很久了,可我还看不出任何端倪。他一定对我还有戒心!他比其他人都精,其他人心怀的鬼胎不出半个月便能猜出来。我懂了,此人野心勃勃,已经熬了十五年了!”

一天晚上正上着剑术课,彼拉尔神甫派人把于连喊到跟前,对他说:

“明天是 Corpus Domini① 节(圣体瞻礼节),夏斯·贝尔纳神甫需要您帮助他装饰教堂,您去吧,听他的吩咐。”

彼拉尔神甫又把他喊回来,关心地对他说:

“这是一次进城的机会,就看您想不想利用了。”

“Incedo per ignes②(我有暗中的敌人)。”于连回答道。

第二天一清早,于连便到教堂去,连眼也不敢抬。看见大街小巷和城里开始热闹的景象,于连心里很舒服。到处都有人在家门口张挂帷幔准备迎接宗教的巡游仪式。在神学院度过的日子此时仿佛只是一瞬间的事。他的思想飞到了维尔基,飞到了美丽的阿曼达·比奈身上,很可能见得着她,因为她的咖啡店距离并不太远。他瞥见夏斯·贝尔纳神甫正站在他心爱的教堂门口,身体胖胖的,一脸快活开朗的神色。那天神甫很得意,老远看见于连便大喊:“孩子,我正等你哩,欢迎光临。今天要干的活很重,时间也长,咱们先吃第一顿补补身子,大弥撒进行时,十点钟,我们再吃第二顿。”

“先生,”于连神情严肃地对神甫说,“我希望时刻有人和我在一起。请您注意,”他又指着他们头上的挂钟说道,“我是差一分五点到的。”

“哦!原来你害怕神学院那帮小坏蛋!你真好,想着他们。”夏斯神甫说道,“一条路因为两旁有荆棘就不成其好路了吗?就让那些可恶的荆棘呆在那里好了,行人照样走路,懒得理它们。好了,干活吧,亲爱的朋友,快干活吧!”

夏斯神甫说得不错,活很重,前一天,教堂里刚举行过丧礼,一切都

① 拉丁文:圣体。

② 拉丁文:原意为“我在赴汤蹈火”。

还来不及准备。必须在一个上午之内,将三个殿的哥特式柱子用高三十尺的锦缎蒙上。主教大人用邮车从巴黎接来了三位安装帷幔的师傅,但人手仍然不够,这几位师傅对本地不熟练的工人不仅不鼓励,反而嘲笑他们,使他们手脚更不利索了。

于连看到非亲自上梯子不可了,他敏捷的身手派上了用场。他自告奋勇,负责指挥从城里来的工人。夏斯神甫看见于连从这把梯子飞快地登上那把梯子,高兴极了。当所有的柱子都裹上锦缎之后,下一道工序便是把五大束羽饰放到主祭坛的华盖上。那是一个富丽堂皇的涂金木制顶饰,由八根巨大的意大利大理石做的扭形柱托着。可是,要登上圣体龛上面华盖的中央,必须走过一道高达四十尺的木制柱楣,木头已经陈旧,可能已被虫蛀了。

看见这条险路,那几个一直满面春风的巴黎师傅顿时收敛了快活的笑容。他们从下面往上看,讨论了半天,就是没人上去。于连一把抓过那几束羽毛,跑着登上了梯子,稳稳当当地放在华盖中央皇冠状的顶饰上。从梯子上下来时,夏斯·贝尔纳神甫把他紧紧地搂在怀里。

"Optime①,"慈祥的教士大声说道,"我要把这事告诉主教大人。"

十点钟的那顿饭吃得很快乐。夏斯神甫从未见过自己的教堂如此美丽。

"贤学弟,"他对于连说道,"我母亲从前在这座古老的教堂里出租椅子,因此我是在这座大建筑物里长大的。罗伯斯庇尔的恐怖政策毁了我们。可是,当时我已经八岁,能够到私人家里辅弥撒了,逢有弥撒的日子还管饭。谁叠祭帔也不如我,我从不把饰带弄折。自从拿破仑恢复宗教信仰以来,我有幸在这个古老的教堂里主持一切。每年都有五次,我亲眼目睹这个教堂披上如此美丽的饰物。但它从没有像今天这样金碧辉煌,锦缎也从没有这样平整,这样紧贴着柱子。"

"他到底要把秘密告诉我了,"于连心想,"他已经和我谈到他自己,说心里话了。不过此人虽然兴奋,却还未出不慎之言。可是,他活没少干,心里高兴,好酒也没少喝。此人真了不起!我可得学学!他有

---

① 拉丁文:好极了。

门儿(这个歪词是他从老外科医生那里学来的)。”

大弥撒唱 Sanctus[①] 的钟声响了,于连拿过一件宽袖白衣正想跟着主教去参加盛大的迎圣体游行。

“有贼怎么办,我的朋友,有贼怎么办?”夏斯神甫大声说道,“您不考虑这个。队伍快出去了,教堂没有人了。您和我,咱们两人看着。如果咱们丢的只是围着柱脚下的两奥纳[②]这种美丽的饰带,就算咱们的运气。那又是吕邦普雷夫人的布施,是她的曾祖父,那位有名的伯爵留给她的,是纯金制品,我亲爱的朋友,”神甫凑到他耳边,显然很激动地又加了一句,“一点不假!我要您负责监视北翼,别出来。至于我,我看着南翼和大殿。注意告解座,给小偷做耳目的女人就是从那儿瞄着咱们背过身去的时候。”

他刚说完,钟便敲响了十一时三刻,紧接着教堂的大钟也响了。声音既雄浑又庄严,于连不禁怦然心动,有飘离尘世之感。

香烟氤氲,加上打扮成圣约翰的小孩撒在圣体前的玫瑰花瓣的香气使于连终于飘飘欲仙了。

深沉的钟声本来只应使于连想起二十个人的劳动,他们每人仅挣五十生丁,也许帮忙的还有十五到二十位信徒。他本应想到绳子会磨损,房梁会糟,大钟每两百年会掉下来的危险,想想如何减低敲钟人的工资,或者从教会的金库取出几个不影响收入的钱,以赦罪或恩典的名义支付给他们。

于连并未作这些明智的考虑,他被洪亮雄浑的钟声所激励,灵魂正在想象的空间漫游。他永远不能成为称职的教士和伟大的官员。如此容易激动的人最多只能成为艺术家。此刻于连已经露出了自高自大的本性。他的同学,即那些未来的修士当中,也许有五十人,出于对公众的仇恨,以及听人说每道篱笆后面都埋伏着雅各宾党,因而对现实的生活十分关心,教堂的巨钟一响,便不由得会想到敲钟人的工钱。他们会开动巴雷姆[③]般的头脑去琢磨,公众激动的程度,是否抵得上付给敲钟

---

① 拉丁文:圣哉颂歌。此颂歌以三声圣哉开始,故名。

② 奥纳,古法尺,相当于今之 1.2 米。

③ 巴雷姆(1640—1703),法国著名数学家。

人的那笔钱。如果于连考虑教堂的物质利益,他那不着边际的思想便会考虑如何给教堂的维修费节省四十法郎,而不会去计较避免二十五生丁的开支了。

当日天朗气清,迎圣体的队伍缓缓穿过贝藏松,不时停在有权有势的人竞相搭起的漂亮祭坛前面,而此时的教堂却是一片寂静,光线半明半暗,处处凉爽宜人,香烟缭绕,花香阵阵。

于连一个人在幽深清凉的大殿之中,周围万籁无声,他悠然物外的思绪更显得无限温馨。夏斯神甫正在另一个地方忙着,不必担心他来打扰。于连虽然在他负责照看的教堂北翼漫步,但灵魂几乎已经离开了肉体。他深知祈祷室里只有几个虔诚的妇女,心境便更加宁静,纵使睁着眼睛,也仿佛视而不见。

但是两个跪着的妇女把他的思绪稍稍拉了回来。这两个女人,服饰漂亮,一个在告解座,另一个紧靠着她,跪在椅子上。于连仍然睁着眼睛,心不在焉。但也许出于模糊的责任感,也许由于欣赏这两个女人高贵而素雅的穿着,他发现告解座里并没有神甫。心想,真奇怪,这两位如果说虔诚,却不去跪在祭坛前面,如果说是上流社会人士,却不去找个阳台,在第一排占个有利的地位。而那衣裙剪裁得多么合身!多么美!他放慢脚步,想仔细看看她们。

跪在告解座里的那个女人听见寂静中传来于连的脚步声,便扭过头来看。忽然,她低喊了一声,顿感浑身无力。

她支持不住,往后便倒,身旁的女友见状立即趋前救援。在同一时刻,于连看见了倒下的那个女人的肩膀。一条用大颗精美的珍珠串成的螺旋形项链映入他的眼帘,他觉得很熟悉。他认出德·雷纳夫人的头发。果然是她。真是一惊非小。想办法托住她的头使她不致完全倒地的那个女人正是戴维尔夫人。于连吓坏了,立即冲上前。要不是及时把她们扶住,德·雷纳夫人倒下非拖着她的女友也倒下不可。于连看见德·雷纳夫人完全失去知觉,脑袋无力地搭在肩膀上。他帮助戴维尔夫人把德·雷纳夫人美丽的头放到一把藤椅的靠背上。这期间,他一直在跪着。

在同一时刻，于连看见了倒下的那个女人的肩膀……

戴维尔夫人回过头来，认出了他，便怒不可遏地对他说：“您走开，先生，快走开！千万别让她再看见您。她看到您一定觉得讨厌。您没来以前，她多么幸福！您的做法太残酷了。走开！如果您还有点人性就走得远远的！”

这几句话很有分量，于连此时无力抗拒，只好走开。他想到戴维尔夫人，不禁自言自语：“她还是那么恨我。”

正在这个时候，教堂里响起了迎圣体队伍中打头的几个教士略带鼻音的歌声。大队人马回来了。夏斯·贝尔纳神甫喊了好几声于连。于连先是没听见，有神无气地藏在一根柱子后面。神甫走过来拉着他的胳臂，想把他介绍给主教。

“孩子，您不舒服了。”神甫看见他脸色很苍白，几乎无力走动，便对他说道，“您太劳累了。”神甫让他挽着自己的胳臂。“来吧，坐在这张洒圣水的小凳子上，在我后面，我挡着您。”当时他们正在大门旁边。“您镇静点，还有足足二十分钟主教大人才露面。您要尽快恢复过来。等他经过，我扶您起来，我虽然年纪大，身体还强壮，有力气。”

可是，当主教经过时，于连浑身发抖，夏斯神甫无奈只好放弃给他引见的打算。

“别太伤心，”神甫对他说，“我会另找机会。”

当晚，神甫叫人把十磅蜡烛带到神学院的圣堂，据他说，是于连节约下来的，同时也由于灭烛时手脚麻利的缘故。其实根本不是。可怜的年轻人自己也成为熄灭的蜡烛了。自从看见德·雷纳夫人，他脑子里便一片空白。

第二十九章　初次提升

他了解他的时代，了解他的省，于是便成了有钱人。

《先驱报》①

教堂发生的那件事使于连陷入了深深的梦境之中，思想还没缓过来。一天早上，严厉的彼拉尔神甫便差人来喊他。

“夏斯·贝尔纳神甫来信说了您不少好话。对您的整个表现，我颇感满意。您行为极不检点，甚至很轻率，虽然表面看不出来。不过，直到目前为止，心地还算好，甚至宽宏大度，思想高尚。总的来说，我在您身上看到了不容忽视的星星之火。

“我在这所房子工作了十五年，现在就要离开了：我的罪过就是让神学院的学生去自由判断，既没有保护，也没有帮助您在忏悔亭里和我谈过的那个秘密团体。在走之前，我想为您做点事。要不是在您房间里找到阿曼达·比奈的地址，你被告发，我两个月之前就想这样做了，因为这非您莫属。现在，我任命您为《新约》和《旧约》的辅导教师。”

于连感激万分，真想跪下来谢谢上帝，但最后还是实实在在地向彼拉尔神甫走去，拉着神甫的手，送向唇边。

“这是怎么回事？”神学院院长生气地叫了起来。但于连的眼睛比他的行动更能说明问题。

彼拉尔神甫多年来已经没有看见过这种真情的流露，觉得很不习惯，惊讶地看着于连，感动之状，难以自已，连声音都变了。

“啊！不错，我的孩子，我对你有感情，上天知道我对此无能为力。我应该公正，对任何人都不应有爱，也不应有恨。你命途多舛，我看得

① 《先驱报》，一八三〇至一八三四年里昂出版的报纸。

出在你身上有某种与凡俗格格不入的东西。你将摆脱不掉嫉妒和诽谤。无论救世主把你安置在什么地方,你的同伴一见就会恨你。如果他们假装喜欢你,那只不过为了更有把握地出卖你罢了。对此,只有一种对付的办法,就是求助于上帝,是他,为了惩罚你的心高气傲,使你处处受人仇恨。你的行为必须高尚,我看这是你惟一的法宝。如果你不屈不挠坚持真理,你的敌人迟早也会无计可施。"

于连很久没听到友善的声音了,因而一时软弱也不足为怪:他闻听此言,不禁泪如雨下。彼拉尔神甫把他搂在怀里,两人都沉浸在无限温馨之中。

于连欣喜若狂,这是他获得的第一次提升,会带来巨大的好处。要体会这些好处,就必须一连好几个月得不到一分钟属于你个人的时间,要与至少很讨厌而大部分则使你无法忍受的同学直接接触。光是他们的叫喊就足以使身体脆弱的人神经错乱。这些农家子弟吃得好,穿得好,仅仅闹闹嚷嚷还不足以宣泄内心的快乐,非鼓足肺部的力量大叫大喊才算过瘾。

现在,于连单独吃饭,或者也差不多,比其他同学晚一小时。他有花园的钥匙,可以在园里无人的时候去散步。

使他非常惊讶的是,原来他预料,大家会加倍恨他,但现在反而不那么恨他了。原先他私下不愿别人跟他说话,但做得太明显,以致到处树敌,现在大家觉得这只是他高傲可笑的标记。在他周围那群粗野不文的人看来,这是他的身分所应有的感觉。于是仇视的心理明显减少,尤其是今天成为他学生的那些年轻同学,他对他们总是以礼相待。逐渐地,也有人拥护他了,称他为马丁·路德已经变成有失体统。

但谁是敌,谁是友,说出来有什么意思?一切都很丑恶,若是真有意图就越丑恶。但他们却是民众惟一的德育教师,没有他们,民众会变成什么样子?报纸能取代神甫么?

自从于连被提升以后,修道院长故意装出没有旁人在场就不和他谈话。这样谨慎的做法对师徒二人都有好处。但尤其是一种考验。彼拉尔是严格的冉森派信徒,他一成不变的原则是:要想知道一个人是否有能耐,那就对他想的或者做的一切都故意作梗。如果他真有能耐,就必然会推倒或者绕过你所设置的障碍。

当时是狩猎的季节。富凯心血来潮,以于连双亲的名义,给修道院送去一只鹿和一头野猪。两只打死的野兽就放在厨房和食堂之间的过道上。所有学员去吃饭时都看得见。大家十分好奇。那头野猪虽然死了,最年轻的学员看见仍然害怕,他们用手去摸它的獠牙,光谈这个就谈了足足一个星期。

这一馈赠使于连的家庭被归入了社会中受人尊敬的那一部分,给了嫉妒者致命的一击。财富决定了于连高人一等的地位,沙泽尔和学员中最有身分的几个主动接近他,还几乎埋怨他不早点把父母的财产告诉他们,使他们对金钱有失尊敬。

征兵开始了,于连以神学院学生的身分免服兵役。这一情况使他无限感慨。真是时不再来,要是早二十年,没准我便能叱咤风云,不虚度此生了。

有一次,他独自一人在修道院的花园散步,听见几个修理围墙的瓦匠在说话。

"得!这回该走了,征兵又开始了。"

"换了'那一位'的时代,就有意思了!瓦匠能当上军官、将军,这都是见过的事!"

"现在你就去看吧!只有要饭的才去当兵。有子儿的人都在家呆着。"

"生来穷,一辈子也穷。事情就是这样。"

"噢,对了,他们说那一位死了,是真的吗?"第三个瓦匠又问道。

"那是有权势的人说的,你知道吗?他们怕那个人。"

"真是大不一样,在他那个时代,活儿干得也顺手。听说他是被手下的元帅出卖的!不是叛徒不会这样!"

瓦匠们这番话使于连颇感安慰,走开时,他叹了口气,低声念道:

惟此国王,百姓乃念!

考试的日子到了。于连对答如流。他发现沙泽尔也力图将自己胸中所学全抖出来。

几位主考官都是著名的代理主教弗里莱亲自任命的，第一天，他们就很恼火，因为他们总不得不把这个据说是彼拉尔神甫的得意门生于连列为第一名，至少也第二名。神学院里有人打赌，于连在考试的总分上一定位居榜首，得到主教大人府上赐宴的殊荣。但在一次有关教内圣人的考试快结束时，一位狡黠的主考问完于连关于圣热罗姆和他喜爱的西塞罗①作品的问题以后，话题一转，谈到了贺拉斯、维吉尔②和其他世俗作家。于连曾经背着同学，偷偷把这些作家所写的书中许多段落记熟。这时候，由于考试一路顺利，便忘乎所以，在主考的一再要求下，热情洋溢地背诵和解释了贺拉斯的好几首颂歌。主考请君入瓮，让他得意了二十分钟之后，突然变了脸，严厉地责备他不该把时间浪费在这些非宗教的作品上，脑子里塞满了那些没用甚至罪恶的想法。

“先生，您说得对，我是个糊涂虫。”于连知道中计，便低声下气地说道。

主考的奸计即使在神学院里也被认为是卑鄙的。但弗里莱神甫手段高明，在贝藏松的教会内组织了一个关系网，他发往巴黎的密信连法官、省长，直到当地驻军的首长也胆战心惊。这一次，他到底用他有力的手，在于连的名字旁写上第一百九十八名。能这样羞辱他的敌人冉森派教徒彼拉尔，他打心里感到痛快。

十年来，他的头等大事就是把彼拉尔的神学院院长的职位搞掉。彼拉尔神甫自己也恪守给于连规定的行为准则，真诚、笃信、不耍阴谋、忠于职守。但上天一时性起，给了他一副急脾气，受不了别人的侮辱和仇恨，性如烈火，真是睚眦必报。他多次想辞职不干，可又觉得上帝把他安置在这个职位上，自己倒能起点作用。心想：我能刹住耶稣会和偶像崇拜的势头。

在考试阶段，他大概足足有两个月没和于连说话了。当他收到公布考试成绩的正式通知，看见他认为是全神学院的骄傲、他那个得意高足的名字旁边写着第一百九十八名的时候，他气得病了一个星期。这

---

① 西塞罗（前106—前43），古罗马政治家、哲学家及著名演说家。

② 维吉尔（前70—前19），古罗马诗人，著有《埃涅阿斯记》及《农事诗》四卷。

位性格严厉的人惟一感到安慰的是用尽各种办法去观察于连。他发现于连既不生气,也不打算报复,更谈不上气馁,心里的石头才落了地。

几个星期以后,于连收到了一封信,不禁打了个寒颤。信是从巴黎寄来的。他心里想:“好了,德·雷纳夫人想起她答应过的事了。”一位署名保尔·索海尔的先生自称是于连的亲戚,给他寄了一张五百法郎的汇票来,附言里还说,如果他继续研究那些优秀的拉丁作家而且学有心得的话,每年还会给他寄一笔同等数目的钱。

“是她,她的心真好!”于连感动地说道,“她想安慰我,可是为什么一句有情的话也没有呢?”

这封信他猜错了。德·雷纳夫人在她的女友戴维尔夫人的引导下,已经完全陷入深深的悔恨之中,但仍然往往不由自主地想起那位奇人,与此人的邂逅把她整个生活都搅乱了,但她绝不敢给于连写信。

如果我们用神学院的话来说,我们可以认为寄来这五百法郎实在是个奇迹,可以说,是上天借弗里莱先生之手把这件礼物送给于连的。

十二年前,弗里莱神甫来到贝藏松时,随身只有一只小得可怜的手提箱,据说这只箱子便是他的全部家当。而今他已经富甲全省。在他发迹的时候,他把一块地产买下了一半,而另一半则以遗产的形式落入了德·拉摩尔先生手中。于是,这两个人的官司就打个没完。

尽管德·拉摩尔侯爵在巴黎很有名望,又在朝中任职,但要在贝藏松和一位据说能操纵省长任免大权的代理主教作对,他觉得是件危险的事。他本可以用预算所允许的随便一种名义做借口申请五万法郎的赏赐,而把这场五万法郎的小官司让给弗里莱神甫,但他没有这样做,反而火冒三丈。他觉得自己有道理:很有道理!

可是,恕我冒昧地问一句,哪位法官没有一个儿子,或者至少一个什么亲戚需要提携进入社会的呢?

为了使有眼无珠的人也看得清楚,弗里莱神甫在获得第一次裁决一星期以后,便坐上主教大人的四轮马车,亲自把一枚荣誉勋位骑士勋章带给他的律师。德·拉摩尔侯爵被对头这一招弄得不知所措,觉得自己这一方的律师软了下来,便向谢朗神甫求教,神甫把他介绍给彼拉尔先生。

当我们这个故事发生的时候,他们这种关系已经延续了好几年。彼拉尔神甫全力以赴,不断去找侯爵的律师,研究侯爵的官司,觉得胜券在握,便公开表示代理德·拉摩尔侯爵的案子,和权倾一时的代理主教斗一斗。代理主教看见区区一个冉森派教士竟敢如此胆大妄为,真是怒不可遏。

"瞧瞧这些自以为有权有势的宫廷贵族是什么货色吧!"弗里莱神甫对自己的亲信们说道,"德·拉摩尔侯爵连一枚十字章也没能给他在贝藏松的代理人弄到,将来连这个代理人的官也保不住。不过,有人写信告诉我说,这位贵人没有一个星期不到掌玺大臣的沙龙里去炫耀自己的蓝色绶带,不管沙龙里有什么客人。"

但尽管彼拉尔神甫积极活动,德·拉摩尔先生和司法大臣,尤其是他下面的各个部门关系搞得很好,经过足足六年的努力,却也只做到官司没完全打输而已。

侯爵和彼拉尔神甫经常书信来往,谈两个人都热切关心的这件事,久而久之,便摸清了神甫的脾气,尽管两人社会地位悬殊,书信中也改用了朋友的口吻。彼拉尔神甫告诉侯爵,有人想以不断羞辱他的办法逼他辞职。针对于连的阴谋在他看来是极其卑鄙下流的,盛怒之下,便把于连的遭遇告诉了侯爵。

那位大贵族虽然很有钱,却一点也不吝啬。平时,彼拉尔神甫连打官司而必须花的邮费也不让他还,这回他便抓住机会给神甫的得意门生寄去了五百法郎。

德·拉摩尔先生还亲自写了汇款的通知,这使他想起了神甫。

一天,神甫收到了一张便条,通知他立即到贝藏松近郊的一家客店去,有要事相商。神甫在那里见到了德·拉摩尔先生的管家。

"侯爵先生差我坐了他的马车来,"管家对他说道,"他希望您看过这封信之后,四五天之内到巴黎来一趟。您说好去的日子,我趁这段时间到侯爵在弗朗什-孔泰的田地里转转,然后,到了您说定的日期咱们一起去巴黎。"

信不长,是这样写的:

亲爱的先生,请您摆脱外省一切烦人的事情到巴黎来呼吸一下宁静的空气。我派马车去听候您的吩咐,祈在四天内作出决定。我在巴黎恭候直至星期二。先生,巴黎附近有一个主教辖区,条件极好,只要您点头答应,便可为您谋取。虽然您未来教区的一个最富有的教民至今尚与您缘悭一面,但对您却怀着您意想不到的忠诚,他就是德·拉摩尔侯爵。

性情严厉的彼拉尔神甫自己都没想到,修道院里虽然处处都是他的敌人,他还是对修道院充满感情,十五年来,他一心扑在上面。德·拉摩尔先生的信仿佛一位外科医生出现在他眼前,手术痛苦却又非做不可。他被解职已势在必行。于是他和管家约好,三天后再见。

足足四十八小时,他像热锅蚂蚁,举棋不定。最后,他给侯爵写了一封信,又给主教大人写了一封,此信堪称教会文体的杰作,只是长了些,至于遣词择句,简直无懈可击,且崇敬之情溢于言表。这封信的目的是使弗里莱先生在其主子面前有一阵子不好受,所以列举了一切最严重的事实,乃至那些鼠窃狗偷的无耻伎俩,如他柴堆上的木柴被盗,他的狗被人毒死等等,不一而足。这些他虽然默默地忍受了六年,最后也只好被迫离开这个教区。

信写完以后,他把于连叫醒,于连和所有学员一样八点便睡了。

“您知道主教府在哪儿吗?”他用漂亮的拉丁语问于连,“把这封信送交主教大人。我不讳言这是把您往狼群里送。您要察言观色,回答时不能有半点虚假,但要想到问您的人可能真的巴望着害您。孩子,在离开您之前,我很高兴让您有这番经历,我不向您隐瞒,您带的这封信正是我的辞呈。”

于连闻言一愣,他喜欢彼拉尔神甫。他虽然谨慎,也不禁想到:这个正直的人一走,圣心派一定会降我的级,或许还会开除我。

他不能只想到自己,但使他为难的是找不到一句得体的话,老实说,他的心思也不在这上面。

“怎么?我的朋友,您不去?”

“先生,我听说,”于连不好意思地说道,“您当了那么多年院长,并没有任何积蓄。我这儿有六百法郎。”

他眼泪盈眶,说不下去了。

“这也得登记上。”这位前神学院院长冷冷地说道,“去主教府吧,时间晚了。”

不巧那天晚上德·弗里莱神甫在主教府的客厅里值班,主教大人到省府赴晚宴去了。因此于连便把信交给德·弗里莱先生本人,但于连并不认识他。

他惊讶地看见神甫居然把写给主教的那封信拆开了。代理主教那张漂亮的脸顿时露出惊喜的神色,紧接着比以前更加严肃起来。于连发现他面色很好,便趁他看信的时候,仔细地端详了一番。这张脸本来会显得更为庄重,可惜眉宇间透出一股极狡黠的神情,如果不加控制,甚至会流于虚伪。鼻子很高,成一条直线,倒霉的是和轮廓分明的脸配在一起,使整个面部酷像一只狐狸。其次,这位对彼拉尔神甫的辞职显得如此关心的神甫穿着华丽,于连从未见过任何教士如此打扮,心里颇有好感。

他后来才知道德·弗里莱神甫有一种特殊的本事,懂得讨主教的欢心,而主教是一个可爱的老人,天生只能住在巴黎,把去贝藏松看成是流放。这位主教视力很不好,却又酷爱吃鱼,每逢鱼端上来时,德·弗里莱神甫便先替他把鱼骨头去掉。

于连默默地瞧着神甫看辞职信。突然间,门砰地打开了,一个衣着华丽的仆人匆匆走过。于连刚把身子转向门口便瞥见一个手持主教十字架的矮个子老人,他连忙躬身施礼。主教对他慈祥地笑了笑,走过去了。漂亮的神甫急步相随,剩下于连一个人在客厅里尽情欣赏那辉煌的宗教陈设。

贝藏松的主教是个七十五岁的老者,虽然历尽沧桑,饱受长期流放之苦,但身体仍然健朗,饶有风趣,对十年以后会发生什么事根本不予理会。

“刚才我经过时似乎看见一个目光机灵的神学院学生,他是谁?”主教问道,“根据我定下的规章,这时候,他们不是该睡下了吗?”

“我向您担保,这一位可清醒着哩,大人,他带来了一个重要的消息:您教区内惟一的那个冉森派教徒要辞职了。那个桀骜不驯的彼拉尔神甫终于明白随便说话的后果了。”

“得了!”主教大笑着说道:“您能否找到一个抵得上他的人来代替他,我且拭目以待。我明天请他吃晚饭,让您看看这个人的分量。”

代理主教想趁机谈上几句继任人选的事,但主教不准备谈正事,对他说:

“找人的事且慢,先了解一下这一位因何要走。给我把那个学员叫来,孩子嘴里会说真话。”

于连被叫来了,他心想:我要对付两位宗教法庭的法官了。他觉得自己从来没有过这么大的勇气。

他进来时,两个身材高大的仆人,穿得比华勒诺先生还整齐,正给主教大人更衣。主教认为在谈到彼拉尔先生之前应首先问问于连的学业。他谈了谈教理,觉得很惊讶。很快地又谈到人文科学、维吉尔、贺拉斯、西塞罗。于连心想:为了这几个名字,我被列到第一百九十八名。事已如此,咱们就露他一手。他成功了,主教本人也是位优秀的人文学者,对他十分满意。

在省府的晚宴上,一个刚出名的少女曾经朗诵过《玛大肋拉》这首诗①。此刻主教正大谈文学,很快便把彼拉尔神甫和一切事务抛到脑后,和那位神学院的学员讨论起贺拉斯是富还是穷来。主教背诵了好几段颂歌,但他的记忆力往往不争气,这时候,于连便谦逊地把整首诗背了出来。尤其使主教印象深刻的是他始终不离谈话的口吻。二三十行拉丁文诗背来就如同讲述修道院里发生的事情一样。两人谈了很久维吉尔、西塞罗。最后,主教不禁把年轻的神学院学生夸了一番。

“这样的学习成绩真是再好也没有了。”

“大人,”于连说道,“您的神学院里还有一百九十七位学员更配得到您的夸赞。”

“怎么回事?”主教听见这个数字觉得很惊讶。

“我在大人面前说的话完全有案可查。

“在神学院年度考试时,回答的问题正是现在得到大人赞许的问

---

① 此诗为法国女诗人德尔菲娜·盖伊(1804—1855)所作。据《圣经》记载,玛大肋拉(又译抹大拉)原为妓女,后诚心悔过,成为圣女。

题,但名次却排到第一百九十八名。”

“哦!原来是彼拉尔神甫的得意弟子,”主教大笑着叫了起来,同时看了看德·弗里莱先生,“我们早该料到了,不过这是光明正大的事。”接着他又对于连说,“我的朋友,不是特地把您叫醒派你到这儿来的吗?”

“是的,大人。我一生中只有过一次单独离开神学院,就是圣体瞻礼的那一天去帮助夏斯-贝尔纳神甫装饰天主教堂。”

“Optime[①],”主教说道,“哦,把几束羽饰插到华盖上的原来是您?勇气真不小,这事每年都使我胆战心惊,总怕会出人命。我的朋友,您很有前途,我不想让您饿死,误了您的锦绣前程。”

主教随即令人拿饼干和马拉加葡萄酒[②]来,于连大快朵颐,德·弗里莱神甫更是不甘后人,因为他知道,主教最喜欢看见别人吃得津津有味。

这位教会里的高官当晚兴致勃勃,又谈起宗教的历史。他发现于连对此不甚了了,便将话题转到君士坦丁[③]时代诸皇治下罗马帝国的精神状态。异教的结束产生了一种不安和怀疑的气氛,使十九世纪本来已经感到忧郁和无聊的人更添失望。主教发现于连甚至连塔西佗[④]这个名字也不知道。

使主教惊讶的是于连老老实实地回答说,神学院的图书馆没有这位作家的著作。

“那我就太高兴了。”主教快活地说道,“您给我解决了困难,我考虑了十分钟,总想找出个办法来感谢您让我度过一个如此愉快的夜晚,当然是出乎意料的啦,我怎么也没想到在我的神学院里的学生里竟出现一位学者。尽管我的礼物并不太符合宗教典籍的标准,我想送给您

---

① 拉丁文:好极了。

② 马拉加葡萄酒,西班牙港口城市马拉加出产的葡萄酒,以香醇浓郁驰名于世。

③ 指公元四世纪的罗马皇帝君士坦丁大帝(约280—337),他统一西方,允许基督教自由传播。

④ 塔西佗(约55—120),罗马历史学家和文学家,曾任执政官和亚细亚行省总督,著有《历史》和《编年史》共三十卷,对暴君进行了尖锐的揭露与讽刺,材料翔实,语言精练,对后世史学有重大影响。

一套塔西佗的著作。”

说着,主教叫人拿来了八卷装帧精美的书,还亲自在第一卷的标题上用拉丁文写上赠予于连·索海尔。主教对自己能写一手漂亮的拉丁文感到很骄傲。最后,他以严肃而与谈话的其他部分不同的口吻对于连说:

“年轻人,如果您听话,总有一天您会得到我所辖教区中最好的本堂教区,距我的主教官邸并非百里之遥,不过必须听话。”

于连抱着八卷书走出了主教府,很惊讶地发现已经是午夜时分了。

主教大人刚才提也没提彼拉尔神甫,使于连尤其感到惊讶的是主教特别客气,彬彬有礼之外还自有其高贵的气度,这是于连所始料不及的。当他看见等他等得心焦的彼拉尔神甫一脸阴沉的神色时,觉得两者的对比实在是太鲜明了。

“Quid tibi dixerunt?(他们跟你说什么了?)”神甫老远便厉声询问他道。

于连结结巴巴地把主教所说的话用拉丁语翻译出来。

“用法语说,把主教大人的原话重复一遍,要不折不扣的,也不要加油加醋。”那位修道院前院长语气生硬,根本不讲修辞。

“身为主教,送给一个修道院学员这样一份礼物,真奇怪!”神甫一面翻阅着那部塔西佗的著作,一面说道。书装订得很好,但他似乎不大喜欢那烫金的切口。

他等他那位得意门生详细汇报完了之后才让他回房睡觉,此时已经是凌晨两点了。

“把你那套‘塔西佗’的第一卷留下,上面有主教大人的赠词,”他对于连说道,“我走了以后,这行拉丁文便是你在这所房子里的护身符。”

Erit tibi, fili mi, successor meus tanquam leo quarens quem devoret.(拉丁文:我儿,对你来说,我的继任者就像一头择人而噬的怒狮。)

第二天早上,于连发现同学们和他说话时态度有点异样,便更加小心翼翼,暗想:“这就是彼拉尔神甫辞职的结果。这件事全院都知道了,而我却是他的得意门生。”这样的态度本应含有点恶意,但他却看不出来。相反，在宿舍里走，所有他所碰见的人眼光里都没有仇恨的神情。“这是什么意思？准是个圈套，咱们得提防着点。”最后，那个来自维里业的小学员大笑着对他说：“Cornelii Taciti opera omnia”（拉丁文：《塔西佗全集》）。

大家听见这句话，都争着向于连祝贺，不仅仅恭喜他从主教大人那里得到了这件精美的礼品，同时也因为他获得了与主教大人倾谈两小时这个殊荣。大家连细枝末节都知道了。从这一时刻起，众人不再嫉妒他了，而是卑躬屈膝地讨好他。卡斯塔奈德神甫前一天对他还十分傲慢，现在却走过来挽起他的胳臂，邀请他吃午饭。

于连天生不吃这一套，这些粗人的傲慢无礼过去固然使他难受，现在他们低声下气却又使他厌恶，一点也不感到高兴。

中午时分，彼拉尔神甫向学员们道别，还训了他们一通，对他们说道：“你们是想享尽俗世的荣华、社会上的名利，心满意足地指挥别人、藐视法律，把所有人都不放在眼内呢？还是想使灵魂得到永生？即使你们中间最落后的人，只要睁开眼睛，便能看清这两条路。”

他一走出去，“耶稣圣心会”的信徒们便走进圣堂里唱起了“感恩赞美诗”。修道院里，谁也不把这位前院长的话放在心上。到处人们都说，他对被免职一事极为不满，没有一个学员相信他会自动辞职，甘心放弃一个能够结交众多大施主的职位。

彼拉尔神甫住进了贝藏松最豪华的一间旅店，借口有事情要办，想在那里住上两天。

主教请他吃晚饭，同时为了和代理主教弗里莱开个玩笑，故意让他出出风头。在吃饭后甜食的时候，从巴黎传来了一个异乎寻常的消息：彼拉尔神甫被任命为距首都十六公里N教区的本堂神甫。这是个肥缺，仁慈的主教打心眼里祝贺他，觉得这样的安排很好，他十分高兴，非常赏识神甫的才干。他给神甫开具了一份极尽赞美之词的拉丁文证明，并命令弗里莱神甫不得妄加挑剔。

当天晚上，主教大人对彼拉尔神甫的欣赏之情在吕邦普雷侯爵夫人府上传开了，成了贝藏松上流社会的一条大新闻，大家对这一殊荣诸多猜测，似乎看见彼拉尔已经当上了主教。而最富心计的人认为德·

拉摩尔侯爵也已成为内阁大臣。就在这一天,他们才敢对弗里莱神甫在公共场合的傲慢态度嗤之以鼻。

第二天早上,彼拉尔神甫为德·拉摩尔侯爵的案子去找律师,大街上几乎到处都有人跟着,店铺的老板也都站在门口观看。神甫第一次受到律师们客客气气的接待。这一切,那位严正的冉森派教徒都看在眼里,不禁心里有气。他和为侯爵的案子选定的律师谈了很久,然后便动身到巴黎去了。两三位老同学一直把他送到车旁,看见四轮马车上的族徽赞不绝口,神甫一阵心软,竟告诉他们,自己任修道院长十五年,离开贝藏松时只有五百二十法郎的积蓄。这几位朋友和他拥抱,挥泪告别,事后却说:"神甫是个好心人,但大可以不必撒这个谎,简直太可笑了。"

财迷心窍的凡夫俗子怎么也不能理解,彼拉尔神甫正是出于至诚才有必要的力量,孤军奋战,与玛丽·阿拉科克①、耶稣圣心会、耶稣会教徒以及他的主教作斗争长达六年之久。

① 玛丽·阿拉科克(1647—1690),圣母往见会修女,宣扬对耶稣圣心的崇拜,受到冉森派的反对。

第三十章 野心勃勃

只有一种贵族，那就是公爵。侯爵不过是可爱的头衔。听见喊公爵，大家才会回首观看。

《爱丁堡评论》①

凡是大人物都有点惺惺作态，明眼人知道，这是表面上彬彬有礼，骨子里压根就瞧不起人。德·拉摩尔侯爵接待彼拉尔神甫时就没有采用这种态度，因为那无异浪费时间，而他公事繁忙，必须争分夺秒。

六个月以来，他机关算尽，企图使王上和国民接受他所建议的一个内阁，而这个内阁出于感恩图报，一定会封他为公爵。

多年以来，侯爵要求他的律师就他在弗朗什-孔泰的案子提出一份简明扼要的报告，但始终得不到。那位著名的律师自己对案子都不明白，又怎能给他解释清楚呢？

神甫只递给他一小张方块纸，便把一切都说明白了。

"我亲爱的神甫，"侯爵只花了不到五分钟和他寒暄并询问了个人的私事，接着便对他说道，"我亲爱的神甫，虽然大家都说我家业兴旺，我却没有时间去认真管一管两件不大但很重要的事情：那就是我的家庭和我的事务。我大致能照管我家的财产，而且能使之有所发展；我还得照管自己的娱乐，而且这是应该首先考虑的，至少我看是如此。"他加了一句，同时发现彼拉尔神甫的目光中露出惊讶的神情。神甫虽然通情达理，但看见一个上了年纪的人如此坦率地谈到自己的寻欢作乐，也着实感到意外。

"在巴黎，干活的人肯定有，"那位大人物继续说道，"但都住在六

---

① 《爱丁堡评论》，英国史学家布鲁汉姆主编的刊物。

层楼上。我一旦接近一个人,这个人便会搬到三楼,而他的妻子就会每周定出一天来接待客人。因此,便再也不干活,不努力了,一心只想成为或装出是社交场的人物。他们一旦有饭吃便只干这个。

“我的案子,准确地说吧,我的每一个单独的案子都有律师为我卖命,前天就有一个患肺病死了。不过,为了处理我的全部事务,您相信吗?先生,三年来,我一直都在物色一个人,除了为我抄写之外,肯认真考虑一下他所做的事。不过,这一切只不过是段开场白。

“我敬重您,我还敢说,尽管与您初次见面,我喜欢您。您愿做我的秘书吗?年薪八千法郎或者双倍于此数都行。这样做我还赚了哩,我可以向您保证。我负责给您保留教区那个肥缺,等将来咱们不再合作时您可以去。”

神甫谢绝了。但谈话结束时,他见侯爵确实为难,便突然产生了一个想法。

“我在修道院里扔下了一个年轻人,如果我没料错,此人必会遭到残酷迫害。假如他只是一个普通的修士,早就 in pace① 了。

“到目前为止,这个年轻人只懂拉丁文和圣经,但总有一天他会在布道或者为世人指点迷津方面施展伟大的才华,这并非不可能的事。我不知道他将来做什么,但他有热烈的宗教信仰,前途远大。我本来打算万一遇见一位主教在对人对事的看法上哪怕有一点像您,便把这个年轻人交给他。”

“您这位年轻人是什么出身?”侯爵问道。

“据说他的父亲是山区的一个木匠,但我认为他大概是某个有钱人的私生子。我曾经看见他收到过一封匿名或使用假名的信,附有一张五百法郎的汇票。”

“哦!那是于连·索海尔。”侯爵说道。

“您是从哪儿知道他名字的?”神甫吃了一惊,问道。完了又觉得有点不好意思,脸都红了。

“这一点不能告诉您。”侯爵回答。

---

① 拉丁文:在牢里。

“那好!”神甫又说道,“您可以试试看请他做您的秘书,他有魄力,有头脑,总之,值得试一试。”

“为什么不呢?”侯爵说道,“不过,他会不会被警察局长或其他什么人买通到我家里来当坐探呢?这就是我犹豫的原因。”

彼拉尔神甫一再保证,侯爵终于拿出一张一千法郎的钞票,说道:

“把这个给于连·索海尔作路费,叫他来见我吧。”

“看得出您是住在巴黎,”彼拉尔说道,“不知道我们这些可怜的外省人,尤其是那些与耶稣会派格格不入的教士所受到的专横对待。他们不会让于连走的,他们会找出种种巧妙的借口,答复我说他病了,信寄丢了等等,等等。”

“我这几天请大臣给主教写封信好了。”侯爵说道。

“我还忘了提醒您,”神甫说道,“这个年轻人尽管出身寒微,但心高气傲,若伤了他的自尊心,他非但不会为你尽心办事,反会装呆卖傻。”

“我喜欢这一点,”侯爵说道,“我让他和我儿子做伴,这样行了吧?”

不久,于连收到一封信,字迹很陌生,从邮戳看是夏龙寄来的,里面有一张到贝藏松一家银号兑付的汇票,以及叫他立即去巴黎的通知。信的落款是个假名。但在打开信时,于连打了一个冷战:一片树叶落到他的脚边,这是他和彼拉尔神甫约定的暗号。

不到一个小时以后,于连奉召到主教府,并获得了慈父般的欢迎。主教引用贺拉斯的诗句,非常巧妙地祝贺于连,说他到了巴黎一定前程远大。按理于连对祝贺应该说几句话,但他什么也说不出来,首先因为他什么也不知道,主教大人对他极为器重。主教府的一个小教士给市长写了封信,市长立即亲自送来一张已经签发但未填名字的空白通行证。

当晚不到十二点,于连来到了富凯家。富凯头脑清醒,对好友似乎将得到的前程更多的是惊异而不是高兴。

“你最后顶多能在政府里谋到个职位,”这位自由派人士说道,“不得不为政府出主意,遭到报纸的抨击,等我知道你消息的时候,你已经丢尽了面子。你要记住,即使从赚钱的角度看,自己做主老老实实做木材生意赚上一百个路易,也比从一个政府,哪怕是所罗门王①的政府那里得到四千法郎的工资好得多。"

于连觉得这一切不过是乡下人的鼠目寸光,自己最终必能飞黄腾达,大展宏图。根据他的想象,巴黎人既聪明又狡黠,也很虚伪,但和贝藏松和阿格德主教一样彬彬有礼,能去巴黎多么幸福,在他眼里,其他一切都不在话下。因此,以他朋友看,他已经被彼拉尔神甫的信弄得六神无主了。

第二天晌午时分,他乐滋滋地来到了维里业,盘算着可以又见到德·雷纳夫人了。他先去拜访他的第一位保护人慈祥的谢朗神甫,却受到了冷冰冰的接待。

"你以为欠我什么情吗?"谢朗神甫没有回答他的问候,对他说道,"你和我一起吃饭,趁吃饭的时候,叫人给你租匹马,完了你就离开维里业,*谁也别去看*。"

"谨听遵命。"于连装出一副修道院学员的样子回答道。接着便只谈神学和拉丁文。

他骑上马,走了四里地,看见一片树林,瞅周围没人,奔了进去。日落时分,他把马打发回去。稍后,走进一个农家,那农民答应卖给他一把梯子,并跟着他,把梯子扛到俯瞰维里业"忠诚大道"的那个小树林。

"我是个逃避兵役的犯人……或者说是个走私犯,"农民告别时对他说道,"不过,有什么关系!梯子卖了好价钱,再说,我自己这一辈子也不是没干过*猫儿腻*的事。"

天很黑。凌晨一时左右,于连扛着梯子,走进了维里业城。他尽快走下急流的河床,急流深可十尺,两旁有墙,穿过德·雷纳先生美丽的花园。于连用梯子很容易便爬了上去,心里想:"看园子的狗会有何反应呢?"果然,狗吠了,飞奔着向他扑来。他轻轻地吹起了口哨,几条狗便围着他转,向他表示亲热。

他从一道平台攀上另一道平台,尽管铁栅栏都锁着,他还是轻而易

---

① 所罗门王,公元前十世纪的以色列王,以治国有方著称。

举地爬到了德·雷纳夫人卧房的窗下,房间对着花园的那一边离地面只有八到十尺。

百叶窗上有一个心形的开口,于连十分熟悉,但使他犯愁的是开口上没有透出经常一夜都不灭的灯光。

“天哪!”他自言自语道,“今晚,德·雷纳夫人不在这里!她到哪儿去睡了呢?他们全家都在维里业,因为我看见那几条狗了。在这个没点灯的房间里,我可能会遇见德·雷纳先生本人或者一个生人,那乱子就闹大了!”

最好是赶紧走,但这样做于连感到恶心。如果是个陌生人,我一定把梯子一扔,撒腿就跑。但如果是她,会怎样接待我呢?她很后悔而且一心皈依天主,这一点我没理由怀疑,但她到底还记得我,因为她刚给我写过一封信。想到这里他打定了主意。

他心惊胆战地决定豁出去了,不是见到她,就是完蛋。接着捡起几颗小石子扔到百叶窗上,毫无反应。他把梯子靠在窗边,亲自动手去敲,初时轻轻地,后来便使劲敲了起来。心想,虽然天黑,给我一枪倒是可能的。这种想法把疯狂的举动一下子变成了有没有勇气的问题。

他心想:这房间今夜没人住,即便有人住,此时也该醒了。所以不必再有什么顾忌,只需注意别让睡在其他房间的人听见就行了。

他下去把梯子靠在百叶窗上,又爬了上去,将手伸进心形的窗洞里。他运气不错,很快便摸到系在拴百叶窗的钩子上的铁丝。他把铁丝一拉,觉得百叶窗脱了钩,松动了。得慢慢推,让她认出我的声音。他推开百叶,把头伸进去,同时压低嗓子,说了几声:是自己人。

他侧耳细听,不见房间里有任何动静。壁炉上连盏半明不亮的长明灯也没有:这可不是好兆头。

小心挨枪子儿!他考虑了一下,然后,大胆地用手指敲了敲窗玻璃:没有反应。他加大了力度。哪怕要把玻璃敲碎,也非干到底不可。他又使劲地敲。忽然,他似乎在黑暗中看见一个白色的人影穿过房间走来。再看看,毫无疑问,这人影正缓缓地往前移动。他猛地看见一个人的脸颊贴到了窗玻璃上,与他的眼睛碰个正着。

他哆嗦了一下,身子往后便退。但天色太黑,尽管距离很近,却看不清是否德·雷纳夫人。他担心对方会发出惊叫,耳旁又听见下面那几条狗在梯子旁边转悠和低吼。于是又说了一遍:“是我! 自己人。”没有回答。那白色的幽灵忽地不见了。请把窗子打开,我有话和您说,我太苦恼了! 他又使劲敲窗,把玻璃也快敲碎了。

咔嚓一声,窗子的插闩断了。他把玻璃窗推开,纵身跳进了房间。

那幽灵正要走开,于连一把拉住他的胳臂,原来是个女人。他一下子泄了气。如果是她,她会怎么说呢? 当他从一声低喊中明白是德·雷纳夫人时,真是喜不自胜!

他把夫人搂在怀里。夫人浑身发抖几乎没力气把他推开。

“坏蛋! 您要干什么?”

她声音发抖,几乎连这句话也说不出来。于连听出她是真生气了。

“十四个月不见,我受尽了折磨,现在是特地来看你的。”

“出去,立刻离开我。唉! 谢朗神父,为什么不让我给他写信呢? 这样可怕的事本来是可以避免的呀!”她不知哪里来的力气,猛地把于连推开。“我已悔罪,上天垂顾,给我指点迷津,”她若断若续地说道,“您出去! 快走!”

“苦了十四个月,不和您谈谈我是绝不会走的。我想知道您干了些什么。啊! 我如此爱您,您应该告诉我心里话……我想知道一切。”

德·雷纳夫人不由自主,于连威严的口吻使她无法抗拒。

于连一直热情地紧紧拥抱着她,不让她挣脱,此时突然两臂一松,夫人这才稍稍放了心。

“我去把梯子拉上来,”于连说道,“以免仆人被声音弄醒,起来巡查时发现,那咱们就完了。”

“噢! 出去,别拉梯子,出去!”德·雷纳夫人真的生气了,“人来有什么关系? 要紧的是上帝,上帝看见您来缠我会惩罚我的。您卑鄙地利用我过去对您的感情,但现在我已经没这种感情了,您明白吗? 于连先生!”

于连慢慢地把梯子拉上来,以免发出声响。

“你丈夫是否在城里?”他这样问并非故意顶撞而且出于过去的习惯。

“求求您，别这样对我说话，否则我便喊我丈夫了。我没有不顾一切地把您赶走，罪过已经够大的了。我是可怜您。”她知道于连自尊心很强，便故意想办法激他。

夫人口口声声说您，他本想旧情复续而夫人却突然将过去的恩爱一刀两断，这一切反而使于连欲火如焚，到了疯狂的地步。

“什么！您不爱我了，这可能吗？”于连这发自内心的声音，谁能听见而不动容呢。

夫人没有回答，而于连却已伤心地哭起来了。

说真的，他连说话的力量也没有了。

“我就这样被惟一曾经爱过我的人完全忘了！从今以后，活着又有什么意思呢？”自从他不再担心遇见的是个男人，他的勇气便已离他而去。除了爱情，心里已经空无一物。

他一声不响地哭了很久，并抓住夫人的手。夫人想把手缩回去，但挣扎了几次，只好让他握着。屋里很黑，两个人都坐在德·雷纳夫人的床上。

这和十四个月以前多么不同啊！于连想到这里哭得更伤心了。人一离开，所有感情也都烟消云散了。

“请告诉我您到底出什么事了？”于连没话找话，哽咽着问道。

“我失足的事大概在您走的时候已经闹得全城都知道了。”德·雷纳夫人回答时声音生硬，语气干巴巴的，对于连颇有责备之意，“您的行动太不谨慎了。不久，就在我绝望的时候，尊敬的谢朗神甫来看我。他花了很长时间希望我把事情说出来，但是没有结果。一天，他想出一个办法，把我带到第戎那座教堂里，我第一次领圣体的地方。到了那儿，他先开了腔……”德·雷纳夫人哭着说不下去了，“我羞愧得无地自容，只好把一切都说了。他是个好人，没有向我大发雷霆，反而和我一起扼腕唏嘘。这段日子，我天天给您写信，但又不敢寄给您，小心地藏起来，太痛苦时便躲进房里拿出来再看一遍。

“后来，谢朗神甫终于把信要了去……有几封写得比较谨慎，早就寄给了您，但是没有回音。”

“我敢起誓，我在修道院里从没收到过你的信。”

“天哪！是谁把信给扣了？”

“你想想我有多痛苦吧，在教堂见到你那天以前，我根本不知道你是否还活着。”

“上帝开恩，使我明白了我对他、对我的孩子、对我的丈夫犯了罪。”德·雷纳夫人又说道，“虽然我一直认为他从来没有像您那样爱过我。”

于连不由自主地扑到了她的怀里，但德·雷纳夫人把他推开，相当坚决地对他说：

“我那位可尊敬的朋友谢朗神甫使我明白了，我既然嫁给了德·雷纳先生，就等于把我的全部感情，甚至我不知道的、在与别人发生要命的关系之前从未经受过的感情都许给了他……自从我忍痛交出了这些宝贵的信以后，我的日子过得即使不幸福，至少也相当安详。别扰乱我的生活了，做我的朋友……我最好的朋友吧。”于连不住地吻她的手，她感到于连还在哭。“别哭了，您哭我难受极了……现在轮到您给我讲讲您的情况了。”于连根本说不出话来。“我想知道您在修道院里生活是怎样过的，说完您就走。”她一再说道。

于连心不在焉地讲了最初他所受到的没完没了的算计和妒忌，后来当上了辅导教师，生活才能安静一点。

“很久没有您的消息，”于连继续说道，“我以为大概是想让我明白我今天已经十分清楚的事，就是您不再爱我，我对您已经无足轻重了……”德·雷纳夫人紧握着他的手。“就在这个时候，您给我寄来了五百法郎。”

“没有的事。”德·雷纳夫人说道。

“信封盖的是巴黎的邮戳，落款则写保罗·索海尔，使怀疑的人都无机可乘。”

至于这封信可能是谁写的，这问题引发了一场短暂的讨论。思想一分散，两人严肃的语气不知不觉地也改变了，又回复到原来那种卿卿我我的口吻。房里很黑，他们彼此看不见对方，但声音可以说明一切。于连用胳臂搂起女友的腰，这种举动包含着很多危险。德·雷纳夫人企图推开他的胳臂。于连很机灵，立刻讲起一段有趣的经历，以吸引她的注意力,使她忘记了胳臂而听之任之。

对那封汇来五百法郎的信进行了一番猜测之后,于连又继续讲。谈到前一阵的生活,他多少增加了点自信,其实这段经历比起当时发生的事,根本不足挂齿。他全部心思都在考虑这次夜访将以何种方式结束。夫人隔一阵便对他说:“您一会儿就走吧。”就这么简短的一句话。

他心里想,如果我给打发走那该多丢脸啊!我会后悔一辈子的,她永远不会再给我写信。天晓得我什么时候能回到这个地方来。这一刻,于连心里一切圣洁的想法刹那间都消失了。他坐在一个心爱的女人身旁,几乎已经把她搂在怀里,又处身在一个他曾经销魂蚀骨的房间,周围一片漆黑,却分明看得出她已经哭了好一会儿了,从她起伏的胸脯感到她在抽噎,而他却不幸成了一个冷酷的政客,像在修道院的院子里发现自己正被一个比他强的同学所作弄时那样,心里不断在盘算,表面装得很冷漠。他故意把话拖长,并谈起离开维里业后生活过得如何不顺心。德·雷纳夫人听了暗想:这样说来,他经过一年的离别,周围几乎完全没有能唤起回忆的东西,我已把他忘了,而他却一心只怀念在维尔基度过的幸福时光。想到这里,德·雷纳夫人抽噎得更厉害了。于连看见夫人已被自己的叙述所打动,知道该试试最后一张王牌了,便突然提起刚收到从巴黎寄来的那封信。

“我辞别了主教大人。”

“什么,您不回贝藏松?您要永远离开我们了?”

“对,”于连的口气很坚决,“对,我要离开这个地方,因为连我一生中最爱的人也把我忘记了,我要走,永远不想再见到这个地方。我要去巴黎……”

“你要去巴黎!”德·雷纳夫人不禁喊了起来。

她几乎泣不成声,说明她已经心乱如麻。于连需要的正是这种激励。他要作一种尝试,结果可能对他不利。在夫人发出惊叫之前,他看不到也完全不知道自己这样做会产生的效果。他再也不犹豫了,一心只怕失此机会将追悔莫及,便站起来冷冷地又加了一句:

“是的,夫人,我要永远离开您了,愿您幸福,永别了。”

他朝窗子走了几步,正在把窗子打开的时候,德·雷纳夫人突然向他冲去,投进了他的怀抱。

就这样,经过三小时的谈话,于连获得了前两小时梦寐以求的东西。昔日柔情,现已回归。这事若早一点发生,德·雷纳夫人消除后悔,本可带来天上人间的美满,而靠手段才使旧情复炽,所得的充其量不过是欢愉而已。于连不顾女友的坚持,非要把长明灯点着。

“难道你不愿我留下一点点与你相会的回忆吗?”于连说道,“难道要让我失去你这双妙目中的情爱?使我再也看不见你白皙的纤手?你想想,我此去也许会离开你很久!”

想到这一点,德·雷纳夫人泪如雨下,什么也无法拒绝了。但曙光已现,维里业东面山上的杉树逐渐露出鲜明的轮廓。于连陶醉在欢乐之中,不仅不走,反而要求德·雷纳夫人让他整个白天都藏在她的房间里,到下一个夜里才走。

“为什么不呢?”夫人回答道,“我再度失足,实在命该如此,连我自己也看不起自己,我已万劫不复了。”说着她把于连紧紧拥在胸前,“我丈夫和以前不一样了,他起了疑心,认为是我在这件事情上耍弄他,很生我的气。如果他听见声响,我就完了,他会把我看作是坏女人赶出家门的。”

“噢!这是谢朗神甫的口吻,”于连说道,“在我万般无奈去神学院以前,你绝不会对我这样说的,因为那时候你还爱我!”

这句话说得很冷静,果然奏效。于连看见女友很快便忘掉被丈夫撞见的危险,反而更担心于连对她的爱情产生怀疑。天色迅速破晓,把房间照得一片明亮。当于连重又看见美人在怀,而且几乎俯伏在他脚下的时候,真是得意忘形,乐不可支,因为那是他惟一爱过的女人,仅仅几小时以前,这个女人还一心只害怕严峻的上帝,拘泥于家庭的责任。可是一年来努力坚持的决心在于连勇敢的冲击下终于冰消瓦解了。

不久,屋里传来了声音,一件没想到的事使德·雷纳夫人惊惶起来。

“那个讨厌的艾莉莎要进房间来的,这把大梯子怎么办?”她问于连道,“藏在哪儿?我把它放到顶楼去。”突然,她快活地喊了一声。

“不过得经过仆人的房间。”于连吃了一惊,说道。

“我把梯子放在走廊，然后喊仆人，把他支开。”

“要准备一句话，万一仆人经过走廊，发现梯子时好作解释。”

“没错，我的宝贝，”德·雷纳夫人说着吻了他一下，“你呢，万一我不在的时候，艾丽莎走进来，你一定要尽快藏到床底下。”

她忽然如此高兴，使于连感到很惊讶，心想：嗨，真有危险的时候，她不仅不慌乱，反而机灵起来，因为她已经忘记后悔了！女人真了不起！啊！能获得这样一颗心，是何等光荣呀！于连心里乐滋滋的。

德·雷纳夫人拿起梯子，对她来说，梯子显然是太重了。于连过去帮忙。只见她苗条婀娜、娇俏无力的身躯突然无须帮助，抓起梯子，像举椅子那样举起来，迅速扛到四楼的走廊，沿着墙根放倒，然后喊仆人，趁仆人穿衣服的时候，爬上鸽楼。五分钟后，她回到走廊，发现梯子不见了。到哪儿去了？如果于连不在室内，这点危险她根本不放在心上。可是，在这个时候，如果她丈夫看见了那把梯子，后果就难以设想了。德·雷纳夫人四处寻找，终于发现梯子在房顶下，原来是仆人扛到，甚至藏到那里的。此事有点蹊跷，若在以往，她早就慌了。

她心想：“二十四小时以后可能发生的事有什么要紧？那时于连早走了。我不就是害怕加后悔吗？”

她隐隐感到自己会一死了之，但这又有什么关系？和于连分手，本以为今生难以再见，可现在，上天又把于连还给了她，他们又相见了，而于连为了与她相会克服了多少艰难险阻？这还不算情深义重？

她把梯子的事告诉于连，说道：

“如果仆人把发现梯子的事告诉我丈夫，我该怎样回答？”她想了一会儿又说道：“他们要二十四小时才能找到把梯子卖给你的那个老乡。”说着，她又投进于连怀里，使劲地搂着他。“唉！死吧！就这样死吧！”她边喊边拼命地吻于连，完了又大笑着说道：“那也不应该把你饿死呀！”

“来，戴维尔夫人的卧室一直锁着，我先把你藏在那里。”她走到过道尽头把风，于连快步穿过。德·雷纳夫人边锁门边告诫他：“有人敲门，你千万别开。说到底，不过是孩子们之间闹着玩的把戏。”

“让他们到花园里来，到窗子下面，”于连说道，“我想见见他们，你让他们说话。”

“好的，好的。”德·雷纳夫人说着走了。

不久，她带回了几个橘子，一些饼干和一瓶马拉加葡萄酒。她没能偷到面包。

“你丈夫在干什么？”于连问道。

“在起草与老乡做买卖的计划。”

但到了八点，家里开始热闹起来。如果大家见不到德·雷纳夫人，便会到处找她。所以她只好离开于连。但很快便不顾一切端回了一杯咖啡，生怕于连挨饿。吃完早餐，她想办法把孩子们引到了戴维尔夫人房间的窗子下面。于连觉得孩子们长得很大了，但样子平平，也许他自己的看法起了变化吧。

德·雷纳夫人和他们谈到了于连。最大的那个谈到这位前任家庭教师时流露出怀旧和惋惜的心情，但两个小的却已经几乎把他忘得一干二净了。

那天早上，德·雷纳先生并没有出门。他在屋里走上走下，忙着和老乡做交易，把自己收获的土豆卖给他们。直到吃晚饭，德·雷纳夫人也没时间照顾被她关在房里的情人。吃晚饭的铃声响了，饭菜也端上来了，她忽然心生一念，想偷一盘热汤给于连。当她小心翼翼端着这盘汤悄悄地走近于连所在的房间时，却劈面遇见了早上把梯子藏起来的那个仆人。仆人这时候也蹑手蹑脚地在过道里走，似乎在听什么。很可能于连走路时不小心发出了声音。仆人有点不好意思，走开了。德·雷纳夫人壮着胆子走进于连的房间。她和仆人的不期而遇使于连打了一个寒颤。

“你害怕了，”她对于连说道，“可我，什么危险也不在乎，眉头也不皱一皱。我只担心一件事，就是你走后只剩下我一个人。”说完，她一溜烟跑了。

“唉，”于连喟叹道，“这女人真了不起，除了后悔，什么也不害怕。”

终于到了晚上，德·雷纳先生到娱乐场去了。

他妻子宣称头很疼，回到自己房间，立刻把艾丽莎打发走，然后很快地又起来，给于连开门。

于连真的饿极了。德·雷纳夫人便到厨下找面包。于连听见有人大喊了一声。德·雷纳夫人回来了，告诉于连，配膳室没有灯，面包放在食品柜里，她走过去，伸手要拿的时候，碰见了一条女人的胳臂，原来是艾丽莎。于连听到那一声大叫就是艾丽莎发出的。

“她在那儿干吗？”

“不是偷糖，就是监视咱们呗。”德·雷纳夫人满不在乎地说道，“幸亏我找到了一块馅饼和一个大面包。”

“这里面有什么？”于连指着她罩衣的口袋问道。

德·雷纳夫人忘记了从吃晚饭的时候起，这些口袋里已经装满了面包。

于连情不自禁地把她搂在怀里，觉得她比以往任何时候都美，暗想：即使在巴黎，也难以遇到如此尤物。既笨拙，不习惯这样伺候人，同时又真的很勇敢，一般的危险根本不在她的话下。

于连吃得津津有味，她的女友不愿谈严肃的话题，而是在旁边跟他开玩笑说这顿饭太简单了。正在这个时候，有人大力捶门，原来是德·雷纳先生。

“你为什么把房门锁着？”他厉声问道。

于连连忙钻到长沙发下面。

“什么？你还衣着整齐，”德·雷纳先生说着走了进来，“这时候吃晚饭，还把门倒锁着！”

在平常日子，做丈夫的如此生硬的提问，一定会使德·雷纳夫人感到茫然，但现在她觉得只要她丈夫稍为弯腰便会看见于连，因为德·雷纳先生一下子坐在刚才于连坐过的椅子上，面对着长沙发。

一切都可以用头疼来作借口。她丈夫滔滔不绝地给她讲在娱乐场的台球厅如何赢球的曲折过程，“我的天，一次就赢十九法郎！”他又补充了一句。就在这个时候，德·雷纳夫人瞥见在他们前面三步远的一把椅子上放着于连的帽子。她加倍镇定，开始脱衣服，觑准时间，迅速转到她丈夫后面，把一条连衣裙扔到放着帽子的那把椅子上。

德·雷纳先生终于走了。她要求于连从头开始再讲述一遍在修道院中的生活。“昨天，我没有好好听，你讲的时候，我只考虑如何使自己下决心撵你走。”

她根本不作防范。两个人高声谈话，一直到大概凌晨两点，突然又听见敲门的一声巨响，还是德·雷纳先生。

“快给我开门，屋里有贼了！”他说道，“圣约翰今早发现了他们的梯子。”

“这下全完了。”德·雷纳夫人大喊着扑到了于连怀里，“他要把咱们两人都杀了的，他不相信有贼。我生不能与你在一起，倒不如死在你怀里更幸福。”她根本不理睬暴跳如雷的丈夫，反而激动地紧紧拥抱着于连。

“你是斯塔尼斯拉斯的母亲，你要活着，”于连的目光就是一道命令，“我从盥洗室的窗口跳到院子，然后逃到花园里，狗都认得我。你把我的衣服捆成在一起，尽快扔到花园里。这当儿，你就让他破门而入好了。可千万别承认，我不许你承认，让他怀疑总比让他拿到真凭实据好。”

“你跳下去会摔死的！”这是德·雷纳夫人惟一的回答，同时也是她惟一的忧虑。

她陪于连走到洗手间的窗口，然后不慌不忙把他的衣服藏好，完了才给怒不可遏的丈夫开门。德·雷纳先生巡视了房间，又到盥洗室看了看，一言不发，接着便走了。于连接到了扔给他的衣服，便赶紧往花园下面杜河的方向跑去。

正跑着便听见一颗子弹呼啸而过，同时又传来一声枪响。

他心想：这不是德·雷纳先生，他枪法没这么准。几条狗默不作声地跟在他身旁，第二声枪响显然打中了其中一只的一条腿，那狗发出了哀鸣。于连跳过平台的一道围墙，靠着墙的掩护跑了五十步左右，然后又换另一个方向跑。他听见几个声音在彼此呼唤，又清楚地看见他的对头，就是那个仆人放了一枪。一个佃户从花园的另一端也开了火，但于连已经到达了杜河边，正在穿衣服哩。

一小时后，他已在维里业四里以外，通往日内瓦的路上，心想：“他们如果起疑，一定会往巴黎那个方向追的。”

下　卷

她并不标致，

却也不抹胭脂。

圣伯夫*

* 圣伯夫（1804—1869），法国小说家和文学批评家，其批评文章编为《月曜日漫谈》和《新月曜日漫谈》。

第一章　田园记趣

啊，田园，我何时能一睹你的风采①！

维吉尔

于连来到一个客店打尖，店老板问他：先生大概是等去巴黎的驿车吧？

"今天或明天的车对我都无所谓。"于连回答。

他正装作不在乎的时候，驿车到了，有两个空位。

"怎么！是你，我可怜的法尔科兹！"一位从日内瓦方向来的旅客对和于连一起上车的另一位旅客说道。

"我还以为你在里昂②附近罗讷河③畔一个风景宜人的河谷里定居了呢！"

"好嘛，定居。我正在逃亡呢。"

"怎么！你逃亡？你，圣吉罗，瞧你老实巴交的，会犯罪吗？"法尔科兹大笑着说道。

"老天爷，跟犯罪差不多。我在逃避外省人过的那种讨厌的生活。我喜欢空气清新的树林和安静的原野，这你是知道的。你常常怪我脱离实际。我从来不愿听人谈政治，可现在，政治倒来轰我了。"

"你到底属于哪一党？"

"哪一党都不是，倒霉就倒霉在这儿。我全部的政治就是，爱音乐、爱绘画。找到一本好书，对我就是一件大事，我快四十四岁了。还能活多少年呢？十五年，二十年，了不起三十年？那好！我想，三十年

---

① 原文为拉丁文。

② 里昂，法国西南部城市，纺织业中心。

③ 罗讷河，流经瑞士和法国的河流。

后的部长会稍能干一些,但和时下的正人君子也没什么两样。英国的历史我看就是我们未来的镜子。总会有一位希望扩大自己权力的君王,想当议员的勃勃野心,对虚名的向往,像米拉波那样挣上数十万法郎的欲望使外省的有钱人难以入寐:他们把这叫做自由思想、热爱民众。极端保王党人则希望成为王公大臣。在国家这条大船上,人人都想掌舵,因为这种工作收入不菲。一个普通的乘客难道就永远找不到一席之地?"

"说点实在的吧,你生性平和,说这些未免太可笑了。是不是最近的选举把你从省里赶出来的呀?"

"我的倒霉得从头说起。四年前,我四十岁,有五十万法郎的财产,如今我长了四岁,钱倒可能要减少五万,因为我就要把在蒙弗勒里的别墅卖了,别墅在罗讷河边,位置很好,卖了非吃亏不可。

"在巴黎,你们所谓的十九世纪文明使人人都不得不演着没完没了的喜剧,对此我已感到厌倦。我向往善良和简朴的生活。我在罗讷河畔的群山里买了一块地,世界上没有比那儿更美丽了。

"足足有六个月,村里的代理神甫和缙绅们都来巴结我,我请他们吃饭,跟他们说,我离开巴黎的目的是一辈子再也不谈,也不听别人谈政治。你们都看得见,我一份报纸也不订,邮差给我送来的信越少我越高兴。

"那位代理神甫却不买账。不久,种种不客气的请求和烦人的事纷至沓来,使我应接不暇。我本打算每年捐二三百法郎给穷人,但他们却要我把这些钱捐献给宗教团体,什么圣约瑟会、圣母会等等,我不干,于是他们对我百般辱骂。我真傻,竟生起气来。结果,每天早上出门欣赏美丽的山景时,总有麻烦的事情打断我联翩的思绪,令我想起那些讨厌的坏人坏事。拿祈求丰年的巡游来说吧,我很喜欢巡游时唱的歌,很可能是一种希腊的旋律,但现在巡游时却不祈求我的田地丰收了,村里那位神甫说,因为这些田地的主人不信神。一个虔诚的老农妇死了一头母牛,说是因为附近有我的一个池塘,而我是一个从巴黎来的不信神的哲学家。一星期后,我发现我所有的鱼都肚皮朝天,被人用石灰毒死了。各种各样的麻烦事纷至沓来。治安法官是个好人,但是怕丢掉职位,总判我不对。宁静的田园对我无异监狱。大家看见村里教会的首领,那个代理神甫不理睬我,自由派的头头,那位退休上尉也不支持我,便都来欺负我,连一年来靠我周济的瓦匠也如此,甚至车匠给我修犁时也明目张胆地敲我的竹杠。

"为了找个靠山和打赢几场官司,我参加了自由党。可是,像你说的,选举这种鬼把戏来了,要我投某人的票。"

"这个人你不认识?"

"不,太认识了。我不干,这一来便闯下了大祸!从此,自由党也跟我作对了,我的处境实在令人无法忍受。我相信,如果那位代理神甫一时心血来潮,告我谋杀了我的女仆,敌对双方都会有二十个证人出来发誓说亲眼看见我作案的。"

"你想入乡而不随俗,甚至连四邻的唠叨也不想听一听,岂非大错特错!……"

"这个错误终于补救过来了。蒙弗勒里别墅正在出售,必要时,我打算损失五万法郎,不过我很高兴能够离开这个充满虚伪和烦恼的地狱。我要去寻找乡间的清幽和宁静,而在法国只有一个地方能找到,就是巴黎面向爱丽舍田园大街的五层楼上。现在我已经在考虑要不要以向教区提供圣餐的方式在鲁尔区开始我的政治生涯了。"

"如果拿破仑还当政,你就不会这样了。"说这句话时法尔科兹眼里闪烁着愤怒和惋惜。

"说得不错,但你那位拿破仑为什么没能保住自己的地位呢?我今天受的苦都是他造成的。"

听到这里,于连越发注意了。他从第一句话便听出,拿破仑分子法尔科兹是德·雷纳先生小时候的朋友,一八一六年被他翻脸不认,而那位哲学家圣吉罗一定是某某省政府厅长的兄弟,那厅长擅长以低价收购公家的房产。

"这一切都是你那个拿破仑造成的,"圣吉罗继续说道,"一个与世无争的老实人,就算天下真有这样的人吧,四十岁,又有五十万法郎,竟无法在外省安身,而被当地的教士和缙绅排挤走。"

"噢,请你别说他的坏话,"法尔科兹不禁叫了起来,"他在位十三年间,法国受到各国人民从未有过的尊敬,那时候,不管做什么,的确都很伟大辉煌。”

“让你的皇帝见鬼去吧,”那个四十四岁的男子又说道,“他的伟大只是在战场上,他的确在一八〇二年整顿了财政。但后来又有什么作为呢?整天在杜伊勒里宫与幸臣宴饮游乐、大事铺张,简直是历代帝王庸俗无聊的翻版。版是修过了,还能用上一二百年。贵族和教士们想恢复旧观,但又缺乏铁腕去强迫人民接受。”

“你说这番话真不愧是前印刷厂老板![1]”

“是谁把我从我的田地里赶出来的?”印刷厂老板怒不可遏地又说道,“是那些教士!拿破仑签订了和解协议把他们请了回来,但既不像政府对待医生、律师和天文学家那样对待他们,又不把他们看做普通老百姓,普通老百姓的生计政府是不管的。如果你那个拿破仑不封那么多子爵和伯爵,今天又哪会有那么多飞扬跋扈的贵族?不,这样做已经过时了。除了教士,就是那些乡绅,我最气不过的就是他们,正是他们逼我成了自由党。”

这样的谈话没完没了,这样的话题在法国还可以谈上半个世纪。既然圣吉罗老说在外省没法活,于连战战兢兢地举出了德·雷纳先生做例子。

“不错,年轻人,你说得好!”法尔科兹大声说道,“他为了不被人鱼肉,便把自己变成一把快刀,而且是锋利的刀。但我看他已经被华勒诺盖过了。您知道华勒诺这个混蛋吗?可真是地道的恶棍。有朝一日,当您那位德·雷纳先生丢了官,被华勒诺所取代的时候,他会怎么说呢?”

“和他的罪过牛衣对泣呗,”圣吉罗说道,“年轻人,这样说来,您很熟悉维里业喽?您听着!拿破仑,让他和他那些君主的骗人把戏见鬼去吧,是他让德·雷纳和谢朗之流得了势,导致华勒诺和马斯隆之类上了台。”

---

① 实际上是法尔科兹当过印刷厂老板(参见上卷第二十一章),此处可能是作者自己混淆了。

这番有关政治黑暗的谈话使于连十分吃惊，暂时未去想销魂蚀骨的往事。

巴黎已经在望，但初见巴黎的他并不太兴奋。刚刚在维里业度过的二十四小时所留下的回忆依然历历在目，为未来命运所构筑的空中楼阁还须经过一番斗争才能取而代之。他暗暗发誓，对他情妇的几个孩子绝不会撒手不管，万一专横的教士建立起共和国，迫害贵族，我一定放弃一切去保护这些孩子。

如果他到达维里业那天夜里，把梯子靠到德·雷纳夫人卧室的玻璃窗上时，发现房间里竟是个陌生人或者是德·雷纳先生本人，那情况又该怎样呢？

最初两小时多么有趣，他情妇诚心诚意地要他走，而他在黑暗中坐在情妇身旁为自己申辩！

像于连这样的人一辈子也忘不了这些回忆。至于这次相会的其余细节，则已经与十四个月以前他们相爱之初的情景融合在一起了。

突然间，于连从沉思中惊醒，因为车子刚刚驰进卢梭街驿站的大院，停住了。一辆有篷的双轮马车靠过来，他说了一声："我要去马尔美宗。①"

"这个时候去？先生，去干什么？"

"这不关您的事，走吧。"

任何真正的激情总是只想着这份激情。所以我觉得激情在巴黎显得十分可笑，那儿的邻居总以为你很惦念他。到了马尔美宗，于连的激动就不用说了。反正他掉下了眼泪。怎么？尽管那一年修建了难看的白色围墙，把花园分割成一块块，他还是如此激动？——是的，先生，对于连和后世人来说，阿尔科勒②、圣赫勒拿和马尔美宗是毫无区别的。

晚上，于连犹豫了很久才走进剧场，对这个使人堕落的地方，他有些古怪的想法。

深深的疑虑使他没法欣赏眼前这个活生生的巴黎，只有他心目中

① 马尔美宗，法国塞纳-瓦兹一地名，拿破仑的王后约瑟芬的产业，约瑟芬离婚后即在此居住。

② 阿尔科勒，意大利城市，一七九六年十一月，拿破仑曾大破奥军于此。

那位英雄留下的历史建筑才能打动他的心。

我现在已置身于阴谋和虚伪的大本营！统治这里的都是弗里莱神甫的后台。

尽管他打算在去见彼拉尔神甫之前先到处看看，但到了第三天晚上，好奇心终于占了上风。神甫冷冷地把到了德·拉摩尔先生家将会怎样生活述说了一番。

如果几个月之后人家不要您了，您可以堂堂正正地回神学院。您未来的居停主人是位侯爵，是法国最大的贵族之一。您要穿黑色的衣服，像戴孝的人而不像是修士。我要求您每星期去一个神学院上三次神学课，我会派人介绍您去。每天中午，您到侯爵的藏书室，他打算要您给他起草一些打官司和其他事物的信函。每收到一封信，侯爵都在旁边批上几个字，指出该如何答复。我夸下过海口说不出三个月，您一定能应付裕如，送去给侯爵过目的信，十有八九侯爵会同意签发。晚上八点，您给他整理办公室，十点以后，您就没事了。

彼拉尔神甫接着又说："很可能有某位年纪大的夫人或者男子甜言蜜语地答应给您一些使人垂涎的好处，或者干脆许给您钱，要您将侯爵收到的信给他们看……"

"那可不行，先生！"于连红着脸大声说道。

"这就怪了，"神甫苦笑了一下，说道，"您那么穷，又在修道院过了一年，居然还生气，不愿做此缺德的事。您准是瞎了！"

"难道是天生如此？"神甫像是自言自语地低声说道。"奇怪的是，"他看着于连继续说道，"侯爵认识您……真是莫名其妙。刚上工便给您一百路易薪水。他这个人做事都凭一时任性，这是他的毛病，和您一样，耍孩子脾气。他一高兴，您以后的年薪可能会高达八千法郎。"

"但您也感觉得出来，"神甫语调尖刻地又说道，"他给您这么些钱并非是因为您长着一双漂亮的眼睛。您要对他有用才行。我如果处在您的地位，一定会少开口，尤其是不知道的事便绝口不谈。"

"对了！"神甫说道，"我替您打听到一些情况，刚才我忘了德·拉摩尔先生的家庭了。他有两个孩子，一个女儿，和一个十九岁的儿子。

这位幺子风流倜傥，落拓不羁，是个正午不知道两点该干什么的人物，但是他机灵、勇敢，在西班牙打过仗。不知道为什么，侯爵希望您成为这位年轻的诺尔贝伯爵的朋友。我说过您是个了不起的拉丁文专家，也许他打算要您教他儿子几句有关西塞罗和维吉尔的现成句子哩。

“我若是您，就绝不让这位少爷开我的玩笑。他主动接近您的时候尽管很有礼貌，总会有点讽刺意味，我会要他一再表示才和他接近。

“不瞒您说，年轻的德·拉摩尔伯爵一开始肯定看不起您，因为您不过是个小市民。他的祖先却是朝廷显贵，一五七四年四月二十六日因卷进一项政治阴谋，被光荣地砍了头，而您只不过是维里业一个木匠的儿子，还是他父亲花钱雇来的。权衡一下这些区别，研究一下莫雷里[①]的著作中这个家族的历史吧。所有到他们家吃晚饭的阿谀奉承之辈都往往会巧妙地作出这方面的暗示。

“诺尔贝·德·拉摩尔伯爵是轻骑兵队的队长，法国贵族院未来的议员，他和您开玩笑，您要注意回答的方式，别事后来向我抱怨。”

“我觉得人家既然看不起我，我甚至不必搭理他。”于连说着脸色涨得通红。

“您还不理解，这种看不起只是当他言过其实地恭维您的时候才显露出来。如果您是傻瓜，便会上当，假如您想发迹，就必须故意上当。”

“如果有一天我认为这一切对我不合适而返回我在神学院那间103号的斗室时，别人是否会认为我忘恩负义呢？”

“很可能，”神甫回答道，“府里那帮溜须拍马的人全都会说您的坏话，但我会出面。Adsum qui feci[②]。我会说是我出的主意。”

于连心里不好受，因为他觉得彼拉尔神甫的口气很勉强而且几乎是很不高兴，把话里的好意都破坏了。

事实上，神甫是心里不安，觉得不应该偏爱于连，而且这样直接插手一个人的命运，实在有乖宗教的规定。

---

① 莫雷里（1643—1680），法国史学家，曾编纂《历史大辞典》。

② 拉丁文：包在我身上。

“您还会看见，”他依然用勉强而又不得不说的语气继续说道，“您还会见到德·拉摩尔侯爵夫人。那是一位个子高高的金发女人，虔诚、倨傲、非常讲究礼貌，但她的角色无足轻重。她的父亲是大名鼎鼎以贵族偏见著称的老公爵肖尔纳。这位贵妇是她那个阶层妇女突出的缩影。她并不讳言自己只尊重那些祖先参加过十字军的人。至于金钱却并不重要。这一点您觉得奇怪吗？咱们已经不是在外省了，我的朋友。

“在她的客厅里，您会看到不少大人物，谈起咱们的王公贵族，其语调仿佛不值一提。至于德·拉摩尔夫人，每当提到某位亲王，尤其是某位郡主时，都要压低声音以示尊敬。我劝您在她面前千万别说菲力普二世①或亨利八世②不是东西。因为他们做过国王，永远有权受到所有人，特别是像你我这样出身寒微者的尊敬。可是，”彼拉尔神甫接着又说道，“咱们是教士，她会把您看成是教士，有了这种头衔，她便会将咱们当作是她灵魂得救所不可少的奴仆。”

“先生，”于连说道，“我想，我在巴黎待不长的。”

“好极了。不过您要注意，像咱们这种穿教士袍的人，要出头非走达官贵人的门路不可。您的性格里有一种捉摸不透的东西，至少我认为是如此，所以，如果您不能飞黄腾达，便会被踩在脚下，您是没有中间道路可走的。别自欺欺人了。您不喜欢别人跟您说话，这一点，人家可看得出来。在这个重交际的社会，如果您得不到尊重，就非倒霉不可。

“要不是德·拉摩尔侯爵一时心血来潮，予以提拔，您在贝藏松会落到什么田地？总有一天，您会明白他因何对您另眼相看。如果您不是像草木一样无情，就一定会永远感谢他和他一家的大恩大德。多少可怜的神甫，学问比您高，想当年在巴黎就靠做一次弥撒挣十五个铜板，到索邦神学院讲一次道挣十个铜板艰难度日！……您要记住去年

① 菲力普二世（1165—1223），又译腓力二世，法国国王，在位时文治武功均有卓越建树。

② 亨利八世（1491—1547），英国国王。

冬天我给您讲过杜布瓦[1]红衣主教那个坏东西早年潦倒的情形。您总不会自负到以为自己比他更有本事吧?

“拿我来说吧,我生性淡泊,人也平庸,本来打算终老空门,我思想幼稚,一心如此。可是,当我就要被撤职的时候,我主动提出了辞呈。您知道我当时有多少财产吗?总计五百二十法郎,不多也不少。连个朋友也没有,认识的人也只有两三个。从未见过德·拉摩尔侯爵,但正是他拉了我一把。凭他一句话,我便获得了一个本堂神甫之职,辖下的教民都是毫无粗鄙之行的富有人家,我的收入与我的工作简直不成比例,使我受之有愧。我之所以和您唠叨了一大堆,无非是想让您心里有数。

“还有一句,我糟就糟在脾气暴,很可能您我会彼此不再说话。

“如果侯爵夫人的倨傲态度或者她儿子开的恶意玩笑使您感到在这里实在待不下去,我劝您到离巴黎百里以外的某个修道院去完成您的学业,宁可往北走,不要往南走。北方文明多一些而不平的事较少,还有,”他压低声音又说道,“我必须承认,只要接近巴黎的报纸,那些太子爷便会胆战心惊。

“如果咱们还乐意彼此见面,而您又不愿在侯爵府上待下去的话,我就建议您做我的助理司铎,堂区的收入,我和您平分。这是我欠您的情,我欠您的还不止这个,”他不容于连感谢,又继续说道,“在贝藏松,您异乎寻常地愿意解囊相赠,要是当时我不是还有五百二十法郎,您就真成了我的救命恩人了。”

神甫的语气已经不再严厉,于连心中惭愧,不禁热泪盈眶,真想一头扑进朋友的怀里。他再也压抑不住,尽量装出坚强的样子对神甫说:

“我父亲从小就恨我,这是我最倒霉的一件事,但我已经不再抱怨命运,因为我又找到了一位父亲,那就是您,先生。”

“好!好!”神甫不好意思地说道,接着又说了一句当神学院院长

---

① 杜布瓦(1656—1728),医生之子,曾担任路易十五的摄政王沙特尔公爵的家庭教师,路易十四死后,随摄政王进入政界。其人贪财受贿且极有野心,于一七二二年成为红衣主教兼首相。

时所说的话:“千万不要说命运,孩子,要说天意。”

车子停住了。车夫敲了敲一扇大门上的铜环:那就是德·拉摩尔府。生怕过路人不清楚,门楣上还用黑色大理石刻着这几个字。

于连不喜欢这种装腔作势。他们太害怕雅各宾党人了!在每道篱笆后面仿佛都看见罗伯斯庇尔带着囚车来,惊恐之状令人捧腹,但门上却又刻上字,惟恐发生动乱时暴民认不出他们的家而不来抢劫似的。于连把这种想法告诉了彼拉尔神甫。

“唉!孩子,您很快便要做我的副手了。怎么竟有这样可怕的想法!”

“我觉得这种想法再普通不过了。”于连说道。

看门人仪表庄重,尤其是院子十分整洁,使于连赞叹不已。那天是个阳光明媚的日子。

“这样的建筑真气派!”于连对他的朋友说道。

其实那是一座正面平淡无奇的宅第,大约在伏尔泰去世那个时代①建造的。虽云时髦,但绝说不上美。

① 法国作家伏尔泰卒于一七七八年。

第二章　初见世面

想起来既可笑又感人：我第一次走进客厅，显得孤立无援！女人看我一眼便足以使我畏缩不前。我越是想讨人欢喜，就越变得笨手笨脚。一切都使我产生错误的想法。不是无缘无故地向人推心置腹，便是把严肃地看自己一眼的男人视为仇敌。不过，尽管腼腆使我非常难受，阳光明媚的日子终归是美好的日子。

康德①

于连站在院子里呆呆地发怔。

“得装得像样一点，”彼拉尔神甫说道，“你的想法太可怕了，但你还是个孩子啊！贺拉斯的话你忘了？Nil mirari（拉丁文：千万别激动。）要想想那群仆役，他们看见你住进来，会千方百计取笑你，觉得你本来和他们一样，现在却在他们之上，心里是不服气的。表面对你一团和气，给你出主意，愿意指点你，其实是想让你上当出丑。”

“就让他们来吧，”于连说着咬了咬嘴唇，一副不屑一顾的样子。

他们穿过二楼的客厅往侯爵的书房走去，说到这些客厅，啊，读者诸君，华丽固然华丽，但阴沉沉的，即便让诸位去住，诸位也会谢绝，因为在那里，议论必然无精打采，只会不断地打呵欠。于连对之却目眩神迷，心想：住这样富丽堂皇的地方，怎能感到不幸福呢？

最后，两个人来到这所豪宅最简陋的房间。里面几乎没有光线，一个瘦小枯干的人坐在那儿，目光炯炯，戴着金色的假发。神甫转过身

① 康德（1724—1804），德国哲学家，古典唯心主义创始人。

来，向于连作介绍，那就是侯爵。于连好不容易才认出他来，因为他彬彬有礼，已经不是布雷-勒奥修道院那位神情高傲的大贵族了。于连觉得他的假发太密，有了这种感觉，他便一点也不害怕了。侯爵的先人是亨利三世①的朋友，但于连觉得他仪表很一般，长得很瘦，非常爱动。不过很快便发现他谈吐文雅，和他说话比和贝藏松主教本人谈话还愉快。接见不到三分钟。出来时，神甫对于连说：

"你刚才看侯爵就像看画一样。对这些人所说的礼貌，我并不是专家，不久你便会懂得比我更多，不管怎么说，你这样放肆地看人，我总觉得不礼貌。"

说着他们又上了马车。到了大道附近，车夫停下。神甫把于连引进一连串客厅。于连发现里面并没有家具。一个精美的镀金座钟，上面表现的主题，于连觉得实在不雅。他正看着，一位衣着华丽的先生笑着走了过来，于连略一欠身，向他施礼。

那位先生微微一笑，把手放在于连的肩膀上。于连一惊，身子往后便退，气得满脸通红。彼拉尔神甫尽管稳重，也不禁笑出了眼泪。原来那位先生是个裁缝。

"我放你两天假，"神甫边说边往外走，"完了你才能被带去见德·拉摩尔夫人。你初到这个新巴比伦城②，换了别人，会把你像小姑娘般看管起来。如果你必须堕落，就立刻堕落吧，省得我再为你操心。第三天早上，这个裁缝会带两件礼服来给你，你给帮你试穿的小厮五法郎。另外，对这些巴黎人你可别开口说话。如果你一张嘴，他们便会找到嘲笑你的办法。这就是他们的本事。后天中午到我这儿来……好吧，堕落去吧……我还忘了，你要去定做长统靴、衬衣，还有帽子，这里是地址。"

于连细看这些地址的笔迹。

"那是侯爵写的，"神甫说道，"侯爵勤快而精明，事必躬亲，而不愿

---

① 亨利三世(1551—1589)，法国国王，一五七四至一五八九年在位，本书后文将多次提到的玛格丽特·德·纳瓦尔王后的哥哥。

② 巴比伦，公元前二十世纪中亚幼发拉底河畔古城，后成为亚述王朝的国都，以奢侈繁华著称，此处指巴黎。

委派他人。他雇你在他身旁,就是希望你为他代劳。他这个人很干脆,就看你够不够机灵,他说半句话,你便能心领神会,把所有事情办妥。咱们拭目以待,你好自为之吧!”

于连按地址所指,一言不发地走进那些铺子,发现别人对他都毕恭毕敬,皮靴店老板在登记他的名字时还写上:于连·德·索海尔①。

在拉雪兹神父公墓,一位热心而言谈更为随便的先生自告奋勇,把奈伊元帅②的墓指给于连看,大概是出于政治上安全的考虑吧,墓上没有碑文。分手的时候,那位自由派人士含着眼泪几乎要把他紧紧搂在怀里,结果于连发现自己的表没了。不过这件事倒使他增长了见识。第三天中午,他去见彼拉尔神甫,神甫定睛地看了他很久。

“也许你会成为一个公子哥儿,”神甫神情严肃地对他说道。的确,于连看上去很年轻,穿着一身重孝,真是仪表堂堂。但好心的神甫自己太土气了,看不惯于连走路时还甩动肩膀,其实,在外省,那是潇洒和身分的象征。侯爵的看法和神甫大不一样,觉得于连风度翩翩。他甚至问神甫:

“如果索海尔先生去学跳舞,您不反对吧?”

神甫愕然,但终于回答道:

“不反对,于连不是教士。”

侯爵三步并作两步走上一道小小的暗梯,亲自把于连带到一个漂亮的小阁楼,推窗外望,可以看见府里的大花园。侯爵还问他在裁缝店里做了几件衬衣。

“两件。”看见这样一位大人物居然问到这样的细节,于连心里发慌,便回答道。

“很好。”侯爵神情严肃地回答道,语调干脆,颇有点命令的味道。于连不禁心里纳闷。“很好!再多做二十二件衬衣,这是您第一季度的薪水。”

从阁楼下去时,侯爵把一个老家人喊来。“阿塞纳,您伺候索海尔

---

① 按照法国人的习惯,姓氏前加德(de)是贵族身分的表示。

② 奈伊(1769—1815),拿破仑帝国的元帅,屡立战功,王政复辟后被处死。

先生。”不到几分钟，于连便单独置身于一个富丽堂皇的图书室里，乐得心花怒放。激动之余，生怕被人撞见，便藏身在一个阴暗的角落里，从那儿，他纵情观赏那发亮的书脊，心里说：“这一切我都可以看了，还有什么不满意的。德·拉摩尔侯爵为我做的，德·雷纳先生连百分之一也做不到，他知道了一定会无地自容。”

不过，还是看看要抄写的东西吧。活儿干完后，于连大着胆子走近藏书。忽然发现伏尔泰的一套作品，他真是高兴得像疯了一样，赶紧去把图书室的门打开，生怕有人进来撞见。接着，便把全套八十卷逐一翻开。这套书装帧精美，出自伦敦能工巧匠的杰作，其实即使不如此精美，于连也会叹为观止。

一小时以后，侯爵进来，看了看抄件，惊讶地发现于连把 cela 写成了 cella。神甫对我说他很有学问，难道全是瞎话？失望之余，他和颜悦色地对于连说：

“您在拼写方面不太有把握吧？”

“这倒是，”于连说道，根本没考虑到这样做对自己不利。侯爵非常和气，使他十分感动，因为他想起德·雷纳先生说话总是粗声粗气的。

“试用这个弗朗什-孔泰的小神甫简直是白费劲，”侯爵心里想，“不过，我多么需要一个靠得住的人啊！”

“Cela 这个字只有一个 l，”侯爵对他说道，“抄写完了以后，翻开字典，找一找您没有把握的字。”

六点，侯爵派人来叫他去，看见他还穿着靴子，显然很不高兴。“这都怪我，没告诉您，每天到了五点半必须穿上礼服。”

于连不解地看着他。

“我的意思是说，要穿长袜。阿塞纳会提醒您的，今天我就替您道不是吧。”

说着，侯爵领于连走进一个金碧辉煌的客厅。在类似场合，德·雷纳先生一定会紧走几步，抢先走进去。于连受旧东家虚荣心的影响，走得太快，竟踩到了侯爵的脚上，侯爵有痛风症，痛得不得了，心想：“他还是个笨东西。”他把于连介绍给一个高身材，样子很威严的女人，原来就是侯爵夫人。于连觉得她态度傲慢，有点像维里业专区区长莫吉隆的夫人那次莅临圣查理晚宴时的神态。客厅富丽堂皇，于连目不暇接，竟听不见德·拉摩尔先生在说什么。侯爵夫人几乎不屑于瞧他。客厅里有几位男宾，在他们中间，于连认出了年轻的阿格德主教，不禁喜出望外，因为以前在布雷·勒奥举行的那次仪式上主教还赏脸和他说过几句话哩。主教看见于连用腼腆而温柔的目光盯着自己，心里大概有点吃惊，但却懒得去认这个外省人。

于连觉得聚集在客厅里的这些男宾都有点不快和压抑。巴黎人说话声音很低，对什么事都不大惊小怪。

六点半左右，走进来一位漂亮的年轻人，留着胡子，脸色很白，身材十分瘦削，头也很小。此人走过来吻侯爵夫人的手，夫人对他说：

"你总让人等你。"

于连明白这少年就是德·拉摩尔伯爵，从一开始就觉得他很可爱。

于连心想："他能是那种爱开玩笑而出口伤人，使我在这里待不下去的人吗？"

他仔细观察诺尔贝伯爵，发现他穿着长统靴和马刺，而自己则要穿浅口鞋，显然和下人没有两样。大家就座吃饭。于连听见侯爵夫人稍稍提高了嗓门，说了一句严厉的话。几乎就在同时，他看见一位身材十分窈窕的金发女郎来到他对面坐下。他并不喜欢这位女郎，但仔细审视之下，觉得她的眼睛很美，简直见所未见，但目光所流露的却是冰冷的感情。后来，于连从她眼神里发现，她观察周围时流露出厌倦的表情，但又觉得必须摆出一副俨然的姿态。他心想，德·雷纳夫人的眼睛也很漂亮，获得社交界的啧啧赞叹，但和这位小姐的眼睛迥然不同。于连入世不深，未能看出，玛蒂尔德小姐（他听见别人这样称呼她）眼里不时闪耀的是机智的火花，而德·雷纳夫人眼里燃烧的却是热情的火焰，或者是听见不平之事而喷发的怒火。晚饭快结束时，于连找到了一句话来形容德·拉摩尔小姐眼睛的那种美。他心想：可称得上是星眸闪烁。此外，于连觉得她酷肖她的母亲，而于连越来越不喜欢她母亲，而且干脆就不再看她。相反，却感到诺尔贝伯爵怎么看怎么惹人喜爱，其吸引力之大，使于连并不因他比自己富有、比自己出身高贵而对他产生忌妒和嫉恨之心。

于连觉得侯爵的神情似乎有点厌烦。

上第二道菜时,他对他的儿子说:

“诺尔贝,于连·索海尔先生是我刚延聘的幕宾,如果‘这’(cella)有可能,我想大力栽培他,你对他要多多关照。”

“这位是我的秘书,”侯爵又对他的邻座说道,“他写‘cela’时用两个‘l’。”

大家都看着于连。于连向诺尔贝深深地点头致意,动作稍稍有点过火,不过,大家倒满意他的眼神。

侯爵以前一定谈到过于连所受的教育,此时,一位客人便就贺拉斯的问题向他发难。于连心想:正是因为谈到贺拉斯,我才获得贝藏松主教的青睐,他们显然只知道这位作家。从这一刻起,他心里便有把握了。说来也容易,因为他刚刚决定,不把德·拉摩尔小姐当作女子看待。自从进神学院以来,他对男人都作了最坏的准备,不轻易被他们吓倒。假如饭厅的家具不是那么金碧辉煌,他本可以更加镇定自若。事实上,饭厅里有两座各高八尺的穿衣镜,他大谈贺拉斯时,从镜里看着向他质疑的对方,更显得气概非凡。作为一个外省人,他的话不算太长。当他作完圆满的回答时,他那双闪动着腼腆或高兴的漂亮眼睛益发神采奕奕。大家对他颇有好感。在气氛凝重的晚宴当中,这样的答问也饶有情趣。侯爵做了一个手势,要提问的人向于连步步进逼,心想:“难道他真的有点学问?”

于连回答得很有创见,胆怯之情逐渐减轻,他并不想卖弄聪明,那对一个不懂巴黎语言的人来说是不可能的,但他的思想很新颖,虽然表达得不够优雅和得体,但大家都看得出,他精通拉丁语。

于连的对手是碑铭研究院院士,他碰巧也懂拉丁文,觉得于连是位熟谙拉丁文学的专家,不必担心会问得他面红耳赤,便真的想难倒他。这样一问一答到了紧张处,于连终于忘记了饭厅的豪华陈设,就各个拉丁诗人谈出了对方在哪儿也没读到过的想法。对手倒是位诚实君子,他盛赞这位年轻的秘书。说也凑巧,大家又讨论起贺拉斯是穷还是富的问题来。贺拉斯到底是一个和蔼可亲,纵情声色和无忧无虑,写诗为了娱情，像莫里哀和拉封丹的朋友夏佩尔①那样的人，还是像拜伦勋爵的对头骚塞②那样随侍宫廷，为君王作生日颂歌的可怜巴巴的桂冠诗人呢？大家谈到奥古斯都③和乔治四世④统治时的社会情况，在这两个时代，贵族的势力都十分强大，但在罗马，贵族却被普通骑士出身的梅塞纳斯⑤夺了权。而在英国，贵族则把乔治四世几乎降低到一个威尼斯总督的地位。晚宴开始时，侯爵感到无聊，打不起精神，现在这场讨论似乎倒使他振作起来了。

于连对现代的人物如骚塞、拜伦勋爵、乔治四世等都一无所知，只是首次听说。但谁都发现，一旦谈到在罗马发生，而且能从贺拉斯、马提雅尔⑥、塔西佗的作品推断出来的史实，于连便无可争辩地占尽了优势。他毫不客气地将那次与贝藏松主教辩论时从主教那儿学到的不少看法端了出来，结果颇获好评。

侯爵夫人有一个宗旨，就是凡能使丈夫开心的她都赞赏，因此，等大家谈诗人谈累了的时候，她便赏脸看了看于连。坐在她身旁的那位院士对她说："别看这位年轻的神甫仪态欠佳，没准是个有学问的人。"于连隐约也听到一点儿。女主人的聪明才智就适合听这种现成的话。她接受了院士有关于连的评语，私下庆幸没白请院士来赴晚宴。她心想："此人真能逗我丈夫开心。"

---

① 夏佩尔(1626—1686)，法国诗人，曾与德·巴肖蒙合著《普罗旺斯与朗格多克游记》。

② 骚塞(1774—1843)，英国湖畔派诗人，散文家。

③ 奥古斯都(前63—14)，即恺撒之养子屋大维。恺撒被刺后，在军人混战中战胜诸多对手，成为罗马的独裁统治者，号称奥古斯都("神圣的"、"至尊的"之意)。

④ 乔治四世(1762—1830)，一八二〇至一八三〇年的英国及爱尔兰国王。

⑤ 梅塞纳斯(前69—前8)，奥古斯都时代的罗马政要。以保护文学艺术闻名于世，曾资助维吉尔、贺拉斯等著名诗人。

⑥ 马提雅尔(约40—104)，古罗马诗人，以善作铭文著称。

第三章 第 一 步

这广阔无垠的谷地灯火辉煌，万头攒动，使我眼花缭乱。没有一个人认识我，人人都比我强。我已头昏脑涨。

雷纳律师①的诗

第二天一大清早，于连正在图书室抄写的时候，玛蒂尔德小姐从一道被一排排书挡得严严实实的小门走了进来。于连对这种新颖的构思颇为欣赏，而玛蒂尔德小姐却为在这里碰见他而感到吃惊和不悦。于连发现她头上的卷发纸还没有解下，态度生硬，神情高傲，颇有点阳刚之气。德·拉摩尔小姐有个秘密，就是神不知鬼不觉地偷他父亲图书室里的书。不料于连在那儿，早上这一趟算是白跑了。更使她恼火的是她此来是要找伏尔泰的《巴比伦公主》第二卷，是王政和宗教教育绝妙的补充读物，圣心派的杰作！可怜的姑娘才十九岁，之所以对小说感兴趣，完全是因为精神上已经有寻求刺激的需要了。

诺尔贝伯爵三点左右来到图书室，想找份报纸以便晚上谈政治时有话可说。碰见于连他感到很高兴，因为他早已把于连忘了。他十分友好，还邀请于连去骑马。

“家父放咱们的假，晚饭前没事。”

于连理解“咱们”这个词的含义，觉得挺滋润。

“天哪，伯爵先生，”于连说道，“如果是要伐九十尺高的大树，把它劈开，锯成木板，我完全胜任，我敢这样说，可是骑马，我这一辈子还没骑过六次呢！”

---

① 雷纳律师（1772—1826），意大利诗人兼律师，曾在意大利北部从事创建共和国的活动。

“那就算第七次好了。”诺尔贝说道。

其实，于连完全记得，王上驾临维里业时自己的骑术还挺不错。可惜这次从布洛涅森林回来，就在巴克街的中央，为了躲闪一辆突如其来的马车，他从马上摔了下来，滚了一身泥。幸亏他有两套礼服。吃晚饭时，侯爵想和他说话，便问他骑马出游的情况。诺尔贝赶紧大致地回答了几句。

“伯爵先生对我非常关照，”于连接着说，“我衷心感激。蒙他错爱，把最温驯、最漂亮的马让我骑。但他总不能把我捆在鞍上吧，正因为没有这种预防，我在桥边那条长长的大街中央摔了下来。”

玛蒂尔德小姐忍不住笑了起来，接着她还不知趣，竟询问起详细的过程。于连简单扼要地说了一遍，其潇洒自然连他自己也不知道。

“我看这个小教士将来必成大器，”侯爵对院士说道，“一个普通的外省人在这样的场合居然有如此表现！真是见所未见，将来也不会再有，何况他还敢当着众多夫人的面讲自己如何丢人现眼！”

于连讲自己的倒霉事，让大家听了都很开心。吃完晚饭，大家转入别的话题时，玛蒂尔德小姐还一个劲地向哥哥询问那件倒霉事的详细经过。她不断地问，于连与她的目光多次相遇，虽然问题并不是向他提，但他也敢直接回答了。最后三个人都笑了起来，仿佛三个同村的年轻人在树林里谈笑一样。

第二天，于连听了两堂神学课，然后回来誊写了二十多封信。他发现图书室里他身旁坐着一个年轻人，衣冠楚楚，但举止格调不高，一脸妒忌的神色。

侯爵走了进来。

“唐博先生，您在这里有何贵干？”他厉声问新来的人道。

“我以为……”年轻人讨好地笑着说道。

“不，先生，您不要以为。您是试用，但是没被录取。”

年轻的唐博怒气冲冲地站起来走了。他是德·拉摩尔侯爵夫人的朋友——那位院士的侄儿，有志于文学，院士求得侯爵的许诺任用他侄儿为秘书。他原来在另一个房间工作，知道于连获得青睐，想来分一杯羹，当天早上，便把自己的文房四宝搬到了图书室。

四点钟，于连稍稍犹豫了一下，便壮着胆子到诺尔贝伯爵那儿去。伯爵正要去骑马，有点为难，因为他是很讲礼貌的人。

“我想您最近可以去驯马场练一练，”他对于连说，“几个星期以后，我便可以高高兴兴地和您一起去骑马了。”

“我只是想对您给予我的诸多关照表示感谢。请您相信，先生，”于连神情严肃地接着说，“我将铭记在心。如果您的马没有因我昨天的笨拙而受伤，现在又闲着的话，今天早上我还想骑一次。”

“我的天，亲爱的于连，出了事您可得自己负责，您要知道，出于谨慎，我把反对的意见全都说过了。事实上现在已经四点，不能再耽误时间了。”

骑上马以后，于连对年轻的伯爵说：

“怎样做才能不摔下来呢？”

“可得多注意，”诺尔贝大笑着说道，“比如说，身体要靠后。”

于连纵马疾驰。当时他们正在路易十六广场上。

“喂，您不要命了？”诺尔贝说道，“这儿车太多了，而且赶车的都是鲁莽的家伙！一旦摔倒，他们的车子非从您身上碾过去不可，他们怕把马嘴勒坏，是不会把马猛地勒住的。”

足足有二十次，诺尔贝眼看于连险些摔了下来，但直到最后仍是有惊无险。回来后，伯爵对妹妹说：

“我给你介绍，这是个不要命的家伙。”

吃晚饭时，他从桌子的另一头向他父亲大谈于连如何大胆无畏。的确，于连的马术值得称赞的也只有这一点了。就在那天早上，年轻的伯爵还听见在院子里刷洗马匹的仆人嘲笑于连坠马的事，言词十分刻薄。

于连虽然很受照顾，但很快便觉得在这个家庭中自己非常孤立，一切习惯做法他都感到很古怪，与所有人都格格不入，稍有差错，就成为下人的笑柄。

彼拉尔神甫到教区上任去了，他想：若于连是棵脆弱的芦苇，只好任其夭折；若是个血性男儿，就一定能自己闯出来。

足足有二十次，诺尔贝眼看于连险些摔了下来……

第四章　侯爵府

他在这里做什么？感到开心吗？想讨这里的人喜欢吗？

龙沙①

如果说在德·拉摩尔府高贵的客厅里，于连感到一切都新鲜的话，他这个脸色苍白，穿一身黑衣服的年轻人也使赏脸肯看他一眼的人觉得古怪。德·拉摩尔夫人向丈夫建议，家里要宴请重要人物的日子，打发于连外出办事。

"我想把试验进行到底，"侯爵回答道，"彼拉尔神甫认为，对我们身边的人，伤害他们的自尊心是不对的。'有骨气的人才值得依靠'等等。这个人除了面孔陌生之外没什么不妥；再说他不多听也不多说，与聋哑人无异。"

于连心想：要做到心里有数，我必须把到客厅里来的人物逐一记下名字，并简要地写下他们的特征。

府里有五六位常客，以为于连是任性的侯爵跟前的宠儿，一有机会便巴结他。于连首先记下他们的名字，其实他们都是卑躬屈膝的可怜虫。但应该替这类人说句好听的话，在今天贵族人家的客厅里，这种人也不是对谁都一样谦恭的。有的人可以受侯爵的奚落，但侯爵夫人对他说一句不客气的话，他们听了就不高兴。

府里的男女主人心灵深处既高傲，又无聊，为了解闷，往往出口伤人，难得有个真心朋友。不过，除了下雨天和有限的百无聊赖的时刻以外，给人的印象倒是非常彬彬有礼的。

---

① 龙沙(1524—1585)，法国诗人，十六世纪七星诗社的创建人和主将，作品以爱情诗见长。

那五六个讨好的人对于连像长辈似地关怀，如果他们万一离开侯爵府，侯爵夫人一定会感到无比孤独，而在她这种地位的女人眼里，孤独是最难堪的，无疑是“门庭冷落”的标志。

侯爵对妻子非常周到，总是想办法使客厅里高朋满座。客人倒并非贵族院议员，因为他觉得这批新同僚出身不够高贵，作他座上之宾还不合适，作为下属来了又难以欢谈尽兴。

很久以后，于连才参透其中秘密。当朝的政治是一般资产阶级府上的话题，而在像侯爵这样的贵人家里只在出现危机的时候才谈论。

即使在这个烦闷无聊的时代，人们仍然有寻欢作乐的需要，因此，就算是饮宴的日子，只要侯爵一离开客厅，大家便都溜之乎也。你可以无拘无束，无所不谈，条件是不嘲笑上帝、教士、国王、当权人物、宫廷保护的艺术家，不嘲笑一切现存秩序，也不赞扬贝朗瑞①、反对派的报纸、伏尔泰、卢梭，以及一切敢于说点真话的人，尤其是千万莫谈政治。

就算你每年有十万埃居收入和蓝色的绶带，也拗不过客厅里这样的规章。稍微活跃一点的思想都被视为粗野。尽管谈吐优雅，态度温文，竭力想使对方高兴，但仍然掩盖不住脸上无聊的表情。年轻人出于责任到这里来，他们生怕失言，使人怀疑有什么出轨的想法，或者泄漏出看过什么禁书，因而对罗西尼②的歌剧和当天的天气冠冕堂皇地说过几句之后，便缄口不言了。

于连发现，一般使谈话保持活跃的是两位子爵和五位男爵，都是德·拉摩尔先生流亡国外时认识的朋友。他们每年有六到八千利勿尔的收入，四人支持《每日新闻》，三人拥护《法兰西快报》③。其中一位每天都要讲一些宫闱秘事，一个劲地说“妙极了”。于连发现他有五枚十字章而其他人一般只有三枚。

另外，前厅里可以看见十个穿制服的仆人。整个晚上每过一刻钟都有冰水或热茶伺候，午夜时分还有夜宵和香槟。

---

① 贝朗瑞（1780—1857），法国歌谣诗人，其诗歌有强烈的反复辟倾向，波旁王朝曾两次对他判刑和处以罚金。

② 罗西尼（1792—1868），意大利作曲家，写过大量歌剧。

③ 《法兰西快报》，一六三一年在首相黎塞留支持下创办的日报。

正是这个缘故,于连有时在客厅里一直待到酒阑人散。再说,他几乎不明白,一个人怎能在金碧辉煌的客厅里一本正经地听这种平庸的谈话。有时,他仔细端详谈话的人,看看他们是否对自己所说的话也觉得可笑。心想:“德·迈斯特先生的文章我耳熟能详,他说的话比他们好上百倍,我还觉得无聊哩。”

感到精神压抑的并非只有于连。有的人猛喝冰水,自我排解,有的人图的就是晚宴之后能够说:我从德·拉摩尔府出来,在那儿我听说俄罗斯等等。

于连从一位清客那里知道,不到六个月以前,德·拉摩尔夫人为了报答可怜的勒·布尔吉尼翁子爵二十余年如一日参加晚宴的殷勤,把他从复辟以来一直担任的副省长职位擢升为省长。

这件大事重又激起了这些人的热情。过去,他们为了一点点小事便恼火,现在什么事也不生气了。不尊重的态度是很少直接表露出来的。但于连已经在饭桌上无意中听见过侯爵和他妻子之间两三次简短的对话,这些话让坐在他们旁边的人听到真是难受极了。两位贵人毫不掩饰他们对一切祖上没“坐过王上马车”的人那种从心眼里瞧不起的态度。于连注意到,只有“十字军”这个字眼才使他们脸上出现严肃尊敬的表情,而通常的所谓敬意总带有敷衍的成分。

在这金碧辉煌的环境和无聊的气氛中,于连除了德·拉摩尔先生以外,对什么都不感兴趣。有一天,他饶有兴味地听到侯爵表白说,可怜的勒·布尔吉尼翁升迁一事他没少出力。这是说给侯爵夫人听的。个中原委于连是从彼拉尔神甫那里知道的。

一天早上,神甫和于连在侯爵的图书室里研究和弗里莱打的那场没完没了的官司。

“先生,”于连突然说道,“和侯爵夫人吃晚饭是我的一项任务还是对我的特殊优待?”

“这当然是一项殊荣喽!”神甫言下颇为反感,“那位院士N先生十五年来殷勤伺候,也没能为他侄儿唐博先生争取到这种待遇。”

“不过,先生,这倒是我的一份苦差。在修道院也没这样烦。德·拉摩尔小姐按理说应该对府里客人那些殷勤讨好话听惯了,但有时候我看见连她也打呵欠。我真担心自己会睡着。行行好,替我说个情,让我到某个不起眼的小饭馆吃四十个苏一顿的晚饭吧。”

神甫刚被提拔,觉得能和一个大贵人共进晚餐实在是种荣幸,他正用这种感觉开导于连时,一声微响使两人同时转过头来。于连发现德·拉摩尔小姐正在听他们说话,脸倏地红了。小姐是来找一本书的,他们的话她都听到了,心里对于连产生了几分敬意,她想:此人并非贱骨头,和这老神甫不一样。天哪!这老家伙真丑。

吃晚饭时,于连不敢正眼看德·拉摩尔小姐,但小姐很不错,主动和他说话。那天客人很多,她请于连别走。巴黎的少女不喜欢上了年纪的人,尤其是穿着不讲究之辈。于连不必多加观察便发现,留在客厅里的勒·布尔吉尼翁先生的几位同事非常荣幸,成了德·拉摩尔小姐通常的取笑对象。这一天,不管她是否有意造作,对那些讨厌的人,她可是毫不留情。

每天晚上,侯爵夫人巨大的安乐椅背后总聚集着一群人,其中心人物就是德·拉摩尔小姐。这些人当中,有克罗兹诺瓦侯爵、凯律伯爵、吕兹子爵和其他两三个青年军官,不是诺尔贝便是他妹妹的朋友。这些先生们坐在一张很大的蓝色长沙发上。在长沙发的一头,摆着一把低矮的小藤椅,于连一声不响地坐在上面,正对着神采飞扬的玛蒂尔德。这个位置并不起眼,但却令那帮趋炎附势的人十分眼热。诺尔贝把他父亲这位年轻秘书非常合适地安排在这里,不是和他说话,便每晚都提到他一两次。这一天,德·拉摩尔小姐问他,贝藏松城堡所在的那座山能有多高。于连怎么也说不出这座山比巴黎的蒙玛特高地高还是低。他听这帮人所说的话往往乐得哈哈大笑,但觉得自己怎么也构思不出类似的话来。像是一种外国语,听得明白却说不出来。

玛蒂尔德的朋友那一天总不断地与来到这间大客厅的人为难。府里的常客因为大家比较熟悉,故而首当其冲。于连全神贯注是可想而知的。事情的底蕴、取笑的方式,一切都使他感兴趣。

“噢!德库利先生来了,”玛蒂尔德说道,“他没戴假发,是否想凭天才爬上省长的宝座呢?他露出光头,据他说,里面装满崇高的思想。”

“此人的相识遍天下,”克罗兹诺瓦侯爵说,“他也到我叔叔红衣主教家里去。他能一连好几年在每一个朋友面前编造一个谎言,而他的朋友足有两三百。他会维持友谊,这是他的本事。别瞧他那模样,大冬天,清晨七点钟,他已经一身泥地来到他的朋友家门口了。

“有时候,他和人闹翻,就算闹翻也要写上七八封信。不久,言归于好,又写上七八封热情洋溢的信。他最出色的本领就是装老实人,对你推心置腹,毫无保留。他有求于你时,便会耍出这种手段。我叔叔手下一位代理主教讲到王政复辟以来德库利先生的经历可精彩了。改天我把他带来。”

“得了吧,我才不相信这些话哩,那是小人之间的职业忌妒心理。”凯律伯爵说道。

“德库利先生一定会名标青史,”侯爵接着说道,“他和德·普拉德[①]神甫、塔莱朗[②]先生、波佐·迪·博尔戈[③]先生一定参加了王政复辟的运动。”

“此人手中曾经掌握过数以百万计的钱财,”诺尔贝说道,“我真不明白他为什么要来受家父刻薄的冷嘲热讽。有一天,家父从桌子的另一头冲他大喊:‘亲爱的德库利,您卖友求荣有多少回了?’”

“他真的曾经卖友求荣?”德·拉摩尔小姐说道,“可是,谁又没出卖过别人呢?”

“什么?”凯律伯爵对诺尔贝说道,“那位大名鼎鼎的自由派分子圣克莱尔先生常到你们府上。见鬼,他来做什么?我一定要见见他,和他说话,听他的高论。据说他脑子很灵。”

“可是你母亲会怎样接待他呢?”克罗兹诺瓦先生说,“他的思想如此荒诞、如此大胆、如此与众不同……”

---

① 普拉德(1759—1837),拿破仑的司祭神甫,后为复辟王朝服务,继而成为自由派。

② 塔莱朗(1754—1838),法国外交家,从一七八九年革命直至七月王朝期间,历任重要官职,以善变多诈著称。

③ 波佐·迪·博尔戈(1764—1842),意大利外交官,曾任沙皇的私人顾问,反拿破仑的狂热分子。

“你们看，”德·拉摩尔小姐说道，“就是这个与众不同的人向德库利先生一躬到地，并抓住他的手。我几乎以为他准备送到唇边去吻哩。”

“德库利和当局的关系一定比咱们所想象的好。”克罗兹诺瓦先生说道。

“圣克莱尔到这里来是想当法兰西学院院士，”诺尔贝说道，“克罗兹诺瓦，你就看他向L男爵施礼那个劲吧。”

“腰弯得比下跪还厉害。”吕兹先生说道。

“亲爱的索海尔，”诺尔贝说道，“您有天分，但是从山里来，千万别像这位大诗人那样行礼，哪怕是对上帝老子！”

“噢！大才子巴彤男爵先生驾到，”德·拉摩尔小姐模仿仆人通报的腔调说道。

“我想甚至连您的下人也瞧不起他，什么名字啊，棍子男爵①！”凯律先生说道。

“有一天他跟我们说：‘名字有什么关系！’”玛蒂尔德又说道，“请你们想想第一次通报布伊翁②公爵的情形吧，依我看，大家只是个不习惯的问题……”

于连离开了长沙发旁边那帮人。轻佻的打趣虽然妙不可言，但他还不习惯欣赏，认为开玩笑要使人解颐必须有理性的依据。在他看来，这群年轻人总的说来，语涉诋毁，因而觉得反感。他从外省人或者可以说英国人那种一本正经的心理出发，甚至认为那不过是忌妒在作祟。在这一点上，他肯定是弄错了。

他心想：“我见过诺尔贝伯爵给他的上校写信，短短二十行也要三易其稿，如果他这辈子能够写出一页像圣克莱尔先生那样的文字，就够他高兴的了。”

于连地位低，无人注意他的行动。他相继走近几群客人，眼睛远远跟着巴彤男爵，想听他在说什么。这位才华横溢的男爵看上去有点惴

① 法语“巴彤”(Bâton)意为棍子。

② 法语“布伊翁”(Bouillon)意为“汤、粥”。

惴不安，于连发现，只有想出三四句妙语时他的心情才稍稍平静一点。于连觉得这类机智需要时间才能施展。

男爵不能简单明了表达出精彩的思想，六行一句的长句子，至少得说上四句。

“此人并非谈天，而是宣读论文。”有人在于连身后说。于连转过身去，听见有人喊出沙尔韦伯爵的名字，不禁高兴得脸都红了。伯爵是当代最机敏的人，于连在《圣赫勒拿岛回忆录》和拿破仑口授的历史资料中经常看到他的名字。沙尔韦伯爵言简意赅，他的俏皮话如闪电，准确、生动、深刻。他一开口，讨论便前进一步，他言之有物，听他讲话是一种享受。但在政治上，他却不讲道德，厚颜无耻。

“我吗，我是个独立派，”他对一位有三枚勋章的先生说，显然是在嘲笑他，“为什么要我今天的观点和六个星期前一样呢？若然如此，我的观点便成了压制我的暴君了。”

四个一本正经地围着他听的年轻人撇了撇嘴，不喜欢开这种玩笑。伯爵发现自己的话说过了头，幸亏他一眼瞥见老实巴交的巴朗先生，此人是个假装诚实的伪君子。伯爵便和他攀谈：大家又聚拢来，知道可怜的巴朗要成替罪羊了。巴朗虽说相貌奇丑，但由于循规蹈矩，德行卓著，经历了一言难尽的艰苦奋斗，终于进入了社交界，娶了一个有钱的女人为妻，妻死续弦，第二个妻子也非常有钱，但在社交界从未露面。他虽觉脸上无光，却也安然享受着每年六万法郎的进账，对他阿谀奉承的也不乏其人。沙尔韦伯爵毫不留情地当面揭他这些底。他们周围很快便聚集了三十来人。大家都笑了，甚至代表着时代希望的那些一本正经的年轻人也笑了。

“他显然是众人取笑的对象，为什么还到德·拉摩尔先生家里来呢？”于连心里纳闷，便向彼拉尔神甫走去，想问个究竟。

巴朗先生赶紧溜走了。

“好啊！”诺尔贝说道，“窥伺家父的一个密探走了，就剩下那个小瘸子纳皮埃了。”

于连心想：“难道这就是谜底？既然如此，侯爵又为什么接待巴朗先生呢？”

脸色严峻的彼拉尔神甫坐在客厅的一个角落，听见仆人通报客人的姓名，不禁皱起了眉头。

“这简直是个贼窝，”他像巴齐勒①那样嘀咕，“来的净是些社会渣滓。”

这都因为严峻的神甫不了解上流社会的底蕴。可是，他从他那些冉森派朋友那里对此等人有了一些精确的看法，他们之所以能到贵人的客厅里来，全靠他们对各个政党八面玲珑，或者凭借他们所发的不义之财。那天晚上，他块垒难消，对于连提出的一连串问题回答了好几分钟，接着，忽然停下，后悔总说所有人的坏话，真是罪过。他脾气不好，又是冉森派，认为基督徒应以慈悲为己任，因此，他生存在世就是一种战斗。

“瞧这位彼拉尔神甫的嘴脸！”于连走回长沙发时德·拉摩尔小姐这样说道。

于连听了很恼火，不过，小姐说得有道理。彼拉尔神甫无疑是客厅里最正派的人，但他内心痛苦，一张长着酒糟鼻子的脸此时便显得十分难看。于连心想：“人岂可貌相。彼拉尔神甫为人正直，为了区区小事而自责，脸显得难看，而那个纳皮埃，大家都知道是个密探，却一脸的幸福和安详。”其实，彼拉尔神甫对自己的党派已经作了很大的让步，雇了一个仆人，衣服穿得也很整齐。

于连发现客厅里的气氛有点异样：所有人的眼睛都转向门口，突然鸦雀无声。仆人通报大名鼎鼎的托利男爵到。由于最近的选举，所有人的目光一下子都集中到他身上。于连走上前，仔细端详。男爵当时分管一个选区。他自作聪明，将一张张投某个政党的小方块选票偷偷地扣下来，把同样数目的选票塞回去，票上的名字换成了他属意的人。这一绝招被几位选民看见了，纷纷跑来向男爵表示祝贺，弄得他现在提起这件事还脸色发白。有些居心叵测的人还谈到要判他服苦役。德·拉摩尔侯爵对他很冷淡。可怜巴巴的男爵只好溜了。

---

① 十八世纪法国戏剧家博马舍的名剧《费加罗的婚礼》中的人物，但这句台词实际上是霸尔多洛提到巴齐勒时说的。详见该剧第一幕第四场。

“他那么快就走，一定是要到孔特先生①那儿去。”沙尔韦伯爵说道。众人哄然大笑。

有几位大人物没有说话，还有几个专门搞阴谋的，大部分是坏蛋，但都善于钻营。他们听说德·拉摩尔先生要组阁，当晚陆续来到客厅。而小唐博就在这批人中间初露锋芒。尽管他的见解还不算精辟，但言辞激烈，诸位在下文便可看到。

“为什么不判此人十年监禁呢？”于连走过来的时候听见他这样说，“是毒蛇就应扔进地牢，让它在黑暗中死去，否则喷出毒液，害人不浅。判他一千金币罚款有什么用？他是穷，不错，那更好，他的党会替他出钱。应该罚他五百法郎和坐十年土牢。”

“啊，天哪！他们说的那个恶人是谁呀？”于连心想。他很欣赏他同事慷慨激昂的语调和不断挥动的手势。院士这位爱侄尖嘴猴腮的脸此时非常难看。于连很快便知道他说的是当代最伟大的诗人②。

“噢，恶人！”于连几乎喊了起来，同时，因为气不过，泪水已经湿润了他的眼睛。“好呀！小无赖，”他心里想道，“我非叫你为这番话付出代价不可。”

他心想：“他们不过是侯爵所领导的那个党豢养的打手罢了！而他诽谤的那个名人如果肯卖身投靠，我不是说投靠德·内尔瓦先生那个窝窝囊囊的内阁，而是投靠像走马灯那样上台又下台的某位比较廉洁的部长，多少十字章，多少清闲的职位他弄不到啊！”

彼拉尔神甫老远给于连打了个手势，因为德·拉摩尔先生刚对他说了一句话。但于连此时正垂下眼睛细听一位主教倾吐苦水。等他终于能摆脱身子向神甫走来时，发现神甫已经被那个可恶的小唐博缠住了。这个小坏蛋恨他，认为他是使于连得宠的根源，便来买他的好。

“这个老混蛋，什么时候死神才能把他召去呢？”那个小文书此刻正以这种无比激烈的言辞诅咒可敬的霍兰勋爵③。他的本事就是熟谙

① 孔特，当时的著名魔术师。

② 指贝朗瑞，一八二八年十二月曾被判罚款一万法郎，监禁九个月。

③ 霍兰勋爵(1772—1840)，英国自由派记者，曾为被俘的拿破仑鸣不平。

当代人物的身世，并且刚刚对英国新王统治下可能会角逐权势的所有人物匆匆作了一番评述。

彼拉尔神甫走进旁边的一个客厅，于连也跟着他进去。神甫说：

“我要提醒你，侯爵不喜欢耍笔杆的人。他惟一憎恶的就是这种人。你懂拉丁文，可能的话，还要懂希腊文、埃及历史、波斯历史等等，这样，他便会尊敬你，像保护学者那样保护你。但千万别用法文写东西，尤其是别超越你的社会地位妄评重大的问题，否则他会称你为文痞，那你就倒霉了。怎么，你身居大贵人的府邸，难道不知道德·加斯特里公爵对达朗贝尔①和卢梭的那句评语？公爵说：‘这些人年收入不到一千埃居，却想对什么事都大放厥词！’”

于连心想：“这里什么都藏不住，就像神学院里一样！”他曾经写过十来页颂扬老军医的文字，用词颇为夸张，并说是军医把他培养成人等。他自言自语道：“这个小本子还一直锁着哩！”于是，他上楼回到自己房间，把手稿烧掉之后，又回到客厅。那些锦衣纨绔的无赖已经走了，客厅里只留下戴着牌牌②的人。

桌子刚刚搬来，上面摆满食物，七八位夫人围坐在桌旁，个个气度高贵，神态虔诚，举止矫揉造作，年龄在三十至三十五之间。费瓦克元帅夫人光彩照人地边走进来边为自己姗姗来迟连连道歉。当时午夜已过，她走到侯爵夫人身旁坐下。于连的心不禁为之一动，因为她的眼睛和目光简直与德·雷纳夫人一般无异。

德·拉摩尔小姐周围还有许多人，正在取笑倒霉的德·泰莱尔伯爵。伯爵是独生子，父亲是个有钱的犹太人，以借钱给各国君主镇压人民，并聚敛了大量财富而闻名于世。老子刚死不久，给儿子留下每月十万埃居的收入和一个可惜无人不晓的名声！处在这种特殊地位的人不是性格单纯就得意志非常坚强。

不幸的是伯爵只是个好人，由于有人吹拍，产生了许多不切合实际的想法。

---

① 达朗贝尔(1717—1783)，法国作家、哲学家、数学家，百科全书派奠基人之一，对宗教抱怀疑态度，主张科学精神。

② 指勋章。

据德·凯律先生说,有人鼓动这位伯爵发愿向德·拉摩尔小姐求婚,(当时德·克罗兹诺瓦侯爵正追求这位千金小姐,因为一旦他成了公爵,便可以得到十万法郎的年金。)

“唉!有决心就不错,你们就别责怪他了。”诺尔贝语带怜悯地说道。

这位可怜的德·泰莱尔伯爵最大的毛病也许就是优柔寡断了。以他性格的这一方面而论,他简直可以当国王。国王不断征求大家的意见,却没有勇气采纳一种意见且坚持到底。

“单凭长相,他便应该永远感到高兴,”德·拉摩尔小姐说,“那是不安和失望的一种奇怪混合,但作为法国的首富,尤其是身材相当不错,年纪不到三十六岁,自然不时会有点架子,说话也斩钉截铁。”德·克罗兹诺瓦先生说道:“这是色厉内荏。”德·凯律伯爵、诺尔贝和两三个留小胡子的年轻人对他尽情揶揄,而他却毫无感觉。最后,时钟敲响一点,他们才打发他回家。诺尔贝说:

“这样的天气,在门口等候您的是不是您那几匹阿拉伯名马呀?”

“不是,是新买的马,价钱便宜多了。”德·泰莱尔先生回答,“左边那匹五千法郎,右边那匹只值一百路易,但是,请诸位相信,这匹马只是夜间才套车,因为它跑起来和另外那匹一般无异。”

诺尔贝的提醒使伯爵想到,像他这样的人,爱马是合情合理的,而且不应该让马在外面淋雨。他走了,过了一会儿,那帮人也讪笑着走了。

于连听见他们在楼梯上笑,心想:我总算看到了我这种处境的另一个极端!我一年只有二十个路易的收入,却和一个每小时有二十路易进账的人并肩而坐,大家还嘲笑他……此情此景,还有什么可艳羡的呢。

第五章　敏感的心与虔诚的贵妇

思想稍微活泼一点便被目为粗野，因为人们已习惯了无棱无角的话语。谁说话有新意谁便倒霉。

福布拉斯①

经过多月的考验，当府里的总管送来第三季度的薪金时，于连的地位已经发生了下述的变化：德·拉摩尔先生派他管理布列塔尼和诺曼底两地的田产，经常要去巡视，还奉命主管与弗里莱神甫打的那场官司有关的来往信件。彼拉尔神甫此前对他已有所指点。

侯爵在寄来的文件上一般都是随便批上几句，于连根据批语而草拟的信件，侯爵几乎都签字照发。

神学院的教师埋怨于连不用功，但仍然认为他是最杰出的学生之一。他怀着壮志未酬的痛苦心情，全力投入各项工作。他在外省时那种鲜嫩的脸色很快便消失殆尽。在他年轻的修道院同学眼里，脸色苍白倒是个优点。他觉得，比起贝藏松的同窗，他们远没有那么可恶，也远不至于只崇拜金钱。而他们则以为他患上肺病，侯爵还给了他一匹马。

于连怕骑马出去被人碰见，便告诉他们说，是医生规定他做的锻炼。彼拉尔神甫曾经多次带他去参加冉森派教徒的活动。于连感到很惊讶，因为在他头脑里，宗教的概念总是和心口不一、只想发财紧紧联系在一起。这些人却虔诚朴实，不图钱财，于连十分欣赏。好几位冉森派教徒把他视为朋友，并给他出主意。于是，他的眼前又展开了一个新

---

① 福布拉斯，法国作家库弗雷（1760—1797）的小说《福布拉斯骑士的爱情》中的主人公。

的世界。在这些冉森派教徒当中，他认识了一位阿塔米拉伯爵。此人身高六尺，是自由派人士，曾在本国被判处死刑，也是虔诚的教徒。既笃信宗教，又热爱自由，这种奇怪的矛盾现象使于连惊讶不已。

于连与诺尔贝关系冷淡。年轻的伯爵觉得，于连回答他几位朋友的玩笑过分尖刻。而于连在一两次失态之后，决定不再和玛蒂尔德小姐说话。德·拉摩尔府上诸人对他仍然礼貌周全，但他感到自己的地位已不如前了。他从外省人的逻辑出发，用一句俗谚来解释这种现象，就是：新鲜劲儿过去了。

也许他比初来时看得稍为清楚一些，要不然就是巴黎文明最初所产生的魅力已经过去了。

只要他一停止工作，就感到百无聊赖。上流社会，彬彬有礼，随着地位不同而进退有节、深浅有度，当时令人钦羡，过后便怅然若失。如非麻木不仁，定能看到其中的造作。

无疑，我们可以责怪外省人谈吐平庸，或者不够礼貌。但和你应对，多少还动点真情。在德·拉摩尔府中，于连的自尊心从未受到伤害，可是，一天过后，他往往想大哭一场。在外省，如果你走进咖啡馆时出了点意外，侍者会关心你，但如果这一意外有损你的面子，他会同情你，一句话反复说上十次，使你不胜其烦，而在巴黎，大家会注意偷偷地笑，但你始终是个外人。

于连地位卑微，谈不上什么丢人现眼，否则早闹出一大串笑话了，这些，我们在这里暂时略而不谈。他异常敏感，的确做出了许多蠢事，连玩乐也成了预防出丑的措施。他每天都去练射击，成了名师的高徒。从前一有空便看书，现在则去练马场要求骑最桀骜难驯的劣马。每次和驯马师去遛马时几乎都摔下来。

由于他埋头苦干，聪明伶俐，侯爵觉得很称心，凡是有点难办的事都交给他办。侯爵公事纷繁，稍有余暇，便精明地涉足商界。由于消息灵通，玩股票颇为顺手。他购买房产、林木，但动不动便发脾气。成百个路易花钱，却为几百个法郎打官司。有钱人心高气傲，做买卖只是为了寻开心，不在乎结果。侯爵需要有一个参谋长，能够将他的金钱事务处理得井井有条，一眼看去，清清楚楚。

德·拉摩尔夫人虽然很讲分寸，有时也瞧不起于连。名媛贵妇讨厌由于过分敏感而作出的*唐突举动*，认为是失礼。侯爵一再替于连辩解：他在你客厅里显得可笑，但在办公室却挥洒自如。于连则认为自己知道了侯爵夫人的秘密。一旦通报德·拉茹玛特男爵到，夫人便放下架子，事事过问。男爵为人冷漠，面无表情，矮小瘦削，其貌不扬，但鲜衣美服，出入宫禁，通常对任何事情都不表态，这就是他的思维方式。如果能把女儿嫁给他，将是侯爵夫人有生以来最大的幸福。

第六章　说话的口气

他们崇高的使命是对人民日常的生活琐事作出冷静的判断。他们的智慧在于不因小事而怒气冲天，不因盛名之下以致传闻失实而大发雷霆。

格拉修斯[1]

于连初来乍到，且又生性高傲，不愿提问，倒也没出什么大错。一天，路逢暴雨，跑进圣奥诺雷街的一家咖啡店暂避。一个身材高大，穿着粗呢燕尾服的男子看见他目光阴郁，便惊讶地盯着他，完全像从前贝藏松阿曼达小姐那位情人一样。

于连对上次受辱而没有计较一事始终耿耿于怀，这次别人又这样看他，当然不能善罢甘休。他要求解释，穿燕尾服的那个男子立即破口大骂。咖啡店里的人都围了过来，行人也在门口驻足观看。作为外省人，于连早有防范，身上总带着小手枪，此时他紧张地把手伸进口袋握住枪柄。不过，他还是忍住了，只是一再地说："先生，请示尊址，本人必将奉陪。"

他不断重复这句话，围观的人终于看不下去了。

真是的！这一位自个儿嚷嚷些什么，该把地址给人家呀。穿燕尾服的那人听见众人这样说，便把五六张名片往于连脸上扔过去。幸而没有一张碰到于连的脸，因为他已经暗下决心，除非对方碰他，否则绝不掏枪。那人走了，不时还转过头来，边骂边举起拳头威胁他。

于连出了一身汗。"这样一个微不足道的人也使我紧张到如此程度！"他愤愤地想着，"怎样才能出这口恶气呢？"

---

① 格拉修斯，十六世纪德国神学家。

到哪里找证人[1]呢？他连个朋友也没有。尽管有过几个熟人，但一般只来往六个星期就分手了。他心想：我不合群，现在就狠狠地遭了报应。最后，他想起来了，去找一个在九十六团当过中尉、名叫李埃旺的穷小子，他常和此人练剑。于连把实话告诉了他。

“我愿做你的证人，”李埃旺说道，“但有一个条件，如果你没伤着他，就得立即和我再斗一场。”

“好，”于连快活地答应了。于是，他们便按照名片上的地址，到圣日耳曼城关找 C. 德 · 博瓦西先生。

当时是早上七点。于连叫仆人通报时才猛地想起，此人很可能就是德 · 雷纳夫人的一年轻亲戚，从前不是在罗马便是在那不勒斯大使馆供过职，曾经给歌唱家杰罗尼莫开过一封介绍信。

于连把前一天扔给他的名片，以及自己的名片递给一个高大的仆人。

他和证人足足等了三刻钟，最后被引进一个陈设豪华的套间，看见一个穿得像玩具娃娃一样的高个子青年，脸部轮廓完全是希腊型，虽美而毫无意义。头又窄又长，漂亮的金发如金字塔，经过精心卷烫，都服服帖帖。九十六团的中尉心想：“这该死的花花公子让我们等老半天原来是为了烫他的头发。”那家伙花花绿绿的睡袍、晨裤，乃至绣花拖鞋，一切都整整齐齐，十分讲究。面部表情既高贵又空虚，说明思想端正而贫乏。是和蔼可亲的典范，讨厌唐突无礼和开玩笑，举止十分庄重。

九十六团的中尉告诉于连，那人把名片摔在他脸上以后，又让他等了那么久，是双重侮辱。于是，于连冲进德 · 博瓦西先生的房间，想装出蛮横的样子，但同时又想不失有教养的风度。

他非常惊讶地发现德 · 博瓦西先生态度温和，既有教养，又很矜持自负，周围陈设也很雅致，装出蛮横的想法遂顷刻冰消。对方已经不是昨天那个人。本来以为碰见的是咖啡店的粗野汉子，但面前出现的却是一位如此出众的人物，吃惊之余，竟说不出话来。他把扔给他的名片

---

① 指决斗时自己一方的证人。

递一张过去。

“是我的名字，”那个穿着入时的人说道。他看见于连才七点便穿上黑礼服，心里有点瞧不起。“但我不明白，说老实话……”

他说最后这句话的口气使于连不禁怒火中烧。

“先生，我是来和您决斗的，”接着他一口气把事情整个说了一遍。

夏尔·德·博瓦西先生经过充分考虑，对于连那身黑礼服的剪裁感到相当满意。他一面听一面想：“显然是出自名裁缝斯托布之手；背心很有品位，靴子也不错；不过，话又说回来了，大清早就穿黑礼服！……一定是为了更好地躲过子弹。”德·博瓦西骑士自言自语道。

他这样一琢磨，便恢复彬彬有礼的态度，对于连几乎平等相待。二人谈了很久，事情很棘手，但于连最后不得不承认，面前出身如此高贵的年轻人与昨天侮辱他的那个粗鄙之徒毫无共同之处。

于连可不愿这样一走了事，便继续要求解释。他注意到对方非常自命不凡，自称德·博瓦西骑士，听见于连只称他先生，心中大为不悦。

于连欣赏他那始终一贯的庄重，而且庄重中又透着几分含蓄的傲气，说话时奇怪地转动舌头，使于连惊讶不置……总之，找不出任何理由和他吵架。

年轻的外交官非常优雅地主动提出要决斗。那个九十六团的中尉两腿分开，双手叉腰，胳臂肘朝外，坐在那里已经整整一个小时，此刻忍不住开腔说，他的朋友于连无意寻衅，因为他知道对方的名片被别人盗用了。

于连垂头丧气地走了出来。德·博瓦西骑士的马车已经在院子里门口的台阶前等他。于连抬起眼睛，认出车夫才是昨天那个粗人。

于连一看见他，便揪住他的短上衣，把他从座上拉下来，狠狠地用鞭子抽了一顿，这都是一瞬间的事。两个仆人想保护他们的同伴。于连挨了几拳，与此同时，他拔出一支小手枪，向他们射击，他们赶紧逃走。这一切也都在一分钟的时间发生。

德·博瓦西骑士带着一脸可笑的庄重神情走下楼梯，以俨然大贵族的腔调连声询问：怎么了？怎么了？显然他想知道怎么回事，但外交官的身分不允许他表示更大的兴趣。当他知道事情的原委以后，高傲的表情中仍然透着外交官脸上必有的那种略带微笑的冷静。

九十六团的那位中尉明白,德·博瓦西先生有意决斗,便也使出外交手腕,为自己的朋友抢先发难。

“这下子,可该决斗了!”他大声喊道。

“我也认为如此。”外交官接着说道。

“我开除这混蛋,”他向仆人们说道,“换另一个上来。”车门打开了,骑士执意请于连和他的证人先上。大家去找德·博瓦西先生的一个朋友。这朋友指出了一个安静的地点。一路上,大家谈得不错。只有穿着睡袍的外交官显得有点奇特。

于连心想:“这两位先生虽然身分高贵,但不像到德·拉摩尔先生府上吃晚饭的那些人那样讨厌。”过了一会,他又想道:“我明白了,他们不怕失礼。”大家谈到了前一天晚上观众赏识的芭蕾舞舞女。那两位先生提到一些颇具刺激性的故事,于连和他的证人九十六团的中尉对此却毫无所闻。于连还不致蠢到强不知为知,而是大大方方地承认孤陋寡闻。骑士的朋友喜欢他这种坦率,干脆把故事原原本本详细地告诉了他。

有一件事使于连惊讶不已。原来为了迎圣体巡游,街中央正修建一座临时祭坛,马车到此。两位先生趁机又开了几个玩笑。据他们说,本堂神甫是某位大主教的儿子。而德·拉摩尔侯爵一心想当公爵,在他府里,这种话是无人敢说的。

决斗只进行了一会便结束了,于连手臂中弹,大家用浸过烧酒的手帕给他包扎好。德·博瓦西骑士很有礼貌地请求于连允许自己用原车把他送回去。当于连说出德·拉摩尔侯爵府时,年轻的外交家和他的朋友交换了一下眼色。于连的马车就在那里,但他觉得那两位先生的谈吐比九十六团那位好心的中尉有趣多了。

“我的上帝!所谓决斗,也不过如此!”于连想道,“我真幸运,居然找到那个车夫!如果咖啡店里受到的侮辱还得忍着,那我该多倒霉啊!”有趣的谈话几乎一路没停,于连这时才明白,矫揉造作的外交辞令有时还是挺有用的。

他心想:“这样看来,贵人们之间的谈话也不见得一定乏味!那两位拿迎圣体巡游开玩笑,敢有声有色地详细叙述绯闻轶事。不谈政治是惟一的缺陷,但谈吐的优雅,用词的准确,把这一缺陷完全弥补了。”于连觉得自己已经对他们佩服得五体投地。若能经常见到他们,实在是人生一乐!

大家一分手,德·博瓦西骑士便赶紧去打听,但得来的情况很不妙。

他很想知道对方是什么人,能否不失身分地登门拜访?但打听到的那点消息实在令人沮丧。

“这一切太令人难堪了!”他对他的证人说道,“绝对不能承认和德·拉摩尔先生手下一个普通的秘书决斗,更不能承认是因为我的车夫偷了我的名片引起的。”

“那肯定会闹笑话。”

当天晚上,德·博瓦西骑士和他的朋友到处宣扬,说这位一表人才的青年是德·拉摩尔侯爵一个至交的私生子。消息不胫而走。事情一经被人承认,那位年轻的外交官和他的朋友就在于连卧床养伤的半个月里亲自来探视过几次。于连向他们承认一辈子只去过一次歌剧院。

“真是难以想象,”他们说道,“现在也只有那个地方值得一去了。等你伤好第一次出门就该去看《奥里伯爵》①。”

到了歌剧院,德·博瓦西骑士把他介绍给当红歌唱家杰罗尼莫。

于连对骑士几乎到了五体投地的程度。骑士身上糅合着年轻人的自尊、深奥莫测的骄矜和洋洋自得,使于连目眩神迷。比如说,骑士说话有点口吃,因为他有幸经常去看一位有这种毛病的达官贵人。于连从未见过既能令人解颐又风度优雅的人物,而这些正是外省的穷小子所必须效法的。

大家经常看见他和德·博瓦西骑士一起出入歌剧院,这种交往使他的名字经常被人提起。

“这样说来,”德·拉摩尔先生有一天对他说道,“您是我的好友,

---

① 《奥里伯爵》,十九世纪意大利作曲家罗西尼根据法国剧作家斯克里布和普瓦松的剧本创作的两幕歌剧。一八二八年在巴黎上演。

弗朗什-孔泰地区一位有钱贵族的私生子喽?”

“那是因为德·博瓦西先生不愿和一个木匠的儿子决斗。”于连想要辩明这一流言并非他所散布,但侯爵打断了他的话,说道:

“我知道,我知道。现在轮到我来证实这个传闻了,因为这一传闻正合我意。但我有一事相求,而且这只耽误您半个小时。就是每逢歌剧院有演出,到了十一点半,请您来前厅看着上流社会人士散场出来。我看您有时还有外省人举止,必须去掉。再说,见识一下大人物,哪怕认认他们的面孔也是好的,说不定有朝一日我会派您去找他们呢。到票房去,让别人认识认识您,入场券已经给您送来了。”

第七章　痛风病发作

我得到了提升，并非因为有功劳，而是因为我主人痛风病发作。

贝托洛蒂[①]

读者也许会奇怪，侯爵的语气变得随便了，几乎还很友好。我们忘了告诉您，侯爵因痛风病发作，足不出户已经整整六个星期了。

德·拉摩尔小姐和她母亲到耶尔群岛[②]看她姥姥去了。诺尔贝伯爵来见他父亲，稍坐片刻便走。父子感情很好，但彼此没有什么话说。德·拉摩尔先生只有于连作伴。他发现于连颇有头脑，感到很惊讶。他叫于连给他读报，年轻的秘书能够很快便选出有意义的段落。侯爵最讨厌一家新出的报纸，发誓永远不看，每天都这样唠叨。于连觉得很可笑。侯爵不满当今的世道，便叫于连给他读李维[③]的著作。于连当场把拉丁文的原著翻译出来，侯爵听了很高兴。

一天，侯爵用非常客气但往往使人受不了的腔调对于连说：

"亲爱的索海尔，请允许我送给您一件蓝色的礼服，这样，等您认为合适穿着来见我的时候，在我眼里，您就是肖纳伯爵的弟弟，亦即我的朋友，那位老公爵的公子了。"

于连不懂到底是怎么回事，当天晚上，姑且穿上蓝礼服去试一试。侯爵果然平等相待。真正的礼貌，于连内心自能感觉出来，但深浅程度却不甚了了。在侯爵有这种异想天开的主意以前，他发誓也不敢指望自己会得到侯爵如此殷勤的接待。"真有本事！"于连心想。当他站起

---

① 贝托洛蒂，十八世纪意大利传记作家。

② 耶尔群岛，法国在地中海的群岛，为旅游胜地。

③ 即蒂特-李维（前59—19），古罗马历史学家，著有《罗马史》。

来告辞的时候，侯爵连声道歉说自己患痛风病，不能远送。

于连心里有个奇怪的想法：他是否嘲弄我呢？他去请教彼拉尔神甫，神甫却没有侯爵那样礼貌，只是一个劲地吹口哨，顾左右而言他，根本不予回答。第二天上午，于连穿着黑礼服，带着文件夹和待签的信去见侯爵。得到的却是先前那样的接待。晚上，蓝礼服一穿，侯爵立即改变了口吻，对他和头天晚上一样非常客气。

“既然您一番好意，不讨厌来看一个生病的老人，”侯爵对他说道，“就应该把生活中所有经历过的小事都告诉他，开诚布公地，不要有其他想法，只需讲得清楚和好听就行。”侯爵又说道，“因为人需要消遣，生活里惟有这个最现实。一个人不可能每天都在战争中救我一命，或者每天送给我一百万。假如黎瓦洛尔①能坐在我的躺椅旁边，每天就能解除我一小时的痛苦和无聊。我流亡汉堡时和他经常有来往。”

接着，侯爵给于连讲述黎瓦洛尔和汉堡人相处的故事，汉堡人四个人合起来才能参透他的俏皮话。

现在和德·拉摩尔先生来往的只有这个小神甫了。他想刺激一下于连，从荣誉感这个角度激起他的自尊心。于连想，既然要他说真话，便决定全抖出来，只有两件事不提：其一就是对一个人的狂热崇拜，明知一说出来侯爵必然会恼火；其二是自己毫无宗教信仰。他将来要做教士，这一点说出来对他将来当教士十分不利。他和德·博瓦西骑士之间发生的那件小事来得正好。在圣奥诺雷街咖啡馆那一幕，马车夫用脏话骂他的情景，侯爵听得笑出了眼泪。这是宾主之间肝胆相照的时期。

德·拉摩尔先生对于连的奇特个性颇感兴趣。最初，他为了开心而姑息于连的可笑之处，不久，却认为慢慢纠正这个年轻人的错误看法更有意思。他心想：其他外省人到了巴黎，对什么都欣赏，这一位却什么都看不惯。他们过分造作，而他则造作得不够。所以笨蛋都把他当成傻子。

大冷天，痛风病一拖就是好几个月。

---

① 黎瓦洛尔(1753—1801)，法国作家和新闻记者，常写针对大革命的讽刺文章。

“有人疼爱美丽的西班牙小猎犬，”侯爵心里想道，“我喜欢这个小神甫为什么就有愧于心呢？他很有个性，我待他如子，这又有什么不可以？这种一时的兴趣如果能维持下去，我顶多在遗嘱里留给他一枚五百路易的钻石就得了。”

侯爵一旦了解他这个部下很好胜，便每天交给他一件新任务。

于连恐惧地发现，这位贵人往往在一个问题上给他彼此矛盾的指示。

这样下去很可能对他不利，从此，于连工作时一定带个登记簿，把侯爵的决定记录下来，而且请他签字。于连找了个文书，把有关每件事的决定誊写在一个专门的记录本里，这个本子还收入各类信函的抄件。

这个主意最初似乎十分可笑而且很麻烦。但是，不到两个月，侯爵便感到很有好处。于连还建议他雇一个刚辞掉银行工作的职员，把于连负责管理的田产收支状况做出复式账。

这样一来，侯爵觉得对自己的事务一目了然，便放心地又做了两三宗投机买卖，而不必假手第三者，以免金钱受损。

“您自己拿三千法郎吧。”一天他对他这位年轻的得力助手说道。

“先生，这样我会给人留下话柄。”

“那您说怎么办？”侯爵生气地问道。

“您最好作出决定，亲手写在记事簿上，写明决定给我三千法郎。再说，这样的记账法是彼拉尔神甫出的主意。”侯爵一脸不高兴，也只好把指示写下来，其不悦神情仿佛蒙卡德侯爵听普瓦松汇报账目时一样①。

晚上于连穿着蓝色礼服出现时，两人便绝口不谈公事了。侯爵的慈祥抚慰着我们的主人公老是痛苦的自尊心，使他很快便不由自主地对这个可爱的老人产生了好感。并不是像巴黎人所说的那样，于连自作多情，人非草木，自从老军医去世以后，压根儿就没有人曾经好心好意地和他说过话。他惊讶地发现，侯爵非常客气地照顾他的自尊心，这

---

① 蒙卡德侯爵和普瓦松均为十八世纪法国剧作家阿兰瓦尔的作品《市民学堂》中的人物。

是老军医从来没有过的。他终于明白了,军医以曾经获得十字章而自豪,而侯爵则不因自己的蓝色绶带而自大。侯爵的先人还是个大贵族哩。

一天早上,于连穿着黑色礼服和侯爵谈公事,颇得侯爵的欢心,被留下来谈了两小时。侯爵想把代理人从股票交易所给他交来的几张钞票送给于连。

“侯爵先生,我恳求您允许我说一句话,希望这样做无损于我对您的深深敬意。”

“朋友,您就说吧。”

“请侯爵先生允许我拒绝这一馈赠,因为穿黑礼服者无权接受,而馈赠又会完全破坏您对穿蓝礼服者的海量包涵。”于连说罢深深一躬,看也不看地走了出去。

这样的应对使侯爵非常高兴,当晚便告诉了彼拉尔神甫。

“亲爱的神甫,我必须向您承认一件事。我知道于连的身世,您就不必再向我保密了。”

侯爵心想:今早他的行事颇有贵族风范,我一定要使他成为贵族。

不久以后,侯爵终于能出门了。

“您到伦敦去两个月吧,”他对于连说道,“我会派专人把我收到的信和我的批条给您送去。您写好回信,连同原件一起送还给我。我算过了,这样也只耽误五天。”

于连坐上驿车奔驰在去加来的路上,心里很惊讶,派他去办的都是些鸡毛蒜皮的事。

他踏上英国的土地时心里涌现的仇恨,甚至厌恶的情绪就不必细说了。诸位知道,他疯狂地崇拜拿破仑,看见每一位军官都像哈德逊·洛甫爵士,每一个大贵族都像巴瑟斯特勋爵,他们下令进行圣赫勒拿岛上的卑鄙勾当①,才换来了十年内阁的职位。

在伦敦,他终于领教到上流社会的那种自命不凡。他结交了几个

---

① 哈德逊·洛甫(1769—1844),英国军官,拿破仑被囚禁在圣赫勒拿岛期间,他是该岛的总督;巴瑟斯特,当时英国的殖民事务大臣,曾授意哈德逊·洛甫苛待拿破仑。

俄罗斯贵族，他们指点他，对他说：

“亲爱的索海尔，您真是得天独厚，您天生面容冷峻，喜怒不形于色，那是我们梦寐以求的。”

“您不了解您生活的时代，”科拉索夫亲王对他说，“别人要您怎样，您一定要偏不怎样。我以荣誉保证，这就是当今的信条。不要感情冲动，也不要矫揉造作，否则别人就等着您做出感情冲动的事和矫揉造作之态，那您的原则便再也难以实行了。”

一天，菲兹-弗尔克公爵邀请于连和科拉索夫亲王出席晚宴。宴会开始前一个小时，大家都在客厅里等待。共有二十位客人。于连在他们中间出尽了风头。他的表现至今还为驻伦敦大使馆的年轻秘书们津津乐道。简直神采飞扬，千金难买。

他不管朋友们也就是那群花花公子的反对，一定要去看洛克[①]之后英国惟一的哲人，名闻遐迩的菲利浦·瓦纳。发现此人正在监狱里度过第七个年头。他心想：“这个国家的贵族可真的不开玩笑，再说，瓦纳还受尽了诬蔑，名誉扫地……”

于连发觉他情绪极佳。贵族恼火，他反而开心。于连走出监狱时心中暗想：“这是我在英国看到的惟一的一个乐天知命的人。”

瓦纳刚才对他说：“暴君们动不动便搬出上帝来，对他们来说，这是最灵验的。”

其余的话有愤世嫉俗之嫌，这里略去不提。

于连回到法国以后，德·拉摩尔先生问他：“您从英国带回来什么有趣的想法吗？……”于连没有吭声。

“您从英国带回了什么想法？有趣的没趣的都行。”侯爵又追问一句。

“第一，”于连说道，“即使是最明智的英国人每天都要疯狂一小时，总想要自杀，而自杀这个魔鬼就是这个国家供奉的神。

“第二，无论什么人，一踏上英国，其聪明才智便会失掉四分之一。

“第三，世界上没有任何东西像英国的风景那样美，那样使人赏心

---

① 洛克(1632—1704)，英国唯物主义哲学家，分权学说的倡导者。

悦目。”

“该我说了。”侯爵说道。

“第一,为什么您在俄国大使的舞会上说:法国有三十万二十五岁的年轻人热切希望打仗?您以为各国的君主会喜欢听这样的话吗?”

“真不知道该怎样和我们这些大外交家说话,”于连说道,“他们有个通病,总爱讨论严肃的话题,如果谈报章上一般的事,便被他们目为傻子;如果说点新鲜而又千真万确的事,他们会愕然不知道如何回答,第二天,会派大使馆的一秘告诉你,说你失仪了。”

“很不错嘛,”侯爵大笑着说道,“不过,先生,您虽然学问高深,但我敢打赌,您并没有猜出我派你去英国的原因。”

“请原谅,”于连说道,“我到那里是为了每星期一次出席大使馆的晚宴,大使是非常有礼貌的人。”

“是为了这枚十字勋章去的。给,拿着吧。”侯爵对他说道,“我不想让您脱下黑礼服,同时我已习惯了与穿蓝礼服的人说话,因为那样更有意思。在另有新的命令之前,请您好好听着:只要我看见这枚十字勋章,您就是我的朋友肖纳公爵的小公子,在外交界已经服务了六个月,尽管公子本人并不知道。”于连正想表示感谢,但为侯爵所制止。“请注意,”侯爵神情非常严肃地又说道,“我一点儿也不想改变您的身分。如果那样做,对保护人和被保护人来说,总是罪过和不幸。等您对我的诉讼感到厌烦,或者我已经不需要您的时候,我会替您申请一个好的教区,像我们的朋友彼拉尔神甫那个教区一样。不过,*仅此而已*。”侯爵斩钉截铁地又补充了一句。

这枚十字勋章使于连的自尊心得到了满足,话也多了。以前,在热烈的讨论中,有人无心说了句什么话,他便可能不客气地要求别人解释,觉得话是针对自己的,自己受到了侮辱,现在这种感觉少多了。

这枚十字勋章还给他招来了一位不寻常的客人,德·华勒诺男爵先生。此人到巴黎来是为了感谢内阁授予他男爵封号,来和内阁拉关系的,他快要接替德·雷纳先生成为维里业市长了。

当听到德·华勒诺先生说,据信刚刚发现德·雷纳先生是雅各宾派时,于连心中暗笑。事实是,在一次正在筹备的改选中,新被册封的男爵是内阁提名的候选人,而在省里实际上非常激进的选区,自由党人则提名德·雷纳先生。

于连想打听德·雷纳夫人的消息,但毫无结果,男爵似乎还怀着过去的情敌之恨,点水不漏。最后,他要求于连动员父亲在即将举行的选举中投他一票。于连答应给父亲写信。

"骑士先生,您应该介绍我认识德·拉摩尔侯爵。"

于连心想:说的是呀,**我应该**;不过,这样一个坏蛋!……

"说真的,"他回答道,"我在德·拉摩尔府里只不过是个小人物,难以负此重任。"

于连一切事情都告诉侯爵:当晚,他把华勒诺的野心,以及一八一四年以来的所作所为向侯爵作了汇报。

"不仅您明天就介绍那位新男爵见我,"德·拉摩尔先生非常认真地说道,"而且我后天便邀请他来赴晚宴。他将是我们未来的一位新省长。"

"既然这样,"于连冷冷地接着说道,"我就为我父亲要求乞丐收容所所长的职位。"

"好极了,"侯爵又恢复了快活的神色,说道,"准予所请。我还以为你要来一通说教呢。您长进了。"

德·华勒诺告诉于连,维里业的彩票发行局局长刚死,于连觉得把这个职位给德·肖兰那个老笨蛋倒挺有意思,以前他在德·拉摩尔的房间里捡到过这个老东西的求职信。于连请侯爵在写给财政部申请这一职位的信上签字时背了几句求职信的内容,引得侯爵开心地哈哈大笑。

德·肖兰先生刚被任命,于连便获悉,省议会已经为那位著名的几何学家格罗先生谋求这个职位。这个人很仗义,虽然每年只有一千四百法郎的收入,却把其中的六百法郎给刚去世的局长养家糊口。

于连对自己所做的事感到震惊。但他心想:这没什么,如果我想出人头地,这种昧良心的事还要干不少,而且还须懂得说几句动感情的漂亮话来掩盖:可怜的格罗先生!该获得十字章的应该是他,可是却给了我,我必须感恩图报,为政府办事。

第八章　什么勋章使人身价百倍

“你的水不能止我之渴，”唇干舌燥的精灵说道。……“这已经是全迪亚贝基[1]最清凉的井水了。”

佩利科[2]

一天，于连从塞纳河畔维尔基耶那块肥沃的土地回来。德·拉摩尔先生对这片土地十分关注，因为在各处的田产当中，只有这块地属于他赫赫有名的祖先卜尼法斯·德·拉摩尔。于连进府时，看见侯爵夫人和女儿也从耶尔回来了。

于连现在已经成了风流少年，熟谙巴黎的生活艺术。他对德·拉摩尔小姐十分冷淡，似乎已完全忘记她曾经非常兴奋地询问他坠马的详细情形。

德·拉摩尔小姐觉得他长高了，脸也白了，身材，举止已经完全不像外省人，但谈吐却不是这样，过分严肃，过分正经。尽管具有这些可以理解的特点，但由于有了自信心，显得毫无低人一等之态。大家只觉得他对许多事情都过分认真，同时也看出他是言出必行的人。

德·拉摩尔小姐取笑父亲竟把十字勋章给了于连，她对父亲说：“他缺的是潇洒，而不是机灵。我哥哥向您要十字勋章，要了十八个月，亏他还是拉摩尔家的人哩！……”

“不错，但于连有急智，这是你说的那个拉摩尔家的人所从来没有的。”

仆人通报雷兹公爵到。

---

① 迪亚贝基，土耳其东南部行省。

② 佩利科（1789—1854），意大利作家，曾被监禁九年，司汤达曾称他为“意大利第一位悲剧诗人”。

玛蒂尔德不禁打了个呵欠,每当看见公爵,她仿佛又见到了父亲客厅中镀金的古玩和常来的客人,想起了又要过巴黎无聊透顶的生活。但在耶尔时,她总想着巴黎。

她心想:可是我已经十九岁了!按所有这些切口镀金的无聊书籍的说法,该是幸福的年华才是。她看着那八九本她到普罗旺斯旅行期间堆放在客厅桌子上的新诗集。她的不幸在于比德·克罗兹诺瓦、德·凯律、德·吕兹以及其他朋友更聪明。关于普罗旺斯美丽的天空、诗歌、南方等等,他们将要对她说些什么,她完全想象得出来。

她的一双妙目流露出万分无聊,更糟的是,欲寻快乐而不可得,失望之余,目光便落在于连身上。至少,这一位和其他人不完全一样吧。

"索海尔先生,"她的声音轻快短促,毫无柔媚之态,是上层阶级年轻女性常用的腔调,"索海尔先生,您今晚来参加德·雷兹先生的舞会么?"

"小姐,公爵面前,我还没有被引见的荣幸。"(骄傲的外省人说出这句话和这个封号时,心里真有灼肤之痛。)

"他要我哥哥领您去他府上,而且,如果您去,还可以给我谈谈维尔基耶那边田产的详细情况。我打算春天去,想知道那里的别墅能否住人,周围的风景是否像传说的那样美。因为名不副实的事太多了!"

于连没有回答。

"和我哥哥来参加舞会吧。"她干脆利落地又说了一句。

于连恭顺地欠了欠身。这样说来,即使在舞会上,我也要向他们全家人汇报喽?也难怪,我不是他家雇来办事的吗?恼火之余,他又想:天晓得我对女儿说的话会不会妨碍做父亲的、做哥哥的和做母亲的私下的打算!简直是个封建王朝,必须事事都不露头,而且不能得罪任何人。

德·拉摩尔小姐走了,她母亲派人来叫她,要把她介绍给几位女友。于连看着她的背影,心里说:"这位大小姐真不讨人喜欢!她过分新潮,肩膀都露在衣服外面……脸色比旅行前更苍白……黄头发淡到没有颜色了!连光线都能透过去!打招呼、看人,都傲气十足!一举一动就像个王后!”

德·拉摩尔小姐在她哥哥正要离开客厅时,把他叫住了。

诺尔贝伯爵向于连走过来,对他说:

“亲爱的索海尔,十二点的时候,您想我到什么地方接您去参加德·雷兹先生的舞会呢?公爵特意要我领您去。”

“承蒙错爱,本人心中铭感。”于连一躬到地,回答道。

诺尔贝说的话既礼貌又亲切,于连觉得无懈可击,只好借回答来发泄一下脾气。他觉得诺尔贝话虽客气,仍有些看不起他的味道。

晚上去参加舞会,雷兹公爵府气象豪华,使他吃了一惊。前院搭了一个大天篷,紫红色的布幔上缀满了纯金做的星星,灿烂辉煌,使人叹为观止。天篷下的院子种着橘树和夹竹桃,丛密如林,而且花开满枝。花盆都精心埋在地里,看上去,这些橘树和夹竹桃仿佛直接从地里长出来。车过的路铺着细沙。

在我们这位外省人看来,一切都显得很特别,简直美妙到难以想象,激动之余,满肚子的气恼顷刻间便烟消云散。在来参加舞会的车上,诺尔贝很高兴,而他却闷闷不乐,但一进入院子,两人的情绪便调了个儿。

诺尔贝只注意几个照顾不周的小地方,而这样豪华的场面,疏漏本在所难免。他估计每件东西的费用,算出庞大的总数,这时,于连发现他几乎露出忌妒的神色,情绪也越来越坏了。

至于于连,刚走进第一个跳舞的客厅,便感到眼花缭乱,目不暇接,心动神移,战战兢兢。第二个客厅门前,人头攒动,无法挤进去。第二个客厅是按照格林纳达的阿尔汉布拉宫①布置的。

“应该承认,她是今宵的舞后。”一个留着小胡子的年轻人说道,他的肩膀正顶着于连的胸脯。

“富尔蒙小姐整个冬天都是艳压群芳,现在也自愧弗如了,”旁边一个人应声说道,“你瞧她那副怪样子。”

---

① 阿尔汉布拉宫,摩尔人占领西班牙时在格林纳达建造的宫殿,装饰豪华,园林美不胜收。

“真的，为了得到大家的欣赏，她使出了浑身解数。瞧瞧她在四组舞中，独舞时的媚笑。老实说，真是千金难买啊。”

“德·拉摩尔小姐知道自己胜券在握，但却似乎懂得克制，不露出喜悦之情，似乎怕和她说话的人情难自已。”

“妙极了！这才是使人销魂的手段。”

于连费了好大劲也看不见这个迷人的尤物，因为有七八个比他高的男子挡住了他的视线。

“这样雍容华贵的矜持态度自有其妩媚迷人之处。”留小胡子的年轻人又说道。

“还有那双蓝色的大眼睛，在真情快要流露的时候，却慢慢地垂了下来，”旁边那个人又说道，“我的天，没有比这更妙的了。”

“看，那个大美人富尔蒙小姐和她一比，就显得太一般了。”第三个人说道。

“如此矜持，其意在说：‘如果你是配得上我的男子，我还会给你展示更大的魅力！’”

“谁能配得上高贵无比的玛蒂尔德呢？”第一个人说道，“只有哪个王子，英俊、聪明、一表人才，既是战场上的英雄，年纪也最多二十岁。”

“那就是俄国皇帝的私生子了……为了这门婚事，还得给他一个封邑才成……或者干脆是那位泰莱尔伯爵，尽管农民嘴脸，不过穿上……”

这时，门口的人走开了，于连走了进去。

他心想：既然这些草包觉得她如此出众，倒值得研究研究，这样我就知道这些人所认为的完美到底是什么标准了。

他正用眼睛四处找的时候，玛蒂尔德一下子看到了他。于连心想：“我的责任来了，”不过，除了脸色以外，他的气已经消了。出于好奇，他走上前去，玛蒂尔德露肩的衣裙使他怦然心动，什么自尊也顾不上了，心想：“她的美散发着青春的魅力。”当时有五六个年轻人，于连认出其中有刚才说话的那几个，正站在他和玛蒂尔德之间。

“先生，您整个冬天都在这里，”她问于连道，“您看这个舞会难道不是本季度最出色的吗？”于连没有回答。

于连刚走进第一个跳舞的客厅，便感到眼花缭乱……

“我觉得库隆[1]编的这套四组舞很不错,女士们跳得也无懈可击。”所有年轻人都转过身,想看看她一再追问的幸运儿是谁。可惜回答却使人失望。

“小姐,我可不是个见多识广的裁判。我一辈子做的都是文字工作,这样豪华的舞会我只是第一次参加。”

留小胡子的那几个年轻人听了不禁有气。

“索海尔先生,您是位圣贤,”有人显然颇感兴趣地说道,“您像卢梭一样,从哲学家的角度去看这些舞会和欢乐。宴游征逐只能使您惊讶,而不能使您动心。”

一句话使于连兴致索然,也驱散了他心中的一切幻觉。他嘴角泛起了一丝也许有点夸大的轻蔑。

“在我看来,”他回答道,“卢梭妄想评论上流社会,不过傻子一名而已。他根本不了解上流社会,他好比仆人发迹,心态依然。”

“可他写了《民约论》,”玛蒂尔德用敬仰的口吻说道。

“他虽然宣扬共和,鼓吹推翻王朝等级制度,但只要有一位公爵肯屈尊纡贵,饭后改变散步的路线,和他的一位平民朋友走一走,这位初登龙门的新贵便会乐得忘乎所以。”

“哦,对,蒙莫朗西的卢森堡公爵陪一个名叫库安德的平民朝巴黎的方向走过一段路[2]……”德·拉摩尔小姐接着说道,她头一次对自己能引用典故感到高兴和洋洋自得,像一位法兰西学院院士误以为发现了古代存在一个什么费雷特里乌斯王那样[3],为自己的所谓学问感到飘飘然。于连的目光既锐利又严峻,所以她只兴奋了一会儿。对方的冷漠使她茫然失措。平时,一般都是她使别人难堪的,这次则相反,因而感到很惊讶。

---

① 库隆,帝国和复辟时期著名的舞蹈家。

② 典出卢梭的《忏悔录》。库安德是出版业的小雇员,卢梭住在蒙莫朗西时,曾将他引见卢森堡公爵,某日库安德要回巴黎,公爵顺便带他上路。库安德受宠若惊,感激涕零。卢梭写道:“我感动得一句话也说不出来。我在后面跟着,哭得像个孩子,真想俯下身去亲吻这位好元帅的脚印。”

③ 有一位学者,法兰西学院院士误把 Jupiter Feretrius 译为“朱比特与费雷特里乌斯王”,其实费雷特里乌斯只是朱比特的外号。

这时候,德·克罗兹诺瓦侯爵匆匆朝德·拉摩尔小姐跑来,但到了离她三步,由于人挤,怎么也过不来,隔着人群,看着她微笑。年轻的德·鲁弗雷侯爵夫人就在他旁边,她是玛蒂尔德的表妹。她丈夫挽着她的胳臂,他们结婚才半个月。德·鲁弗雷侯爵也很年轻,糊里糊涂地结了婚,虽然婚事完全由公证人按门当户对的原则一手包办,他倒觉得新人很美。只等一个年迈的伯父归西,他便可承袭公爵封号。

正当德·克罗兹诺瓦侯爵穿不过人群,只能笑嘻嘻地看着玛蒂尔德的时候,玛蒂尔德一双天蓝色的大眼睛也看着他和他旁边的人。她心想:"真是一群庸人!这位克罗兹诺瓦还妄想娶我哩!不错,他温文有礼,风度优雅,和德·鲁弗雷先生一样,如果不让人腻烦,这些先生倒是挺可爱的。他将来也会胸无大志而洋洋自得地跟着我参加舞会。结婚一年以后,我的车马,衣着,巴黎远郊的别墅,一切的一切,应有尽有,足以使像德·罗瓦维尔伯爵夫人之类夫荣妻贵的女子忌妒得要死,可是,以后呢?……"

玛蒂尔德瞻望前途,不禁心烦。德·克罗兹诺瓦侯爵终于走到她身旁,和她说话,但她却心事重重,听不进去,觉得他的话和舞会的嗡嗡声混在一起。她的目光机械地跟随着于连,其实于连已经带着恭敬、自豪而不满的神情走开了。玛蒂尔德在离来来往往的人群很远的一个角落里瞥见了阿塔米拉伯爵,诸位谅必记得,他在自己的国家里被判处了死刑。路易十四统治期间,他的一个亲戚曾经嫁给了孔蒂亲王,这件往事多少起了点保护作用,使他免受圣公会警探的缉拿。

玛蒂尔德心想:"我看只有被判死刑才能抬高一个人的身价,这是惟一用钱也买不到的东西。

"啊!我刚刚说的这句话真妙!可惜来得不是时候,不能为我脸上增光!"玛蒂尔德品位高雅,不愿在谈话当中插进一句事先想好的妙语,同时她的虚荣心也很重,想出妙句也不免窃喜。于是在她脸上,满意的神情取代了烦愁,而一直对她说话的克罗兹诺瓦侯爵以为可获美人青睐,越发说个没完。

玛蒂尔德心想:我这句惊人妙语有哪个恶棍能不以为然?谁不同意,我就可以回答:男爵、子爵的头衔可以花钱买;十字勋章可以送,我哥哥刚刚就获得了一枚,他有什么功劳?军衔也可以弄到。戍守十年,或者有亲戚当国防大臣,就可以像诺尔贝那样成为骑兵中尉。想有大笔财产!……这才是难能可贵的呢。真滑稽!和书上说的完全不一样……好嘛,想发财?那就娶罗特希尔德的女儿好了。

“我那句妙语讲得实在深刻。死刑才是惟一没有人孜孜以求的东西。”

“您认识阿塔米拉伯爵吗?”她问德·克罗兹诺瓦先生。

她仿佛刚刚把思想从远处拉回来,而提出的问题和可怜的侯爵唠叨了五分钟的话毫无关联,使善良的侯爵摸不着头脑,尽管他的聪明是有口皆碑的。

他心想:玛蒂尔德脾气怪是个缺点,可是娶了她能够大大地提高自己的社会地位!我不知道这位德·拉摩尔侯爵有什么办法,他和所有党派的要人都有交情,永远是个不倒翁。再说,玛蒂尔德这种古怪性格可以说是天才。有高贵的出身和大笔财产,古怪就不可笑,而且还显得十分出众!而且,如果她愿意,完全可以把聪明、个性和机智糅合在一起,成为人见人爱的姑娘……由于一心难以两用,侯爵神态茫然,像背书那样回答玛蒂尔德:

“谁能不认识这个倒霉的阿塔米拉呢?”接着,他便把阿塔米拉那次可笑而荒唐的未遂政变告诉了玛蒂尔德。

“荒唐透顶!”玛蒂尔德自言自语般说道,“可是,他到底干出了点事,我就愿意见识这样的男子汉,请您领他过来。”侯爵听了,心里颇感意外。

“她若登上王后宝座,一定美极了!”阿塔米拉对德·克罗兹诺瓦先生说道。接着乖乖地跟他走了过来。

世界上认为坏事莫过于搞政变的大不乏人,搞政变就有雅各宾党之嫌。还有什么比政变失败的雅各宾党更叫人恶心的呢?

玛蒂尔德和德·克罗兹诺瓦先生交换了一下眼色,对阿塔米拉的自由派论调不以为然,但听他说话却颇感兴趣。

她心想:舞会上出现个阴谋家,这种对比实在太强烈了。她觉得此人留着小胡子,形象仿佛一头睡狮,但很快便发现他的头脑里只有一种概念:实用,崇尚实用。

年轻的伯爵认为,除了在国内组织一个两院制的政府之外,其他都不值得关心。后来他欣然离开了玛蒂尔德这位舞会上最吸引人的姑娘,因为他看见有一位秘鲁将军走进来了。

可怜的阿塔米拉对欧洲已经感到失望,只好转而认为,等南美洲诸国一旦强盛起来,就会把米拉波①带给它们的自由送还给欧洲。

一群留小胡子的年轻人旋风似地拥向玛蒂尔德。她很明白阿塔米拉并未被她迷住,反而走开了,心中很恼火,又看见他和那位秘鲁将军说话时,黑眼睛兴奋得直闪亮。德·拉摩尔小姐看那些法国青年时,目光严肃而深邃,那是任何一个对手也模仿不了的。她想:即使一切条件都具备,他们当中有哪一个甘心被判死刑呢?

她古怪的眼光使思想浅薄之辈飘飘然,却使其他人感到不安,担心她会突然说出什么尖刻的话,使人难以回答。

玛蒂尔德心想:“出身高贵自然有许多优秀品质,缺了这些品质会让我看了不舒服,于连就是个例子。但是出身好会削弱敢于杀身成仁的魄力。”

这时候,有人在她旁边说:“这位阿塔米拉伯爵是圣纳扎罗-皮孟泰尔亲王的次子,一二六八年康拉德②被斩首之前,企图营救他的就是这个家族的一个成员。该家族是那不勒斯最大的名门望族之一。”

玛蒂尔德暗想:这恰恰证明了我的格言:出身高贵使人没有魄力,而没有魄力,就不敢杀身成仁!我今晚中邪了,净胡思乱想,得了!既然我和别的女人一样,只不过是个女人,那就跳舞吧。德·克罗兹诺瓦侯爵一再邀请她跳快步舞,足足邀请了一小时了,这时她才答应,目的是调剂一下刚才用脑过度。她施展出浑身迷人的解数,使德·克罗兹诺瓦先生乐不可支。

可是,无论跳舞也好,取悦朝中某位风云人物的想法也好,都不能

---

① 米拉波(1749—1791),法国大革命时期杰出的演说家,主张君主立宪,虽然出身贵族,但有反叛精神,是第三等级的代表。

② 即日耳曼皇帝康拉德五世(约1252—1268在位),曾企图收复那不勒斯王国,兵败被俘,旋处斩。

使玛蒂尔德高兴起来。她已经出尽风头,俨然舞会上的王后,这一点她当然明白,但她仍觉了无意趣。

一小时以后,克罗兹诺瓦把她送回原地,她心想:“和他那样一个人生活在一起,该多乏味啊!”接着又闷闷不乐地问自己:“我离开六个月,重返巴黎,在所有女人都渴望能参加的舞会上仍然找不到欢乐,那到哪里才能找到呢?再说,我还受到众人的一致恭维,而他们都是上流社会的佼佼者,他们中间,除了几个成为贵族院议员的资产者和一两个于连那样的人以外,没有一个平民百姓。可是,”想到这里,她更觉凄然,“命运该有的我都有了:门阀、财产、青春,唉!一切都有,惟独缺乏幸福。

“我的优点当中最成问题的还是整个晚上他们给我谈到的那些。我想是聪明,因为显然他们都怕我。如果他们敢斗胆提出个严肃的话题,谈了五分钟,便会理屈词穷,即使有重大的发现,也不过是拾我反复谈了一个钟头的牙慧。我长得美,这是德·斯塔尔夫人[①]即使牺牲一切也求而不得的。但我烦闷得要死,这也是个事实。有什么理由说我将来成了德·克罗兹诺瓦侯爵夫人以后,烦闷会有所减少呢?

“可是,天哪!”她想着几乎要哭出来了,“他不是个十全十美的人吗?他是这个时代最有教养的人,你每次看他,他总有动听,甚至风趣的话对你说,他为人勇敢……”她又自言自语道:“但那个索海尔却是个怪人,目光不是阴沉就是不高兴。我跟他说过我要和他谈谈,可他居然不再露面了。”

---

① 斯塔尔夫人(1766—1817),法国大革命时期女作家,浪漫派的先驱,因思想自由,曾遭拿破仑流放。

第九章 舞 会

> 衣香鬓影，红烛高烧，酥肩玉臂与鲜花交相辉映，迷人的罗西尼乐曲，还有西塞里①的绘画！我的魂灵儿早飞到天上去了。
>
> 《乌泽利游记》

“你情绪不好，”德·拉摩尔侯爵夫人对女儿说道，“我提醒你，在舞会上这样可不够优雅。”

“我只不过是头疼，”玛蒂尔德爱理不理地回答道，“这里太热了。”

这时候，仿佛要证明德·拉摩尔小姐说得没错似地，年迈的托利男爵感到不适，昏倒了。大家只好把他抬走。据说是中风，真扫兴。

玛蒂尔德丝毫不理会，她早已下决心永远不看那些老家伙和大家公认只会说背兴话的人。

为了避开谈中风的事，她干脆去跳舞。其实男爵并非中风，因为第三天，他又亮相了。

跳完舞后，她又想起：“索海尔先生还不过来。”她不免四下张望，忽然发觉他在另一个客厅。奇怪的是他似乎一反平时冷漠无情的神态，也不像英国人那样古板了。

玛蒂尔德暗想：他正和我那个死刑犯阿塔米拉伯爵谈话哩！他的目光里暗暗燃烧着火焰，神情活像一位乔装打扮的王子，眼神越发骄傲了。

于连一面和阿塔米拉谈话，一面走近玛蒂尔德站的地方。她定睛地看着于连，想从他容貌上找出能使一个人取得被判处死刑这种荣誉

① 西塞里(1782—1868)，法国装饰画家。

的崇高品质。

经过她身边的时候，于连对阿塔米拉伯爵说：

“不错，丹东①是条好汉。”

“噢，天呀！难道他是个丹东？”玛蒂尔德心想，“可是他的相貌如此高贵，而那个丹东则如此丑陋，我看简直像个屠夫。”于连还未完全走远，她毫不犹豫地把他喊住，带着骄傲的心情，理直气壮地向他提出了一个少女难以启齿的问题。

“丹东不是个刽子手吗？”她问于连。

“在某些人眼里，的确是，”于连回答时脸上露出无法掩饰的轻蔑，眼里还闪烁着与阿塔米拉谈话时的兴奋，“不过，对出身高贵的人来说，不幸的是，他是塞纳河畔梅里地区的律师，就是说，小姐，”他恶狠狠地说道，“他开始时和我在这儿看见的许多贵族院议员一样。在美人眼里，他长得奇丑，这是事实。”

最后这几句话说得很快，语气特别，当然也很不客气。

于连等了片刻，上身微向前倾，神情是谦逊中透着骄傲，似乎在说：我拿了工资，必须回答你，我靠工资为生。他不屑抬起眼睛看玛蒂尔德，而她却把一双妙目睁得出奇地大，盯着于连，活像他的奴隶。最后，由于她不说话，于连看了她一眼，仿佛仆人看着主人，等待主人的吩咐。玛蒂尔德一直用奇怪的目光盯着他。尽管二人四目相视，于连仍然故意匆匆走开了。

终于玛蒂尔德如梦方醒地自言自语道：“他的确很漂亮，但对那丑八怪却如此赞颂，绝口不谈自己！和凯律或克罗兹诺瓦完全不一样。我父亲在舞会装拿破仑像极了，这个索海尔也颇有那种神态。”至于丹东，她早就忘了。“的确，我今晚烦透了。”她拽住哥哥的胳臂，不管他愿不愿意，硬要他陪着在舞厅上转一个圈。她突然想去听听那个死刑犯和于连的谈话。

人很多，不过，她终于找到了他们。这时候，在她面前不远，阿塔米

① 丹东（1759—1794），法国大革命时期雅各宾派主要领导人之一，出身律师，能言善辩，曾当选为巴黎公社副检察长，建立革命法庭，主张以恐怖手段镇压反对派。1794年以反叛罪被判处死刑。

拉正从一个托盘上取一杯冷饮。他半侧着身继续和于连说话,忽然看见一只绣花的衣袖在取旁边的一杯冷饮。绣花的礼服引起了他的注意。他转过身来,想看看到底是谁。一看不要紧,他那双高贵而憨厚的眼睛顿时露出了一丝轻蔑的神情。

"您看这个人,"他压低声音对于连说,"他就是德·阿拉塞利亲王,敝国的大使。今天早上,他要求贵国外交部部长德·内尔瓦先生把我引渡回去。看,他正在那儿打牌哩。德·内尔瓦先生颇想把我交出去,因为一八一六年,敝国曾经将两三个反叛分子交给法国。如果我被交给敝国国王,我二十四小时内便会被绞死。抓我的一定是这些留着小胡子的漂亮先生中的某一位。"

"卑鄙小人!"于连差点高声喊了起来。

他们的谈话一字不漏地都被玛蒂尔德听在耳里。烦闷于是一扫而光。

"还不算那么卑鄙,"阿塔米拉伯爵又说道,"我跟您谈到我自己,无非想给您一个生动的形象。您看那位德·阿拉塞利亲王,每五分钟,他都要瞟一眼他的金羊毛勋章,看见胸前那个破玩意儿便美滋滋的。说到底,这可怜虫生不逢时。一百年前,金羊毛勋章倒是一种了不起的荣誉,但在那时就不会有他的份了。今天,即使在出身高贵的人中间,也只有阿拉塞利之流才为勋章神魂颠倒。为了得到勋章,他会把全城的人吊死。"

"他是以这样的代价获得勋章的吗?"于连焦急地问道。

"不,那倒不一定,"阿塔米拉冷冷地回答道,"他也许叫人把国内三十个左右被认为是自由党分子的有钱人扔进河里吧。"

"简直是魔鬼!"于连又说道。

德·拉摩尔小姐津津有味地侧耳细听,与于连离得这样近,一头秀发几乎要碰到于连的肩膀了。

"您还太年轻!"阿塔米拉回答道,"我跟您说过,我有一个出了嫁的妹妹在普罗旺斯,她仍然漂亮、善良、温柔。是个很好的贤妻良母,忠于自己的一切职守,笃信宗教而不是假装虔诚。"

"他说这个是什么意思?"德·拉摩尔小姐心里纳闷。

"她现在很幸福,"阿塔米拉继续说道,"一八一五年,她生活得也不错,当时我就藏在昂蒂布①附近她领地的家里;您猜怎么着,她一听说奈伊元帅被处决的消息,竟高兴得手舞足蹈!"

"这可能吗?"于连吓了一跳,说道。

"这就是派性,"阿塔米拉又说,"真正的激情十九世纪不会再有了,所以法国人才觉得百无聊赖。无残忍之心,却作出最残忍的事。"

"见鬼!"于连说道,"要犯罪也该犯得痛痛快快,犯罪也只有这点好处,也才有那么点值得。"

德·拉摩尔小姐完全忘掉了自己的地位,几乎插到了阿塔米拉和于连之间。她哥哥习惯于一切都顺着她,此时一面让她挽着胳臂,一面把目光投向大厅别处,而且,为了不失仪态,装作人多挤不过去。

"您说得对,"阿塔米拉说道,"现在的人做什么都不起劲,随做随忘,连犯罪也一样。在这个舞会里,我也许可以给您指出十个人,他们将来一定会下地狱,因为他们是杀人犯。可是他们忘了,世人也忘了②。

"他们中间许多人如果自己的狗把腿摔断了,就会难过得掉眼泪。在拉雪兹神甫公墓,用你们巴黎人打趣的说法,当有人把鲜花撒在他们的坟上时,人家会告诉我们说,他们拥有勇敢骑士的一切美德,还会谈到亨利四世在位时,他们曾祖父的赫赫战功。如果阿拉塞利亲王机关算尽也未能把我绞死,我还能享受我在巴黎的财产,我想请您和八九个备受赞扬而不知悔改的杀人犯一起吃顿晚饭。

"在饭桌上,只有您和我是手上没沾鲜血的人,但我却被人看不起,甚至憎恨,把我看作是嗜血的魔鬼和雅各宾党,您呢,也会被人瞧不起,原因仅仅是因为您出身平民竟然混迹于上流社会。"

"这话一点儿也没错,"德·拉摩尔小姐说了一句。

阿塔米拉惊讶地看着她,于连则对她不屑一顾。

"您要知道,"阿塔米拉继续说道,"我所领导的那场革命之所以未

① 昂蒂布,法国南部海港,有海滨浴场。

② 说话者乃不满现状之人。(莫里哀《伪君子》原注)

获成功,完全是因为我不想砍三个人的头并把金库里的七八百万分给我的手下,而金库的钥匙就掌握在我手里。我那个王上今天恨不得把我吊死,想当年,起事以前,他视我为心腹,如果我砍了那三个人的头并把金库里的钱分掉,他一定会给我最高的勋章,因为这样我至少有一半的功劳,而我的国家没准会有一部原封不动的宪章……世界的事就是这样,一盘棋而已。"

"这样说来,"于连目光灼灼地说道,"当时您不谙此道,现在……"

"您是说,换了现在,我会砍人的头,不会像那天您暗示的那样,做一个吉伦特派咯?……我要回答您的是,"阿塔米拉凄然地说道,"即使决斗杀人,也比借刽子手的刀杀人光明正大多了。"

"我的天!"于连说道,"要达目的,当然可以不择手段。如果我不是个小人物而是有几分权力,我会为了救四个人的命而不惜绞死三个人。"

他目光如火,表示这样做问心无愧而对世人的浅薄之见嗤之以鼻。当他与就在他身旁的德·拉摩尔小姐四目相遇时,这种蔑视的表情不仅没变得温柔和礼貌,反而更加深了。

德·拉摩尔小姐对此非常反感,但已无法把于连忘诸脑后,只好气呼呼地拉着她哥哥走开了。

她想:"我必须喝点潘趣酒①,痛痛快快地跳个舞。我要挑一个最好的舞伴,不管怎样也要露它一手。唔,德·费瓦克伯爵的傲慢是出了名的,他来得正好。"她接受伯爵的邀请,和他一起跳舞,心想:要看看我们两人中间谁最傲慢,不过,要使他彻底丢脸,我必须逗他开口。不久,四组舞余下的部分大家都只是摆摆样子,谁也不愿意漏掉玛蒂尔德任何一句尖酸刻薄的联珠妙语。德·费瓦克先生晕头转向,无计可施,只能一个劲地说好话,一脸无奈的神情。玛蒂尔德一肚子气都发泄在他身上,对他宛如仇敌。她跳舞直到天亮,告辞时疲惫不堪。但上了马车,还把剩下的一点点力气用来折磨自己。她懊恼万分,因为于连看不起她而她却无法看不起于连。

---

① 潘趣酒,一种混合着酒、糖、茶、柠檬等的饮料。

于连兴高采烈，不知不觉陶醉在袅袅的乐曲、鲜花、美人和优雅的环境之中。他浮想联翩，仿佛自己功成名就，人人都享受着自由。

“这舞会真了不起！”他对伯爵说道，“简直是万事俱备。”

“只缺思想。”阿塔米拉回答道。

他面露不屑之情，因为出于礼貌，他不能太露骨，但这样一来，反而更显得突出了。

“伯爵先生，您也在场，不是吗？这思想有造反的味道呢！”

“我出席是因为我的姓氏。但在你们的客厅里是容不下思想的，即使有也不能超过几句讽刺民歌的水平，这样才可以得到夸赞。但是有思想的人，如果俏皮话稍有点分量和新意，便会被你们称作**愤世嫉俗**。你们的一位法官不就曾经给库里埃[①]扣上这个罪名吗？你们把他和贝朗瑞一起投进了监狱。在你们国家里，凡是思想上稍有可取的人都被教会送上法庭，而上流社会则会拍手称快。

“因为你们衰老的社会首先注重的是传统的规范……胆略仅限于战场上的血气之勇；你们可以有缪拉[②]，但绝不会有华盛顿。我在法国所见到的只有虚荣。客人语涉夸张，易致失言，主人便会认为丢了自己的脸。”

说到这里，伯爵的马车在德·拉摩尔府前面停了下来，于连下车，他已经喜欢上这个阴谋造反的人。阿塔米拉显然出于内心的真情流露，着实赞扬了他一番：您没有法国人那种轻佻，而且懂得**实用**的原则。事有凑巧，于连前一天刚看过加西米尔·德拉维涅[③]的悲剧《玛利诺·法里埃罗》。

“以色列·贝尔蒂齐奥[④]难道不是比所有那些威尼斯贵族更有性格吗？”我们这位不服气的平民百姓心里想，“那些人的贵族历史都有

---

① 库里埃（1772—1825），法国作家，曾通过讽刺小册子和书信的形式，以犀利的笔锋抨击法国复辟王朝。

② 缪拉（1767—1815），帝国时期的元帅，拿破仑的妹夫，一八〇八至一八一五年曾被封为那不勒斯国王。

③ 德拉维涅（1793—1843），法国诗人，戏剧家。

④ 《玛利诺·法里埃罗》一剧中兵工厂一个普通木匠的名字。

真凭实据,可以上溯到公元七〇〇年,比查理曼大帝还要早一个世纪,而今晚参加德·雷兹先生舞会的贵族,历史最长的也只能凑合着追溯到十三世纪。那些威尼斯贵族尽管出身是名门贵胄,但今天大家记得的只是以色列·贝尔蒂齐奥。

“一次政变消灭了社会随意授予的一切头衔,一个人可以凭着对生死的态度立即取得与之相应的地位。思想本身也失去其影响……

“在华勒诺和雷纳之流当道的今天,即使丹东复生,又能怎样?恐怕连个御前代理检察官也当不上……

“我的意思是,他会卖身投靠教会,当上内阁大臣,因为他毕竟有过盗窃的行为。米拉波也卖身投靠了。拿破仑在意大利也掠夺过数百万,否则他早就像皮什格吕①那样因为穷而半途而废了。拉法夷特②是惟一没有盗窃的人。他应该去偷吗?应该去出卖自己吗?”于连心里想道。这个问题使他没法再想下去,只好拿起一本大革命史来消磨下半夜的时光。

第二天在图书室里草拟信件的时候,于连还念念不忘阿塔米拉的那番话。

他沉吟了半晌,自言自语道:“事实上,如果这些西班牙自由党人把人民也拉进来和他们一起干,就不会那么轻易地被清除掉了。他们都是些心高气傲、喜欢空谈的大孩子……”想到这里,于连如梦方醒般突然大喊了一声:“像我一样!”

“我做了什么了不起的事而有权去评论这些倒霉的人呢?他们一生中毕竟有过一次敢干并已经动手干了呀!我好比一个人,饱食之后大声说:‘明天我不吃饭了。’但我照样身体结实,精神愉快,像今天一样。谁知道干大事业半途而废是什么滋味?……”这时候,德·拉摩尔小姐突然走进图书馆,打断了于连这些崇高的思想。丹东、米拉波、卡尔诺③等人坚贞不屈,他们的优秀品质使于连钦佩不已,因而他虽然

① 皮什格吕(1761—1804),法国将军,曾与卡杜达尔及莫罗一起阴谋刺杀拿破仑。事败后死在狱中。

② 拉法夷特(1757—1834),法国将军,复辟时期的反对派。

③ 卡尔诺(1753—1823),法国数学家,物理学家,政治家和军事家。

看到德·拉摩尔小姐,却视而不见,没想到她,甚至也不跟她打招呼。当他那双睁得大大的眼睛终于看见她的时候,目光倏地暗淡下来。德·拉摩尔小姐看在眼里,觉得很不是滋味。

她无可奈何,只好向于连要一卷韦利①的《法国史》。这本书放在最高的架子上,于连只好去找两把梯子中最长的那一把搬过来,取下书,交给她,但注意力仍然不在她身上。把梯子归位时,由于心不在焉,胳臂肘碰破了书柜的一块玻璃。碎片落在地板上,终于把他从遐思中惊醒。他忙不迭地向德·拉摩尔小姐道歉,想表现得有礼貌,但也仅仅是礼貌而已。玛蒂尔德显然知道自己打扰了他,他宁肯继续想她到来以前所想的事也不愿和她说话。她看了于连好一会儿便讪讪地走了。于连看着她走开,发现她衣着朴素与前天晚上的花枝招展形成鲜明的对比,觉得很有意思,两种场合的脸色几乎也出奇地不同,在德·雷兹公爵府的舞会上盛气凌人,此时目光却几乎流露着恳求。于连心想:"说真的,穿这件黑色连衣裙更能显出她身材之美,但为什么要穿孝服呢?"

"如果我问人她为什么穿孝服,非又闹笑话不可。"于连没有继续兴奋地往下想。"我应该把今早拟好的信再看一遍,天晓得里面有多少错漏的地方。"他勉强集中注意力看第一封信时,忽然听见身旁响起了丝绸衣服的窸窣声。他转身一看,德·拉摩尔小姐站在离他桌子两步远的地方笑。他的工作第二次被打断,心里着实有气。

玛蒂尔德呢,她刚刚弄明白,这个年轻人根本不把她当一回事,笑只是为了遮丑,这一招果然奏效。

"索海尔先生,显然您是想到什么有趣的事了。不是有关那次政变的某种奇闻轶事吗?亏得这次政变,阿塔米拉伯爵才跑到巴黎来的呀。到底是什么事情,我很想知道,我可以向您保证,一定守口如瓶!"她说出这番话连自己也感到奇怪。怎么,居然对一个下人低声下气地恳求!困惑之余,她装出轻松的口吻继续说道:

"您平时那么冷静,怎么一下子突发灵感,成了米开朗琪罗塑造的

---

① 韦利(1709—1759),法国历史学家。

先知了?”

她问得既冒昧又突然,于连感到深受伤害,顿时气不打一处来。

“丹东偷盗难道是对的吗?”他猛地问道,神色也变得越来越恼火了。“皮埃蒙特①的革命党,西班牙的革命派难道应该犯罪,连累人民?难道应该把军队里的各种职衔,各种十字勋章随便给那些无功受禄的人? 夤缘得到勋章的人难道就不怕王上回驭? 都灵②的金库难道就应该抢劫? 总之一句话,小姐,”他狠狠地逼近她说道,“一个人想扫除世上的无知和罪恶就应像暴风雨那样随意肆虐吗?”

玛蒂尔德慌了。她经受不住于连的目光,往后退了两步,看了他一眼,对自己的慌乱感到羞惭,匆匆走出了图书室。

---

① 皮埃蒙特,意大利西北地区。

② 都灵,古撒丁王国首都,皮埃蒙特工商业的中心。

第十章　玛格丽特王后

爱情啊！不管你如何疯狂戏弄，我们都感到乐在其中。

《葡萄牙修女书简》[①]

于连把拟好的信又看了一遍。晚饭的钟声响了，他心想：在这位巴黎小姐眼里，我一定十分可笑！如实把心事告诉她岂不是疯了！不过也疯不到哪里。在这种情况下说实话，倒也不失我的本色。

话又说回来，她为什么要来问我内心的想法呢？这样做实在冒失，而且有乖常理。她父亲花钱雇我，但我对丹东的想法并不属于我为他干活的范围啊。

走进饭厅，于连一眼看见德·拉摩尔小姐身穿孝服，便忘了生气的事，尤其是因为全家无一人穿黑，更感到惊讶不已。

吃过晚饭，于连激动了整整一天的心情才完全平静下来。好在懂拉丁文的那位院士也在座。于连心想：即使如我所料，问德·拉摩尔小姐为何穿孝有所不妥，此人恐怕不至于太笑话我。

玛蒂尔德神情古怪地看着他，于连心想：这大概就是德·雷纳夫人曾经给我描绘过的此地女子撒娇的表示吧。今天早上，我对她态度不好，她一时心血来潮，想和我谈谈，我没有搭理，这样在她眼里，我便抬高了身价。不过，魔鬼是不会吃亏的，不久以后，她出于睥睨一切的高傲心理一定会进行报复，更坏的报复。这和我失去的那一位多么不同啊！那一位天性多么温和，多么纯朴！她的想法没说出来我便已经猜到，看着这些想法如何形成。在她心里，除了担心孩子早夭以外，我便

---

① 《葡萄牙修女书简》，简称《葡萄牙书简》，十七世纪在巴黎出版的一部书信集，据说系葡萄牙修女玛丽亚娜·阿科福拉多所写。为写给一个在葡萄牙服役的法国贵族青年的五封信。其中表露了心中无法排遣的爱慕之情。

是她的一切。而这是合情合理的母子天性，对缺乏父爱的我尤其感到温馨。当时我真傻，对巴黎的憧憬竟使我无法欣赏这个心灵高尚的女人。

多么不同啊，天哪！而在这里，我找到的又是什么呢？赤裸裸的倨傲和虚荣，程度不同的自大自尊，仅此而已。

饭后大家纷纷离座，于连心想："别让那位院士被人请走。"想着，便趁人们走向花园的时候，走近院士，装出一副温顺谦恭的神态。院士对《艾那尼》①上演的成功表示愤慨，他表示也有同感。

"如果现在国王还能下密旨该多好！……"他说道。

"那他就不敢了。"院士像演员塔尔玛般做了个手势，大声说道。

谈到一朵花时，于连引用了维吉尔《农事诗》中的几句，并认为德利尔神甫②的诗简直无人可及。总之，对院士百般讨好，接着，又装作漫不经心地说道："我想德·拉摩尔小姐大概是继承了某位伯父的遗产，所以才戴孝。"

"什么！您是府里的人，居然不知道她的怪脾气？"院士突然停住脚步，说道，"老实说，怪就怪在她母亲竟任由她做这种荒唐事，不过，您别跟旁人说，这家人有名望恰恰不是由于性格坚强。玛蒂尔德却不像他们，所以他们都惟她之命是从。对了，今天是四月三十日！"院士没往下说，只是狡黠地看着于连。于连心领神会地笑了笑，心里纳闷："惟她之命是从，穿一身黑衣服，还有四月三十日，二者有何关系？真使我摸不着头脑。"

"我得承认……"他对院士说时目光还一个劲地询问。

"咱们到花园走走。"院士隐约看到作一番精彩叙述的机会来了，便美滋滋地说道。"什么？你不知道一五七四年四月三十日发生的事，这可能吗？"

"在哪儿发生？"于连吃惊地问道。

---

① 《艾那尼》，雨果的著名诗剧，一八三〇年二月廿五日在巴黎法兰西剧院首演成功，标志着浪漫主义对古典主义的胜利。

② 德利尔（1738—1813），十八世纪法国诗人，法兰西学院院士，曾翻译维吉尔的诗。

“在沙滩广场①。”

于连非常惊讶，一时还没弄清楚这个字眼的含义。他天生好奇，想听到悲剧性的下文，因而两眼闪烁着期待的光芒，讲故事的人最喜欢看到听众的这种神态。院士发现他没听过这件事，觉得很高兴。便滔滔不绝地讲起来：“一五七四年四月三十日，当时最俊美的男子卜尼法斯·德·拉摩尔和他的朋友，皮埃蒙特地方的贵族阿尼巴尔·德·科科纳索如何在沙滩广场被砍了头。拉摩尔是纳瓦尔王后玛格丽特②宠爱的情夫，请注意，”院士又补充了一句，“德·拉摩尔小姐的芳名就叫**玛蒂尔德-玛格丽特**。拉摩尔既是德·阿朗松公爵③宠爱的人，也是纳瓦尔国王的心腹好友，国王就是后来的亨利四世，亦即玛格丽特的丈夫。一五七四年封斋节前的星期二，满朝文武聚集在圣日耳曼宫，可怜的国王查理九世即将晏驾。当时王太后卡特琳娜·德·梅迪契把两位王子幽禁在宫里，而拉摩尔是王子的好友，想把他们救出去，便率领二百骑兵实行逼宫。德·阿朗松公爵慌了，把拉摩尔交给了刽子手。

“玛蒂尔德小姐曾经亲口对我说，那是七八年前了，当时她才十二岁，使她感动的是一个人头，一个人头！……”说到此处，院士抬头望天。“在这场政治灾难中，使她感动的是纳瓦尔王后玛格丽特藏在沙滩广场的一所房子里，竟然敢派人向刽子手要她情夫的头，当夜用车把头运到蒙马特尔山脚下一座小教堂里埋葬。”

“这可能吗？”于连激动地叫了起来。

“玛蒂尔德小姐看不起她的哥哥，因为您也看到，她哥哥根本不把这段古老的历史放在心上，四月三十日从不戴孝。自这次行刑以后，为了纪念拉摩尔对这位名叫阿尼巴尔的意大利人科科纳索的深情厚谊，这个家族的所有男子都取这个名字。而且，”院士压低声音接着说道，“根据查理九世本人的说法，这位科科纳索是一五七二年八月二十四

---

① 沙滩广场，即今巴黎市府广场，当年是处决犯人的地方。

② 玛格丽特王后，即玛格丽特·德·瓦洛瓦（1553—1615），法王亨利二世及卡特琳娜·德·梅迪契之女，亨利·德·纳瓦尔（即后来的亨利四世）之妻。

③ 德·阿朗松公爵（1554—1584），即卡特琳娜·德·梅迪契的第四子，后又封为安茹公爵。

日大屠杀[1]事件中最残酷的凶手之一……不过，亲爱的索海尔，您是这家人的座上客，怎能不知道这些事呢？”

“怪不得在吃饭当中，德·拉摩尔小姐两次管她的哥哥叫阿尼巴尔，当时我还以为自己听错了呢。”

“这是一种责备，奇怪的是侯爵夫人容忍这样瞎闹……将来这个大闺女的丈夫可真有好受的！”

紧接着，他说了五六句讽刺话，说时眼里闪动着幸灾乐祸的光芒，于连很不以为然，心想：“我们两个好比仆人，却背后说主人的坏话，但这位院士什么都做得出来，不必大惊小怪。”

有一天，这位院士向德·拉摩尔侯爵夫人下跪，为他在外省的一个侄子求一个烟草税务局局长的职位，被于连撞见了。当晚，德·拉摩尔小姐的一个小侍女（她也像过去艾丽莎那样追求于连）告诉他说，她的女主人戴孝并非想吸引别人的注意，这种古怪的举动实出自本性，对卜尼法斯·德·拉摩尔真正的爱。王后是那个时代最聪慧的女人，而卜尼法斯则是王后的情夫，为救朋友不惜杀身成仁。朋友是谁？一个是王储[2]，另一个是后来的亨利四世。

德·雷纳夫人的行为举止无不闪烁着完美天性的光辉，于连已经看惯了，因而觉得巴黎所有的女子都是矫揉造作之辈，心里只要稍微不高兴，便对她们无话可说，但德·拉摩尔小姐却是个例外。

逐渐地，于连不再把贵族仪态之美看做心肠冷漠的表现了。他和德·拉摩尔小姐作过几次长谈，有时晚饭后，小姐和他在花园里，沿着客厅开着的窗户散步。一天，她告诉于连说她正在阅读多比涅[3]写的历史和勃兰多姆[4]的著作。于连心想，读这些书真怪，侯爵夫人连司各特[5]的小说也不让她看！

一天，她给于连讲述亨利三世时代一个年轻女子的故事，那是她刚

① 指圣巴托罗缪之夜天主教派对胡格诺派（即法国新教）的大屠杀。

② 王储，即德·阿朗松公爵。

③ 多比涅（1552—1630），法国历史家，作家。

④ 勃兰多姆（1540—1614），法国回忆录作家。

⑤ 司各特（1771—1832），苏格兰历史小说家，其作品在法国颇有影响。

刚从艾图瓦尔[1]的《回忆录》里看到的，那女子发现丈夫不忠，便用匕首杀了他。讲这故事时，她眼睛里闪烁着快活的光芒，说明她由衷地欣赏这一行动。

于连心里美滋滋的：一个受到大家尊敬，据院士说，还能号令全府的千金小姐居然肯和他说话，样子还几乎把他当朋友对待。

很快地，于连又想："我弄错了，这谈不上亲切，我不过是悲剧中心腹人的角色罢了，完全是为了说话的需要。在这一家里，我被看做博学之士。我一定要看看勃兰多姆、多比涅和艾图瓦尔的作品，这样，当德·拉摩尔小姐讲起什么掌故时，我才能谈出不同的看法。我必须从被动的心腹人的角色里跳出来。"

逐渐地，他和这位外表矜持，同时又容易接近的少女谈得比较投机了。他忘记了自己不满现状的小民百姓身分，觉得这位小姐很有学问并且通情达理。她在花园里所谈的看法与在客厅中发表的意见截然不同。有时候，她对于连表现得既热诚又坦率，与平时的倨傲、冷漠真有霄壤之别。

一天，她眼睛里闪耀着智慧的光芒，热情洋溢地对于连说："神圣同盟[2]的战争时期是法国的英雄年代，那时候，每一个人都为实现自己的目的、为使自己的党派获得胜利而战，而不是像您那位皇帝当权的时代为区区一个十字勋章而拼命。应该承认，那时的人没那么自私和狭隘，我喜欢那个年月。"

"而那个年月的英雄就是卜尼法斯·德·拉摩尔。"于连对她说道。

"至少他有人爱，而被人爱也许是一种享受。今天的女子，有谁愿意去摸自己情人被砍下的头颅呢？"

这时候，德·拉摩尔夫人喊她的女儿了。虚伪必须含而不露才能起作用。但大家可以看到，于连已经隐约把自己崇拜拿破仑的感情告诉了德·拉摩尔小姐。

---

① 艾图瓦尔（1546—1611），法国编年史家。

② 神圣同盟，十六世纪法国天主教为反对新教而结成的联盟。

于连一个人留在花园。他自言自语道:“这就是他们占尽了上风的地方,凭着祖先的历史,他们便能超凡脱俗,衣食无忧! 真可悲呀!”他痛苦地想道,“对这些大问题我却无权发言,我一辈子只能不断地装假,就因为我没有一千法郎的年金以维持生计。”

“先生,你在那儿想什么呢?”玛蒂尔德跑着回来,问他道。

于连对自怨自艾已经感到厌烦,出于自尊,索性把想法一股脑说了出来。但是对一位阔小姐谈自己贫穷的身世,实在脸红,便竭力用矜持的语气表白自己一无所求。玛蒂尔德觉得他从没有像现在这么美,而且眉宇间具有平时所缺乏的感情和坦率。

不到一个月以后的一天,于连满怀心事地在拉摩尔府中的花园内散步,但脸上已经没有因长期的自卑心理所流露出的冷酷和自我解嘲的高傲表情。他刚刚把德·拉摩尔小姐送到客厅门口,原来这位小姐自称和哥哥一齐跑的时候扭伤了脚。

于连心里纳闷:“她靠着我胳臂的方式很奇怪! 是我自作多情,还是她真的属意于我? 她听我说话时如此含情脉脉,即使我对她承认自尊心所遭受到的痛苦时也是如此! 而她一向对谁都是盛气凌人的! 如果在客厅里她也是这副样子,大家一定会很惊讶。她对别人肯定不会这样温柔和善。”

于连尽量不夸大这种不寻常的友谊,而将之比作全副武装的来往。每天双方见面,在继续头一天谈话所采用的亲密语气之前几乎都要考虑:今天,我们是朋友还是敌人呢? 于连明白,此女高傲,只要任由她顶撞自己一次,那就全完了。如果翻脸,倒不如一开始就为维护自尊心的正当权利和她翻脸,否则,若对我个人的尊严稍有放弃,随之而来的将会是被她明目张胆的瞧不起,难道不是吗?

有过许多次,玛蒂尔德心情不好,想摆出贵族大小姐的派头和他说话,这种企图装得异常巧妙,但被于连毫不妥协地顶了回去。

一天,他猛地打断玛蒂尔德的话,说道:“德·拉摩尔小姐对她父亲的秘书有什么要吩咐的吗? 秘书要听从她的命令并恭恭敬敬地执行,但秘书对她没什么可说的,秘书虽然受雇,却并非必须把思想告诉她不可。”

于连这种态度和莫名其妙的怀疑，驱散了他在客厅里经常感到的烦闷。客厅虽然富丽堂皇，但在那里，人人都胆战心惊，开不得丝毫玩笑。

“如果她爱上我，那才有意思呢。不管她是否爱我，”于连继续想道，“反正我总算有了个红颜知己，我还亲眼目睹，全府上下在她面前都战战兢兢，其中数德·克罗兹诺瓦侯爵更甚。这个年轻人温文尔雅，勇气十足，具有出身和财产所带来的各项优势，我只要具备其中一项便心满意足了！他爱玛蒂尔德爱得发疯，打算娶她。为了这门婚事，德·拉摩尔先生要我给两位公证人不知写了多少封信！我位居人下，奉命写信，但两小时后，就在花园里，竟打败了这位可爱的少年！因为玛蒂尔德对我情有独钟，直截了当，毫不含糊。也许她之所以恨他是由于他是未来的丈夫，她很傲气，完全做得出来。而她对我好，只不过把我视作心腹下人罢了！

“不对，不是我疯了，就是她在追求我，我越是对她冷淡和敬而远之，她就越来找我。很可能是下定了决心，装成这样，但当我突然出现，便会看到，她眼睛倏地发亮。巴黎的女人装假难道会装到这种程度？管它呢！表面是对我有利的，那就享受表面的风光吧。我的上帝！她真美！仔细看，我真喜欢她那双又大又蓝的眼睛，常常就这样看着我！今年春天和去年春天多么不同，那时候，我生活在三百个可恶而肮脏的伪君子中间，真倒霉，全靠意志的力量来支持！不过，我几乎也和他们一样可恶。”

在有怀疑的日子里，于连会想：“这姑娘看不起我，和她哥哥合起来奚落我。不过，她的神态又似乎很鄙视她哥哥缺乏个性！她跟我说过：‘他就是人好，仅此而已，思想不敢丝毫偏离时尚，我总是不得不出来为他辩护。’这姑娘才十九岁！一个人在这样的年纪，即使想装假，难道能每时每刻都装吗？

“另一方面，当德·拉摩尔小姐那双又大又蓝的眼睛奇怪地盯着我看时，诺尔贝伯爵总借故走开，我觉得这里有蹊跷。他妹妹对他们府上的一个下人另眼相看，难道他不该生气吗？我听见肖纳公爵说过我是个下人。一想起这个，气就不打一处来。难道这个公爵是个老顽固，偏爱使用这种旧词儿不成?”

“不管怎样,她是个漂亮姑娘!”于连目光如虎地又说道,“我一定要把她弄到手,然后溜之大吉,谁敢给我找麻烦不让我脱身谁就倒霉!”

于连脑子里就想这件事,其他一概不想,日子过得很快,一天就像一个钟头。

他无时无刻不竭力想去考虑点正经事,但脑子总集中不起来,一刻钟后又清醒了,心扑扑直跳,头昏脑涨,迷迷糊糊地总在想:她爱我吗?

第十一章　小姐的权威

我欣赏她的美貌，但害怕她的智慧。

梅里美[①]

如果于连把时间用于视察客厅里发生的事情，而不是一味夸大玛蒂尔德的美貌，或者情绪激动地对抗这家人天生的傲气（其实玛蒂尔德在他面前已经不大端架子了），他便会明白这位大小姐对周围的人有多大的影响了。谁要是得罪了她，她便用开玩笑给以惩罚，玩笑开得很有分寸，选择也很恰当，表面看非常得体，恰到好处，使人越想越痛，自尊心受伤害到了无法忍受的程度。她对家里其他人孜孜以求的东西视若无睹，因而在他们眼里，她总显得大模大样。一个人从贵族的客厅里出来，自然可以津津乐道，但也仅此而已。礼貌本身在头几天还像个样，这一点，于连有切身的体会。第一阵喜悦过后便是第一番惊讶。他心想：礼貌就是见到不文雅的举止也不发脾气。玛蒂尔德常常感到无聊，也许她不论在哪里都觉得无聊。于是，说话极尽挖苦之能事对她是一种寻乐，一种消遣。

也许对年纪大的老一辈人、院士和五六个逢迎拍马的人挖苦腻了，想另外找几个有趣一点的牺牲品，玛蒂尔德才给德·克罗兹诺瓦侯爵、凯律伯爵和其他两三个名门子弟以希望。其实，他们不过是她新的讽刺对象而已。

我们虽然喜爱玛蒂尔德，但也不得不承认，她接到过他们中间不少人的情书，偶尔也回过他们几封信。我们还要赶紧补充一句，她这个人并不理会时代的道德规范。对贵族的圣心修道院出来的学生，我们不

---

① 梅里美（1803—1870），法国作家，考古学家。尤以中短篇小说闻名于世。

能笼统地用不慎重这个字眼来责备。

一天，克罗兹诺瓦侯爵把玛蒂尔德前一天写给他的一封信还给她。信的内容若有泄露，对她相当不利。侯爵以为此举是慎重的表示，会博得玛蒂尔德的好感。但玛蒂尔德偏爱在信里随便写，喜欢和命运开玩笑。为此，她足足有六个星期不和侯爵说话。

她以收到这些年轻人的情书为乐，但依她看，此等信都大同小异，总表示自己一往情深和如何为情颠倒。

“他们都说自己是完人，准备到巴勒斯坦去朝圣。”她对表妹说道，“还有比这个更乏味的吗？我一辈子收到的大概都是这类信！这些信按照时移俗易的规律，二十年才变一次。帝国时代一定没这样单调。那时候上流社会的年轻人曾经亲眼目睹或者亲自完成过**真正**伟大的功业。我的伯父 N 公爵就参加过瓦格拉姆①战役。”

“动刀动枪有什么了不起？他们一旦动了就说个没完。”玛蒂尔德的表妹德·圣埃雷迪泰小姐说道。

“哟，我可喜欢这种故事。参加一场真正的战役，拿破仑指挥的战役，杀敌逾万，这是有勇气的证明。不怕危险才能提高人的思想境界，使人摆脱烦闷和无聊。而追求我的那些可怜虫就无聊得很，这种无聊是有传染性的。他们当中有谁想到要干一番与众不同的事业呢？他们只想方设法要娶我，因为这有利可图！我有钱，我父亲一定会提拔自己的女婿。唉，他能找到一个有趣点的女婿就好了！”

玛蒂尔德看问题尖锐明确，别具一格，就像我们所看到的，往往出言不逊。在她非常讲究礼貌的朋友们眼里，她的一句话往往就成了白璧之瑕。如果她不是个风云人物，他们几乎会认为她有点泼辣，缺乏女性的纤柔了。

至于她，对布洛涅森林里众多的漂亮骑士，在看法上也有欠公允。对未来，她并不恐惧，因为那种感情过分激烈，而是厌恶，一种在她那样年纪少有的厌恶。

她还能企求什么呢？财富、高贵的出身，而且，不仅大家说，她自己

---

① 瓦格拉姆，奥地利村庄，一八〇九年七月六日拿破仑曾大败奥军于此。

也相信，聪明而美貌，命运之神已经把这一切集中起来拱手送给了她。

这位圣日耳曼区最令人艳羡的侯爵府千金当时的想法，她开始感到和于连一起散步是一种乐趣。于连的矜持使她惊讶，但她着实欣赏这个小市民的机敏，心想："他将来一定会和莫里神甫①一样成为主教。"

我们的主人公对她的许多想法表示异议，态度诚恳而非出自儿戏，引起她极大的关注和思考。她把每次谈话的经过原原本本都告诉她的女友，还总觉得难以还其本来面目。

忽然，她眼前一亮，暗想："我已坠入情网，太幸福了！"她喜不自胜，实在难以想象。"我已情有所钟，心有所属，事实如此！在我这样的年纪，一位青春年少，聪明美丽的姑娘不是出于爱又何来如许感觉呢？真是白费心力，我对克罗兹诺瓦和凯律之流怎么也爱不起来。他们无可挑剔，也许太完美了，总之，令我觉得讨厌。"

她在脑子里把在《曼侬·莱斯戈》②、《新爱洛伊丝》、《葡萄牙修女书简》等书中看到的爱情描写重又回忆了一遍。当然，那都是伟大的爱情，轻佻的爱情与像她那样年纪、那样门第的少女是格格不入的。她认为只有法国亨利三世和巴松彼埃尔③时代那种对英雄的仰慕之情才能称之为爱情。这种爱情遇见困难绝不会畏缩不前，而且不仅不会这样，反而会干出惊天动地的大事。"我真倒霉，没碰见一个像卡特琳娜·德·梅迪契④或者路易十三那样真正的朝廷！我觉得自己完全能干得出最勇敢、最伟大的事情。像路易十三那样一个有血性的国王，我也能使他拜倒在我的脚下！正如托利男爵常说的，将他领向旺代，夺回他失去的王国，那就不会有什么宪章了……于连可以协助我。他缺的是什么？名声和财产而已。名他能闯出来，财产也指日可待。

---

① 莫里神甫(1746—1817)，鞋匠之子，后成为宣教家，并当选为法兰西学院院士。

② 《曼侬·莱斯戈》，十八世纪法国作家普莱沃(1697—1763)所写的一部曲折离奇的爱情小说，曼侬·莱斯戈为其中的女主角。

③ 巴松彼埃尔，十七世纪法国元帅及外交家，曾因密谋反对红衣主教及首相黎希留而被关进巴士底狱。

④ 卡特琳娜·德·梅迪契，十六世纪法王亨利二世之王后，查理九世朝之摄政，以善耍权术闻名。

“克罗兹诺瓦什么也不缺,但终其一生,只能是个半是保王党,半是自由派的公爵,一个举棋不定的人,永远不走极端,因而**不管在哪里都是个次要的角色**。

“要举大事哪能不走**极端**?事成之后,一般人才觉得有实现的可能。不错,爱情及其种种奇迹将在我心中占主导地位。我已感到爱在我胸中燃烧,使我血脉奋张。以前,上天没有把这个恩典赐予我,但它把所有优点集中在一个人身上,这样做绝非徒劳。我必能获得应有的幸福。此后我的每一天将不会是前一天简单的翻版。敢于爱一个社会地位与我有霄壤之别的人,这已经是伟大果敢的举动。现在就来看看,今后他是否能继续配得上我呢?只要一发现他是个脓包,我就将他弃如敝屣。像我这样出身高贵,大家又认为具有骑士性格(其父之语)的少女,为人绝不应浑浑噩噩。

“如果我爱上德·克罗兹诺瓦侯爵,那岂不浑浑噩噩?我的幸福岂不成了我表姐妹们幸福的翻版,而那是我绝对瞧不起的啊。我事先已经知道那位可怜的侯爵会对我说些什么而我又会如何回答。叫人打呵欠的爱情算什么爱情?我倒不如去做修女算了。只要对方的公证人不在签约前夕又提出最后的条件使长辈们大动肝火,难道我就会像我的小表妹那样乖乖地在婚约上签字,让老人们放心?”

第十二章　难道他是个丹东？

多愁善感是我姑姑，美丽的玛格丽特·德·瓦洛瓦的性格特点。她后来嫁给了纳瓦尔国王，即今日在法国当政的亨利四世。她从做娇娇公主的时候起就热衷于碰运气，打十六岁起便与兄长们时好时吵。但一个少女能拿什么去碰运气呢？那就是她最宝贵的东西——她一生最看重的名誉。

查理九世的私生子德·昂古莱姆公爵《回忆录》

于连和我之间不需签什么婚约，也没有什么公证人，一切都是英雄美人式的命运的产物。除了他不是贵族之外，完全是玛格丽特·德·瓦洛瓦对她那个时代最杰出的人物、少年拉摩尔的那种爱情。宫廷里的年轻人十分注意**行动得体**，只要一想到稍越雷池便会脸如土色，这难道是我的错？对他们来说，到希腊或者非洲作一次小小的旅行便已是胆大包天的事，而且结队才敢行走。一旦发现自己是一个人，便心里发怵，并非怕贝督因人①的长矛而是怕闹笑话，简直怕疯了。

我那个小于连则恰恰相反，他只爱单独行动。他是个了不起的人，从不想到求人提携和帮忙！他看不起其他人，正因如此，我才不小看他。

如果于连虽穷而是个贵族，那我这段爱情不过是庸俗的傻事、平淡而不相称的婚姻而已，我要它做甚？一丁点伟大感情的特征，像千难万苦、前途茫茫等都谈不上。

德·拉摩尔小姐思前想后，觉得自己分析得不错，第二天便不知不

---

① 贝督因人，中东及北非地区沙漠中的游牧民族。

觉地在德·克罗兹诺瓦侯爵和兄长面前称赞起于连来。她说得那么天花乱坠,把他们都惹恼了。

“这个年轻人很有魄力,你要提防着点,”她哥哥大声说道,“如果再发生革命,他会把我们都送上断头台的。”

她避而不答,赶紧和她哥哥和德·克罗兹诺瓦侯爵开玩笑,笑他们害怕魄力,其实说到底不过是担心碰到意外,害怕在意外面前无所措手足罢了……

“先生们,你们总是怕,总是怕落下笑柄,可惜笑柄这个妖魔一八一六年已经死了。”

“在一个两党共存的国家里,”德·拉摩尔先生说道,“已无笑柄可言。”

他女儿明白这句话的意思,便对于连的对头们说:

“这样说来,先生们,这辈子可有你们惧怕的,之后,会有人告诉你们:

那不是狼,只不过是狼的影子。[①]”

玛蒂尔德说完便走开了,她兄长的话使她反感,也令她深感不安,但到了第二天,又觉得那是对于连的高度赞扬。

在这个毫无魄力可言的时代,他的魄力却使他们害怕。我一定要把我哥哥的话告诉他,看他如何回答。但我要挑他眼睛发亮的时候,这样他就不会对我撒谎了。

“他会是个丹东式的人物!”她迷迷糊糊地想了很久,终于说道,“唔,万一革命再次发生,克罗兹诺瓦和我哥哥会扮演什么样的角色呢? 可想而知是:崇高地听天由命。仿佛视死如归的绵羊,一声不吭地任人宰割。死到临头还惟恐不够潇洒。而我的小于连只要有逃脱的一线希望也会一枪把来抓他的雅各宾党的脑浆打出来,他才不管潇洒不潇洒哩。”

这最后一句话勾起了痛苦的回忆,使她不禁沉吟,满腔豪情转眼冰

---

① 引自拉封丹寓言诗《牧羊人和羊群》。

消。这句话使她想起了德·凯律、德·克罗兹诺瓦、德·吕兹和她哥哥所开的玩笑。他们都怪于连的神态活像个**教士**,表面谦逊,内心虚伪。

“不过,”她眼睛突然闪烁着快活的光芒,说道,“他们老开这种刻薄的玩笑,倒说明于连是我们今冬所见到过的最杰出的人物。他有缺点、有可笑之处,但这又有什么关系?他们心地善良,宽宏大量,但于连却自有其伟大之处,所以他们就受不了。当然,于连出身贫寒,读书是为了做教士,而他们则是骑兵上尉,用不着念书,这就舒服多了。”

可怜的小伙子尽管为了糊口不得不身着黑衣,脸上也总是装出教士的容颜,但除了这些不利因素之外,他的优点却使他们害怕,这是最明显不过的。但只要我们能单独在一起呆上几分钟,他那副教士的面孔便不见了。而当这几位先生说了一句他们自认为出乎意料的俏皮话时,他们第一眼不是先看看于连吗?这一点我看得很清楚。可是他们心里很明白,除非受到询问,于连是不会主动和他们说话的。他只搭理我,知道我人品高尚。对他们的不同意见,他出于礼貌,回答总是适可而止,马上便转为客客气气的。和我倒能讨论上几个钟头,我稍为有点不同的看法,他便不坚持己见了。总之,这整个冬天,我们没有交过火,只是以言语吸引对方的注意。再说,我父亲是个高人,能使我们家业发扬光大,连他也敬重于连。其他人都恨他,但除了我母亲的教友以外,没有人敢看不起他。

德·凯律伯爵很喜欢或者假装很喜欢马,整天都泡在马厩里,常常饭也在那里吃。这种癖好加上不苟言笑的习惯使他深得朋友们的敬重,成了他那个圈子里的雄鹰。

第二天,当这一圈子人又聚在德·拉摩尔夫人的安乐椅后面时,由于于连不在,德·凯律在克罗兹诺瓦和诺尔贝的支持下,不失时机,几乎一看见德·拉摩尔小姐便对她高度评价于连一事横加攻击。她一听便明白他们的用意,心里暗暗好笑。

她暗想:“瞧,他们携起手来,共同对付一个天才人物了。这个人的收入不足十个路易,而且只有被他们询问才能开口回答。穿着黑衣已经把他们吓成这样,如果戴上肩章,他们又怎么办啊?”

她从来没有现在这样能言善辩。凯律和他的同党一开始攻击，她便劈头盖脸地一顿讽刺和挖苦。等那些漂亮军官开玩笑的火力被她压下去以后，她对凯律说：

"等明天某位弗朗什-孔泰山区的绅士发现于连是他的私生子，让他姓了自己的姓，每年给他几千法郎的时候，只消一个半月，先生们，他也会和你们一样留着小胡子，也会和你们一样当上骑兵军官。那时他伟大的性格就不会成为笑柄了。未来的公爵先生，我看您就不得不又搬出那条老掉牙的歪理，说什么宫廷贵族比外省贵族优越了，如果我再将你们一军，使点坏，传出风声说于连的父亲是位西班牙公爵，拿破仑时代被俘，囚禁在贝藏松，临终时良心发现，承认于连是他的儿子，看你们还有什么办法？"

凯律和克罗兹诺瓦认为关于私生子身世的种种假设实在难登大雅之堂。但对玛蒂尔德的长篇大论，他们所能说的仅此而已。

诺尔贝虽然很克制，但他妹妹的话说得太露骨，使他不禁沉下脸来，必须承认，这和他总是带笑的善良面容显得很不和谐。他壮起胆子说了几句。

"您是不是病了？哥哥。"玛蒂尔德装出一本正经的神态反问他，"您一定很不舒服，才满口仁义道德，把开玩笑当真。

"仁义道德，您，难道您想谋取省长的职位？"

德·凯律伯爵一脸不高兴，诺尔贝情绪不好，德·克罗兹诺瓦先生绝望地一言不发，这一切玛蒂尔德很快便抛到了脑后，因为她想到了一件与她命运攸关的事，需要当机立断。

她暗自思忖："于连待我相当诚恳，以他这样的年纪，地位卑微而又怀才不遇，需要有个女友。也许这个女友就是我，但我看不到他有丝毫爱的表示，以他大胆的性格，应该对我挑明才对。"

她思前想后，捉摸不透，心里从此便难有一刻的安宁，每次于连和她说过话，她又找到了新的论证，以往百无聊赖的烦恼一扫而空。

她聪明的父亲有可能当上大臣并把林产还给教会，因而德·拉摩尔小姐在圣心修道院时就听惯了别人的阿谀奉承。这是一种无法弥补的不幸。别人告诉她，以她的门第出身和财产等种种有利条件，应该比其他女人更幸福。这就是王公贵族思想烦恼、行为荒诞的根源。

玛蒂尔德也难逃这种想法的不良影响。一个人不管多么有头脑，十岁的小小年纪又怎能抵挡得住整个修道院的逢迎吹拍呢？何况从表面看这些恭维还颇有根据。

自从断定自己爱上了于连，她再也不觉得烦闷了。每天她都庆幸自己下定了投入伟大恋爱的决心。她暗想："这种游戏有不少危险，有危险才好哩！越危险越好！"

"从十六岁到二十岁是我一生中最美好的时光，但我却没有伟大的爱情，因而郁郁寡欢，闷得要死。我已经虚度了最美好的年华。惟一的快乐就是坐在那里听我母亲的女友胡说八道，据说，这些人一七九二年在科布伦茨①时并不完全像今天这样说起话来一本正经。"

玛蒂尔德心情惶惑，常常久久看着于连，而于连却对此并不理解，只觉得诺尔贝伯爵的态度比以往更冷淡，凯律、吕兹和克罗兹诺瓦等人更加高傲。对此，他已经习惯了。以前也有过几次，当头天晚上他大出风头，超越了他所处的地位时，便会出现这种难受的局面。要不是玛蒂尔德对他表示好感，他自己对这帮人也产生了好奇，晚饭后这些漂亮的小胡子青年陪着德·拉摩尔小姐到花园去时他就不会跟着去了。

他暗想："的确，德·拉摩尔小姐看我时目光有点异样，这一点我不能不承认。但即使她那双美丽的大蓝眼睛肆无忌惮地看着我时，我总觉得她骨子里在冷静而怀着点恶意地观察我。难道这就是爱情？那和德·雷纳夫人的目光又多么不同啊！"

有一次饭后，于连随着德·拉摩尔先生到了书房，很快地又回到了花园，毫无戒心地走向玛蒂尔德那群人，突然听见有人大声说了几句话。原来玛蒂尔德正折磨她哥哥。于连清楚地听见自己的名字被提到两次。他一出现，顿时鸦雀无声，大家努力想打破沉默，但无济于事。德·拉摩尔小姐和她哥哥太激动了，一时还找不到另外的话题。于连

① 科布伦茨，德国城市，法国大革命后，路易十八曾流亡至此。

觉得凯律、克罗兹诺瓦、吕兹和他们的一位朋友神情冷若冰霜，便识相地走开了。

第十三章　阴　谋

在想象丰富、胸怀激情的人眼里，片言只语、偶尔相逢，都是最明显的表示。

席勒①

第二天，他再次撞见诺尔贝和他妹妹在议论他。他一到，又是死一般的沉寂，和前一天一样，引起他无限的疑心。这年轻可爱的兄妹俩会不会在嘲笑我呢？必须承认，这比德·拉摩尔小姐可能对一个穷秘书产生了爱情更可信，更自然。首先，这些人会动真情吗？骗人是他们的拿手好戏。他们忌妒我那么一点点比他们高的口才，而忌妒又是他们的一种缺点。这样做都有一定的理由。德·拉摩尔小姐想我相信她赏识我，仅仅是想我在她未婚夫面前出洋相罢了。

这一无情的猜疑改变了于连整个精神面貌，把他心里刚刚开始的爱恋不费吹灰之力便摧毁了。这种爱情只建立在玛蒂尔德罕有的美貌，或者可以说基于她王后般的风度举止和令人赞叹的装束之上。在这方面，于连仍然是个"暴发户"。据说，当一个聪明的乡下人进入了社会最上层，最使他惊讶的莫过于上流社会的漂亮女人了。在前一段日子里，使于连想入非非的绝不是玛蒂尔德的性格。他心知肚明，自己并不了解这样的性格。他所见到的很可能不过是外貌而已。

譬如说，玛蒂尔德绝不会错过礼拜天的弥撒，几乎每天都要陪母亲去教堂。如果在德·拉摩尔府的客厅里有某个冒失鬼忘记自己身处的地方，竟敢对王室或教会实际的或想当然的利益含沙射影地企图开个

① 席勒（1759—1805），德国诗人、剧作家，作品有《威廉·退尔》、《强盗》、《阴谋与爱情》等。

什么玩笑,玛蒂尔德立即冷冰冰地沉下脸来,锐利的目光又变得冷峻无情,像某幅家族的肖像一样。

但于连确实知道,她在卧室总放着一两卷伏尔泰的哲学著作。这套书装帧精美,他自己也常常偷偷带几本回去看。他把每本书的间隔弄大一些,好不让人发觉他拿走了一本,但他很快便发现,还有另外一个人读伏尔泰的作品。他拿出修道院常用的一种聪明的办法,把几根马鬃放在德·拉摩尔小姐可能感兴趣的几本书上,结果这些书不见了整整好几个星期。

德·拉摩尔先生因书店老板送来的净是些假回忆录,心里非常恼火,便派于连去把所有新出的、内容带刺激性的都买回来。但是为了避免流毒全府,秘书奉命把这些书放在侯爵房中一个小书架上。可是不久便发觉,只要这些新书有损王室和教会的利益,很快便会不翼而飞。看书的人肯定不是诺尔贝。

于连夸大了这种体验,认定德·拉摩尔小姐是马基雅弗利式的权术家,而这种所谓的存心不良在他眼里倒颇有魅力,几乎也是她惟一的精神魅力。之所以有此等极端的看法是因为他对嘴上仁义道德,实际上口是心非的现象已经感到无比厌恶。

他这种看法完全出自想象而非出自爱情。

德·拉摩尔小姐身材窈窕,穿着高雅,双臂圆润,手白如雪,一举一动,仪态万千,使于连神往不已,终至坠入爱河。于是,为了消除其魅力,他将她看做卡特琳娜·德·梅迪契复生,认为她的性格莫测高深,厉害无比,亦即他少年时所佩服的马斯隆、弗里莱和卡斯塔奈德之流最高理想的体现。

还有什么比认为巴黎人的性格莫测高深、厉害无比更可笑的呢?

于连暗想:“可能这三个人在笑话我。”如果不是看见过他与玛蒂尔德四目相视时眼里那种阴暗冰冷的表情,就很难了解他的性格。德·拉摩尔小姐感到惊讶,大胆地两三次试图给予他友好的表示,但却被他以尖酸刻薄的话语顶了回去。

玛蒂尔德一颗少女的心本来天生冷漠而烦恼,只爱听机敏的话,经于连突如其来的古怪脾气一刺激,反倒迸发出热烈的感情来,但她生性高傲,想到她的一切幸福有赖于他人,这种感觉一产生便使她黯然神伤。

于连自从来到巴黎之后已经大有长进,完全看得出那并非纯粹由于心烦。玛蒂尔德已经不像从前那样醉心于晚会、看戏和各种消遣,而是尽量避免参加。

法国人唱的歌剧让玛蒂尔德烦得要死,而于连照例要来看剧院散场,他发现玛蒂尔德只要能来便一定叫人陪她来。她无论做什么事都很有分寸,现在却发觉她有点急躁,回答朋友的话常用刻薄的玩笑,恶语伤人。她似乎和德·克罗兹诺瓦侯爵最过不去。于连暗想:“这小子一定爱钱如命,否则无论这姑娘多么有钱,他也不会要她!”于连见她肆意侮辱男性尊严,心里生气,对她越发冷淡,言词对答也不大礼貌。

玛蒂尔德对他有兴趣,他决心不上当,但有些日子,这种兴趣表现得十分明显,于连这才睁开了眼睛,发觉玛蒂尔德实在漂亮,自己反倒有点困窘。

他心想:上流社会这些年轻人既乖巧又有耐性,我没有经验,准打败仗,不如走开,一了百了。侯爵刚刚把自己在下朗格多克的多块零碎土地连同房产交给他管理,有必要去看看。德·拉摩尔先生只好勉强答应。此时的于连,除了官场事务,简直就成了侯爵的代表。

于连边准备行装边想:“归根结底,他们没能把我怎样。不管德·拉摩尔小姐和这些人开的玩笑是真的还是仅仅为了取得我的信任,反正对我也是一种消遣。

“如果其中没有针对我这个木匠儿子的阴谋,那德·拉摩尔小姐的态度就费解了,不仅对我,而且对德·克罗兹诺瓦侯爵至少也一样费解。拿昨天说吧,她的情绪的确很不好,但我却很幸运,她竟护着我这个穷老百姓而把一个有钱的贵族小子轰走了。这是我最了不起的一场胜利。回头我坐着驿车在朗格多克平原上赶路时,想起来也够乐的。”

他对这次走并没有张扬,但玛蒂尔德知道得比他更清楚,他第二天就要离开巴黎,而且要去很久。她诈称头很疼,客厅空气闷,头疼得更厉害。便到花园里散步,同时拿诺尔贝,德·克罗兹诺瓦侯爵,凯律,德·吕兹和几个来侯爵府吃晚饭的年轻人开玩笑,极尽尖酸刻薄之能事,把他们都气跑了。现在,她神情异样地看着于连。

于连暗自思忖:“这种目光没准是装出来的,不过这短促的呼吸,惶惑的神情又如何解释呢?算了,管这些事干吗,我是什么人啊?她可是全巴黎最高贵最聪明的女人。她急促的呼吸逼我而来,可能是从她所崇拜的女演员莱昂蒂娜·费伊那里学来的。”

周围就剩下他们两人,谈话显然进行不下去。玛蒂尔德伤心地想道:“不,于连对我根本无动于衷。”

于连向她告辞的时候,她使劲抓住于连的胳臂。

“您今晚会收到我一封信。”说这句话时她的声音大变,简直听不出是她的了。

于连不禁怦然心动。

“家父非常欣赏您为他做的工作,”她又说道,“明天您**必须**留下,随便找个借口。”说完一溜烟地跑了。

她身材迷人,纤足美丽无双,跑起来姿势优美,使于连魂为之夺。可是她跑得无影无踪以后,谁又能猜得透她下一个想法是什么?她说**必须**这两个字时语气颇带命令之意,伤了于连的自尊心。路易十四临终时,他的首席御医贸贸然也用了**必须**这两个字,使君王大为恼火。路易十四可不是个暴发户。

一小时后,仆人交给了于连一封信,信里直截了当地表白了自己的爱情。

于连心想:“文笔倒不太造作。”他企图以评论文字来抑制心中的喜悦,但脸上的肌肉一动,早已不由自主地笑了出来。

他按捺不住心里的激动突然大声地说道:“我,一个贫穷的乡下人,居然能获得一位千金小姐的垂青!”

他强忍着满怀的喜悦又说道:“至于我,表现倒不坏,保住了性格的尊严。我根本没说过我爱她。”接着,他研究起信里的字体。德·拉摩尔小姐写得一手娟秀的英国式字体。于连需要具体干点什么事,好排遣一下欣喜欲狂的情绪。

“您要走了,我不得不说上几句……再也见不着您我真受不了。”

于连突然有一种想法,似乎有所发现,打断了他对玛蒂尔德来信的研究，心里更是美滋滋的，不禁大声说道："我胜过了德·克罗兹诺瓦侯爵了。我只会谈正经事！而他却那么漂亮！蓄着小胡子，穿着整齐的军装，能够在适当的场合出言风趣，妙语连珠。"

于连顿时感到踌躇满志，欣喜若狂，在花园里信步走去。

稍后，他上楼到书房，要求见德·拉摩尔侯爵，幸好侯爵没有出门。他递上几份从诺曼底送来的文件，毫不费事地向侯爵证明，他要料理诺曼底那边的官司，只好把去朗格多克的行期往后推。

"您不走我很高兴，"谈完公事以后，侯爵对他说道，"**我喜欢您在我跟前**。"于连告辞，侯爵这句话使他有点不好意思。

"而我，我却要勾引他女儿！没准把他女儿和德·克罗兹诺瓦侯爵的亲事弄吹了，这门亲事可是他美好前程的倚靠啊：就算老头子当不上公爵，至少他女儿在御前也有个座。"于连真想改变初衷，到朗格多克去，尽管玛蒂尔德写过情书，他也向侯爵作过解释。但这种出自良心的一闪念转瞬即逝。

他心想："我的心太好了，我是一介布衣，竟怜悯起一个有这样地位的家族！肖纳公爵甚至称我为仆人！侯爵偌大的财产是怎样挣来的呢？是靠在宫里获悉第二天可能会发生政变便抛售债券赚来的。而我则像后娘养的，被老天爷扔到了社会的底层，虽给我一颗高贵的心而不给我每年一千法郎的入息，也就是说不给我面包，**的的确确不给我面包**。现在欢乐送上门来我竟拒而不纳！我正艰难穿越一块滚烫而单调的沙漠，怎能拒绝送到嘴边可解我渴的清泉！我的天，总不会这么傻吧！在这个被称为生活的充满自私的沙漠里，真是人不为己，天诛地灭啊。"

同时他又想起德·拉摩尔夫人，尤其是她那些贵夫人朋友用充满蔑视的目光打量他的情形。

战胜德·克罗兹诺瓦侯爵的欢欣终于使已经处于劣势的道德意念一败涂地。

"我真希望他生气，"于连说道，"现在我一定能信心十足地给他一剑。"说着他摆出了反击的姿势。"以前，我是个书生，虽有勇气，无处可使，有了这封信，我可以和他平起平坐了。"

接着，他又放慢语调，无限甜蜜地自言自语道："侯爵和我两个人的优点已经作过了比较，结果是汝拉山区的穷木匠最终取胜。"

"好！"他大声说道，"我回信就签上'汝拉山区的穷木匠'。德·拉摩尔小姐，别以为我会忘记我的身分，我要让您明白并深深感到，您为了一个木匠的儿子，背叛了大名鼎鼎、曾经跟随圣路易参加十字军东征的吉·德·克罗兹诺瓦的一个嫡亲子孙。"

于连难以控制心中的喜悦，只好下楼跑进花园，觉得关在房间里空间太窄，透不过气来。

他不断反复地自言自语："我不过是汝拉山区的一个贫苦农民，注定永远穿着这件倒霉的黑衣服！唉！早生二十年，我也会像他们一样穿上军装！那时候，像我这样的人不是战死沙场，就是**三十六岁便当上将军**。"他紧紧攥在手里的那封信使他俨然成了个昂藏潇洒的英雄。"现在，不错，凭着这件黑衣服，到了四十岁就可以有年薪十万法郎和蓝色缎带，和博韦的主教大人一样。"

他像魔鬼般狞笑着，心想："这样说来，我比他们聪明；我懂得这个世纪该选择什么制服。"想着想着，他的野心更大，对教士服也更有感情了。多少红衣主教出身比我还要卑贱，可照样当权！我的同乡格朗韦尔①就是个例子。

于连的心情逐渐平静下来，又恢复了谨慎。他很熟悉他的老师答尔丢夫的角色，此刻便背起了他的台词：

> 这些话我认为只是赤裸裸的诡计。
> …………
> 我绝不相信，任她软语温柔，
> 除非这些话能够向我保证，
> 我能从她那里得到点我所企盼的甜头。
>
> 《伪君子》第四幕第五场

"答尔丢夫也是栽在一个女人手里，换了别人，也是一样……她会

① 格朗韦尔红衣主教（1517—1586），出生在贝藏松，后成为查理五世和腓力二世的大臣。

把我的回信拿去给别人看……这个嘛，咱们有一个办法，”他放慢声调，强按着凶狠的语气继续说道，“咱们用高贵的玛蒂尔德来信中最热情洋溢的几句开头。

“对，不过，德·克罗兹诺瓦先生会派四个仆从冲过来，把原信从我手里抢走。

“不怕，因为我有枪，大家都知道，对仆人开枪我已经习惯了。

“唔，他们中间会有一个不怕死，向我扑来，因为有人答应过他，事成之后给他一百个金币。我于是一枪把他打死或者打伤，活该，他是自找。我按照法律被关进监牢，送上重罪法庭。法官们执法不阿，把我押到普瓦西中央监狱与冯唐和马加隆①做伴，和四百名穷要饭的乱糟糟地睡在一起……而我倒可怜起这些人来了！”他霍地站起来，大声说道，“当他们抓到第三等级的人时，会可怜他们吗？”在此以前，他对德·拉摩尔先生的知遇之恩一直感到很惭愧，而这句话一出，便完全结束了这种感恩戴德的心理。

“慢着，贵族先生们，我懂得你们这种不择手段的伎俩，马斯隆神甫或者卡斯塔奈德先生也不过如此。你们若把这封**挑逗性**的信抢去我便要做科尔玛的卡隆上校②第二了。

“等一等，先生们，我要把这封要命的信密密实实地封好，寄给彼拉尔神甫代我保管，神甫是一个正派人，又是冉森派教徒，这样的人是不会为金钱所动的，对，不过他会拆信……还是寄给富凯吧。”

必须承认，此时的于连，目光凶狠，面目狰狞，一副凶相，大有以穷苦人的身分向整个社会宣战之势。

“**拿起武器！**③”于连大叫着，纵身跃下府前的台阶，冲进街拐角代书人的小铺，把代书人吓了一跳。于连把德·拉摩尔小姐的信交给他，对他说道：“抄写一份。”

代书人抄信时，他自己动手写信给富凯，求他给保管一包珍贵的东

---

① 冯唐和马加隆均为刊物主编，因抨击当局，一八三〇年被捕，囚禁于普瓦西中央监狱。

② 卡隆上校，曾为拿破仑麾下军官，一八二二年被控阴谋反对复辟王朝，遭枪决。

③ 《马赛曲》的歌词。

西。突然,他又停下来自言自语道:“不过,邮政局的检查部门会把我的信拆开,将你们要找的那封信还给你们的……不行,先生们。”他跑进一家新教徒开的书店,买了一本厚厚的《圣经》,把玛蒂尔德的信干净利落地藏在封面里,叫人包装好,然后把包裹交驿车带给富凯手下一个工人,巴黎没有人知道这个工人的名字。

一切停当以后,他轻松愉快地返回侯爵府。“现在就看咱们的了!”说着,他把房门一锁,外衣一扔,拿起笔就给玛蒂尔德写回信:

“什么!小姐!竟然是德·拉摩尔小姐命其父的一个仆人阿赛纳将一封如此富有诱惑性的情书亲手交给汝拉山区的一个穷木匠,显然是因为木匠单纯而欲加以戏弄……”接着便把刚收到的那封信中最赤裸裸的语句抄上去。

博瓦西骑士素以审慎的外交辞令见称,于连的信也不遑多让。当时还只不过十点。于连高兴得如醉如痴,同时也感到了自己的力量,这对像他这样的穷小子来说,的确前所未有。他走进意大利歌剧院,正好听见他的朋友杰罗尼莫在演唱。音乐从来没使他如此意气风发,俨然成了傲视一切的天神。

第十四章　少女情怀

多少迷惘！多少个不眠之夜！天哪！难道我要如此自卑自贱？他本人一定会看不起我。可是，他走了，走了。

阿尔弗雷德·缪塞①

玛蒂尔德写这封信并非没有思想斗争。不管她最初是如何对于连产生兴趣的，反正这种兴趣很快便压倒了自她有知以来一直统治着她内心的骄傲。她从来都是骄矜而冷漠，现在却第一次为情颠倒。但尽管这种感情战胜了骄傲，却依然难以摆脱骄傲的习惯。两个月来的心理斗争和前所未有的感受可以说改变了她整个的思想。

玛蒂尔德认为幸福已经在望。这种前景对勇敢而又有过人智慧的人来说具有无所不能的威力，但仍必须与尊严和一切世俗的责任感作长期的斗争。一天，她清早七点便闯进母亲的房间，要求允许她到维尔基耶独自过一段日子。侯爵夫人根本不屑回答，只是劝她回去睡觉。这是她最后一次乖乖听话，遵从教导。

她并不大害怕犯错误和违反凯律、德·吕兹和克罗兹诺瓦之流视为神圣不可侵犯的观念。她认定这些人生来就不理解她。如果是购买马车或地产，她倒会询问他们的意见。她真正害怕的是于连对她不满意。

“他高人一等也许只是表面现象？”

她最恨没有个性，这是她对周围那班英俊少年惟一不满意的地方。他们越是觉得自己跟得上潮流，而对一切不合或未能紧跟潮流的事物

① 缪塞（1810—1857），法国浪漫派诗人、小说家、戏剧家，《一个世纪儿的忏悔》的作者。

冷嘲热讽,她便越看不起他们。

她心想:“他们勇敢,但仅此而已。再说,怎样的勇敢呢?勇于决斗,但决斗已不过是一种仪式,一切事先已经知道,甚至倒下时该说句什么话也考虑好了。躺在草地上,手按着胸口,宽宏大度地原谅对手,给美人留下临终遗言,而这美人往往只是无中生有,或者你死的那天,为了免人生疑,径自上舞会去了。

“他们可以刀光剑影地率领一队骑兵去冒险犯难,但是单人独骑,遇到意料不到而又确实使人毛骨悚然的危险时又会如何呢?”

“唉!”她暗自想道,“只有亨利三世的宫廷才有这样出身高贵、性格突出的伟大人物!啊!要是于连曾经在雅纳克或者蒙孔图尔①服过役,我便不会再有怀疑了。在那叱咤风云的年月,法国人可不是孬种,争战之日几乎可以说不能有半点犹豫。

“他们的生命并非像埃及的木乃伊那样被禁锢在一成不变、万众相同的外壳之中。不错,”接着,她又说道,“那时候,晚上十一点,独自从卡特琳娜·德·梅迪契王后居住的苏瓦松府告辞出来,比今天到阿尔及尔②去闯荡更需要有真正的勇气。那时,人的一生就是一连串的冒险。现在,文明取代了冒险,一切都按部就班。如果思想不规范,讽刺挖苦就没个完。如果事情越了轨,一害怕,什么卑鄙的伎俩都能使出来。只要是因害怕而做出的荒唐事都可以原谅。真是个堕落而讨厌的时代。如果卜尼法斯·德·拉摩尔从墓中探出他被割下的脑袋,看到一七九三年,他十七个后人像绵羊般被人逮捕,两天后在断头台上引颈就戮,他会怎样说呢?死就死吧,非要自卫和至少杀掉一两个雅各宾党那就不够高雅了。唉!如果在法兰西英雄辈出的年月,卜尼法斯·德·拉摩尔的时代,于连一定会成为骑兵队长,而我哥哥则会成为年轻的教士,品行端正,两眼闪烁着智慧的光芒,满嘴仁义道德。”

几个月以前,玛蒂尔德一心想邂逅一位多少有点与众不同的人物,结果大失所望。她曾经冒昧地给圈子里的几位年轻人写信以求获得一

---

① 雅纳克和蒙孔图尔均为法国地名,十六世纪中叶,当时的安茹公爵(即日后的亨利三世)曾率师在此击败新教徒。

② 阿尔及尔,阿尔及利亚首都,十九世纪三十年代为法国所攻占。

点欢乐。对一名少女来说，这种大胆做法实在有失体统，不够谨慎，可能在德·克罗兹诺瓦、他父亲德·肖纳公爵和肖纳府中的人眼里使她丢尽了脸面。因为他们看到婚事告吹，一定会问个究竟。在那些日子，玛蒂尔德每写一封信，夜里都睡不着。但写的都不过是回信而已。

现在，她大着胆子表达自己的爱，是她**首先**(多可怕的字眼!)写信给一个处在社会最底层的男子。

这件事万一被发现，将会使她身败名裂。到她母亲府上来的女客当中，哪位敢替她说句话呢？有哪种借口能让她们传出去以减轻沙龙里可怕的责难呢？

口头说出来已经够可怕的了，何况白纸黑字写下来？当日拿破仑获悉拜兰①投降时就曾经失声喊过：**有的事是不能见诸文字的呀！**这句话还是于连告诉她的，现在想来，仿佛事先已告诫过她一样。

但这一切都还不算什么，玛蒂尔德的忧虑有另外的原因。她忘记了会对整个上流社会产生的可怕后果，置有辱家风而蒙受无法清除和遭人蔑视的污点于不顾，居然给一个身分与克罗兹诺瓦、德·吕兹和凯律等人截然不同的男子主动写信。

于连为人**莫测高深**，即使和他维持一般的关系，也令人心惊胆战，何况想拿他当作情人，听他摆布！

万一我被他所控制，谁知道他还会提出什么要求？算了吧，我还是像美狄亚②那样，对自己说一句："任他千难万险，我自岿然不动。"

她相信，于连对血统高贵的人根本看不上眼，更有甚者，也许对她亦毫无爱情可言！

正当她疑虑重重的时候，女性的骄矜也倏然出现，急得她大声说道："像我这样的少女就应该有不寻常的命运。"于是，从小养成的骄傲心理与道德展开了搏斗。于连要出门一事更使形势急转直下。

---

① 拜兰，西班牙城名，一八〇八年，法国将军杜邦在此兵败，与西班牙军签订降约。

② 美狄亚，希腊神话传说中科尔喀斯王的女儿，精通巫术，曾帮助阿耳戈英雄伊阿宋夺取金羊毛，并杀其弟，随伊阿宋逃离，后伊阿宋移情别恋，美狄亚又计杀新娘，手刃亲子，使伊阿宋终生痛苦。古希腊悲剧家欧里庇得斯，罗马悲剧家塞内加以及法国古典主义悲剧家高乃依均曾以其故事为题材进行创作。

(如此人物,世上不多,真是谢天谢地。)

当晚深夜,于连心生一计,打算把一只很重的箱子抬到看门人那里。他喊来正追求德·拉摩尔小姐贴身女仆的一个下人,叫他把箱子搬去,心想:“此举也许不能奏效,但万一成功,她一定以为我已经走了。”他开了这个玩笑便快活地睡了。可怜玛蒂尔德却彻夜未眠。

第二天清早,于连神不知鬼不觉地溜出了侯爵府,但不到八点又回来了。

他一走进图书室,德·拉摩尔小姐便出现在门口。于连把回信交给她,心想,应该和她说几句话,这样才合适,但德·拉摩尔小姐不愿听,转身走了。于连觉得正中下怀,本来就不知道跟她说什么好。

“如果这一切不是和诺尔贝伯爵合谋耍弄我,那显然是我冷淡的目光在这位侯爵千金心里点燃起莫名其妙的爱火。如果我上了当,竟对这位金发小姑娘产生感情,那真是蠢过了头了。”想到这里,他变得比以往更冷淡,更有盘算了。

他又想道:“在即将进行的这场战斗中,因出身而产生的骄傲就像一座高山。横亘在她与我之间的一个碉堡。必须在此部署兵力。我留在巴黎实在是失策,如果这一切不过是场玩笑,那么推迟出发便会贬低我的身价,使我处于不利的地位。就算走,能有什么风险呢?他们耍弄我,我也可以耍弄他们。如果她真的对我有几分情意,我一走,她便会百倍情牵。”

收到德·拉摩尔小姐的情书使于连十分得意,对发生的一切满不在乎,竟忘了认真考虑一下该走还是不该走。

犯了错误,心中总难以释然,这是他性格的弱点,这一次错使他非常恼火,竟对这次小小的失误之前所取得的难以想象的胜利,几乎连想也不去想。九点钟左右,德·拉摩尔小姐突然出现在图书室门口,给他扔下一封信,转身就跑了。

于连把信捡起来说道:“看来这部小说是用书信写的了。敌人在做假动作,我将以冷静与刚毅处之。”

信里要求他给一个最后答复,语气高傲,使他私心窃喜。他用足足两页来尽情奚落想嘲笑他的人,复信的结尾又开了一个玩笑说,他已决定第二天动身。

信写完后，他想了想："还是在花园里交给她。"于是走到了花园，抬头看着德·拉摩尔小姐房间的窗口。

她住在二楼，就在她母亲套房的隔壁，但那儿还有一个宽大的中二层。①

二楼很高，于连拿着复信在菩提树小径上来回踱步时，德·拉摩尔小姐从窗口看不见他。修剪得很好的菩提树如亭亭华盖挡住了视线。"真糟！"于连幽默地自言自语道，"又粗枝大叶了！如果他们故意要捉弄我，让人看见我手里拿着信，不是正中敌人的下怀么。"

诺尔贝的房间正好在他妹妹的上面，如果于连从菩提树修得整整齐齐的枝杈下走出去，诺尔贝伯爵和他的朋友对他的一举一动便能一目了然。

德·拉摩尔小姐从玻璃窗后露出了身影，于连把信轻轻一扬，小姐一颔首，于连便立即快步跑回楼上自己的房间，在宽宽的楼梯上不期与漂亮的玛蒂尔德碰个正着，对方眼里含着笑意，非常潇洒地把信接了过去。

于连心想："可怜的德·雷纳夫人和我私下来往了六个月之后，才敢大着胆子从我手里接过一封信，她眼里流露出多深的柔情啊，我相信，她从没有带着盈盈笑意看过我。"

回信的其余部分就写得没那么清楚了。难道他对动机太无聊感到羞惭？但他接着又想道："她穿着优雅的晨衣，丰姿绰约，实在不同凡响！一个品味高雅的人离她三十步远，一眼便能猜出她在社会上的身分。正所谓优点突出，不言自明。"

尽管开玩笑，于连仍未将自己的全部思想说出来。德·雷纳夫人不必为他牺牲德·克罗兹诺瓦侯爵，他的情敌也不过是那个卑鄙无耻的副省长夏尔戈，他自称姓德·莫吉隆，因为这个家族已经绝嗣，无从查考了。

五点，于连收到了第三封信，是从图书室的门缝扔进来的。德·拉

---

① 即一层与二层之间的房间。

摩尔小姐仍然是一溜烟跑了。于连不禁大笑着自言自语道："真是写上瘾了！其实当面说也方便得很！明摆着，对手想套我写信，而且不止一封！"他先不忙着拆开这一封，心想："无非又是些风雅之词，"他看着看着，不禁脸色陡变。信只有几行：

我需要和您谈谈。今晚必须和您谈。午夜后一点，请您到花园来。扛起井旁花匠的那把大梯子，靠到我的窗口，爬进我房里来。今夜月明，管它呢。

第十五章　难道是圈套？

唉！一项伟大的计划，从设想到执行，中间的日子实在难熬！多少次担惊受怕！多少次犹豫不决！真是生命攸关。——更有甚者，名誉攸关啊。

席勒

于连心想："此事非同小可，"接着考虑了一下，又想道："有点太露骨了。什么，这位漂亮的千金小姐大可在图书室里和我谈，感谢上帝，在那里完全可以随便，侯爵害怕我要他看账目，是从来不会来的。不对！德·拉摩尔先生和诺尔贝伯爵是惟一会进图书室的人，可他们几乎一整天也不在家。他们什么时候回府，我很容易注意到。玛蒂尔德姿容绝代，即使嫁给王侯也不为过，但她却希望我糊里糊涂干这样见不得人的事。

"很明显，是有人想害我，起码想捉弄我。最初是诱使我写信，但我信中并无失言，于是，便想我干出具体的行动。这帮豪门阔少以为我和他们一样心高气傲、蠢如鹿豕。真见鬼！月明如昼，却让我用梯子爬上二十五尺高的二楼！岂不被人看见，从隔壁的府邸也能一览无遗。不是存心要我好看么？"想到这里，于连上楼，回到自己房间，边吹口哨边整理行装，决定动身，连信也不回了。

但他尽管作出了明智的决定，心绪却平静不下来。他关上箱子以后突然又想："万一玛蒂尔德是真心实意，那我在她眼里岂不成了个十足的懦夫？我没有高贵的出身，就必须具备伟大的品质，真材实料的，不是靠娓娓动听的言词，而要由有说服力的行动来证明……"

他足足思考了一刻钟，终于说道："否认又有何用，我在她眼里，会成个胆小鬼。我不仅会失去一位大家在德·雷兹公爵的舞会上公认的上流社会绝代佳人，而且会错过看到德·克罗兹诺瓦侯爵成为我手下败将的千载难逢之机，须知他的父亲是公爵，而他本人将来也肯定是公爵，这个出色的年轻人具有我所缺乏的好条件，像机灵的头脑、高贵的出身和财富。

“这种后悔将令我抱憾终身，倒不是为她，天下的情妇有的是！

……而名誉一失，永难再得！

“这是老唐·狄埃格[①]说的话，现在清清楚楚、明明白白的是，第一次遇到风险，我便知难而退。上次我和德·博瓦西先生的决斗不过是儿戏，这次却完全不同，我会被仆人发现，这还是小事，最糟糕的是会名誉扫地。

“此事非同小可，我的乖乖，”他以加斯科涅人[②]的快活心情和口音补充道，“名誉攸关，而对一个像我这样被命运扔到社会底层的可怜虫来说，实在是机会难逢；将来我肯定还有艳遇，但规格就低了……”

他考虑了很久，快步地踱来踱去，并不时地突然停下来。他房间里放着一尊红衣大主教黎塞留的大理石半身像，不期然地吸引着他的目光。雕像似乎严厉地看着他，责备他缺乏法兰西人那种与生俱来的胆气。“伟人啊！要是在你的时代，我会犹豫吗？”

最后，于连想道：“往最坏处想，假设这一切都是圈套，那对一个少女来说，就太黑了，有损她的芳名。他们知道，我可不是不敢说话的人，一定会把我干掉。这在一五七四年卜尼法斯·德·拉摩尔的时代倒是个好主意，但今天他家的人就不敢了，他们已经不同往日。忌妒德·拉摩尔小姐的人太多，她一出丑，四百个沙龙就会传遍，大家都会津津乐道。

“仆人们私下都嘀嘀咕咕，谈论我如何备受青睐，这我知道，我听见他们说过……

“另外，还有她的信！……他们可能以为我把信都带在身上，在她房间内把我捉住时，一定会把信搜走。我一个人要对付两个，甚至三

---

① 唐·狄埃格，高乃依的名剧《熙德》中主人公罗德里格的父亲。

② 加斯科涅人以性格开朗，爱吹牛皮著称。

个、四个,谁知道啊?不过这些人,他们往哪儿找?在巴黎,哪里能找到守口如瓶的下人呢?他们害怕犯法……好吧!只好由凯律、克罗兹诺瓦、德·吕兹之流亲自出马。那时候,就看我在他们中间出洋相吧,他们爱看的正是这个。文书先生,小心莫蹈阿伯拉尔①覆辙啊!

"那好,先生们,你们身上会留下我的印记的,我会像恺撒的士兵在法萨勒②那样迎头痛击……至于信嘛,我会放在安全的地方。"

于连把最后收到的两封信各抄一份副本,找出图书室里那套精美的《伏尔泰文集》,夹在其中的一卷里,然后把原件拿到邮局寄走。

回来路上,他又惊又喜,心想:"我这样做简直是疯了!"足足有一刻钟,他不敢正面去考虑当夜要采取的行动。

"但如果我拒绝不去,那今后我连自己也会瞧不起自己的!在这个问题上,我一辈子都会因狐疑不决、患得患失而苦恼。对待阿曼达的情人这件事就是一个例子!我想如果我干脆犯罪还比较容易原谅自己,一旦招认,便不会再去想了。

"什么!这回的对手是法国一个名门望族的世家子弟,而我却心悦诚服地甘拜下风?说到底,不去就是胆小怕事。一句话,就这么定了。"于连愤然而起,大叫道,"何况她还非常漂亮。

"如果这不是圈套,她为了我行事也太荒唐了!……当然,如果是骗我上钩,先生们,把事情闹大与否全在于我,而我可不是好惹的。

"但如果我一走进房里,他们便将我双臂捆住怎么办?他们很可能设下了什么巧妙的机关!"

"简直像场决斗,"他笑着自言自语道,"我的剑术教师说过,有进攻就有招架,但仁慈的上帝要使事情结束就必然会使其中一方招架不及。不过,我这里有对付他们的武器。"说着,他从口袋里掏出手枪。虽然导火管没问题,但他仍然换了一根。

还有好几个小时。为了找点事做,他给富凯写信:"我的朋友:夹着的这封信你先别打开,除非出了意外,我遭到不测。若我果然出了

---

① 阿伯拉尔(1079—1142),法国神学家,哲学家,与其女弟子爱洛伊丝相恋,被女方家人秘密处以宫刑。

② 法萨勒,古希腊地名,公元前四八年,恺撒在此击败庞培。

事，请你把我现在寄给你的手稿中所有的名字去掉，然后把手稿照抄八份，分别寄往马赛、波尔多、里昂、布鲁塞尔各地的报馆。十天后，将手稿付印，印好的第一份寄给德·拉摩尔侯爵；半个月后，将余下的趁夜里撒遍维里业大街小巷。”

这份小小的辩护词以故事形式写成，只有出了事的时候富凯才可拆看。于连尽量不连累德·拉摩尔小姐，但最后他还是把自己的处境精确地描述了一番。

等于连把包裹封好，吃晚饭的钟声便敲响了，他的心怦怦直跳，脑子里还萦回着刚才那番叙述，总是预感不妙，仿佛看见自己被仆人抓住，捆个结实，嘴里塞上东西，推到地窖，由一个仆人看守。如果这个贵族之家为了维护名誉，要求此事有一个悲剧的收场，那也容易，只消使用毒药，一切便不会留下痕迹。那时候，便可以说他病死，把他的尸体抬进他的房间。

他像剧作家一样深深为自己所编的故事所打动，走进饭厅时，着实有点害怕。他逐一端详所有穿着笔挺号衣的仆人，仔细看他们的容貌，心里纳闷，“谁被选定参加今夜的行动呢？这家人对亨利三世宫廷的事记忆犹新，无时或忘，因而当认为有辱门风，便会比其他人更有决断。”他看一下德·拉摩尔小姐，想从她的眼神里参透她家里人的打算。她脸色苍白，完全是一副中世纪雕像的表情。于连觉得她的神态从没有现在这样超凡脱俗，的确既漂亮，又庄严，心中的爱慕不禁油然而生，暗想：“Pallida morte futura.”（她脸色苍白说明有伟大的图谋。）

晚饭后，他故意在花园里踯躅良久，但毫无结果，德·拉摩尔小姐没有出现。此时此刻，和她谈谈没准能去掉他心头大石。

他有点害怕，何必不敢承认呢？既然决定要干，有这种情绪也无伤大雅，“只要行动的时候，我能鼓得起勇气便行，”他心里想道，“现在怕不怕有什么关系？”接着，他去踏勘了一下地形，掂了掂梯子的分量。

他笑着自嘲道：“真是命中注定，我在这里和在维里业一样，非用这种工具不可！但情况却大不相同了！那时候，”他叹了口气又说道，“我为了意中人虽冒风险，但对她却不必有所戒备。而且连危险也有多大的不同啊！

“我即使被人结果于德·雷纳先生的花园之中也于名誉无损，他们可以说我莫名其妙地死了，而在这里，在肖纳、凯律、雷兹等人的客厅中，总之在任何地方，什么卑鄙的故事他们编造不出来？我将会遗臭万年。

“他们可以说上两三年，”他自嘲地大笑道。不过，这种想法使他很丧气。“至于我，又有谁能为我辩解？就算富凯把我的遗书印出来，也只是越抹越黑而已。什么！我受人恩遇，却不思图报，还印小册子揭露发生的一切！损害女人的名节！啊！绝对不行，上当就上当好了！”

这一夜实在难熬。

第十六章　半夜一点

此园占地广袤，为近年所设计，环境清幽，并有百年古树，颇具田园风味。

马辛杰①

他正想给富凯写信取消先前所提的做法，不料时钟已敲响了十一点。他故意把房门的锁弄得很响，像要把门从里面锁上。他踮着脚尖去视察全楼的动静，特别是仆人睡的五楼。没有发现异常的情况。那夜德·拉摩尔夫人的一个侍婢请客，下人们都在兴高采烈地喝酒。于连暗想："这些人如此喝酒取乐，大概不会参加今夜的行动，否则不会这样轻松。"

最后，他走到花园一个黑暗的角落。"如果他们的计划是瞒着府里的仆人，就一定会叫负责抓我的人从花园外翻墙进来。

"如果德·克罗兹诺瓦头脑不冷静的话，一定会认为，要使他打算娶的那位小姐名誉不受损害，最好是在我进入她的香闺之前把我逮住。"

于连作了一次仔细的军事侦察，心想："这是名誉攸关的事，如果出了差错，我绝不能原谅自己，说什么：'我事先可没想到。'"

当夜天朗气清，真叫人心烦。十一点左右，月儿出来了，把房子朝花园的那一面照得通亮。

于连心想："她真是疯了。"到了一点，诺尔贝伯爵的窗口还有灯光。于连一辈子也没有现在这样害怕，只看见此行的风险，一点热情也鼓不起来。

---

① 马辛杰(1583—1640)，英国剧作家。

他去扛梯子，等了五分钟，因为这时候变卦还来得及。一点零五分，他把梯子靠到了玛蒂尔德的窗口，然后握着手枪，慢慢地爬上去，心里奇怪竟没有人来袭击。到了窗边，窗子一声不响地打开了。

“您来了，先生，”玛蒂尔德非常激动地说道，“您的一举一动我看了有一个小时了。”

于连手足无措，不知怎么办才好，心里没有丝毫的爱意，尴尬之余，觉得应该壮起胆子去吻玛蒂尔德。

“不！”玛蒂尔德推开了他。

于连遭到拒绝反而觉得高兴，赶紧四下看了看。月色皎洁，衬托之下，房间里阴暗的地方显得更黑。于连心想：“那里很可能藏着人，但我看不见。”

“您上衣旁边的口袋里放着什么？”玛蒂尔德很高兴找到个话题问他，心里感到异样地难受。贵族小姐天生的那种矜持和羞怯之情重又抬头，使她备受折磨。

“手枪和各种武器。”于连也很高兴终于有话说了。

“应该把梯子拉上来了。”玛蒂尔德说道。

“梯子很长，会把客厅或下面的玻璃窗碰碎的。”

“不能把玻璃碰碎，”玛蒂尔德竭力想恢复平时说话的语气，可惜办不到。“我觉得您可以用绳拴着梯子的第一根横杠，把梯子放下去，我房间里总准备有绳子。”

于连心想：“这女人是动了真情了！敢于大胆说出心中的爱！她聪明冷静，心细如发，足以告诉我，并不像我傻乎乎地那样认为，我已经战胜了德·克罗兹诺瓦，而只不过是接替他而已。其实，这对我又有什么关系？我爱她吗？侯爵被人取代一定很生气，而取代他的人又恰恰是我，就必然会火上加油。昨晚在托尔托尼咖啡馆，他装作认不出我，看我时那目光多么骄傲！后来不得不和我打招呼时神情又有多凶啊！”

于连把绳子在梯子的第一根横杠上拴好，轻轻地将梯子放下去，大半个身子探出阳台以免碰着玻璃窗，同时心想：“如果有人藏在玛蒂尔德的房间里，这正是杀我的大好时机。”但周围仍然是一片寂静。

等接触到地面时，于连把梯子沿墙放倒在种满奇花异卉的花坛上。

"母亲看到美丽的鲜花被压坏了会怎么说呢?"玛蒂尔德说道。接着非常冷静地补充一句:"绳子要扔下去，如果别人看见绳子搭在阳台上，那就说也说不清了。"

"那我怎么走呀?"于连用殖民地法语打趣地说道。(府里有个侍女就是在说这种法语的圣多明各①出生的。)

"您，您就从房门出去。"玛蒂尔德说时对自己的这个想法非常得意。

她暗自思忖:"噢，这种男人才值得我全心全意地去爱!"

于连刚把绳子扔到花园，玛蒂尔德便一把抓住他的胳臂。于连以为被敌人抓住，便霍地转过身来，抽出匕首。同时，玛蒂尔德也听见好像有人开窗。两人大气儿也不敢出，一动不动地站在那里，月华如水，照着他们。响声再也听不见了，他们这才放心。

气氛复趋尴尬，双方都很窘迫。于连去看门是否已经关好，门闩是否全都插上，他很想看看床下面，但又不敢，怕那里可能藏着一两个仆人。最后，担心将来会后悔不够谨慎，还是看了。

玛蒂尔德无限娇羞，心里忐忑不安，后悔落到如此境地。

"我的信您是怎样处理的?"她终于问了一句。

于连心想:"如果那些先生在偷听，那真是一个使他们沮丧和避免争斗的大好时机!"

"第一封藏在一本又大又厚的《新约圣经》里，由昨夜的驿车带到离这里很远的地方。"

这些细节，他侃侃道来，清晰明快，如果有人藏在那两个大衣柜里，一定能听见。衣柜是红木作的，刚才他未敢察看。

"另外那两封也已经邮寄到同一个地方。"

"啊，天哪! 何必如此小心呢?"

于连心想:"我为什么要瞒她呢?"于是，他把心中的疑虑向她和盘

---

① 圣多明各即今之海地。安的列斯群岛法属殖民地所说的法语常掺杂西班牙语、葡萄牙语和当地的土话，称克里奥尔语。

托出。

“怪不得你的信如此冷若冰霜!”玛蒂尔德失声叫了起来,语调何止充满柔情,简直是欣喜若狂。

但于连并没注意到这种变化。亲密的称呼冲昏了他的头脑,至少使他胸中的疑虑烟消云散。他大着胆子把他一向尊重的这位美貌姑娘搂进怀里,而姑娘在撑拒间也是半推半就。

他回忆起不久前在贝藏松和阿曼达·比奈周旋时所采取的办法,背诵起《新爱洛伊丝》中不少清词丽句。

“你真是个大丈夫,”玛蒂尔德并没有怎么听他的背诵,对他说道,“我承认曾经想考验一下你的勇气。你最初的疑虑和后来的决定说明你比我想象的更有胆识。”

玛蒂尔德竭力用你而不用您称呼他,注意力集中在这种异乎寻常的说话方式而不是所说的内容。这样的称呼毫无温柔的语气,于连听了,毫无快乐可言,连自己也奇怪没有幸福的感觉,最后只好求助于理智,觉得此姝骄矜,从不轻易称赞他人,现在却如此看重自己,这样一想,他的自尊心得到了莫大的安慰。

说真的,这并不是以前和德·雷纳夫人在一起时往往感觉到的心灵上的满足,最初一刹那也并无任何温馨的成分,而只是野心得逞后极度的欢欣,说实在话,他可是个野心勃勃的人。于是,他重又谈起他所猜忌的人和自己独具匠心的对付办法,边说边考虑如何乘胜追击。

玛蒂尔德尚未摆脱局促之态,对自己居然这样倒显得很害怕,此刻找到了话题,不禁满心欢喜。他们商量以后见面的办法,讨论时,于连表现得胆大心细,连他自己也非常得意。他们要对付的人都很有头脑,小唐博肯定是个奸细,但玛蒂尔德和他也并非无能之辈。

要见面商量个什么事,还有什么比到图书馆更容易的?

“府里什么地方我都可以去,没有任何人会怀疑,”于连又说道,“甚至到德·拉摩尔夫人房里都可以。”因为要到玛蒂尔德的香闺必须穿过夫人的房间。不过,如果玛蒂尔德认为还是爬梯子上来的好,他也绝不会把这区区的危险放在心上而心甘情愿地照办。

玛蒂尔德对他这种洋洋得意的口吻颇为反感,心想:“难道我就得听他的?”心里着实有点后悔。出于理智,她对自己所做的荒唐事非常不以为然。要是能办得到,她真想干脆把自己和于连一起毁灭。尽管有时意志的力量战胜了后悔,畏缩和羞耻的心理仍然使她痛苦万分,这种可怕的处境是她所始料不及的。

“我一定要和他谈。”她终于想道,“和情人哪有不谈之理。”于是,为了尽这种义务,她把最近几天为于连的问题做出的决定一股脑说了出来,情深意切,溢于言表。

她本来就下定了决心,如果于连真敢按照她的吩咐,用花匠的梯子爬进她的房间,她便委身于他。从来没有人以这般冷静和彬彬有礼的口吻,说出这样情意绵绵的话。真到此时为止,这次房中相会,气氛始终冷若冰霜。爱情简直成了冤孽。少女中的不慎者,实堪引以为戒。为了这样一刻断送自己的前途,值得吗?

头脑简单的局外人可能把她这种迟疑不决当做恨的表现,因为一个女人即使意志坚强,要克服对自己的责任感,谈何容易,所以玛蒂尔德经过了长时间的犹豫才成了于连的可爱情妇。

说真的,这种爱的冲动颇有点*刻意为之*的味道,两人并非出自真情而只是模仿某种模式罢了。

德·拉摩尔小姐认为是在为自己和情人完成一种义务。她心里想:“可怜的小伙子,他有胆有勇,应该得到幸福,否则我就言而无信了。”然而,为了目前残酷现实的需要,她宁愿以永恒的苦难为代价重新赎回来。

虽然她内心进行着非常激烈的斗争,但说话却滴水不漏。

既无悔恨,也无内疚,春宵一刻,异常美满。但于连觉得这种幸福颇嫌突兀。天哪!这和他上次在维里业最后度过的二十四小时何止有霄壤之别。“巴黎人这种矫揉造作能破坏一切,甚至连爱情也在劫难逃。”于连愤愤地想道。

于连是站在一个桃花心木大衣橱里这样想的。原来一听到隔壁德·拉摩尔夫人房里有动静,玛蒂尔德便叫于连躲进这个大衣橱里。玛蒂尔德跟母亲望弥撒去了。女仆们不久也离开了房间,于连趁她们没回来打扫以前顺利地溜了出来。

他骑上马，到巴黎附近找了个最僻静的地方，心里与其说是高兴，倒不如说是吃惊。幸福如潮，一阵阵弥漫胸臆，仿佛立了奇功的少尉被元帅一下子提升为上校，前一天还在他之上的人，现在和他平起平坐，甚至还在他之下。渐渐地，他走得越来越远，而幸福感也就越发浓厚了。

玛蒂尔德感觉不到什么温馨，尽管温馨这个字眼显得有点奇怪。她之所以和于连共效于飞，仅仅是履行一种责任而已。一夜风流倒没有什么出乎她的意料，她尝不到小说所描写的那种销魂蚀骨的欢乐，感到的只有不幸和羞惭。

“难道我弄错了？难道我对他并没有爱情？”她心里想道。

第十七章　一把古剑

是时候了，现在我必须严肃，因为今天，笑也被认为严肃得过了分，德行对邪恶的嘲笑也被目为罪过。①

《唐璜》第十三章

晚饭时，玛蒂尔德没有出现，只是晚上到客厅来了一趟，但正眼也不瞧于连。于连觉得很奇怪，心想："不过，我并不了解他们的习惯。以后她会给我解释的。"然而，出于极度的好奇，他仔细观察玛蒂尔德脸上的表情，不得不承认她神情冷漠，甚至有点凶狠。显然，她已经不是原来那个女人了，前一天夜里，她高兴得忘乎所以，但也许是装的，过犹不及，也许不是真的。

第二天，第三天，她依然冷若冰霜，看也不看于连，仿佛根本没有这个人。于连忐忑不安，第一天那种兴高采烈的胜利感，现在已被他抛到了九霄云外，他想："难道她幡然改悔，讲起道德来了？"不过，对傲气十足的玛蒂尔德来说，道德这个词太俗了。

于连心想："平时她并不太信教，即使信也只是因为宗教对她那个门第有用。"

"不过，她会不会出于脆弱的心理因自己犯了错误而深感内疚呢？"于连相信自己是她的初恋情人。

有时他又想："但是，应该承认，从她的举动看，她一点也不憨厚、单纯和温柔。我从未见过她像现在这样高傲。想必是瞧不起我吧？凭我出身微贱这一点，她就会自责不该屈身俯就了。"

于连头脑里充满了从书本上，从维里业的回忆中获得的偏见，幻想

① 原文系英语。

有一个温柔体贴的红颜知己，一旦委身所爱的人便把生死置之度外，却不知此时虚荣心极重的玛蒂尔德正对他恨得咬牙切齿哩。

由于两个月来她已经不再感到无聊，因而也不再害怕闲得慌，这样一来，于连便不知不觉地失去了他最有利的条件。

德·拉摩尔小姐非常苦恼，心想："我岂不是给自己找了个主人！他很有荣誉感，那太好了；但如果我把他逼急了，伤了他的虚荣心，他是会进行报复的，会把我们的关系公之于众。"玛蒂尔德从未有过情人，何况在这个连心灵冷淡的少女也会有怀春之念的时候。玛蒂尔德越想越感到苦涩。

"我完全受他支配，因为他采取的是高压手段，如果我把他逼急了，他会狠狠地惩罚我。"仅凭这一点想法，玛蒂尔德就要和他较量一下，她性格里最大的优点就是不服输。除了拿整个生命去孤注一掷之外，没有什么事情能使她激动，能治疗她心底里此起彼伏的烦恼。

第三天，德·拉摩尔小姐仍然正眼也不看于连。吃完晚饭，于连明知她不愿意也跟着她走进台球室。

她按捺不住心头的怒火对于连说道："喂，先生，您以为您对我有多大的权力，竟敢不顾我的明确表示，硬要和我说话。告诉您，天底下还没有人敢这样做过！"

这对情人的谈话真是再可笑不过了。他们谁也没有料到，彼此都恨得牙痒痒的。他们都没有耐性，但都养成了上流社会的习惯，用不了多久，便干脆表示，从此翻脸成仇。

"我向您发誓，永远保守秘密。"于连说道，"我还可以补充一句，我决不再和您说话，但愿这一过分明显的变化不会损害您的名誉。"说罢，他一躬身，走了。

他给自己安排的任务不费吹灰之力便完成了，但他远远没有料到自己会深深地爱上了德·拉摩尔小姐。三天前藏在桃花心木做的衣柜里时，他无疑并不爱她，但一旦和她闹翻，内心的感情很快便发生了变化。

记忆无情，他回想起那天夜里的详细经过，其实，当时他根本没有动情。

闹翻的第二天夜里，于连几乎要疯了，因为他不得不承认，自己真的爱上了德·拉摩尔小姐。

随着这一发现便是可怕的斗争，他的心全乱了。两天后见到德·克罗兹诺瓦先生时，他非但骄傲不起来，反想抱住他痛哭一场。

痛苦之余，他逐渐恢复了一点理智，决定动身去朗格多克，便打点行装往驿站去。

到驿站时他觉得快支持不住了。卖票的告诉他，第二天去图卢兹的驿车上恰好有一个座位。他立即订了座，然后回德·拉摩尔府向侯爵辞行。

侯爵出门了，于连无精打采地到图书室去等他。不料德·拉摩尔小姐也在那里，怎么办？

看见他来，德·拉摩尔小姐的脸色很不好看，这一点于连是不会弄错的。

于连心中痛苦，这一突然邂逅使他昏了头脑，心一软，竟柔情脉脉地向她倾吐了肺腑之言："这样说来，您不再爱我了？"

"我恨自己太随便，一失足成千古恨。"玛蒂尔德悲愤得流下了眼泪。

"太随便！"于连大叫一声，向图书室收藏的一把中世纪古剑冲去。

他和德·拉摩尔小姐说话的时候已经痛苦万分，现在看到对方流下羞愧的眼泪，无异雪上加霜，巴不得一剑把她杀死，方解心头之恨。

他好不容易把剑从古老的剑鞘里拔出来。玛蒂尔德哪有过这种感受，竟欣然地昂着头向他走来，眼里的泪水早已干了。

此时，于连突然想起了自己的恩人德·拉摩尔侯爵，心想："我要杀死他的女儿，真是岂有此理。"他作势要把剑扔掉，但转念一琢磨："她看见我这个舞台上滑稽的动作，一定会乐坏了。"想到这里，他定了定神，好奇地仔细看了看古剑的锋刃，像在找上面有没有锈斑，然后插剑入鞘，从容不迫地挂回镀金的铜钉上。

这几个动作越来越慢，花了足足一分钟。德·拉摩尔小姐吃惊地看着他，心想："我差点死在情人的手里！"

这种想法一下子把她带回到查理九世和亨利三世最美好的年月。

于连刚把古剑挂回原处,玛蒂尔德一动不动地站在他面前,看着他,眼里已无丝毫恨意。应该承认,此时她的魅力实在诱人,绝不像一个巴黎的玩具娃娃。这个字眼是于连对当地女人的一个贬义词。

“我又要对他心软了。”玛蒂尔德心想,“刚才我的话那么坚决,如果现在又软下来,他就更会对我作威作福了。”想着,她赶紧溜之大吉。

“天哪!她真美!”于连看着她跑开不禁说道,“不到一个星期以前,她还忙不迭地投入我的怀抱!唉!良辰不再!而这都怪我自己!这样千载难逢、千金难买的机会,我竟丝毫没有感觉!……应该承认,我天生是个凡夫俗子,无可救药。”

侯爵回来了,于连赶紧禀告他说自己要走。

“到哪儿去?”德·拉摩尔先生问道。

“朗格多克。”

“不行,对不起,我还有更重要的事情要您做。要走就到北方……用句军事术语来说吧,我要在府里关您的禁闭。即使外出,也只能不超过两三个小时,我随时都会需要您。”

于连行了个礼,一言不发地走了,侯爵不禁愕然。于连气得连话也说不出来,把房间一锁,一个劲地哀叹自己时运不济,命途多舛。

他心想:“这样说,我想离开远点也不行了,天知道侯爵要把我留在巴黎多久;天哪!我该怎么办啊?没有一个朋友可以商量,彼拉尔神甫绝不会听我分说,阿塔米拉伯爵也许会向我建议去参加某个阴谋活动。

“但我觉得,我简直疯了!我疯了!

“谁能为我指引迷津?我会落到什么地步呢?”

第十八章　难熬的时刻

她向我招认了，事无巨细都一一讲了。她的一双妙目紧盯着我的眼睛，但流露出来的却是对别人的爱情。

席勒

德·拉摩尔小姐欣喜若狂，只想到差点死在情人手里真是人生一乐。她甚至自言自语道："这才是值得我甘拜下风的男子汉，他险些儿把我杀了。要把多少个公子哥儿合起来才做得出这样情不自禁的事啊！

"不得不承认，他站在椅子上把剑挂回原处的姿势真漂亮，潇洒极了，正好在装修工人给他留出的地方，总之，我爱他一点也没有爱错。"

此时如果有大大方方和他言归于好的机会，她是绝对不会放过的。可惜于连把自己的房门锁得严严实实，心里失望已极。惶惑中，真想跑去跪倒在她脚下。其实，如果他不是这样闭门不出而是到花园或府里其他地方走走去碰碰机会，没准刹那间会柳暗花明，满腔愁苦会变成无边的欢乐。

但我们且莫怪他不够机灵，否则他就做不出英雄盖世的拔剑动作，而当时德·拉摩尔小姐眼里所欣赏的正是这样飒爽的英姿。她这种古怪的心情使她整整一天都兴奋不已，回想与于连缱绻的短暂时刻，神往之余又异常惋惜。

她心想："其实，在这个可怜的小伙子看来，我对他的情爱始于半夜一点，当时我见他缘梯而上，外衣口袋里揣着他所有的几把手枪，但到了早上八点，这种情分便结束了。一刻钟以后，我在圣瓦莱尔教堂听到弥撒的钟声才开始想到他可能会以为已经把我征服，还会进一步试图用高压的手段使我就范哩。"

晚饭后，德·拉摩尔小姐不但不躲开于连，反而主动和他说话，还邀请于连随她到花园里去。于连照办了，他还没有经历过这种考验。玛蒂尔德不知不觉地爱火重燃，向他做了让步，觉得和他在一起散步有无限的乐趣，还好奇地看着于连早上拔剑要杀她的那双手。

然而，在这样一个动作和随后发生的一切之后，要恢复先前那种谈话已经不可能了。

玛蒂尔德逐渐向于连谈出自己的心里话，奇怪的是，她还乐此不疲，甚至说曾经对德·克罗兹诺瓦和德·凯律有过一时的感情冲动……

"怎么！还有德·凯律先生！"于连叫了起来，这句话把他那种失恋情人酸溜溜的忌妒心理暴露无遗。玛蒂尔德是这样认为的，但却不以为忤。

她继续折磨于连，把她过去的恋情原原本本都抖了出来，讲得有声有色，活灵活现，描述之逼真，仿佛事情就在眼前。于连痛苦地注意到，她旧事重提，还有些新的发现。

于连妒火中烧，苦不堪言。

怀疑情敌得到自己恋人的青睐已经非常难受，而听见心爱的女人详细讲述如何爱自己情敌，那大概是最痛苦的了。

以前，他心高气傲，把凯律和克罗兹诺瓦之流都不放在眼里，此时经玛蒂尔德一说，犹如五雷轰顶，心里难受之余，又夸大了他们仅有的几种优点，自愧不如，一个劲儿地自怨自艾。

玛蒂尔德在他眼里简直成了天人，仰慕之情，难以言表。和她散步的时候，他偷眼看她的手，她的双臂和她王后般的丰姿。爱她之深，慕她之切，几想匍匐在她脚下，大喊一声："可怜我吧！"

"这个丽质天生，超凡绝世的美人虽然曾经一度爱过我，不久定将投入德·凯律先生的怀抱！"

德·拉摩尔小姐的话出自内心，他难以置疑，因为她句句说来情真意切。最使他痛苦的是有时玛蒂尔德谈到自己对德·凯律先生的那一段感情虽属过去，但娓娓谈来仍似新欢，听其口吻，依然余情未了，这一点，于连十分清楚。

即使把熔化的铅水灌进他的心头也难比此刻之痛。可怜的年轻人心如刀割,又哪里猜得到德·拉摩尔小姐正是因为和他谈话才这样高高兴兴地故意提起她从前对德·凯律先生或德·克罗兹诺瓦先生有过的那一点点微不足道的爱情。

于连心中的痛苦难以言喻,听着玛蒂尔德向他详细讲述对别人的爱情,而不久以前,就在这同一条菩提树覆盖的小径上,他却盼望着钟敲一点好闯进玛蒂尔德的闺房。此时此地,真是情何以堪。

令人难受的这种若即若离的亲密关系延续了足足一个星期。玛蒂尔德时而似乎在寻找机会,时而又不失时机地和他谈话,而两人似乎越痛苦越要说的话题总是玛蒂尔德对别人曾经有过的感情:她对于连提到她写过的情书,甚至信中说过的话,整句整句地背给他听。最后几天,她似乎幸灾乐祸,高兴地看着于连。于连的痛苦成了她巨大的享受。

可以看出,于连没有任何生活经验,甚至没有看过小说。如果他不是那么笨,如果他能稍为冷静地对这位他如此爱慕,却又如此出人意料地对他讲心里话的小姐说:

“您得承认,虽然我的身价比不上那些先生,但您爱的却是我……”

也许她会因心情被他猜中而感到高兴,至少,成功与否,也许全取决于他言语是否得体,选择的时机是否恰当。不管怎样,他可以有力地摆脱目前的困境,因为在玛蒂尔德眼里,这种局面快变得味同嚼蜡了。

一天,于连情切切、恨绵绵地对她说:“您不再爱我了,而我却深深地爱着您!”这也许是于连所干的最大一件蠢事。

此话一出,德·拉摩尔小姐便兴致索然地不愿再对他说心里话了。她一开始觉得奇怪,于连在经历和她那段感情之后,听到她的叙述却并不以为忤。直到他说出这句蠢话时,她甚至以为于连也许不再爱她了。她心想:“此人自尊心太强,爱情完了。尽管他自认条件不如凯律、德·吕兹和克罗兹诺瓦,但输给他们,他是不会甘心的。不,我再也看不到他拜倒在我的脚下了!”

前些日子,于连虽痛苦却天真,常常在她面前真心诚意地称赞那几位先生的人品，甚至到了夸张的程度。这种变化自然被德·拉摩尔小姐看在眼里，她觉得奇怪，可又不知道其中的原因。于连出自狂热的心理，以为情敌获得青睐，若加以称赞，自己也无异分享到情敌的幸福。而他这句坦率却愚蠢的话，转眼间使一切都发生了变化。玛蒂尔德知道他爱自己，反倒瞧不起他了。

于连说这句蠢话时，他们本来正在散步。不料玛蒂尔德闻言撇下他便走。临走的那一瞥充满了极度的鄙视。回到客厅以后，整个晚上也不看他一眼。第二天，对于连仍然不屑一顾，再也没有一个星期以来那种冲动了。那时候，她把于连当作最知心的朋友，自己也觉得乐在其中，可现在看见于连便讨厌，甚至到了恶心的地步，只要看到他，心里便有说不出的蔑视。

于连不明白一星期以来玛蒂尔德的内心变化，但他觉察出她的鄙视，因此很知趣，尽量不在她跟前出现，连一眼也不看她。

他这样避免见她，其实心里痛苦得要死，觉得越来越受不了，心想："一个人再坚强也只能承受到这个限度了。"他整天蹲在顶楼的小窗子后面，把百叶窗拉得严严的，好等德·拉摩尔小姐到花园里来的时候，至少能从窗缝里看上一眼。

晚饭后，看见玛蒂尔德和德·凯律先生、德·吕兹先生，或者其他一个她承认曾经爱过的人散步时，于连心里又是什么滋味呢？

他真没想到自己的痛苦会如此强烈，几乎要喊出来了。从前，他何等坚强，此刻精神全部崩溃了。

他脑子里只有德·拉摩尔小姐，其他一切，他想到就讨厌，连最简单的信也写不了。

"您疯了！"侯爵对他说。

于连怕他猜出原委，只好推说有病。大家倒也相信了。幸亏吃晚饭时侯爵和他开玩笑，说他大概是想出门走走。玛蒂尔德知道他此去时间可能很长。于连躲着她已经好几天了。那些风流倜傥的公子哥儿虽然拥有她爱过的这个脸色苍白、情绪低沉的年轻人所缺乏的一切，但却无法使她从梦幻中解脱出来。

她心想："普通的少女会从客厅里这些引人瞩目的年轻人当中挑

选如意郎君,而天才人物的思想特点就是要独树一帜,不随大流。

“于连只是没有财产,而我却有,如果我嫁了这样一个人,一辈子都会引人瞩目,不会寂寂无闻,绝对不用像我的表姊妹们那样总是害怕革命,而且由于害怕人民,甚至连一个不好好给她们赶车的马车夫也不敢责骂。我将来肯定要演一个角色,一个伟大的角色,因为我选中的男人不仅有个性,还有志气。他缺什么?朋友吗?钱吗?这些我都可以给他。”但她思想上总有点把于连当作下人,只要愿意,要他怎样爱自己都行。

第十九章　滑稽歌剧

唉！爱情的春天多么像
四月无常的美景；
现在是灿烂的阳光，
乌云出现，一切都没了踪影！①

莎士比亚

玛蒂尔德一心想着未来，想着她希望扮演的非凡角色。她甚至怀念以前和于连进行过的枯燥而不着边际的讨论。厌倦了高深的思想以后，她又会怀念起在于连身边度过的幸福时刻；回忆总掺杂着悔恨，有时压得她喘不过气来。

“可是，如果说，人人都有弱点，”她心里想道，“那么，像我这样一个少女只因看上一个有才华的男子而忘本，实在无可厚非。别人绝不会说，是他漂亮的小胡子和骑马的潇洒英姿把我迷住，而是他对法国未来的那种深刻的见解，以及认为我们这里将发生的事情和一六八八年英国革命颇有相似之处的这种看法使我倾心。”对自己的后悔，她解嘲地说：“我被他迷住，我是个弱女子，但至少不是个被漂亮的外表所迷惑的傻姑娘。”

“如果发生革命，于连·索海尔为什么不能成为罗兰②，而我为什么不能成为罗兰夫人呢？我喜欢做罗兰夫人而不喜欢做德·斯塔尔夫人：在我们这个时代，行为上伤风败俗总是块绊脚石。我绝不会再度失

① 原文系英语。

② 罗兰(1734—1793)，法国大革命中共和政府的内政部长，倾向吉隆特党，其妻罗兰夫人因支持吉隆特党人被上台执政的雅各宾派送上断头台，罗兰营救未果，愤而自杀。

足，遭人唾骂，否则，连我自己也会羞愧死了。”

应该承认，玛蒂尔德这些胡思乱想并没有我们刚才描写的那样严重。

她看看于连，觉得他任何一个细小的动作都可爱极了。

她心想：“当然，他认为自己有权利的这点想法被我全部打消了。

“一个星期以前，这个可怜的少年痛苦而又深情地跟我吐露爱的心曲，证明他是真诚的，应该承认，我这个人的确不知好歹，听了一句这么情深意切而又充满敬意的话居然生起气来。难道我不是已经属于他了吗？说这句话是顺理成章的嘛，而且应该承认，说得还是很得体的。我跟他没完没了地谈，谈我如何在生活中百无聊赖，逢场作戏地对他所忌妒的那些上流社会青年人表示过的一点点爱情，他听了还仍然爱我。唉！他哪里知道，他们是毫无威胁性的对手！和他相比，我觉得他们简直是一个模子里印出来的瘪三。”

玛蒂尔德边想边用铅笔在画册上随便划，笔下出现的一幅侧身像竟活脱是于连。她既惊且喜，激动得叫了起来：“真是天意！爱情所创造的奇迹，我没想到竟把他的模样画出来了。”

她跑回房间，把门关好，聚精会神，想一丝不苟地给于连画像，但没成功，画得逼真的还是刚才那张侧面像。玛蒂尔德反倒高兴起来，把它看做爱情的佐证。

她审视良久，直到很晚侯爵夫人派人来叫她上意大利歌剧院才放下画册。她只有一个心思，用眼睛四面找于连，然后让她的母亲请于连来她们的包厢。

但于连没有露面。包厢里陪伴这两位贵妇的只有几个俗不可耐的人。到了第二幕，一句爱情的绝句，应该承认，配上不愧为出自西玛罗沙①的乐曲，深深触动了玛蒂尔德的心。歌剧的女主人公唱道：“我对他过分崇拜，该受到惩罚。我太爱他了！”

自从玛蒂尔德听到这句绝妙好词，世界上的一切似乎已不复存在。别人和她说话，她不搭理。她母亲说她，她甚至懒得看母亲一眼。只觉

---

① 西玛罗沙（1749—1801），意大利著名作曲家。

得神魂飘荡，情难自已，如醉如痴之状只有几天来于连对她火辣辣的内心冲动才能相比。这曲调，加上优美的唱词，恍如天乐，强烈表达出她的心境，即使她不直接想到于连，也令她无限神往。由于她酷爱音乐，这天晚上她思念于连之情可说与德·雷纳夫人不相上下。心灵之爱当然比现实之爱更有理智，但激动的时间不长，自知而不断自律，因而不会意乱神迷，相反，却建筑在思想之上。

回到家以后，玛蒂尔德不管德·拉摩尔夫人会怎么说，借口自己发烧，回到房间里，在钢琴上反复弹奏那段使她陶醉的曲调以消永夜，还就着音乐唱出那句歌词：

我爱他太过
该受折磨，该受折磨①……

一夜疯狂之后，玛蒂尔德终于相信已经控制住了自己的爱情。（这一页的描写使作者非倒霉不可，感情冷漠的人一定会怪他不道德。其实，在巴黎的沙龙里，不少千金小姐出尽风头，即使他认为其中一位做出玛蒂尔德那样有失身分的荒唐事，那并不是对全体的侮辱。因为玛蒂尔德这个人物完全是虚构的。而且出了当时社会风尚的格，但正是这些风尚使十九世纪的文明能在古往今来的历史中占有一个如此突出的地位。

使冬季舞会生色不少的千金小姐，她们的作风是十分谨慎的。

我也不认为别人能怪她们太瞧不起荣华富贵、骏马良田以及一切能保证社会地位高人一等的东西。这些好东西并不会使她讨厌，而一般都是人们朝思暮想、求之不得的目标，如果大家心里有什么欲望的话，那无非是渴望得到这些东西。

像于连这样的有才之士也不会借爱情而飞黄腾达，他们渴望紧紧依附于某个党派，只要这个党派走红，社会上的荣华富贵都会从天而降，不请自来。倒霉的是学者，他们无党无派，哪怕只取得一点尚无绝对把握的成就，反会被人责难，道貌岸然的老爷也会盗窃他们的成果，

---

① 原文为意大利文。

作为进身之阶。唉！读者诸君，小说是大路上的一面镜子。反映到你们眼里的，时而是蓝天，时而却是路上的泥泞。在背篓里背着这面镜子的人却被你们批评为不道德！他的镜子照出了泥泞，而你们却怪镜子！其实，你们应该责怪的是泥泞的道路，或者更进一步责备让污泥遍地，浊水成潭的巡路督察。

现在，大家都认为我们这个时代人人行动谨慎、作风正派，不可能出现玛蒂尔德这等人物，既然如此，我继续讲述这位可爱的姑娘种种荒唐的举动就不必太担心会引起别人的反感了。）

翌日一整天，玛蒂尔德都窥伺时机好证实自己克服了心中的一片痴情。她最大的目标是在一切方面都使于连感到不快，但于连把她的一举一动都看在眼里。

于连内心痛苦，情绪过分激动，竟猜不出这是一种错综复杂的爱情把戏，更看不到其中有利于自己的地方，反而成了其牺牲品，感到从未有过的痛心疾首。他的思想已经不太能支配他的行动。此时，如果有某位悲观的哲学家对他说："考虑一下，赶快利用目前对您有利的条件吧，在巴黎，这种由理智控制的爱情，同一种表现绝不会超过两天"，他不懂这种道理。但尽管激动，依然良知未泯，知道行事不可孟浪。随便找个人请教，诉说心中的苦楚，确能缓解痛苦，就像横穿火辣辣的沙漠，口干舌燥之际，忽然天降甘霖一样。但他深知其中的风险，担心万一有人贸然相问，自己会大哭起来。于是他闭门不出。

他看见玛蒂尔德在花园里来回走了很久，后来终于离开了，他这才下来，走近一株玫瑰，刚才玛蒂尔德从上面摘了一朵花。

夜色很浓，他大可伤心流泪而不致被人看见。他认为德·拉摩尔小姐爱上了一位年轻的军官，刚才一定和此人谈得眉飞色舞。她曾经爱过于连，但也知道于连没什么出息。

"的确，我没什么出息，"于连对此也深信不疑，他自忖，"充其量，我不过是个平淡无奇的庸人，招人讨厌，连自己也受不了。"对自己的一切优点、曾经迷恋过的一切事物，他都觉得一无是处，把什么都想反了，竟凭自己的想象去判断起人生来，聪明人往往会犯这样的错误。

他多么想自寻短见，这种图景充满吸引力，长眠既像惬意的休息，又仿佛是给沙漠中口干舌燥的旅人捧上的一杯冰水。

但他旋即失声叹道:“死不要紧,但她便更看不起我了! 我身后会留下多坏的印象啊!”

落入这样痛苦的深渊,一个人只有鼓起勇气才能自救。于连智不及此,想不到应当敢字当头。他抬眼看看玛蒂尔德房间的窗口,透过百叶窗看见她正在吹灯就寝,便不禁回想起自己曾经一度涉足这个香闺绣阁,他的想象也仅仅到此为止。

一点敲响了,他听见教堂的钟声,自言自语道:“我要端梯子爬上去。”这一切都是瞬间发生的事。

真是福至心灵,堂而皇之的理由便源源而来。他心想:“我还能比现在更倒霉么?”于是便向梯子奔去,不料梯子已被园丁用铁链锁住。于连掰下一支小手枪的扳机,用这时候突然产生的一股神力,拼命拧开梯子的铁链,不消几分钟,梯子便到了手,于连把它靠在玛蒂尔德的窗口上。

她一定会生气,更瞧不起我,那有什么关系? 我给她一吻,最后的一吻,然后上楼回到房间自杀。死前嘴唇也要碰碰她的脸蛋!

他飞步登梯,敲了敲百叶窗,不一会儿,玛蒂尔德听见了,想把百叶窗打开,但被梯子顶住。于连拽住支开百叶窗的铁钩,冒着随时会摔下去的危险,猛地一晃,把梯子稍稍挪开一点。玛蒂尔德终于能把百叶窗打开了。

他踅进房来已经是半死不活。

“原来是你!”玛蒂尔德说着一头扑进他的怀里……

…………

于连乐不可支,他的幸福,有谁能够形容? 而玛蒂尔德的幸福也不稍逊。

她当着于连的面埋怨自己,数落自己:

“我太高傲,太狠心,你惩罚我吧,”说着她紧紧地搂着于连,使他气也喘不过来,“你是我的主人,我是你的女奴,我想违抗你的命令,应该跪下请求你的宽恕。”她挣开于连的双臂,跪在他的脚下,“是的,你是我的主人,”她仍然陶醉在幸福和爱情之中,说道,“永远做我的主宰吧，女奴如果不听使唤就狠狠地惩罚她好了。”

过了一会儿，她又挣脱于连的怀抱，点起蜡烛，差点把半边头发都剪下来，于连费尽九牛二虎之力才能制止她这样做。

“我想提醒自己，我是你的女仆，”她说道，“万一我又昏了头，耍起讨厌的脾气，你就向我出示这撮头发，对我说：‘现在已经不是爱情，也不是你目前的情绪问题，既然你曾经发誓服从，为名誉起见，你必须服从。’”

如此意乱神迷，乐而忘性，还是不去细表为好。

于连在欢乐之中尚未丧失理智。见园林之外东面远方的烟囱上天将破晓，便对玛蒂尔德说：“我该从梯子下去了。我作出牺牲，不负你之所爱，这种艳福虽然销魂蚀骨，非常人所能享有，但我必须暂时割舍，为了你的名誉而作出牺牲：你若知我心，必定明白我实在是万不得已。你能否永远像现在这样对待我呢？不过，你既然指天誓日，那就够了。要知道，自我们第一次相会，各种防范，目的已非单纯针对小偷。德·拉摩尔先生在花园布置了一个警卫，德·克罗兹诺瓦先生身边也有几个密探，他每夜的活动都被打听得一清二楚……”

这种想法使玛蒂尔德不禁大笑起来，弄醒了她母亲和一个仆妇，隔着门问她怎么了。于连看了看她，只见她脸色煞白，申斥了仆妇几句，对母亲则不屑作答。

“不过，如果她们想起开窗，便会看见梯子！”于连对她说道。

他又紧紧拥抱了玛蒂尔德一下，然后奔向梯子，不是一级一级而是顺着梯子溜了下去，转眼便到了地面。

不消三秒钟，梯子已经放到菩提树下的小径上，玛蒂尔德的名誉安然无损。于是定下心来，发现自己身上带血，几乎没穿衣服，原来滑下来时不小心蹭破皮了。

极度的欢乐使他精神抖擞，浑身是劲。此时，即使来了二十条汉子，他一人对付也不在话下，幸亏这种勇力没有机会施展，他只好把梯子放回原处，链子归了位，也没忘记把玛蒂尔德窗下种着异国花草的花坛上梯子所留下的痕迹清除掉。

他在黑暗中用手来回抚摸松软的泥土，看痕迹完全抹平了没有。

忽然觉得有东西落在手上,原来是玛蒂尔德剪下来扔给他的半绺头发。

玛蒂尔德就在窗口。

“这是你的女仆给你的,作为永远顺从你的表示。”她说话的声音相当高,“我已经不考虑理智了,你就做我的主人吧。”

这叫于连如何招架,他真想把梯子搬回来再爬进她的房间。但最后理智还是占了上风。

从花园回到府里并非易事。他弄开了地下室的门。进得府来,还需悄悄撞开自己的房门,因为他在匆匆离开玛蒂尔德的闺房时,忙乱中连衣服和口袋里的钥匙都忘记拿走了,他心想:“但愿她想到把那件要命的衣服藏好!”

终于,疲劳压倒了幸福感,旭日东升而他却沉沉睡去了。

午饭的钟声好不容易将他唤醒,他来到了饭厅,玛蒂尔德随后也到了。看见这位受尽恭维的天仙美人眼里闪耀着爱情,于连顿时感到踌躇满志,但很快地,惊慌便取代了谨慎。

玛蒂尔德借口没时间好好整理头发,故意把头梳得让于连一眼便看出她昨夜剪下头发为他做出了多大的牺牲。如果有什么东西能破坏这样一张如此漂亮的脸蛋,玛蒂尔德倒做到了这一点。她整整半边金灰色的秀发在离头皮半寸的地方被剪掉。

吃饭时,玛蒂尔德的举动和她把头发剪掉的鲁莽行为简直是彼此呼应,好像故意要让所有人知道她疯了似的迷恋着于连。幸亏那一天德·拉摩尔侯爵夫妇正忙着颁发蓝色绶带的事,典礼即将举行而德·肖纳却不在名单之列。午饭快结束的时候,玛蒂尔德和于连谈着谈着竟突然称于连为**我的主人**。于连的脸霎时红到了耳根。

也许是凑巧,也许是德·拉摩尔夫人有意安排,玛蒂尔德那一天身边总有人陪着。晚上,从饭厅到客厅的时候,玛蒂尔德总算找到了机会对于连说:

“你会认为是我找的借口吗?因为母亲刚刚决定让她的一个女仆夜里到我房间来睡。”

这一天像闪电一样过得很快,于连高兴极了。第二天早上七点,他便来到图书室,希望德·拉摩尔小姐赏光驾临,他还给她写了一封没完没了的长信。

但他好几钟头之后才在吃午饭时见到玛蒂尔德。那一天，她认真地打扮了一番，她剪了头发的地方十分巧妙地掩盖起来。她看了于连一两眼，目光既有礼又镇静，再也不喊他*我的主人*。

于连惊讶得大气也透不过来……玛蒂尔德几乎后悔为他做过的每一件事。

她经过深思熟虑，断定于连若不是与常人一般无异，至少也不是什么出类拔萃的人，不值得为他做出如此疯狂的事，总之，她已经不把爱情放在心上，这一天，她对爱情感到腻烦了。

于连的心理活动仿佛仍是十六岁的少年，怀疑、惊讶、失望，纷至沓来，这顿午饭像是没完没了。

等到他能够不失礼貌地离开餐桌时，他便一口气奔到马厩，自己亲自备鞍，跨马急驰，生怕一时心软，做出脸上无光的事。他一面在默东的树林里飞奔，一面自言自语道："我必须用体力上的劳累使自己死心。我被人如此奚落，我到底做错什么事，说错什么话了？"

回府时他心里想："今天，应该什么也不做，什么也不说，让肉体和心灵都像死了一样。"于连已经不是活人，只是一具还会走动的僵尸而已。

第二十章　日本花瓶

他的心灵最初并不明白自己的不幸有多大，只感到迷惘而不是悲伤。但随着理智的复苏，他才领略到这切肤之痛。只觉得一切生活乐趣已荡然无存，只剩下撕心裂肺的失望。但肉体的痛苦有什么可说的？哪种肉体的痛苦能比得上心灵的创伤？

约翰-保罗①

晚饭的钟声响了，于连连忙穿衣下楼，到得客厅，只见玛蒂尔德正在劝说她哥哥和德·克罗兹诺瓦先生，叫他们不要参加德·费瓦克元帅夫人在苏雷纳举行的晚会。

对他们来说，难得有人比玛蒂尔德更迷人、更可爱的了。晚饭以后，德·吕兹、德·凯律先生和他们的好几位朋友陆续到来。德·拉摩尔小姐似乎又恢复了兄妹手足之情，殷勤待客之礼。尽管当晚天色诱人，她却坚持不到花园里去，要大家别离开德·拉摩尔夫人所坐的扶手椅。于是像冬天一样，蓝色的长沙发又成了众人聚集的中心。

玛蒂尔德迁怒花园，或者至少觉得十分讨厌，因为提到花园便会想到于连。

人逢不幸，脑子也不灵了。我们的主人公竟糊涂到在那把小藤椅附近流连，从前他在这儿意气风发，语惊四座，可今天，谁也不和他说话，对他视而不见。更糟的是，几位德·拉摩尔小姐的朋友被安排坐在长沙发的一头，与他为邻，竟故意背过身去，至少他认为是这样。

---

① 约翰-保罗（1763—1825），原名约翰·保罗·弗雷德里希·李希特，法国作家，作品以诙谐俏皮著称。

他心想:“这就是宫廷中的失宠。”他真想研究一下这些故意瞧不起他的人。

德·吕兹先生的叔叔在宫廷中身居要职,所以这位漂亮军官每当有新来的客人就必定以这样具有刺激性的话语开头:他叔叔七点动身到圣克卢宫①去了,打算在那儿过夜。这件事说得似乎很随便,但总不会漏掉。

于连在失意之中用严厉的目光观察德·克罗兹诺瓦,发现这个善良可亲的年轻人认为冥冥中自有主宰,如果有人把一件重要事情的发生归之于简单的事出有因,他便会不高兴,甚至发脾气。于连心想:“真有点神经病。这种性格和科拉索夫亲王对我描述过的亚历山大大帝②的性格有惊人的相似之处。”可怜的于连从修道院出来,刚在巴黎住了一年,被那些可爱的年轻人翩翩的风度弄得眼花缭乱,觉得十分新奇,对他们只有羡慕的份。现在,才开始看清他们的真面目。

他转念一想:“我在这里实在是多余。”必须离开这把小藤椅,但方式不能显得太笨。他想找出个新点子,可惜思想集中不起来。他搜索枯肠,可是应该承认,他在这方面点子不多,可怜他又没有经验,所以站起来离开客厅时显得笨手笨脚,大家都直瞧他。那副倒霉样就不用提了。足足三刻钟,他扮演的是不识相的下人角色,简直不屑一顾,这一点谁也不加掩饰。

他刚在思想上对他的情敌针砭了一番,所以对自己的倒霉还不太在意,想起两天前发生的事,更使他的傲气得以保持。他一个人踏进花园的时候,脑子还在想:“尽管他们的条件比我优越得多,但玛蒂尔德曾两度委身于我,而他们当中却没有一人有此殊荣。”

他的智慧也就到此为止了。天缘巧合,一个与众不同的女子成了他全部幸福之所系,而他却对其个性一无所知。

第二天,他骑了一天马,故意弄得人困马乏。晚上,他甚至不靠近玛蒂尔德总坐的那张蓝色长沙发。他发现诺尔贝伯爵在屋里遇见他的

---

① 圣克卢,位于巴黎西南,法国王宫所在地。

② 指俄国亚历山大一世(1777—1825),曾与拿破仑交战多年,并于一八一五年倡议建立俄奥普三国的“神圣同盟”。

时候正眼也不看他。他心想:“此人素来彬彬有礼,这样做实在难为他了。”

于连本来可以一觉解千愁,但他身体虽然疲倦,诱人的回忆却总在他的脑际萦回。他不够聪明,看不到这样在巴黎近郊的树林中拼命纵马奔驰只是累了自己,对玛蒂尔德的心境和情绪并无任何影响,此等做法只是听天由命而已。

他认为只有一种做法能给他的痛苦带来无限的慰藉,那就是找玛蒂尔德谈谈。可是他敢和她谈什么呢?

一天早上七点,他正琢磨这件事,忽然看见玛蒂尔德走进图书室。

“先生,我知道您想和我谈谈。”

“天哪! 这是谁告诉您的?”

“反正我知道,这和您有什么关系? 如果您不讲信用,大可以使我名誉扫地,或者至少可以试一试。但我认为这种危险不太现实,即使有,我也要坦白地说一句。先生,我已经不再爱您了,我异想天开,昏了头脑……”

被爱情和不幸弄得六神无主的于连遭到这一可怕的打击,还竭力想为自己辩解。这简直荒谬透顶。人家不喜欢你,辩解又有何用? 但他的良知已经难以驾驭他的行动。他出于盲目的本能,想尽量拖延决定自己命运的时刻。他认为只要开口说话,还有一线希望。但玛蒂尔德不听他的话,他的声音使她恼火,没想到于连竟敢打断她的话。

那天早上,她也很痛苦,既后悔失身,也后悔失去了矜持。想到自己竟把千金之躯拱手献给一个小神甫,一个农夫的儿子,真是太可怕、太叫人丧气了。想到恨处,她不无夸大地说:“这简直和失身于一个仆人差不多。”

一个人如果心高气傲,就很容易从自怨自艾转而迁怒他人,此时大发雷霆倒是赏心乐事。

顷刻之间,德·拉摩尔小姐面露鄙夷之色,把他骂得狗血喷头。她才思敏捷,更善于折磨人的自尊心,使人有切肤之痛。

于连有生以来第一次遇到头脑比他更敏锐的对手怀着强烈的仇恨向他发起攻击。此时的他已经不想自卫,反而也看不起自己了。听见对方的话尖酸刻薄,而且算计得恰到好处;足以摧毁任何自己能够辩护的理由,他觉得玛蒂尔德说得对,甚至还说得不够。

至于玛蒂尔德,她骄傲的自尊心却颇为欣慰,几天前她对于连崇拜得五体投地,现在借此机会既报复了于连,同时也惩罚了自己。

她恣意对于连说一些尖酸刻薄的话,这些话她不必费心思去想,只消重复一个星期以来心里盘算的那些绝情话便行了。

对于连说来,她的每一句话都如百刃剜心,他真想溜,但德·拉摩尔小姐却不问情由一把拽住他的胳臂。

“请您注意,”于连对她说,“您说话声音很大,隔壁都听得见。”

“有什么关系?”德·拉摩尔小姐满不在乎地回答,“谁敢说听见我说话。我要一劳永逸治好您的小心眼,省得您以为能对我颐指气使。”

于连终于走出了图书室,惊讶之余,心里也好受一些了。“完了!她不再爱我了,”他自言自语,声音很大,仿佛怕自己不了解目前的处境似的,“看来她只爱了我八九天,而我却要爱她一辈子。”

这可能吗?几天以前,我还不把她放在心上哩!

玛蒂尔德的傲气获得了满足,感到心花怒放。今后便可以分道扬镳了!这样干净彻底地斩断这段难以割舍的旧情,使她无比欣慰。“这样一来,那小子便会明白,彻底明白他现在不能,将来也永远不能左右我。”她高兴极了,说真的,此时此刻,她心里连爱的影子也没有了。

经过这如此残酷、如此具有羞辱性的一幕,换了一个不像于连这样痴情的人,爱情已无转圜余地。德·拉摩尔小姐片刻不离自己的身分,说的话使人难堪,却又字斟句酌,即使冷静想来,也句句是实情。

于连从这令人惊讶的一幕总结出的第一个结论是:玛蒂尔德太骄傲了。他深信他们之间一切均已结束。可是第二天吃午饭时,见到玛蒂尔德,却又胆怯畏缩起来。直到目前为止他还从未有过这样的表现。事无巨细,该怎么做,想怎么做,他都心里有数,该干就干。

那天午饭后,德·拉摩尔夫人向他要一本具有煽动性,但又相当难得的小册子,那是当天早上她的神甫偷偷带来的。于连把小册子从茶几上拿起来的时候,把一个古老而又极为难看的瓷花瓶碰倒了。

德·拉摩尔夫人心痛地叫了一声，趋前细看她那个宝贝花瓶的碎片，说道："这是个日本的古瓶，是我那位在谢尔修道院当过院长的姨婆送给我的。荷兰人把它作为礼物送给了摄政王奥尔良公爵，公爵又赐给了他的女儿……"

玛蒂尔德看着她母亲的一举一动。她本来就觉得蓝花瓶奇丑无比，现在摔碎，她倒挺高兴。于连一声不吭，也不慌乱，看见德·拉摩尔小姐就在身旁，便对她说道：

"花瓶是永远碎了，我心中的那段感情也已一去不回，我出于感情而干了许多荒唐事，请您多多原谅。"说完便走了出去。

他走出去时，德·拉摩尔夫人说："的确可以说，这位索海尔先生对自己刚才做的事不仅自豪，而且十分满意。"

这句话真是说到玛蒂尔德的心坎上了，她暗自思忖："我母亲猜得的确对极了，他就是这种心态。"此时，前一天她向于连大发雷霆后那种高兴劲才算告一段落。"好吧，一切都结束了，"她强作镇静地说道，"教训真不小。我这种错误太可怕，太丢人了！今后真要吃一堑，长一智。"

于连想："我难道说得不对吗？对这个疯疯癫癫的姑娘，我为什么还旧情难断呢？"

和他愿望相违，爱情之火不仅不熄，反而转炽。他心想："她疯疯癫癫，不错，但难道就不可爱了吗？有谁能比她更漂亮？文明社会的优雅风流所能带来的一切欢乐难道不令人艳羡地体现在德·拉摩尔小姐的身上吗？"对过去幸福的回忆老在于连脑际萦回，并迅即冲毁了他理智的防线。

理智难敌这样的回忆，虽经几番挣扎，也是徒增往事的魅力而已。

日本古瓶碎后仅二十四小时，于连便无疑成了世界上最苦恼的人。

第二十一章　秘密记录

此处所述均我亲眼目睹；即或有看错之处，但告诉你时却绝无欺瞒之意。

《致作者的信》

侯爵派人来喊他。德·拉摩尔先生看上去似乎年轻多了，双目炯炯有神。

"咱们现在来谈谈您的记忆力，"他对于连说道，"听说您的记忆力非同凡响！您能记熟四页文字，到伦敦之后背出来吗？但必须一字不差……"

侯爵气恼地揉皱当天的《每日新闻》，脸上没能压抑住非常严峻的神色，于连从未见他如此，即使谈弗里莱的案子时也没有这样。

于连已经相当有经验，既然侯爵故意用轻松的口吻，他必须装作毫不知情。

"这份《每日新闻》可能没多大意思，不过，如果侯爵大人允许，明天早上我可以把它全背下来。"

"什么！连广告也背下来？"

"一点不错，而且一字不漏。"

"您能保证？"侯爵突然一本正经地说道。

"能，大人，只有担心说到做不到才记不住。"

"昨天我忘了问您。我并不要求您发誓绝对不把您将来听到的说出去。我很了解您，不会向您提出这种侮辱性的要求。我替您作了担保，我要领您到一个客厅，有十二个人要在那里开会，您把每个人所说的话都记下来。

“您不必担心,他们不会乱糟糟地你言我语,每个人都轮流发言,当然并不是按次序,”侯爵恢复平时那种既机灵又轻松的口吻又说道,“我们讲的时候,您就记录下二十来页,然后跟我回到这里,咱们把二十页压缩成四页。所以您明天给我背的不是整份《每日新闻》而是这四页纸。完了您就立即动身,像外出旅游的年轻人那样一路坐驿车,目的是不引起别人注意。您去见一位大人物。这时候您就要机灵点了,必须骗过他周围的人,因为在他的秘书和下人中间,有些人卖身投靠了我们的敌人,时刻窥伺我们的使者,好在经过时半路拦截。

“我给您一封关系不大的介绍信。

“等大人看到您的时候,您就出示我借给您路上看时间的这块表。您把表随身带着,平等交换,您把您的给我。

“您把背熟的四页口述出来,公爵会作亲笔记录。

“等完了之后,但是注意不要过早,如果大人问您,您可以讲讲您即将参加的这次会议。

“您沿途绝不会感到无聊,因为从巴黎到公爵官邸,一路上有人巴不得想给索海尔神甫先生一枪。如果这样,您的任务就完不成,等我知道也就太晚了,因为,亲爱的,我们怎能知道您死了呢?您再热心,也不能通知我们啊。

“您赶紧去买一套衣服,”侯爵神情严肃地说道,“要两年前的款式。今晚您必须装作不讲究衣着。出门上路时则相反,要穿得和平时一样。您一定大惑不解,能够猜出来么?对了,我的朋友,您要去听一群有身分的大人物发表意见,其中一位很可能会派人送消息,认定您,等您晚上住店吃饭时,店家会给您在饭里加点鸦片。”

“那倒不如多走百十里地,不走直路为妙,”于连说道,“是去罗马吧,我想……”

侯爵装出一脸不高兴的样子,自从布雷-勒奥瞻圣体以后,于连从未见过他这样。

“先生,这一点我认为适当的时候会告诉您的。我不喜欢别人提问。”

“我并非提问,”于连忍不住回了一句,“我向您发誓,先生,我只不过自言自语，心里琢磨，想找出一条有把握的路线。”

“不错，看来您想得很远，千万别忘记，一个使者，尤其是像您这样的年纪，绝不能勉强别人相信您。”

于连怅然若失，他错了。出于自尊心，他想找个借口，但又找不着。

“所以您要明白，”德·拉摩尔先生又说道，“一个人做了蠢事，总说并非出于本心。”

一小时后，于连来到侯爵的书房前候见，态度低三下四，穿着过时的衣服，白领带也脏兮兮的，一副穷酸相。

侯爵看见他不禁哈哈大笑，于连这才算合了格。

德·拉摩尔先生心想：“如果这小伙子出卖我，我还有谁可以相信呢？再说，要干事总得信得过人啊。我儿子和他那帮好朋友，个个都是热血男儿，忠诚万倍，若说战斗，都会不惜血溅御阶之前，他们什么都懂……只是不懂现在需要干的事，真见鬼，他们中间没有一个能背得下四页书，神不知鬼不觉地走上四百里路。诺尔贝能够和他的先人一样慷慨捐躯，这倒是军人的优点……”

侯爵陷入了沉思。他叹了一口气，说道：“谈到慷慨捐躯，这个于连可能比他也不逊色……

“咱们上车吧。”侯爵说道，似乎想去掉这一讨厌的念头。

“先生，”于连说道，“趁着裁缝给我改这件衣服的时候，我把今天《每日新闻》的第一页背下来了。”

侯爵拿过报纸，于连果然背得一字不差。“好。”侯爵以外交家的口吻说了一声，“今晚这个年轻人光顾背诵就不会注意我们经过哪几条街了。”

他们来到一个大客厅。客厅看上去并不起眼，墙壁下半部分装着护壁板，上半部分张着绿色的天鹅绒。客厅中央一个仆人没好气地在摆一张大饭桌，接着铺上一块大绿毯，把饭桌变成一张工作台，绿毯上墨迹斑斑，肯定是某个政府部门剔下来的废品。

房子的主人身材高大魁梧，姓名不详，于连从他的外貌和口才判断，认为他是个很有主意的人。

侯爵示意于连在桌子的下首落座。于连装模作样地削起了鹅毛笔。他用眼角一算,与会的共有七人,但只看见背面。其中两人从说话的口气看似乎与德·拉摩尔先生平起平坐,而其他几位则多少带点尊敬的语气。

又来了一位客人,此人不经通报径自走了进来。于连心想:“真奇怪,进这客厅竟不用通报。此举是否针对我的防范措施呢?”这时大家起立欢迎来客。此人佩戴的勋章级别很高,和已经在客厅里的其他三位一样。大家说话的声音都很低,于连只能根据面貌和举动来判断新来的人。此公五短身材,脸色红润,目光炯炯,但除了凶恶如野猪之外,别无表情。

此时几乎立刻又来了一个完全不同的人,把于连的注意力一下子吸引了过去。此人是瘦高个,穿着三四件背心,目光温和,举止彬彬有礼。

于连暗想:“这简直和贝藏松的老主教长得一模一样。”此人显然是教会中人,年纪约在五十到五十五岁之间,神态再慈祥不过了。

年轻的阿格德主教来了。他环顾在座的人,看到了于连,不禁面露惊讶之色。从布雷-勒奥瞻圣仪式以后,他就没和于连说过话。他惊讶的目光使于连感到很窘,也很不高兴,心想:“怎么!认识人总会给我带来倒霉?我从未谋面的这些王公大人一点也吓不倒我,而这位年轻主教的目光却令人心里发凉!必须承认,我这个人既与众不同又倒霉透顶。”

不久又一阵乱,走进来一位全身穿黑的矮个子,刚进门就说个没完。他肤色发黄,有点疯疯癫癫。这个喋喋不休的家伙一到,大家便三五成群聚在一起,懒得听他啰嗦。

大家离开壁炉,逐渐走近于连所在的末座。他感到越来越别扭,因为不管他怎样不想听,他们的话仍然灌进他的耳朵,不管他阅历多么浅,也明白他们不加掩饰所谈的事关系有多重大,他面前这些大人物又多么希望这些事情不张扬出去!

于连不管如何放慢速度,手中的鹅毛笔已经削好了二十多支,眼看无计可施了。他看着德·拉摩尔先生,想从他目光里获得点指示,但毫无结果,侯爵已经把他给忘了。

于连边削鹅毛笔边想:“我这样做太可笑了。不过,这些貌不出众的人却肩负着别人委托或自告奋勇承担的如此重任,他们一定疑心很大。我倒霉的目光带着询问和不太尊敬的眼神,可能引起他们的反感。如果我总低下头,又像在收集他们的谈话。”

他很不自在,但听到的话却很离奇。

第二十二章　讨　论

共和国！今天！只要有一个肯为公众利益牺牲一切的人，便有千百万个只图逸乐，追逐虚荣之徒。巴黎人只重车马，不重品德。

拿破仑:《回忆录》①

仆人匆匆来报，“某公爵大人到。”

“住口，你这蠢材。”公爵进来时喝道。这一句说得真是八面威风，于连不由得暗想:这个大人物的所有本事就是懂得对仆人发脾气。他抬起眼睛，接着又赶紧低下头，知道此公大有来头，生怕自己这一看显得唐突。

这位公爵已年届半百，穿着却像个风流少年，走路一蹦一跳，脑袋狭长，大鼻子，脸部突出像鹰，神态既高贵又虚浮，如此相貌实在百中无一。他一到，会议随即开始。

于连正给他相面，但思路却被德·拉摩尔先生的声音打断了。“我给诸位介绍，这位是索海尔神甫。”侯爵说道，“他有惊人的记忆力，不到一小时之前，我和他谈到了这项任务，他一力承担，视为荣耀。为了证明他的记忆力，他把《每日新闻》的第一版都背下来了。”

“哦！是那个倒霉的N先生负责的国外新闻吧。”房子的主人说道。他一把接过报纸，看着于连，由于想摆架子，样子显得很可笑。“背吧，先生。”他对于连说道。

全场鸦雀无声，大家的目光都集中在于连身上。他背得很顺利，到了第二十行，公爵便说:“够了。”目光像野猪的小个子坐了下来。他大

① 指拿破仑的《圣赫勒拿岛回忆录》。

概是会议的主席，因为刚坐下他便指着一张玩牌用的桌子，示意叫于连搬过来。于连坐到桌子前面，把书写的一应工具摆好。他算了一下，围坐在绿毯子周围的一共有十二个人。

“索海尔先生，”公爵说道，“请您到隔壁房间去，我们会派人叫您的。”

房子的主人面露不安之色，低声对邻座说：“百叶窗还没有关上。”然后傻乎乎地大声告诉于连：“您看窗也没用。”于连心想：“我这是上了贼船了，至少可以这样说。幸亏还不至于上断头台。就算有危险，为了侯爵，再大的危险也应该去闯。能弥补我干的荒唐事有朝一日会给他带来的烦恼就是万幸了！”

他一面想他干下的荒唐事和遭遇的不幸，一面看看自己所在的地方以便牢牢记住。他这才想起没听见侯爵对仆人提到街名，而且叫仆人另租马车，这是从未有过的。

于连久久陷入沉思，他们在的客厅挂着绣有金边的红色挂毯，墙角的托座上放着一个巨大的象牙十字架，壁炉上有一本德·迈斯特写的《教皇论》，书背烫金，装帧精美。于连为了不让人以为他在偷听，便把书打开来看。隔壁的人有时说得很响。终于门开了，有人来喊他。

“先生们，”主席说道，“从这一刻起，咱们就当作在×××公爵面前说话，”随后又指着于连说道，“这位先生是一个年轻教士，对咱们神圣的事业忠心耿耿，而且有惊人的记忆力，可以不费吹灰之力把咱们的话原原本本地复述出来。”

“现在请这位先生发言，”他指着那位穿三四件背心、态度慈祥的人说道。于连觉得倒不如直接说出那位先生的名字更来得自然。他拿过纸，接着便飕飕下笔。

（写到这里，作者想加上一页省略号，但编辑说：“这样做不雅观，作品已经浅薄，倘加上不雅观，岂不全毁了。”

“政治是挂在文学脖子上的一块石头，”作者又说道，“不出六个月，便会把文学淹没。在想象的奇趣之中加进政治，无异于音乐会中发生的一声枪响。声音刺耳而非雄浑，与任何乐器都不协调。一半读者会被政治弄得倒胃口，另一半读者则看了厌烦，觉得不如早晨报纸上说的够味和有专业性……

“如果您作品的人物不谈政治，”编辑又说道，“他们就不是一八三〇年的法国人，您的书也就不再像您希望的那样成为一面镜子了……”）

于连记录了二十六页。下面是其中一段，无棱无角，因为习惯上总要将其中荒谬可笑的部分删掉；过分便使人生厌，或者显得不真实（请参看《司法公报》）。

穿好几件背心、态度慈祥的那个人（可能是位主教）常常微笑，这时候，他浮肿的眼皮下，目光便发出异彩，表情也不像平常那样迟疑不决了。这个人被大家推举在公爵（于连心想，到底是哪个公爵呢？）面前首先发言，显然是作为代理检察长，综述各方面的意见。于连觉得他没有主见，缺乏决断，这是人们常常批评的法官的通病。在讨论过程中，甚至遭到公爵的当面申斥。

穿背心的人说了一通德以律己、宽以待人的哲理之后说道：

“贵族掌权的英国在一位不朽的伟人皮特①领导下曾经耗资四百万法郎阻挠法国革命。如果这个会议允许我坦率地谈出一种悲观的想法，我要说，英国人并没有充分了解，要对付像拿破仑这样的人，尤其是有心无力时，只有用个人的方式才能彻底奏效……”

“噢！又赞美起行刺来了！”主人不安地说道。

“行行好，您就别念您的感情经了。”主席气得大叫道，野猪眼射出凶狠的光芒。“讲下去！”他两颊和脑门都涨得通红，对穿背心的那个人说道。

“贵族掌权的英国今天也被压垮了，”报告人接着说道，“因为每个英国人在掏钱买面包之前，不得不先偿还从前为了对付雅各宾党人而欠下四百亿法郎旧债的利息。皮特已经不在了……”

“但是有威灵顿公爵②呀，”一位样子很神气的军人说道。

“各位请安静，”主席大声说道，“如果大家继续争论下去，就不必

---

① 皮特（1759—1806），法国大革命时期的英国首相，曾组织各国联军对抗法国。

② 威灵顿公爵（1769—1852），曾在滑铁卢一役，率领欧洲联军击败拿破仑，后任英国首相。

请索海尔先生进来了。”

“我们知道这位先生有许多想法，”公爵面露不悦之色，两眼盯着那位插话的军人，此人曾是拿破仑手下的将军。于连知道话有所指，大有人身攻击的成分。大家听了不禁微笑。变节的将军看来怒不可遏。

“皮特已经不在了，诸位，”报告人又说道，他神情沮丧，不再指望听他讲话的这些人明白事理，“即使英国又出现一个皮特，也难以用同样的手段把全国人再骗一次了……”

“所以从今以后，法国再也不可能出现一个像拿破仑那样战无不胜的将军了。”军人又插话了。

这一次，主席和公爵都不敢发作，尽管于连从他们的眼神中看到他们确实有此意图。他们低下眼睛，公爵也只是叹了口气，故意让所有人都听得见。

但报告人却火往上涌。

“有人巴不得我快点讲完，”他火气十足，把微笑的礼貌和于连认为能表现其性格的那种有分寸的谈吐抛到九霄云外，“有人巴不得我快点讲完，丝毫不考虑我煞费苦心，使说出来的话不至于太刺耳，不管他们的耳朵有多长。好吧，诸位，我说短点就是。

“我说白了吧：英国已经没有一分钱可支持我们正义的事业了。即使皮特复生，绞尽脑汁也难以欺骗英国的小业主了，因为他们知道，仅短短的一场滑铁卢战役便耗费了英国十亿法郎。既然大家要我说得干脆点，”报告人越说越有气，“那我就说：**你们自力更生吧**，因为英国没钱帮你们了。英国不出钱，而奥地利、俄罗斯、普鲁士则有力无钱，最多能抵挡法国一两阵。

“你们可以希望第一仗或者第二仗能打败雅各宾派动员起来的青年军队，到了第三仗，哪怕你们把我看作革命党也好，你们面对的再也不是一七九二年乌合之众的农民，而是一七九四年的正规军队了。”

讲到这里，有三四个人同时打断了他的话。

“先生，”主席对于连说道，“您到隔壁房间把刚才记录的开头部分先整理出来吧。”于连很不愿意地走了出去，因为报告人刚才谈到的正是他经常考虑的种种可能性。

他心想："他们怕我笑话他们。"等他又被喊回来时，德·拉摩尔先生正说着话，一本正经的样子使熟悉他的于连感到分外可笑。

"……不错，先生们，尤其是关于我们这个灾难深重的民族，人们可以问：

(这块大理石)要雕成神像、桌子还是脸盆？①

当然是神像！寓言家大声说道。先生们！这句寓意深刻的豪言壮语似乎正是你们的回答。靠你们自己的力量行动吧，高贵的法兰西必将如我们祖先们缔造的那样，像路易十六牺牲前我们所看到的那样，重露锋芒。

"英国，至少英国的爵爷们和我们一样恨透了雅各宾那伙无耻之徒：没有英国的金钱，奥地利、俄罗斯、普鲁士只能打两三仗。这难道就能十拿九稳地占领全国，我看不能。一八一七年，黎塞留占领了，后来又糊里糊涂地前功尽弃。"

说到这里，有人想插话，但被大家的嘘声止住了。原来还是那个帝国的倒戈将军，他想在起草这份秘密文件中露露脸，好弄个勋章。

"我不这样认为。"乱了一阵之后，德·拉摩尔先生又说道。他故意旁若无人地强调这个"我"字，于连着实佩服，心想："妙极了。"接着笔走如飞，写得几乎和侯爵说的一样快。侯爵这一句话，足可抵变节将军的二十场战役。

"我们并非只靠外力再进行一次军事占领，"侯爵很有分寸地继续说道，"还有那些在《环球报》上写煽动性文章的年轻人，可以给你们招来三四千青年军官，其中可能就有克莱贝尔、奥什、儒尔当、皮什格吕之类人②，只不过比较缺乏诚意。"

"那是因为我们不懂得给他们荣誉，"主席说道，"应该让他们名彪青史。"

"总之，法国应该有两个党，"德·拉摩尔接着说道，"不是名义上

① 引自十七世纪法国作家拉封丹的寓言诗《雕刻家和朱庇特像》。下文"寓言家"即指拉封丹。

② 上面提到的均为法国大革命时代平民出身的将军。

的，而是名副其实、旗帜鲜明的党。咱们一定要知道该打倒谁。一边是新闻记者、选民，总之是舆论界，另一边是少壮派和崇拜他们的人。当他们被空话连篇闹昏了头的时候，咱们稳坐钓鱼台，照花预算。”

这时又有人插话了。

“先生，您，”德·拉摩尔先生令人钦佩地用高傲而从容不迫的语气对插话的人说道，“如果您觉得‘花’这个词听起来不舒服，那就用‘吃’这个字，您吃掉了国家预算中的四万法郎，和王家给的年俸八万法郎。

“好吧，先生，既然您要我讲出来，我便斗胆拿您作例子。您高贵的祖先跟随圣路易参加过十字军，您每年拿上述十二万法郎，那您至少应拿出一个团，一个连，或者，怎么说呢，半个连吧，哪怕只有五十个随时能够战斗、对我们的事业忠心耿耿、生死不渝的人，可您只有仆人，他们造起反来，连您自己都得心惊胆战。

“诸位，只要你们不在每个省建立起一支由五百名**死党**组成的队伍，王室、教会和贵族便会朝不保夕。我所说的**死党**不仅要有法国人的勇敢，还要有西班牙人的忠诚。

“这支队伍的半数应该是咱们的子侄，总之是真正的贵族子弟，每个人身边不应有一个只会喋喋不休、一八一五年事变①如果再度发生便会别上三色帽徽的平民，而应该有一个像卡特利诺②那样胸无城府、老实巴交的农民。咱们的贵族子弟应该给他们灌输正确的思想，对他们尽量以兄弟对待。让我们每个人都贡献出自己五分之一的收入，在每个省组建一支五百人的忠诚队伍，这样，你们便可借用外力来占领法国，因为外国军队如果没有把握在每一个省找到五百名友军就断不敢挺进到第戎。

“外国的君主只有等你们宣布已经召集到两万名贵族子弟兵随时能够披坚执锐，为他们大开法国之门时，才会相信你们的话。你们会说，这任务太艰巨了！先生们，要保住脑袋，我们就须付出这样的代价。

① 指一八一五年拿破仑的百日事变。

② 卡特利诺，法国大革命中旺代反叛农民军的领袖，在进攻南特时被击毙。

在言论自由和保存我们贵族的生活方式之间,惟有拼死一战。要不就变成工农,要不便拿起枪来。胆小可以,随你们的便,但千万别犯傻,要睁开眼睛看看。

"在这里,我要借用雅各宾党的一句歌词对你们说:组织起你们的队伍①!那时,便会有某位忠义之士为你们挺身而出,像当年居斯塔夫-阿道尔夫②一样,眼看君主制度危如累卵,不惜挥师出国三百里外,为新教诸王而战。难道你们只尚空谈而不思进取?若然如此,则五十年后,欧洲便没有国王而只有共和国总统,教士和贵族也会随之而消亡,只看见候选人巴结讨好那些猪狗不如的所谓多数派了。

"你们会说,目前法国缺乏一位深孚众望、人人爱戴的将军,组建军队只不过为了王室和教会的利益,老兵都没了,而普鲁士和奥地利每一个团队都有五十名上过前线的下级军官。这样说实在无济于事。

"二十万小资产者的子弟都巴望战争……"

"令人不愉快的事就别谈了吧,"一位神情凝重的大人物用踌躇满志的口吻说道,看来此人在教会中身居高位,因为德·拉摩尔先生不仅不生气反而赔着笑脸,这对于连来说,无疑是一大启示。

"令人不愉快的事就别谈了,我们总结一下吧。先生们,一个人如果有一条腿坏死了必须锯掉,但他却对外科医生说:'这条腿根本没毛病。'那就不对了。诸位,我借用这个譬喻是说,高贵的××公爵就是我们的外科医生。"

于连心想:"关键的那句话说出来了,今夜我要快马加鞭赶去的地方是……"

---

① 法国《马赛曲》中的歌词。

② 居斯塔夫-阿道尔夫(1549-1632),瑞典国王,以文治武功著称,在百年战争中曾力挫奥匈帝国,维护新教。

第二十三章　教士、林产、自由

任何生物的首要原则是保存自己，生存下来。你播下毒芹，却想收获麦穗！

马基雅弗里

神情凝重的那个人继续说下去。他见多识广，说来娓娓动听，不慌不忙，于连十分欣赏。他讲的大道理如下：

1）英国没有一分钱可以帮助我们，那里正流行经济学和休谟的学说。连那些慈善家也不会向我们慷慨解囊，布鲁海姆先生①还会笑话我们。

2）没有英国的金钱，欧洲各个王室连两场仗都打不了，而两场仗实不足以对付小资产阶级。

3）法国必须组织一个有武装的政党，否则欧洲连这两场仗也不肯冒险打。

第四点我斗胆向你们明确提出的是：

没有教士阶层的支持，法国便组织不起一个有武装的政党。我之所以敢大胆这样说，是因为我可以拿出证明来，先生们。必须把一切都给予教会。

因为教会日夜辛劳，而领导教会的都是精明能干之士，他们远离风暴，在你们边界千里以外……

"哦！罗马，罗马！……"屋主人说道。

"对，先生，罗马！"红衣主教傲然说道，"不管您年轻时流行过什么谐而且谑的玩笑，到了一八三〇年的今天，我要大言不惭地说，只有罗

① 布鲁海姆（1772—1838），英国国务活动家和历史学家。

马领导下的教会说话，小民百姓才听。

“在首领指定的日子，五万名教士异口同声，重复同一番话语，而老百姓也就是士兵的根子，教士的声音比上流社会的诗词歌赋更能打动他们……（这番话引起了一阵低声的议论。）

“教士的能耐比你们大，”红衣主教提高了声音又说道，“你们要达到**使法国有一个武装的政党**这一重要目标而做的工作，实际是我们做的。”说到这里，他列举了事实……“是谁把八万支枪运到旺代的？等等……等等。”

“只要教会没有林产①，便等于一无所有。一打起仗来，财政部长就会发文通知下属，钱只够发神甫的工资。其实法国人并不信教而是喜欢打仗。谁要他们打仗，谁就更得民心，因为用俗人的话说，打仗可以使耶稣会教士饿肚子，打仗可以打掉那些怪物的傲气，使法国人从外国干涉下解放出来。”

红衣主教的话使大家听了都点头称善……他说：“德·纳瓦尔先生应该离开内阁，他的名字只能使人生气，于事无补。”

听了这句话，大家都站起来，一时议论纷纷。于连心想：“又要叫我出去了。”但英明的主席却忘了他在场，当他根本不存在。

所有人的眼睛都在寻找一个人，于连终于认出来了，就是德·纳瓦尔先生，他是内阁大臣，于连在雷兹公爵的舞会上见过他。

就像各报谈到内阁时所说的那样，当时的情况**一片混乱**。足足过了一刻钟，才稍稍安静下来。

这时候，德·纳瓦尔先生站起来，装出圣徒的口吻。

“对诸位要本人退出内阁这一点，本人难以苟同。”他说道，声音有点古怪。

“先生们，有人对我说，我的名字使许多温和派转而反对我们，这样便增强了雅各宾党的力量。果真如此，我愿引退。但主的道路只有少数人能看得见。”接着，他定睛看着红衣主教又说道：“可是，我有一项使命。上天告诉我说：‘你或者把自己送上断头台，或者在法国重建

① 大革命时，教会的林产被悉数没收。

君主制度,将参众两院降低到路易十五时代议会的地位,'这一点,先生们,**我一定照办**。"

说完,他坐了下来,全场一片寂静。

于连心想:"真是个出色的演员。"其实他错了,他通常而且总是把人想得太聪明。德·纳瓦尔先生这一晚听了如此激烈而又开诚布公的辩论,非常兴奋,此时真以为自己负有使命。殊不知此公勇敢有余而理智不足。

我一定照办这一警句之后,全场静寂中不觉钟敲午夜。于连觉得钟声庄严肃穆却又有点阴森森,心中不禁凄然。

不久,讨论再起,更形激烈,但天真的程度却令人难以置信。于连有时心想:"这些人将来一定会把我毒死。当着一个平民百姓的面,怎能说这样的事呢?"

钟敲两点,谈话还在继续。房子的主人已睡着多时,德·拉摩尔先生不得不按铃叫人更换蜡烛。内阁大臣德·纳瓦尔先生不时从身旁的镜子里打量于连,终于在一点三刻走了。他一走,各人都如释重负。

仆人更换蜡烛时,穿背心的那个人低声对其邻座说:"天晓得此人会对王上说些什么。很可能会闹我们的笑话,断送我们的前途。

"应该承认,他自负得出奇,甚至还厚颜无耻,所以才到这里来。他在进入内阁前常来此处。但一当了官,一切就变了,一个人的全部兴趣也都没了,他自己也该感觉出来。"

内阁大臣一走,那位拿破仑的前将军便闭上双眼,此时他谈到自己的健康,受过的伤,然后看了看表便走了。

"我敢打赌,"穿背心的那个人说道,"将军一定是去追内阁大臣,向他道歉说不应该到这里来,而且说他的意图是想牵着我们的鼻子走。"

等睡眼惺忪的仆人换完了蜡烛之后,主席说道:

"先生们,我们还是商议一下,别彼此都想说服对方了。考虑一下记录的内容,四十八小时后,记录便要送给我们外面的朋友过目了。刚才大家谈到内阁成员,现在德·纳瓦尔先生已经走了,我们可以说,内阁成员有什么要紧?我们想要就要。"

红衣主教会意地一笑，表示首肯。

“我认为这容易得很，把我们的立场概括一下便可以了。”年轻的阿格德主教强压着狂热的情绪说道。此前，他一声不吭，于连看到他的眼神最初既温柔又宁静，但经过一个小时的讨论已闪烁着怒火，心情像维苏威火山的熔岩，喷涌而出。

“从一八〇六年到一八一四年，英国只是棋差一着，”他说道，“就是没有直接对拿破仑本人施加影响。其实此人称帝封臣之后，上帝赋予他的使命便已结束，只配做祭坛上的牺牲品了。《圣经》里多处教导我们如何除掉暴君。（说到这里，他引了好几句拉丁文。）

“先生们，今天要牺牲的已经不是一个人，而是巴黎了。全法国都模仿巴黎。何必在每一个省拉起五百人的武装呢？那样做既危险而且没完没了。巴黎本身的事又何必把整个法国都牵涉进去。不干好事的只是巴黎的报纸和沙龙，就让这个新巴比伦灭亡好了。

“教会与巴黎之间的事应该了断。这诚然是种灾难，但对王室世俗的利益来说又焉知非福。为什么在拿破仑当政的时候巴黎一声也不敢吭？去问问圣罗克[①]教堂的大炮吧……”

…………

直到凌晨三点，于连才随着德·拉摩尔先生走了出来。

侯爵自觉脸上无光，兼又疲乏，和于连说话时第一次用央求的口吻，要他保证不把刚才凑巧看见的过度兴奋的场面（这是他的原话）泄露出去。“不要告诉我们的外国朋友，除非对方真的坚持要认识我们这些年轻的疯子。国家被推翻干他们什么事？他们照样做红衣主教，可以逃往罗马，而我们则困居城堡之内，被农民肆意屠杀。”

侯爵根据于连的二十六页原始笔记整理的秘密记录，到四点差一刻才完成。

“我累死了，”侯爵说道，“记录的结尾部分含糊不清就是累的缘故，我一辈子的事，就数这一次使我最不满意。好了，我的朋友，”他又

① 圣罗克教堂，巴黎的一座教堂，大革命时期保王党暴乱分子总部所在地，后拿破仑炮击叛乱者，攻占圣罗克。

说道，“您去休息几个钟头吧。我担心别人把您弄走，只好把您锁在您的房间里。”

第二天，侯爵把于连带到离巴黎很远的一个僻静的城堡。那里有一些很古怪的人，于连推断都是教士。有人给了他一本护照，用的是假名，但总算写明了他一直佯装不知的此行真正的目的地。他坐上了一辆敞篷马车，独自上路。

侯爵对于连的记忆力深信不疑，此前已经要他把秘密记录背了好几遍，怕只怕他中途被人拦截。

当他走出客厅时，侯爵亲切地对他说：“特别是您要装出是个公子哥儿，以游山玩水来打发时间。昨夜参加我们集会的可能有不止一个冒牌的弟兄。”

旅途不长，但冷寂凄清。于连一离开侯爵的视线便把秘密记录和任务抛到九霄云外，一心只想着玛蒂尔德如何看不起他。

过了梅斯①约莫十几里，来到一个村庄，驿站的站长来告诉他没马可换。当时是晚上十点。于连大为不悦，便吩咐备饭。他自己在门前溜达，趁人不觉，走进了后院的马厩，果然一匹马也没有。

“此人的神态有点古怪，”于连暗想，“目光很不客气地直打量我。”

很明显，于连开始不完全相信站长说的话了。他打算吃完晚饭便溜。为了了解一下当地的情况，他走出房间，到厨房灶边烤烤火。不期在那儿遇到了名歌手杰罗尼莫先生，真是喜出望外。

那位那不勒斯歌唱家叫人把扶手椅搬到火炉旁，坐在上面长吁短叹，大声地说个不停，周围坐着聊天的二十个德国乡下人也不如他一个人的话多。

“这些人真把我毁了，”他大声对于连说，“我答应过明天在美因兹②登场，有七位亲王赶来听我演唱。不过咱们还是到外面透透气吧。”他意味深长地又加了一句。

走到百步外的大路上别人肯定听不见的地方，他又对于连说：“您

---

① 梅斯，法国东北部城市，摩泽尔省省会，邻近德国。

② 美因兹，德国西部城市名。

知道是怎么回事吗？这个驿站的站长是个骗子。刚才我散步时给了一个小淘气二十个苏，他就把一切都告诉我了。村子另一头有个马厩，里面有不止十二匹马。他说没有，是想耽误某位信使赶路。”

“真的？”于连故作不知地问道。

发现阴谋并不能了事，还得想办法上路。杰罗尼莫和于连实在无计可施。最后，歌唱家说：“咱们得等到天亮，现在他们正防着咱们哩，不是算计你，就是算计我。明天早上，咱们订一份丰盛的早餐，他们备饭时，咱们就去散步，其实是溜，租几匹马，赶到下一站。

“您的行李怎么办？”于连问道，心里嘀咕，杰罗尼莫没准是派来拦截他的。不过，该吃饭和睡觉了。于连刚睡着便被两个人说话的声音惊醒，这两个人在他房间里显得很随便。

他认出其中一个是驿站长，拿着一盏死气风灯，灯光照着他的旅行箱，这箱子是于连叫人搬上来的。站长旁边有一个人，正不慌不忙地翻看箱子里的东西。于连只看得见他的衣袖，衣袖很窄，而且是黑色的。

他心想：“这是件教士袍。”说着，他轻轻抓住放在枕头下的两把小手枪。

“别担心他会醒，神甫先生。”驿站长说道，“给他上的酒是您亲自调的。”

“什么文件也没有。”神甫回答道，“衣服、香水、发蜡和乱七八糟的东西倒不少，看来是个时髦哥儿，只知寻欢作乐。密使一定是另外那个说话假装带意大利口音的家伙。”

这两个人向于连走过来，想搜查他旅行大衣的口袋。于连真想把他们当贼杀掉。这样做不会有什么危险的后果。他真想……但心里又说：“这样做不过是个蠢材，连任务也完成不了。”教士搜完于连的大衣，说道：“此人不是外交使节。”说完走了，这样倒便宜了他。

于连心想：“如果他到床前碰我一下，他就活该倒霉了！他很可能过来给我一刀，我岂能轻饶了他。”

神甫把头转过去，于连微微睁开眼睛，真是一惊非小，原来是卡斯塔奈德神甫！其实，尽管那两个人压低声音说话，他一开始便觉得其中一个的声音很熟。他恨得牙痒痒地，真想给世界除掉这个无耻之徒。

但他又想:“那我的任务怎么办?”

神甫和他的同伙出去了。一刻钟以后,于连假装醒来,大叫大嚷,把屋里的人都吵醒了。

“我中毒了,”他大喊道,“难受死了!”他想找个借口去救杰罗尼莫,发现他被掺在葡萄酒里的阿片酊弄得迷迷糊糊。

于连因担心出这类岔子,吃晚饭时只喝了从巴黎带来的可可茶。不管怎么弄,杰罗尼莫都糊里糊涂,没法使他上路,只是一个劲地说:

“就算把整个那不勒斯王国给我,我也宁愿在这里美美地睡上一觉。”

“那七位亲王怎么办?”

“让他们等着好了。”

于连只好独自登程,路上没有其他意外,顺利地到达了公爵府。他登门求见,但等了足足一个上午也没有结果。幸而到了下午四点左右,公爵想出门透透气。于连看见他出来,便毫不犹豫地走上前要求布施。走近那位大人物时,他故意拿出德·拉摩尔侯爵的那块表。公爵看也不看他,只说了一句:“离远点,跟着我。”

又走了一公里,公爵突然走进一间小咖啡馆。于连就在这个三流小店的一个房间里恭恭敬敬地给公爵背诵那四页记录。背完后公爵对他说:“从头再背一遍,要慢点。”

公爵边听边记。然后说:“您步行到下一个驿站,把衣物和马车扔在这里。想办法赶到斯特拉斯堡,本月二十二号(现在是十号)中午十二点半回到这个咖啡馆来。您半小时后再离开这里。别做声!”

于连听到的就是这番话,但已经使他佩服得五体投地,心想:“干大事就得这样。如果这位伟大人物听见三天前那帮嚼舌的家伙说个没完,真不知道有何感想。”

于连花了两天赶到斯特拉斯堡,在那儿似乎无事可干。他绕了个大弯。“如果卡斯塔奈德神甫这个鬼东西认出了我,绝不会轻易放过,一定紧盯不舍……如果能够取笑我,使我的任务功亏一篑,他该多高兴啊!”

卡斯塔奈德神甫是教会在北方边境的警察总监。幸亏他并没有认出于连,而斯特拉斯堡的耶稣会教士尽管十分忠于职守,却丝毫没想到去监视于连,因为他身穿蓝色礼服,佩戴十字勋章,样子就像一个非常注意打扮的青年军人。

第二十四章　斯特拉斯堡

魅力！你有爱情能经受痛苦的全部坚毅和力量。你难以感受的只是爱情迷人的欢乐和温柔缱绻。看着她酣然睡去，我不能说：她纤柔美丽，貌若天仙，现在全属于我！任由我的摆布！苍天慈悲，有意造此柔物，到世上来愉悦男人的心。

席勒：《颂歌》

于连不得不在斯特拉斯堡停留一个星期，只好以精忠报国和建功立业的种种遐想来消磨时光。他坠入爱河了吗？连他自己也不知道，只觉得在他痛苦的心里，玛蒂尔德主宰着他的思想和幸福。他必须使出全部性格的力量才能摆脱失望。现在要不想与德·拉摩尔小姐有关联的事是不可能的。从前，为了分散德·雷纳夫人在他心中激发的感情，他还可以寄望于勃勃的雄心和虚荣心稍有所得的满足，如今，玛蒂尔德取代了一切，他瞻望前途，只见她无处不在。

从各方面看，前途茫茫，于连不见有任何成功的希望。这个在维里业时如此狂妄自大、目空一切的小伙子现在竟谦卑到可笑的地步。

三天以前，他恨不得把卡斯塔奈德神甫打死，可在斯特拉斯堡，即使小孩子和他吵架，他也会自认理亏。想到生平遇见过的对手和敌人，也总觉得自己无理。

原因是过去他凭借纵横驰骋的想象力给自己描绘出成就辉煌的美好前程，如今，这种想象力却成了他不共戴天的仇敌。

旅途寂寞，孤独难熬，思前想后，徒增怅惘，越感到朋友之可贵。他心想："我有没有一个肝胆相照的朋友呢？即使有，为了荣誉，我不也要永远讳莫如深吗？"

他骑着马闷闷不乐地在凯尔附近溜达。凯尔是莱茵河畔的小镇，以德赛和古维翁·圣西尔[1]在这里的赫赫战功而名垂千古。一个德国农民指给他看那些因这两位英勇善战的伟大将领而出了名的溪涧、道路和莱茵河上的小岛。于连左手牵马,右手摊开圣西尔元帅《回忆录》上精美的地图。忽然有人快活地叫了一声,他猛地抬起头来。

原来是他在伦敦认识的朋友科拉索夫王子,几个月前他还给于连传授过哗众取宠的要领。他精于此道,昨天到斯特拉斯堡,一个小时前才到达凯尔,对一七九六年本镇被围一事没看过一行记录,却向于连大吹特吹起来。那个德国农民目瞪口呆地看着他,因为农民也粗通一点法语,听得出亲王的解释错误百出。于连的想法与这个农民大不一样,他只是惊讶地看着这位风度翩翩的王子,非常欣赏他上马时潇洒的姿势。

于连暗想:"真有个性!裤子剪裁得多么合身,发式又多么漂亮!唉!如果我是这样,兴许她爱了我三天之后,不至于厌弃我。"

王子讲完了凯尔之围以后,对于连说:"您的脸色就像缄口苦修会的修士。您违反了我在伦敦给您规定的稳重原则。愁眉苦脸不算有风度,要装出烦闷的样子。如果愁眉苦脸,就说明您有失误,有的事没办成功。

"这等于表明自己不如别人。如果烦闷则相反,说明想讨您欢心而不可得的那个人不如您。所以您要明白,如果误会,后果便严重了。"

于连扔了一个金币给那个张着嘴听他们说话的农民。

"好,"王子说道,"做得漂亮,有不屑一顾的贵族派头!好极了!"说罢便纵马飞驰,于连佩服得五体投地,赶紧拍马跟上。

"唉!如果我能这样,她就不会移情别向,舍我而找克罗兹诺瓦了!"他越从理智出发对王子的可笑言谈觉得反感,便越因自己不懂得欣赏而怨艾,为缺乏这样的风度而苦恼。他讨厌自己到了无以复加的地步。

---

① 德赛(1768—1800)和古维翁·圣西尔(1764—1830)均为法国大革命时期的著名将领。德赛在马朗戈战役中对法军的转败为胜起了决定性作用,但自身阵亡。古维翁·圣西尔后来却效忠路易十八。

王子觉得他的确很发愁，在回斯特拉斯堡的路上问他："欸，亲爱的，您是把钱都丢了，还是对某个演戏的小妞患单相思？"

俄罗斯人照搬法国的风习，但总落后五十年，现在还停留在路易十五时代。

这些就爱情所开的玩笑使于连热泪盈眶，他忽然自问："此人和蔼可亲，我为什么不向他讨教呢？"

"是啊，亲爱的，"他对王子说道，"您看，我在斯特拉斯堡失恋了。在距离这里不远的一个城市，住着一位千娇百媚的女人，但她热恋了我三天便把我甩了，她的变心可要了我的命。"

接着，他把玛蒂尔德的行为和个性向王子描述了一番，用的当然是假名。

"不用说下去了，"科拉索夫说道，"您的心里话我就替您说了吧，省得您不相信我这个医生。那个女人的丈夫有百万家财，或者她本人就系出当地的豪门，总之一定有值得骄傲的地方。"

于连点了点头，没有勇气再说下去了。

"好极了，"王子说道，"这里有三剂苦药，您必须立即服下：

"第一，每天都去看……您她什么夫人来着？"

"德·杜布瓦①夫人。"

"什么姓啊！"王子大笑着说道，"对不起，在您看来当然是个好姓喽。您必须天天都去看这位夫人，特别要注意不要在她面前显得冷淡和不高兴。要记住这个时代的一条伟大原则，就是反其道而行之。要表现出和您受她青睐前一个星期完全一样……"

"噢，我那时心境很平静，"于连绝望地叫了起来，"还以为自己在可怜她哩……"

"借用一个老掉牙的比喻，这叫做灯蛾扑火自焚身……"王子继续说道。

"第二，您要天天去看她。

"第三，您求她那个圈子里的一个女人，但表面上不必太动情，明

---

① 杜布瓦在法语中是"木头"的意思。

白吗？您的角色很难演，这一点我不向您隐瞒。您要演戏，但如果被人看穿，那您就完了。”

“她那么聪明，而我又那么笨！我完了。”于连凄然地说道。

“不，您只不过比我想象的更痴情罢了。像所有天生非富即贵的女人一样，德·杜布瓦夫人只关心她自己，眼睛只看自己而不看您，所以她并不了解您。和您两三度缱绻时，她拼命去想象，把您看做是朝思暮想的英雄而不是实际上的您……

“唉，真见鬼，这些都是起码的知识，亲爱的索海尔，难道您完全是个门外汉不成？……

“好了！咱们进这家商店看看。这条黑领带多漂亮，似乎是白灵顿大街上专为约翰·安徒生定做似的，看我的分上您就系上它吧，把您脖子上那根叫人恶心的黑绳子扔远远的。”

走出斯特拉斯堡最大的那间服饰店时，王子又说道：“对了，德·杜布瓦夫人的圈子里都有些什么人？伟大的上帝，这个姓可真难听！亲爱的索海尔，别生气，我实在受不了……您打算追求谁呢？”

“一个规规矩矩的姑娘，她父亲是卖袜子的，很有钱。她有一双妙目，使我销魂蚀骨，无疑是当地的第一号美女。但是虽然出身富贵之家，若听见有人谈起做买卖和开铺子，她便脸红到几乎不知所措。不幸的是，她父亲偏偏是斯特拉斯堡一个最有名的商人。”

“所以，如果有人谈起实业，”王子大笑着说道，“您可以放心，您的这位美人想的是她自己而不是您。这一可笑的现象真是天赐的机会，对您非常有用，至少使您不至于被她那双妙目弄得我为卿狂。成功自然不在话下。”

于连想起常来德·拉摩尔府上的那位德·费瓦克元帅夫人。她是一位美丽的外国女子，嫁到元帅家一年夫婿便死了。她一辈子似乎只有一个目标，就是使人忘记她父亲是实业家，同时，为了在巴黎成个人物，便事事带头，恪守妇道。

于连对王子心悦诚服。若能有他那套逗人发笑的本领，他愿付出任何代价！两人情投意合，谈个没完。科拉索夫喜出望外，因为从来没有一个法国人肯听他这样长篇大论。高兴之余，他自言自语道：“这样说来,终于有人听我讲话,老师也成了我的学生了!”

“咱们说好了,”他已经第十次对于连说了,“您当着德·杜布瓦夫人和斯特拉斯堡袜商的漂亮女儿说话时,绝对不能有任何爱的表示。相反,写情书时却要热情如火。对表面正经的女人来说,看一封写得好的情书是无上的快乐,是松弛的时刻。此际她不会再演戏,而会敢于倾听自己的心声。所以,您一天写两封。”

“不行,不行!”于连垂头丧气地说道,“我即使被捣成泥也挤不出三句话了。亲爱的,我已经是一个行尸走肉,别希望我能做什么了,就让我死在路旁吧。”

“谁叫您写什么了?我箱子里有六大本手写的情书,足以应付各种性格的女人,包括最讲道德的淑女。您知道,在离伦敦十多公里一马平川的里奇蒙,卡里斯基不就追求过全英国最美丽的公谊会修女吗?”

于连凌晨两点和他朋友分手时,心里好受多了。

第二天,王子叫来了一个抄写员。两天后,于连便收到了五十三封按顺序编好号码的情书,对象都是道德高尚的深闺怨女。

“没有第五十四封,”王子说道,“因为卡里斯基已经被拒绝了,不过,既然您只是想打动德·杜布瓦夫人的心,那个袜商的女儿对您不好又有什么关系?”

他们每天都骑马:王子对于连简直着了迷。他不知道如何向于连表示他这种一见如故的友谊,最后竟想把自己一个在莫斯科有大笔遗产继承的表妹嫁给他。还说:“您一旦结了婚,靠我的势力和您的十字勋章,两年内您便能升为上校。”

“可是这十字章并不是拿破仑颁发的,身价差多了。”

“那有什么关系?”王子说道,“十字勋章不是他发明的吗?在全欧洲还是他第一个颁发十字勋章的哩。”

于连几乎要答应了,但又想起任务未完成,还要去见那位大人物,与科拉索夫分手时,他答应以后写信再谈。他拿到那份秘密记录的答复之后,便赶回巴黎。但他独处两天之后,便觉得离开法国和玛蒂尔德简直比死还难受,心想:“科拉索夫建议我结婚,可以得百万家财,我不干,但他的忠告倒可以考虑。”

说到底,勾引女人是那位王子的本分,十五年来,他处心积虑的不过是这件事而已,因为他已年届三十了。不能说他不够聪明,他既狡猾,又会弄虚作假。他性格里绝找不到任何热情和诗意:他善于拉线搭桥,这就更有理由相信他的判断不会错。

我要去追求德·费瓦克夫人,必须如此。

我可能觉得她有点讨厌,但她的眼睛是那么漂亮,一看见她我便会想起曾经热恋过我的那个美人。

她是个外国人,这倒新鲜,大可研究一下。

我简直是疯了,像个即将淹死的人,我必须听从朋友的忠告,而不要自以为是。

第二十五章　道德的本分

如果必须万事小心才能得到欢乐，那我宁愿不要这种欢乐。

洛珀·德·维加①

我们的主人公一回到巴黎，便去见德·拉摩尔侯爵，侯爵看了他呈上的急信不禁忧形于色。于连一出书房，便连忙去找阿塔米拉伯爵。这位风度翩翩的异邦人除因曾被判处死刑而显得与众不同之外，还举止庄重，信仰虔诚，这两种优点，加上最重要的是出身伯爵，颇得德·费瓦克夫人的青睐，经常是她座上之宾。

于连一本正经，坦白地对他说，自己深深地爱上了德·费瓦克夫人。

"这位夫人道德高尚，纯洁贤淑，可惜有点古板和夸张。"阿塔米拉回答道，"有时她说的每一个字我都明白，可就猜不透整句话的意思，往往使我觉得，我法语的程度并不像别人想象的那样好。认识了她别人便会常提起你，在社交界增加你的分量。"阿塔米拉伯爵行事井井有条，他说："我们去请教比斯托斯吧，他曾经追求过元帅夫人。"

唐迭戈·比斯托斯像安坐在办公室的律师，一声不响地听他们把事情详细讲了一遍。此人长着一张僧侣般的大宽脸，留着黑胡子，神情无比庄重，还是个烧炭党人。

"我明白了。"他终于对于连说，"德·费瓦克元帅夫人是否有过情人？你有无成功的希望，这是问题的所在，不瞒你说，我曾经碰过一鼻子灰。现在我已经不生气了，我是这样对自己解释的：她有时会发脾

---

① 洛珀·德·维加(1562—1635)，西班牙作家、诗人、戏剧家。

气，下面我还要告诉你，她报复起来可有一手。

“我不认为她脾气暴躁，那是天才人物的气质，能使所有行动都蒙上一层感情的色彩。相反，她罕有的美貌和鲜艳的肤色倒应该归功于荷兰人那种冷漠文静的性格。”

对西班牙人这种慢吞吞和无法改变的冷漠态度，于连有点烦，不时脱口嘟囔一两句。

“你想听我讲下去吗？”唐迭戈认真地问道。

“请原谅，这是法国人的急脾气①。其实我正洗耳恭听呢。”

“费瓦克夫人很记仇，对从未见过的人毫不留情，还憎恨某些律师和爱写些歌谣的无聊文人，像柯莱，你知道吗？他写过：

> 我这人很奇特，
> 非要爱玛罗特。
> …………”

于连只好硬着头皮听完，那个西班牙人觉得自己能用法语唱歌非常得意。

这首宝贝歌听得人烦透了。一曲终了，唐迭戈·比斯托斯又说道：“元帅夫人还把下面这首歌的作者罢了官：

> 一天，爱情进了酒吧……
> …………”

于连担心他又要唱下去，幸亏他只对歌词进行了评点。歌词的内容实在淫秽，不堪入耳。

“当元帅夫人听得心头火起时，”唐迭戈说道，“我便提请她注意，一位像她这种身分的女人不应该看那些乱七八糟的东西，法国在信仰的虔诚和作风的正派方面不管有多大进步，酒吧文学总去不掉。等德·费瓦克夫人愣是叫人把那个只支半薪的穷酸作者革了职，使他丢掉了一年一千八百法郎的位置时，我又对她说：‘小心，你以你的手段得罪了那个写歪诗的，他也会用歪诗来回敬你，会写歌来讽刺道德。虽

---

① 此处原文是西班牙文。

然金碧辉煌的沙龙都和你站在一起,但喜欢恶作剧的人会把他挖苦你的话到处宣扬。'先生,你知道元帅夫人是怎样回答我的吗?——'如果这样,全巴黎的人将会看见我为了主的利益而甘愿牺牲,这是法国很难遇到的新鲜事,人民将学会尊敬品德高尚的人,那将是我一生中最美好的日子。'她的眼睛从没有当时那样漂亮。"

"简直太美了!"于连大声叫了起来。

"我看得出,你是迷上她了……所以说,"唐迭戈一本正经地又说道,"她并非生性急躁,喜欢报复,她之所以爱得罪人,我看是因为伤心人别有怀抱。会不会是对自己的角色感到厌烦而故作姿态呢?"

西班牙人说罢一声不吭地看着于连,足足有一分钟。

"这就是问题的所在,"他神情严肃地又说道,"而你的希望也就在这里。我在和她交往的两年中对这一点也考虑了很久。先生,你既钟情于她,你的前途便取决于这样一个大问题:她是厌烦了自己的角色而故作正经还是因内心有难言之痛才咄咄逼人呢?"

"还是我跟你说过二十遍的那样,仅仅是出于法国人那种虚荣心理?"阿塔米拉终于打破沉默开了腔,"一想起她的父亲,就是那位有名的卖布商人,这位性格沉郁而冷漠的女人心里便不好受。她也许只有一件幸福的事,就是住到托莱德去,天天让听她忏悔的神甫对她说,地狱之门就在眼前。"

于连走出去的时候,唐迭戈用更加认真的口吻对他说:"阿塔米拉告诉我,您是自己人。总有一天,您会助我们一臂之力夺回我们的自由,所以我想帮助您玩赢这场小小的游戏。了解一下元帅夫人的文笔对您会有好处:这里是她的四封亲笔信。"

"我把这几封信抄下来,然后还给您。"于连大声说道。

"我们刚才谈的话您绝不会告诉别人,对吗?"

"我以名誉担保,绝对不会!"于连说道。

"愿上帝保佑您!"西班牙人又加了一句,然后默默地把阿塔米拉和于连一直送到楼梯口。

于连见不虚此行,心中窃喜,差点笑了出来,暗想:"瞧这个虔诚的阿塔米拉,竟帮我勾搭起女人来了。"

唐迭戈一本正经地谈着的时候，于连却留神听着阿利格尔府上报时的钟声。

晚饭的时间快到了，他又该再见到玛蒂尔德了！他走回住处，仔细把衣服穿好。

下楼时他心想："这是我做的第一件蠢事，应该不折不扣地按王子的吩咐去做。"

他又上楼回到房间，换上一套十分普通的出门服装。

"现在，"他心里想道，"就看我的眼神了。"时间才五点半，而晚饭是六点。他脑子一动，还是下楼到客厅去吧。客厅里没有人，他一看见那张蓝色的长沙发，便激动到流下了眼泪，顷刻间两颊感到热辣辣的。他生气地对自己说："这种痴情得赶紧发泄掉，否则非露馅不可。"他装模作样地拿起张报纸，从客厅到花园来回踱了三四次。

他战战兢兢地藏在一棵大橡树后面才敢抬头看看德·拉摩尔小姐的窗口。窗关得严严的，于连差点晕倒，只好靠在橡树上站了很久，然后又踉踉跄跄再去看看花匠那把梯子。被他拧断的铁环尚未修复，但此情此景已经大不相同了。他一时感情冲动，竟疯也似的吻起那个铁环来。

他从客厅到花园来回踱了很久，觉得累极了，但却感到首战告捷。"我现在已是眼大无神，不会露馅了。"此时，客人陆续走进客厅，但门每关一次，于连的心便大乱一次。

要入席了，德·拉摩尔小姐才露面，她总是姗姗来迟。一看见于连，她的脸便红了，因为没人告诉她于连回来了。于连按照科拉索夫的嘱咐，定睛看着她的手，只见这双手在发抖。这一发现也使他心慌意乱，难以言喻，幸亏从外表看，他只是一副疲乏的样子。

德·拉摩尔先生称赞他，不一会儿，侯爵夫人也走过来和他说话，祝贺他完成使命，辛苦了。于连不断告诫自己：我不应过多地盯着德·拉摩尔小姐，但目光也不必躲她，应该完全像出事前一个星期那样……他成功地做到这一点，感到很满意，便留在客厅里。他第一次注意府里女主人的一举一动，并使她身边的男宾人人都谈得兴高采烈。

他的礼貌得到了补偿。八时整，把门的通报，德·费瓦克元帅夫人到。于连连忙离开，旋即又打扮得整整齐齐回到这儿。这种表现尊敬的做法，德·拉摩尔夫人十分赏识，为了表示满意，便对元帅夫人谈起于连这次出门的事。于连在元帅夫人身旁坐下，想办法使玛蒂尔德看不到自己的眼睛。这样一来，按照内行的游戏规则，他便可以向德·费瓦克夫人表示自己对她无限景仰，而科拉索夫王子送给他的五十三封信的第一封便是以倾吐爱慕之情开始的。

元帅夫人宣布要去滑稽剧院，于连立即亦步亦趋。在剧院碰见了德·博瓦西骑士，骑士带他到宫内贵人的包厢，正好是德·费瓦克夫人包厢的紧邻。于连一个劲地看她。在回府的路上，他自言自语道："我必须每天写围城日记，否则便会忘掉进攻。"他勉强就这个恼人的题目写了两三页，说也奇怪，这样做他几乎不再想德·拉摩尔小姐了。

于连出差期间，玛蒂尔德几乎把他忘了。她心想："归根结底，他只不过是个凡夫俗子。一提到他的名字，我便会想起一失足成千古恨，我还是顾全名誉做个规规矩矩的人吧，女人如果失去理智和名誉，就一切都完了。"想到这里，她表示答应老早已经商定和德·克罗兹诺瓦侯爵的那门亲事。侯爵乐疯了，此时若有人告诉他，你别自以为是，玛蒂尔德这样做，内心实有其难言之隐，他一定会大吃一惊。

但德·拉摩尔小姐一见到于连想法就全变了，心想："说真的，他才是我的丈夫，如果我要做个明智而规矩的人，显然应该嫁给他。"

她以为于连会愁眉苦脸地来烦她，便准备好回答，因为很可能吃完晚饭之后，于连会想办法和她讲几句话。但事实并非如此，他在客厅里表现得很坚强，甚至连花园也不看一眼，天晓得他心里有多么痛苦！德·拉摩尔小姐暗想："最好立刻叫他说个明白。"她独自向花园走去。于连没有跟着来。玛蒂尔德踱到客厅的落地窗前面，只见于连正忙着给德·费瓦克夫人描绘莱茵河畔小山上多姿多彩的古堡废墟，讲得有情有景，挥洒自如，开始成为某些沙龙中的所谓"才子"。

如果科拉索夫在巴黎，一定会感到自豪，晚会的情形，完全像他预料的一样。

他也一定会对以后几天于连的表现颔首称善。

当时秘密政府的成员正筹划颁发蓝带勋章，德·费瓦克元帅夫人正为她的叔祖父争取。德·拉摩尔侯爵也有意给自己的岳父弄一个，两人同心协力，德·费瓦克元帅夫人几乎天天都到德·拉摩尔府上来。于连正是从夫人那里打听到侯爵很快便要入阁，因为他向王党提出了一个巧妙的计划，三年之内可以废除宪章而不致引起轰动。

若德·拉摩尔成了大臣，于连便有望成为主教，但在他看来，这些高官厚禄都如雾中之花，朦朦胧胧，可望而不可即。痛苦的磨难使他固执地认为，他生命的一切机遇都取决于他与德·拉摩尔小姐的关系。他盘算，花个五六年的殷勤追求，他一定能重新赢得美人的芳心。

我们可以看到，他本来十分冷静的头脑此刻已经完全糊涂。往日使他一鸣惊人的种种优点，留下的只是一点点毅力而已。他仍然恪守科拉索夫王子口授的行动计划，每晚紧挨着德·费瓦克元帅夫人所坐的扶手椅旁边，但已一句话也说不出来。

他竭尽全力，一心只想如何在玛蒂尔德眼里显得伤痛业已痊愈，因而坐在元帅夫人身旁，简直有神无气，仿佛肉体正经受极度的痛苦，两眼也失去往日的神采。

德·拉摩尔夫人的看法从来只是她那个能使她成为公爵夫人的丈夫看法的反映，因而几天来，她把于连的才华捧上了天。

第二十六章　道德之爱

当然，在阿德琳娜的谈吐之中，
有一种贵族气派，典雅雍容，
从不越规范的雷池半步；
使天性有任何的流露。
像位大官，什么都说不好
至少故作姿态不让别人猜出
他见到的东西能使人愉悦、满足。①

《唐璜》第八章八十四节

元帅夫人想："这一家子的看法真有点荒唐，都迷上他们这个小神甫，其实他只会睁着眼睛听人讲话，不过说真的，那双眼睛倒相当好看。"

而于连则觉得元帅夫人的举止流露出贵族式的端庄，简直无懈可击，而且从来不轻易动感情。行动稍出常轨，失去自我控制，德·费瓦克夫人便引为奇耻大辱，其严重程度有如在下人面前失去尊严。感情的任何流露都被她看做一种精神上的酒后失仪，使人脸红，有失上流人的身分。她喜欢谈的是王上最近的行猎，喜欢看的书是《圣西门公爵回忆录》，尤其是关于世系的那一部分。

于连知道，根据光线的角度，从哪个位置最适合去欣赏德·费瓦克夫人的美。他先坐在那个位置上，但小心翼翼把椅子转过去，好看不见玛蒂尔德。玛蒂尔德很奇怪于连总躲着她。有一天，她离开蓝色的长沙发，坐到元帅夫人扶手椅旁边一张小桌子跟前。于连从德·费瓦克

① 原文是英语。

夫人的帽子下面很近的地方看见了玛蒂尔德。她那双支配着他的命运的眼睛先是使他一怔，接着便把他从一贯冷漠的状态中猛地推了出来。他开始说话了，而且说得很好。

他虽对元帅夫人说话，但惟一的目的却是要打动玛蒂尔德的心。他越说越起劲，直到使德·费瓦克夫人根本不明白他在说什么。

这是他的第一个绝招，如果他想到再加上几句德国的神秘主义、宗教成分和耶稣会教义的话，元帅夫人一定会立即认为他是奉上帝之命来改造时代的超人。

德·拉摩尔小姐心想："既然他品味不高，和德·费瓦克夫人谈得那么久，又那么起劲，我就犯不着再听下去。"直到晚会结束，她都做到了，实在很不容易。

午夜时分，玛蒂尔德接过母亲的烛台，送母亲回房间。上楼时，德·拉摩尔夫人停下脚步，把于连大大赞扬了一番。玛蒂尔德气得一夜没有合眼。但有一个想法使她安静了下来，那就是："我看不起的人在元帅夫人眼里倒成了大才子了。"

于连已经开始行动，心情好受些了。他的目光偶然落在那个俄罗斯皮包上，包里装着科拉索夫王子送给他的五十三封信。他在第一封信下面看见有一行注：于第一次见面后一星期发出。

"我晚了！"于连叫了起来，"因为我见到德·费瓦克夫人已经很久了。"于是，他立刻抄这第一封情书。信里啰啰嗦嗦，全是有关道德的说教，真是烦死人，幸而他抄到第二页便睡着了。

他伏案大睡，几个小时以后才被强烈的阳光照醒。他一生中最难受的时刻就是每天早上睁开眼睛总要自怨自艾一番。可这一天，他几乎是笑着把信抄完的。他心想："一个年轻人能写出这样的信吗？"他一数，有几句话长达数行。原信下面还用铅笔加了这样的注：

> 要亲自将这些信送去：骑上马，系黑领带，穿蓝色礼服。要面带愁容、眼睛忧郁地把信交给门房。如果看见有侍婢在场，要偷偷地擦眼睛，和她搭讪。

于连照办不误。

走出德·费瓦克府时，于连暗想："我这样做胆子够大的！科拉索夫王子去他的吧。竟敢给以讲道德著称的女人写信！她非把我看扁了不可！那我的乐子就更大了。我现在惟一能演的只有这样的喜剧角色。对呀，让我这样一个卑鄙的家伙丢人现眼，连我自己也觉得高兴。依我看，为了寻开心，我连犯罪也不在乎。"

一个月以来，于连生活里最好的时刻是将马牵回马厩的时刻。科拉索夫曾经清楚地告诫过他，不要以任何借口去看已经和他分手的情妇，但玛蒂尔德十分熟悉他坐骑的马蹄声和于连用马鞭敲门叫人的声音，往往不由自主地走到窗帘后面来观看。窗纱很薄，于连完全可以看透。他从帽檐下望去，看得见玛蒂尔德的娇躯，但看不见她的眼睛。他心想："因此，她也看不见我的，这就不能算看她。"

晚上，德·费瓦克夫人对他的态度好像根本没收到他早上愁眉苦脸托看门人转交的那篇充满宗教神秘色彩的哲学论文般的情书。头天晚上，于连偶然发现了说话可以滔滔不绝的诀窍，便想办法坐在能看到玛蒂尔德的眼睛的位置，而玛蒂尔德则在元帅夫人到后不久便离开了蓝色长沙发。这就等于撇开习惯于围在她身旁的那群人。德·克罗兹诺瓦似乎被她这种任性的行为弄得目瞪口呆，显然感到很难受，这一来倒缓解了于连心中的痛苦。

意外的惊喜使于连抖擞精神，谈得天花乱坠，连最讲道德的人听了也为之动心。元帅夫人上车回府时，不禁暗自思忖："德·拉摩尔夫人言之有理，这个小神甫的确与众不同。最初那几天，一定是因为我在场，他有点胆怯。事实上，这府上的人都很轻浮，需要年龄来控制感情，德高只缘年老。这个年轻人一定看出了个中的差别。他信写得好，但我很担心，他在信里要求我指引迷津，归根到底是一种不自知的感情流露。

"不过，多少人的转变都是这样开始的啊！使我预见他这次转变的是他的文体，与过去给我写过信的年轻人不同，不能不承认，这个小神甫的信里有宗教热情，字里行间充满着严肃认真和坚定的信心，像玛西永①一样深刻而感人。"

---

① 玛西永（1663—1742），法国著名宣教家，其演说辞娓娓动听。

第二十七章　教会肥缺

说什么勤劳苦干，才华功业，
算了，不参加党派还是不行。

《忒勒玛科斯》①

就这样，主教的职位在这个女人的头脑里第一次和于连的名字联系在一起，而法国教会最好的职位迟早将由这个女人来分配。但于连并不为这一优越条件所动。此时此刻，他一心只想着自己目前痛苦的处境，但越想越痛苦，譬如，一看见自己的房间他便受不了。晚上他拿着蜡烛回来的时候，每件家具，每件小摆设似乎都在向他无情地诉说新添的不幸。

一天，他回来时自言自语道："又要干苦工了，瞧着吧，第二封信准和第一封一样无聊。"他很久没有这样发火了。

果然第二封信更无聊，抄着抄着觉得太荒唐，便整行整行照搬，根本不考虑意思。

他心想："简直比伦敦外交学院教授要我抄的《明斯特和约》②正文还夸张。"

此时他才想起德·费瓦克夫人的信来，他忘了把原信还给那个郑重其事的西班牙人唐迭戈了，于是便将这些信找出来，发现也和那位俄罗斯贵族的一样莫名其妙，全都含含糊糊，想什么都说，而又什么也没

① 《忒勒玛科斯》，法国十七世纪作家费讷隆根据荷马史诗中忒勒玛科斯的故事改写的小说。

② 《明斯特和约》，又称《威斯特伐里和约》（明斯特系威斯特伐里省的一个城市），十七世纪欧洲三十年战争结束时签订的和约。根据此约，法国获得大片土地，且收回阿尔萨斯省。

说出来。于连心想:“就文体而言,这些信好比风吹竖琴,就虚无、死亡、无限等等高谈阔论,其实我看只不过是怕被人笑话而已。”

我们上面简述的这段独白,于连一连反复嘟囔了半个月。誊写《启示录》说明般的信件直到呼呼入睡,第二天愁眉苦脸地把信送去,牵马入厩,希望看见玛蒂尔德的裙影、动作,晚上如果德·费瓦克夫人不到德·拉摩尔府来便去歌剧院,这就是于连千篇一律的生活。如果德·费瓦克夫人到侯爵府来,他的生活才有点情趣。这时他便可以从元帅夫人的帽檐下隐约看见玛蒂尔德的眼睛,于是他的话便多了起来,不仅言辞优美,充满感情,而且更加动人,也更加得体。

他很明白,在玛蒂尔德眼里,他在胡说八道,但他想用华丽的词藻打动她,心想:“我说的越是不对,我就越应当逗她喜欢。”于是,他便故意大胆地夸大人性的某些方面。他很快便发现,要使元帅夫人认为您不同凡俗,就不应发表简单合理的想法。他必须讨好这两位贵妇名媛,只好根据从她们眼里所看到的同意或冷淡的表情,继续或缩短他的夸夸其谈。

总之,这样的生活到底比终日无所事事好受一些。

一天晚上,他自言自语道:“那些讨厌的论文我已抄到第十五篇了,前面十四篇已经老老实实交给了元帅夫人的瑞士门房。她写字台的抽屉快装满了,可她对我的态度仍然和我没给她写信一样!这一切能有什么结果呢?继续下去她是否会和我一样感到厌烦呢?必须承认,科拉索夫这个爱上了里奇蒙美丽修女的俄罗斯朋友当时真了不起,即使是今天,也没有比他更烦人的。”

像所有平庸的人看到一位伟大将领在运筹帷幄一样,于连根本不明白那个俄罗斯青年正对美丽的英国姑娘施展攻心的战术。头十四封信的作用不过是使对方原谅自己的唐突。温柔的少女也许感到很烦闷,必须使她习惯常收到信,而这些信也许不像她每天的生活那样乏味。

一天早上,有人交给于连一封信。他认出了德·费瓦克的纹章,他立即撕开信的火漆封口,其急切心情几天以前是不可能有的。但那封信不过是邀请他出席晚宴而已。

他赶紧去找科拉索夫的指示，可惜在应该简洁明了的地方那位年轻的俄罗斯人却像多拉①一样写得虚无缥缈，于连猜不出自己在晚宴上该以什么样的精神状态出现。

客厅极尽华丽之能事，金碧辉煌，有如杜伊勒里宫里的狄安娜画廊，护墙板上挂满了油画，但画上有明显的涂抹痕迹。后来于连知道，女主人觉得画的主题不雅而叫人修改过。他暗想："好一个讲道德的时代！"

他发现客厅里有三个人参加过起草秘密报告，其中一位是某某主教大人，他是元帅夫人的叔叔，负责提出封官加俸的名单，而且据说，对其侄女有求必应。于连苦笑着自言自语道："我真是青云直上！现在我随随便便就能和有名的××主教共进晚餐了！"

晚宴平淡无奇，谈话听了令人干着急。于连心想："这好比一本质量很差的书，目录倒很神气。所有人类思想的大问题都提到了。但听了三分钟之后，听众会纳闷：说话的人到底是夸夸其谈，还是浅薄无知呢。"

诸位也许已经忘记那个身材矮小的文人唐博了吧，他叔叔是法兰西学院院士，他本人后来当上了教授。此人的任务似乎专门是用卑鄙的诽谤来毒化德·拉摩尔府客厅的气氛。

看见这个矮人，于连猛然想到，德·费瓦克夫人之所以不回他的信，很可能是宽宏大度，不计较他写信是出自一种什么感情。一想到于连备受青睐，唐博先生那阴暗的心灵就像被撕碎了似的。但这位未来的教授又转念："能人也和傻瓜一样没有分身术，如果于连成了美丽的元帅夫人的情郎，夫人就一定会在教会内给他一个有油水的位置，这样我在德·拉摩尔府上便去了一个眼中钉了。"

彼拉尔神甫就于连在德·费瓦克府上的左右逢源给了他好一顿训诫，因为在这位提倡苦修的冉森派教士和元帅夫人沙龙里那伙推崇王权、主张改革的耶稣会人士之间存在着带有派性色彩的忌妒心理。

---

① 多拉(1734—1780)，法国七星诗社的诗人之一。

第二十八章　曼侬·莱斯戈[1]

可是，他一旦知道修院院长的确又蠢又笨，自然能够把黑的说成是白，白的说成是黑了。

利希滕贝格[2]

俄罗斯王子的指示明确规定，绝对不能开口顶撞你写信的对方，你的角色就是对她表示衷心仰慕，不得以任何借口背离。所有的信都必须以这样的假设为出发点。

一天晚上，在歌剧院德·费瓦克夫人的包厢里，于连把芭蕾舞剧《曼侬·莱斯戈》捧上了天，他这样说惟一的理由是因为他觉得该剧毫不足取。

元帅夫人说，这个剧比普雷沃神甫的小说差多了。

于连大为惊讶，又觉得很有趣，心想："怎么？一位如此讲道德的夫人竟赞美起小说来！"因为德·费瓦克夫人每星期总有两三次表示最看不起那些作家，说他们企图用平淡无奇的作品去腐蚀那些在男女关系上，唉！已经有犯错误倾向的年轻人。

"在这类诲淫诲盗的危险作品中，"元帅夫人继续说道，"《曼侬·莱斯戈》据说可以数第一，犯罪人物心理的软弱和活该承受的痛苦据说在这本书里描写得淋漓尽致。尽管如此，您崇拜的拿破仑在被放逐到圣赫勒拿岛期间还说是写给仆人看的。"

这句话使于连恢复了全部警觉。有人在德·费瓦克夫人面前说我坏话，说我崇拜拿破仑了。她一定很生气，所以才忍不住想让我知道她

---

① 《曼侬·莱斯戈》，十八世纪法国作家普雷沃神甫（1697—1763）的言情小说，曾改编为歌剧及芭蕾舞剧。

② 利希滕贝格（1742—1799），德国物理学家兼讽刺作家。

不高兴。这一发现使他乐了整整一个晚上，说话态度也很讨人喜欢。他在剧院大堂向夫人告别时，夫人对他说："先生，您要记住，如果爱我就不应该爱拿破仑。人们接受他最多只能说那是上帝的硬性安排，其次这个人脑子死板，不会欣赏艺术杰作。"

于连一再琢磨："如果爱我！这句话不是言出无心便是话里有话。我们可怜的外省人就缺乏这种说话的诀窍。"于是他一面抄写一封给德·费瓦克夫人的长信，一面怀念起德·雷纳夫人来。

第二天，德·费瓦克夫人对于连说道："您昨天晚上离开歌剧院以后给我写信谈到了伦敦和里奇蒙，到底是怎么回事呀？"夫人装作随便问问，于连却认为装得不像。

这一问倒把于连问住了，原来他整行整行地抄，根本没想到内容，显然忘了应该用巴黎和圣克卢这两个词来代替原信中的伦敦和里奇蒙。他语无伦次地说了两三句，几乎想大笑起来。最后，在寻找词句时，心生一计说：在讨论人类思想最崇高、最有意义的大问题之后，我心情兴奋，写信时可能出现疏忽。

"我已经给人留下了印象，"他想道，"晚上剩下来的时间便不会感到无聊了。"想罢他跑出了德·费瓦克府。晚上，他把前一天他抄的那封原信再看一遍，很快便看到了那个该死的地方，年轻的俄罗斯王子在这儿谈到伦敦和里奇蒙。于连很惊讶地发现，信几乎可以说写得情意绵绵。

于连说的话从表面看不够稳重，对比之下信却写得像《启示录》般深刻而崇高，使他显得与众不同。元帅夫人尤其喜欢长句子，而不是那个无行文人伏尔泰所提倡，因而流行起来的跳跃式文体！虽然我们的主人公想尽办法在谈话中不露任何真实的思想，但反对王权，不信宗教的色彩却逃不过德·费瓦克夫人的眼睛。夫人周围都是些正人君子，但这些人往往一个晚上也谈不出什么想法，因而一切略有新意的谈吐都使夫人印象深刻，但同时觉得有责任表示听了不舒服。她把这种毛病称之为"带有时代轻薄风气的烙印"……

不是有需要的人对这种沙龙是不屑一顾的。于连这种毫无意思、味同嚼蜡的生活，读者大概也能体会出来，等于我们旅途中的荒郊野岭。

正当于连耗费时间与费瓦克周旋的时候，德·拉摩尔小姐却需要控制自己才不去想他，内心进行着激烈的斗争。有时她庆幸自己瞧不上这个愁眉苦脸的年轻人但又不由自主地被他的谈吐所俘虏。尤其使她惊讶的是他虚伪得天衣无缝，他对元帅夫人讲的每一句话都是撒谎，至少卑鄙地企图掩饰他真正的思想，而他在几乎所有问题上的想法，玛蒂尔德是完全清楚的。这种为达目的不择手段的做法使她为之愕然，心想："多么深刻啊！和唐博之流虚张声势的傻瓜和平庸无奇的骗子相比，虽然说的是一样的话，但却有天渊之别！"

但于连的日子实在难过，每天要去元帅夫人的沙龙完成最艰苦的任务，要努力扮演一个角色，结果弄得心力交疲。往往夜里穿过费瓦克府里的大院时，只有毅力和理智支撑着他，使他不致陷入失望的绝境。

他想："在修道院我战胜过绝望，当时前景是多么可怕！眼看无论成败，我都不得不和世界上最卑鄙、最讨厌的人共处一生了。可是随后的一个春天，也就是短短十一个月过去，我却成了同龄的青年中也许最幸福的一个。"

但这些有说服力的理由在残酷的现实面前，往往失去作用。每天吃午饭和吃晚饭的时候他都能看见玛蒂尔德。根据德·拉摩尔先生向他口述的许多信件，他知道玛蒂尔德即将嫁给德·克罗兹诺瓦先生。殷勤的年轻人已经一天两次到德·拉摩尔府上来。他的一举一动，都被于连这个忌妒的失恋情人看在眼里。

他似乎看见德·拉摩尔小姐对未婚夫很好，所以回到房里，他总禁不住深情地看着自己的手枪。

"如果我能放聪明点，"他自言自语道，"最好把衣服上的记号去掉，到离巴黎百十里地的一个偏僻的森林了此残生！当地没人认识我，我死后半个月也不会有人知道，而半个月后又有谁会想起我呢？"

这种想法很不错，但第二天，看到玛蒂尔德裸露在衣袖和手套之间那截胳臂时，我们这位青年哲学家又勾起了过去心酸的回忆而对生命依恋起来，心想："好吧，我就照那个俄罗斯人的话做到底，但结果会怎样呢？

“至于元帅夫人方面，当然，抄完这五十三封信之后，我就不再写了。

“对玛蒂尔德来说，我这六个星期的艰苦表演不是难以平息她心中的怒火，便是使我获得与她片刻的和好。伟大的上帝！那我就高兴死了！”他就这样一直想下去。

他胡思乱想了半天，终于又恢复了理智。心想：“我只能幸福一天，接下来，由于我没法讨她的欢心，她又大发脾气，我再也没有办法，只好完了，永远完了……

“她那样的性格，我能有什么保证？唉，一切都因为我没有本事，举止不够潇洒，谈吐单调而乏味，伟大的上帝！为什么我偏偏是这样呢？”

第二十九章　苦闷难熬

为爱情而牺牲还说得过去，但自作多情，牺牲便不值得了！啊！可悲的十九世纪！

吉罗德[①]

于连写的长信，德·费瓦克夫人看了最初并不感兴趣，但逐渐便丢不开放不下，只有一点感到扫兴："真可惜这位索海尔先生还不是个真正的教士，否则来往便可以亲密一些。现在他佩戴十字章，几乎是世俗打扮，别人会提出令你难堪的问题，叫我如何作答？"她继续想下去："心术不正的女友会作诸多猜测，甚至散布谣言，说他是我父亲的一个远房侄子，本是商人，在国民卫队里获得了勋章。"

在见到于连以前，德·费瓦克夫人最大的快乐是在自己的名字旁边写上"元帅夫人"这个字样。后来，出于暴发户的病态心理，对什么都不满意，也就兴趣索然了。

她心想："让他当巴黎附近某个教区的代理主教，这对我不过是举手之劳！可是光叫索海尔，连个贵族称号都没有，还是德·拉摩尔先生的小秘书，太遗憾了。"

这位谨小慎微的夫人生平第一次为一件与她身分和社会地位的考虑毫无关系的事情操心。替她看门的老头发现，当他把那个愁眉不展的漂亮青年交来的信送上时，元帅夫人平时在下人面前装出的那种漫不经心和不满意的神气便一扫而光了。

她生活苦闷，一心只想突出自己，但对这种做法的成功并不感到有什么真正的享受。自从她想念于连以后，苦闷更变得难以容忍。只要

---

① 吉罗德（1767—1824），法国新古典派画家。

头一天晚上她和这个与众不同的年轻人盘桓了一个小时，她的仆妇便能过上一天太平日子。于连逐渐得到了她的信任，连写得再好的匿名信也无能为力。尽管矮个子唐博在德·吕兹、德·克罗兹诺瓦、德·凯律等人面前巧妙地一再造谣污蔑，他们听了也不考虑是真是假便大肆宣扬，但却不起作用。元帅夫人受不了这种卑劣的手段，把心里的怀疑告诉了玛蒂尔德。玛蒂尔德总是劝慰一番。

一天，德·费瓦克夫人问了三次是否有信之后，突然下决心给于连回信。这是战胜苦闷的标志。写到第二封时，元帅夫人几乎要打住了，觉得给一个普通人写亲笔信不合适，何况地址要这样写：*致德·拉摩尔侯爵府索海尔先生*。

晚上她冷冷地对于连说："您要给我带几个信封来，上面写上您的地址。"

"这下子我成了情人加仆人了。"他边想边像侯爵的贴身老仆阿塞纳那样高高兴兴地鞠了一躬。

当晚他便拿来了信封，第二天一清早便收到了第三封信：他只看了开头五六行和结尾的两三行。信倒有四页，是密密麻麻的蝇头小楷。

德·费瓦克夫人逐渐养成了几乎每天都要写信的好习惯。于连一字不漏地抄俄罗斯人的信答复她。文体夸张的好处就是：尽管回信驴唇不对马嘴，德·费瓦克夫人亦不以为忤。

小唐博是自动跟踪于连一举一动的密探，如果他能告诉德·费瓦克夫人，于连将她的信原封不动地扔进抽屉，她非气死不可。

一天早上，看门人拿着一封元帅夫人的信到图书室来给他，被玛蒂尔德撞见，认出上面写的地址是于连的笔迹。看门人一出去，她便走进图书室。信还在桌子边上。于连只顾写，没来得及将信放进抽屉。

"我受不了啦，"玛蒂尔德一把抢过信，说道，"我是您妻子，您却把我忘个一干二净。您这样做很不像话，先生。"

话一出口，觉得自己的行动不成体统而又要强，便噎着说不下去，眼泪扑簌扑簌直掉，于连眼看她连气也透不过来了。

于连慌了手脚，看不出此情此景对他可是大好时机，只扶着玛蒂尔德坐下，玛蒂尔德几乎整个儿躺在他怀里。

于连发现她这个动作，初时乐不可支，接着便想起科拉索夫的告诫："一字之差会功亏一篑。"

想到这一点，他勉强撑直了胳臂。"我连紧紧抱一下她那软玉温香的身体都不成，否则她会瞧不起我和怪我的。她的脾气太糟了！"

他虽然怨玛蒂尔德的脾气，心里却更是百倍爱她，仿佛怀里抱的是个女皇。

于连的无情和冷淡进一步挫伤了玛蒂尔德的自尊心，她感到五内俱裂，失去了必要的冷静，未能从于连的眼神中猜出此时此刻他对自己的感情。她下不了决心仔细看看于连，生怕看到的是不屑的表情。

她坐在图书室的长沙发上，一动不动，脸背着于连，经受着一个人的自尊心和爱情所能经受的最剧烈的痛苦。刚才的举动使她十分难堪。

"我真倒霉！我不顾羞耻委身相就，竟被拒绝，被谁拒绝呢？"她惨痛之余又加了一句，"我父亲的一个下人。"

"我可咽不下这口气，"她高声说道。

她愤怒地站起来，打开面前两步于连桌子的抽屉，看见有十封八封没有打开的信，她吓得浑身冰凉，因为这些信和门房刚拿上来的那封一模一样，认得上面写的地址都出自于连之手，只不过多少有点走样罢了。

"好啊，"她怒不可遏，大叫道，"你不但和她好，还看不起她。你，一个穷小子，竟看不起德·费瓦克元帅夫人！"

接着，她又跪倒在他跟前，说道："噢，请原谅，我的朋友，你要瞧不起我就瞧不起好了，但是一定要爱我，没有你的爱，我再也活不下去了。"说完便昏了过去。

于连心想："瞧，这个不可一世的女人，终于跪在我的脚下了。"

第三十章　剧院包厢

漆黑如墨的天空，
预示着最强烈的暴风雨。①

《唐璜》第一章七十三节

事情的发展跌宕起伏，于连惊多于喜。玛蒂尔德的责备说明俄罗斯人的计策有多么高明。“少说，少动”，这就是我惟一的救命法宝。

他扶起玛蒂尔德，一声不吭地将她搀回长沙发上。渐渐地，泪水又涌上了她的眼睛。

为了做个姿态，她把德·费瓦克夫人的信拿在手里，慢慢地一一拆开，认出是元帅夫人的笔迹时，神经很明显地一震。她只翻了翻信页，信多半都长达六页。

“至少请您回答我，”她终于用哀求的口吻说道，同时不敢正眼看于连，“您知道我很骄傲。我承认这是我的地位，甚至我的性格带来的不幸。德·费瓦克夫人从我这儿抢走了您的心……她为您作出过我在这段要命的爱情中作出的牺牲吗？”

于连默然无语，心想：“她有什么权利要求我做正人君子不该做的事，说出别人的隐私呢？”

玛蒂尔德想看信的内容，但泪眼模糊，根本就看不了。

一个月以来，她很痛苦，但她生性高傲，绝不愿承认自己的感情。这次感情爆发纯属偶然，转眼之间，嫉妒和爱情战胜了她的骄傲心理。她坐在长沙发上，离于连很近。秀发粉颈尽在于连眼前。他顿时忘记了该怎么做，伸出胳臂，搂着她的纤腰，几乎想把她拥在怀里。

---

①　原文为英语。

她把头慢慢地转过来。于连惊讶地看见她眼睛里流露出极度的痛苦，竟认不出她平时的那张脸了。

于连觉得浑身无力，要勉强装出勇敢的样子实在比死还困难。

他心想："如果我不能自持去爱她，她的眼睛马上就会露出冷漠轻蔑的神情。"但这时候，玛蒂尔德却有气无力向他一再表示后悔，说自己过分骄傲，不应该做出那样的事。

"我也有点傲气。"于连几乎说不出话来，面部的表情说明身体已经疲惫到了极点。

玛蒂尔德本来以为于连不会再和她说话，闻言喜不自胜，便霍地转过头来看着他。此时，她只抱怨自己过去盛气凌人，真想找出独特而难以思议的办法向他证明，她多么爱他，又多么恨自己。

"也许正是由于这种傲气您才一度对我另眼相看，"于连继续说道，"而现在则肯定是由于我有一个男人所应有的坚毅和勇敢，您才赏识我。我可能对元帅夫人产生了爱情……"

玛蒂尔德打了一个寒战，眼睛露出了异样的表情，等待着他的宣判。这个动作于连看在眼里，感到自己的勇气逐渐支持不住了。

"唉！"他想，一面听着自己嘴里吐出的空洞话语，就像发出一阵奇怪的嗓音，"如果我能尽情亲吻你苍白的两颊而你又感觉不出来，那该多好！"

"我可能对元帅夫人产生了爱情，"他继续说道。他的声音越来越弱了。"当然，我还没有任何可靠的证据能说明她对我感兴趣。"

玛蒂尔德直瞪着他，他没有退缩，至少他希望自己脸部的表情不至于露出马脚。他感到内心深处也被爱情所打动，从来没有爱她爱到如此程度。他几乎像玛蒂尔德一样疯狂。如果玛蒂尔德能够冷静勇敢地施展点手腕，他便会跪在她脚下，指天誓日地永远不再耍无用的花招。他还有足够的力气说下去。他不禁从内心发出这样的呼喊："啊！科拉索夫！你如果在这里该多好！我多么需要你指引迷津！"而就在同时，他的声音则在说：

"即使没有其他感情，我也应该对元帅夫人怀有感激之心。她对我宽宏大量，我被人看不起的时候，她安慰我……某些使人心醉神迷但往往又好景不长的表面现象,我可能不会完全相信。”

“啊！伟大的上帝!”玛蒂尔德叫了起来。

“那么,您能给我什么保证呢?”于连的声调急遽而坚决,似乎把温文尔雅的外交辞令暂时撇在一旁,“有谁能保证,您现在答应与我言归于好,过两天不会翻脸不认人呢?”

“我对你无限的爱,如果你不爱我,我会异常痛苦,这就是保证。”说罢,她转过身来,抓住于连的双手。

她转身转得太猛,披肩被扯到一旁,露出了迷人的双肩,加上有点凌乱的一头秀发,又唤起了于连对过去甜蜜的回忆……

他眼看就要作出让步,但转念一想:“只要贸贸然一句话,过去一连串失望的日子便会重新开始。德·雷纳夫人想做什么事总是做了才找理由,而这位上流社会的小姐则只是在证实有理由应该激动的时候才激动。”

他恍然大悟,刹那间又恢复了勇气。

接着,他把被玛蒂尔德紧握着的双手抽了回来,故意把身子挪开了一点。对待女人,男人再有勇气也只能做到这一步。然后,赶紧把长沙发上零乱堆放着的德·费瓦克夫人的信收拾好,表面看,是礼貌周全,其实却是无情的举动,何况他还说:

“这一切,请德·拉摩尔小姐允许我考虑。”说完便快步走出了图书室。玛蒂尔德听见他把所有的门逐一关上。

“这魔鬼真是坐怀不乱。”她自言自语道。

“我说什么来着？魔鬼！他明智、谨慎、人又好,有错的是我,我犯了想象不到的错误。”

这一想法延续了一段时间。这一天,玛蒂尔德几乎感到很幸福,因为她一心只想着爱情。别人会说,她从未因骄傲而感到心烦意乱,真是好一种骄傲!

晚上,她在客厅里听见仆人通报德·费瓦克夫人到的时候,她吓了一跳。仆人的声音有点不妙。看见元帅夫人她受不了,便赶紧走开。于连虽然苦战得胜,但认为无可骄傲,而且还担心自己的眼神会坏事,没敢在德·拉摩尔府吃晚饭。

随着战斗时刻的过去,他内心的爱情和幸福感迅速增加,已到了该自责的地步。他心想:我怎能反抗她呢? 万一她不再爱我怎么办? 她这个人很骄傲,一时一变,而且应该承认,我对她也太狠了。

到了晚上,他觉得一定要到滑稽剧院德·费瓦克夫人的包厢里去。她已经明确地邀请过他。他去或者失礼地不去,玛蒂尔德少不了会知道。但尽管道理很明显,他还是不愿过早去应酬,因为只要一说话,本来的幸福感便会失掉一半。

钟敲十点,再不露面不行了。

幸亏元帅夫人的包厢里坐满了女宾,他只能靠门口坐下,面前有帽子挡着,可以免闹笑话。嘉罗琳在《秘婚记》①中凄怆欲绝的歌声使他泪如雨下。德·费瓦克夫人看见他一反平时脸上那种男子汉的坚毅表情,伤心落泪,她虽然是贵夫人,长期以来受到"暴发户"目空一切的傲气所感染,也不禁怦然心动。她到底是女人,此时更想欣赏一下自己的声音,于是便开口问于连:

"您看见德·拉摩尔府的女宾了吗? 她们在三楼的包厢里。"于连于是不客气地靠在包厢前沿,探出身子张望,看见了玛蒂尔德。姑娘眼里也闪动着泪花。

于连心想:"今晚不是她们上歌剧院的日子,看她这个着急劲!"

原来,玛蒂尔德一定要她母亲到滑稽剧院来,尽管人家送给她们的包厢并不合乎她们的身分。她想亲眼看看于连当晚是否和元帅夫人在一起。

① 《秘婚记》,十八世纪意大利歌剧,描写一对恋人不顾父母反对,秘密成婚,克服困难,终偿所愿的故事。嘉罗琳为剧中女主角。原文为意大利文。

第三十一章 要她害怕

这就是你们文明的美好奇迹！你们把爱情视为常事。

巴尔纳夫

于连赶到德·拉摩尔夫人的包厢。首先映入他眼帘的是玛蒂尔德泪涟涟的双眼。她尽情痛哭，因为包厢里只有比她身分低的人，也就是借包厢给她的女友和女友认识的几个男宾。玛蒂尔德把手放在于连的手上，似乎忘记了她母亲会看见。她哽咽着只说出两个字："保证！"

"至少我别和她说话！"于连暗想。其实他也很激动，借口三楼包厢吊灯耀眼，好歹用手捂住了面孔。"如果我开口说话，她便会知道我也非常激动，而我的声音也会泄漏我内心的秘密，一切便会再度落空。"

这种思想斗争比上午的还痛苦，他内心也的确很激动，又怕玛蒂尔德虚荣心大发作，所以尽管爱情和满足使他感到飘飘然，他还是强忍着不和她说话。

我认为这是他性格最大的优点之一，一个人能够如此克制，必成大器，si fata sinant①。

德·拉摩尔小姐坚持要于连与她同车回府。幸亏天公作美，雨下得很大。但侯爵夫人将他安排在自己对面，不断和他说话，弄得他无法和玛蒂尔德交谈。侯爵夫人似乎很关心于连的幸福，而于连也正好不必担心自己过分动情而使一切终成画饼，乐得把满腔激动都埋在心里。

还用我说吗？于连一回到房里便双膝跪倒，狂吻科拉索夫王子给

---

① 拉丁文：如果命运安排。

他的情书。

“啊,你真伟大！这一切我怎能不感激你呢?”他欣喜若狂地大喊道。

渐渐地他又冷静下来,把自己比做一个将军,大战已经赢了一半。他心想:“我肯定占有巨大的优势,不过,明天又会怎样呢？棋差一着便会满盘皆输。”

于是他激动地翻开拿破仑口授的《圣赫勒拿岛回忆录》,逼着自己看了足足两个小时。但眼虽在看,心不在焉,那不要紧,看下去就是。在这样奇怪地看着的时候,他的头脑和心灵不知不觉升华到无比的高度。他暗自思忖:“玛蒂尔德的心与德·雷纳夫人的心大不一样。”但他的思想也就到此为止了。

他突然把书远远一扔,大喊道:“要她害怕,只有越使敌人害怕,敌人才越听我的,那样,对方就不敢小看我了。”

他兴高采烈地在小房间里踱来踱去。说真的,使他感到幸福的是骄傲而不是爱情。

“要她害怕!”他翻来覆去自豪地说道。他的确有理由感到自豪。“即使在最销魂的时刻,德·雷纳夫人也总怀疑我对她不如她对我情深。而在这里,我要降魔,非把魔降伏不可。”

他很清楚第二天上午八点,玛蒂尔德一定会到图书室来。他虽然爱火如炽,但头脑还控制得住,故意九点才到。其实没有一分钟他不这样嘀咕:“一定要使她心里总在怀疑:他爱我吗？她辉煌的地位,周围所有人对她的刻意奉承使她的自信心恢复得太快了。”

他看见玛蒂尔德坐在长沙发上,脸色苍白,态度冷静,但显然无法做出什么动作。她向于连伸出手来说:

“朋友,我伤了你,不错。你会生我的气吗？……”

没想到她的话会如此简单,差点儿控制不住自己。

“朋友,你不是要保证吗?”她沉默了一会又接着说下去,“你是对的。我们就私奔吧,到伦敦去……我会身败名裂,没脸见人……”她鼓起勇气,把手从于连的手里抽了回来,捂住自己的双眼。女性的矜持和道德观念重又涌上心头……“那好吧,你就别顾我的名誉了。”最后她叹了口气又说了一句,“这就是保证。”

于连暗想:“昨天我得到幸福,因为我能严于律己。”沉默了一会儿之后,他控制住自己的情绪,冷冷地说道:

“用您的话说,一旦踏上去伦敦的路,一旦您身败名裂,又有谁能保证您会爱我,不讨厌我坐在驿车里呢?我不是坏人,看见您名誉扫地只能增加我的痛苦。可惜的是,我们之间的障碍并非您在社会上的地位而是您的性格。您能向自己保证,您对我的爱能持续一个星期吗?”

(“唉!要是她能爱我一个星期,仅仅一个星期,我便死也心甘了。”于连暗自想道,“前途,生命,对我又有什么关系,如果我愿意,这千金一刻便是幸福的开始,一切全凭我的决定!”)

玛蒂尔德见他沉吟不语,便握住他的手,说道:“这么说,我完全配不上您了。”

于连一把将她拥在怀里,但与此同时,一只铁手抓住了他的心,不能轻举妄动。如果她发现我多么爱她,便会离我而去。于是于连又恢复了男子汉的尊严,挣脱了她的双臂。

这一天和接下来的日子,他都使自己无限的幸福感藏而不露,有时甚至装作不愿拥抱她。

但在别的时刻,他又幸福到忘乎所以,把谨慎的告诫抛到九霄云外。

他常常跑到花园里藏梯子的那丛忍冬旁边,遥望玛蒂尔德的百叶窗,为她爱情的不专而流下眼泪。旁边有一棵高大的橡树,树干遮住他的身影,别人无法看见。

他和玛蒂尔德一起走过这个使他伤心的地方,往日的痛苦与今天的幸福形成了强烈的对比,他这样性格的人又如何受得了。他热泪盈眶,把心上人的手放到唇边,说道:“过去,就在这里,我想念您,从这里,我凝望着您的百叶窗,一连几个钟头,祈望着用这只手把窗打开……”

他软弱的缺点于是暴露无遗。他绘形绘色地如实向玛蒂尔德描述了他当时如何伤心失望,对苦尽甘来,今天的幸福则发出短短的惊叹。

忽然，他又清醒过来，不禁叫苦："伟大的上帝，我在干什么呀？这回完了。"

他惊魂不定，似乎从德·拉摩尔小姐的眼睛里已经看到情爱正在消退，这不过是一种幻觉，但于连的确已面容突变，脸色死灰，眼神黯淡，一种倨傲而恶狠狠的表情取代了诚挚而毫无保留的爱意。

"亲爱的，您怎么了？"玛蒂尔德不安地柔声问道。

"我撒谎了，"于连没好气地说道，"我对您撒了谎，我感到内疚，但上帝知道，我尊重您，不应对您撒谎。您爱我，对我一往情深，我根本不需要用花言巧语来取得您的欢心。"

"伟大的上帝，您娓娓动听说了两分钟原来都是花言巧语？"

"亲爱的，我很内疚。这些话是我过去编的，因为有一个女人很爱我，而我又很烦她……这是我性格的缺点，我向您坦白，请您原谅。"

玛蒂尔德内心痛苦，哭得满脸是泪。

"我稍有不满，便不免胡思乱想，"于连继续说道，"我那讨厌的记性也实在该骂，记起点事，就胡说八道起来。"

"刚才我大概不知不觉干了些使您不高兴的事了。"玛蒂尔德憨态可掬地说道。

"我记得有一天，您经过这里，采了一朵忍冬花。德·吕兹先生夺了过去，您也就由他。当时我就在旁边不远。"

"德·吕兹先生？不可能。"玛蒂尔德天性高傲，反驳道，"我不会这样。"

"我肯定确有此事。"于连立即还了一句。

"那好，亲爱的，就算确有其事吧。"玛蒂尔德无奈地垂下了眼睛。她绝对肯定，几个月来，她从没允许德·吕兹对她这样。

于连无限深情地看着她，心说："不，她还是跟以前一样爱我。"

晚上，玛蒂尔德笑着责怪他不应打德·费瓦克夫人的主意："一个老百姓爱一个暴发户！也许只有这种人不能被我的于连弄得神魂颠倒，而她却把你变成了一个花花公子。"她玩弄着自己的头发说道。

于连以为被玛蒂尔德看不起的那一阵子，他的穿着打扮是全巴黎最讲究的，但他与这类人相比还有一个优点，就是打扮停当就不去想它了。

有一件事使玛蒂尔德很不高兴,就是于连继续抄俄国人的信并送给元帅夫人。

第三十二章　老　虎

唉！为什么不出别的事，而偏出这样的事呢？

博马舍①

一个英国旅客谈到他和一只老虎亲密相处的故事。这只虎是他养大的。他常常抚摩这只虎，但同时桌上总放着一把装好子弹的手枪。

于连只是在玛蒂尔德看不出他眼睛里幸福的表情时才敢放浪形骸。他严格遵守告诫，谈话中不时对玛蒂尔德来几句硬的。

当他惊讶地看到玛蒂尔德对他柔情脉脉，无限忠诚，快使他难以自持的时候，他便鼓起勇气，猛地离开了她。

玛蒂尔德生平第一次动了真情。

过去，她觉得生活的节奏像乌龟爬，而现在则像飞一样。

可是，骄傲的心理总会以某种方式流露，此时无论爱情会使她冒多大的危险，她都愿勇敢地迎上前去。于连倒十分谨慎。只是在涉及危险时，她才不向他的意图让步。她对于连既迁就又谦虚，但对全府上下，从父母到仆人，只要接近她的人，反倒显得更加傲气十足。

晚上，在客厅里，当着六十个人的面，她把于连喊来，和他单独谈而且一谈就是半天。

一天，矮个子唐博坐在他们旁边，她叫他到图书室去找一本斯莫莱特②谈一六八八年革命的书。唐博稍一犹豫，她便盛气凌人地加了一句："您大可以不必急着去。"于连听了感到大为宽慰。

"你注意到那个小鬼头的眼光了吗？"他问玛蒂尔德。

---

① 博马舍（1732—1799），法国喜剧家，《塞维尔的理发师》、《费加罗的婚姻》的作者。

② 斯莫莱特（1721—1771），英国小说家，《蓝登传》的作者。

"他叔叔在这个客厅里伺候了十几年,否则我立即叫人把他轰出去。"

她对德·克罗兹诺瓦、德·吕兹等人的态度表面看非常客气,实际上却很傲慢。她后悔以前对于连说过许多心里话,尤其竟敢向他承认自己对这几位先生曾经一度表示感兴趣,其实根本没这回事,不过是夸大其词。

不管她下了多大的决心,每天她都难以克服女性的自尊,不敢这样告诉于连:"正是我想和你说话才故意告诉你,德·克罗兹瓦诺先生有一次如何把手放在大理石桌面时碰到了我的手,我心一软没把手缩回来。"

现在,只要哪位先生和她谈话时间长了点,她便觉得有个问题要问于连,其实这是一种借口,好把于连留在她身边。

她发觉自己怀孕了,便兴高采烈地告诉于连。

"现在你还怀疑我吗?这难道不就是保证?我永远是你的妻子了。"

这一宣布使于连大吃一惊,几乎忘记了行为的准则,对这个为我牺牲一切的可怜姑娘,我怎能态度冷淡,出语伤人呢?只要她神态略有不适,即使他出于理智要装得粗声粗气,他也再没有勇气去说那些他根据经验认为为了维持他们的爱情而必须说的狠心话了。

"我想给我父亲写封信。"一天,玛蒂尔德对他说,"他对我不仅是父亲,而且是朋友,欺骗他,哪怕仅仅一会儿,对你,对我,都是不应该的。"

"天哪!你要干什么?"于连大惊失色说道。

"尽儿女之责。"她回答时眼里闪出快乐的光芒。

她比她的情人更崇高。

"但他会毫不留情地把我轰走的!"

"这是他的权利,我们只好尊重。那么你就挎着我的胳臂,我们在光天化日之下,从正门走出去。"

于连惊讶不已,求她把日子推迟一个星期。

"不行,"她回答道,"名誉要紧,而且责任所在,只好履行,事不宜迟。”

“如果这样，我就下令你推迟，”于连最后只好说道，“你的名誉不必担心，我是你的丈夫。事关重大，会改变我们两个人今后的处境。我也有我的权利。今天是星期二。下星期二是德·雷兹公爵接待客人的日子。晚上，德·拉摩尔先生回府的时候，门房会交给他一封非同小可的信……他一心只想你成为公爵夫人，这一点我敢肯定，你就想一想他的难受劲吧。”

“你是说他会报复？”

“我会可怜我的恩人，对伤害他感到抱歉，但我不怕，永远也不怕任何人。”

玛蒂尔德屈服了。自从她把新情况告诉于连以后，于连第一次以权威的口吻对她说话，也从来没有像现在这样爱她。他内心还有温柔的一面，窃喜能借口玛蒂尔德目前的处境，可以不必对她说狠心的话了。但是要向德·拉摩尔先生承认这件事，又使他非常苦恼。会把他和玛蒂尔德分开吗？玛蒂尔德看见他走心里会多么难受啊，而且过了一个月以后，玛蒂尔德还会想念他吗？

同时，他也很害怕侯爵会义正词严地责备他。

晚上，他把后一种担心告诉了玛蒂尔德，接着，他被爱情弄昏了头脑，把第一种担心也说了出来。

她闻言脸色也变了。

“离开我六个月你真的感到很难受？”她对于连说道。

“难受极了，这是我最担心的事。”

玛蒂尔德很高兴。于连的角色演得很认真，终于使她觉得两人中间她拥有更深的爱。

决定命运的星期二到了。午夜时分，侯爵回府时看到了一封信，要他在没人的地方亲自拆开。

父亲：

我们现在不谈社会关系而只叙父女之情。除了我丈夫之外，您永远是我最亲的人。我两眼含着泪水，想起我给您带来的痛苦，但为了家丑不致外扬，为了使您有时间考虑和行动，我再也不能拖下去而必须向您作个交代。我知道您非常疼爱我,如果您愿意给我一小笔生活费用,我将同我的丈夫到您希望我们去的地方譬如瑞士定居。我丈夫默默无闻,谁也不会想到索海尔夫人、维里业一个木匠的儿媳妇是您的女儿。写到这个姓氏我心里也很难受。我为于连担心,怕您生他的气。从表面看,您生气是有道理的,父亲,我当不成公爵夫人了,这一点我在爱他时就很清楚,因为是我首先爱上了他,诱使他也爱我。您给了我崇高的思想,使我对凡夫俗子不屑一顾。为了讨您的欢心,我考虑过德·克罗兹诺瓦先生,但毫无用处。为什么您把真正有本事的人摆在我的眼前呢?我从耶尔回来时,您亲口对我说过:索海尔这个年轻人是惟一我最满意的人。这可怜的年轻人如果能看到这封信给您带来的痛苦,也会和我一样难受。作为父亲,您一定很生气,我也没有办法,只希望您永远疼我,把我看作朋友。

于连尊重我。如果他有时和我说话,那完全是出于对您的感恩之情。他生性高傲,和一切比他地位高的人打交道只是公事公办。他天生对社会地位的不同非常敏感。是我,有一天在花园里主动挽起他的胳臂。这一点我只能红着脸向我最好的朋友承认,对别人我是不会说的。

二十四小时之后,您为什么还要生他的气呢?我已铸成大错,无法挽回。如果您要的话,他对您深切的敬意和对未能使您高兴而感到的失望,应该由我来向您表示。您再也见不到他了,但天涯海角,我也要和他长相厮守。这是他的权利,也是我的义务,因为他是我孩子的父亲。如果您好心给我们六千法郎生活费,我将非常感激。否则,于连打算在贝藏松从事教学生涯,教拉丁文和文学。我相信,尽管他起点低,但日后必有长进。和他在一起,我不怕默默无闻。如果发生革命,我敢保证,他定能崭露头角。换了其他曾经向我求婚的人,您能说这样的话吗?他们所有的只是大片的地产!仅凭这样的条件怎样使我折服。即使在目前的制度下,我的于连如果有百万家财和我父亲的福荫,也必定能青云直上……

玛蒂尔德知道,侯爵是个易冲动的人,所以信一共写了八页。

这一边,侯爵看信,而另一边,于连在想:“怎么办?首先,我的责任是什么?其次,怎样做才对我有利?我欠他的实在太多了。没有他,我不过是个地位卑微的穷小子,还会被人憎恨和欺侮。是他使我成为上流人。我难免会干的蠢事少多了,也不那么讨人嫌了。这比他给我百万家财还强。多亏了他,我才获得十字勋章,才有机会在完成外交使命中崭露头角。

“如果他提笔给我写鉴定,他会怎么写呢?”

想到这里,德·拉摩尔先生的贴身老仆突然走来,打断了他的思路。

“不管您是否已经躺下,侯爵要您立刻去见他。”

老仆和于连一起走时还低声加了一句:

“他正在发火,您要当心。”

第三十三章　弱者遭殃

打磨钻石时，技艺不精的匠人会磨掉钻石部分的光辉。在中世纪，怎么说呢？即使黎塞留当政，法国人仍然有意志的力量。

米拉波

于连发现侯爵怒不可遏，心想：这位大人也许生平第一次口出恶言。他大骂于连，想到什么就骂什么。我们的主人公虽然惊讶，觉得受不了，但感激之情仍然未泯。可怜的侯爵却眼看自己内心酝酿多时的美好计划顷刻之间成为画饼！不，我应该回答他几句，如果一声不吭，他的火气反而会更大。于是他便借答尔丢夫这个角色的话来回答：

“我不是天使……我悉心伺候过您，您也很慷慨，待我不薄……我心中感激，但我只有二十二岁……在您府上，我的思想只有您和您可爱的女儿了解……”

“坏蛋！”侯爵大叫道，“可爱的！可爱的！你一觉得她可爱就应该马上走开。”

“我尝试过这样做，所以我要求您派我去郎格多克。”

侯爵气得走来走去，心里痛苦。走累了便颓然坐在扶手椅上；于连听见他低声地自言自语：“他还不是个坏人。”

“不，对您，我不是个坏人。”于连大声说道，同时跪倒在侯爵面前。但觉得这样做太丢人，随即又站了起来。

侯爵真的给气糊涂了，看见于连站起来，便又狠狠地骂他，满嘴粗话，和马车夫不相上下，用新鲜的骂法也许能消消气。

“怎么！我女儿叫索海尔夫人！怎么！我女儿当不了公爵夫人！”每当想到这两点，德·拉摩尔先生便有切肤之痛，脑子也控制不住了。

于连真怕会挨他一顿揍。

当侯爵稍微清醒一些，对痛苦也开始习惯了以后，他的责备也变得平和起来：

“你应该走开，先生，”他对于连说道，“你应该走……你真是个卑鄙小人……”

于连走到桌子前面，提笔写道：

> 我早就活腻了，准备了此残生。我怀着无限感激之情，要求侯爵先生原谅我死在他府上可能带给他的麻烦。

“请侯爵先生过目……然后将我杀死，”于连说道，“或者叫您的仆人将我杀死。现在是凌晨一点，我到花园散步，朝着后面的围墙走。”

“滚吧。”他走时，侯爵冲他大喊道。

于连心想：“我很清楚，他的仆人不杀我，他不会生气……他自己动手，那好极了，我就是想让他解恨……不过，我当然不愿意死，我还有孩子。”

散步的头几分钟，他只有危险的感觉，而现在为了孩子不愿意死的想法第一次涌现在他的脑海，挥之不去。

有了这种新的考虑，他便变得审慎起来。“我必须找人问问看怎样对付才行……此人在气头上，已经失去了理智，什么都干得出来。富凯离这儿太远，再说他也摸不透侯爵这种人的心理。

“阿塔米拉伯爵……可是能保证他守口如瓶吗？我去请教别闹成打一场官司，这样我的处境就更复杂了。唉，现在只好去找面孔铁青的彼拉尔神甫了……他是冉森派，思想狭隘……耶稣会的坏蛋倒懂得人情世故，更能帮我的忙……我把自己的错误一说，彼拉尔很可能先揍我一顿。”

这时，答尔丢夫的本事又来帮于连的忙了。“好吧，我向他忏悔好了。”这是他在花园里踱了整整两个小时之后作出的最后决定。他再也不考虑有人会突然向他开枪，他已经困了。

第二天清晨，于连来到离巴黎十几公里以外敲那位冉森派严师的门。使他异常惊讶的是，他把事情说完，神甫似乎并不感到太意外。

神甫的忧虑多于恼怒,他想:“可能这也怪我。我早就猜出你们要出事,可是,倒霉的孩子,我出于对你的情分,没告诉她的父亲……”

“他会把我怎样呢?”于连急切地说。

(此刻他对神甫很有感情,目前的场面令他十分难受。)

“我看有三种办法,”于连继续说道,“第一,德·拉摩尔先生可能叫人把我杀死,”接着,他把自己写了绝命书留给侯爵这件事告诉神甫,“第二,他会叫诺尔贝伯爵找我决斗,向我开枪。”

“你能接受吗?”神甫生气地站了起来。

“您没让我把话说完。当然,我是绝不会向恩人的儿子开枪的。

“第三,他会叫我走得远远的。如果他对我说:‘你到爱丁堡,到纽约去吧。’我一定遵命。这样便可以掩饰德·拉摩尔小姐的情况,但把我的孩子弄掉我可受不了。”

“毫无疑问,这诡计多端的人会首先想到这个主意……”

玛蒂尔德在巴黎心急如焚。七点左右,她见到了父亲,父亲把于连的信给她看,她担心于连认为自杀是高尚的行动。她既痛苦又生气地暗想:“也不问问我同意不同意?”

“如果他死了,我也不会活着。”她对父亲说,“他死是因为您……您也许会感到高兴……但我要向他的亡灵宣誓,一定要为他戴孝,公开宣布我是索海尔的遗孀。我还要寄讣告信,您就等着吧……您会看到,我很勇敢,说到做到。”

她对于连的爱简直到了疯狂的程度。这一切轮到德·拉摩尔先生不知所措了。

他开始较为冷静地对待这件事了。午饭时,玛蒂尔德没有露面,他恍如心上一块石头落了地,尤其是发觉玛蒂尔德并没有把事情告诉母亲,更是感到庆幸。

于连还没下马,玛蒂尔德便派人来喊他,当着仆妇的面,一头扑进他的怀抱。于连并不感激她这种热情。和彼拉尔神甫做了一番商议之后,他变得稳稳当当,已经胸有成竹,把各种可能性盘算了一番,再也不胡思乱想了。玛蒂尔德噙着眼泪告诉他已经看到了他要自杀的绝命书。

“我父亲可能会改变主意，看在我的分上，请你立即去维尔基耶。趁大家现在还未吃完饭，赶紧上马离府。”

于连感到惊讶，反应冷淡，迟迟不走，她急得又流下了眼泪。

“我们的事让我来处理好了。”她激动地大声说道，一面把于连紧紧抱在怀里。“你知道我并非愿意和你分开。写信来，信寄给我的女仆，信封叫别人写，我会写很长的信给你。再见，快逃。”

最后一句话伤了于连的自尊心，但他还是服从了。他心想：“真是命中注定，这些人就算好心帮助我，也总会找到办法给我来一下。”

玛蒂尔德对她父亲的一切妥善安排都坚决抵制，只在下列条件下展开谈判，那就是：她要做索海尔的妻室，和丈夫到瑞士去过穷日子，或者住在巴黎她父亲家里。绝不接受秘密分娩的建议。

“这样很可能遭人蜚短流长，名誉扫地。结婚两个月后，我就和丈夫去旅行，这样找个合适的日子说小孩就在那时候生的就容易了。”

这种坚决的态度最初使侯爵很生气，但终于也动摇了。

他软了下来，对女儿说：

“给，这是一张年金一万法郎的票子，送去给你的于连吧，快，免得我后悔，把它要回来。”

于连知道玛蒂尔德喜欢支使人，便只好服从，跑了一百六十里地的冤枉路到维尔基耶去和佃户们算账。侯爵网开一面，他又趁机跑了回来。他求彼拉尔神甫收留。他不在时，神甫可帮了玛蒂尔德的大忙了。每次侯爵问他，他都说必须公开举行婚礼，其他做法在上帝眼里都是罪过。

“幸运的是，”神甫又说道，“俗世的情理在这里与宗教不谋而合。以德·拉摩尔小姐的狂热个性，谁能保证她不会把秘密泄露出去？如果不同意光明正大地公开举行婚礼，那社会上就会对这门不相称的奇特婚事议论个没完。不如一下子全摊开，里里外外都不留任何神秘的痕迹。”

“言之有理。”侯爵沉吟着说道，“用这种办法，举行婚礼三天以后，再议论就没有什么新意了。必须利用目前政府大反雅各宾党的机会让事情神不知鬼不觉地溜过去。”

德·拉摩尔先生的两三个朋友和彼拉尔神甫想法一致。他们认为,最大的障碍还是玛蒂尔德倔犟的个性。尽管有众多充分的理由,侯爵思想上仍然难以放弃这种希望,就是使女儿有在御前平身赐坐之荣。

他的回忆和他的思想都充满他青年时代还行得通的阴谋诡计和弄虚作假。对像他这种身分的人来说,向现实让步,向法律低头似乎是荒谬而丢人的事。他十年来对爱女的前途所抱的种种幻想,现在却付出如此沉重的代价。

他心想:"谁能预料到呢? 女儿生性如此高傲,天资又如此聪慧,对家族比我还感到自豪,全法国最高贵的名门子弟早早就来向我提亲了!

"谨慎有什么用。这世道一切都乱了套! 真不知要乱到什么时候哩。"

第三十四章 聪 明 人

省长边策马而行边想：我为什么不能当内阁大臣、议长、公爵呢？我斗争的方式是这样的……我利用战争，给革新派钉上脚镣手铐。

《环球报》

任何理由都难以摧毁十载美梦的王国，侯爵自知，生气实属不智，可又下不了决心去原谅。有时他想："如果于连能意外身亡，那该多好。"这种荒谬的幻想倒给他那愁肠百结的心灵带来了几分安慰，抵消了彼拉尔神甫明智的分析所产生的影响。一个月过去了，谈判依然停步不前。

这次的家庭问题和其他政治问题一样，侯爵有一些了不起的看法，使他整整兴奋了三天。他不喜欢有正确分析支持的行动计划，而在他看来，只有能支持他心爱计划的道理才算是道理。他以诗人般的热情和激奋埋头苦干了三天，想把事情提高到一定的层次，但三天一过，他便再也不去考虑了。

侯爵办事拖拉，于连最初感到很困惑，但过了几个星期，他便开始猜到，德·拉摩尔先生对这件事并没有任何主见。

德·拉摩尔夫人和府里其他人都以为于连出差到外省办理土地的事。其实他躲在彼拉尔神甫家里，几乎天天和玛蒂尔德见面。而玛蒂尔德则每天早上和父亲待上一个小时。然而有时候，他们一连几个星期都闭口不谈他们无时不在考虑的那件事情。

"我不想知道此人目前在哪儿，"一天，侯爵对她说道，"你把这封信带给他好了。"玛蒂尔德一看，信上写道：

郎格多克的地产收入是二万零六百法郎。其中一万零六百法郎给我女儿,一万法郎给于连·索海尔先生。当然,土地也在馈赠之列。请告诉公证人分别准备两份赠与书,明天带来给我。此后我们之间不再有任何瓜葛。唉!先生,我当初怎能料到有今天的结局?

德·拉摩尔侯爵

“我十分感谢,”玛蒂尔德快活地说道,“我们将到阿让和马尔基德之间的棘刺城堡定居,据说那地方和意大利一样美。”

这笔馈赠使于连喜出望外。他再也不像以前我们所了解的那样严峻和冷酷了。他一门心思只考虑他儿子的命运。这笔从天而降的财产对他这个穷小子来说是相当大的数目,激起了他的野心。他看到他妻子或者可以说他自己每年有三万六千法郎的收入。而玛蒂尔德的全部感情都放在她热爱的丈夫身上,她总这样称呼于连,并觉得很自豪。她惟一的奢望就是使自己的婚姻获得承认。她总在夸大她如何慧眼识人,把自己的命运和一个超凡出众的男人联在一起。她脑子里只考虑个人的本事。

于连几乎经常不在家,加上事情又多,没有时间谈情说爱,这一切使于连从前想出来的高明策略更能发挥作用。

玛蒂尔德难得见自己真心实意去爱的人,日子长了,终于感到有点沉不住气。

她一气之下,给父亲写了封信,信的开头俨然是奥赛罗①的口吻:

我宁愿要于连而放弃社会给予德·拉摩尔侯爵之女的种种享受,我的选择已经充分证明了这一点。世上的一切虚荣对我形同粪土。我离开丈夫已快六个星期,足以表示我对您的尊重。下星期,我将离开娘家。您的恩赐使我们衣食无忧。除了可敬的彼拉尔神甫,谁也不知道我的秘密。我要到他那儿去,他将给我们主持婚礼,而举行仪式后一小时,我们便上路去郎格多克。除非您有令,我们将永不返回巴黎。但令我伤心的是,这一切都将造成对

① 奥赛罗,莎士比亚的名剧《奥赛罗》中的主人公。

我、对您都不利的蜚短流长、恶意中伤。群氓议论,人言可畏,我们正直的诺尔贝是否会被迫向于连寻仇决斗呢?在这种情况下,我承认,我没法控制于连。我们会发现,他思想里有平民的反抗意识。我跪下来求您了,父亲!下星期四,到彼拉尔神甫的教堂来参加我的婚礼吧。这样便可以减少别人的恶意中伤,您的独生子和我丈夫的生命便可以保全……。(下略)

这封信使侯爵心乱如麻,但最后也必须拿个主意。惯常的处理办法、一般的朋友都帮不了忙。

在这不寻常的情况下,青年时代所经历的事件对他性格造成的巨大影响再度施展威力。流亡的痛苦磨炼使他成为一个有头脑的人。一七九〇年,他在享受了两年位极人臣的荣华富贵之后,被迫流亡国外,颠沛流离。艰苦的考验改变了他二十二岁的心灵。总之,他现在生活在财富之中,却未被财富所左右。他清晰的头脑虽能使心灵不受金钱的腐蚀,但却难以摆脱希望女儿成为诰命夫人的强烈欲望。

在过去的六个星期中,侯爵有时脑袋一热,想使于连成为富翁。对他这位侯爵来说,贫穷是卑贱丢人的事,他的女婿绝不能是穷鬼,所以他想把钱施舍给于连。但到了第二天,他的想法又变了,觉得于连一定会领会他慷慨解囊的弦外之音而改名换姓,亡命美洲,并写信给玛蒂尔德,告诉她只当他已经死了。德·拉摩尔先生假设这封信已经写好,并继续想象会对她女儿产生什么效果……

这一天,玛蒂尔德**真实的**来信使他从幼稚的梦想中惊醒,于是,在经过长时期考虑,想把于连杀死或者叫人将他干掉之后,他又异想天开,打算给于连安排一个锦绣前程,把自己的封地给他一块。为什么不能让于连成为贵族呢?他本人的岳父德·肖纳公爵自从独生子在西班牙阵亡之后,曾经多次对他提到要把自己的爵号传给诺尔贝……

侯爵暗想:"谁也不能否认,于连办事精明过人,有胆有识,甚至才华出众……但在他性格里,我发现隐藏着某些可怕的东西。这是大家对他的印象,因此大概是真有其事(这种真实的东西越是难以捉摸,就越使多心的老侯爵害怕)。

"有一天,我女儿很巧妙地告诉我(该信从略):'于连不属于任何沙龙，任何党派。'他并没有找个靠山来对付我，我若甩掉他，他一点办法也没有……难道这说明他对社会的现状一无所知？……我曾经跟他说过两三次：'提名要获得真正而有力的支持只能靠沙龙……'

"不，他没有检察官那种争分夺秒、不失时机和花言巧语的狡猾本领，不是路易十一①那种人。另一方面，我发觉他有很严格的座右铭……我都给弄糊涂了……他常常提到这些名言警句，难道是为了约束自己的感情？

"另外，有一点非常突出：他受到蔑视就会发急，我就抓住他这个弱点。

"他并不迷信高贵的出身，说真的，他尊敬我们并非出自天性……这是一种错误，不过，一个神学院的学生感到不满的应该是缺乏享受，口袋没钱，而他却与众不同，被别人看不起说什么也受不了。"

在女儿来信的催逼下，侯爵知道非下决心不可了。他心想："总之，最根本的问题是：于连大胆追求我女儿，是否因为知道我对女儿爱如掌上珠，而且每年有十万埃居的收入呢？

"玛蒂尔德说法则相反……不，我的于连，这一点我可不愿抱任何幻想。

"难道真的是一见钟情？还是庸俗地想以此为进身之阶？玛蒂尔德是明白人，预见到我若有此怀疑便会对于连不利，所以她承认：是她首先采取主动去爱于连……

"一个性格如此高傲的少女居然忘记自己的身分，主动求爱！……一天晚上竟在花园里挎起他的胳臂，真恶心！难道没有许许多多其他更规矩的办法向他表示自己看上他吗？

"做贼心虚，我可信不过玛蒂尔德……"这一天，侯爵的分析较平时中肯多了。但积习难改，他决定争取时间，写信给女儿，因为即使在府里，彼此也通过写信联系。德·拉摩尔先生不敢和玛蒂尔德争论，当面顶撞，怕万一让步那就全完了。

---

① 法王路易十一以诡计多端著称。

信

别再干出新的傻事。这里有一张轻骑兵中尉的委任状，是给骑士于连·索海尔·德·拉韦尔内先生的。你看，我已经尽力而为。你别反驳我，也别问我。叫他二十四小时内动身去斯特拉斯堡报到，他的团队就驻扎在那里。信里还有一张银行支票。叫他听话照办。

玛蒂尔德心里洋溢着无限的爱意与欢乐，于是乘胜追击，立即回信：

如果德·拉韦尔内先生知道您为他所做的一切，一定会感激万分，对您拜倒在地。但是，父亲，您办事如此大方，倒把我忘了。您女儿的名誉正受到威胁，事情稍有泄露，便会蒙受永远洗刷不掉的污点，两万埃居的年金也难以弥补。只有您答应下个月我在维尔基耶公开举行婚礼，我才能把委任状交给德·拉韦尔内先生。我恳求您不要错过这个期限，因为此期一过，您的女儿在人前便只能以德·拉韦尔内夫人的名出现了。亲爱的爸爸，谢谢您使我不必用索海尔这个姓氏等等，等等。

回信却出人意料：

听我的话，否则我取消前议。你要小心，不知天高地厚的孩子。我还不知道你的于连是何等人，而你比我知道得更少。叫他去斯特拉斯堡吧，记住要走正道。从现在起，半个月内，我将另有指示。

回信口气之强硬，使玛蒂尔德大为惊讶。“我不了解于连”，这句话使她陷入了沉思，很快便得出了自我陶醉的结论，但她却信以为真。我的于连在思想上并没有沙龙里千篇一律的市侩气，我父亲不信他比别人高明，恰恰证明了他的高明……

然而，如果我不听从他顽固的意愿，事情便可能公开出去，闹大了便会降低我在社交界的地位，于连就会觉得我不那么可爱了。闹完之后……便要穷上十年。只有能过上富裕的生活才能使论才华选择丈夫这种荒唐事不致被人耻笑……如果我远离父亲生活，以他这样的年纪，很可能把我忘了……诺尔贝再娶上一个可爱能干的妻子。路易十四老了还和德·勃艮第公爵夫人①勾搭哩……

她决定照父亲的话去做，但小心不让于连知道父亲来信的内容，因为于连脾气暴躁，会干出傻事来。

晚上，她告诉于连他已经是轻骑兵中尉时，他快活极了。从他一生的抱负和现在对他儿子的热爱，这一点我们完全可以想象。而姓氏的改变，则令他深为惊讶。

“不管怎么说，”他想，“我的故事有了结局，而功劳全是我的。我有本事使这个骄傲的鬼娘儿们爱上我。”他看着玛蒂尔德又补充了一句，“她父亲没她活不成，而她没有我也活不下去。”

① 指路易十四的孙媳。

第三十五章 晴天霹雳

主啊,你就让我做一个平凡庸碌的人吧。

米拉波

于连心有所思,对玛蒂尔德热情的表示半理不理。他脸色阴沉,一声不吭。在玛蒂尔德眼里,他从未像现在那么伟大和值得敬仰。她担心于连的傲气会打乱整个部署。

她几乎每天早上都看见彼拉尔到府里来。于连难道不能从他那里洞悉她父亲意图的一二?而侯爵本人难道不会一时高兴,给于连写信?于连得到如此幸福的结局之后为什么还绷着脸呢?她不敢问。

她!玛蒂尔德!她不敢!从这个时刻起,在她对于连的感情中增加了模糊、无法预料、甚至恐惧的成分。这位在极度文明之中长大、受人景仰的千金小姐,枯燥的内心经历着爱情所带来的一切感受。

第二天清早,于连来到彼拉尔神甫家里。他坐着从附近驿站租来的一辆又破又旧的马车驰进了院子。

“这样的车马过时了。”脸色严峻的神甫不悦地对他说,“这是德·拉摩尔先生送给您的两万法郎,要您一年之内花掉,但要尽量少闹笑话(神甫觉得给一个年轻人花这么大一笔钱,等于给他机会犯罪)。”

侯爵还说:于连·德·拉韦尔内先生这笔钱是他父亲给的,至于他父亲的名字就不必说了。德·拉韦尔内先生也许会认为有必要给小时候照拂过他的维里业木匠索海尔先生一份礼物……神甫又说:“这件事我可以负责去办,我到底使德·拉摩尔先生和那个耶稣会教士弗里莱神甫和好了,他的威信肯定比我们的高。这个管治贝藏松的人默认您出身高贵是把事情办妥的不言而喻的条件之一。”

于连喜不自胜,趋前拥抱神甫,他被承认了。

“得了!”彼拉尔先生推开他,说道,“这种世俗的虚荣有什么意思?……至于索海尔和他几个儿子,我会用我的名义送给他们每年五百法郎生活费,只要我对他们满意,会分到他们每个人的手上。”

于连已经冷静下来,又摆出高傲的神气。他泛泛地说了声感谢,并不作任何承诺。他心想:“可能不可能有某个大贵族被可怕的拿破仑放逐到山里来,而我就是这个贵族的私生子呢?他越想越有可能……我恨我父亲,这就是证明……我再也不是畜类了!”

他作了这番独白之后没几天,军里的最精锐部队之一第十五轻骑兵团在斯特拉斯堡校场上排列战斗队形。德·拉韦尔内骑士先生坐下的骏马价值六千法郎,是阿尔萨斯最漂亮的坐骑。他直接被封为中尉,没经过少尉阶段,只是在某个团的花名册上出现过,而他却从未听说过这个团……

他冷漠的神气、严峻而近乎凶狠的眼睛、苍白的脸色和临变不惊的沉着态度,第一天便出了名。他彬彬有礼,举止合度,不必装模作样便显示出来的枪法和剑术使别人根本不敢大声开他的玩笑。经过五六天观察,全团上下一致给予好评。连爱挑剔的老军官也说:“这年轻人一切优点都有了,只不过稍嫌不够老成罢了。”

于连从斯特拉斯堡写信给已经老态龙钟的维里业前本堂神甫谢朗先生,信里写道:

> 我想,当您知道我由于成家而发了迹的事一定感到很高兴。兹寄上五百法郎,请不必声张,也不用提到我的名字,把钱分给像我当年一样的穷苦人,您当初周济过我,现在无疑也会周济他们。

于连踌躇满志,而并非陶醉于虚荣,但仍然将很大一部分注意力集中在外表上。他的坐骑、军装和手下人的号衣都十分整齐,即使一丝不苟的英国大贵族也不过如此。刚夤缘当了两天中尉,他已经在盘算,要想最迟三十岁便成为司令官,像所有伟大的将领一样,二十三岁的官阶就必须在中尉以上。他心里考虑的只是个人的升迁和他的儿子。

他正在野心勃勃,异想天开的时候,突然,德·拉摩尔府的一个小厮给他送来了一封信,是玛蒂尔德写的。

> 一切都完了,你要尽快赶回来,不惜牺牲一切,必要时开小差也行。到了之后租辆马车,在某街某号花园的后门附近等我。我会来找你,或者把你带进花园。一切都完了,恐怕已无法挽回。相信我,你会发现,在逆境中,我仍然忠诚、坚强。我爱你。

用不了几分钟,于连便获得上校批准,离开斯特拉斯堡,纵马急驰。但他忧心如焚,猛跑了一阵,到了梅斯便跑不动了。他跳上一辆驿车,以难以置信的速度来到指定地点即德·拉摩尔府花园的后门附近。门开了,玛蒂尔德不怕旁人看见,一头扑进他的怀里。幸而当时不过是早上五点,街上还没有行人。

"一切都完了。我父亲怕我哭,星期四夜里就走了。到哪儿去?谁也不知道。这是他的信,你看看吧。"说着,她和于连上了马车。

> 我什么都可以原谅,但不能原谅他因为你有钱而勾引你。倒霉的女儿,事实无情,的确如此。我发誓永远不同意你嫁给他。如果他愿意远走高飞,离开法国,最好是到美洲去生活,我保证每年给他一万法郎。我曾经写信去了解情况,回信在这儿,你拿去看吧。是那个无耻的家伙自己要我给德·雷纳夫人写信的。你不必写信给我谈这个人了,写我也不会看。我讨厌巴黎,也讨厌你。我要你对发生的事情严守秘密。你若念父女之情就必须和那个卑鄙小人一刀两断。

"德·雷纳夫人的信在哪儿?"于连冷冷地问道。

"这就是。我是想等你思想有了准备才给你看。"

信

> 先生,为了宗教和道德的神圣事业,我不得不忍痛向您开言。基于一条颠扑不破的道理以及避免发生更大的丑闻,我只好对不起一个人了。我必须以责任感来克服心中的痛苦。先生,您向我打听一个人的情况,此人的行为看上去似乎不必解释,甚至可以说,还算诚实。我本来想,从谨慎的角度考虑和为了宗教的利益起见,有必要隐瞒或掩饰部分真实情况。但事实上,您想了解的该人

行为的确极为恶劣,其严重程度使我难以明言。此人既穷且贪,企图以极虚伪的手段,通过勾引一个不幸的弱女子来达到向上爬的目的。出于责任,我还不得不补充一句,我认为,J……先生根本不相信宗教。我从思想上也不得不相信,他在一个富贵人家取得成功的手段之一就是勾引该府上最有声誉的女人。他外表洒脱、语言甜蜜,但他惟一和最大目标是使府上的主人及其财富均受其支配。他所到之处,留下的只有痛苦,使人抱憾终身。等等,等等。

这封很长而且沾满泪痕,模糊不清的信的确出自德·雷纳夫人之手,甚至写得比平时还仔细。

“我不能怪德·拉摩尔先生,”于连看完了信说道,“他是对的,而且很慎重。有哪个父亲愿意把爱女嫁给这样一个人呢? 再见了!”

说罢,他跳下马车,向停在街头的驿车跑去,似乎把玛蒂尔德忘得一干二净。玛蒂尔德走了几步,想跟着他。但闻声走到门前张望的各家店铺都认识她,她只好赶快走回花园。

于连动身去维里业。走得匆忙,想写信给玛蒂尔德也没写成,手在纸上来回划,连自己也看不清写了什么。

他星期天早上赶到维里业,径直去武器店。店主一个劲地恭喜他最近发了财。这事已经成了当地的新闻。

于连好不容易才使他明白自己需要两支手枪。应他的要求,店主给手枪装上了子弹。

三声钟响,在法国农村里,这是大家都知道的信号,早上一连串钟声敲过之后,这三下钟说明弥撒马上要开始了。

于连走进维里业的新教堂。里面所有高大的窗子都拉上了深红色的帷幔。于连站在德·雷纳夫人的凳子后面,离她不过几步,看见她似乎在虔诚地祈祷。一看见这个曾经如此热爱自己的女人,他胳臂发抖,最初根本没法下手,心想:“我下不了手,我体力不济。”

此时,辅弥撒的年轻教士摇铃宣布“举圣体”。德·雷纳夫人低下头,披肩几乎把她的头全部遮住。于连看得不大清楚。他开了一枪,没打中,第二枪,对方倒下了。

第三十六章 案情经过

别以为我会手软。我报了仇,罪当抵命。我不会跑,请为我的灵魂祈祷吧。

席勒

于连吓呆了,什么也看不见。稍为清醒以后,看见众多的善男信女纷纷跑出了教堂,神甫已走下了祭坛。几个妇女叫喊着跑开,于连慢步跟在后面。一个女人跑得比别人更快,把于连碰倒在地,两脚被大家撞翻的椅子卡住。他爬起来,觉得有人箍住他的脖子,原来被一位穿制服的警察逮捕了。于连机械地想拔手枪,但第二个警察抓住了他的双臂。

他被带往监狱,来到一个房间,被铐上双手,独自关押在牢房里,门上了重锁。动作很快,不等他感觉到便已经做完了。

"我的天,一切都完了,"他清醒过来,大声说道,"……半个月之后上断头台……或者不等到那时候便自己了断。"

他没想其他的,只觉得头像被使劲夹住。他想看看是谁夹他。不多一会儿便沉沉睡去了。

德·雷纳夫人没有受到致命伤,第一颗子弹打穿了她的帽子,她转过身来,第二枪便响了,子弹打中她的肩膀。令人惊讶的是,子弹把肩胛骨打断了之后又弹回来,打中一根哥特式柱子,落下了一大块碎石碴。

外科医生是一个很稳重的人,很仔细地给她包扎好疼痛的伤口后对她说:"我敢负责,您没有生命危险。"德·雷纳夫人听了反而伤心起来。

长久以来,她打心底里愿意死,那封写给德·拉摩尔先生的信是听她忏悔的神甫要她写的,这无异给这个生活在痛苦之中、感到心力交疲的女人以最后一击。她苦就苦在看不见于连,她管这个叫报应。指导神甫是一位刚从第戎调来的年轻教士,虔诚而有德,看出了她的心思。

德·雷纳夫人心想:“这样死,而不是自杀,算不上是罪过。我甘愿去死也许会获得上帝的宽恕。”她不敢加上一句:“死在于连手里是最大的幸福。”

她刚把外科医生和成群地前来慰问的朋友打发走,便立即叫人把她的贴身女仆艾莉莎喊来,红着脸对她说:

“监狱看守是个狠心人,一定会折磨他,以为这样会使我解恨……想到这里我就受不了。您能否去找看守,把这个装着几块金币的小包给他?就说是您给的。您对他说,宗教不允许他虐待犯人……一定要他不把送钱给他这件事说出去。”

正是由于我们刚讲的这个原因,于连得到了监狱看守的人道待遇。那看守不是别人,正是那个完全站在政府一边的诺瓦鲁先生,我们上面说过,阿佩尔先生到来的消息曾经把他吓得魂不附体。

一位法官来到监狱。

“我是蓄意杀人。”于连对他说道,“手枪是我在某某武器店买的,并叫店主装了子弹。刑法第 1342 条明文规定,我罪当死。我静候处决。”

这种回答方式使法官很惊讶,他故意反复盘问,想使被告人自露马脚。

“我已经像您们希望的那样自认有罪了,您难道看不出来?”于连微笑着对他说道,“您追捕的猎物是逃不脱的,您可以称心如意地定我的罪。现在您快走吧。”

于连心想:还有一件讨厌的事必须做,就是给德·拉摩尔小姐写信。他写道:

> 我报了仇,不幸的是,我的名字将要见报,不能神不知鬼不觉地逃离这个世界。两个月之后,我便要死了。报仇是痛苦的,离开你也一样。从这一刻起,我要禁止自己写或者提到你的名字。你也永远不要提起我,即使对我的儿子也不要提。沉默是纪念我的最好方法。对常人来说,我是一个普普通通的杀人犯。在这最后

关头，请允许我说句老实话：你一定会忘记我的。我建议你永远不要提这场大祸，而这场大祸要许多年后才能克服你性格中一切浪漫和过于冒险的成分。你生来应该与中世纪的英雄在一起，你要表现出他们坚强的个性。但愿该发生的事悄悄地发生而不把你牵连在内。你要改名换姓，别交知心朋友。若你一定要有朋友的帮助，我便给你留下彼拉尔神甫。

千万别和其他人谈，尤其是你同阶级的人，像德·吕兹和凯律之流。

我死后一年，你就嫁给德·克罗兹诺瓦吧，我恳求你，作为你的丈夫，我命令你这样做。别给我写信，我不会回信的。我远没有伊阿古①那样坏，但我要像他那样说：**从今以后，我再也不说一句话**。

我将不再说话，不再写信。我现在对你说的就是我最后的话，表示我临终前对你的挚爱。

J·索海尔。

发出这封信后，于连稍为清醒了一点时才第一次感到悲从中来。“我要死了。”这句谶语把他的雄心壮志逐一从心里驱除。死亡本身他认为并不可怕，而终其一生，他只不过为这种不幸作长期的准备而已，所以并不在乎，没有把死亡看做最大的不幸。

他问自己：“什么？如果两个月后我要和一个枪法了得的人决斗，难道我会胆战心惊，思想总放不下吗？”

他苦苦思索了一个多小时，想从这方面了解一下自己是怎样一个人。

当他看清了自己的思想，而现实像监狱里的柱子一样摆在他眼前时，他想到了后悔。

“为什么我要后悔？我受到无情的伤害，我杀了人，论罪当死，仅此而已。我算清了欠世人的账才死，没有留下任何未了的责任，不欠任

① 伊阿古，莎士比亚的名剧《奥赛罗》中的人物，一个两面三刀的卑鄙小人。下面的引文见该剧第五幕第二场。

何人的债。我除了死在刀下之外无任何耻辱可言。不过,说真的,在维里业的老百姓眼里,这就够丢人的了。但在有识之士眼里,这种看法实不足取!我还有一个办法提高我在他们心目中的身分:就是临刑之日,沿途向老百姓扔金币。以后,他们看见金子就会想起我,我的形象便会光辉灿烂。”

经过一分钟的考虑,他觉得道理是明摆着的,心想:“我在世上已无任何牵挂。”接着便沉沉睡去了。

晚上九点左右,看守叫醒他,给他送来了晚饭。

“维里业的人说什么了吗?”

“于连先生,我上任的那一天,曾经对着耶稣十字架,向朝廷作过宣誓,不能随便说话。”

他闭口不谈,但也不走。这种庸俗的虚伪态度使于连觉得很可笑,心想:“他要五个法郎才肯出卖良心,我得让他多等一会儿。”

看守看见饭快吃完了于连还没有引他说话的企图,便故作温和地说道:

“于连先生,我出于对您的好心不得不跟您说,虽然这样做据说会与法庭的利益相抵触,因为这可以有利于为您辩护……于连先生,您是个好心的青年,如果我告诉您,德·雷纳夫人伤势好多了,您一定很高兴。”

“什么!她没死!”于连不由自主地叫了起来。

“怎么!您一点也不知道?”看守先是一愣,很快又露出了一脸快活的贪婪相,“先生应该给外科医生点东西,因为按照法律和法庭的规定,他是不能说的。但为了讨先生的高兴,我还是到他那里去了,他把一切都告诉了我……”

“总之,伤势并不致命,”于连不耐烦地说道,“你能用生命向我保证?”

看守虽然是身高六尺的彪形大汉,闻言也害怕起来,往门边直退。于连看见这样做问不出个究竟,便又坐下来,扔了个拿破仑金币给诺瓦鲁。

看守于是说了起来。根据他的叙述,于连知道,德·雷纳夫人并没有因伤致命,不禁热泪盈眶。

"您出去!"他猛地说道。

看守乖乖地出去了。门刚一关上,于连便叫了起来:"伟大的上帝!她没有死!"他双膝跪倒,泪如泉涌。

在这一崇高的时刻,他信仰起上帝来了。教士们虚伪,这又何伤大雅?难道虚伪就能抹煞上帝的存在和崇高吗?

只是到了此刻,于连才对自己的罪行感到后悔。也正是这个时刻,他离开巴黎到维里业来这一过程使身心激动不安而处于半疯狂的状态才算告一段落。这一巧合使他避免陷入绝望。

他泪流不止,对未来的判决并没有任何怀疑。

"这么说,她能活着!"他自言自语道……"她活着一定能宽恕我,爱我……"

第二天早上很晚了,看守来唤醒他,对他说:

"您有心事还睡得着,真了不起,于连先生,我来过两次都不忍心叫醒您。这里有两瓶好酒,是我们的本堂神甫马斯隆送给您的。"

"怎么?这混蛋还在这儿?"于连问道。

"是的,先生,"看守压低声音回答道,"但您说话小点声,否则会对您不利。"

于连不禁笑了起来。

"我到了这个地步,朋友,只有您才能对我不利,如果您对我凶狠和不人道的话……不过,我会多给您钱。"于连没往下说,又摆起了盛气凌人的神态,这也难怪,因为他接着又赏了看守一枚金币。

诺瓦鲁先生又继续不厌其详地把打听到有关德·雷纳夫人的事统统说了出来,但却没有提艾莉莎来过这件事。

看守低三下四,要多听话有多听话。于连脑子里闪过一个念头:这个彪形大汉外强中干,一年顶多能赚三四百法郎,因为到监狱来的犯人不多。如果他带着我一起逃往瑞士,我可以答应给他一万法郎……困难是要他相信我是真心实意。想到要和这样一个卑鄙小人打交道费唇舌,实在令人腻味,于连只好另想他法。

到了晚上,事情已经来不及了。午夜时分,来了一辆驿车,把他接走。途中有警察和他做伴,他很高兴。早上到达贝藏松监狱,看守还好,把他关押在一个哥特式塔楼的顶层。他断定这是十四世纪初的建筑,既素且雅,他很欣赏。高墙之间,一道窄缝,通向深院,纵眼望去,亦一景也。

第二天过了一次堂,接着好几天没有再审。他心境平和,把自己的案情看得十分简单:我蓄意杀人,该被处决。

他没有更多的想法。审讯、出庭、辩护,他觉得这一切都是鸡毛蒜皮的事和讨厌的程序,可以到时候再说。对自己的死期也不予理会:"审判完了再考虑吧。"生活倒不烦闷,一切事物他都用新的眼光去看,壮志已矣,也很少想到德·拉摩尔小姐,只是一个劲地后悔,脑海里经常浮现出德·雷纳夫人的身影,尤其是夜深人静之际,高高的塔楼上,只听见白尾海雕的鸣叫!

他感谢上苍没有让自己把她击伤致死。他心里想:"真奇怪!当时我想,她给德·拉摩尔先生那封信毁掉了我未来的幸福,可是她写信半个月以后,我对当时心里所想的一切完全不再考虑了……每年有两三千法郎在维尔基这样的山区里安静度日……那时的确很幸福……可惜我身在福中不知福!"

有时,他从椅子上霍地跳起来。"如果我把德·雷纳夫人击伤致死,我早就自杀了……这一点必须明确,否则,我真感到无地自容。"

"自杀!这是个大问题!"他心里想道,"这些法官只会照章办事,对倒霉的被告如狼似虎,为了得到十字勋章,连最好的公民也会送上绞架……如果自杀,我便可以不受他们的摆布,不挨他们的骂,否则他们用法文骂我的粗话会被省报登出来,还说骂得好……"

"我还可以活上五六个星期,大致吧……自杀,我的天,不!"过了几天,他又自言自语道,"连拿破仑也没有自杀……"

"再说,我觉得生活还算可以,这地方清静,没有人来打扰。"他大笑着说道,接着便开书单,叫人从巴黎寄书来。

第三十七章 塔楼之囚

一个朋友的坟墓

斯泰恩①

他听见过道里发出巨大的声音，当时并不是巡视监狱的时间。白尾海雕叫着飞跑了。门被打开，可敬的本堂神甫谢朗手拿拐杖，浑身哆嗦地一头扑进他怀里。

“啊，天哪！怎么可能呢，我的孩子……小畜生！”

慈祥的老人说不下去了，于连担心他会摔倒，只好扶他坐在椅子上。于连一看，这个昔日生龙活虎的人已经被时间的巨掌压垮，只剩下了清癯的身影。

他喘过气来，说道：“前天我才收到你从斯特拉斯堡寄来的信和给维里业穷苦人的五百法郎。我退了休，住在我侄儿约翰家里，信直接送到利弗律山里来。昨天，我才知道你闯了大祸……啊，天呀！这可能吗？”老人家已经哭不出来了，他神态茫然，只是机械地继续说道：“你需要钱用，五百法郎我给你带回来了。”

“神父，我需要的是您！”于连感动地大声说道，“钱我还有。”

但他已经听不到神志清醒的回答了。泪不时地悄悄从谢朗神甫的脸颊上流下来。然后他又瞅着于连，呆呆地看着于连吻他的双手。他那张脸，从前生气勃勃，坚毅之中流露出高尚的情操，现在却是一派麻木不仁的神态。不一会，一个农民打扮的人来接老人，他对于连说：“他不能太累。”于连知道他就是老人的侄子。这种情景使于连心如刀割，欲哭无泪，觉得一切都那么凄惨，找不到任何慰藉。他连心都凉了。

① 斯泰恩（1713—1768），英国小说家，《项狄传》、《多情客游记》的作者。

自从犯罪以来，这是他最难受的时刻。他似乎看见了面目狰狞的死神。凌云壮志、慷慨豪情等种种幻想恍如空中的云彩，被暴风雨打得七零八落。

这种可怕的心情持续了好几个小时。心病需要灵药和香槟，但于连认为借助灵药和香槟是懦夫所为。他在狭窄的塔楼里踱来踱去，度过了可怕的一天。最后，他大声说道："我真是疯了！只有当我要像其他人那样死去的时候，看见这可怜的老人心里才会感到万分凄凉，而英年早逝正好能使我避免变得如此可怜兮兮、老态龙钟。"

于连不管如何开导自己，仍然像个心灵脆弱的人，感到不是滋味，因而老人这次来访使他很难受。

他已经意气消沉，不再有罗马式的豪情，死亡仿佛有点不可企及，要做到也颇不容易。

他心想："这就是我的温度计。今天早上，我勇气百倍，而晚上，体温却下降了十度，没有勇气上断头台。不过，这有什么关系？需要时有勇气便行。"这种体温计的想法使他觉得好笑，终于忘记了烦恼。

第二天醒来，他为自己前一天的表现感到惭愧。"我的幸福，我的安宁都受到了威胁。"他几乎决定要写信给总检察官，叫他不要再让人来看他。但他又想："那富凯呢？如果他决意到贝藏松来，见不到我该多难受啊！"

他可能有两个月没想起富凯了。"我在斯特拉斯堡真是个大傻瓜，考虑的事超不过衣服领子的范围。"对富凯他想了很久，也更加黯然神伤。他忐忑不安地踱来踱去。"我现在离视死如归的地步肯定低了二十度……这样软下去，不如自杀算了。如果我糊里糊涂死了，马斯隆神甫和华勒诺之流可就高兴死了！"

富凯来了。他为人纯朴、善良，见于连如此，真是痛不欲生。如果他有什么想法的话，就是打算变卖全部财产，买通监狱看守，救出于连。他和于连谈到了德·拉瓦莱特[①]越狱的详细过程。

---

① 德·拉瓦莱特(1769—1830)，拿破仑的副官，滑铁卢之役后被囚，其妻探监，趁看守不备，夫妻易服，终于脱逃。

“听了你的话我很难受，”于连对他说，“德·拉瓦莱特是无辜的，而我却有罪在身。你虽然是无心之言，倒使我想到了其中的不同……”

“这话可当真？什么？你要变卖全部财产？”于连说道。他忽然又变得满腹狐疑，留心观察。

富凯看见他朋友终于回应他压倒一切的想法，大喜过望，便详细给他计算变卖每处产业可得的收入，误差不到一百法郎。

“一个乡下业主能这样做，真是够义气的！”于连心中暗想，“当初他省吃俭用，锱铢必较，我见了都脸红，如今，他却为我牺牲一切！我在德·拉摩尔府里看到的那些爱读《勒内》①的纨绔少年，绝不会干这样的傻事。除了年少无知、继承了大笔遗产、尚不知金钱之价值的富家子弟之外，巴黎的漂亮哥儿中间有谁能作出如此牺牲呢？”

富凯谈吐中的语病以及他粗俗的举止刹那间都不存在了，于连一头扑进他的怀里。比之巴黎，外省从未得到过如此殊荣。富凯从朋友的眼睛看到了瞬间的激动，高兴极了，以为是同意越狱的表示。

谢朗神甫老态龙钟的样子曾经一度使于连感到万念俱灰，现在看见富凯如此仗义，他又恢复了元气。“他还很年轻，据我看，是棵好苗苗，心地善良，即使年龄增长，也不会像大多数人那样变得狡猾，反而会更加心慈面软，且治好了自己多疑的毛病……但这些想当然的空话又有什么用呢？”

尽管于连拼命想把事情简化，审讯仍然越来越频繁。每天他都反复强调：“我杀了人。”或者“我是有意而且预谋杀人。”但法官依然照章办事，于连的主动招供丝毫未能缩短审问的时间，却大大伤害了法官的自尊心。于连不知道，监狱当局本想把他关进条件恶劣的牢房，亏得富凯上下打点，才让他留在要爬一百八十级方能到达的舒服房间。

在由富凯负责供应取暖木柴的要人当中，弗里莱神甫也算一个。好心的商人想办法一直找到这位权倾一时的代理主教。使他大喜过望的是，弗里莱先生告诉他，由于于连的优秀品质以及从前为修道院出过

① 《勒内》，十九世纪法国浪漫主义前驱夏多布里昂的小说，曾风靡一时。

力,他心有不忍,打算替于连向法官们求情。富凯觉得有望能救朋友,告辞时一躬到地,求代理主教大人在做弥撒时替他布施十个金币,祈求释放犯人。

富凯这样做完全错了。弗里莱先生不是华勒诺之流,他拒绝了,而且让好心的乡下人明白,最好把钱收回去。由于明言难免会说漏嘴,他干脆劝富凯把这笔钱周济监狱里那些一无所有的犯人。

“这个于连是个怪人,行动没法解释,”弗里莱先生想道,“但我对一切都必须有个交代……也许可以把他列为殉教者……不管怎样,我都必须弄清楚这件案子的底蕴,也许还能找到机会吓唬一下那位看不起我们,甚至讨厌我的德·雷纳夫人……通过这一切,也许能找出办法和德·拉摩尔先生公开和解,那个修道院的小神甫颇得他的青睐。”

几个星期以前,他和侯爵的那场官司已经签字了结。彼拉尔神甫离开贝藏松时当然谈到了于连神秘的出身,而恰恰那一天,倒霉的家伙却在维里业教堂里谋杀德·雷纳夫人。

于连认为死前只剩下一件讨厌的事,就是父亲来探监。他想写信给总检察官,要求豁免一切探视,并就此询问富凯的意见。在这样的时刻还不愿见父亲,这种态度大大伤害了木材商人那颗朴实百姓的心。

他这下明白了为什么那么多人把他的朋友恨之入骨,但朋友正在难中,这种感觉他姑且隐而不谈。

“不管怎样,”他冷冷地回答道,“这道保密的命令也不适用于你父亲啊。”

第三十八章　权　贵

此姝行动诡秘，身材窈窕！到底是何许人也？

席勒

第二天清晨，塔楼的门突然打开，把于连从梦中惊醒。

“啊，天哪，准是我爹来了。”他心想，“真讨厌！”

就在这一时刻，一个农妇打扮的女人一头扎进他的怀里，他几乎认不出是谁，原来是德·拉摩尔小姐。

“你真狠心，我看了你的信才知道你在哪里。你所谓的罪行不过是一种崇高的报复，从中我看到了你胸膛里跳动着一颗高尚的心。这件事我到了维里业才知道……”

尽管他对德·拉摩尔小姐抱有成见，连自己也说不清楚，但仍然觉得她很漂亮。其实，又怎能看不见她举止谈吐中所流露出来的高贵无私的感情呢？那是一般凡夫俗子所难以企及的啊。他仍然认为自己爱的是一位女王。过了片刻，他才开口说话，其言词、思想之高贵实在罕有其匹。

“我觉得自己的前途已经十分明朗。我死之后，你要再嫁，但德·克罗兹诺瓦先生娶到的将是一位寡妇，娇媚迷人，心灵高尚，但又略带浪漫的色彩。她经历过非比寻常，悲壮而伟大的事件之后，猛然惊醒，回复到世俗人谨慎处事的原则，必然会明白年轻的侯爵真正的身价。你只能满足于一般人所享受的幸福：金银财宝、名誉地位……可是，亲爱的玛蒂尔德，你到维里业来，万一走漏风声，那将是对德·拉摩尔先生的致命打击，而我也永远不会原谅自己。你给他惹的烦恼够多的了！院士会说他用怀里的温热烘暖了一条冻僵的蛇。”

“我承认，我没想到你有那么多冷冰冰的道理，对未来又如此忧心忡忡，”德·拉摩尔小姐半嗔怪地说道，“我的贴身侍女几乎和你一样小心，她弄了一张通行证，我则乘驿车，化名米什莱夫人。”

“米什莱夫人那么容易就来到我这儿？”

“唉！你总是高人一等，我没白看中你！我先是给法官的秘书一百法郎。他原来说不能进塔楼，但取了钱以后，这个好人让我等着，说这不行那也不行。我心想他打算要坑我……”说到这里，她停住了。

“后来呢？”于连问道。

“亲爱的于连，你别生气，”她边说边拥抱于连，“我只好把我的真名告诉这位秘书，他原先还以为我是巴黎的年轻女工，爱上漂亮的于连哩……说真的，这是他的原话。我向他发誓说我是你妻子，得到允许每天都来看你。”

于连心想：“简直是疯了，我对她毫无办法。不管怎样，德·拉摩尔先生是个大人物，将来迎娶这个迷人寡妇的年轻上校肯定能获得公众舆论的宽容。再说，我一死，事情便会遮掩过去。”于是，他与玛蒂尔德纵情缱绻，真是爱得疯狂，爱得伟大，人间奇事，莫过于此。她还严肃地向于连提出要和他一起死。

第一阵激情过去，因重见于连而心满意足的德·拉摩尔小姐突发好奇之念，仔细端详着面前的情郎，觉得他比自己想象的更高一筹，简直是卜尼法斯·德·拉摩尔重生，不过更加威武。

玛蒂尔德去见过当地最有名的律师，给他们送钱，使他们很难堪，但最后还是接受了。

她很快便得出这样的看法，在贝藏松，一切悬而难决，而关系重大的事都取决于弗里莱神甫。

她化名为默默无闻的米什莱夫人，最初简直没法接近这位权倾一时的教会要人。但当时城里谣传有一位年轻貌美的时装店女老板被爱情弄得神魂颠倒，竟从巴黎跑到贝藏松来，想安慰安慰这位青年神甫于连·索海尔。

玛蒂尔德一个人在贝藏松城里的街道上东奔西走，希望没人认出她来。不管怎样，她觉得在老百姓中间多制造点印象不会于事无补。她疯也似的想鼓动百姓起来，救出即将被判死刑的于连。她以为衣着简朴才符合女人哀痛的身分,于是便这样做,使得人人注目。

她在贝藏松成了众所瞩目的人物。经过一个星期的奔走求告,终于获得了德·弗里莱先生的接见。

在她脑子里,这位教会要人既位高势大,又阴险毒辣,所以尽管她勇气十足,到主教府按门铃的时候也不禁心惊胆战。进去后还必须上楼到代理主教房间里去,她紧张得几乎走不动了。主教府里一片寂静,使她不寒而栗。“我可能坐到扶手椅上,被机关抓住双臂,从此失踪。我的侍女能到哪儿要人?警察队长也不会采取行动……在偌大一个城市里,我孤立无援!”

走进屋里只看了第一眼,德·拉摩尔小姐便放心了。首先,给她开门的是一个穿着华丽号衣的仆人。等候接见的客厅布置奢华、陈设精雅,与一般庸俗的富贵排场迥然有别,即使在巴黎,也只有在最上等的人家才能见到。她一看到德·弗里莱先生态度慈祥地向她走来,一切作恶多端的印象便烟消云散。在这张好看的脸上,甚至看不到巴黎社会极端反感的那种刚愎自用、蛮不讲理的痕迹。在贝藏松说一不二的这位教士面带笑容,显示出他是和蔼可亲的人、有学问的教士、能干的行政官员。玛蒂尔德觉得恍如置身巴黎。

用不了多长时间,德·弗里莱先生便使玛蒂尔德不得不承认是他强大的对手德·拉摩尔侯爵的女儿。

“说真的,我并非米什莱夫人,”她傲然说道,“我承认这一点对我并无大碍,因为我此来是就帮助德·拉韦尔内先生逃出监狱的可能性咨询您的意见。首先,他犯罪只不过是一时糊涂,而被他枪伤的那个女人并没有死。其次,为了买通下面的人,我可以立即拿出五千法郎,甚至可以再加一倍。总之,谁能救出德·拉韦尔内先生,我和我全家将不胜感激,惟命是从。”

德·弗里莱先生听到这个名字似乎很惊讶。玛蒂尔德把国防大臣写给于连·索海尔·德·拉韦尔内先生的几封信给他看。

“您看,先生,他的前程由家父负责。我已经私下嫁给了他。这门婚事对拉摩尔家的千金来说有点异乎寻常,所以我父亲想等他当了高级军官才宣布。”

玛蒂尔德注意到德·弗里莱先生知道这些重要情况之后，脸上慈祥快活的表情迅即消失，露出了狡诈和虚伪的神色。

他满肚子狐疑，把那些官方的文件细看了一遍，心想：

“她以隐情相告实在有点突兀，我能从中得到什么好处呢？我一下子和著名的费瓦克元帅夫人的女友拉上了亲密关系，元帅夫人是××主教大人无所不能的侄女，在法国要做主教有她一句话就行。

“我原以为遥遥无期的事现在突然近在眼前，这回一切希望都可以如愿以偿了。”

玛蒂尔德与这个位高权重的人独处幽室，看见他脸色变化之快，最初未免一惊，但马上她又想：“这个冷酷自私的教士，要权力有权力，要享受有享受，若不能施以影响，岂不要倒大霉？”

德·弗里莱先生看见通向主教职位的这条捷径不期而遇，眼花缭乱，又惊讶于玛蒂尔德的老练，一时放松了警惕。玛蒂尔德见他几乎要屈膝下跪，野心作怪，激动得直发抖。

“一切都清楚了，”她心想，“德·费瓦克夫人的女友在这里简直是无所不能。”虽然妒火中烧，心痛如割，她仍然鼓起勇气说，于连是元帅夫人的密友，几乎每天在夫人府里都碰得见××主教大人。

“陪审官一共有三十六名，都是从本省的士绅中抽签选出来的，要一连抽四五次，”代理主教的目光中野心毕露，一字一顿地说道，“如果我在名单之中没有八个到十个能够同声相应的朋友，就算我命运欠佳。不过，我几乎总能获得多数，比定罪需要的数目还多。您看，小姐，我要使一个人被判无罪不费吹灰之力……”

神甫仿佛被自己说话的声音吓了一跳，突然停住了。他说的这些事本来是不应对外人说的啊。

但接着他告诉玛蒂尔德说，在于连这个离奇的案子中，使贝藏松居民尤其感到惊讶同时又感兴趣的是，于连和德·雷纳夫人过去曾经一度热恋过。这下子轮到玛蒂尔德目瞪口呆了。德·弗里莱自然一眼便看出自己这番叙述使对方不知所措。

他心想：“我总算报了仇！这个小美妞虽然有主意，我终于也有法治她了。我本来还担心制服不了她呢。”在他眼里，玛蒂尔德难以驾驭和与众不同的气势使她世所罕见的美貌更具魅力，而现在却几乎恳求般站在他的面前。他恢复了冷静，毫不犹豫地转动已经插入对方心脏的匕首。

“不管怎样，”他用轻松的口吻说道，“如果有人说，索海尔先生之所以向过去热恋过的这个女人连开两枪是出于忌妒的原因，我并不会感到意外。那女人仍然颇有姿色，最近还经常和一个名叫马基诺的冉森派神甫频频来往，此人道德败坏，冉森派教徒都一个样。”

德·弗里莱先生抓住这个美丽少女的弱点，肆意折磨对方的心。

他目光灼灼地紧盯着玛蒂尔德说道：“索海尔先生为什么把地点选在教堂，还不是因为他的情敌那时正好在教堂主持弥撒？大家都认为您为之奔走的这个幸运儿绝顶聪明，做事极为谨慎，对德·雷纳先生的花园了如指掌，藏在那儿不是最容易不过了吗？在那儿，肯定别人看不见，逮不着，也不会启人疑窦，可以置他忌妒的女人于死地。”

这种推断看来很有道理，使玛蒂尔德听得心头火起。她生性高傲，但却具有上流社会认为代表人类心理的无谓的谨慎，没法迅即体会到甩掉谨慎的乐趣，换了热情如火的人，置谨慎于不顾自有乐在其中。玛蒂尔德一向生活在社会的高层，情爱极少能离开谨慎，而走投无路，从窗口跳下去的都是住在六层楼的贫困户。

最后，德·弗里莱确信玛蒂尔德已完全被他控制，便向她暗示，自己能随意左右负责向于连提出公诉的检察院。

等通过抽签，三十六位出庭的陪审官选出以后，他便会亲自出马直接疏通其中至少三十名。

如果玛蒂尔德不是个美人儿，要德·弗里莱先生这样开诚布公地谈话，非经过五六次会晤不可。

第三十九章　幕后打点

一六七六年在卡斯特，我寓所的隔壁，一个做哥哥的谋杀了妹妹。此人本已有命案的前科，但他父亲秘密斥资五百金币贿赂市议员，救了儿子一命。

洛克：《法国纪游》

离开主教府，玛蒂尔德立即致函德·费瓦克夫人，连一秒钟也不耽搁，根本不怕自己被牵连。她要求她的情敌想办法请××主教大人写一封亲笔信给德·弗里莱先生，甚至恳求她亲自到贝藏松来。以她既忌妒又骄傲的性子，这样做实在很不容易。

她听从富凯的劝告，小心不把这一切安排告诉于连，因为她的到来已经使于连够烦的了。当死神逐步逼近的时候，于连变得一辈子也没有现在这样安分守己，他不仅对德·拉摩尔先生，也对玛蒂尔德感到愧怍。

他反躬自问："怎么！她在我身旁，我居然还若无其事，甚至还觉得厌烦，她为了我身败名裂，而我却这样报答她！我难道这样没良心？"以前，他根本不考虑这个问题，那时候，他野心勃勃，觉得不成功才是惟一丢人的事。

玛蒂尔德在身旁，他精神上更不好受。现在她对他的爱更为强烈，简直达到疯狂的程度，她一个劲地表示，为了救他，不惜赴汤蹈火。

她战胜了内心的骄傲，以这种感情为荣，激动之余，恨不得生命的每一分钟都能做出惊人之举。她与于连谈个没完，内容无非是一些异乎寻常，对她来说也是风险很大的打算。监狱看守受了贿赂，任她在牢房里为所欲为。玛蒂尔德的想法不仅是豁出自己的名誉，而且让全社会都知道她的身分也在所不惜。拦住王上飞驰的马车，跪在车前哀求赦免于连,为引起御驾的注意,甘冒被车子碾死的危险,这一切只不过是她头脑发热,勇气百倍时臆想出的小点子。通过她在御前供职的朋友,她确信必能进入圣克卢御苑的王家禁地。

对她的忠贞,于连深感受之有愧,说实话,他已经无心再逞强了。能打动他的只有单纯、天真、带几分羞怯的柔情,而玛蒂尔德则相反,她高傲的心态需要有公众,有他人来烘托。

情人若死,她绝不独生,而在为情人的生命担忧害怕之中,她有一个秘密的心愿,就是要用她无比的爱和崇高的行动作出惊世之举。

于连对这种充满英雄气概的做法无动于衷,连自己也觉得恼火。如果他知道玛蒂尔德硬要忠诚、理智而又十分有节制的富凯作出种种疯狂的行动,他又该作何想法呢?

富凯认为玛蒂尔德对于连忠心耿耿,无可厚非。换了他,也会豁出全部财产、甘冒万死去救于连的。看见玛蒂尔德把钱大把地撒出去,他简直目瞪口呆,最初几天,这样的花钱法实在使他很敬佩,外省人一向对钱是看得很重的。

后来,他发现德·拉摩尔小姐的打算一时一变,这才放下了心,找到一个字眼来形容她这种十分烦人的性格,那就是:“女人多变”,几乎等于外省的骂人话:“瞎捣乱”。

一天,玛蒂尔德走出监狱时,于连暗想:“真奇怪,她对我如此痴心,而我却不领情!可两个月前,我多么喜欢她啊!我从书上看到过,快死的人对一切都无所谓,但是觉得自己忘恩负义而又难以改变,这就太可怕了。我难道是个自私自利的人?”于是他把自己痛责了一顿。

他雄心之火已灭,但余烬中又产生了另一种感情,就是悔不该谋杀德·雷纳夫人。

其实,他热恋的正是德·雷纳夫人,当他单独一个人,也不怕别人来打扰时,他便回忆起在维里业或维尔基度过的幸福日子,心里美滋滋的。当时的一切虽然转眼已成过去,但想起来仍宛然如昨,无限神往。至于在巴黎的那番得意,他连想也不想,甚至还感到厌烦。

此等情绪与日俱增,忌妒如玛蒂尔德,当然也猜到几分。她心里很明白,她必须与于连喜欢孤独的心境作斗争。有时,她心惊胆战地提到德·雷纳夫人的名字,发现于连微微发抖,旧情复炽,一发而不可收。

玛蒂尔德真心实意地想道:“他若死,我绝不独生。看到像我这样身分的女孩子如此眷恋被判死刑的情郎,巴黎沙龙里的人士会说什么呢?这样的感情要追溯到英雄时代才能找到。查理九世和亨利三世在位时,激动人心的正是这类爱情。”

当她无比激动,把于连的头紧紧搂在怀里时,她不禁恐怖地想道:“怎么?这样俊美的头颅竟然要被砍下来!那好吧!”她豪气干云、又不无幸福地继续想道,“就让我此刻紧贴着他美丽头发的双唇在他死后不到二十四小时也冰冷好了。”

回想这些充满英雄气概和无限销魂的时刻,她情难自已。自杀的念头本身就挥之不去,以前距离还如此遥远,现在却乘虚进入她骄傲的心灵,把她置于其绝对控制之下。“不,我祖先的血传到我身上,一点没有变凉。”玛蒂尔德骄傲地想道。

“我向你祈求一个恩典,”有一天她的情人对她说道,“你生下孩子就把他放在维里业一个乳母家寄养,德·雷纳夫人会照看的。”

“你这样说真狠心……”玛蒂尔德脸都气白了。

“说得对,求你千万原谅。”于连从迷惘中惊醒,高声说着把她紧紧地拥在怀里。

给玛蒂尔德擦干了眼泪之后,于连又重提心里的想法,不过巧妙多了。谈话中,他装出一副灰溜溜听天由命的态度,谈到了自己即将英年早逝。“亲爱的朋友,必须承认,情爱只不过是人生一段偶发的感情,但只有在非常人心里才能产生……如果我儿子死了,归根结底对你家庭的体面未尝不是好事,下人们肯定也会猜得出来。在苦难和耻辱中诞生的孩子绝不会有人关心……我希望,将来有一天,我不愿意说哪一天,但我已勇敢地预见到这个时刻,你会听从我的嘱咐,嫁给德·克罗兹诺瓦侯爵。”

“什么?我已丢尽了脸面!”

“以你这样的姓氏谈不上什么丢脸。你将不过是个寡妇,一个疯子的遗孀而已。我再说这一点,我犯罪的动机并非为了金钱,不算丢人。也许到了那个时候,某位豁达的法官能够克服时人的偏见,使法院废除死刑。于是,某位好心的人便会举例说:德·拉摩尔小姐的第一位丈夫是个疯子,而不是个十恶不赦的坏人,使他人头落地实在荒唐……那时我给人的印象就不是卑鄙小人了;至少,过一段时期……以你在上流社会中的地位、你的财产,恕我直言,还有你的聪明才智,你一定能够使已经成为你丈夫的德·克罗兹诺瓦先生青云直上,而以他一个人的力量是办不到的。现在,他只有贵族的出身和勇气,如果在一七二九年,单凭这两个条件,一个人便无可挑剔,但到了一百年后的今天就成了不合时宜,不过妄自尊大而已。要想在法兰西的青年一代中脱颖而出,还需要别的条件。

“你一定要你丈夫加入一个政党,以你坚强和执著的性格,你可以助他一臂之力。你可以成为继投石党①塞弗累兹夫人和隆格维尔夫人之后的女中豪杰……不过,到了那个时候,亲爱的朋友,你心中圣洁之火就不那么旺盛了。

“请允许我再说一句,”他说了许多其他的话作为过渡之后才又返回正题,“十年之后,你会把你今天对我的爱看作是干了一件荒唐事,虽然情有可原,但到底是荒唐……”

他突然停住,沉吟不语,脑子里重又出现使玛蒂尔德感到难堪的这种想法:十五年后,德·雷纳夫人将会十分疼爱我的儿子,而你将会把我的儿子忘了。

---

① 投石党,十七世纪法国以孔代亲王为首的贵族叛乱集团,投石党运动名义上是反对首相马扎兰,实际是地方贵族反对中央集权的政治斗争。

第四十章　心境平和

正因我昔日之糊涂，始有今之聪慧。哲人，啊！你只重瞬间之事，目光何其短浅！你的双眼看不见激情之下，另有洞天。

歌德夫人

谈话被审讯所打断，接着又是与负责为他辩护的律师商谈。这是他最讨厌的时刻，因为他在监狱已经过惯了逍遥自在的生活，整天沉湎在温柔的梦想之中。

于连对法官和律师承认："是谋杀，蓄意谋杀，"接着又微笑地加上一句："我很抱歉，先生们，不过，这样你们就省事多了。"

等把这两位仁兄打发走之后，他暗自思忖："不管怎样，我必须勇敢，表面装得比他们还勇敢。他们把这场以悲剧结束的决斗看做弥天大祸，**大难临头**，而我到时候再说吧。"

"因为比这个更大的灾难我都经历过了。"于连自我解嘲地继续想道，"我第一次去斯特拉斯堡的路上，以为被玛蒂尔德甩了，那时心里难受多了……谁知道当时我热切企望的这种恩爱，今日得到却又打不起劲来！……事实上，我宁愿一个人待着也不愿这个漂亮姑娘来慰我的寂寞……"

律师是个按规章和手续办事的人，以为他疯了，而且和大家的想法一样，认为他拿枪杀人是出自忌妒。一天，他大着胆子让于连明白，不管这种说法是真是假，都是辩护的最佳理由。但那位被告却转眼间火冒三丈。

"先生，"于连气冲冲地大吼，"您如果还要命就记住，别再撒这样恶心的谎。"律师战战兢兢，真担心于连会把自己杀掉。

律师在准备辩护词,因为关键的时刻很快就要到了。贝藏松和全省的人都在谈论这个出了名的案子。于连却什么也不知道,因为他恳求过别人千万不要和他谈这类事情。

一天,富凯和玛蒂尔德想告诉他一些公众的传闻,据他们看,可能会使他产生希望,但一开口便被于连打断了。

"让我按我理想的方式生活吧。和我讲你们那些俗世的烦人琐事等于把我从天上拽下来。人爱怎么死就怎么死,我只想按我的方式去死。别人管得着吗?我很快便会和别人一刀两断。你们就饶了我吧,别再和我提这些人了,光看那个法官和那个律师就够了。

"事实上,"他自言自语道,"我似乎注定在梦想中死去。像我这样一个默默无闻的人,死后不出半个月肯定便会被人忘掉,说实话,只有笨蛋才去装蒜……

"但奇怪的是,死到临头我才知道如何享受生活。"

这最后的日子,他每天都在塔楼顶部的阳台上散步,嘴里抽着玛蒂尔德派专人去荷兰买来的上等雪茄,没想到全城的望远镜每天都等着他露面。他的思想回到了维尔基。他从不向富凯提到德·雷纳夫人,但他这位朋友倒有两三次告诉他,德·雷纳夫人的身体恢复得很快,这句话使他怦然心动。

于连沉湎在梦想之中,而玛蒂尔德则忙着干实事,一般贵族所操心的大抵都是这些。她使德·费瓦克夫人和德·弗里莱先生彼此直接通信,自己从中撮合,促进他们之间的亲密关系,终于提到"主教职位"这个关键字眼了。

大主教德高望重,负责任命神职人员,他在他侄女的信中加了一行批语:**这倒霉的索海尔只不过一时糊涂,望把他交还给我们。**

德·弗里莱先生看见这几行字喜出望外,觉得救出于连已毫无疑问。

在抽签决定三十六名陪审官的前一天,他对玛蒂尔德说:"雅各宾党的法律规定要这么多陪审官,其目的是要削弱贵族的权势。要不然,判决就听我的。从前 N 神甫获释就是我一手包办的。"

第二天,在抽签决定的名单里,德·弗里莱高兴地看到有五个贝藏松的圣公会教徒，外地陪审官里有华勒诺、德·莫瓦罗、德·肖兰。他对玛蒂尔德说："首先，这八个陪审官我包了。前五个不过是'机器'，华勒诺是我的代理人，莫瓦罗什么事都靠我，德·肖兰是个胆小如鼠的蠢货。"

报纸把陪审官的名单向全省宣布，德·雷纳夫人想亲来贝藏松听审，把她丈夫吓得不可名状，好说歹说，她只答应不离开病榻，以免发生要出庭作证这种难堪的事。这位维里业的前市长说："你不明白我的处境，我现在是自由党人，他们所谓的变节分子。毫无疑问，华勒诺这个坏蛋和德·弗里莱先生很容易通过总检察官和那帮法官和我过不去。"

德·雷纳夫人只好乖乖听丈夫的话。她想："如果我出庭，就会像要求报复似的。"

尽管她向听她忏悔的神甫和丈夫作了保证，答应小心行事，但一到了贝藏松便忍不住给三十六位陪审官各写了一封亲笔信：

> 先生，开审之日，我将不出庭，因我在场可能会对索海尔先生不利。在这个世界上，我别无他求，只热切希望他能免一死。请你们相信，只要我想到一个无辜的人因我之故而被处死，我便毛骨悚然，下半辈子也不得安宁，而且非折我寿不可。你们怎能把他判处死刑呢？我不是还活着吗？当然不能，社会没有权利剥夺人的生命，尤其是像于连·索海尔这样的人。维里业所有人都知道他有时神经不正常。这可怜的年轻人得罪过有权有势的人。他的对头太多了！但就连他们中间，又有谁能否认他有非凡的才华和渊博的学问呢？先生，您要审讯的不是一个寻常之辈。近一年半以来，我们都知道他为人虔诚、老实、用功，但一年总有两三回，他精神忧郁症发作，往往导致失常。他的虔诚堪称表率，这一点，全维里业的人，咱们度假胜地维尔基的邻居、我的家人、专区区长本人都可以作证。他能将圣经倒背如流。试想一个不信神的人能花好几年的时间去背圣书吗？我派我的两个儿子向您呈上这封信，他们还是孩子。先生，请您问问他们，他们一定能给您提供有关这个可怜的年轻人的一切情况，您就必然会相信，判他有罪简直是野蛮的行

为,不但不会为我报仇,反而会要我的命。

他的仇家能否认下述这个事实吗?我的孩子们都目睹过他们老师精神失常,而我所受的伤就是他病发时的结果,但伤势一点不重,所以不到两个月,我便能坐驿车从维里业到贝藏松来了。先生,如果我获悉您还有一点点犹豫,不愿把一个无罪的人从野蛮的法律下拯救出来,我一定不顾我丈夫的禁令,跳下病床,匍匐在您的脚下,替他求情。

先生,请您宣布,蓄谋一说并不成立,这样,您就不会因错判一个人死刑而感到内疚了。等等,等等。

第四十一章　开庭审讯

这件有名的案子，当地人将久久不会忘记。对被告的关怀达到了群情激昂的地步。原因是他的罪行虽然令人震惊，却并不算残忍。即使残忍，可这个年轻人太漂亮了！他的锦绣前程，刚开始便结束，更是令人扼腕。“他们会判他死刑吗？”女人们都问她们认识的男人，而且脸色煞白地等待着对方的回答。

圣伯夫

德·雷纳夫人和玛蒂尔德最担心的一天终于来到了。

全城异常的气氛更加剧了她们的恐惧心理，坚强如富凯也不禁心惊胆战。全省的人都跑到贝藏松来看审讯这个充满浪漫色彩的案子。

几天来，客店已全部爆满。许多人都向法庭庭长要旁听证，全城的妇女都想去看审讯，大街上有人叫卖于连的肖像，等等，等等。

玛蒂尔德手里攥着一封主教大人的亲笔信，专等这个紧要关头才拿出来。这位主宰全法国教会和任命各地区主教的大人物居然亲自出马，要求释放于连。开庭的前一天，玛蒂尔德把这封信递交给执掌实权的代理主教。

会见结束，当她眼泪汪汪地要走的时候，德·弗里莱先生终于放下架子，不打官腔，几乎有点感动地对她说：“陪审团的裁定我包了。负责审议您那个被保护人的罪行是否成立，是否蓄意的一共有十二个人，其中六个是我的心腹，我已经知照他们，我能否晋升为大主教就全看他们了。华勒诺能当维里业市长是我使的劲，他的两个下属德·莫瓦罗和德·肖兰先生全听他的。说实话，这次抽签也抽出了两名跟我不一条心的陪审官。但尽管他们是极端的自由派,但在重大问题上还是听我的,我已派人要求他们投和华勒诺一样的票。我还获悉,第六位陪审官是个很有钱的实业家,爱说话的自由派人士,私下想和国防部建立供货关系,当然也就不想得罪我。我已经派人告诉他,德·华勒诺先生完全知道我的意见。"

"这位华勒诺先生是什么样的人?"玛蒂尔德不放心地问道。

"如果您了解他,您就会相信事情一定能办妥。他说话大胆、脸皮很厚,而且态度粗野,天生是指挥傻瓜的料。一八一四年才时来运转,我很快便准备提拔他当省长。如果其他陪审官不按照他的意见投票就会挨他的揍,他做得出来。"

玛蒂尔德这才稍稍放了点心。

但晚上她和于连又有一场争论。原来于连认为大局已定,不想让难堪的场面拖得太长,决定在法庭上不发言。

"我的律师说话就够了。"他对玛蒂尔德说道,"否则岂不等于让我的对头多看一会儿热闹。这些外省人看见我靠了你提升得那么快,心里早就觉得不是滋味了,所以你相信我好了,他们中间没有一个不希望我被判刑的,虽然等我临刑时,也许会傻乎乎的掉几滴眼泪。"

"他们希望看到你当众受辱,这倒是千真万确,"玛蒂尔德回答道,"但我不认为他们的心都这么狠。我来到贝藏松,一脸凄苦的表情引起了所有女人的关切,何况你又长得那么英俊。你只要在法官面前说一句话,所有听审的人都会站在你一边的……"

第二天九点,于连走出牢房,下楼去法院大厅,警察费了好大劲才分开拥挤在院子里的人群。于连昨晚睡得很好,神情非常镇静,心中坦然,倒可怜起那些怀着忌妒心理的群众来,这些人虽非蛇蝎心肠,但对他被判死刑也会拍手叫好的。使他非常惊讶的是,他在人群里挤了一刻钟之久,不得不承认,他的出现在公众里引起了一片怜惜之情,听不到一句难听的话。他心里想:"这些外省人倒没有我想象的那么坏。"

他走进审判大厅,发现建筑雄伟壮丽,不禁暗暗吃惊。那是正统的哥特式房子,有许多雕刻精美的小石柱,他顿时有置身于英国之感。

但他的注意力很快被十四五个美貌妇人吸引住了,她们坐满了法官和陪审团上面的三个包厢,正对着被告席。于连转身看了看观众,只见阶梯形大厅四周高处的位置上也都是女人,大部分都年轻貌美,妙目横波,充满关切之情,厅内其余地方也都拥挤不堪,门口还有人争着要进来,法警简直无法维持秩序。

大家的目光都在寻找于连,发现他坐在稍高的被告席上,人群顿时响起了一阵惊讶中掺杂着怜惜的喃喃低语声。

这一天,于连看来还不到二十岁,穿着十分朴素,但仍然风度翩翩,头发和前额都很迷人,是玛蒂尔德亲自给他打扮的。他的脸色异常苍白。他刚坐上被告席,便听见四周都这样说:“上帝! 他多年轻啊! ……简直还是个孩子! ……他比画像还漂亮。”

“被告,”坐在他右边的警察对他说道,“您看见那包厢里的六位夫人了吗?”警察指着突出在陪审官座位上的包厢继续说道,“那是省长夫人,旁边是德·M……夫人。省长夫人很喜欢您,我听见她和预审法官说过。再往后是戴维尔夫人……”

“戴维尔夫人!”于连惊叫了一声,连脑门都红了,心想:“她一离开法庭就一定会写信告诉德·雷纳夫人。”于连不知道德·雷纳夫人已经到贝藏松来了。

证人很快便作证完了。总检察官刚宣读了几句起诉书,坐在于连对面小包厢里的两位夫人已经哭成了泪人一样。“戴维尔夫人绝对不会这样动感情,”于连心里想道。但他发现夫人的脸却很红。

总检察官夸夸其谈,用蹩脚的法语描绘罪行如何野蛮。于连注意到戴维尔夫人身边的几位女眷似乎都对检察官很反感。好几位陪审官显然认识她们,和她们说话,似乎要她们放心。于连心想:“这不失为好兆头。”

直到此刻,他对列席审判的所有男人一律都瞧不起。总检察官平淡无奇的话语更增加了他的厌恶感。但是看见大家明显地都对他表示关心,他的心也逐渐由刚变柔了。

他很满意他律师坚定的神态。律师要发言了,他低声对律师说:“不要夸夸其谈。”

“他们用从博叙哀那里剽窃来的夸大之词反倒帮了您的忙。”律师说道。果然,他刚说了五分钟,几乎所有女士都拿出了手帕。律师一见劲就来了,向陪审团说了几句语重心长的话。于连浑身哆嗦,差点流出了眼泪。“伟大的上帝!我的对头会怎么说呢?”

他的心眼看就要软了,幸亏这时候,忽然瞥见德·华勒诺男爵骄横的目光。

他心想:“这坏蛋两眼发光,真是小人得志!如果我的罪行只落得这样的结果,那就该挨咒了。天晓得他在德·雷纳夫人面前怎么说我呢!”

这个想法驱除了其他一切想法。但不久,听众同情的表示又把他从沉思中唤醒。律师刚念完了辩护词。于连突然想起应该和他握手。时间过得太快了。

法庭给律师和被告供应饮料,于连这时才发现,没有一个女人离座去吃饭。

“我的天,我饿死了,您呢?”律师说道。

“我也是。”于连回答道。

“看,省长夫人也在这儿吃饭,”律师说着给他指了指那个小包厢。“鼓起勇气来,一切都很好。”审讯又开始了。

庭长作总结时,午夜的钟声敲响了。庭长不得不暂时中断,听众忧心忡忡、鸦雀无声,只有钟声在大厅里回荡。

于连心想:“我的末日到了。”但很快,他又热血沸腾,觉得自己还有责任未了,直到此刻为止,他硬着心肠,坚持不发一言的决心。但当庭长问他还有什么话要说时,他站了起来。灯光里,他看见戴维尔夫人的眼睛就在他面前,亮晶晶的,心中纳闷:“难道她也哭了?”

> 陪审官先生们:
>
> 我死到临头,并不怕人看不起,但我仍然要说几句。先生们,我生不逢时,不属于你们那个阶级,在你们眼里,我不过是一个出身卑微而敢于起来抗争的乡下人。
>
> 我并不乞求你们的宽恕,——于连语气坚决地继续说——我不抱任何幻想,等待着我的是死亡,这是罪有应得。我竟然谋杀最

值得尊敬和景仰的女人。德·雷纳夫人曾经待我如子,我罪恶滔天,而且是蓄意杀人。我罪当死,陪审官先生。但即使我罪不该死,我看到有些人,他们并不认为我还年轻而值得同情,反而想杀一儆百,通过惩罚我来吓唬这样的年轻人,他们出身下层阶级,备受贫穷的煎熬,却又有幸受到良好教育,敢于混迹于有钱人引以为自豪的上流社会。

先生们,这就是我的罪行,因而更应严惩,何况事实上,审判我的并非与我同属一个阶级的人。在陪审官席上,我看不到任何发了迹的乡下人,有的只是清一色心怀愤懑的有产阶级……

于连就用这种口吻说了整整二十分钟,把心里的话全都抖了出来。想讨贵族阶级欢心的总检察官气得从座位上蹦起来。于连在辩论时的话虽然有点抽象,但所有女人听了都泪下如雨。戴维尔夫人也以手帕掩面。最后,他谈到了如何预谋,又如何后悔,谈到了在以前较为幸福的日子里他多么尊敬而且像儿子对母亲那样热爱德·雷纳夫人……听到这里,戴维尔夫人大喊一声,昏了过去。

一点敲响了,陪审官退席。但没有一个女人离开座位。好几个男人也眼噙着泪水。大家起初议论纷纷,但陪审团的决定迟迟不宣布,大家累了,也就安静了下来。这是个严肃的时刻,灯光似乎也不那么亮了。于连累极了,听见周围的人都在议论,迟迟不判到底是吉是凶。他高兴地看到大家的心愿都向着他。陪审团还没回来,但没有一个女人离席。

两点刚刚敲响,便听见一阵骚动。陪审团所在房间的小门开了。德·华勒诺男爵先生迈着庄严的台步出来了,后面跟着众多陪审官。男爵咳嗽了一声,然后宣布,凭着天理良心,陪审团一致裁定,于连·索海尔犯了谋杀罪,而且是蓄意谋杀。这一裁决的结果自然是死刑,只不过是稍停片刻才宣布的。于连看了看表,想起了德·拉瓦莱特先生。当时是两点一刻。他心想:“今天是星期五,倒霉的日子。

“是啊,不过对判我刑的华勒诺来说却是个好日子……我被看管得太严,玛蒂尔德不可能像德·拉瓦莱特夫人那样搭救我……这样,三天以后,就在这同一时刻,我魂归地府,便知道此身何寄了。”

“我不抱任何幻想,等待着我的是死亡……”

这时,他听见一声喊,思想又被唤回了红尘世界。他周围的女士们都嘤嘤啜泣。他看见大家的脸都转向一根哥特式壁柱顶上一个小平台。后来他才知道玛蒂尔德便藏在那里。大家听不见第二声,便又回过头来看着于连,警察正努力分开人群,把他带走。

“咱们可不能让华勒诺这个坏蛋笑话。”于连暗想,“瞧他宣布死刑判决时装出的那副不得已和假仁假义的样子,而那个可怜巴巴的庭长虽然当了多年法官,判我刑的时候还噙着眼泪哩。以前华勒诺追求德·雷纳夫人,视我为情敌,现在他大仇得报,该多高兴啊!……我难道再也看不见德·雷纳夫人了吗?一切都完了……我感觉得到,我们之间最后说声永别也不可能了……如果能够跟她说,我痛恨自己犯了这样的罪行,那我心里就舒服多了!

“就这句话:我法无可恕,罪有应得。”

第四十二章

于连被押回监狱,关进了死囚牢。平时,什么小事都逃不过他的眼睛,这一回却没有发觉已经不能再回到塔楼上去了。他一个劲地考虑,若在临死之前有幸再见到德·雷纳夫人,该对她说什么。心想夫人一定会打断他的话,而自己却想第一句就向她倾吐悔恨之情。“但经过这件事之后,又怎能使她相信,自己爱的只是她呢?因为归根结底,我想杀她的动机不是出自野心,便是出自对玛蒂尔德的爱啊。”

就寝时,他发现被子是粗棉布做的,便傻了眼,心想:“啊!我被作为死刑犯关到牢房里了。这是对的……

“阿塔米拉伯爵告诉过我,丹东在临死前一天用他粗大的嗓门说过:‘真奇怪,斩首①这个动词不能有各种时态的变化。我们可以说:我将被斩首,你将被斩首,但不能说:我曾经被斩首。’

“如果有来世的话,又为什么不能呢?”于连又想道,“……我的天,如果我碰见的是基督徒的上帝,那就完了。他是个暴君,脑子里必然充满复仇的思想,他的圣经净讲些残酷的惩罚,我从来就不喜欢他,甚至从不相信有人会真心地爱他。他毫无怜悯之心(他想起了圣经里的好几段)。他一定会狠狠地惩罚我……

“但如果我遇到的是费讷隆②的上帝呢!他也许会对我说:你会得到宽恕的,因为你曾经真心地爱过……

“我真心地爱过吗?对!我爱过德·雷纳夫人,但我没有良心。在这件事情上,和其他事情一样,为了追求锦绣前程,而抛弃了朴实谦

① 法语动词的原意是:以断头机处决,为了简化,此处故译为“斩首”。

② 费讷隆(1651—1715),法国作家,曾在宫廷任太子太傅,著有《论女子教育》、《死者对话录》、《忒勒马科斯历险记》等,其小说谴责暴君穷兵黩武、好大喜功,反映了社会的中下层人士对王廷的不满。费讷隆后被选入法兰西学院并成为康布雷大主教。

逊的品质……

“而且是怎么样的前程啊！……如果打起仗来，就弄个骑兵上尉的职位，太平盛世就当个公使馆的秘书，然后是大使……因为我很快就会熟悉那一套……即使我是个傻瓜，当了德·拉摩尔侯爵的女婿还怕争不过人家？不管我作出什么蠢事别人都不会见怪，而且反而会认为我有本事。我会成为有本事的人，在维也纳或者伦敦过最豪华的生活……”

“不见得吧，先生，三天之后便要上断头台了。”

这句别出心裁的俏皮话连于连自己也被逗笑了。心想：“实际上，每个人身上都有两个人。真见鬼，这个狡猾的说法是谁想出来的。”

“喂，不错，老兄，三天之后就上断头台。”他回答那个打断他思路的人，“德·肖兰先生一定会租一个窗口，和马斯隆神甫对半出钱。好吧，在这个窗口租金的问题上，这两个道貌岸然的家伙还不知谁会占谁的便宜呢？”

这时，他脑子里突然想起了罗特卢所著《文赛斯拉斯》①中的一段对话：

拉迪斯拉斯

……我的心已准备赴死。

国王（拉迪斯拉斯之父）

那你就去吧，断头机亦已准备舒齐。

“回答得好！”他想着很快便睡着了。

到了早上，有人使劲把他抱住，把他弄醒了。

“什么！时间到了！”于连恼怒地睁开眼睛，以为刽子手抓他来了。

原来是玛蒂尔德，“幸好她没明白我的意思。”想到这里，他又冷静下来。他发现玛蒂尔德完全变了，像生了六个月的病，简直让人认不出来了。

“我被弗里莱这个卑鄙小人出卖了，”她使劲绞着双手，气得连哭

① 《文赛斯拉斯》，十七世纪法国悲剧作家罗特卢的五幕悲剧。王太子拉迪斯拉斯因误杀弟弟被判死刑。该剧为法国古典主义悲剧的先驱。

也哭不出来。

“我昨天发言时不漂亮吗?”于连说道,“我即兴发言,还是有生以来的第一次!说真的,恐怕这也是最后一次了。”

此刻于连像钢琴家用一双灵巧的手弹琴一样,从容不迫地拨弄玛蒂尔德的心弦……“我并非出生于名门世家,这是事实,”他补充道,“不过,玛蒂尔德高尚的情操却把她的情人提高到和她一样。你认为卜尼法斯·德·拉摩尔在法官面前比我还慷慨激昂吗?”

这一天,玛蒂尔德温柔体贴,毫不造作,仿佛住在六层楼的一位穷苦少女,但却得不到于连更爽直的回答。以前,玛蒂尔德经常用这种方法折磨他,现在他不知不觉以其人之道还治其人之身了。

于连暗想:“谁也不知道尼罗河的源头,人类肉眼凡胎绝看不出涓涓小溪竟能汇成大川,因而普通人也看不到于连的弱点。首先因为我并不弱。但我的心容易被感动,最普通一句话,如果说来情真意切,会使我声音激动,甚至流下眼泪。为此,我多少次被心肠冷酷的人看不起!以为我在求饶,是可忍,孰不可忍!

“据说丹东在断头台下因想起妻子而感到凄然,但丹东曾使一个耽于逸乐的民族振作起来,拒敌人于巴黎城外……换了我会怎么做?只有我自己才知道……而在其他人眼里,我充其量可能是个人物罢了。

“如果在我牢房里的不是玛蒂尔德,而是德·雷纳夫人,我能控制得住我自己吗?在华勒诺之流和全国的贵族眼里,我极度的失望和悔恨会被看做贪生怕死。他们色厉内荏,全凭金钱的地位才不去作奸犯科!德·莫瓦罗和德·肖兰刚刚把我判处死刑,他们准会说:‘你们看呀,一个木匠的儿子到底是怎么一块料!他可以有学问,机灵,但是心地!心地是学不到的。’即使是这个可怜的玛蒂尔德,她现在哭了,或者可以说,她已经欲哭无泪了。”他看着玛蒂尔德哭红的眼睛……接着把她搂进怀里。见她的确痛苦,于连顿时忘记了刚才的胡乱推断,心想:“她可能哭了整整一夜,但将来总有一天,回想起这件事,她会羞愧得无地自容的!会认为自己当初年少无知,被一个平民百姓卑鄙的想法所诱而误入歧途……克罗兹诺瓦太软弱,一定会娶她为妻,不过,我的天,他这样做是对的。玛蒂尔德会随便找个角色让他扮演:

一个人性格坚强，胸藏抱负，
自有权摆弄粗鄙的俗子凡夫。①

“噢，说起来真可乐：自从我知道要死以后，平生读过的诗句全都重现眼前。大概是回光返照吧……”

玛蒂尔德有气无力地对他说了好几次：“他来了，就在隔壁房间。”最后终于引起了于连的注意。“她的声音虽然不大，”于连暗想道，“但骄矜之气犹存。她压低声音只是不想发火罢了。”

“你说谁来了？”他和颜悦色地问道。

“律师，要你在上诉书上签字。”

“我不上诉。”

“什么？你不上诉？”玛蒂尔德说着霍地站了起来，眼里闪烁着怒火，“请问，为什么？”

“因为我觉得现在我能从容赴死，不致贻笑于人。如果在这个潮湿的牢房里待上长长的两个月之后，谁能保证我还有这样的勇气？我预计一定要见教士和我父亲……而使我最讨厌的事也莫过于此，还是死了吧。”

于连这番出乎意料的顶撞激发了玛蒂尔德的傲气，她未能在贝藏松监狱开门之前见到德·弗里莱神甫，便把气撒在于连身上。她一直很爱于连，但现在却足足骂了他一刻钟，怪他脾气倔强，悔不该爱他，总之，把以前在德·拉摩尔府上图书室那次痛骂于连的那种不可一世的劲头又全使出来了。

“上天不应使你生为女子，否则你定能光宗耀祖。”于连对她说道。

“至于我，”于连心想，“我才不那么笨哩，在这个讨厌的地方再待上两个月，受那些贵族老爷的诋毁和污蔑，还挨这个疯女人的骂……罢，罢，后天上午，我就和一个冷血杀手决斗了，此人刀法了得……”他身上那魔鬼接着说道：“十分了得，从来都是刀起头落。”

“好，行，好极了。”（玛蒂尔德继续口若悬河地劝说）。“万万不能，”于连心想，“我绝不上诉。”

① 引自十八世纪法国作家伏尔泰的著名悲剧《穆罕默德》。

他决心一下，旋即又遐想起来……信差像往常一样，六点把报纸送来。八点，德·雷纳先生看完报，艾莉莎踮着脚尖，把报纸放到德·雷纳夫人床上。稍后，夫人醒来看报。突然惊呆了，美丽的纤手簌簌发抖。她一直看到这句话……**十点零五分，他停止了呼吸。**

“她会流下热泪，我了解她。尽管我曾经想谋杀她，但她却不记前仇。谁能料到，为我的死真心痛哭的却只有我曾经想杀之而后快的人。”

“唉，真没想到啊！”他暗自思忖。玛蒂尔德和他闹了足足一刻钟，但他心里想的却只是德·雷纳夫人，虽然有时也回答玛蒂尔德几句，思想总回忆起维里业那间寝室，似乎看见贝藏松的报纸放在橘黄色的锦被上，夫人玉手如雪，颤悠悠地拿着报纸，边看边哭……他的目光随着那迷人的脸上每一颗泪珠扑簌簌往下淌。

德·拉摩尔小姐看见从于连那里得不到什么，只好叫律师进来。幸亏律师是一位一七九六年曾经随军远征意大利的上尉，是曼努埃尔①的战友。

他循例驳斥了犯人的决定，而于连出于对他的尊重，把自己的理由向他一一解释。

律师名叫费利克斯·瓦诺。他最后对于连说：“当然，您可以有您的想法，但您有足足三天可以上诉，我也有责任每天都来。从现在起两个月内如果监狱下面有火山爆发，您就可以得救。您还可以死于疾病。”他说时眼睛盯着于连。

于连和他握了握手，说道：“谢谢您，您真是个好人。我会考虑的。”

等玛蒂尔德和律师走了以后，他觉得自己对律师比对玛蒂尔德更有好感。

---

① 曼努埃尔，法国人，一七九六年参加意大利战役，后因伤退役，成为律师。复辟时期当选为议员，一八二三年因反对出兵西班牙而被议会除名。

第四十三章

一个钟头以后，他睡得正香，忽然感到有眼泪滴到他手上，把他从梦中惊醒。他朦朦胧胧地想道："唉！肯定又是玛蒂尔德。她坚持她的看法，准是想用温情来动摇我的决心。"想到她又要来动感情的软磨硬泡那一套，他不胜其烦，索性不睁开眼睛。脑子里又涌现出贝费戈尔躲避妻子的诗句①。

此时忽然听见一声奇怪的叹息，他睁眼一看，原来是德·雷纳夫人。

"啊，我死前又见到你，难道是做梦吗？"他大叫一声扑倒在夫人脚下。

"不过，对不起，夫人，在您眼里，我不过是个凶手。"他清醒过来，随即又说道。

"先生……我是来求您上诉的，我知道您不愿这样做……"她哽咽着，说不下去了。

"请您宽恕我。"

"如果你想我宽恕你，"她说着站起来，一头扑进于连的怀里，"你就立即对你的死刑判决提出上诉。"

于连拼命地吻她。

"今后两个月，你天天来看我吗？"

"我向你发誓，每天都来，除非我丈夫禁止我这样做。"

"那我签字！"于连大声说道。"什么？你宽恕我了！这可能吗？"

他像疯了一样把德·雷纳夫人紧紧搂在怀里，夫人轻轻叫了一声。

---

① 贝费戈尔，法国十七世纪寓言诗人拉封丹的同名诗《贝费戈尔》中的魔鬼，在人间娶得悍妻，不胜其扰，宁愿返回地狱。

“没什么，”夫人对他说道，“你把我弄痛了。”

“是肩膀痛吧。”于连大声说着，不禁泪如雨下。然后，他把身子挪开一点，用火热的双唇吻她的手。“上一次我在维里业你卧室里时，又怎能料到日后会发生这样的事呢？”

“谁又能料到我会给德·拉摩尔先生写那封该死的信呢？”

“你要知道，我一直爱着你，心中只有你。”

“这是真的吗？”这一回轮到德·雷纳夫人高兴得叫起来了。她紧靠着跪在她膝下的于连，两个人默不作声地哭了很久。

于连一生之中还没有经历过这样的时刻。

过了很久，两人才说得出话。德·雷纳夫人说道：

“那位年轻的米什莱夫人，或者换句话说，那位德·拉摩尔小姐呢？真的，我现在开始相信这段离奇的故事了！”

“说真实也不过是表面而已。”于连回答道，“她是我妻子，但并不是我的意中人……”

他们一个人讲，另一个人插话，这样断断续续，好不容易才把彼此不知道的事情说完。写给德·拉摩尔先生的那封信原来是由德·雷纳夫人的年轻指导神甫起草，然后由夫人抄写的。“宗教使我做出多可怕的事啊！”她对于连说道，“信里过激的段落我还改动过……”

于连既激动又快活。德·雷纳夫人知道于连已经完全原谅她了。于连爱她从来没达到如此疯狂的程度。

“我觉得自己还是虔诚的，”在以后的谈话中德·雷纳夫人对于连说道，“我真心信仰上帝，同时我也相信，而且事实也已经证明，我所犯的罪过是可怕的，而且一见到你，甚至在你向我开了两枪以后……”说到这里，于连不容分说，拼命地吻她。

“放开我，”她继续说道，“我要和你说个明白，否则又要忘了……我一看见你，一切责任感便无影无踪，一心只爱你，也许‘爱’这个字分量还太轻。我对你的感情只有我对上帝的感情才能相比，集尊敬、热爱、服从于一体……其实，我也不知道你在我心里激发的是什么样的感情。假如你叫我给监狱看守一刀，我会不假思索，立即照办。请你在我离开你之前把这一切说说清楚，我想明白我心里是怎么想的，因为两个月后，我们就要分手了……对了，咱们会分手么？”她微笑着对他说道。

“我收回我的话，”于连厉声说着站了起来，“如果你企图用毒药、刀子、手枪、煤气或其他什么方式结束或残害自己的生命，我就不对死刑的判决提出上诉。”

德·雷纳夫人脸色骤变，满腔的柔情化作深深的沉思。

“咱们马上一块死，怎样？”她终于对于连说道。

“谁知道来世会遇到什么？”于连说道。“也许是烦恼，也许什么都没有。咱们不能甜甜蜜蜜地过上两个月吗？两个月，用天来算，不少了？我从没感到过像现在这样幸福！”

“你从没感到过这样幸福？”

“从没感到过！”于连高兴地又说了一句，“我对你，对我自己都这么说。向上帝保证，我绝不夸大。”

“你这样说等于要我也这样说。”她说着羞答答地凄然一笑。

“那好！你就以你对我的爱情发誓，绝不以直接或间接的方法伤害自己的生命……你要考虑，”他又加了一句，“你要为我的儿子而活着，因为玛蒂尔德一成了克罗兹诺瓦侯爵夫人便会把我的儿子扔给仆人去管。”

“我发誓，”她冷静地说道，“但我要你亲手签好上诉书交给我，由我亲自带给总检察官。”

“当心，这会连累你的。”

“我既然到狱中来看你，便已经在贝藏松和整个弗郎什-孔泰地区成为街谈巷议的人物，”她无限凄然地说道，“我已跨过了廉耻的门槛……成了名誉扫地的女人，说实话，这都是为了你……”

她说得惨兮兮的，于连一把将她抱住，感到有说不出来的幸福。这已经不是出自令人陶醉的爱情，而是出自极度的感激，因为他第一次看到为了他，德·雷纳夫人作出了多大的牺牲。

肯定有某个好心人把德·雷纳夫人频频到监狱看望于连而且一待就是半天的事告诉了她的丈夫，因为三天后，她丈夫便派马车来，令她立即返回维里业。

残酷的分离使于连一天都不好过。两三个钟头后，有人告诉他，有一个惯用心计，但在贝藏松的耶稣会同行中并不得志的教士，一清早便站在监狱门口的大街上，尽管大雨如注，他也不在乎，像殉道者一样。于连闻言很不自在，这种愚蠢的做法使他深受困扰。

早上他已经谢绝了这个教士的探视，但此人执意要听于连的忏悔，想探听他内心的秘密，以便在贝藏松的年轻女人中间出出风头。

这教士高声宣布，他要在监狱门口站上一天一夜。“是上帝派我来感化这个叛教者的心……”下层百姓都爱看热闹，围观的人越来越多。

“不错，兄弟们，”教士向他们说道，“我要在这里站上一天、一夜，甚至以后的每天每夜。圣灵对我说过，上天给了我一个使命，要我拯救索海尔这个年轻人的灵魂。你们和我一起祈祷吧等等，等等。”

于连不愿惹人议论，引起注意，只想趁机悄悄离开人世，但他还希望再见德·雷纳夫人一面，因为他爱得神魂颠倒，情难自已。

监狱门就在一条最热闹的大街上。一想到那个泥水满身，使路人围观如堵、议论纷纷的教士，于连便非常苦恼。“毫无疑问，他一定不断喊我的名字！这样的时刻真是比死还难受。”

他有两三次每隔一小时便喊对他忠心耿耿的监狱看守，叫他去看看那个教士是否仍在监狱门口。

“先生，他仍然跪在泥里。”看守总这样回答，“他高声祈祷，为您的灵魂念经哩……”于连暗想：“真放肆！”这时，果然隐隐传来一阵嗡嗡声，原来老百姓也跟着那教士念起经来了。使他最难堪的是，看守本人也嘴唇翕动，也在哼哼拉丁语的经文。看守还说：“大家开始议论你，说你拒绝这位圣人的拯救，一定是个铁石心肠的人。”

“啊！祖国，看来你还没脱离野蛮时代！”于连气得大叫道，接着便大声议论起来，根本不理会看守就在旁边。

“此人想在报纸上出风头，看来定能如愿。

“啊！外省人真该死！如果在巴黎，我哪会有这样的气受！那里搞招摇撞骗的方式要高明得多。”

最后，他满头大汗地对看守说：“叫那位圣人进来吧。”看守画了个十字，欢天喜地地出去了。

那位圣洁的教士丑得惊人，脏得更不用说。当天冷雨萧疏，牢房内又暗又潮。教士想拥抱于连，装出同情的样子和他说话，卑鄙虚伪之态显而易见。于连一辈子也没生过这样大的气。

教士进来一刻钟之后，于连觉得自己变成了一个地地道道的懦夫，第一次感到死亡的恐怖，想到了自己被处决两天后尸体如何腐烂……

他快要支持不住了，再不然便扑上去用铁链把教士勒死，但此时突然产生一个念头，就是花四十个法郎请那位圣人当天就给他好好念一台弥撒。

时近正午，教士不再纠缠，乖乖走了。

第四十四章

教士一走，于连便大哭起来，哭自己要死了。他逐渐想到，如果德·雷纳夫人还在贝藏松，他一定会向她承认自己软弱。

他正为这个心爱的女人不在身旁而感到遗憾时，耳边却响起了玛蒂尔德的脚步声。

他暗想："在监狱里最糟的事就是不能关门。"玛蒂尔德的话他一听就生气。

她告诉于连，审判那天，德·华勒诺口袋里已经揣着省长的委任状，所以敢把德·弗里莱先生不放在眼里，并将于连判处死刑。

"'您朋友的想法真怪，'德·弗里莱先生刚刚对我说，'竟去招惹并攻击资产阶级贵族的虚荣心！为什么要谈阶级？还向他们指出，为了他们的政治利益，他们该怎么做。那些笨蛋原来并没考虑到这一点，只准备无可奈何地哭。这倒好，阶级的利益倒使他们看不到判人死刑是可怕的事。应该承认，索海尔先生处理事情是个生手。如果我们要求特赦也救不了他，那他的死无异是一种自杀……'"

玛蒂尔德自己尚未料到的事当然也就不会告诉于连，那就是：德·弗里莱神甫看见于连完了，便希望在玛蒂尔德跟前接替他，觉得这样做对实现自己的野心大有用处。

于连气极了，但又毫无办法，加之事事掣肘，便对玛蒂尔德说："去替我望台弥撒吧，让我安静一会儿。"玛蒂尔德知道德·雷纳夫人来探过几次监，已经又妒又恨，现在刚刚知道她走了，顿时明白于连发脾气的原因，不禁泪如雨下。

她真的很痛苦，于连也清楚这一点，便更加生气。他非常需要一个人待一会儿，但怎样才能办到呢？

玛蒂尔德好说歹说，想使他对自己回心转意而不可得，只好怏怏地走了。但她一走，几乎同时富凯便到了。

“我需要单独待一会儿。”于连对他这位挚友说道，……看见对方在犹豫，便又接着说：“我正准备上书，要求赦免……而且……我有一个要求，就是不要谈死的事。如果到了那天，我有什么特别的事要你帮忙，我会首先提出来的。”

等于连终于能够一个人待着的时候，他的心情更加沉重，也更加胆怯了。本来已筋疲力尽，在德·拉摩尔小姐和富凯面前又拼命装了一阵假，结果连最后一点力气也使没了。

到了傍晚，有一个想法使他得到了一点安慰。

“如果今天上午，正当我对死亡感到恐惧的时候，宣布要执行处决，众目睽睽也许会激发我的荣誉感。也许我步履沉重，像一个临场胆怯的脓包走进客厅时一样。如果在这些外省人中间有那么几个明眼人，他们大约能猜出……但谁也不会看出我的软弱。”

想到这里，他觉得心里好受一些，于是便像哼歌似地反复唱道：“此刻我是个脓包，但是无人知晓。”

第二天，又发生了一件他认为更头痛的事。很久以前，他父亲便宣布要来探监，这一天，于连还没醒，这个白发苍苍的老木匠便走进了他的牢房。

于连很心虚，准备挨顿臭骂。这天早上，他难受之余更添了几分懊恼，深悔当初对父亲缺乏人伦之爱。

看守收拾牢房时，他心中暗想：“不是冤家不聚头，在这个世界上，我们彼此干尽了伤害对方的事。他此来是给我临死前的最后一击。”

等牢房里没有旁人时，老头子便对他大加训斥。

于连忍不住哭了，心里恼怒地想：“真没出息！他准会到处散布说我没勇气，华勒诺之流和维里业当政的那帮浅薄虚伪的小人一定会得意洋洋！这些人在法国很有势力，社会上的一切好处都是他们的。迄今为止，我至少可以这样想：他们有钱，不错，名誉地位全归他们所有，但我心灵高尚。

“但现在一个见证人来了，谁都会相信他，而他也一定会夸大其词，向全维里业证明我是个怕死的孬种！我在这次大家都清楚的考验中便成了个懦夫!”

于连差不多绝望了,不知道怎样才能把他父亲打发走。而假装一下以骗过这个精明的老头,此时已不是他力所能及的事。

他在脑子里迅速把各种可能性过了一遍。

“我有积蓄!”他忽然大声说道。

妙语一出,老头子的脸色和于连的地位都为之一变。

“我该怎么处理这笔钱呢?”于连不动声色地说道:这句话产生的效果使他的自卑感烟消云散。

老木匠心急火燎地想不让这笔钱溜掉,他似乎觉得于连打算把其中一部分留给两个哥哥。他说了很久,而且非常热情。现在于连可以开他的玩笑了。

“那好吧!天主已经给我启示立下了遗嘱。我给每一个哥哥一千法郎,剩下的全归您。”

“好极了,”老头儿说道,“剩下的应该归我。但是,既然天主赐你恩典,感动了你的心,如果你想死得像个基督徒,就该还清你的债。我还给你垫付了你的养育费和教育费,可你并未考虑……”

“这就是所谓的父爱!”父亲终于走了以后,于连伤心地说了好几遍。不久,看守进来了。

“先生,长辈探监之后,我总给我的客人带瓶上等的香槟来。价钱是略贵一些,六法郎一瓶,但让人开心。”

“请拿三个杯子来,”于连像孩子似的连忙说,“我听见过道有两个犯人走动,你叫他们进来。”

看守带来了两个正准备回去干苦役的惯犯,他们都是无忧无虑的亡命之徒,狡猾胆大,遇事冷静,的确很了不起。

“如果您给我二十法郎,”其中一个对于连说道,“我就把我这一辈子的事都详细告诉您,包您爱听。”

“您撒谎怎么办?”于连问道。

“不会的,”他回答道,“我这个朋友见我得到二十法郎一定眼红,我话里有假,他准会揭穿。”

他讲的事叫人恶心,说明此人胆大包天,惟一喜欢的就是钱。

他们走后,于连与以前相比简直判若两人。他不再生自己的气。德·雷纳夫人走后,他变得很软弱,这不啻给他的痛苦雪上加霜,现在已由痛苦转化为忧郁。

他心想:“我越是不为外表所惑,便越能看清楚,充斥巴黎沙龙里的不是我父亲那样的正派人,便是像那两个苦役犯般机灵的坏蛋。他们说得对。沙龙里那些人早上起床时绝不会忧心忡忡地想:今天的晚饭如何解决?他们还自诩廉洁。一旦入选陪审团,便不可一世,对因饥饿所迫而偷了一副银餐具的人给予重判。

“但是如果设立一个法庭,专门处理丢官或者升官的案子,那便可以发现,沙龙里的谦谦君子所犯的罪和那两个苦役犯因解决吃饭问题而犯的罪并无二致。

“世界上并无任何*自然法纪*:这种提法古已有之,但不过是痴人说梦,那天拼命盘问我的总检察官使用这个字眼倒很合适,此人的祖先是在路易十四时代靠没收别人财产而致富的。做事违禁必遭法律制裁,这样才能称得上有*法纪*。在有法律以前,所谓*自然*法纪,不过是狮子的强权或者饥寒交迫者的需要,一言以蔽之,就是*需要*……不,受到尊敬的人物不过是有幸不被当场捉住的骗子而已。社会派来向我提出公诉的人是靠卑鄙手段才发的家……我犯了谋杀罪,受到了应得的判决,但除了这件事以外,判我有罪的华勒诺对社会的危害比我严重百倍。

“唉!”于连怨而不怒地又说道,“我父亲尽管吝啬,但比所有这些人好多了。他从来就没爱过我。我蒙羞而死丢尽了他的脸,也够报应他的了。我可以给他留下三四百金路易,他从担心缺钱和人们有意夸大的*吝啬*出发,完全有理由感到安慰和充满安全感了。将来一个星期天吃过晚饭以后,他大可以拿这些金子在维里业那些财迷面前炫耀,用目光告诉他们:儿子上断头台却能换回这笔钱,你们当中有谁会不乐意呢?”

这种想法兴许有道理,但却使人觉得不如死了好。就这样,又过了漫长的五天。于连见玛蒂尔德妒火如焚,怒气冲天,便对她礼貌而温存。一天晚上,他认真地考虑起如何了此残生。自从德·雷纳夫人走后,他便陷入深深的痛苦之中,无论是现实生活或者精神生活都提不起他的兴趣。由于缺乏锻炼,身体也每况愈下,感情像年轻的德国大学生那样容易激动和脆弱。他失去了在逆境中大骂一声便将某些困扰他的不当思虑抛开的男子汉气概。

“我热爱真理……但真理在哪儿?……到处都是虚情假意,至少也是招摇撞骗,即使最有道德的人、最伟大的人物也是一样。”想到这里,他厌恶地撇了一下嘴……“不,人不能相信人。”

“某某夫人为可怜的孤儿募捐,告诉我说,某某亲王刚捐了十个金路易,其实是撒谎。但我能说什么呢?连拿破仑在圣赫勒拿岛时也这样!……宣布让位给罗马王①,纯属骗局!

“天呀!如果这样一个人物,身遭危难理应恪尽责任的时候也不惜降低身分,撒谎骗人,对其他人,我们又能期望什么呢?

“真理在哪儿?在宗教……不错,”他极度轻蔑地苦笑了一下,又想道,“在马斯隆、弗里莱、卡斯塔奈德之流的嘴里……也许在真正的基督教教义之中?但今天的教士并不比往日的圣徒得到更多的报酬啊……可是圣保罗倒得到了好处,信教的人听他的话,他能传道,使大家都颂扬他……

“唉!如果有真正的宗教就好了……我真傻!我看见一座哥特式的天主教堂,古老的彩绘玻璃窗,我脆弱的内心想象着这些玻璃窗上绘着的教士……我的灵魂会需要他、了解他的……但我实际上只看见一个头发脏乱、自以为是的家伙……除了装饰不同,简直就是一个博瓦西骑士。

“但真正的教士应该是玛西永、费讷隆那样的人……玛西永曾经主持过红衣主教杜布瓦的就职仪式。《圣西门回忆录》却破坏了我对费讷隆的好印象,但他毕竟是个真正的教士……而在这个世界上,善良的灵魂都有一个共同的地方……我们不会是孤立的……这位仁慈的教士会给我们宣讲上帝。是哪个上帝呢?不是圣经里那一个,那是个残忍、一心只想报复的小暴君……而是伏尔泰笔下那个公正、仁慈、胸襟

① 罗马王(1811—1832),拿破仑与奥国公主玛丽-路易丝之子,出生后封为罗马王,拿破仑在滑铁卢战败后退位,宣布由罗马王继承王位,实际上只是一句空话,罗马王后来随母亲在奥国宫廷生活,被封为雷希施塔特公爵,二十一岁时病逝。

博大的上帝……”

他想起十分熟悉的圣经里的种种故事，不禁心潮澎湃……“可是，一旦成了三位一体①，且被教士肆意滥用其名义之后，我们又怎能信仰上帝这个伟大的名字呢？”

孤独的生活！……简直是种折磨！……

于连以手拍额，心中暗想：“我会发疯，会变得蛮不讲理。我在这个牢房里很孤独，但过去在这个世界上，我的生活并不孤独，我有强烈的责任感。我给自己规定的责任，不管是对还是错，好比一棵结实的大树，任它雨暴风狂，我也有所依靠。我有过动摇，左晃右晃，因为我毕竟只是一个人……但我并未被刮走。

“是牢房里潮湿的空气使我想起了孤独……

“为什么一面诅咒虚伪，自己却又虚伪起来呢？使我受不了的不是死亡、不是牢房、不是潮湿的空气，而是德·雷纳夫人不在我的身旁。如果为了要见到她，我不得不在维里业她府上的地窖里一藏就是几个星期，我会叫苦吗？”

“到底当代人的影响占了上风。”他苦笑了一下，大声说道，“我死期将至，和自己说话还自欺欺人……啊，十九世纪真是没治了！

“……一个猎人在树林里开了一枪，猎物凌空而坠，他急忙跑过去捡，不意鞋碰到一个高可两尺的蚁窠，窠毁，蚂蚁和蚂蚁蛋被踢出老远。蚂蚁中连最有学问的那几只也不明白这黑糊糊的庞然大物是什么东西。猎人的靴子以难以置信的速度突然冲进它们的住所，先是听见一声巨响，接着又喷出红色的火花……

“……就这样，死亡、生命、永恒，这对器官发达、能够感觉的人来说本是十分简单的事……

“在长长的夏日中，一只早上九点出生的蜉蝣到傍晚五点就死了，它又怎能理解黑夜是怎么回事呢？

---

① 三位一体，基督教教义认为，上帝只有一个，但有三个“位格”：“圣父”“圣子”“圣灵”，是谓“三位一体”。

“如果让它再活上五个小时，它便会看见和明白什么是黑夜了。

“我也一样，二十三岁就死了。再给我五年生命吧，让我和德·雷纳夫人生活在一起。”

想到这里，他像魔鬼那样大笑起来。“真荒唐，竟讨论起这些大问题来了！

“第一，我很虚伪，就像有人在那儿听我说话似的。

“第二，我没几天可活了，竟忘记了生活和爱情……唉！可惜德·雷纳夫人不在。也许她丈夫不再允许她到贝藏松来继续丢人现眼了。

“这就是我感到孤独的原因，而不是由于缺乏一个公正、仁慈、全能、一点也不狠心、并不渴望报复的上帝……

“啊！要是存在这么一个上帝……唉！我必匍匐在他脚下，对他说：我罪当死，但是伟大的主，仁慈的主，宽大的主啊，把我的心上人还给我吧！”

夜深了。他安静地睡了一两个小时后，富凯来了。

于连觉得自己又振作起来，既坚强又果断，像把一切都看透了。

第四十五章

“我不忍心和可怜的夏斯-贝尔纳神甫捣乱，叫他到这里来，”他对富凯说道，“他会三天吃不下饭的。但请你找一个冉森派教士来，必须是彼拉尔神甫的朋友和不搞阴谋的。”

这样的话，富凯早就等得不耐烦了。外省舆论认为必须办的事，于连都处理得很得当。多亏德·弗里莱神甫帮忙，尽管忏悔师挑选得并不理想，于连在牢里仍然有教会的照顾。如果多动动脑筋，他本来是可以越狱的。但牢房里的空气太糟，使他的智力日渐衰退。德·雷纳夫人再度回来使他高兴极了。

“我首先要对你尽责，”夫人边拥抱他边说道，“我是从维里业逃出来的……”

于连对她没有任何自尊心的考虑，把自己的弱点一一奉告。夫人待他既亲切又可爱。

晚上，她一走出监狱，就把那个将于连像猎物那样紧缠不放的教士叫到她姑妈家来。此人一心只想获得贝藏松上流社会少妇们的信任，所以德·雷纳夫人很容易便使他答应到布雷-勒奥修道院念一台“九日经”。

于连对德·雷纳夫人爱得如醉如狂，非语言所能形容。

姑妈是有钱人，信教虔诚也是出了名的。德·雷纳夫人依靠金钱，利用，甚至可以说是不正当地利用她姑妈的威望，竟被获准一天去看望于连两次。

玛蒂尔德知道这一消息，忌妒得气昏了头脑。德·弗里莱已经向她承认，无论自己名气有多大，也不足以置任何惯例于不顾，想办法让她去看她的朋友每天超过一次以上。玛蒂尔德命人盯德·雷纳夫人的梢，监视她的一举一动。德·弗里莱先生脑子并不笨，挖空心思想向她证明,于连并不值得她爱。

玛蒂尔德虽然烦恼,反倒更爱于连了,几乎每天都要和他大闹一场。

于连莫名其妙地连累了这个可怜的姑娘,此刻想一直到死都好好对待她。但每一次,他对德·雷纳夫人疯狂般的爱恋都占了上风。他竭力想让玛蒂尔德相信她情敌来探监别无他意,但举出的理由都站不住脚。他心想:“戏快收场了,瞒不住也无所谓了。”

德·拉摩尔小姐这时获悉德·克罗兹诺瓦侯爵的死讯。原来大富翁德·泰莱尔先生对玛蒂尔德不在巴黎露面说了些难听的话。德·克罗兹诺瓦先生要求他辟谣。德·泰莱尔先生拿出几封写给自己的匿名信让他看,信中详述了种种编排得十分巧妙的细节,不由得可怜的侯爵不看到其中的端倪。

德·泰莱尔放肆地和他开粗鲁的玩笑。德·克罗兹诺瓦恼恨交加,要求他赔偿名誉损失,开价很大,百万富翁宁愿决斗。大错铸成,一个最值得爱慕的巴黎青年还不到二十四岁就此一命呜呼。

他的死在于连已经变得脆弱的心灵上留下了奇怪而病态的印象。

“可怜的克罗兹诺瓦对我们一向通情达理,而且非常朴实,你在令堂的客厅里出言不慎,他本来应该恨我,向我寻衅的,因为恶语伤人恨不休啊。”

德·克罗兹诺瓦的死改变了于连对玛蒂尔德前途的一切想法。他花了好几天来向她证明,她应该接受德·吕兹的求婚,对她说:“此人腼腆,不太虚伪,肯定会加入求婚者的行列。比起可怜的克罗兹诺瓦来,他的野心不外露,但很执著。他家没有公爵封地,娶于连·索海尔的寡妇不会有任何困难。”

“娶一个心如死水的寡妇,”玛蒂尔德冷冷地回了一句,“因为这个寡妇已经活够了,才过半年,她的恋人便移情别向,而那个女人还是造成他们不幸的根源。”

“你这就不公平了。德·雷纳夫人来探监正好给为我要求赦免的巴黎律师提供别出心裁的说法,他可以描绘说,凶手居然得到受害人的关怀。这就会产生效果,也许有朝一日,你会看到我成为某出戏的主角哩。”

德·拉摩尔小姐妒火中烧，又不能报复，痛苦不已而又毫无希望（因为即使于连得救，又如何能再赢得他的心呢?），情人不忠，自己反而爱之愈切，由此而生的羞愧和痛苦，使她凄然无语，德·弗里莱的殷勤体贴和富凯的坦白直率都没法使她开口说话。

至于于连，除玛蒂尔德在场占了他一定的时间外，他沉湎在爱情之中，将来的事几乎连想也不去想。这种极度的感情，毫无造作，产生了奇异的效果，使德·雷纳夫人几乎也和他一样，温柔快活，管它人间何世。

“从前，”于连对她说道，“我们在维尔基森林里散步的时候，我本来也可以感到同样幸福，可惜我那时野心勃勃，总在神游太虚幻境，不把你这条距我嘴唇如此之近的玉臂紧拥在怀，思想上反而离开你去考虑未来的事，为积累巨大的财富而进行无穷无尽的斗争……唉，如果你不到监狱来看我，我就算死了也不知幸福为何。”

在这期间发生了两件事，扰乱了他的宁静的生活。听于连忏悔的教士尽管是冉森派教徒，也未能避开耶稣会的阴谋，而且不知不觉地成了他们的工具。

一天，他来对于连说，如果他不是冥顽不灵而畏罪自杀的话，就应该想尽各种办法要求赦免。“教会在巴黎的司法部门很有影响，有一个比较简便的办法，就是您必须大张旗鼓地在宗教上改换门庭。”

“大张旗鼓!”于连追问了一句，“好啊！神父，我可逮住您了，您在演传教士那套把戏。”

“您的年龄，”那个冉森派教士严肃地接着说道，“上天赐予您的姣好容貌，目前尚难以解释的犯罪动机、德·拉摩尔小姐千方百计为您进行了艰苦卓绝的疏通，还有受害人对您所表示的惊人的友谊，这一切使您成了贝藏松年轻女子心目中的英雄，她们为了您忘掉了一切，甚至忘掉了政治……

“您在宗教上改换门庭会在她们心中产生反响，给人留下深刻印象，这对教会大有帮助。难道耶稣会教士在类似情况下会这样做，我就得有所犹豫么？因此，即使情况特殊，他们的贪婪无法得逞，他们还会用其他办法使坏！但愿不致如此……您改换教门所赢得的眼泪，足可消除伏尔泰著作重版十次所产生的腐蚀作用。”

“如果连自己都看不起自己，我又何以为人？”于连冷冷地回答道，“我曾经有过野心，但我不想自责。我当时只是循时代的惯例行事。现在，我活一天算一天，如果我作出什么卑鄙的事，那么在国人眼里，我便一钱不值了……”

另外一件事缘于德·雷纳夫人，使于连难以释怀。原来不知哪位惯出馊主意的朋友竟说服这个天真而腼腆的女人，使她认为自己有责任到圣克卢宫叩见国王查理十世，为于连求情。

与于连分开对她已是一种牺牲。抛头露面这种使人难堪的事换了别的时候，她会觉得比死还要糟糕，但在作出了上述牺牲之后，对她也就不算什么了。

“我要去见王上，公开承认你是我的情人，一个人的性命，尤其是像于连这样一个人的性命应该放在一切考虑之上。我要说，你想杀我是出于忌妒，在这样的情况下，由于陪审团人道为怀或王上法外施恩而得救的年轻人实在不乏其例……”

“如果你不向我起誓不采取任何会使我们两人出乖露丑的行动，我便叫人把牢门紧闭，不再见你。去巴黎不是你想出来的，一定是有人唆使，把这个女人的名字告诉我……

“人生苦短，让我们幸幸福福地度过这有限的几天吧。我们别再露面了，我的罪行已经够明显的了。德·拉摩尔小姐在巴黎很有势力，请相信，她已经尽了人事。在外省这里，有钱有身分的人都与我为敌。你的行动只会更加激怒这些有钱人，尤其是生活优裕的温和派……不要让马斯隆、华勒诺之流和千千万万比他们稍好一点的人耻笑。”

牢里空气越来越浑浊，于连简直受不了。幸亏宣布行刑的那一天，阳光灿烂，万物生辉，于连勇气十足。在户外行走，他觉得是一种舒服的感受，犹如长时间航海归来的水手能够登陆散步一样。他心想：“一切都不错，我有的是勇气。”

他那颗脑袋从没有像即将被砍下来的此刻那样富有诗意。昔日在维尔基森林度过的最温馨的时刻有如万马奔腾，重又涌上他的心头。

一切进行得干净利落，非常得体，他毫不矫揉造作。

前两天，他曾经对富凯说：

“有没有情绪，我不敢担保。牢房这样难看，这样潮湿，使我脾气急躁，难以自已。但我绝不害怕，绝不会吓得脸如白纸。”

他事先做了安排，叫富凯在最后一天的早上将玛蒂尔德和德·雷纳夫人接走。

“让她们坐一辆车走，”他对富凯说道，“你要想办法让驿车的马一路飞跑。使她们两人不是倒在对方怀里，便是彼此恨得不共戴天。不管是哪种情况都会使这两个女人稍稍忘掉心中的剧痛。”

于连曾经要求德·雷纳夫人发誓活下去，好照顾玛蒂尔德的儿子。

“谁知道呀，没准我们死后还会有感觉。”有一天他对富凯说道，“我喜欢在俯瞰维里业的那座大山的一个小洞穴里安息，的确是所谓的安息。我告诉过你，我曾多次夜里来到这个山洞，远眺法兰西最富庶省份的大好河山，心中豪情似火。这就是我的胸怀……总之，我很喜爱这个山洞。谁也不能否认，此处位置极佳，足以使哲人之心为之倾倒……贝藏松那些圣公会的教士只认识钱，如果你打通关节，他们一定会将我的尸体卖给你……”

富凯居然做成了这桩令人伤心的买卖。他一个人待在房间里，守着朋友的遗体。突然看见玛蒂尔德走了进来，他不禁大吃一惊。几小时以前，他早就把这位小姐送到离贝藏松四十里地以外了呀。玛蒂尔德目光呆滞，两眼茫然。

“我要看看他。”她对富凯说道。

富凯连说话和站起来的勇气也没有了。他用手指了指地板上一件蓝色大氅，里面裹着于连的遗体。

玛蒂尔德双膝跪下，卜尼法斯·德·拉摩尔和玛格丽特·德·纳瓦尔的故事无疑给了她超人的勇气。她用颤抖的双手掀开了大氅。富凯把眼睛转了过去。

他听见玛蒂尔德在房间里急速地走动，点着了多支蜡烛。当富凯鼓起勇气看她的时候，只见她已经把于连的头摆在面前的一张大理石小桌上，正在吻他的额头……

只见她已经把于连的头摆在面前的一张大理石小桌上……

玛蒂尔德亲自把情人送到情人生前选好的墓地。许多教士护送灵柩。谁也不知道,玛蒂尔德独自坐在蒙着黑纱的灵车里,膝上放着她已故心上人的头颅。

二十名教士在午夜时分到达了汝拉山脉中一座高山的最高处,在无数根蜡烛照得通明的那个小山洞里,举行追悼亡灵的葬礼。山里各个小村的全体居民被这种非比寻常的仪式所吸引,随着穿过人群的送葬队伍,走上山来。

玛蒂尔德身穿长长的丧服走在行列中间,并在仪式结束时,叫人把数千枚五法郎的银币洒向人群。

她单独和富凯留下来,想用自己的双手埋葬情人的头颅。富凯痛苦得几乎要疯了。

玛蒂尔德亲自筹划,花重金在意大利雕刻了大理石,把荒凉的山洞装饰一新。

德·雷纳夫人履行诺言,没有自寻短见。但于连死后三天,她拥吻着自己的孩子也离开了人世。

“名著名译丛书”书目

（按著者生年排序）

第 一 辑

书　名	著　者	译　者
荷马史诗·伊利亚特	[古希腊]荷马	罗念生 王焕生
荷马史诗·奥德赛	[古希腊]荷马	王焕生
伊索寓言	[古希腊]伊索	王焕生
一千零一夜		纳　训
源氏物语	[日]紫式部	丰子恺
十日谈	[意大利]薄伽丘	王永年
堂吉诃德	[西班牙]塞万提斯	杨　绛
培根随笔集	[英]培根	曹明伦
罗密欧与朱丽叶	[英]莎士比亚	朱生豪
鲁滨孙飘流记	[英]笛福	徐霞村
格列佛游记	[英]斯威夫特	张　健
浮士德	[德]歌德	绿　原
少年维特的烦恼	[德]歌德	杨武能
傲慢与偏见	[英]简·奥斯丁	张　玲 张　扬
红与黑	[法]司汤达	张冠尧
格林童话全集	[德]格林兄弟	魏以新
希腊神话和传说	[德]施瓦布	楚图南

高老头 欧也妮·葛朗台	[法]巴尔扎克	张冠尧
普希金诗选	[俄]普希金	高 莽 等
巴黎圣母院	[法]雨果	陈敬容
悲惨世界	[法]雨果	李 丹 方 于
基度山伯爵	[法]大仲马	蒋学模
三个火枪手	[法]大仲马	李玉民
安徒生童话故事集	[丹麦]安徒生	叶君健
爱伦·坡短篇小说集	[美]爱伦·坡	陈良廷 等
汤姆叔叔的小屋	[美]斯陀夫人	王家湘
大卫·科波菲尔	[英]查尔斯·狄更斯	庄绎传
双城记	[英]查尔斯·狄更斯	石永礼 赵文娟
雾都孤儿	[英]查尔斯·狄更斯	黄雨石
简·爱	[英]夏洛蒂·勃朗特	吴钧燮
瓦尔登湖	[美]亨利·戴维·梭罗	苏福忠
呼啸山庄	[英]爱米丽·勃朗特	张 玲 张 扬
猎人笔记	[俄]屠格涅夫	丰子恺
包法利夫人	[法]福楼拜	李健吾
昆虫记	[法]亨利·法布尔	陈筱卿
茶花女	[法]小仲马	王振孙
安娜·卡列宁娜	[俄]列夫·托尔斯泰	周 扬 谢素台
复活	[俄]列夫·托尔斯泰	汝 龙
战争与和平	[俄]列夫·托尔斯泰	刘辽逸
海底两万里	[法]儒勒·凡尔纳	赵克非
八十天环游地球	[法]儒勒·凡尔纳	赵克非
马克·吐温中短篇小说选	[美]马克·吐温	叶冬心
汤姆·索亚历险记	[美]马克·吐温	张友松
爱的教育	[意大利]埃·德·阿米琪斯	王干卿
莫泊桑短篇小说选	[法]莫泊桑	张英伦
契诃夫短篇小说选	[俄]契诃夫	汝 龙
泰戈尔诗选	[印度]泰戈尔	冰 心 等
欧·亨利短篇小说选	[美]欧·亨利	王永年

名人传	[法]罗曼·罗兰	张冠尧 艾 珉
童年 在人间 我的大学	[苏联]高尔基	刘辽逸 等
绿山墙的安妮	[加拿大]露西·蒙哥马利	马爱农
杰克·伦敦小说选	[美]杰克·伦敦	万 紫 等
卡夫卡中短篇小说全集	[奥地利]卡夫卡	叶廷芳 等
罗生门	[日]芥川龙之介	文洁若 等
了不起的盖茨比	[美]菲茨杰拉德	姚乃强
老人与海	[美]海明威	陈良廷 等
飘	[美]米切尔	戴 侃 等
小王子	[法]圣埃克苏佩里	马振骋
钢铁是怎样炼成的	[苏联]尼·奥斯特洛夫斯基	梅 益
静静的顿河	[苏联]肖洛霍夫	金 人

第二辑

威尼斯商人	[英]莎士比亚	朱生豪
忏悔录	[法]卢梭	范希衡 等
罪与罚	[俄]陀思妥耶夫斯基	朱海观 王 汶
哈克贝利·费恩历险记	[美]马克·吐温	张友松
漂亮朋友	[法]莫泊桑	张冠尧
斯·茨威格中短篇小说选	[奥地利]斯·茨威格	张玉书
海浪 达洛维太太	[英]弗吉尼亚·吴尔夫	吴钧燮 谷启楠
日瓦戈医生	[苏联]帕斯捷尔纳克	张秉衡
大师和玛格丽特	[苏联]布尔加科夫	钱 诚
太阳照常升起	[美]海明威	周 莉

第三辑

神曲	[意大利]但丁	田德望
吉尔·布拉斯	[法]勒萨日	杨 绛
都兰趣话	[法]巴尔扎克	施康强